Hisako Matsubara

Himmelszeichen

Roman

Albrecht Knaus

Umwelthinweis:
Dieses Buch und sein Schutzumschlag wurden auf chlorfrei gebleichtem Papier gedruckt.
Die vor Verschmutzung schützende Ein-
schrumpffolie ist aus umweltschonender
und recyclingfähiger PE-Folie.

Der Albrecht Knaus Verlag
ist ein Unternehmen der Verlagsgruppe Bertelsmann

1. Auflage
© 1998 Hisako Matsubara
© 1998 der deutschsprachigen Originalausgabe:
Albrecht Knaus Verlag GmbH, München
Schutzumschlag: Vilim Vasata
Gesetzt aus 10.3 auf 13.2 pt. Aldus
Druck und Bindung: GGP, Pößneck
ISBN 3-8135-0089-6

Viele Wege führen zum Gipfel
Über alle breitet der Mond sein Licht
Durch die Zweige und über den Felsenspitzen
Sieht man von überall die gleichen Gestirne

Aus den Tagebüchern meines Vaters,
Kosei Matsubara

Inhalt

I

Don Protasio

Mika war die letzte, die es erfuhr, obwohl die schlimme Nachricht schon in vielen Augen stand. Niemand im Schloß traute sich, es ihr zu sagen, denn alle wußten, wie sehr sie an ihrem Vater hing. So saß Mika noch immer ahnungslos in ihrem Zimmer und rieb Tusche an, um einen Brief an ihn zu schreiben. Alle Fenster waren weit offen, und vom Meer wehte der Südwind herüber, der die lang erwartete Frühlingswärme mit sich brachte.

Mika betrachtete das Lacketui, in dem sie ihre Schreibutensilien aufbewahrte, eine flache Schachtel, dunkelrot mit eingelegtem Perlmutt und Silber, ein Geschenk, das sie von ihrem Vater zu ihrem sechzehnten Geburtstag erhalten hatte, wenige Tage vor seiner Abreise.

Ihre Mutter beruhigte sie, sie brauche sich keine Sorgen zu machen, er werde bald wieder dasein, aber ein seltsames Zucken um ihren Mund verriet, daß sie vielleicht mehr wußte, als sie zu sagen bereit war. Als Mika in sie drang, meinte sie bloß, es sei doch nicht ungewöhnlich, daß er länger in Edo aufgehalten werde. «Ein Daimyo von seinem Rang und Ansehen», sagte sie, «hat viele Verpflichtungen. Gedulde dich. Er wird zurückkehren, wenn der Shogun ihn zurückkehren läßt.»

Mika schrieb ihrem Vater, sie mache sich Sorgen, er habe den Brief, den sie ihm schon vor über drei Monaten geschickt hatte, immer noch unbeantwortet gelassen. Sie fragte ihn in ihrer neckischen Art, so wie sie oft zu ihm sprach, was für ein unzuverlässiger Vater er sei, ob es in Edo wirklich so viel zu tun gebe, wie die Mutter behauptet, oder ob er nicht doch zwischendurch ein wenig Zeit erübrigen könne, seinen Pinsel für eine kurze Nachricht nach Hause in Tusche zu tauchen.

Ab und zu blickte Mika durch die offenen Schiebefenster hinüber zum Vulkan, dessen Gipfel sich über dem Dach des nächsten Gebäudes erhob und ein großes Dreieck aus dem Himmel schnitt. Die klare Luft ließ ihn viel näher erscheinen, wenn es auch Stunden dauerte, selbst auf einem schnellen Pferd, bis dorthin zu reiten. Wißt Ihr noch, schrieb Mika ihrem Vater, wie wir dort hinaufgeritten sind, vor vielen Jahren, Ihr auf Eurem Schimmel und ich auf Mongo? Ihr habt mir die graugrünen Flechten gezeigt, die in langen Strähnen von den Bäumen hingen, und habt versucht, mir weiszumachen, sie seien der Bart des Vulkangotts, der im Inneren des Berges lebt. Aber die Padres sagen, es gibt keinen Vulkangott. Es gibt überhaupt keine Götter und keine Geister. Es gibt nur Deus, den wahren Gott, der über alles herrscht, und Jesus, seinen Sohn, und den Heiligen Geist und Santa Maria. Übrigens, Hochwürden Ferreira war gestern hier im Schloß. Er und João haben die Köpfe zusammengesteckt, viele Stunden, aber ich durfte nicht dabei sein. João sagt immer, ich störe. Dabei störe ich doch gar nicht. Ich möchte nur zuhören, ganz still, was er mit Hochwürden zu bereden hat.

Mika überflog das Blatt noch einmal und war dabei, ans Ende das Datum zu setzen. Sie zögerte. Eigentlich sollte sie sich an die japanische Zeitrechnung halten, entschied sich dann aber doch, leise vor sich hin lächelnd, für den Gregorianischen Kalender, wie sie es von den Padres gelernt hatte, und so schrieb sie denn: Dreizehnter Tag im April, Anno Domini 1612.

Mika versiegelte den Brief und drückte ihren Stempel darauf. Dann warf sie sich einen leichten Schal über die Schultern, war die Dämmerung doch nah, und die Kühle des Abends machte sich bemerkbar. Sie wollte rasch zum Hauptflügel hinüberlaufen, um João den Brief zu bringen.

«Mein Bruder weiß», sagte sie zu Nana, ihrer Lieblingszofe, «wann das nächste Schiff von Arima nach Edo segelt. Ich möchte, daß mein Vater meinen Brief auf dem schnellsten Weg erhält.»

Don João blickte unwillig auf, als Mika, ohne sich anmelden zu lassen, durch die Tür glitt und in sein Arbeitszimmer trat. Er saß auf einem hohen Stuhl, über den Tisch gebeugt, wie immer trug er portugiesische Pumphosen, heute aus schwarzem Samt, dazu ein Hemd aus leuchtendroter Seide, über dem ein goldenes Kreuz an goldener Kette hing. Sein Schnurrbart, nach portugiesischer Sitte gestutzt und mit Öl eingerieben, schien noch spitzer und länger geworden zu sein. Vor ihm auf dem Tisch lagen ausgebreitet eine große Landkarte und einige mit einem Federkiel dichtbeschriebene Blätter. Als Mika neben seinen Tisch trat, schob er die Seiten hastig zusammen und deckte sie zu. Seine Augen verengten sich zu schmalen Spalten. «Was willst du?» fragte er brüsk.

«Ich habe einen Brief für Vater. Du sollst dafür sorgen, daß er so bald als möglich abgeschickt wird. Du weißt doch bestimmt, wann das nächste Schiff von Arima nach Edo segelt. Hier, nimm ihn.» Sie streckte ihre Hand mit dem Briefumschlag aus. «Nimm ihn», fügte sie mit leichter Ungeduld in der Stimme hinzu, als Don João zögerte, ihr den Brief abzunehmen. Er zwirbelte ein Ende seines Schnurrbarts zwischen den Fingerspitzen.

«Nimm ihn», bedrängte ihn Mika, «und sorg' dafür, daß der Brief wirklich mit dem nächsten Schiff abgeht.»

Da endlich streckte Don João seine Hand aus und nahm den Umschlag wortlos in Empfang.

«Also, du sorgst dafür», sagte Mika noch einmal und bemühte sich, ihren Bruder anzulächeln, aber Joãos Miene blieb verschlossen. Er griff nach seiner Pfeife, die am Rande des Tisches in einer Porzellanschale lag. Kaum hatte er den Pfeifenschaft berührt, da sprang der Neger, der wie ein Schatten in seiner Nähe stand, heran und reichte ihm Feuer. Don João beugte sich vor und ließ sich die Pfeife anzünden. Mika glaubte zu sehen, daß seine Hand zitterte, aber vielleicht war es nur die warme Luft, die von der brennenden Lunte aufstieg und alles ein wenig verwaschen erscheinen ließ. «Was ist mit dir los?» fragte sie und wollte seinen Arm berühren, aber Don João stieß sie unwirsch zurück. Er wischte mit dem Handrücken Asche vom Hosenbein, die glimmend aus der Pfeife gefallen war, aber die gleiche Handbewegung konnte auch eine Anweisung an Mika sein, ihn nicht länger zu belästigen.

Als der Klang der Glocke herüberdrang, die in der Schloßstadt die Abendmesse einläutete, saß Mika wieder in ihrem Zimmer und schaute, wie der letzte Hauch des Tages den Gipfel des Vulkans berührte. Nana kam, die Öllampe anzuzünden. «Darf ich Euch sonst noch etwas bringen, Mika-sama?» fragte sie.

«Nein, es ist gut so. Ich warte noch, bis die ersten Sterne am Himmel erscheinen, dann werde ich schlafen gehen.»

Aber kaum war Nana gegangen, glitt Dona Isabel durch die Schiebetür. Ihr Haar streng nach hinten gekämmt und von einer Schildpattspange gehalten. Sie rückte sich ein Sitzkissen zurecht, setzte sich Mika gegenüber und strich sich ihren Kimono über den Knien glatt. Aus der Art, wie sie ihre Hände im Schoß faltete und ihre Schultern nach hinten drückte, sprach eine Förmlichkeit, die der späten Stunde und vertrauten Stimmung nicht angemessen schien. Das Licht der Öllampe ließ die Fältchen, die sich seit einigen Jahren um ihre Augen eingenistet hatten, tiefer erscheinen, als sie wirklich waren, und ihre Lippen wirkten blutleer, grau.

Mika betrachtete ihre Mutter mit verwundertem Blick.

Da sagte Dona Isabel mit flacher Stimme, fast ohne ihre Lippen zu bewegen: «Also, damit auch du es endlich erfährst. Dein Vater ist tot.»

* *
*

Don Protasios plötzlicher Tod riß alte Wunden auf, von denen man hatte annehmen können, sie seien seit langem vernarbt. Unter den Älteren in der Schloßstadt erinnerten sich noch manche an jene Zeit, kaum dreißig Jahre her, daß Don Protasio alle in seinem Daimyonat mit dem Entschluß überraschte, er wolle sich doch nach langem Zögern von den Padres noch einmal taufen lassen. Bei seiner ersten Taufe als kleines Kind habe er die Bedeutung dessen, was mit ihm geschah, nicht wirklich verstehen können. Inzwischen aber, so ließ er verkünden, habe sich sein Glaube an Deus, den wahren Gott, den Allmächtigen, gefestigt. Darum werde er von nun an die Lehre, welche die Padres im Land verbreitet hatten, nach besten Kräften fördern.

In der Tat aber, so wurde hinter vorgehaltener Hand getuschelt, habe Don Protasio sich zur Wiedertaufe entschlossen, um auch weiterhin in den Genuß der guten Handelsbeziehungen zu kommen, welche die Besuche der portugiesischen Galeonen im Hafen von Arima mit sich brachten. Die Portugiesen verkauften ihm nicht nur Seide aus China und Leder, Sandelholz, Rosenholz und den Lack des Sumakbaums aus den südasiatischen Königreichen, sondern auch Salpeter, aus dem sich mit Schwefel und feingemahlener Holzkohle Schießpulver herstellen ließ.

Don Protasio benötigte Schießpulver, da der Daimyo von Saga die Shimabara-Halbinsel schon mehrmals überfallen hatte. Seine schmachvollen Niederlagen führten zu dem Verdacht, es sei doch anscheinend nicht so weit her mit jenem Gott der Padres, den sie Deus nannten und von dem sie behaupteten, er sei allmächtig. Offenbar besaß dieser Deus doch nicht die Kraft, so raunte man, Don Protasio wirkungsvoll zu schützen. Um diesem schädlichen Geschwätz entgegenzuwirken, taten die Padres alles, was in ihrer Macht stand. Als der Daimyo von Saga wieder einmal sein Heer zusammenzog und gegen Don Protasio führte, sorgten sie dafür, daß eine Flottille portugiesischer Galeonen, die gerade im Hafen von Nagasaki vor Anker lag, ihm zur Hilfe eilte.

Als die Galeonen in die Silberbucht einliefen, versammelten sich die Menschen auf der felsigen Anhöhe, die der Einfahrt zum Hafen von Arima vorgelagert war, unter ihnen viele Kirishitan, wie jene sich nannten, die an Deus, den Gott der Padres, glaubten. Die großen schwarzen Schiffe mit den hohen vergoldeten Aufbauten glitten mit halbgerafften Segeln vorbei, eines nach dem anderen, fast in Steinwurfweite. Aus ihren Breitseiten blickten Kanonenrohre drohend herüber, und die Matrosen, halbnackte dunkelhäutige oder schwarze Gesellen, sahen mit ihren Dolchen im Gürtel so verwegen aus wie die Piraten vergangener Zeiten. Der Capitano des ersten Schiffs, Kommandant der Flottille, der zum Zeichen seiner Würde eine lange wippende Feder am Hut trug, hatte seinen Mercenarios den Befehl gegeben, während der Vorbeifahrt ihre Musketen zu präsentieren, um den Menschen am Ufer zu zeigen, wie groß die Macht derer ist, die für Deus die Weltmeere befahren.

Auch die Padres waren zum Ufer gekommen und standen in der ersten Reihe. Sie hoben ihre Hände gen Himmel und stimmten ein Gebet an, dessen Klang alle in seinen Bann zog. Viele der Menschen, selbst die, die damals noch keine Kirishitan waren, stimmten in den Gesang ein. Später, als die Kunde eintraf, der

Daimyo von Saga sei in der Schlacht von einer Kugel aus einer portugiesischen Kanone getötet worden, sagten die Padres, der Himmel habe das Gebet erhört. So sei bewiesen, sagten sie, wie mächtig Deus ist, mächtiger als Buddha und alle anderen Teufel.

Aus Dankbarkeit für die ihm zuteil gewordene Hilfe verkündete Don Protasio, jene Stätten, in denen die Menschen zu Deus beteten, Kirchen genannt, seien segensreicher als die Tempel und Schreine, in denen man Buddha und die alten Götter verehrte.

Kaum erfuhren die Kirishitan, was der Daimyo über die Tempel und Schreine gesagt hatte, zogen sie in Scharen über die Shimabara-Halbinsel entlang der Küste und über die Flanken des Vulkans. Flammen loderten, landauf, landab, denn die Zahl der Tempel und Schreine war groß. Manche, viele Jahrhunderte alt und aus Balken von schwerem Zedernholz errichtet, wollten lange nicht brennen, aber der Eifer der Kirishitan war unzähmbar.

Nach drei Monaten war alles vorbei, und es fand sich auf der ganzen Shimabara-Halbinsel keine Stätte mehr, in der, wie die Padres sagten, der Teufel verehrt werden könnte. Es gab keine Priester mehr, keine Mönche, die die Seelen der Menschen dem Teufel überantworteten. Viele von ihnen waren umgekommen. Andere hatten sich nach Zeugenaussagen in ohnmächtiger Wut, Schaum vor dem Mund, über die Grenzen des Daimyonats gerettet.

Als die Nachricht von Don Protasios Hinrichtung durchsickerte, geschah es, daß manche unter den Älteren an die Ereignisse vor dreißig Jahren zurückdachten. Vielleicht, so flüsterten sie einander zu, war nun der Fluch der bösen Taten zurückgekehrt.

All der ungeheure Reichtum, den Don Protasio in den vergangenen dreißig Jahren hatte ansammeln können, all die Macht, die ihm zugefallen war, all der Einfluß, der bis an den Hof des Shogun im fernen Edo reichte – nichts hatte ihn vor einem schändlichen Ende bewahren können, noch nicht einmal sein in Gold gefaßtes Amulett, das die Padres ihm geschenkt hatten und von dem es hieß, es berge einen Splitter des Kreuzes von Golgatha.

* *
*

Die Brise, die sich vor Morgengrauen über dem Meer erhob, löste die von nächtlicher Kälte geschwächten Kirschblüten von den Ästen und Zweigen. Die nach oben streichende Luft blies die Blütenblätter wie Schneeflocken empor und ließ sie gen Himmel steigen. Sie wirbelten in einer so dichten Wolke, daß sie den Blick auf den Schloßturm versperrten, der sich gerade noch erkennbar vor der Silhouette des Vulkans erhob. Dann rieselten die Blütenblätter herab, bedeckten Mikas schmale Schultern und verfingen sich in ihrem Haar, bis es weiß erschien wie das Haar einer alten Frau.

Mika spürte nicht die Kälte. Sie spürte nicht den Wind. Sie spürte nicht die Kirschblütenblätter, die ihr im Haar und im Gesicht klebten. Sie stand regungslos da, an derselben Stelle entlang der Schloßmauer, dort, wo sie im Spätherbst von ihrem Vater Abschied genommen hatte, bevor er die Reise nach Edo antrat. Entgegen seiner sonstigen Gewohnheit wollte er nicht, daß sie ihn nach Arima begleitete. Er wollte ohne großes Aufsehen das Schiff besteigen, das auf ihn wartete. Aber Mika war die Enttäuschung deutlich ins Gesicht geschrieben. Deshalb hatte Don Protasio sich zu einem der Kirschbäume hochgereckt und von einem kahlen Ast das letzte Blatt gepflückt, das die Herbstwinde noch zurückgelassen hatten, ein Blatt in Glutrot und Gold. Er hatte es Mika auf die Hand gelegt: «Bewahr es gut. Zur Erinnerung.»

Aus dem Grau des Morgenlichts löste sich Mongo, Mikas vertrautes Pony. Es stand auf der anderen Seite der Wiese und schien darauf zu warten, daß die Sonne sich über den Horizont erhob und ihm das Fell wärmte. Es schüttelte die Mähne, um den Tau abzustreifen, der sich über Nacht auf die dichten, derben Haare gelegt hatte. Dann begann es über die Wiese zu wandern, ziellos, hier und dort am Gras zupfend. Dann und wann hob Mongo seinen Kopf und sog prüfend den Wind ein. Plötzlich stellten sich seine Ohren auf, und er wandte seinen Kopf dorthin, wo Mika noch immer unter den Kirschbäumen stand. Seine Nüstern blähten sich, und sein Vorderhuf scharrte den Boden. Er ging einige Schritte zur Seite, wie den Wind prüfend, und kam dann langsam näher. Als er sicher zu sein schien, daß sein Geruchssinn ihn nicht täuschte, verfiel er in einen leichten Trab und kam auf Mika zu, rieb seine Nüstern an ihrer Hand und stellte sich seitlich vor sie hin, den Kopf leicht gesenkt.

Mika beugte sich vor, und die Kirschblütenblätter in ihrem Haar fielen auf Mongos Mähne.

«Mein Vater ist tot», sagte sie leise zu ihm, «mein Vater ist tot.» Mongo hob seinen Kopf ein wenig, bis er ihn an ihre Brust schmiegen konnte, und preßte sich mit seiner Flanke gegen sie, als verstehe er ihre Trauer. Mika spürte die Wärme seines Körpers. «Der Shogun hat ihn hinrichten lassen», sagte sie mit leiser, tonloser Stimme.

Danach konnte Mika zum erstenmal weinen, zum erstenmal, und ihre Tränen perlten auf Mongos Mähne. Der schaute sie mit seinen großen, sanften Augen an, bis Mika fast an ihren Tränen erstickte. Dann wischte sie sich das Gesicht mit dem Ärmel ihres Kimonos und fing zaghaft an, Mongos Mähne zu kraulen. Er verharrte still, länger als sonst, wenn Mika zu ihm zur Weide kam. Sonst brachte sie ihm zumeist ein paar Möhren mit oder eine Stange Zuckerrohr, das während der heißen Sommermonate in den Niederungen unweit des Schlosses wuchs. Manchmal neckte sie Mongo und ließ ihn an dem Tuch schnuppern, in dem die Möhren oder das Zuckerrohr steckten. Dann blähte er seine Nüstern und scharrte ungeduldig mit den Vorderhufen, bis sie es löste und ihn fütterte. Aber diesmal schien er zu spüren, daß sie nichts anderes für ihn hatte als Tränen.

«Warum habt Ihr mir nicht gesagt, daß Vater angeklagt war», hatte Mika ihre Mutter angefaucht, nachdem der erste lähmende Schreck vorüber war und sich ihre Pein in einen Schrei entladen hatte, der über den ganzen Wohnflügel zu hören war. «Ihr habt doch offenbar seit langem gewußt, was vor sich ging, daß er angeklagt war, aber mich habt Ihr im Glauben gelassen, alles sei in Ordnung und Vater werde bald wieder bei uns sein.»

«Es hätte nichts geändert.»

«Das stimmt nicht. Ich hätte nicht so wie Ihr hier untätig herumgesessen. Ich hätte etwas getan ...»

Dona Isabel rückte ihren Kimonoärmel zurecht und zupfte an der Naht, die Mika in ihrer Heftigkeit eingerissen hatte. «Was hättest du denn tun können?» fragte sie mit trockenen Lippen.

«Ich wäre nach Edo gefahren … Ja, ich wär' nach Edo gefahren … was sind schon tausend Meilen … ich wär' hingefahren und hätte dem Shogun gesagt, daß er doch nicht so einfach meinen Vater hinrichten lassen kann.»

«Vorstellungen hast du», Dona Isabel schüttelte abweisend den Kopf, «immerhin …»

«Ja, immerhin ist der Shogun Hamakos Großvater», schnitt Mika ihr das Wort ab, «immerhin ist er der Großvater von Yoshitomos Frau. Wir sind also mit ihm verwandt. Ich hätte Vater retten können, wenn Ihr mir nur gesagt hättet, daß er angeklagt war.»

«Du stellst dir alles so einfach vor.»

«Feige seid Ihr», Mika schaute ihre Mutter wütend an. «Ihr wollt nur nicht wahrhaben, was wir alles hätten tun können. Jetzt, wo es zu spät ist, sagt Ihr, es hätte nichts genutzt. Aber woher wißt Ihr denn, es hätte nichts genutzt. Hochwürden sagt, man darf nie aufgeben, wenn man an Deus glaubt. Man darf sich nicht beirren lassen, wenn man von seiner Sache überzeugt ist. Ihr seid doch von Vaters Unschuld überzeugt, oder?»

«Die Kommission hat entschieden», antwortete Dona Isabel, ohne ihre Stimme zu heben, «daß dein Vater schuldig ist.»

«Die Kommission … die Kommission …», unterbrach sie Mika heftig, «so eine Kommission tut doch nichts ohne den Willen des Shogun. Den Shogun hätten wir überzeugen müssen, ihn hätten wir überzeugen müssen. Was nutzt es denn, daß wir mit ihm verwandt sind. Ich hätte Vater retten können. Bestimmt, ich hätte ihn retten können.»

«Wir haben gehofft», klang die nüchterne Stimme ihrer Mutter, «wir alle haben gehofft, João, Yoshitomo und ich, daß es nicht so schlimm sei mit der Anklage. Wir glaubten, die Kommission würde deinen Vater freisprechen. Aber sie hat ihn für schuldig befunden.»

«Schuldig … schuldig … immer wieder schuldig!» schrie Mika auf. «Vater war ein guter Kirishitan. Was hat er denn getan, eine so furchtbare Strafe zu verdienen?»

Dona Isabel zog eine Schriftrolle aus der Tasche, die sie neben sich auf die Tatamimatte gestellt hatte. Sie löste etwas umständlich das Band, mit dem die Rolle umwickelt war, und reichte sie Mika. «Hier kannst du lesen», sagte sie, «was der Shogun öffentlich erklärt hat.»

Mika schien unentschlossen. Schließlich streckte sie ihre Hand aus. Zögernd, mit gespreizten Fingern, entrollte sie das Schriftstück. In der unteren linken Ecke prankte der Stempel des Shogun, karminrot.

«Lies», sagte Dona Isabel leise und rückte die Öllampe näher heran, damit das Licht heller auf das Papier schien.

Mika wischte sich mit dem Handrücken über die Augen. Der Text war in trockenen Beamtensätzen abgefaßt, Okamoto Daihachi, Berater im Dritten Rang am Hofe des Shogun, hieß es dort, habe ein Schreiben an Arima Harunobu geschickt, Daimyo von Shimabara, auch unter dem Namen Don Protasio bekannt, und ihm darin wahrheitswidrig mitgeteilt, daß Seine Herrlichkeit, der Shogun, ihn in Anerkennung für seine Verdienste bei der Lösung mancher Fragen, die die Portugiesen betrafen, großzügig belohnen werde. Für diesen Brief habe Okamoto Daihachi das besondere Papier des Shogun benutzt, das nur für offiziell genehmigte Schreiben verwendet werden darf. Er habe damit geprahlt, daß diese Auszeichnung von höchster Stelle ohne seine Bemühungen nicht zustande gekommen wäre. Für seine Bemühungen habe er dann von Arima Harunobu, Daimyo von Shimabara, auch unter dem Namen Don Protasio bekannt, Gold, Silber und eine ganze Schiffsladung Seide verlangt und auch erhalten. Gegen Okamoto Daihachi, Berater im Dritten Rang am Hofe des Shogun, sei deshalb Anklage wegen Amtsanmaßung, Mißbrauch der Shogunpapiere und Forderung von Bestechungsgeldern erhoben worden. Bei seiner Vernehmung vor Gericht habe Okamoto Daihachi ausgesagt, Arima Harunobu, Daimyo von Shimabara, auch unter dem Namen Don Protasio bekannt, sei an einem Plan beteiligt, den Gouverneur von Nagasaki zu ermorden. Daraufhin sei gegen Arima Harunobu, Daimyo von Shimabara, auch unter dem Namen Don Protasio bekannt, Anklage wegen Hochverrats erhoben worden. Die von der Regierung eingesetzte Untersuchungskommission habe nach Anhörung der Angeklagten, nach Prüfung aller Unterlagen und nach langen, ausführlichen Beratungen beide

Angeklagte für schuldig befunden und ihre Hinrichtung empfohlen. Der Shogun sei der Empfehlung der Untersuchungskommission gefolgt und habe die Hinrichtung beider Angeklagten angeordnet.

Mika ließ die Schriftrolle sinken und blickte zum Nachthimmel auf, an dem schon die Sterne glitzerten. Die Lichtpunkte verschwammen vor ihren Augen, und ihre Lippen zuckten vor unterdrücktem Schluchzen. Sie zog sie zwischen die Zähne und biß so fest zu, daß sie zu bluten begannen.

Dann hob sie das Blatt wieder gegen das schwache Licht der Öllampe und las den langen, schwerfälligen Text noch einmal. Ihre Lippen bewegten sich. Mehrmals stockte sie und ließ ihre Augen die gleichen Textzeilen entlanggleiten.

«Okamoto Daihachi», sagte Mika schließlich, «der ist doch mehrmals hiergewesen. Ich erinnere mich noch genau an das letzte Mal. Er wollte Vater besuchen. Hochwürden war auch da. Wißt Ihr noch? João hatte den kleinen Empfangssaal vorbereitet und rundum mit Samurai umstellt, damit niemand in die Nähe kam. So eine Geheimnistuerei. Ich versteh' nicht …»

Dona Isabel saß starr da, den Kinomo über den Knien glattgestrichen und die Schultern ein wenig krampfhaft nach hinten gedrückt, als nehme sie an einem formellen Treffen teil, bei dem Gefühle nicht gezeigt werden.

«Ich verstehe nicht. Warum mußte Okamoto Daihachi denn überhaupt so einen Brief an Vater schreiben, da er doch mehrmals hiergewesen war?»

«Vielleicht hat er den Brief, der in der Verlautbarung des Shogun erwähnt wird, gar nicht geschrieben.»

Mika fuhr so heftig auf, daß sie fast die Öllampe umgestoßen hätte. «Gar nicht geschrieben?»

«Vielleicht», wiederholte Dona Isabel, «niemand weiß, was genau geschehen ist, aber die Frage stellt sich doch …» Sie verfiel wieder in Schweigen, und selbst ihr Gesicht ließ nicht erkennen, wohin ihre Gedanken gingen.

Mika lehnte sich vor und las wiederum das offizielle Schriftstück. «Gold und Silber soll Vater an Okamoto Daihachi gezahlt haben, und eine Schiffsladung Seide …», murmelte sie vor sich hin, «Okamoto Daihachi soll es von ihm verlangt haben. Das ist doch Erpressung. Was für ein schrecklicher Mensch, dieser Daihachi. Zuerst lockt er Vater mit falschen Versprechungen und läßt sich dafür viel Gold, Silber und Seide geben. Und hinterher, wenn er angeklagt wird, versucht er seine Haut zu retten, indem er Vater für etwas beschuldigt, was nie und nimmer stimmen kann. Den Gouverneur von Nagasaki ermorden wollen … das weiß doch jeder, daß das nicht stimmt. Das weiß doch jeder, daß das eine Lüge ist … eine infame Lüge … eine Lüge … eine Lüge.» Ihre Stimme war, während sie sprach, immer lauter geworden. Die letzten Worte schrie sie heraus. «Warum hat Vater nicht gesagt, daß das eine Lüge ist?»

«Dein Vater hat sich, so wurde mir berichtet, der Wucht der Beweise beugen müssen, die der Untersuchungskommission vorlagen. Er hat zugegeben, daß ein solcher Plan bestand.»

Mika schaute ihre Mutter ratlos an.

«Okamoto Daihachi war Kirishitan, wie du weißt», fuhr Dona Isabel fort, ohne auf Mikas Ratlosigkeit zu achten, «er war der einflußreichste und ranghöchste unter allen Kirishitan am Hofe des Shogun.»

«Was wollt Ihr damit sagen?»

«Ich stelle nur fest, daß Daihachi der einflußreichste und ranghöchste unter den Kirishitan am Hofe war. Es gab nicht viele Kirishitan am Hof, noch nicht einmal ein Dutzend, aber wenn es einen geheimen Plan der Kirishitan gab, die Stadt und den Hafen von Nagasaki wieder unter portugiesische Kontrolle zu bringen, dann war Daihachi sicher eingeweiht.»

«Meint Ihr, der Shogun hat Daihachi hinrichten lassen, weil er Kirishitan war? Und Vater auch?»

Über Dona Isabels Lippen huschte ein bitteres Lächeln. «So wird es wohl auf Jahre hinaus, auf Jahrzehnte hinaus dargestellt werden, aber unter dieser Regierung ist bisher niemand getötet worden, weil er einer bestimmten Religion anhängt. Niemand wird in diesem Land angeklagt, nur weil er Kirishitan ist.»

«Ich verstehe nicht, worauf Ihr hinauswollt, Mutter.»

«Daß der Shogun in seiner Verlautbarung nicht alles sagt, was wirklich geschehen ist.»

«Warum nicht?»

«Aus bekannten Gründen.»

«Aus bekannten Gründen?» fragte Mika verwirrt. «Was soll das bedeuten?»

«Welcher Shogun wird schon die Wahrheit sagen, wenn die Wahrheit peinlich ist.»

«Peinlich?»

«Zugeben zu müssen, wie weit es schon gekommen war.»

«Was?»

«Dein Vater hat etwas getan, hinter dem Rücken der Regierung, das, wenn der Plan gelungen wäre, dem Shogun große Schwierigkeiten bereitet hätte.»

«Aber was ist denn wirklich geschehen? Sagt es mir doch, sagt es mir endlich.»

«Du fragst zuviel, mein Kind. Es ist gefährlich, die ganze Wahrheit zu wissen.»

«Wißt Ihr denn die ganze Wahrheit?»

«Niemand kann die Wahrheit wissen, aber ich habe deinen Vater oft genug gewarnt.»

«Wovor?»

«Daß er nicht zu weit gehen solle.»

«Zu weit? Wie weit?»

«Er hat sich zu sehr mit den Padres eingelassen und dafür teuer bezahlt. Mit seinem Leben.»

Mika schaute ihre Mutter verstört an. Dona Isabel hatte sich, wenn es um Fragen des Glaubens ging, nie völlig von ihrer Vergangenheit lösen können. Obwohl sie sich vor dreißig Jahren als Don Protasios Frau mit ihm zusammen hatte taufen lassen, war sie doch nie das geworden, was man eine treue Anhängerin des Glaubens nennen könnte. Sie besuchte zwar regelmäßig in Arima die Messe, empfing Hochwürden und die anderen Padres mit ausgesuchter Höflichkeit, wenn sie auf Schloß Hara weilten, und ging an den vorgeschriebenen Tagen zur Beichte, aber das, was sie zu beichten hatte, kam nie aus der Tiefe ihrer Seele.

«Vater war ein guter Kirishitan», sagte Mika und betonte jedes Wort, «Vater war ein Kirishitan, und er wollte nur das Beste.»

«Das Beste?»

«Er wollte nur das Beste.»

«Das Beste für wen?»

«Für uns und alle, die in diesem Land leben, und auch für die, die noch nichts von Deus gehört haben. Das sagt doch auch Hochwürden. Alle Menschen, die an Deus glauben, den wahren Gott, werden dem Guten zugeleitet, und wenn erst Sein Reich hier auf Erden gekommen ist, wird es keinen Streit mehr unter den Menschen geben, keinen Neid, keinen Zwist, keine Lüge, keinen Betrug. Sie werden auch keine Kriege mehr führen. Es gibt nur noch Frieden.»

«Hochwürden spricht gern vom Frieden, und daß Frieden sich einstellen werde, sobald alle Menschen an Deus glauben», antwortete Dona Isabel kühl.

«Was ist denn schlecht daran?» Mikas Stimme verriet ihre Entschlossenheit zum Widerspruch. «Wenn alle Menschen Kirishitan sind, dann werden sie so glücklich miteinander leben wie die Menschen im fernen Europa.»

«Wie gutgläubig du doch bist», erwiderte Dona Isabel mit spöttischem Lächeln, aber der Ton ihrer Stimme trieb Mika zu noch heftigerem Widerspruch an. Sie fragte ihre Mutter, ob sie denn vergessen habe, was Julian von seiner Reise nach Rom berichtete. Schließlich war Julian ein Japaner, der nach Europa hatte reisen dürfen. Er kennt Europa. Er hat Lissabon und Madrid gesehen und viele andere Städte, Genua, Venedig, Padua, Bologna, Rom, Florenz. Er ist von König Filipe Dos, in dessen Reich die Sonne nicht untergeht, empfangen worden. Er hat in Rom vor Papa Gregorius gekniet und seinen Ring geküßt. Nachdem der alte Papa gestorben war, hat er der Weihe des neuen Papa, Sixtus Quintus, beiwohnen dürfen und die Ehre erfahren, zum Bürger der Heiligen Stadt ernannt zu werden.

«Namen von vielen fremden Städten und vielen fremden Menschen ... sie haben einen schönen Klang, aber Klang ist Schall.»

«Julian hat Europa mit eigenen Augen gesehen», fuhr Mika mit Eifer fort, «die Menschen sind glücklich dort, wo der Glaube an Deus herrscht. Alle Menschen, die an Deus glauben, an Seinen eingeborenen Sohn, an den Heiligen Geist, an Santa Maria, solche Menschen leben in Frieden. Vater hat doch selber mit Julian gesprochen.»

«Ich auch», Dona Isabel rückte ihre Schultern zurecht und straffte ihren Rücken, «ich habe diesen Julian ebenfalls sprechen hören.»

«Und?»

«Nun ja, die Padres sagen, Julian sei ein Prinz aus sehr hohem Haus, aber wenn man ihn reden hört, sein Zungenschlag ... In Wirklichkeit war er ein Waisenkind, das die Padres erzogen.»

«Was wollt Ihr damit sagen?»

«Daß Julian nie etwas anderes kennengelernt hat als nur das, was die Padres sagen.»

«Ist das schlecht?»

«Nicht schlecht, aber ...», Dona Isabel streifte Mika mit einem prüfenden Blick, «aber Julian ist, wie du weißt, nur einer von vieren, die nach Rom geschickt worden waren. Du hast doch sicher auch von Miguel gehört?»

«Miguel?» gab Mika zurück. «Miguel ist ein Verräter. Hochwürden sagt, Miguel sei ein Verräter, und deshalb betet er um seine Seele.»

«Miguel ist der einzige unter den vieren, der von seiner Reise nach Europa Dinge berichtet, die den Padres nicht gefallen. Daher nennen sie ihn einen Verräter.»

«Miguel lügt.»

«Woher weißt du, daß er lügt?»

«Hochwürden sagt es.»

«Wenn man Miguel zuhört, dann gibt es in jeder Stadt im fernen Europa ungezählte Bettler», entgegnete Dona Isabel mit spitzen Lippen, «dazu braunhäutige und schwarzhäutige Sklaven, an den Knöcheln mit eisernen Ketten gefesselt. Es gibt Elend und Armut und Raub und Mord.»

«Gelogen. Gelogen!» schrie Mika.

«Warum ereiferst du dich über Dinge, von denen du nur wenig weißt? Miguel hat in Lissabon japanische Frauen gesehen und mit ihnen gesprochen. Sie sind als junge Mädchen von Nagasaki aus nach Portugal verschleppt worden, Schiffsladungen von ihnen, und sie dienen dort reichen Männern als Konkubinen. Miguel kennt die Namen und weiß sogar, aus welchen Dörfern sie kommen.»

«Diese Frauen haben nichts mit Hochwürden zu tun und nichts mit den Padres.»

«Wirklich nicht?»

Mika schwankte, ob sie aufbrausen oder schweigen sollte. Sie entschied sich fürs Schweigen. Sie sah Hochwürden Ferreira vor sich, wie er mit Trauer in der Stimme vom Teufel sprach, der überall, selbst unter Kirishitan, seine Opfer finde. Überall gibt es Menschen, hatte er gesagt, die schlecht sind und Schlechtes tun, aber sie werden beim Jüngsten Gericht ihre gerechte Strafe erfahren. Mika sah Ferreiras feingliedrige Hände vor sich, mit denen er seine Worte unterstrich, dieselben Hände, mit denen er bei der Messe den Leib des Herrn austeilte. Sie sah sein scharf geschnittenes Gesicht, sein edles Profil. Sie hörte seine wohlklingende warme Stimme.

Die Flamme in der Öllampe verlosch. Wortlos blieben Mutter und Tochter eine Zeitlang in der Dunkelheit sitzen. Durch die immer noch offene Schiebetür drang kühle Abendluft. Der Mond war hinter der Kammlinie des Vulkans verschwunden und die Dunkelheit so vollkommen, daß sogar die Silhouette des Schloßturms kaum noch auszumachen war.

«Jetzt bleibt nichts anderes übrig, als zu warten, wie der Shogun über die Nachfolge entscheidet», sagte Dona Isabel schließlich fast flüsternd. «Wer weiß, wie lange wir noch hier auf dem Schloß bleiben dürfen.»

Mika hielt den Atem an. Sie lehnte sich in der Dunkelheit vor, als hätte sie den Sinn der Worte nicht erfaßt.

«Selten fällt ein Daimyo so tief in Ungnade wie dein Vater. Deshalb ist es fraglich, ob der Shogun gewillt sein wird, die Nachfolge in unserer Familie zu belassen.»

«Aber das ist doch unmöglich …», fuhr Mika auf, «Shimabara gehört uns. Seit Jahrhunderten. Der Shogun kann uns nicht einfach hinauswerfen.»

«Doch, er kann es.» Dona Isabels Stimme klang dunkel. «Der Shogun hat die Macht dazu.»

Mika faßte mit beiden Händen ihre Mutter bei den Schultern.

«Wenn er uns hierbleiben läßt», sagte Dona Isabel wie in sich hinein, «dann wird er wohl Yoshitomo zum Nachfolger ernennen. Schließlich ist Yoshitomos Frau die Enkelin des Shogun.»

«Vater hat immer gesagt, João sei zum Nachfolger bestimmt», wandte Mika zaghaft ein.

«Dem Shogun ist es sicher nicht entgangen, wie eng sich João zu jenen hingezogen fühlt, die deinen Vater ins Unglück gestürzt haben.»

Da konnte Mika nicht schweigen. «Ihr schiebt immer wieder die Schuld auf die Padres, Mutter, Ihr redet immer schlecht über sie, weil Ihr sie nicht mögt. Dabei haben die Padres doch nur Gutes für uns getan … ohne sie hätten wir nicht von Deus, dem wahren Gott, erfahren … von Jesus, der für uns am Kreuz gestorben ist … von Santa Maria … ohne die Padres wären wir Heiden geblieben, und die Hölle würde auf uns warten … ohne sie … ohne sie …»

Dona Isabel unterbrach Mika nicht. Sie wartete, bis ihr Wortstrom zu einem Stottern wurde und nur noch ihr ausgestoßener Atem das Ausmaß ihrer Erregung verriet. «Ja, ja, die Padres meinen es gut mit uns», redete sie mit beruhigender Stimme auf Mika ein, «aber dein Vater ist tot.»

Danach raffte Dona Isabel mit einer raschen Bewegung ihren Kimono und ging. Mika hörte ihre Schritte, wie sie sich in dem langen Gang verloren, der ihre Räume mit dem Westflügel des Schlosses verband. Lange blieb sie noch in der Stille ihres Zimmers sitzen und versuchte, ihre Gefühle zu ordnen. Sie hörte das Knistern der Balken in der Kühle der Nacht. Sie hörte in einer Ecke ein Heimchen zirpen und draußen die ersten Stimmen der Vögel. Sie trat durch die offene Schiebetür unter den Sternenhimmel und schaute empor. Am Stand der Sterne las sie ab, daß der Morgen in wenigen Stunden anbrechen werde.

Ohne Ziel irrte sie durch das stille Schloßgelände, kam am Haupttor vorbei, wo die Wachen auf ihrem Posten eingenickt waren und Mikas leichte Schritte nicht hörten. Sie überlegte, ob sie durch das Tor schlüpfen sollte, nach draußen, die gewundene Straße hinunter zur langen, schwach gewölbten Brücke hin, die den breiten Schloßgraben überspannte, und über die Brücke hinüber in die stille Stadt. Sie stand lange unter dem Torbogen, die schlafenden Wachen seitlich in ihrem Unterstand, und schaute über die Brücke und über die Stadt. Drüben am Hang, wo ein Felsen schroff vorsprang, erhob sich Schloß Hinoe, dessen weißer Turm sich schwach gegen die dunkle Silhouette des Vulkans abzeichnete.

Dort lebte Yoshitomo, und trotz der Entfernung konnte Mika sehen, daß einige der Fenster von Hinoe noch erhellt waren. Sie zögerte. Wie mag Yoshitomo die Nachricht aufgenommen haben? Am liebsten wäre sie zu ihm hinübergelaufen, durch die menschenleeren Straßen bis zu jener Stelle, wo der steile, enggewundene Pfad begann, der zu dem kleinen Seitentor hinaufführte. Der Pfad war ihr vertraut, sie kannte jede Biegung, jeden Busch am Rand und jede Stufe, wo Treppen den steilsten Anstieg überwanden. Früher, als sie alle noch zusammen auf Schloß Hinoe lebten, während an Schloß Hara gebaut wurde, früher war sie diesen Pfad oft hinauf- und hinuntergelaufen, auf ihren hölzernen Getta, die bei jedem Schritt klapperten wie die Schnäbel der Kraniche beim Hochzeitstanz.

Yoshitomo hatte sie einmal morgens früh aufgeweckt, vor vielen Jahren. «Komm mit, kleine Schwester, heute nacht sind die Kraniche aus dem Süden zurückgekehrt.» Er wußte, auf welcher Wiese sie sich versammelten und ihren Hochzeitstanz vollführten. Er schlich mit Mika durch das nebelnasse Gras und unter Büschen hindurch, von deren Zweigen der Tau tropfte. Dann endlich konnten sie die Vögel sehen, im Morgennebel unter den Weiden, deren Zweige mit silbernen und goldenen Kätzchen überzogen waren. Die Kraniche trugen feine blutrote Kronen. Wenn sie ihre schwarzweißen Flügel ausbreiteten, rauschte die Luft, und Tautropfen perlten von den Weidenästen. Sie tanzten auf ihren langen Stelzenbeinen mit geöffneten Flügeln. Sie legten ihre Köpfe weit nach hinten und klapperten mit ihren Schnäbeln. Yoshitomo schubste Mika von der Seite an und flüsterte ihr zu: «Hörst du, Mika-chan? Es klingt, wie deine Getta klingen, wenn du's eilig hast.»

Als die Sonne über den Rand der Bäume stieg, erhoben sich die Kraniche in die Luft. Sie zogen immer größer werdende Kreise und verschwanden in Richtung des Vulkans. Yoshitomo reckte sich und stand auf. Er schaute ihnen nach und faltete seine Hände. Seine Lippen murmelten einige stumme Worte. Mika tat es ihm nach, denn sie bewunderte ihren großen Bruder, den sie liebevoll Yosh nannte. Sie streckte ihre vom langen Kauern im Gras steif gewordenen Glieder und wärmte sich in den Strahlen der frühen Sonne. «Aaah, die Sonne», sagte Yoshitomo und schloß die Augen, «die Sonne ist die Göttin, die uns unser Leben gibt, und die Kraniche sind ihre Boten.»

«Aaah, die Sonne», sagte Mika wie ihr großer Bruder und schloß auch die Augen in der Helligkeit des Lichts.

Yoshitomo sprach oft von Göttern und Göttinnen, selten von Deus, Jesus, dem Heiligen Geist und Santa Maria, obwohl er – wie João – bei den Padres zur Schule ging und die meiste Zeit des Jahres im Seminario in Arima wohnte. Daß Yoshitomo anders war als João, sagten manche in Don Protasios Gefolge, sei auf jene Zeit zurückzuführen, als Dona Isabel mit ihm schwanger ging. Damals wollte Dona Isabel zu ihren Eltern reisen und hatte unterwegs einen Tempel aufgesucht, dessen Priester die Kraft besaßen, für ungeborene Kinder zu beten. Die Padres in Arima, die Yoshitomo als schwer lenkbar ansahen, sagten, Dona Isabel und ihre Leibesfrucht seien in jenem Tempel von den Teufelsdienern verhext worden.

Mika war viele Jahre jünger. Für sie waren João und Yoshitomo die beiden großen Brüder, die in Arima Lateinisch und Portugiesisch lernten und die, wenn sie nach Hause kamen, wenig Interesse zeigten, mit einer kleinen Schwester zu spielen. Deshalb hatte sich jener Morgen unvergeßlich ihrem Gedächtnis eingeprägt, als Yoshitomo sie zum Hochzeitstanz der Kraniche mitnahm. Sie fühlte noch immer seinen warmen festen Griff, wie er sie an jenem kalten Morgen an der Hand durch das taufeuchte Gras führte, mit ihr unter der Weide am Wiesenrand kauerte und den Kranichen bei ihren Tänzen zusah. Sie hörte noch sein Flüstern und seine Ermahnung stillzuhalten. «Psst … wir dürfen die Kraniche nicht stören, denn sie rufen mit ihrem Tanz den Frühling herbei, und du möchtest doch sicher auch, daß die Sonne bald wieder wärmer scheint und auf der Wiese die Blumen blühen.»

Im gleichen Jahr, als sie blühten, reiste Yoshitomo nach Edo, tausend Meilen weit entfernt, zum Dienst am Hofe des Shogun. Wenige Monate später kam die Nachricht, er sei zum persönlichen Pagen des Shogun ernannt worden. Als er einige Jahre später zurückkehrte, befand sich in seinem Gefolge ein stilles Mädchen, Hamako, von dem es hieß, es sei die Enkelin des Shogun und jetzt Yoshitomos Frau. Inzwischen war Schloß Hara fertiggestellt, und alle siedelten dorthin über. Nur Yoshitomo blieb mit Hamako zurück und wurde, trotz seiner jungen Jahre, Schloßherr von Hinoe.

Mika verweilte noch lange unter dem hohen Torbogen und blickte zu Hinoe hinüber. Schließlich wandte sie sich um und ging so leise, wie sie gekommen war, den gleichen Weg zurück. Sie ging quer durch das Schloßgelände, sah zu dem gewaltigen Turm auf, dessen Umriß sich mit den sich verjüngenden Stockwerken und ihren geschwungenen Dächern aus der Dunkelheit herausschälte. Sie durchquerte die weiten offenen Flächen bis zur Schloßmauer, hinter der tief unten die Wellen dumpf gegen die Felsenklippe schlugen.

Entlang der Mauer lag Mongos Weide, und die Reihe der Kirschbäume zog sich hin, so weit das Auge reichte. Ihre blühenden Kronen hoben sich weiß gegen den verblassenden Sternenhimmel ab. Unter diesen Kirschbäumen stand Mika, bis eine aufkommende Brise die von der Kälte der Nacht geschwächten Blüten von den Ästen und Zweigen löste und auf sie herabrieseln ließ.

2

Gottes Streiter

Jahre später, als eine zupackende Faust ihn aus seinem Versteck herauszerrte wie der Spechtschnabel einen Wurm aus moderndem Holz, mußte Cristovão Ferreira an jenen Tag im Mai zurückdenken, als Don João mit hundert berittenen Samurai überraschend, unangemeldet vor der Mission erschien. Das war

Anno Domini 1612 geschehen, am Tag nach Pfingsten, und die Nachmittagssonne stand noch hoch über dem Horizont. Der leichte Wind, der vom Meer herüberwehte, brachte willkommene Frische. Fradre Paolo, für den Unterhalt des Missionsgebäudes verantwortlich, hatte gerade seinen Kopf zur Tür hereingesteckt und gefragt, ob er den Glockenturm hinaufsteigen solle, das Hanfseil zu erneuern, das während des Geläuts bei der Pfingstmesse gerissen war.

Cristovão Ferreira stand am offenen Fenster, durch das die Sonne hereinströmte, und ließ sich von Luigi, dem Novizen, mit einer feinen Schere das Stückchen Haut entfernen, das sich vom Nagelbett seines Zeigefingers gelöst hatte. Ferreira strich immer wieder mit dem Daumen darüber, fast gegen seinen Willen, ein ärgerliches Stückchen Haut und schmerzhaft dazu. Deshalb hatte er den Novizen gerufen, Luigi genannt, weil das seinem japanischen Rufnamen Ryuji am ähnlichsten klang.

Außerdem konnte jede Stunde die Princessa eintreffen. Sie hatte Ferreira früh am Morgen, schon um sieben, durch einen Boten vom Schloß Hara einen Brief gesandt, in dem sie ihn bat, mit ihm sprechen zu dürfen. Obwohl sie keinen genauen Grund angab, sprach Dringlichkeit aus ihrer Schrift, grazil wie immer, dennoch die Eile, in der sie den Pinsel über das Papier geführt hatte, nicht verbergend. Er hatte ihr sofort geantwortet, er sei den ganzen Tag über verfügbar, und den Boten vor seiner Rückkehr noch einmal ermahnt, seine Antwort nur der Princessa persönlich auszuhändigen.

Es war ein warmer Tag, ein Ruhetag nach den Anstrengungen der Pfingstfeier, zu der die Kirishitan aus der ganzen Shimabara-Halbinsel in Scharen gekommen waren, aus den Fischerdörfern entlang der Küste, aus den Bergdörfern auf den Flanken des Vulkans und sogar von der Ebene nördlich des Vulkans, über eine Tagesreise entfernt, wo das Land in ein Schachbrettmuster von Reisfeldern aufgeteilt war. Sie waren gekommen, um in Arima, dem Sitz der Mission, jenen Tag mit Singen und Beten zu feiern, an dem der Heilige Geist den Aposteln den Auftrag gegeben hatte, die frohe Botschaft in alle Welt zu tragen. Aber in diesem Jahr überschattete die schlimme Nachricht von Don Protasios Tod die Pfingstfreude.

Bis spät in die Nacht hinein war Ferreira durch die Menge gegangen und hatte allen Mut zugesprochen, die den Tod ihres Daimyo für ein schlimmes Omen hielten. Immer wieder einmal war er in die Kirche zurückgekehrt und hatte sich mit den anderen Padres bei der Abnahme der Beichte abgewechselt. Zahlreich waren die zur Taufe gemeldeten Kinder, zahlreich die Kranken, die hofften, Ferreira werde ihnen die Hand auflegen und sie von ihren Leiden erlösen. Hoffnung sprach aus ihrem Glauben, und so hatte er sich ihrem Drängen nicht verschließen können. Er war trotz seiner Gebete, in denen er Gott oft um die Gnade der heilenden Hand gebeten hatte, kein Heiler, eher ein kühl denkender Geist, ein wenig berechnend fast, ein Stratege, wie er sich selber am ehesten bezeichnet hätte, ein guter Planer und Menschenführer. Darum hatte die Ordensleitung ihm, Cristovão Ferreira, die verantwortungsvolle Aufgabe übertragen, in der Stellung eines Provinzials die Geschicke der Mission in Arima zu leiten.

Aber das stundenlange Beichtehören und Handauflegen hatten an seinen Kräften gezehrt. Er spürte, daß er nicht mehr so viel geben konnte wie früher. Immerhin war er schon nahe den Vierzig, und wenig war von jenem Elan geblieben, der ihn erfüllt hatte, als er zum erstenmal nach Japan kam.

Früher, vor fünfzehn Jahren, konnte er sich drei Nächte lang dem Schlaf entziehen. Er konnte sich geißeln, bis das Blut seinen Rücken hinunterströmte, daß es auf den Boden tropfte, ehe es gerann. Meist aß er täglich kaum mehr als eine Handvoll Reis und trank dazu dünnen grünen Tee. Trotz dieser kargen Lebensweise war er imstande, vieles zu schaffen und zu erledigen. Wochenlang konnte er unterwegs sein, unermüdlich, von Stadt zu Stadt, von Dorf zu Dorf, überall die Messe lesend, in Kirishitanhäusern oder unter freiem Himmel zwischen Reisfeldern und Bambushainen. Er hörte die Beichte, schloß Ehen, taufte Kinder, gab Sterbenden die Letzte Ölung, segnete ihre Gräber und las zu ihrem Andenken eine Messe. Abends traf er sich mit den Dorfältesten oder den wichtigsten Kirishitan in der Stadt. Er besprach mit ihnen, was die Gemeinde anging, danach saß er noch lange über den Gemeindebüchern und schrieb Briefe, in denen er seine Oberen um Geld und Rosenkränze bat.

Sein Aufstieg innerhalb der Missionshierarchie hatte damit begonnen, daß er nach Kyoto, in die Hochburg des Teufels, geschickt wurde. Dort gab es eine kleine Gemeinde treuer Kirishitan, die an ihrem Glauben festhielten, obwohl die gute Zeit, als die Padres noch Zugang zu den höchsten Schichten der Stadt besaßen, vergangen war, da die buddhistischen Bonzen, diese Teufelsdiener, von denen es in Kyoto wimmelte, alles taten, was in ihrer Macht stand, die Padres zu verleumden und in ein schlechtes Licht zu rücken. Deswegen war es eine Ehre für Ferreira und eine Herausforderung zugleich, nach Kyoto geschickt zu werden und dort für den wahren Glauben streiten zu dürfen.

Nie würde er den ersten Eindruck von der Stadt vergessen, als er bei seiner Ankunft das südliche Tor, das Rashomon, durchschritt und am Anfang jener langen, breiten Straße stand, die zum Kaiserpalast führte. Hundert Schritte von einer Seite zur anderen und von Bäumen gesäumt, zog diese Straße sich fast eine Stunde lang hin, und dabei hatte er doch keine Zeit mit Gaffen verloren, vielmehr war er eilig vorangeschritten, der Tag neigte sich schon, und er wollte vor Einbruch der Nacht jenes Kirishitanhaus erreichen, in dem man auf ihn wartete. Während er die Straße entlangging, begegnete er nur einigen Samurai, aber vielen buddhistischen Bonzen in langen Kutten und Roben, deren Farben von Safrangelb und Purpur bis Grau und Schwarz reichten. Er traf auf Sänften, in denen vornehme Damen vorübergetragen wurden. Als er von der Hauptstraße abbog, machte sich die Gegenwart des Teufels immer zudringlicher bemerkbar. Es gab kaum eine Gasse, wo der Weihrauch der Buddhisten die Luft nicht schwängerte. Aus den Winkeln drang das Gemurmel ihrer Gebete, und die offenstehenden Türen ihrer Tempel gaben den Blick frei auf stehende, sitzende, liegende, tanzende Teufelsfiguren, unzählige von ihnen, mit purem Gold überzogen.

Während seiner Zeit in Kyoto, länger als ein Jahr, hatte Ferreira die Stadt oft durchstreift und nach Teufelsdienern gesucht, die den Mut zu einem Streitgespräch mit ihm besaßen. Neben den Buddhisten gab es andere, welche die Sonne verehrten oder den Mond, die Berge, die Bäume, die Flüsse, und wieder andere, die zu den Ahnen beteten. Am erstaunlichsten war, wie leicht sie alle der jeweiligen Jahreszeit oder Stunde des Tages ihren Glauben anpaßten. Morgens konnten sie Sonnenanbeter sein, nachmittags Baumanbeter, abends Mondverehrer. Am nächsten Tag redeten sie zu ihren Ahnen, als seien sie leibhaftig zu Besuch, und wenn ihr eigenes Leben sich dem Ende zuneigte, dann wandten sie sich an Buddha, da sie in ihrer Verblendung glaubten, Buddha könne ihre Seele vor der ewigen Verdammnis retten.

Am schlimmsten aber waren die Bonzen der Zen-Tempel. Sie saßen Stunden um Stunden da, mit verschränkten Händen und geschlossenen Augen, aber ihr Beten war bloße Wichtigtuerei, denn sie glaubten an nichts, weder an Gott noch an Buddha, noch an Geister oder Dämonen. Sie suchten nichts und glaubten nichts. Ihnen zufolge gab es keinen Schöpfer. Sie behaupteten, alles entstehe aus eigener Kraft, nach eigenen Gesetzen, alles sei ständig im Wandel und ständig im Fluß, alles befinde sich in ewigem Entstehen und Vergehen. Für sie hatte sogar die Zeit keinen Anfang und kein Ende.

Diese flatterhafte Ungenauigkeit des Denkens war Ferreira zuwider, und er verachtete sie von Herzen. Er war es gewohnt, klar zu denken, gewohnt, mit scharfen, einsichtigen Argumenten zu beweisen, daß Gott der Schöpfer aller Dinge ist, der einzige Schöpfer, allmächtig und gerecht, voller Liebe und Vergebung. Gott hat die Welt geschaffen mit allem, was sich darin befindet, alle Berge, alle Flüsse, alle Seen und das Wasser im Meer. Gott hat den Wind geschaffen, die Wolken, die Sonne, den Mond, die Planeten und die Sterne. Gott hat alles nach Seinem Willen geformt, vom Anbeginn der Zeiten bis in alle Ewigkeit.

Wenn er jemanden fand, der sich mit ihm in ein Streitgespräch einließ, blühte Ferreira auf, denn nichts tat er mit größerem Eifer, als den Beweis zu führen, logisch, klar, unwiderlegbar, daß es Gott gibt, den einzigen Gott, den allmächtigen Vater, der alles geschaffen hat. Denn wenn es mehr als einen Schöpfer gäbe, dann, so argumentierte er, wäre jeder dieser Schöpfer bemüht gewesen, die Welt nach eigenen Vorstellungen zu schaffen. Dann gäbe es nicht eine Welt, nicht eine Sonne, nicht einen Mond, sondern mehrere Welten, mehrere Sonnen und mehrere Monde. Aber so wie Deus, der eine Gott, es in Seiner Allmacht bestimmt hat, gibt es nur eine

Sonne, die Tag für Tag im Osten aufgeht und im Westen entschwindet. Deus hat nach Seinem Willen bestimmt, daß Sonne, Mond, Planeten und Sterne um die Erde kreisen, in vorbeschriebenen Bahnen, daß der Sommer dem Frühling folgt, der Herbst dem Sommer, der Winter dem Herbst. Ohne den Willen des Schöpfers würde der Regen nicht aus den Wolken fallen, das Wasser in den Flüssen und Bächen nicht bergab rinnen und sich im Ozean sammeln. Es war die Ordnung der Dinge, aus der sich schlüssig der Beweis für einen einzigen und allmächtigen Schöpfer führen ließ.

Ferreiras Kenntnis der Bibel war seine stärkste Waffe bei seinen Streitgesprächen mit Teufelsdienern und Bonzen. Alles, was er sagte, konnte er mit Worten aus dem Alten oder dem Neuen Testament belegen. Einmal behauptete ein Sonnen- und Mondanbeter, alles habe eine Seele, alle Tiere zu Land, im Wasser und in der Luft, aber Ferreira konnte ihn widerlegen, indem er auf die Genesis verwies. Dort steht geschrieben, daß Gott den Menschen zu seinem Ebenbild schuf, in Gestalt und Seele. Allen Tieren, die Er vorher schuf, hatte Gott nur Gestalt gegeben. Somit war bewiesen, daß nur Menschen eine Seele besitzen, eine Seele, die unsterblich ist. Diese Seele wird am Jüngsten Tag, wenn Deus Gericht hält über Lebende und Tote, wieder mit dem Körper vereinigt.

Als der Sonnen- und Mondanbeter dabei blieb, alles Lebende habe doch eine Seele, jeder Fisch im Wasser, jeder Spatz auf dem Dach, jeder Wurm im Boden, jede Zikade im Gras, jedes Reh im Wald, da konnte Ferreira sich eines leichten Lächelns nicht erwehren. Mit der gleichen Geduld, mit der er schon so vielen Zweifelnden, Ungläubigen und Heiden entgegengetreten war, erklärte er, daß Deus den Menschen den Auftrag gegeben habe, sich die Erde mit allem, was darauf lebt, im Wasser, auf dem Boden und in der Luft, untertan zu machen und darüber zu herrschen. Wenn Deus den Tieren eine Seele gegeben hätte, hätte Er da nicht den Tieren den Auftrag gegeben, sich die Erde untertan zu machen und über die Menschen zu herrschen? Da dem aber nicht so sei, obliege es den Menschen, den göttlichen Auftrag zu erfüllen und über die Erde zu herrschen. Denn nur jene, die an Deus glauben, so sagte er, hätten das Recht, sich die Erde untertan zu machen.

Nie ging Ferreira als Verlierer aus diesen Gesprächen hervor. Immer hatte er das letzte Wort, denn die Wahrheit, so wie er sie sah, war auf seiner Seite. Seine Standfestigkeit beeindruckte alle, die als Zuhörer oder Zuschauer den Streitgesprächen beiwohnten und sie ab und zu mit lauten Zurufen begleiteten. Je standfester Ferreira aber für den wahren Glauben stritt, um so länger reckten die Bonzen ihre Hälse. Sie kratzten sich ihre kahlgeschorenen Schädel und überlegten, wie sie verhindern könnten, daß seine Botschaft zu den Reichen und Mächtigen der Stadt vordrang.

Nur die Armen blieben. Ihre Türen standen offen. Trotz seiner vielen Verpflichtungen versäumte Ferreira es nie, die Armen in ihren Behausungen zu besuchen, ihre Sorgen anzuhören, ihre Nöte durch ein gutes Wort und durch eine ihnen in die Hand gedrückte Silbermünze zu mindern. Aus Dankbarkeit wurden die Ärmsten der Armen zu den treuesten Kirishitan. Sie waren anhänglich wie Kinder, versäumten keine Beichte, züchtigten sich gewissenhaft jeden Freitagabend für die Sünden der vergangenen Woche. Manchmal übertrieben sie es mit der Geißelung, so daß Fradre Rodrigo gerufen werden mußte, der eine Dose Salbe bei sich trug. Sie klagten nicht, wenn er ihnen das verkrustete Blut vom wunden Rücken löste und die Salbe auftrug. Im Gegenteil, in ihren Gesichtern blühte ein Lächeln auf, denn sie wußten, daß ihnen, wenn sie sich auch künftig so gewissenhaft geißelten, das ewige Leben sicher war.

Ferreira, in Lissabon geboren und aufgewachsen, dritter Sohn eines Gutsherrn, dem eine Tagesreise entfernt zwei Dörfer und ein sonniger Berghang mit Korkeichen gehörten, war von dem Grade der Hingabe an den Glauben überrascht. So etwas hatte er noch nie erlebt, nicht in Lissabon, der geschäftigen Hafenstadt, in der Geld mehr galt als Glaube, nicht in Coimbra, wo er das Gelübde abgelegt hatte, und selbst nicht in Rom. Für die Menschen, denen er auf seinen früheren Lebensstationen begegnet war, Arm und Reich, schien der Glaube etwas zu sein, was sich längst abgenutzt hatte wie ein stumpf gewordenes Messer. Sie waren gleichgültig geworden, faul, geistig träge. An die Stelle ihres Glaubens war eine erschreckende Aufsässigkeit getreten. Die Aufsässigkeit stand ihnen ins Weiße der Augen geschrieben, die Ketzerhaftigkeit eines Luther oder Zwingli oder Calvin, die schon genug Unheil über die Länder Europas gebracht hatte. Gegen solche Ketzerhaftigkeit war äußerste Strenge das einzige Heilmittel.

Wenn Ferreira von solchen Gedanken und bösen Erinnerungen heimgesucht wurde, wünschte er sich, er könnte all die Abgestumpften, Gleichgültigen und Aufsässigen, von denen es in Europa wahrlich genug gab, hierher nach Japan bringen, in dieses heidnische Land, und ihnen zeigen, mit welcher Reinheit des Herzens die Kirishitan sich den Segnungen des wahren Glaubens öffneten.

Luigi war fertig. Er hatte das Stück Hornhaut so dicht am Nagelbett abgeschnitten, daß die Fingerkuppe, die Cristovão Ferreira probend über die Stelle gleiten ließ, die vorher so schmerzhafte und ärgerliche Stelle, kaum noch ertasten konnte. Wohlwollend sah er auf Luigi herab, der mit leicht gesenktem Kopf vor ihm kniete und stumm darauf zu warten schien, daß er seine Arbeit lobte.

Ferreira fühlte ein dunkles Verlangen, seine Hand auf Luigis dichtes, bis auf die Schultern herabfallendes Haar zu legen, aber gerade als er die Hand ausstreckte, zog Luigi aus der Innentasche seines lockeren Gewandes eine kleine Flasche Kampferöl hervor. Sorgfältig entkorkte er sie und blickte zu Ferreira auf. Seine Augen fragten stumm, ob er das Öl auftragen solle, so wie er es sonst immer tat, wenn Ferreira ihn zu seinem Dienst rief. Ja, nickte Ferreira wortlos und gab sich der sanften Berührung hin, mit der Luigi das Öl in die Haut seiner Hände einrieb. Ab und zu öffnete er seine Augen einen Spalt und blickte auf den vor ihm knienden Novizen herab. Er bemerkte den zarten Flaum, der auf seiner Oberlippe sproß, und hatte etwas Mühe, sich zu besinnen, daß seine Gedanken nicht in eine Richtung irrten, aus der es keine leichte Rückkehr gab.

Seitdem er Provinzial geworden war und die Verantwortung für die Geschicke der ganzen Shimabara-Halbinsel auf seinen Schultern lastete, dachte er mit einer gewissen Wehmut an jene Zeit in Kyoto zurück. Wer hätte vorausgesehen, daß es den Niederländern, Bekennern eines abwegigen Glaubens, diesen Ketzern, es je gelingen würde, sich auf Java festzusetzen, daß sie von dort aus ihre Schiffe nordwärts bis nach Japan schicken würden. Sie hatten schon zahlreiche portugiesische Schiffe geentert, diese Piraten, und deren Ladung geraubt.

Wer hätte vorausgesehen, sagte Ferreira sich, daß diese Ketzer sich in Hirado festsetzen könnten, ausgerechnet in Hirado. Dort hatte es einmal eine blühende Mission gegeben, vor seiner Zeit, und die Padres hatten den Boden schon gut vorbereitet für den Samen des wahren Glaubens. Aber der dortige Daimyo weigerte sich, vom Teufel abzulassen, verschmähte Deus und jagte die Padres fort, obwohl er sich dadurch des Vorteils beraubte, mit den portugiesischen Kaufleuten gewinnbringenden Handel zu treiben. Jetzt hatte er in den niederländischen Ketzern Leute gefunden, die wie er hinter nichts anderem her waren als bloß Gold und Silber.

Bloß Gold und Silber, knirschte Ferreira zwischen den Zähnen, gottlose Gesellen. Nach Berichten, die ihm zugegangen waren, hatten die Ketzer in Hirado inzwischen zwei Lagerhäuser aus roten Backsteinen errichtet und ein Handelshaus, um Kaufleute aus Kyoto, Sakai, Osaka und sogar Edo zu empfangen, die in Scharen kamen, angelockt von den Waren, welche die Niederländer großspurig anpriesen.

Wenn sie wüßten, diese Kaufleute aus Kyoto, Sakai, Osaka und Edo, sagte sich Ferreira, daß sie geraubtes Gut erwarben, wenn sie wüßten, was für Piraten sie sind, diese Niederländer, und wie viele portugiesische Galeonen sie schon ausgeplündert hatten, mehr als vierzig ... alle auf hoher See geentert ... mehr als vierzig Schiffe ... stolze Schiffe ... mehr als vierzig wertvolle Ladungen geraubt und tapfere Mannschaften ermordet ... welch ein Verlust ... welch ein ungeheurer Verlust ...

Ferreiras Hand ballte sich zur Faust. Luigi unterbrach seine Arbeit und hob fragend sein Gesicht. Als Ferreira seinen Blick auffing, lächelte er und lockerte seinen Griff. «Mach ruhig weiter, Luigi, mein Sohn», sagte er mild.

Die Sonne fing sich in dem dichten Blätterwerk des Feigenbaums auf dem Vorplatz der Mission. Der mächtige Stamm, wie aus vielen Stämmen zusammengewachsen, mit senkrechten Wülsten und Rippen, die in knollige Wurzeln mündeten, trug eine weit ausladende Krone mit der Würde seiner mehr als tausend Jahre. Im Schatten dieses Baums hatten vor noch gar nicht langer Zeit buddhistische Bonzen dem Teufel gedient, aber sie waren gegangen, der Teufel war verjagt, sein Tempel verbrannt und bis auf die Fundamente zerstört. An gleicher Stelle erhob sich auf neu geweihtem Boden das Missionsgebäude, ein dreistöckiger Bau mit ockerfarbenen Lehmwänden, hohen schmalen Fenstern und einem roten Ziegeldach, auf dem rittlings der Glockenturm saß. Das weithin sichtbare goldene Kreuz auf der Spitze des Turms wachte über den Hafen und die Stadt und die Menschen.

Arima zählte fünftausend Seelen, alles getaufte Seelen. Der Hafen war eng, besaß aber tiefes Wasser, tief genug für Galeonen und andere ozeangängige Schiffe. Ein dem Hafen vorgelagerter, langgestreckter Felsenrücken bot Schutz gegen den Taifun, der jeden Herbst von Südosten hereinbrach und seine Wellen mit solcher Kraft gegen die Felsen schleuderte, daß die Gischt ganz Arima näßte. Auf der Höhe, wo das Missionsgebäude stand, brannte dann ein salziger Geschmack auf den Lippen.

An diesem Tag aber breitete sich das Meer draußen vor der Hafeneinfahrt wie ein silberner Spiegel aus. Früher lag um diese Jahreszeit eine portugiesische Galeone an der Pier vertaut, mit kostbaren Gütern, welche die Warenhäuser entlang dem Hafenbecken füllten. Neben der Galeone wiegten sich die Rotsiegelschiffe in der Dünung, die vom Meer hereinlief. Sie waren kleiner als die Galeone, aber ebenso seetüchtig, und brachten Seide aus Tonking, aus Hue südlich von China, aus dem Königreich Annam und aus Malakka und Siam. Seitdem Don Protasio in Ungnade gefallen war, liefen von Arima keine Rotsiegelschiffe mehr aus, und die Hoffnung, daß je wieder portugiesische Galeonen den Hafen anlaufen würden, war geschwunden.

Darum lag das Hafenbecken so verlassen da, trotz der vielen Küstenschiffe, welche die vom Vorjahr noch übriggebliebenen Waren aus den Lagerhäusern luden, um sie für den Weiterverkauf nach Nagasaki und anderen Häfen bis nach Osaka, Sakai und Edo zu bringen. Der Nachmittag hatte die Höhe überschritten, und die Fischer mit ihren kegelförmigen Strohhüten kehrten von der täglichen Fahrt zurück. Sie steuerten ihre Boote an den kiesigen

Strand, auf dem die Körbe schon bereitstanden für all die Fische, Garnelen, Langusten, Langustinen und Kraken.

Plötzlich fingen Ferreiras Augenwinkel eine Bewegung auf der fernen Küstenstraße ein. Er lehnte sich zum offenen Fenster hin, um sie besser übersehen zu können. Anfangs waren die Reiter nur blaue Punkte, die in langer Reihe die Küstenstraße entlangkamen, aus Osten, aus der Richtung der beiden Schlösser. Zuerst dachte er, der Zug bringe die Princessa, aber dies erschien ihm wenig wahrscheinlich. Außerdem konnte er, obwohl er die Augen zusammenkniff, keine Sänfte erkennen. Nur Reiter. Mika würde kaum mit großem Gefolge kommen, da ihre Botschaft doch erkennen ließ, daß der Grund ihres Besuches vertraulicher Natur sei. So konnte es nur Don João sein. Oder Yoshitomo.

Dann stutzte Ferreira. Das Pferd in der Mitte des Zuges war weiß, und nur einem Daimyo ist es erlaubt, einen Schimmel zu reiten. Ferreira kniff die Augen noch fester zusammen. Also, sagte er sich, die Entscheidung ist gefallen. Der Shogun hat entschieden. Ein neuer Daimyo ist ernannt.

Luigi wartete stumm auf neue Anweisungen, die Flasche Kampferöl noch immer in der Hand. Plötzlich empfand Ferreira seine Nähe als störend, und er entließ ihn mit einer wegweisenden Handbewegung. Dann stellte er sich wieder an das Fenster, etwas seitlich, und verfolgte den Reiterzug, der gerade das Marienbild an der Wegkreuzung erreichte, und nun bog die Spitze der Kolonne in die Hafenstraße ein.

Angesichts der Entfernung war ihm immer noch nicht klar, wer den Schimmel ritt. Trotzdem glaubte Ferreira zu erkennen, daß der Reiter auf dem Schimmel portugiesisch gekleidet war. Er lehnte sich so weit aus dem Fenster, daß er fast das Gleichgewicht verlor. Wenn der Schimmelreiter portugiesisch gekleidet war, konnte es nur Don João sein.

Ferreira tupfte sich mit einem feinen Tüchlein den Hauch freudiger Erregung weg, der seine Stirn benetzte.

Unten in Arima erweckte das Erscheinen der Reiterkolonne hellen Aufruhr. Mütter nahmen ihre Kinder bei der Hand und drängten sich auf den Schwellen der Häuser, deren Türen in der warmen Maienluft weit offenstanden. Die Männer an den Küstenschiffen setzten die Säcke ab, ließen die Fässer stehen und eilten zur Hafenstraße hin, wo sie sich unter die Frauen und Kinder mengten. Die Hufe der Pferde wirbelten Staub auf, und die Rüstungen der Samurai blitzten in der Nachmittagssonne. Als Don João mit hoch erhobenem Kopf auf dem weißen Hengst mit goldener Mähne vorüberritt, flankiert von Reitern, die das Banner des Daimyo flattern ließen, Silber auf saphirblauem Grund, brachen die Menschen in Hochrufe aus. Sie riefen einander zu:

«Habt ihr das blausilberne Banner gesehen?»

«Der Shogun hat entschieden.»

«Don João ist unser neuer Daimyo.»

«Wirklich. Es ist Don João.»

«Nicht Yoshitomo.»

«Der Shogun hat entschieden.»

«Gelobt sei Deus.»

«Ja, wirklich, Don João ist unser neuer Herr.»

«Don João ist unser neuer Herr.»

«Gelobt sei Santa Maria ... Santa Maria sei Dank.»

Ferreira trat vom Fenster zurück und schob das Tüchlein wieder zwischen die Falten seiner Kutte. Er hob seine Augen zum Kruzifix an der Wand. Also ist die Entscheidung gefallen, murmelte er vor sich hin und lächelte, Don João ist zum neuen Daimyo ernannt. Ein Wunder fast, nach all dem, was geschehen war.

Ferreira breitete die Arme aus und lehnte seinen Kopf so weit zurück, daß die Muskelstränge in seinem Nacken knackten. Dies löste die angestaute Spannung, und der nächste Atemzug klang wie ein Schluchzen, das ihm aus tiefster Seele drang.

Seit Don Protasios Hinrichtung hatte Ferreira das Schlimmste befürchtet. Oft hatte er abends lange wach gelegen oder war mitten in der Nacht aufgeschreckt, schweißgebadet, denn Ungewißheit verfolgte ihn bis in den Schlaf. Niemand konnte genau sagen, welche Dokumente in die Hände des Shogun gefallen waren, in jener Nacht, als er die Residenz des Okamoto Daihachi in Edo von seinen Samurai umstellen ließ. Nach den Berichten einiger Gefolgsleute Daihachis, die Zeugen der Verhaftung und der anschließenden Hausdurchsuchung geworden waren, hatte Daihachi versucht, die Häscher des Shogun aufzuhalten, indem er seinen Samurai den Befehl gab, einen undurchdringlichen Schutzwall vor ihm aufzubauen. So gewann er Zeit, und sein engster Vertrauter konnte mit einem Bündel, das er sich auf den Rücken band, durch den Garten entkommen. Erst nachdem Daihachi sich vergewissert hatte, daß sein Vertrauter zwischen den Büschen verschwunden war, habe er seinen Samurai den Befehl gegeben, zur Seite zu treten und den Boten des Shogun einzulassen, der den Verhaftungsbefehl in der Hand hielt. Erst dann habe er das Band gelöst, an dem seine beiden Schwerter hingen, habe das Kreuz geküßt, das er wie immer an einer goldenen Kette um den Hals trug, und sich ohne Widerstand ergeben.

Nach Daihachis Verhaftung sollen die ganze Nacht über und noch am folgenden Tag mehr als zwanzig Beamte des Ministeriums für Innere Sicherheit seine Residenz durchwühlt haben. Was ihnen dabei in die Hände gefallen war, konnte niemand sagen. Ungewißheit herrschte auch über das Schicksal des Bündels, das Daihachis Vertrauter weggeschafft hatte. Trotz aller Nachforschungen, die Ferreira in Edo anstellen ließ, war dessen Verbleib ungewiß. Also stand zu befürchten, daß es in die Hände des Shogun gefallen sein könnte.

Weil Okamoto Daihachi ein Kirishitan war und eine hohe Stellung am Hofe bekleidet hatte, erregte seine Hinrichtung keine geringere Aufregung als die Don Protasios. Überall in Edo wurde von Machenschaften der Kirishitan gesprochen, von einer Verschwörung, die bis in den innersten Kreis der Regierung gereicht habe, eine Verschwörung, die darauf abzielte, die Macht des Shogun auszuhöhlen. Den Kirishitan, so sagten viele, sei eben nicht zu trauen.

Ferreira seufzte erleichtert auf, als er Don João sah, der dort unten auf dem Schimmel, die Insignien des Daimyo tragend, die Hafenstraße entlanggeritten kam. Don João war Daimyo, und alles war wieder gut. Offenbar waren die Dokumente dem Shogun doch nicht in die Hände gefallen. Keine Sorgen mehr, der Plan sei aufgedeckt worden.

Eine Welle der Dankbarkeit riß Ferreiras Hände hoch. Seine Sorgen waren übertrieben gewesen. Deus hatte die Gebete erhört.

Ferreira, der sonst selten die Besonnenheit verlor, hüpfte vor Freude. Er stieß seine Hände in die Luft, höher, immer höher. Eine gute Nachricht. Ein Segen. Ein Zeichen des Himmels. Don João war zum Nachfolger ernannt. Trotz Don Protasios Hinrichtung.

Als Don João mit seinen Samurai in Viererreihe die Rampe herauffritt, begann Fradre Paolo gerade mit dem neuen Seil die Glocken einzuläuten. Der Boden dröhnte unter den Hufen der Pferde, und ihr Schnaufen wehte wie ein Wind durch das Blätterwerk des alten Feigenbaums. Don Joãos Bannerträger zügelte sein Pferd vor dem Eingang zum Missionsgebäude. Er rammte die Fahnenstange fest in den Boden, während Don João sich von zwei seiner Knappen vom Pferd helfen ließ. Er trug eine scharlachrote Pumphose und ein gleichfarbiges Hemd mit bauschigen Ärmeln und einer weißen Halskrause. Über seine Schultern hatte er ein schwarzes Cape geworfen, in das in Silber und Blau das fünfblättrige Wappen des Daimyo von Shimabara gewebt war.

Die Glocken läuteten unregelmäßig, denn Fradre Paolo erprobte noch immer das neue Seil. Don João gab seinen Leuten das Zeichen abzusitzen. Alle sprangen aus dem Sattel und knieten neben ihren Pferden nieder. Sie senkten ihre Köpfe zum Gebet. Sogar die Pferde hörten auf, mit ihren Hufen den Kies zu scharren.

Cristovão Ferreira trat vor das Kruzifix, das an der nackten, in Lehmfarben getünchten Wand seines Arbeitszimmers hing. Mit einer Freude, die alle Gefühle übertraf, wie sie ihn sonst bei seinen alltäglichen Gebeten begleiteten, dankte er dem Herrn noch einmal. Er dankte Ihm, daß Er diese schwerste aller Prüfungen, die der Mission seit ihrem Beginn auferlegt war, zum guten Ende gelenkt hatte. Er dankte Ihm, daß Er dem Teufel nicht erlaubt hatte, noch mehr Schaden anzurichten. Unter Don João als neuer Daimyo würde die Mission weiter blühen und gedeihen.

Dann richtete Ferreira sich auf. Er ging beschwingt zur Tür und rief Fradre Joseph. Er trug ihm auf, alle notwendigen Vorbereitungen für eine Dankesmesse zu treffen. Er ordnete des weiteren an, daß alle Fradres und Padres, die zu dieser Nachmittagsstunde erreichbar seien, sich zur Sakristei begeben und dort auf weitere Anweisungen warten sollten. Er ließ Padre Tomás rufen, der im Garten arbeitete, er solle sich bereit halten für das Orgelspiel. Er ließ Padre Domingo, der das Seminario leitete, ausrichten, die Seminaristen sollten beim Gottesdienst mit frischen, blütenweißen Halskrausen singen.

Während Ferreira dabei war, sich im Nebenraum das Meßgewand anlegen zu lassen, trat Don João unbemerkt in sein Arbeitszimmer. Er fiel vor dem Kruzifix auf die Knie, seinen roten Kegelhut in der Hand.

In dieser Stellung traf ihn Ferreira an. Er trat mit raschem Schritt auf ihn zu. Er wollte ihn hochheben und freudig umarmen. Aber Don João blieb vor dem Kruzifix knien, mit rundem Rükken und gesenktem Kopf.

«Mein Sohn», sagte Ferreira mit warmen Schwingungen in der Stimme, «mein Sohn, was für eine glückliche Stunde. Unsere Gebete sind erhört. Steh auf, mein Sohn, und laß mich der erste sein, der dich als den neuen Daimyo umarmt.»

«Ich bin nicht der neue Daimyo», murmelte Don João kaum hörbar.

Erschrocken trat Ferreira einen Schritt zurück: «Was sagst du?»

«Ich bin nicht der neue Daimyo, Hochwürden. Der Shogun hat Yoshitomo zum Daimyo ernannt.»

Ferreira mußte sich an dem Tisch abstützen, so schwach fühlte er sich plötzlich. Die Sonnenstrahlen, die durch das Fenster drangen, zeichneten das Fensterkreuz als dunklen Schatten auf Don Joãos Rücken, der noch immer auf dem Boden kniete. Flammen umrahmten die Ränder des Schattenkreuzes wie die gespaltenen Zungen der Höllenbrut.

«Yoshitomo?» fragte Ferreira, als müsse er sich vergewissern, daß er es richtig gehört hatte, «Yoshitomo? Nicht du?» Er beugte sich vor, um Don Joãos Antwort zu hören, aber Don João nickte nur und blieb stumm.

Ferreira richtete sich auf, stieß sich vom Tisch ab und begann mit langen Schritten den Raum zu durchqueren. Das Meßgewand wirbelte Staub auf, der in den Sonnenstrahlen quirlte. Er ging viele Male auf und ab, und sein Gesicht nahm mehr und mehr einen kühleren Ausdruck an. Der lähmende Schrecken, der ihn zuerst ergriffen hatte, wich aus seinen Augen. An seine Stelle trat jene

Nüchternheit, zu der er sich als Provinzial verpflichtet fühlte, wenn es um die Mission ging. Er besann sich. Große Verantwortung lastete auf seinen Schultern. Er mußte vor allem anderen zuerst an die Mission denken und daran, wie sich dieser Rückschlag in einen Sieg umwandeln ließe. Yoshitomos Ernennung forderte Umdenken.

Plötzlich erschien ihm Don João viel weniger wichtig.

Allmählich verlangsamten sich Ferreiras Schritte, bis er schließlich hinter Don João stehenblieb. Sein Schatten löschte das flammenumzüngelte Schattenkreuz auf Don Joãos Rücken aus. Nach einer Pause, während der er sich seine Worte sorgfältig zurechtlegte, sprach er, ohne die Stimme anzuheben: «Mein Sohn, ich verstehe deinen Schmerz und deine Enttäuschung. Sag mir, wie ich dir helfen kann.» Als Don João stumm und zusammengekauert knien blieb, fügte er vorsichtig hinzu: «Es war vielleicht nicht klug, daß du auf dem Schimmel deines Vaters hierhergekommen bist.»

Don João richtete sich auf und schaute Ferreira an. «Nicht klug?»

«Ich meine, daß du dich in der Öffentlichkeit mit den Insignien einer Macht zeigst, die du nicht besitzt.»

«Für das Volk bin ich der Nachfolger meines Vaters, und das ist gut so. Es ist gut für die Kirishitan, und es ist gut für die Mission, Hochwürden.»

Ferreira wich einen Schritt zurück. Die Art, wie Don João redete und sich anmaßte, darüber zu urteilen, was gut sei für die Mission, erregte seinen Unwillen. Er gab sich keine Mühe, ihn zu verbergen, als er mit leisem Tadel in der Stimme antwortete: «Mein Sohn, es ist meine Aufgabe zu entscheiden, was gut für die Mission ist.»

Don João hörte den Tadel. «Verzeiht, Hochwürden. Ich meine nur, es ist wichtig, daß wir den Kirishitan das Gefühl der Sicherheit geben, damit sie fest zu ihrem Glauben stehen, die Sicherheit, daß sich im Grunde nichts geändert hat, daß alles so bleibt wie bisher. Sonst könnten vielleicht manche von ihnen im Glauben wankend werden. Das ist die menschliche Natur. Habe ich solche Worte nicht aus Eurem eigenen Munde vernommen?»

«Dein Erinnerungsvermögen ist bemerkenswert», sagte Ferreira, aber aus seinem Lächeln sprach Unbehagen, «du bist immer ein guter Schüler gewesen und hast gut aufgepaßt. Ich mag solche Worte vielleicht einmal vor Jahren gesagt haben, als die Lage noch anders war.» Er nahm seine Wanderung durch das Zimmer wieder auf. Was ihn ärgerte, war, daß Don João sich Entscheidungen anmaßte, die unvorhersehbare Auswirkungen für die Mission haben konnten. Dieser Ritt, zum Beispiel, auf dem Schimmel des Daimyo zum Hauptsitz der Mission. Don João hätte ihn zuerst um Rat fragen müssen, ob ein solches öffentliches Auftreten unter den obwaltenden Umständen angemessen sei. «Du hättest mich fragen müssen», sagte er deshalb laut und verbarg seinen Ärger nicht, «du hättest mich fragen müssen, bevor du vor aller Augen den Daimyo spielst, der du nicht bist.»

Don João blickte zu Boden und schwieg. Als er endlich seinen Kopf hob, zuckten seine Mundwinkel. Mit Mühe beherrschte er seine Stimme: «Mein Vater hat mich zu seinem Nachfolger bestimmt. Ich ehre seine Entscheidung.»

«Damit mißachtest du die Entscheidung des Shogun.»

«Ich mißachte sie nicht. Ich nehme sie eben nicht wahr.»

«Du spielst mit Worten.»

«Worte sind etwas, was man drehen kann, wie man will.»

«Schweig.»

«Das habe ich auch von Euch gelernt, Hochwürden.»

Ferreira blickte ihn scharf an. «Mein Sohn, du spielst ein gefährliches Spiel.»

«Gefährlich?» schnaufte Don João durch die Nase. «Wir haben doch Deus auf unserer Seite. Oder nicht?»

«Ein gefährliches Spiel», wiederholte Ferreira und setzte zwischen jedes Wort eine Pause. Er spürte, daß Don João seiner Kontrolle entglitt. «Wenn der Shogun deinen Bruder zum Daimyo ernannt hat, dann müssen wir uns damit abfinden. Wir müssen von nun an jeden Schritt genau überlegen und dürfen nichts tun, was den Shogun reizen könnte.»

«Ich habe mir jeden Schritt überlegt», antwortete Don João dreist. «Der Shogun denkt, wir zittern vor Angst, weil er meinen Vater hat hinrichten lassen. Er denkt, unsere Pläne seien durchkreuzt. Aber zwischen ihm und uns liegen über tausend Meilen.

Tausend Meilen, Hochwürden. Wenn wir schnell handeln, können wir Nagasaki im Handstreich nehmen und wieder unter Eure Obhut stellen, unter die Obhut der Padres. Bis der Shogun es wahrnimmt und sein Heer schickt ...»

«Schweig», unterbrach Ferreira ihn voller Zorn, «wir haben mit Nagasaki nichts zu tun.»

«Aber der Plan, Hochwürden, der Plan ... Ihr selbst, mein Vater und Okamoto Daihachi ... erinnert Ihr Euch nicht mehr an den Plan? Ihr wart doch auch dafür, daß Deus wieder in Nagasaki herrschen soll.»

«Ich weiß nicht, wovon du redest.» Ferreiras Worte durchschnitten die Luft wie eine Schwertklinge. Er schloß das Fenster und nahm sich Zeit, es sorgfältig zu verriegeln. Dann wandte er sich um: «Mein Sohn», sagte er mit gedämpfter Stimme, «es gibt keinen Plan. Es hat nie einen Plan gegeben, Nagasaki in den Schoß der Mission zurückzuführen. Es hat nie einen solchen Plan gegeben, verstehst du, was ich damit sagen will?» Ferreira ließ jedes Wort wie ein Bleigewicht auf Don João fallen.

«Aber Hochwürden, Ihr selbst, mein Vater, Okamoto Daihachi und ich ... wir haben doch den Plan besprochen und untereinander abgestimmt.»

Ferreira wandte sich ab und schaute lange wortlos zum Fenster hinaus. Die Zeit kroch. «Es hat nie einen Plan gegeben, mein Sohn, merke dir das, es hat nie einen Plan gegeben.»

«Dann ist mein Vater also umsonst gestorben?» Don João versuchte nicht, die Erregung, die in seiner Stimme lag, zu unterdrücken.

Ferreira wandte sich um und trat an Don João heran. Er legte seine Hand leicht auf seine Schulter. «Niemand stirbt umsonst, der sein Leben für Deus gibt, unseren allmächtigen Herrn. Du kannst sicher sein, dein Vater ist im Himmel. Aber was Nagasaki betrifft und unseren verständlichen Wunsch, Stadt und Hafen wieder in den Schoß der Mission zurückzuführen, so spreche ich jetzt als Provinzial zu dir. Als Provinzial bin ich für die Zukunft der Mission verantwortlich. Als Provinzial sage ich dir, es hat nie einen Plan gegeben.»

«Aber das ist doch nicht wahr», aus Don Joãos Stimme schoß

Empörung, «das ist nicht wahr. Mein Vater hat mit Eurem Wissen Okamoto Daihachi das Gold und Silber und die Seide gegeben, die er in Edo brauchte. Mein Vater hat mit Eurem Wissen Musketen von den Spaniern gekauft. Alles nur, damit wir, wenn die Zeit kommt, schnell handeln und uns Nagasaki im Handstreich zurückholen können, bevor der Shogun dazu kommt, sich dem zu stellen. An alles war gedacht, sogar an die Befestigung der Stadt und des Hafens. Habt Ihr nicht selber gesagt, Hochwürden, um Gottes Willen zu erfüllen, brauchen wir in diesem Land eine trutzige Burg?»

Ferreira stand bewegungslos da. Er nahm seine Hand nicht von Don Joãos Schulter, sondern verstärkte ihren Druck. «Mein Sohn, ich hätte nie erwartet, daß du mich einmal der Lüge bezichtigen wirst. Nur weil ich weiß, wie tief der Tod deines Vaters dich aufgewühlt hat, will ich dir verzeihen. Aber offenbar haben die Ereignisse der letzten Zeit dein Denken verwirrt.»

Don João blickte ihn starr an. «Mein Denken ist so klar wie je vorher, Hochwürden, und ich kann die Musketen zählen, die auf Hara im Sockel des Turms lagern. Ich weiß, Ihr wart dagegen, daß mein Vater sie von den Spaniern kaufte, aber schließlich konnten die Portugiesen ihre Zusage nicht einhalten. Ob Spanier oder Portugiesen, alle kämpfen für denselben Gott.»

Es wurde Ferreira deutlich, was für ein gefährliches Ausmaß Don Joãos Hitzköpfigkeit annahm. Das Dringendste war, ihn zu besänftigen und davon abzuhalten, sich zu Äußerungen hinreißen zu lassen, die der Mission nur Schaden zufügen könnten. Das beste würde deshalb sein, mild auf ihn einzureden, damit er langsam zur Vernunft käme. Natürlich brauchte er nicht darauf einzugehen, wie sehr sich die Beziehungen zwischen Spanien und Portugal schon seit Jahren verschlechtert hatten. Alles nur wegen Manila und den Philippinen. Ferreira hatte Verständnis für die Gefühle der Portugiesen, welche die Spanier als Eindringlinge in jene Hemisphäre betrachteten, die ihnen im Vertrag von Tordesillas Anno Domini 1494 vom Papst Alexander VI. zugesprochen worden war. Der portugiesischen Krone, so hatte der Papst verfügt, sollten alle Länder östlich der Azoren zufallen, während der spanischen Krone das Recht zustand, alle Länder im Westen in ihr Reich einzugliedern. Nach der Eroberung Mexikos aber hatten die Spanier ihre Schiffe von Acapulco aus über den Pazifik entsandt und sich auf den Philippinen festgesetzt. Dies stellte, nach portugiesischer Auffassung, einen krassen Verstoß gegen den Vertrag dar, einen Verstoß gegen den Willen des Papstes.

Ferreira verstand, warum die Portugiesen dies nicht ohne Widerstand hinnehmen konnten, und er, dessen missionarische Arbeit im Sold der portugiesischen Krone stand, sah es als seine Pflicht an, deren Interessen zu vertreten. Immerhin waren es die Portugiesen gewesen, deren Schiffe als erste, von Indien aus, in den Pazifik vorgedrungen waren und überall, wo sie Fuß an Land setzten, die Fahne ihres Königs gehißt hatten. Sie betrachteten deshalb Japan als das Land, das ihnen zustand. Daß die Spanier von den Philippinen aus ihre gierigen Augen auf Japan richteten, nur weil sich dort Silber in Mengen fand, war unerhört. Aus diesem Grunde hatte Ferreira es nicht unwidersprochen hinnehmen können, daß Don Protasio Musketen von den Spaniern kaufte. Schließlich besaß er in seinem Daimyonat genügend Rohrgießer und Schmiede, um eigene Feuerwaffen herzustellen. Trotzdem bestand er darauf, fremde Musketen zu kaufen, da sie besser seien als die eigenen. Don Joãos Hinweis, sein Vater habe von den Spaniern kaufen müssen, weil die Portugiesen ihm nicht genug liefern wollten, empfand er als Frechheit.

«Waffengewalt ist ungeeignet, Japan auf jenen Weg zu führen, auf den wir dieses Land führen möchten», sagte Ferreira und vermied jeden harschen Klang, «das sind die Worte unseres verehrten Bruders Francis Xavier, der, als er als erster hierherkam, die Besonderheiten dieses Landes erkannte. Laut Bruder Francis Xavier ist Japan nur durch die Kraft des Glaubens zu gewinnen.»

«Nagasaki zurückerobern, Nagasaki befestigen, Nagasaki gegen den zu erwartenden Ansturm der Truppen des Shogun halten – das kann man nicht mit Glauben tun. Was wir brauchen, sind Waffen und Samurai und Hilfe von draußen.»

«Mein Sohn, es ist jetzt nicht an der Zeit, über so etwas zu reden, vor allem nicht, nachdem der Shogun deinen Vater hat hinrichten lassen. Wir müssen äußerst vorsichtig vorgehen. Die Feinde der Mission lauern überall. Wir müssen unsere inneren

Kräfte sammeln, bevor wir daran denken können, unsere äußeren von neuem aufzubauen.»

Don João schwieg und blickte nachdenklich zu Boden. Seine Miene blieb undurchdringlich, und das goldene Kreuz lastete schwer auf seiner Brust.

Ferreira verstärkte den Druck seiner Hand, die noch immer auf Don Joãos Schulter lag, bis er ein leichtes Nachgeben verspürte. «Ich verstehe, wie schmerzlich dich die Nachricht vom Tod deines Vaters getroffen hat. Auch mich hat sie zutiefst erschüttert, und ich teile deine Trauer. Dazu jetzt der Schreck über die Ernennung deines Bruders zum Daimyo.»

«Ich hätte ihn umbringen sollen», knirschte Don João zwischen den Zähnen, «solange noch Zeit war.»

Ferreira nahm seine Hand von Don João, trat einen Schritt zurück und bekreuzigte sich. «Hüte dein Herz vor sündigen Gedanken und deine Zunge vor sündigen Worten», sagte er, vermied es aber, Don João in die Augen zu sehen. Er wollte der Erinnerung an jenes Gespräch ausweichen, das vor Jahren stattgefunden hatte, als die Kongregation aller Padres zu dem Schluß kam, Yoshitomo sei vom Teufel besessen und nur eine Teufelsaustreibung könne ihn heilen. Lange hatten die Padres miteinander verhandelt und Fradre Joseph als Zeugen gehört, da es ihm gelungen war, Yoshitomo zu beobachten, wie er sich auf der Flanke des Vulkans im heißen Schwefelschlamm suhlte.

Obwohl als Kind getauft und mit allen Segnungen des Glaubens ausgestattet, hatte sich Yoshitomo früh in einer Weise entwickelt, die allen, die mit seiner Erziehung betraut waren, große Sorgen machte. Während er noch in der Krippe lag, so berichtete seine Amme, nistete in seinen Augen schon ein unguter Blick. Er starrte auf das Kruzifix, das in seinem Kinderzimmer an der Wand hing, als man es ihm aber in die Krippe legte, warf er es mit einer Heftigkeit, der keinerlei Kindlichkeit anhaftete, über den Krippenrand. Sobald er ein Kreuz sah, kehrte sich das Weiße seiner Augen nach außen. Das waren die ersten Anzeichen. Wie unverantwortlich von Dona Isabel, sich während ihrer Schwangerschaft einer solchen Gefahr auszusetzen. Hätte sie nicht in dem Götzentempel übernachtet, wäre es dem Teufel nicht gelungen, sich in die Seele ihres noch ungeborenen Sohnes einzuschleichen. Leider ließ sich der Böse, nachdem er von Yoshitomos Seele Besitz ergriffen hatte, nicht so leicht wieder vertreiben.

Als es an der Zeit war, Yoshitomo ins Seminario aufzunehmen, stellte er sich bald als schwieriger Schüler heraus. Er balgte sich lieber mit Gleichaltrigen herum, als Latein zu lernen und aus dem Katechismus zu zitieren. Obwohl Ferreira mehrmals bei Dona Isabel vorstellig wurde und sie bat, Yoshitomo ernsthaft ins Gewissen zu reden, geschah nichts, und Don Protasio war zu jener Zeit zu sehr mit der Ausstattung seiner Rotsiegelschiffe beschäftigt, um der Erziehung seines Zweitgeborenen größere Aufmerksamkeit widmen zu können. Dabei war Yoshitomo ein hübscher Knabe. Ferreira erinnerte sich noch, mit welcher Freude er ihn hatte heranwachsen sehen, ein Junge, der unter allen Gleichaltrigen durch seinen hohen Wuchs, seine Hellhäutigkeit und ein ansteckend fröhliches Lachen auffiel. Sein Blick war offen und klar, und Ferreira hätte sich nichts sehnlicher gewünscht, als Yoshitomo zu einem vorbildhaften jungen Mann formen zu können, der seinem älteren Bruder João später wirkungsvoll und zum Segen der Mission zur Seite stand.

Der Teufel hatte aber zu jener Zeit seine Krallen schon tief in Yoshitomos Seele eingegraben. Im letzten Jahr des Seminario blieb Yoshitomo immer häufiger unentschuldigt dem Unterricht fern. Er und andere Samuraisöhne, die er zur Aufsässigkeit anstiftete, holten sich Pferde aus den Ställen und ritten die Flanken des Vulkans hinauf. Was sie dort oben taten, zwischen Lavafelsen und tief eingeschnittenen Schluchten, aus denen Schwefeldämpfe hochquollen, blieb lange ungeklärt, bis Fradre Joseph, der aus Tirol stammte und keine Angst vor Bergen hatte, sich bereit erklärte, Yoshitomo zu folgen.

Die Nacht, die Fradre Joseph allein, nur von seinem Glauben geschützt, hoch oben auf dem Vulkan verbrachte, mußte grauenvoll gewesen sein. Nach eigener Aussage hatte er bei Mondlicht drei leibhaftige Teufel gesehen, mit spitzen Ohren, glühenden Augen und langen, buschigen Schwänzen. Beim Morgengrauen kamen Yoshitomo und seine Kumpane angeritten. Fradre Joseph konnte ihnen im Schutze dichter Büsche folgen bis ins Ende einer

Schlucht, wo giftige Echsen und anderes Drachengetier über die Lavasteine krochen. Dort hatte Yoshitomo sich splitternackt ausgezogen und war zusammen mit seinen Kumpanen in den heißen Schlamm gesprungen, der aus einer Höllenspalte trat und die Luft mit Schwefelgestank schwängerte. Unabsehbar lang habe sich Yoshitomo in dem Schlamm gesuhlt, unterbrochen von gelegentlichen Veitstänzen, in deren Verlauf er sich von seinen Kumpanen mit Quellwasser übergießen ließ, das sie aus einer nahen Vertiefung im Felsenboden holten. Es sei ein schrecklicher Anblick gewesen, wie feuerrot Yoshitomos pralle Männlichkeit beim Übergießen mit dem Quellwasser aus der Schlammkruste sprang, wie ein Incubus infernalis.

Die Teufelsaustreibung war zuerst von Padre Domingo vorgeschlagen worden, aber in Anbetracht dessen, daß Yoshitomo Don Protasios Sohn war, kam es zu keiner Einstimmigkeit. Ferreira erinnerte sich noch, wie dringend er zur Vorsicht geraten hatte, obwohl er damals noch nicht Provinzial war und seine Stimme wenig Gewicht besaß. Falls die Austreibung mißlänge und Yoshitomos Seele während der Prozedur vom Teufel geholt würde, könnte dies, so hatte er argumentiert, das gute Verhältnis zwischen Don Protasio und der Mission gefährden. Viele Stunden waren über den Beratungen vergangen, bis tief in die Nacht beim kargen Licht einer Öllampe, nur von Gebeten unterbrochen. Padre Domingo, der viele Jahre in Goa tätig gewesen war und sich bei der Bekehrung gefährdeter Hindu- und Moslemkinder große Verdienste erworben hatte, vertrat die Ansicht, wenn der Teufel einmal Besitz von einer Seele ergriffen habe und den Körper schon so fülle, daß er als feuerroter Incubus aus den Lenden dringe, sei Rettung nur noch durch eine Teufelsaustreibung zu erreichen, und falls der Junge dabei stürbe, so wäre wenigstens seine Seele gerettet. Am Ende setzte sich Ferreira doch mit seiner Meinung durch, die Entscheidung in einer solch schwierigen Frage überschreite die Zuständigkeit der Versammlung, vor allem, da es sich bei Yoshitomo um den Sohn eines Daimyos handelte, und man müsse deshalb den Bischof um Rat fragen. Ehe jedoch die Antwort des Bischofs aus Goa eintreffen konnte, wurde Yoshitomo nach Edo an den Hof des Shogun berufen.

Rückschauend war Ferreira froh. Als Yoshitomo aus Edo zurückkehrte, mit der Enkelin des Shogun als Frau, sprach niemand
mehr von der Teufelsaustreibung, und Ferreira, inzwischen zum
Provinzial ernannt, konnte darangehen, die Beziehungen zu ihm
neu zu ordnen. Obwohl sie nie jenen Grad der Herzlichkeit
erreichten, die ihn mit Don João verband, vermerkte Ferreira zufrieden, daß Yoshitomo keine Feindseligkeit gegenüber den Padres erkennen ließ.

«Ich hätte Yoshitomo umbringen sollen, solange noch Zeit
war», bekräftigte Don João noch einmal sein Versagen mit der
gleichen knirschenden Stimme.

Ferreira trat wieder an das Fenster, das er zuvor fest verschlossen hatte. Seine asketisch schmalen Hände ruhten auf dem Stein-
sims. Unten auf dem Vorplatz, im Schatten des großen, alten Feigenbaums, standen Don Joãos Samurai in Gruppen beisammen.
Einige striegelten ihre Pferde oder machten sich an ihren Sattel-
taschen zu schaffen, andere hatten Posten entlang der Steinmau-
er bezogen und verfolgten jede Bewegung in der Stadt, die unter
ihnen lag, sowie im Hafen und entlang der Küstenstraße.

«Mein Sohn», brachte Ferreira mit ruhiger Stimme hervor,
ohne seinen Kopf zu wenden, «mein Sohn, sei vorsichtig mit deinen Worten und Gedanken. Zu leicht findet der Teufel Eingang in
eine Seele, die sich bösen Gedanken einen Spalt zu weit geöffnet
hat. Was du jetzt brauchst, ist Ruhe und Zeit zur Besinnung. Ich
möchte dir helfen.» Er drehte sich um und streckte seine Hand
aus. «Hier. Nimm meine Hand.»

Don João nahm nach kurzem Zögern Ferreiras Hand an. Er
schien zu überlegen, ob er sie küssen sollte.

Das Schattenkreuz des Fensterrahmens war weiter über den
Fußboden gekrochen. Noch immer züngelten die Flammen an
seinen Rändern.

Langsam beugte Don João sich vor und deutete mit seinen Lippen einen Handkuß an. Als er sich wieder aufrichtete, sprach aber
aus seinen Augenwinkeln eine Verschlagenheit, vor der sogar ein
Ferreira erschrak.

3

Dunkler Strand

Don João, Prinz von Arima, caro amigo», schallte Montalvos mächtige Stimme über den von Fackeln erleuchteten Strand. Er stapfte durch den Sand, der unter seinem Gewicht nachgab, und wippte in den Knien, wie es sich für einen Seemann gehört, der nach langer Fahrt endlich wieder an Land geht. Als er bei Don João ankam, streckte er ihm beide Hände entgegen: «Don João, Prinz von Arima, amigo carissimo.» Dann zog er ihn an sich, umschlang ihn mit beiden Armen und klopfte ihm herzhaft auf den Rücken. «Wie schön, Euch bei so blendender Gesundheit wiederzusehen.»

«Willkommen, Señor Diego Montalvo de los Angeles», antwortete Don João, «ich sehe, meine Botschaft hat euch rechtzeitig erreicht.»

«Wäre ich sonst hier, mein lieber Prinz, um Mitternacht an diesem gottverlassenen Strand?» Montalvo lachte und strich sich den Spitzbart glatt. Er war ein schwergebauter Mann von gedrungener Statur, sein Gesicht krebsrot vom Trinken, aber in seinen Augen funkelte Wachsamkeit. Über seinem Filzhut mit der breiten Krempe wedelte eine weiße Reiherfeder. Er liebte es, sich bunt zu kleiden wie die Adeligen am Hofe des Vizekönigs von Mexiko. Selbst in dieser warmen Maiennacht trug er eine gelbe Pumphose aus schwerer Seide, mit eingesetzten Falten aus grünem Stoff, dazu grüne Strümpfe und ein bauschärmeliges Hemd, ebenfalls gelb, mit weißer Halskrause. Der Rand seines Capes aus smaragdgrünem Samt beulte sich, und darunter schaute der Knauf einer Pistole hervor.

«Als ich das Siegel Eurer Botschaft brach und las, was in dem Brief stand», sagte Montalvo, «wunderte ich mich zuerst, warum Ihr mich an diesen Strand kommen lassen wolltet, statt nach Arima. Aber dann sagte ich mir, daß etwas geschehen sein muß. Ich hoffe, nichts Schlechtes. Die Zeiten ändern sich, und nicht jedermann braucht zu sehen, was wir an Land bringen.» Er deutete hinter sich auf die Boote, in denen sich die Musketen stapelten, und wischte sich die Spucke aus den Mundwinkeln. Seine Männer waren dabei, die Boote den Strand weiter hinaufzuziehen, während Don Joãos Samurai am oberen Rand des Strandes, wo der Sand in schütteres Gras überging und wohin das Fackellicht nur noch schwach reichte, eine lange Reihe von Schilfmatten ausbreiteten.

«Prinz, sollen meine Leute schon loslegen?» fragte Montalvo.

«Die Nacht ist kurz», antwortete Don João, und Montalvo gab seinen Männern den Befehl, mit der Entladung der Boote zu beginnen.

In einem mit Fackeln abgegrenzten Geviert stand auf dem Sand ein schwarzer Lacktisch, dazu zwei Stühle aus Bambusgeflecht. Don João führte seinen Gast dorthin und deutete auf den Stuhl, der am hellsten vom Fackellicht erleuchtet war. «Nehmt Platz, Señor Diego Montalvo de los Angeles, nehmt Platz.»

Bevor Montalvo sich niederließ, zog er seinen befiederten Hut, verbeugte sich und zeichnete einen weit ausholenden Kratzfuß in den Sand. «Euch zu Ehren, mein lieber Prinz», sagte er mit einschmeichelnder Stimme, «Euch zu Ehren.»

Don João setzte sich breitbeinig auf den Stuhl, auf den das Licht steil von oben fiel und sein Gesicht zu Teilen in Schatten tauchte. Zwei seiner Gefolgsleute trugen eine schwere Lacktruhe herbei und setzten sie behutsam neben ihm auf den Sand. Auf seinen Wink hin öffneten sie den Deckel, so daß im Fackellicht die Goldbarren und Silbermünzen glitzerten, mit denen die Truhe fast bis zum Rand gefüllt war.

Montalvo lehnte sich vor. «Wie geht es Don Protasio, Eurem hochverehrten Vater? Ich bin sicher, er erfreut sich wie immer der allerbesten Gesundheit. Schade, daß er heute abend nicht hier ist. Wahrscheinlich hält er sich wieder in Edo auf. Bitte, übermittelt ihm meine Reverenzen.»

«Mein Vater ist tot», antwortete Don João, nachdem er geduldig Montalvos Wortschwall angehört hatte.

«Tot?» Montalvo bekreuzigte sich. «Tot? Der Allmächtige sei seiner Seele gnädig.» Anteilnahme troff von seinem nach vorn stoßenden Spitzbart, und er wischte sich mit einem Tuch über die Stirn. «Darf ich fragen, wie und wo der Tod ihn ereilt hat?»

«Mein Vater ist für Deus gestorben.»

«Wie soll ich das verstehen?»

«Wie ihr wollt, Señor Diego Montalvo de los Angeles, versteht es, wie ihr wollt.»

«Dann hat er also einen schlimmen Tod erlitten?»

«Er ist als Christ gestorben, stolz und ungebeugt.»

Montalvo wischte sich wieder den Schweiß von der Stirn und versank in Schweigen. Schließlich hellte sich seine Miene auf, und er suchte nach Worten: «Dann seid Ihr also jetzt ... dann seid Ihr also jetzt ... wie nennt man das hier bei euch ... el Conde oder el Duque?»

«Daimyo», antwortete Don João schlicht.

Montalvo sprang auf und zog einen erneuten Kratzfuß im Sand. «Hoheit, auch wenn der Tod Eures hochverehrten Herrn Vaters ein trauriges Ereignis ist, daß ihr jetzt el Daimyo seid, darauf müssen wir anstoßen.» Er griff in die Innentasche seines smaradgrünen Capes und zog eine Branntweinflasche hervor. Aus einer anderen Tasche kramte er zwei Zinnbecher heraus. «Wirklich, Hoheit, so traurig die erste Nachricht, so fröhlich die zweite. So ist das eben im Leben ... Viva Don João. Viva el Daimyo.» Er entkorkte die Flasche mit geübtem Griff und goß beide Zinnbecher randvoll. «Daß Eurer Hoheit viele Jahre Herrschaft und Erfolg beschert seien.» Er hob seinen Trinkbecher. « ... daß Eure Feinde verderben und daß Euch Söhne geboren werden.»

Beim Trinkspruch auf die Söhne, die ihm geboren werden sollen, verschwand für einen Augenblick die gespielte Lässigkeit aus Don Joãos Gesicht. Dann faßte er sich wieder und lächelte.

Montalvo setzte seinen Zinnbecher an und leerte ihn in einem Zug. Don João nippte nur am Becherrand. Er nutzte den Augenblick, als Montalvo mit weit nach hinten gelehntem Kopf den Branntwein genüßlich hinunterrinnen ließ, den Inhalt seines Bechers in den Sand zu gießen. Danach räusperte er sich aber lautstark, als habe der Branntwein seine Kehle versengt.

«Scharfes Zeug», nickte Montalvo ihm zu, nach Anerkennung haschend, «scharfes Zeug. Hab's mir extra aus meiner Heimat kommen lassen, ein Faß voll, bester Branntwein, in Eichenfässern gut ausgelagert und gereift, den ganzen Weg von Cadiz nach Veracruz und dann von Acapulco nach Manila. Eine lange Reise, voller Gefahren und ganz schön teuer. Aber es lohnt sich, wie Eure Hoheit sicher bemerkt haben. Gibt keinen besseren Branntwein in ganz Spanien als den Branntwein von Cadiz. Jedesmal, wenn ich Grund zum Feiern habe, genehmige ich mir einen Schluck oder zwei. Das hält Leib und Seele zusammen. Muß mir allerdings bald wieder ein neues Faß bestellen, denn mein jetziges ist schon fast halbleer. Muß es bestellen, sobald ich zurück in Manila bin, oder könnte mich auch in Manila umsehen, ob ich nicht irgendwo ein gutes Fäßchen auftreiben kann. Unsere Padres dort wissen, was gut ist. Sie haben eine feine Zunge und eine geübte Kehle, die vor keinem Feuertrunk zurückschreckt. Noch einen Schluck, Hoheit?» fragte er mit rotem Gesicht und griff nach der Flasche, aber Don João winkte ab.

Die nächste Viertelstunde verging mit Austausch von Höflichkeiten, während Montalvos Männer die Musketen eine nach der anderen von den Booten zu den Schilfmatten oben am Rand des Strandes trugen. Jede Muskete war zum Schutz gegen die Unbill des langen Transports über das Meer in derbe Leintücher eingeschlagen. Die Schilfmatten füllten sich rasch, und als der Platz für die Aufnahme der Musketen knapp wurde, holten Don Joãos Leute neue Matten von den zweirädrigen Ochsenkarren herbei, die abseits vom Strand in der Dunkelheit unter den Bäumen standen.

«Übrigens», Montalvo lehnte sich weit über den Tisch und senkte seine Stimme, «übrigens, hab' ich auch eine Zusage für Mercenarios, tausend, vielleicht zweitausend Mann, gute Kämpfer, so wie mit Eurem verehrten Vater das letzte Mal besprochen. Zweitausend Mercenarios, kampferprobt, die könnten wir von Manila hierherschicken, sobald Ihr sie braucht, um den Heiden hier Beine zu machen, und …», seine Finger deuteten das Hinzählen von Münzen an, «… falls die Bedingungen stimmen. Gute Mercenarios, die schon so manche Fehde in Manila und drum herum hinter sich haben. Zur Zeit haben wir auf den Philippinen keine nennenswerten Schwierigkeiten mit den Eingeborenen. Sie sind brav und gehen zur Messe. Deshalb gibt's mehr Mercenarios, mehr als zur Zeit gebraucht werden, und ich habe in Erfahrung bringen können, daß es durchaus möglich wäre, zweitausend hierherzuschicken, wenn wir uns, wie gesagt, über die Bedingungen einigen können.» Wieder zählten seine Finger imaginäre Münzen.

Don João wischte Sand von der glänzend schwarzen Tischplatte, die sich darauf abgelagert hatte. «Wann wir Eure Mercenarios brauchen und wie viele, das kann ich zur Zeit noch nicht sagen», antwortete er langsam und bedächtig, «durch den Tod meines Vaters ... Ihr versteht ... wir müssen vorsichtig sein.»

«Natürlich, Hoheit, das versteh' ich. Keine Eile. Alles braucht seine Zeit. Besonders wenn es um so große Dinge geht, wie Euer verehrter Herr Vater sie geplant hatte. Viele, mit denen ich in Manila darüber gesprochen habe, sind begeistert, obwohl ich natürlich, das muß ich gestehen, nicht in alle Einzelheiten eingeweiht bin. Euer verehrter Herr Vater hat immer ein wenig geheimnisvoll getan. Das verstehe ich durchaus, da wahrscheinlich viel auf dem Spiel stand. Allerdings kann ich mir nicht verkneifen zu erwähnen, Hoheit, daß die braunkuttigen Padres in Manila über den Mangel an brüderlicher Eintracht erzürnt sind. Eure schwarzkuttigen Padres hier, so habe ich gehört, werfen uns immer noch vor, Spanien hätte den Vertrag von Tordesillas gebrochen. O Gott, o Gott, der Vertrag ist über hundert Jahre alt, und die Welt ist rund. Es gibt, wenn man's genau betrachtet, kein Ost und kein West. Deshalb hat der Heilige Vater in Rom aufgerufen, den alten Streit zu begraben, damit wir die Heiden hier in Japan gemeinsam bekehren. Aber Eure Schwarzkutten sperren sich. Sie wollen offenbar nicht mit unseren Braunkutten brüderlich zusammenarbeiten. Fürs höhere Ziel.»

Don João nickte hin und wieder leichthin, ermutigend genug, die Redseligkeit des Spaniers anzufachen. «Warum nicht?»

«Warum nicht, fragt Ihr, Hoheit? Was soll ich da sagen. So ist das eben im Leben», Montalvo unterstrich seine Worte mit ausholender Geste, «wenn's um Macht geht, Hoheit, wenn's um Silber und um Gold geht ... na ja, Padres sind auch nur Menschen. Eure Schwarzkutten mögen unsere Braunkutten nicht. Sie mögen sie nicht, weil sie Japan für sich allein behalten wollen, ganz allein.»

Don Joãos Hand spielte mit dem goldenen Kreuz auf seiner Brust, während er aufmerksam zuhörte. «Ihr meint ...?»

«Ja natürlich, es ist ein Jammer, Hoheit, daß es so viel Streit zwischen den Kutten gibt, fürchterlichen Streit, Verleumdungen und üble Nachrede bis nach Rom. Und wißt Ihr, wer sich ins Fäustchen lacht?»

«Wer denn?»

«Die Niederländer, die verdammten. Sie sind schon überall und nehmen uns die Geschäfte weg. Gefährliche Leute. Und gottlos obendrein. Wie schön, Hoheit, daß Ihr das fortsetzt, was Euer verehrter Vater begonnen hat – Deus sei seiner Seele gnädig –, und daß ich Euch weiter Musketen liefern darf. Spanische Musketen, mit dem besten Zündschloß ausgestattet, herrliche Musketen, gut für die Bekehrung der Heiden und gut für unsere Zusammenarbeit. Auch wenn die Kutten untereinander im Streit liegen, hahaha.»

* * *

Außerhalb des Lichtkreises der Fackeln war die Dunkelheit fast vollkommen. Die mondlose Nacht ließ sogar die Brandungswellen, die sich murmelnd am Strand brachen, nur als schwachen Schimmer erkennen. Obwohl es schon nach Mitternacht war, strahlte der Sand noch immer die Wärme des Tages zurück. Die Luft flimmerte und ließ die Sterne wie Leuchtkäfer tanzen. Nur die Silhouette des Vulkans schnitt als große schwarze Fläche ein Stück Himmel heraus.

Während die Boote entladen wurden, hatte Hendrik die Zeit genutzt, sich alle Einzelheiten des Ortes einzuprägen. Die Landung war an einem sichelförmigen Sandstrand erfolgt, der sich sanft aus dem Wasser erhob, oben von Bäumen gesäumt, die sich schattenhaft gegen den Himmel abzeichneten. Rechts schien der Strand in einer steilen Klippe zu enden, an der die Brandungswellen hochlechzten. Links verlor er sich jenseits der Reichweite des Fackellichts im Dunkel der Nacht.

Hendrik war den Männern gefolgt, wie sie die ersten Musketen zu den Schilfmatten trugen. Er hatte die Ochsenkarren unter den Bäumen stehen sehen und nicht weit davon die Pferde. Jenseits der Bäume breiteten sich Felder aus. Zwischen den Stämmen die Schatten einiger Wachtposten, offenbar, um den Strand zur Landseite hin abzusichern. Hendrik ließ seinen Blick die Reihe der Posten entlanggleiten, aber es gelang ihm nicht, das Muster zu erkennen, nach dem sie ihre Stellungen bezogen hatten. Er drang ein wenig tiefer in den Schatten vor, bis er Stimmen in der Dunkelheit hörte, die ihm verrieten, daß die Posten sich bis tief in den Wald hinein verteilt hatten. Deshalb war er wieder zum Strand zurückgekehrt, vorbei an den in Leinen gehüllten Musketen, die wie steif gewordene Leichen auf den Schilfmatten lagen. Die Fackeln übergossen sie mit unruhigem Licht.

Unten am Strand, kaum zwanzig Schritte von der Stelle, wo Don João und Montalvo am Tisch saßen und über ihre Geschäfte sprachen, standen das große Pulverfaß und drei kleinere Fässer mit Salpeter auf dem Sand. Montalvos Männer hockten im Kreis darum und spielten Karten. Ab und zu knallte einer von ihnen eine Trumpfkarte auf den Faßdeckel, begleitet von dem unterdrückten Grölen der anderen Spieler. Wurden die Stimmen zu laut, genügte ein kurzer Zuruf Montalvos, sie zum Schweigen zu bringen.

Hendrik ging an den Spielern vorbei auf den Felsbrocken zu, der sich, wie von der Hand eines Riesen hingeworfen, aus der Sandfläche erhob. Das Licht der Fackeln war hier schon so schwach, daß Hendrik vor dem dunklen Hintergrund des Gesteins kaum noch erkennbar war. Nur die kastanienbraunen Haare, die ihm bis auf die Schultern fielen, fingen ein wenig Fackellicht ein.

Hendrik blickte zu den Sternen empor. Links vom Gipfel des Vulkans, in etwa dreißig Grad Höhe, stand der Nordstern. Der Seekarte zufolge, die er heimlich in der Kajüte des Capitano kopiert hatte, mußte Hirado etwa hundert Meilen nördlich liegen. Er brauchte nur dem Nordstern zu folgen.

Nur hundert Meilen. Wasser zum Trinken würde er bestimmt unterwegs genügend finden, um seine Flasche aus Ziegenleder zu füllen. Auch ums Essen machte er sich wenig Sorgen. Er würde Blätter und Knospen finden, die um diese Jahreszeit noch frisch und zart waren. Auf den Wiesen mußte Löwenzahn blühen und auf den Feldern vielleicht Flachs, dessen gelbe Blüten nußartig schmecken. Notfalls würde er Vogelnester finden oder Ameisenhügel aufstechen, bis er an die weißen Puppen kam. Vielleicht könnte er in einem Bergbach eine Forelle greifen oder einen Krebs. Als Kind war er oft mit anderen Kindern aus dem Viertel der Uhrmachergilde zum Kanal gezogen, der an der Stadt vorbeizog, Krebse zu fangen. Aus jener Zeit wußte er noch, wie man zugreifen muß, ohne die Finger zwischen die Scheren geraten zu lassen. An manchen Tagen hatte er einen ganzen Bastkorb voll krabbelnder, knackender, quietschender Krebse heimgebracht, und seine Mutter hatte sie in kochendes Wasser geworfen, so daß sie so rot wurden wie Mohnblüten auf der Wiese. Forellen waren schwieriger zu greifen, aber bevor er zehn war, galt er schon unter den anderen Kindern der Stadt als der beste Forellenfänger. Er hatte flinke Hände und einen sicheren Griff. Auch wenn die Forelle gar nicht dort stand, wo man sie zu sehen glaubte, er wußte, wie sich das Licht im Wasser brach. Es war die gleiche Lichtbrechung, die er seitdem an Glasprismen und Linsen studiert hatte. Was er dabei lernte, hatte es ihm ermöglicht, während all der Jahre in Mexiko sein Auskommen zu finden.

Nur hundert Meilen bis Hirado. Falls er sich tagsüber im Wald versteckte und nur nachts marschierte, würde er nicht mehr als fünf Tage brauchen, vielleicht nur vier. Der Mönch, den er in Manila abends über einem Becher Rotwein gefragt hatte, wie Japan sei, hatte laut gelacht. «Japan?» hatte er gegluckst und sich mit dem Ärmel seiner braunen Kutte über den Mund gewischt. «Japan? Wenn du dich als Kaufmann ausgibst, kannst du unbehindert herumlaufen, überall.» Den Rest des Abends erzählte er, wie er selber einmal, als Kaufmann verkleidet, in Nagasaki an Land gegangen sei, heimlich, wie er sagte, denn nicht die Bonzen und Teufelsdiener müsse man fürchten, sondern die lieben Brüder in den schwarzen Kutten. «Das Volk ist zahm, aber unsere Brüder im Herrn wollen Japan ganz für sich selbst, samt Seelen und Silber.»

Hendrik blickte hinaus über die Bucht, wo die Santa Cruz bei

Einbruch der Nacht eingelaufen war. In der Dunkelheit glänzte die Oberfläche des Wassers wie geschmolzenes Blei. Wieder blickte er zum Nordstern empor. Aus dem Winkel zu den anderen Sternen berechnete er, daß es zwei Stunden nach Mitternacht sein mußte. In wenigen Stunden schon würde es hell werden. Es war an der Zeit aufzubrechen. Langsam löste er sich von dem Felsen, gegen den er lehnte, seine Augen auf den Strand gerichtet, wo die Männer immer noch auf dem Pulverfaß Karten spielten und am Tisch unter den Fackeln Montalvo mit Don João lebhaft zu verhandeln schien.

Hendrik schlenderte den Strand entlang, leicht aufwärts, bis er die Bäume erreichte. Er stellte sich unter die überhängenden Äste und lauschte. Nach einiger Zeit fühlte er sich sicher, daß Don Joãos Samurai nur die Landseite des Strandes bewachten, nicht aber den Strand selbst. Offenbar befürchteten sie aus dieser Richtung keine Gefahr. Dies gab ihm die Sicherheit, die er brauchte. Er begann, sich in geduckter Haltung am Rande der Bäume von der Landestelle wegzubewegen, vorsichtig den Boden mit den Füßen ertastend, um nicht auf trockene Zweige zu treten. Nach einiger Zeit verließ er den Schutz der Bäume und ging wieder den Strand hinunter. Er rechnete damit, daß er entlang der Wasserlinie schneller vorankommen würde. Die einsetzende Ebbe hatte einen breiten Streifen nassen Sandes hinterlassen, auf dem er freier ausschreiten konnte.

Nur einmal hielt Hendrik kurz an. Eine fast vollkommene Stille umhüllte ihn, unterbrochen von dem leisen Rauschen der Wellen und ab und zu von einem Plätschern draußen auf dem Wasser, wenn ein Fisch sprang. Seine Augen hatten sich längst an die Dunkelheit gewöhnt, so daß die Sterne der mondlosen Nacht sie mit ihrem blauen Licht füllen konnten. Er kauerte nieder und benetzte seine Hände mit Salzwasser. Er blickte zur Landestelle zurück. Dank der sichelförmigen Biegung spiegelte sich der Widerschein der Fackeln auf dem Wasser und auf dem nassen Sand. Während Hendrik so dahockte und die Brandungswellen über seine Hände spielen ließ, spürte er plötzlich eine Schwingung des Bodens. Er legte beide Hände auf den Sand und hielt den Atem an.

Die Schwingungen wurden stärker, bis das Geräusch galoppierender der Hufe hörbar wurde. Hendrik überlegte, was zu tun sei. Er entschloß sich, den Strand hochzulaufen, weg von der spiegelnden Fläche nahe der Wasserlinie. Er rannte durch den lockeren Sand, mußte sich dann aber auf den Boden werfen, da die galoppierenden Hufe schon zu nahe waren. So gut er konnte, bedeckte er sein Gesicht mit seinem dunklen Wams. Einen Atemzug später tauchten die Schatten zweier Reiter auf. Sie preschten so dicht an Hendrik vorbei, daß der Luftsog ihm fast sein Wams vom Körper riß. Sand, von den Hufen aufgewirbelt, sprühte auf ihn herab und füllte seinen Mund mit Knirschen. Als die Reiter vorbei waren, richtete Hendrik sich auf, vorsichtig lauschend, falls noch mehr Reiter den Strand entlangkämen. Nachdem er sich vergewissert hatte, daß keine Gefahr bestand, erhob er sich und klopfte sich den Sand aus den Haaren.

* *
*

Don João bemerkte als erster das Kommen der Reiter, vor Montalvo und sogar vor seinen Samurai. Sein Rücken straffte sich, und seine Augen verengten sich zu schmalen Schlitzen. Mit kehliger Stimme schrie er einen lauten Befehl. Sofort eilten Samurai von allen Seiten herbei und bildeten einen Schutzring.

«Löscht die Fackeln.»

Einige seiner Samurai rissen alle Fackeln bis auf zwei von den Stangen und stießen ihre brennenden Enden in den Sand.

Inzwischen waren die beiden Reiter schon nahe gekommen. Der erste, der Yoshitomos Wappen auf seinem Brustschild trug, ließ sein Pferd bis dicht an den Tisch heranpreschen, an dem Don João und Montalvo saßen. Eine Woge Sand sprühte auf, als er sein Pferd mit scharfem Ruck zum Stehen brachte.

Don João erhob sich ohne Eile: «Tachikawa no Takakatsu, was bringt dich hierher?»

«Das frage ich Euch», erwiderte der Reiter mit ätzend scharfer Stimme. Er deutete mit dem Kinn auf Montalvo, der mit gespielter Lässigkeit am Tisch sitzen geblieben war. «Wer ist das? Was geht hier vor?» Er blickte vom Sattel aus in die aufgeklappte Lacktruhe, in der die Gold- und Silberbarren glänzten. Dann musterte er Montalvos Männer, die ihr Kartenspiel abgebrochen hatten und aufgesprungen waren. Sie stemmten die Hände in die Hüften und standen in sicherem Abstand. «Was habt Ihr mit diesen Fremden hier zu tun, mitten in der Nacht?»

«Das geht dich nichts an, Tachikawa no Takakatsu», sagte Don João und trat vor. «Und außerdem, bevor du deinen frechen Mund aufreißt, steig ab und erweise mir deine Ehrfurcht.»

«Euch Ehrfurcht erweisen?» Tachikawa no Takakatsu sprang ab und pflanzte sich herausfordernd vor Don João auf. «Ich bin nur unserem rechtmäßigen Daimyo Ehrfurcht schuldig. Yoshitomo ist mein Herr. Nicht Ihr.»

«Hat mein kleiner Bruder dich hierhergeschickt?» fragte Don João und ließ einen zynischen Klang in seine Stimme fließen.

«Nein», entrüstete sich Tachikawa no Takakatsu, «aber wir haben von weitem die Fackeln gesehen, und als treuer Diener meines Herrn habe ich die Pflicht nachzuprüfen, was hier nachts am Strand vorgeht. Ohne Wissen meines Herrn.»

Montalvo, immer noch am Tisch sitzend, verfolgte den Wortwechsel, den er nicht verstand, mit lauerndem Blick, während seine Hand langsam, unmerklich, unter den Tisch glitt und den Knauf seiner Pistole umfaßte.

Der zweite Reiter ließ während dieser Zeit sein Pferd tänzeln. Er schaute sich am Strand um, soweit das Licht reichte. Er sah die gelöschten Fackeln, deren noch schwelende Köpfe im Sand steckten, und umkreiste sie argwöhnisch. Er entdeckte das große Pulverfaß und die kleineren Fässer, die abseits im Halbkreis standen. Er lenkte sein Pferd nahe an sie heran und beugte sich herab. «Die Fremden haben Fässer mitgebracht ... dicke Fässer ...», rief er mit lauter Stimme Tachikawa no Takakatsu zu, «dicke Fässer ... ist wahrscheinlich wieder Meßwein drin ... Meßwein für ihre Padres.»

«Vino santo?» rief Tachikawa no Takakatsu höhnisch zurück. «Eine neue Ladung vino santo, damit die Padres ihn in das Blut ihres Gottes verwandeln und dann hinunterschütten können. Schlag die Fässer entzwei.» Der Reiter sprang vom Pferd, riß im Vorbeigehen eine der noch glimmenden Fackeln aus dem Sand, packte sie wie eine Lanze mit beiden Händen. Beim Pulverfaß angekommen, stieß er die Fackel voller Wucht auf den Deckel.

Der Deckel gab nach und brach auf.

Aus dem Fackelkopf stoben Funken und regneten auf das Pulverfaß herab. Eine Stichflamme schoß empor. Mit ohrenbetäubendem Knall flog das Faß auseinander. Taghell der Strand. Eine Flammenfront fegte vorüber. Tachikawa no Takakatsu wurde zu Boden geschleudert, der Tisch stürzte um. Aus der Lacktruhe ergossen sich die Gold- und Silberbarren in den Sand.

Don João warf einen prüfenden Blick auf die Szene der Verwüstung. Einige seiner Samurai erhoben sich vom Boden, schienen aber nicht ernsthaft verletzt zu sein. Unter Montalvos Männern waren zwei oder drei von herumfliegenden Teilen des Pulverfaßes getroffen. Sie bluteten. Tachikawa no Takakatsu kniete noch auf dem Sand und versuchte gerade mühsam, sich wieder aufzurichten. Er rieb sich den Sand aus den Augen, als Montalvo mit raschen, leisen Schritten von hinten an ihn herantrat, die Pistole in der Hand. Er zielte und drückte ab. Danach wischte er den Lauf seiner Pistole mit seinem Schweißtuch ab und steckte sie mit ruhiger Hand in den Gürtel zurück. Er ging zu dem bis zur Unkenntlichkeit verkohlten Körper des zweiten Reiters, der die Explosion verursacht hatte. Er stieß ihn mit der Stiefelspitze an. «Auf den brauchen wir keine Kugel mehr zu verschwenden.»

Don João beugte sich zu der umgekippten Lacktruhe und winkte einige seiner Samurai herbei. Beim Licht der Fackeln durchsuchten sie den Sand nach Gold- und Silberbarren.

«Wir verschwinden am besten», sagte Montalvo zu seinen Männern, «rasch, rasch, macht die Boote bereit.»

«Wartet», sagte Don João und deutete auf die beiden Toten. «Nehmt sie mit.»

«Warum?»

«Wir können sie hier nicht liegenlassen.»

«Verscharrt sie doch irgendwo.»

«Besser ist es, wenn Ihr sie draußen auf dem Meer mit einem Stein in einen Sack steckt und über Bord werft.»

Montalvo schüttelte den Kopf. «Das bringt Unglück.»

«Ich gebe Euch zwei Goldstücke, wenn Ihr sie mitnehmt.»

«Sechs», antwortete Montalvo und hielt seine Hand auf.

Don João zögerte und nickte. Einer seiner Samurai zählte von den aus dem Sand zusammengerafften Goldmünzen sechs ab und ließ sie Stück für Stück in Montalvos offene Hand fallen. «Jetzt aber nichts wie weg.» Montalvo trieb seine Männer zur Eile an. Er sah sich um, ob alle da waren. «Wo ist el Rosso?» fragte er scharf.

Seine Männer schauten sich um. «El Rosso? Wo ist er?» «Verdammt!» fluchte Montalvo. «Ob's ihn erwischt hat? Wer hat ihn zuletzt gesehen?» Seine Augen sprangen über den Strand, der nach der Explosion von schwarzem Ruß bedeckt war und noch dunkler wirkte als zuvor. Er ging mit erstaunlich behenden Schritten, die gar nicht zu seinem schweren Körper zu passen schienen, zum Wassersaum hin und kniff seine Augen zusammen, als er über die dunkle Meeresoberfläche spähte. «Steht nicht so untätig herum», fuhr er seine Leute an, «los, sucht el Rosso. Sucht ihn überall.»

«Ich hab' ein Platschen gehört», sagte einer der Männer neben ihm, «ein Platschen … da draußen.» Er deutete mit dem ausgestreckten Arm auf das Wasser.

«Wann?»

«Als das Faß hochging.»

«Aber el Rosso war nicht da», behauptete ein anderer.

«Ich habe ihn zuletzt oben am Strand bei den Schilfmatten gesehen», wollte ein dritter wissen.

«Nein, da drüben bei dem Felsbrocken …»

«Verdammt», fluchte Montalvo, «verdammt, noch einmal verdammt.»

Don João trat neben Montalvo und betrachtete ihn aus schmalen Augen von der Seite. «Ihr seid offenbar sehr um das Schicksal Eures Mannes besorgt … el Rosso heißt er, oder?»

«Ja, el Rosso.»

«Er scheint Euch sehr wichtig zu sein?»

«Wichtig?» druckste Montalvo vor sich hin. «Nein … nein … nicht wichtig … nicht unersetzbar, so würde ich sagen … nur eben einer von meinen Männern … nicht wichtig.»

Don João war Montalvos Zögern nicht entgangen, und daß er

etwas zu verbergen schien, was el Rosso anging. «Könnte er geflohen sein?»

«Keinesfalls!» stieß Montalvo ein wenig zu eilfertig hervor. «Warum sollte er fliehen? Hat keinen Grund. Ging ihm doch blendend bei mir. Und überhaupt, wohin könnte er fliehen wollen? Nein, nein, er ist sicher ertrunken.» Seine Augen wanderten die Strandlinie entlang. Er fragte, wie bei Ebbe die Strömung stehe.

«Nordwärts. Der Küste nach.»

«Dann müßt Ihr beim ersten Morgenlicht die Küste nordwärts absuchen lassen, Hoheit. Dieser verdammte el Rosso. Hätt' ihn besser auf der Santa Cruz lassen sollen. Jetzt ist er abgesoffen, der Idiot.»

«Dieser Mann scheint Euch doch ziemlich wertvoll zu sein», sagte Don João halblaut, «möchte gern wissen, warum.»

«Ich denke nur an Euch, mein lieber Prinz … ich meine, Hoheit.» Er suchte nach Worten. «Ich denke mir nur, was für ein Aufsehen es bei Euch geben wird, wenn morgen oder übermorgen dieser Kerl irgendwo in der Bucht angeschwemmt wird. Das könnte peinlich für Euch sein, da nicht alle Eure Untertanen, wie ich heute nacht mit meinen eigenen Augen habe sehen können, Euch gegenüber ehrfurchtsvoll auftreten. Die beiden da zum Beispiel …» Er wies mit dem Kinn auf die Toten.

Don João tat, als habe er Montalvos Anspielung überhört. Er befahl seinen Samurai, sofort mit der Verladung der Musketen auf die Ochsenkarren zu beginnen und sie für den Abtransport sorgfältig mit Matten abzudecken.

Montalvo deutete nochmals auf die Toten. «Werft sie in eines der Boote», sagte er zu seinen Männern. Danach bestieg er das andere Boot und ließ sich ins tiefere Wasser stoßen.

Während die Wellen schon gegen die Planken klatschten, wandte Montalvo sich noch einmal Don João zu, der seiner Abfahrt schweigend zusah: «Hey, amigo carissimo.» Die anfängliche Gefälligkeit kehrte in seine Stimme zurück. «Laßt mich wissen, wie viele Musketen Ihr im nächsten Jahr kaufen wollt. Ich stehe Euch zu Diensten und werde Euch wie immer beste Ware liefern.»

Don João wandte sich wortlos ab. Nachdem Montalvos Boote außer Hörweite waren, nahm er zwei seiner engsten Gefolgsleute zur Seite. «Dieser eine von Montalvos Männern ... dieser el Rosso ... der ist nicht ertrunken. Der ist auf und davon. Nehmt eine Fackel und geht den Strand entlang bis zu den Obama-Klippen. Schaut nach Fußspuren, ehe die zurückkommende Flut sie verwischt. Beeilt euch. Ich erwarte einen genauen Bericht sofort nach eurer Rückkehr zum Schloß Hara.»

* *
*

Aus seinen Schritten wurde Laufen, zuerst auf dem feuchten Sand, dann weiter oben auf dem kiesigen Grund, dann noch weiter oben, wo Treibholz ihn zum Stolpern brachte. Er raffte sich auf, lief vorsichtig weiter, in den Muskeln bereit, sich vom nächsten Hindernis nicht überraschen zu lassen. Als am Ende des Strandes ein Schatten hochwuchs, der den halben Himmel wegschnitt, arbeitete Hendrik sich seitlich den Hang hinauf. Er kroch auf allen vieren durch die Büsche und tastete sich mit den Händen voran. Dann kam eine steile Böschung und dahinter noch dichter wachsende Büsche. Als er hindurchkroch und nach oben blickte, sah er einen Streifen des Nachthimmels. Er hatte eine Straße erreicht, eine breite Straße, still und verlassen. Lange schaute er nach rechts und links, dann überquerte er die Straße in geduckter Haltung und tauchte auf der anderen Seite wieder in die Büsche ein. Dornen durchdrangen sein Wams und zerrissen seine Hände. Irgendwo, nicht allzu weit weg, bellte ein Hund.

Nach weiterem steilen Anstieg erreichte Hendrik ein Feld. Im Schutz der Bäume ging er den Feldrand entlang, bis er den Rauch von frischem Herdfeuer roch. Ein Hahn krähte, kurz danach ein anderer, und ein dritter antwortete ganz nahebei. Offenbar ein Dorf. Hendrik drehte um und kehrte den gleichen Weg am Waldrand entlang zurück, bis er eine geschützte Passage zur Flanke des Vulkans fand. Die Erde strahlte einen Geruch nach Dung aus. Am Feldrand verharrte er, bis er sicher war, daß nicht schon irgendwo Bauern vor Sonnenaufgang zu ihren Feldern gekommen waren. Die Sterne verblaßten im Grau des beginnenden Morgens. Hendrik wußte, bald würde er es nicht mehr wagen können, ohne die Deckung von Büschen oder Geländewellen die Felder zu überqueren, die sich weithin ausbreiteten. So hastete er über die offene Fläche und lief das ständig ansteigende Gelände weiter hinauf. Hundegebell, das von unten heraufdrang, trieb ihn zu noch größerer Eile an.

Als der Himmel vom Morgenrot in blasses Blau überging, erreichte er schließlich wieder den Schutz der Bäume. Soweit er es abschätzen konnte, zog sich der Wald die immer steiler werdende Flanke des Vulkans hinauf. Naß, durchschwitzt, außer Atem, tauchte er in das Unterholz ein, arbeitete sich voran, bis das geschlossene Laubdach der Bäume die Büsche verdrängt hatte. Dort warf er sich auf den kühlen Waldboden. Das trockene Laub vom letzten Herbst, hie und da von Maiglöckchen durchbrochen, nahm ihn freundlich auf, raschelnd mit tausend flüsternden Stimmen. Er sog den Duft der Maiglöckchen ein, vermischt mit dem Geruch von Laub, moderndem Holz und Pilzen.

Hendrik fuhr sich mit den Fingern durch das Haar und ließ die Morgenluft seine Stirn kühlen. Vorsichtig näherte er sich den Büschen am Waldrand und spähte hinaus. Er konnte die Küste sehen und die Klippe, wo sie in der Nacht gelandet waren. Die Bucht lag still und silbern da. Einige von der Küste wegstrebende Fischerboote erinnerten an kleine Tannennadeln, die auf dem Wasser schwammen. Von der Santa Cruz war nichts mehr zu sehen, aber als Hendrik seine Augen zusammenkniff und den Horizont absuchte, dort, wo die Bucht sich zum Meer hin öffnete, glaubte er einen dunklen Punkt zu erkennen. Vielleicht war es nur eine Täuschung, im Glanz der ersten Sonnenstrahlen. Die Ebbe, die das Wasser aus der Bucht ins Meer hinausströmen ließ, hatte die Santa Cruz sicher so schnell nach draußen getragen, wie sie am Abend mit der Flut in die Bucht eingelaufen war.

Hendrik zog sein Fernrohr aus dem Stiefelschaft und wickelte es aus dem Schutztuch. Auf dem Bauch liegend, die Ellbogen fest ins junge Gras gepflanzt, richtete er es in die Ferne, wo er, wie er geglaubt hatte, einen dunklen Punkt gesehen hatte. Es war doch die Santa Cruz, alle Segel gesetzt. Von Montalvo drohte keine Gefahr mehr. Hendrik atmete auf. Ein wenig der Spannung fiel von ihm ab.

Er ließ sein Rohr über die Wasserfläche gleiten, bis der Strand in den engen Sichtkreis kam, der Ort der Waffenübergabe. Er sah die vorgelagerte Klippe, von der in der Nacht das erste Blinklicht geleuchtet hatte, und den kleinen Felsen im Wasser dicht vor dem Strand, von wo aus das zweite Blinklicht die genaue Lage der Landestelle angekündigt hatte. Der Strand lag verlassen da, als sei nichts geschehen. Die Entfernung war schon zu groß, um Einzelheiten zu erkennen, aber alle Spuren schienen verwischt. Die Kronen der Wellen, die am Sand spielten, leuchteten als schmale weiße, sich ständig erneuernde Linien.

Hendrik schob sein Fernrohr wieder zusammen, wickelte es sorgfältig in das Tuch und steckte es zurück in den Stiefelschaft. Er schaute zu den Gipfeln der Bäume empor. Die Zweige bewegten sich nicht. Ein windstiller Tag. Es würde wohl ziemlich heiß werden. Er dachte, daß es klüger gewesen wäre, seine Flasche aus Ziegenleder mit Trinkwasser zu füllen, bevor er die Santa Cruz verließ, aber er hatte es nicht getan, weil er nicht auffallen wollte. Außerdem war das Wasser auf dem Schiff ungenießbar. Jetzt mußte er sich darauf verlassen, daß sein Weg ihn irgendwann an einen Bergbach führte. Solange er sich noch in Don Joãos Gebiet bewegte, das sich seiner Karte zufolge bis zu der Landenge im Norden erstreckte, galt es auf der Hut zu sein. Er mußte also, so berechnete er es, nur den Vulkan entlanggehen, auf der nördlichen Flanke hinabsteigen in das flache Land und den Fluß durchschwimmen, der auf seiner Karte als geschwungene Linie eingetragen war.

Hendrik raffte sich auf und tauchte tiefer in den Wald ein, sicher im Gefühl, daß er in seiner erdbraunen Hose, dem dunkelgrünen Hemd und dem schwarzen Wams mit den Lichtflecken und Schatten verschmelzen würde, die das Spiel der Sonnenstrahlen hervorrief. So ging er durch das lockere Unterholz, ein wenig nach vorn gebeugt, auf seine Schritte achtend, die Augen wachsam, im Schutze der Stämme, bereit, jederzeit anzuhalten und zu sichern wie ein Tier. Er folgte den Konturen des Bodens, kam gut voran, nordwärts, immer leicht ansteigend, vermied die Stellen, wo das Dickicht undurchdringlich wurde, sah Spuren von Rehen im feuchten Grund, fluchte, wenn er unachtsam auf einen trockenen Zweig trat, der mit lautem Knacken zerbrach, verlangsamte den Schritt, wenn ein Eichelhäher über ihm zeternd von Ast zu Ast flatterte.

Ein Reh scheute auf und sprang durch das schüttere Unterholz. Nur wenige weite Sprünge, dann blieb es mit steil aufgestellten Ohren stehen und stieß ein Zirpen aus. Fast wäre Hendrik auf das Kitz getreten, das vor ihm bewegungslos auf dem Boden lag. Einen Augenblick lang dachte er daran, es mit raschem Griff zu packen und sich als Reiseproviant an den Gürtel zu hängen, aber dann zog er seine schon ausgestreckte Hand zurück. Aus den Augen des Kitzes sprach so vollkommene Wehrlosigkeit, daß er es nicht über sich brachte, es zu berühren. Er trat zur Seite und setzte seinen Weg fort. Zurückblickend sah er, wie die Rehmutter sich ihrem Kitz wieder näherte und es mit der Nase anstupste. Da sprang das Kitz auf und folgte der Mutter mit tapsigen Sprüngen ins Unterholz.

Die Sonne stand schon hoch am Himmel. Hendrik verlangsamte seine Schritte, um nicht zu sehr ins Schwitzen zu geraten. Durst begann ihn zu quälen, die Müdigkeit machte sich immer stärker bemerkbar, und er setzte sich in den Schatten eines Baums, den Rücken gegen den Stamm gelehnt. Er tastete sein Wams ab, dessen Futter schwer war von den eingenähten Silberlingen, acht Silberlinge, alles, was er hatte mitnehmen können, als er überstürzt aus Acapulco fliehen mußte.

Es war ihm nicht leichtgefallen zu fliehen, nach all den Jahren an der Seite des Visconte. Der Visconte hatte ihm das Leben gerettet, damals, als die von der spanischen Krone geschickten Söldner die Niederlande verwüsteten. Er war mitten in dem Kriegsgeschrei und Morden aufgetaucht, hatte sich von seinem Pferd herabgebeugt und ihn, den verängstigten, blutüberströmten Jungen von zwölf, zu sich in den Sattel gehoben, während die Söldner seinen Vater und seine Mutter mit Hellebarden durchbohrten. Von da an Madrid, Toledo, Sevilla, Veracruz in Mexiko, Guadalajara, Acapulco – Stationen auf einem langen Weg, immer zur Seite des Visconte, der ihm zum zweiten Vater wurde, der nie ein Hehl daraus machte, daß seine Einsicht in die Welt sich nicht mit der Lehre der Kirche deckte, der deshalb von Stadt zu Stadt ziehen mußte, immer im Streit mit den Vertretern des Dogmas, und

71

wenn er nicht so reich gewesen wäre und Träger eines alten Namens, so hieß es, hätte ihn die Inquisition schon längst geholt. Deshalb, als er starb und noch ehe er zu Grabe getragen war, pochten die Häscher der Inquisition schon an die Tür, den Untersuchungsbefehl in der Hand. Sie durchsuchten jeden Raum, nahmen jedes Buch in der Bibliothek des Visconte in die Hand und schlugen es auf. Sie lasen laut die Titel vor und verglichen sie mit einer langen Liste, in der einer von ihnen eifrig blätterte. Sie brachen den Schreibsekretär auf und warfen den Inhalt der Schubladen auf den Boden. Sie stopften manches Pergament und manchen alten Brief in den Sack, der schon von Büchern prall gefüllt war, die auf dem Index standen. Sie zwangen Loxicha, die letzte Dienerin des Visconte, die Türen zu allen Räumen aufzuschließen, auch zu jenen, die schon seit Monaten nicht mehr benutzt worden waren, und schließlich die Tür zu Hendriks Kammer.

«Sie wußten genau, wo Eure Kammer ist», hatte Loxicha zu Hendrik gesagt, als er spät abends von der Totenfeier zurückkam, «sie wußten genau, welche Tür, und sie haben das Buch gesehen, das bei Eurem Bett lag. Als sie es aufschlugen, haben sie sich gegenseitig zugenickt, und der Älteste hat es sich mit zufriedenem Lächeln in seine Kutte geschoben. Das ist kein gutes Zeichen, Herr, wenn einer, den die Inquisition schickt, zufrieden vor sich hin lächelt. Ihr müßt fliehen, Herr, jetzt, da unser Visconte nicht mehr lebt und seine schützende Hand über Euch halten kann.»

Hendrik tastete sein Wams ab und fühlte die harten Konturen der eingenähten Silberlinge. Er raffte sich auf und stolperte weiter. Er fand einen Wildpfad und folgte ihm. Er war überzeugt, so würde er am ehesten einen Bach oder eine Quelle finden. Der Pfad führte ihn durch dichtes Unterholz, wo er sich wieder nur gebückt voranbewegen konnte, dann weiter den Hang hinauf, bis der Wald sich auflockerte und durch die Stämme hindurch schwarzes Lavagestein sichtbar wurde. Dort, unter einer hoch aufragenden Felsenfront, trat frisches Wasser aus dem Grund. Hendrik legte sich auf den Boden und tauchte sein Gesicht in das kühle Naß. Er trank in langen, tiefen Zügen, dann kehrte er in den Schutz des Waldes zurück. Er setzte noch einige Stunden seinen Weg nordwärts fort, kam ein gutes Stück voran, bis die Müdigkeit ihn einholte und er sich zum Schlafen legte.

Als er aufwachte, war es schon Nacht. Geschmeidig bahnte er sich in der alles verschlingenden Dunkelheit einen Weg durch das Unterholz, Zweig um Zweig zur Seite biegend. Erleichtert erreichte er den oberen Rand des Waldes, über den die Sterne einen Hauch von blauem Licht ergossen. Aber der Grund wurde immer rauher, immer schwärzer. Hendrik mußte breite Lavafelder überqueren, voll scharfer Kanten und tiefer Spalten. Er stolperte ein paarmal und riß sich die Hände blutig. Er mußte sich in den Lavaströmen durch Einschnitte voranarbeiten, in denen er sich nur noch auf seinen Tastsinn verlassen konnte. Schließlich sah er tief unten in der Ferne, nur schwach erkennbar, zwei Linien, wo das Meer sich von beiden Seiten gegen das Land abgrenzte. Dies mußte die Landenge sein, davor das flache Land, das er zu durchqueren hatte, um die Grenze zu erreichen.

Die Nacht war fortgeschritten – zu weit, um im Schutz der wenigen noch verbleibenden dunklen Stunden den Abstieg über die steile Flanke des Vulkans zu schaffen und die Ebene hinter sich zu bringen. Darum nahm Hendrik sich Zeit hoch oben am Hang auf dem erstarrten Lavastrom, wo ein angenehm kühler Luftzug vom Gipfel des Vulkans herabstrich. Er bettete sich in eine Kuhle des Gesteins und schaute zum Sternenhimmel empor. Er dachte an Giordano Bruno, dessen Buch der Visconte ihm zum Lesen gegeben hatte, De l'Infinito Universo et Mundi, das Buch, das ganz oben auf dem Index der Kirche stand, das Buch, das die Inquisition in seiner Kammer an der Seite seines Bettes fand und dessentwegen Loxicha ihn drängte, so schnell wie möglich aus Acapulco zu fliehen. Sie wußte, was ihm drohte, falls er in die Hände der Inquisition fiel. Ihr Großvater war nicht bereit gewesen, den angestammten Glauben aufzugeben, und betete trotz mehrfacher Verwarnungen zu den Göttern der Maya. Loxicha hatte als Kind zusehen müssen, wie er auf dem Scheiterhaufen verbrannt wurde, zusammen mit fünfzig anderen, gleich ihm der Hexerei und des Umgangs mit dem Teufel angeklagt.

«Ihr müßt fliehen.» Hendrik hörte noch Loxichas drängende Stimme. «Jetzt, da unser Visconte tot ist, seid Ihr schutzlos.»

Hendrik lehnte sich auf dem kühlen Felsen so weit zurück, bis nur noch der Himmel seine Augen füllte und die Milchstraße ihr silbernes Licht auf ihn hinabströmen ließ. Was ist Unendlichkeit, dachte er, was bedeutet es, wenn Zeit und Raum keine Grenzen kennen, keinen Anfang und kein Ende, so wie Giordano Bruno in seinem Buch geschrieben hatte. Jenseits der Welt, die wir sehen, gibt es andere Welten, die wir nicht sehen, und jenseits jener Welten noch andere, von denen wir nur träumen können, denn das Universum ist unfaßbar groß, unfaßbar in Zeit und Raum, unfaßbar in seiner majestätischen Schönheit, grenzenlos wie der Gedanke, der die Gesetze der Natur zu ergründen sucht.

Was die Kirche über den Himmel sagt, sei falsch, hatte Giordano Bruno geschrieben. Was die Kirche über Gott sagt, der den Engeln befiehlt, die Sterne Nacht für Nacht über das weite Firmament zu schieben, sei falsch. Was die Kirche über die Erde sagt, die im Mittelpunkt des Universums stehen soll, ist Blasphemie. Wenn es Gott gibt, dann ist Er größer als alles, was der menschliche Geist fassen kann. Wenn es Gott gibt, dann ist Er nicht jemand, der irgendwo oben im Himmel wohnt und darauf aufpaßt, daß die Engel ihre tägliche Arbeit verrichten. Gott ist viel größer, unbegreiflich größer.

Dafür wurde Giordano Bruno verbrannt, ungebrochen, ungebeugt nach zehn Jahren Gefangenschaft in den Kerkern der Inquisition, nach Foltern und Qualen, ungebrochen und stolz.

Ohne seine Stellung in dem Felsenbett zu verändern, zog Hendrik sein Fernrohr aus dem Stiefelschaft und richtete es auf die Milchstraße. Er stüzte die Ellbogen gegen den harten Stein, um seinen Händen Halt zu geben. Er suchte die Welten, die jenseits der Welten liegen, sah Lichtpunkt neben Lichtpunkt, und je länger er in die schwarze Tiefe zwischen den Sternen starrte, um so mehr Lichtpunkte sah er, schwächer und immer schwächer werdend, ferner und ferner rückend, bis die Unendlichkeit sie verschlang.

4

Seltsame Sänfte

Don Joãos Samurai griffen Hendrik einen Tag später auf, während er in einer tiefen Schlucht aus einem Bergbach Wasser trank. Ein versengend heißer Wind zog die Schlucht hinauf, und Hendrik hatte Schutz in einem Bambusdickicht gesucht. Vorher hatte er sich von einer freien Stelle aus die Lage des Grenzflusses eingeprägt, den er in der folgenden Nacht überqueren wollte. Er konnte durch sein Fernrohr sogar eine Brücke sehen, die den Fluß überspannte. Er wollte der Sicherheit wegen abseits von der Brücke den Fluß durchschwimmen, am besten an einer Stelle, wo breite Schilfränder das Wasser säumten.

Danach hatte Hendrik ein paar Stunden lang in dem Bambusdickicht geschlafen und war mit quälendem Durst aufgewacht. Obwohl es noch heller Tag war, verließ er den Schutz des Bambushains und schlich sich hangabwärts, bis er die Schlucht erreichte, durch die ein Bergbach rann. Er mußte eine schmale Brücke überqueren und hinter der Brücke über die mit Moos und Farnen bewachsenen schwarzen Felsen zu dem Bach hinabsteigen. Das Wasser erfrischte ihn und stillte seinen Durst. Er wusch sich Gesicht und Nacken und tauchte seine Arme bis zu den Ellbogen hinein.

Er war dabei, seine Lederflasche mit Wasser zu füllen, da hörte er ein Geräusch über sich. Als er nach oben blickte, sah er in eine Reihe von Gesichtern, die über das Brückengeländer auf ihn hinabstarrten. Zuerst glaubte er, es seien Bauern, die ihn neugierig betrachteten, aber dann beugte eine der Gestalten sich über das Geländer und legte einen Pfeil auf einen klafterweiten Bogen. Er spannte den Bogen und zielte. Da erkannte Hendrik, daß jeder Versuch, fliehen zu wollen, sinnlos war.

Die Samurai packten ihn, sobald er aus der Schlucht heraufgestiegen war, und drehten ihm die Arme auf den Rücken. Sie führten ihn von der Brücke weg, mehr als hundert Schritte in den Wald hinein auf eine kleine Lichtung, wo ihre Pferde im Schatten der Bäume standen. Der Anführer des Trupps, den sie Nagato nannten, zog Hendrik den Dolch aus dem Gürtel. Er übergab ihn einem jungen Mann, fast noch ein Kind, der mit ernsten Augen den Dolch in die Hand nahm und die feinziselierte Klinge betrachtete.

«Hiro», wies Nagato ihn zurecht, und der Junge verbeugte sich entschuldigend. Er trug den Dolch auf flachen Händen zu einem gescheckten Pferd, das auf der Lichtung graste, schob ihn in die Satteltasche, während Hendrik jeder seiner Bewegungen mit den Augen folgte.

Nagato zwang Hendrik zu Boden und ordnete seinen Leuten an, sie sollten ihm die Stiefel ausziehen. Er sah das Fernrohr in dem Stiefelschaft und zog es heraus. Mißtrauisch wendete er es hin und her, murmelte ein paar halblaute Worte und steckte es sich in den Gürtel. Danach ließ er Hendrik an Händen und Füßen fesseln.

Hendrik sah, es waren sechs Kerle, die Schädel bis zu den Schläfen kahlgeschoren, nur ein dichter Haarkranz blieb, der im Nacken in einem kurzen Zopf endete. Sie trugen schmucklose Jacken, dunkelgrün wie die Nadeln der Kiefern, über bauschigen, knielangen Hosen, aber auf dem Banner, das träge von einer halbhohen Stange im Sattel eines der Pferde herabhing, leuchtete ein Wappen, silbern auf blauem Grund – das gleiche Wappen, das Hendrik bei der nächtlichen Szene am Strand bei Don João gesehen hatte. Die Samurai steckten die Köpfe zusammen und schienen zu beraten. Nagato wies mit der Hand in eine Richtung und bellte einen kurzen Befehl. Zwei seiner Leute schwangen sich auf ihre Pferde und galoppierten davon, die anderen setzten sich mit gekreuzten Beinen unter die Bäume und dösten vor sich hin.

Hendrik lag unter einer Kiefer. Der Boden war weich, und Ameisen krochen über Hände und das Gesicht. Einmal stand einer der Samurai auf, trat an ihn heran und goß ihm Wasser in den Mund. Irgendwann drangen Stimmen herüber, wahrscheinlich von der Straße, die über die Brücke führte. Dann, als die Sonne schon tief stand, griffen zwei der Männer Hendrik bei den Beinen und unter den Schultern. Sie stopften ihn in einen Sack aus grobem Stoff, so lang, daß er völlig darin verschwand, dann banden sie den Sack zu, warfen ihn quer über den Sattel eines Pferdes und zurrten ihn fest.

Ein langer Ritt begann. Hendrik lag wie ein erlegter Hirsch auf dem Sattel, auf dem Bauch, die Beine auf der einen Seite, Kopf und Arme auf der anderen nach unten hängend. Er bekam genug Luft zum Atmen, aber da das Blut ihm zu Kopf stieg, fühlte er sich elend. Er verlor jedes Gefühl für die Zeit, aber sicherlich verbrachte er so Stunden. Die Samurai ritten ohne Fackel und ohne Laternen. Der Pfad schien sich zu winden, und mehr als einmal ließ der Klang der Hufe erkennen, daß der Weg über eine Brücke führte. Ab und zu streiften Zweige an Hendriks Füßen oder am Kopf vorbei, woraus er schloß, daß der Ritt über einen schmalen Pfad ging. Nur selten redeten die Samurai miteinander, und wenn, dann mit dumpfen Lauten, die wie das Grunzen von Wildschweinen klangen.

Hendrik fürchtete, sein Kopf würde platzen. Er versuchte sich zu bewegen, aber der Sack war so eng, daß er noch nicht einmal die Stellung seiner Arme ändern konnte. Einer der Samurai schien bemerkt zu haben, daß er versuchte, sich umzurollen, und schlug ihm mit einer Peitsche über den Rücken. Hendrik schrie vor Schmerz auf. Da fingen die Samurai untereinander zu streiten an, und wenig später machte die Kolonne halt. Hendrik wurde vom Pferd gehoben und auf den Boden gelegt. Die Samurai öffneten den Sack und lockerten ihm die Fußfesseln, erlaubten ihm auch, ein paar Schritte zu gehen und im Wald seine Notdurft zu verrichten. Dann stülpten sie den Sack wieder über ihn, warfen ihn auf den Sattel und zurrten ihn erneut fest.

Mit dem Kopf nach unten in dem engen Sack, auf dem Bauch quer über den Sattel festgemacht, war Hendrik nahe dran, sich zu übergeben. Er schmeckte schon den Magensaft auf der Zunge und fühlte, wie er ihm die Lippen verätzte. Erbrochenes tropfte ihm aus den Mundwinkeln. Das ständige Wiegen des Pferderückens verstärkte das würgende Gefühl im Hals, es kam in Wellen hoch und löschte alle Gedanken aus, alle Furcht, alle Hoffnung. Immer wieder verlor er fast das Bewußtsein und versank in Halluzinationen. Er sah den blassen Himmel einer fernen, fernen Zeit, er sah ein weites, sattgrünes Land mit Schafen, er sah die Lastkähne, die aus Amsterdam oder Delft oder Groningen kamen, geschoben vom Wind, der vom Westen wehte, oder gezogen von schweren Pferden mit zottigen Hufen, die den Leinpfad entlangtrotteten, er sah den Sonnenstrahl, der durch das hohe Fenster fiel, unter dem der Arbeitstisch seines Vaters stand. Auf der Arbeitsplatte lagen Zahnräder aus schimmerndem Messing, Federn aus blauem Stahl, Uhrzeiger aus Rosenholz geschnitzt und Uhrgewichte aus Blei. Messing glänzte wie Gold. Stahlfedern schimmerten wie Eis. Rosenholz sang wie der Wind. Sonne spiegelte sich in dem Messing und ließ einen Strahl über die Wände huschen, über die dunklen Wände, vollgehängt mit Uhren, die stetig vor sich hin tickten. Zur vollen Stunde schlugen sie alle auf einmal, in vielen Glockentönen. Die Mutter brachte Brotsuppe und eine Kanne Kamillentee. Da drang von draußen das Trampeln von Pferdehufen herein, rauhe fremde Stimmen erhoben sich, und die Tür wurde aufgestoßen. Die Werkstatt füllte sich mit spanischen Helmen, Hellebarden und Schwertern. Die Sonnenstrahlen färbten sich rot, wandelten sich in Blut, von den Uhren tropfend, die aufgehört hatten zu ticken.

Hendrik wurde aus dem Sack herausgezerrt und auf den Boden gelegt. Morgengrau schlich sich durch die Zweige. Mehr Samurai als vorher umstanden ihn, und die Knäufe ihrer Schwerter schnitten in den Himmel hinein. Einige beugten sich zu ihm herab, als wollten sie Maß nehmen. Sie tuschelten miteinander in ihren grunzenden Lauten und deuteten zu einem Kasten hin, der am Wegrand stand. Hendrik folgte mit den Augen. Er sah zwei halbnackte Männer in Lendenschurzen und Strohsandalen, die sich die Arme rieben. Im frühen Morgenlicht erkannte er, daß der Kasten eine Sänfte war, eine vornehme Sänfte mit Perlmutt und goldenen Ornamenten verziert.

Da packten ihn die Samurai und fesselten ihn wieder an Füßen und Händen mit einem seidenen Seil. Die vielfach verschlungenen Knoten glichen sich paarenden Schlangen. Danach zwängten sie ihm einen Knebel in den Mund und brachten ihn zur Sänfte. Sie falteten ihn wie ein Klappmesser zusammen und stopften ihn hinein. Das Innere war so eng, daß er nur mit angezogenen Beinen darin hocken konnte.

Dann setzte sich der Zug in Bewegung, in langsamer, feierlicher Prozession. Ärger und Wut erfüllten Hendrik. Er war wütend über sich selbst und darüber, wie unvorsichtig er gewesen war. Durst war kein Grund, am hellichten Tag das Bambusdickicht zu verlassen, das ihm guten Schutz geboten hatte. Solange Don Joãos Leute keine Spürhunde einsetzten, wäre er dort sicher gewesen. Offenbar benutzten sie keine Hunde, nicht wie die Spanier in Mexiko, vor deren Hunden es kein Entkommen gab, wenn sie einmal eine Spur aufgenommen hatten. So hatte er eigentlich keinen Grund, sich aus dem Dickicht herauszuwagen, nicht vor Einbruch der Nacht. Er hätte seinen Durst überwinden müssen.

Wütend grub Hendrik seine Zähne in den Knebel. Mit dem Zorn eines Verzweifelten gelang es ihm, seine Hände trotz der Fessel in die Nähe seines Mundes zu bringen. Er schob die Daumen unter den Knebel und schaffte es, ihn herauszuzerren, die Reste des Knebels spuckte er auf den Boden der Sänfte. Nun ging er daran, mit den Zähnen an seinen Gelenkfesseln zu nagen, und er begann, Faden um Faden, Strähne um Strähne mit den Zähnen zu zerspleißen. Die zähe Seide schnitt in seine Gelenke ein, und Blut floß ihm bis zu den Ellbogen. Es dauerte endlos lange, bis das Seil an einer Stelle so dünn wurde, daß er es schließlich zerreißen konnte. So bekam er die Hände frei und leckte sich die blutende Haut wie ein Tier. Dann wandte er sich den Fußfesseln zu, aber ihr doppelter, dreifacher Knoten widersetzte sich allen Versuchen, ihn zu lösen. Hendrik fluchte in sich hinein und wünschte, er hätte seinen Dolch. Der Dolch, ein Geschenk des Visconte, das einzige Erinnerungsstück, das ihm vom Visconte geblieben war, ein Toledo-Dolch, von einem der besten Schmiede hergestellt, der seine Kunst noch bei den Mauren gelernt hatte, bevor die spanische Krone sie des Landes verwiesen hatte. Der Visconte hatte Hendrik den Dolch zum vierzehnten Geburtstag an den Gürtel gesteckt: «Jetzt bist du kein Junge mehr, jetzt bist du ein Mann.»

Die Träger wechselten, und für kurze Zeit ruhte die Sänfte auf dem Boden. Schon sickerten die ersten Sonnenstrahlen hinein, und Hendrik konnte das Innere der Sänfte in Augenschein nehmen. Die Wände und sogar die Decke waren mit Brokatstoff überzogen, purpurrot mit eingewebten Goldfäden. Vor den Gitterfenstern, die auf beiden Seiten den oberen Teil der Schiebetüren einnahmen, hingen dichte Vorhänge. Es mußte die Sänfte einer vornehmen Dame sein. Warum wurde er darin durch den Wald getragen, in Begleitung so vieler Samurai?

Als der Zug sich wieder in Bewegung setzte, hob Hendrik den Vorhang an und sog die frische Luft ein. Er lugte vorsichtig nach draußen, sah die Flanken der Pferde und die Beine der Samurai, die auf beiden Seiten dicht neben der Sänfte herritten. Er schob den Vorhang zurück und drückte sich gegen die Wand. Bei einer scharfen Wegbiegung blickte er wieder nach draußen und zählte zwanzig Reiter im Sattel vor der Sänfte und mindestens ebenso viele dahinter, in strenger Formation, eine Prozession, ein Schauspiel vielleicht, um zu verbergen, wer in der Sänfte saß.

Dieser Gedanke schreckte Hendrik auf. Plötzlich war er hellwach. Sie hatten ihn in den Sack gesteckt, solange es noch dunkel war, aber beim ersten Morgenlicht von dem Sack in die Sänfte. Und dann diese Maskerade einer feierlichen Prozession, als säße eine hohe Dame darin. Don João ging es anscheinend darum, vor aller Welt geheimzuhalten, daß er ihn gefangengenommen hatte. Also sah er sich veranlaßt, irgend jemanden zu täuschen, also schien es in diesem Land zwei miteinander verfeindete Lager zu geben.

Hendrik leckte sich die Handgelenke, die noch immer bluteten. Wer war Don Joãos Gegner, vor dem er sich fürchten mußte?

Das Kreuz an der goldenen Kette, das Don João am Strand getragen hatte, wies ihn als Christen aus. Auch seine Samurai trugen alle silberne Kreuze an silbernen Ketten. Alles Christen.

Aber was für Christen?

Hendrik dachte, wie Montalvo beim Einlaufen in die Bucht neben ihn getreten war und mit weit ausholender Geste auf die blauen Küsten wies. «El Rosso», hatte er gesagt, «rechts und links ... schau, alles schon christliches Land. Wär' schön, wenn wir am hellichten Tag den Hafen von Arima anlaufen könnten, der dort hinter der Klippe liegt ...», seine Hand hob sich über den Bug, «ein kleiner, aber guter Hafen, tief genug für die Santa Cruz. Leider, leider ... die Padres hier, die verruchten Schwarzröcke, sie stehen eben im Sold der portugiesischen Krone.»

Vielleicht, überlegte Hendrik, muß Don João die Musketen vor den eigenen Padres verbergen. Darum die geheime Landung am Strand um Mitternacht.

Wenn dies so ist, grübelte er weiter, wer waren dann die beiden Reiter, die plötzlich den Strand entlanggaloppiert kamen, und was hatten sie mit der Explosion des Pulverfasses zu tun? Die Lage schien verworren. Und gefährlich.

Draußen erhoben sich scharfe Stimmen, und der Zug kam zu einem plötzlichen Stillstand. Durch den Spalt zwischen Vorhang und dem Fenstergitter konnte Hendrik eine zweite Samuraigruppe erkennen, die offenbar die Straße blockierte und die Passage verweigerte. Einer von ihnen preschte vor und versuchte, sein Pferd bis an die Sänfte heranzubringen. Sofort wurde er abgedrängt, und ein heftiger Wortwechsel brach aus, begleitet von gebellten Befehlen auf beiden Seiten. Die Träger setzten die Sänfte nicht ab, sondern waren offenbar bereit, unbeirrt weiterzugehen oder loszurennen. Dann konnte Hendrik nicht mehr sehen, was draußen geschah, denn von beiden Seiten drängten sich die Pferde seiner Begleitung so dicht an die Sänfte heran, daß ihre Leiber die Gitterfenster fast berührten. Eines war die gescheckte Stute, in deren Satteltasche sein Dolch steckte. Vorsichtig schob Hendrik die Sänftentür auf und richtete sich so weit auf, wie es ihm die Enge und seine gefesselten Füße erlaubten. Er bekam den Dolch am Griff zu fassen und zog ihn heraus, schob die Sänftentür wieder zu und trennte, noch vor dem nächsten Atemzug, seine Fußfesseln durch.

Der Wortwechsel draußen zog sich noch eine Zeitlang hin, und plötzlich verstummte er. Die Sänfte setzte sich wieder in Bewegung. Hendrik schob seinen Dolch in den Gürtel und schloß die Augen. Er fühlte sich eine Spur sicherer, obwohl er wußte, im Ernstfall würde der Dolch ihm nicht helfen können. Nicht gegen eine solche Übermacht. Aber es war manchmal wichtig, etwas erreicht zu haben, was sich wie ein kleiner Triumph empfinden ließ, etwas, was der Seele guttat, etwas, was das innere Gleichgewicht wieder herstellte, besonders im Zustand völliger Ungewißheit.

Das Wiegen der Sänfte schläferte Hendrik ein.

Es war schon Nachmittag, als der Zug die breite, von regem

Verkehr beherrschte Küstenstraße erreichte. Krämer gingen barfuß einher, ihre Waren in Kiepen auf dem Rücken oder in Körben verstaut, die sie an Stangen auf den Schultern balancierten. Vornehmere Händler reisten zu Pferd mit einem Gefolge von Lastenträgern. Bauern transportierten Säcke auf zweirädrigen Ochsenkarren. Die Meeresbucht war übervoll von Fischerbooten, deren rechteckige Segel sich in der steifen Brise blähten. Das Rauschen der gegen die Felsen klatschenden Brandungswellen vermischte sich mit dem Schrei der Möwen.

Der Zug mit der Sänfte inmitten nahm inzwischen eine Länge von fast einer halben Meile ein. Weitere Reiter waren hinzugestoßen und hatten sich in den Zug eingegliedert. Nagato ritt an der Spitze und paßte den Schritt seines Pferdes den langsamen, fast feierlichen Schritten der Sänftenträger an.

Hendrik wachte aus tiefem, qualvollem Schlaf auf. Er hob den Vorhang einen Spaltweit auf und warf einen vorsichtigen Blick hinaus. Da die Samurai nicht mehr neben, sondern nur noch vor und hinter der Sänfte ritten, konnte er den Spalt sogar noch ein wenig verbreitern, ohne von außen beobachtet zu werden. Die Krämer, Kaufleute und Bauern senkten den Kopf zum Gruß, wenn sie an der Sänfte vorbeikamen, oder blieben stehen und verbeugten sich. Bald zeichneten sich unweit der Straße auf der Seite der Bucht die dunklen Schilfdächer einer Stadt ab. Hunde bellten, Frauen lachten. Hendrik vernahm das Klappern von Töpfen und Eimern, das Fegen von Besen auf der Straße. Kinder kamen herbeigerannt und liefen neben der Sänfte her. Er ließ schnell von dem Vorhang ab und drückte ihn sogar von innen fest gegen das Gitter. Die Kinder kamen so dicht heran, daß sie mit ihren Händen die Gittertüren berühren konnten. «Mika-sama … Mika-sama», intonierten sie mit hellen Stimmen und versuchten, trotz des dichten Vorhangs einen Blick nach innen zu werfen. Einer der Reiter preschte herbei und versuchte die Kinder abzudrängen, sie aber liefen immer noch neben der Sänfte her, wenn auch nicht mehr so nahe. «Mika-sama … Mika-sama …»

Hendrik wartete, bis sich die Kinderstimmen entfernt hatten, bevor er es wagte, den Vorhang wieder ein Stück anzuheben. Durch das Schilf entlang dem Weg, mit gelben Schwertlilien durchsetzt, erkannte er einen Hafen, aus dem die Masten mehrerer Schiffe ragten, und auf der Anhöhe jenseits des Hafens einen lehmgelben Bau mit einem weithin strahlenden goldenen Kreuz. Während Hendrik noch vorsichtig durch den Spalt des Vorhangs spähte, erklangen plötzlich Kirchenglocken. Sofort setzten die Träger die Sänfte ab, und die Samurai stiegen von den Pferden. Jemand sprach das Paternoster laut auf lateinisch vor, und die anderen murmelten es mit dumpfen Stimmen nach.

Ist es hier auch schon so weit gekommen, dachte Hendrik, als die eintönigen Stimmen dumpf durch den Vorhang drangen. Auf den Philippinen hatte er die gleichen Worte gehört, im gleichen Tonfall nachgesprochen, im gleichen Latein aus den Mündern von Menschen kommend, die kein Latein kannten außer jenen Worten des Paternoster, die aber während vierzig Jahren spanischer Herrschaft gelernt hatten zu gehorchen … den Mönchen zu gehorchen, die schon weite Teile des Landes in Haciendas verwandelt hatten, auf denen sie wie Adelige lebten, wie Fürsten, Grafen, Barone, mit Dienern und Frauen, mit dem ihnen verliehenen Recht, über ihre Untertanen zu Gericht zu sitzen.

Wenn Loxicha ihn nicht in jenem Regenmonat, als der Himmel zu bersten schien, nach Chiapas mitgenommen hätte, wo die Menschen sich noch immer gegen die spanischen Eroberer auflehnten, hätte er nie verstanden, was es bedeutet, daß ein Volk seinen Glauben verliert, seine Musik, seine Sternbilder, seinen Kalender, seine Heilkunde, seine Sprache. Loxicha hatte Hendrik die Ruinen der alten Tempel gezeigt, die Stelle, wo ihr Großvater auf dem Scheiterhaufen geendet hatte. «Zuerst nehmen sie uns alles weg, was wir besitzen, verbrennen uns bei lebendigem Leib. Alles unter dem Vorwand, unsere Seelen zu retten.»

Ob es auch hier schon so weit gekommen ist, fragte sich Hendrik abermals, während das Paternoster verklang und die Reiter wieder aufsaßen. Der Zug setzte sich in Bewegung, aber es dauerte einige Zeit, bis die Träger und die Pferde ihren Gleichschritt wiedergefunden hatten.

Der Weg zog sich weiter die Küstenstraße entlang, zwischen Felsen und Klippen, gegen die die Wellen schlugen. Hendrik sah in der Richtung, die der Zug genommen hatte, einen hohen weißen Turm, auffallend sich nach oben verjüngend, mit geschwungenen Dächern. Dann wurde eine Befestigungsmauer sichtbar. Als der Zug von der Küstenstraße abbog und Kurs auf diese Mauer nahm, die sich da grau erhob, wußte Hendrik, daß sie am Ziel angekommen waren. Er umfaßte den Griff seines Dolchs, als könnte der ihm Schutz bieten.

Der Zug schlängelte sich über einen Wiesenpfad dahin. Die Befestigungsmauer wuchs immer höher auf, immer bedrohlicher. Davor lag ein Wassergraben. Ein Pulk Enten erhob sich aus dem Wiesengrund und strich so dicht über die Sänfte hinweg, daß Hendrik das Sausen der Flügel hören konnte. Gebannt blickte er durch den Vorhangspalt. Noch nie hatte er ein solches Schloß gesehen, hochgetürmt, strahlend weiß, mit mehreren gestaffelten Dächern. Aus der Entfernung wirkten die Dächer fast verspielt, auf leicht aufwärts geschwungenen Balken ruhend, deren leuchtendblaue Enden das Blau von Kornblumen trugen.

Da löste sich aus dem Schatten einer Weide am Wiesenrand eine Frauengestalt. Sie kam seitlich auf den Zug zu, zögernd zuerst, dann immer schneller, bis sie fast lief, und ihre hüftlangen, schwarzen Haare flogen wie ein Schleier hinter ihr her.

Der Zug stockte, die Träger setzten die Sänfte ab. Nagato sprang vom Pferd, und alle Samurai taten es ihm nach. Sie sahen der sich Nahenden entgegen. Nagato trat einen Schritt vor.

«Das ist doch meine Sänfte», sagte sie, Verwunderung in der Stimme.

Nagato schwieg.

«Woher kommst du? Was soll das? Wieso bist du mit meiner Sänfte unterwegs?»

«Euer Bruder, Mika-sama», erwiderte Nagato stockend, «unser Herr, Don João, ihr solltet Euren Bruder fragen.»

«João? Warum?»

«Er hat uns Eure Sänfte entgegengeschickt.»

«Entgegengeschickt? Wohin?»

«In den Wald.»

«Welchen Wald?»

«Da drüben.» Nagato machte eine ungenaue Geste mit der Hand, halbwegs zwischen Arima und dem Vulkan.

«Und warum?» Die Stimme, und es war wohl die Stimme jener Mika-sama, von der die Kinder gesungen hatten, verbarg ihre aufkeimende Ungeduld nicht.

«Wir brauchten sie ...», stotterte Nagato, «wir brauchten etwas für den Gefangenen.»

«Für den Gefangenen?» Mika trat einen Schritt zurück und musterte Nagato belustigt. «Dummer Scherz. Es gibt keinen Krieg. Es gibt keine Gefangenen. Und außerdem, wer hat je gesehen, daß ein Gefangener in einer Frauensänfte durch die Gegend getragen wird?»

«Doch ... doch ... er sitzt da drin. Euer Bruder, Mika-sama, unser Herr, Don João, hat uns die Sänfte entgegengeschickt. Wir müssen den Gefangenen zum Schloß bringen.»

«Zeig ihn mir.» Mika trat einen Schritt näher an die Sänfte heran, doch Nagato versperrte ihr den Weg.

«Zur Seite», sagte Mika mit unterdrückter Erregung. «Das ist meine Sänfte», fuhr sie den Mann zornig an, «du benutzt meine Sänfte ohne meine Erlaubnis. Mach die Tür auf.»

«Ich folge nur den Anweisungen unseres Herrn, Mika-sama, Eures Bruders, Don João. Auf seinen Befehl sollen wir den Gefangenen ungesehen zum Schloß bringen.»

«Mach die Tür auf!» befahl Mika.

«Nein.»

«Mach sie auf!»

«Niemand darf den Gefangenen sehen.»

«Wie redest du mit mir?»

«Der Gefangene ist gefährlich.»

Da lachte Mika. «Du hast zwei Schwerter an deinem Gürtel, Nagato, und ein Haufen bewaffneter Männer steht um dich herum. Was kann ein Gefangener gegen dich tun? Mach die Tür auf, ich befehle es dir.»

Nagato rührte sich nicht von der Stelle. «Verzeiht, Mika-sama», erwiderte er und verbeugte sich tief, «aber ich kann Euren Anweisungen nicht folgen.» Er griff nach der Lasche an seinem Sattel und schwang sich wieder auf sein Pferd. «Aufsitzen!» schrie er mit befehlsgewohnter Stimme.

Hendrik, hinter den zugezogenen Vorhängen den Wortwechsel verfolgend, fühlte die Spannung, obwohl er kein Wort dessen verstand, was da gesagt worden war. Er hörte den Zorn in der Frauenstimme und den Widerspruch aus der grunzenden Samuraikehle. Er spürte, die Auseinandersetzung strebte ihrem Höhepunkt zu, und fühlte den Ruck, als die Träger wieder nach den Tragstangen der Sänfte griffen. Da schlug er den Vorhang zurück und schob die Tür von innen auf. Ein kastanienbrauner Haarschopf wurde sichtbar. Hendrik blickte auf, aber die Sonne schien ihm grell ins Gesicht. Er zwängte sich durch die enge Tür und versuchte sich aufzurichten.

Da sprang Nagato vom Pferd. Von allen Seiten stürzten Samurai herbei. Sie packten Hendrik beim Nacken und zwangen ihn in die Knie. Sie drehten ihm die Arme auf den Rücken.

Der Dolch steckte in Hendriks Gürtel.

Hiro griff rasch in die Satteltasche seines Scheckens, aber seine Hand kam leer heraus. «Ein Wunder … ein Wunder … der Dolch ist zu dem Gefangenen zurückgekehrt», stammelte er, «ein Wunder … ein Wunder ist geschehen.»

«Schweig», herrschte Nagato ihn an, «steck den Dolch zurück in deine Satteltasche.» Er beugte sich vor und zog den Dolch aus Hendriks Gürtel.

Hiro wich zurück und bekreuzigte sich. «Ein Wunder … ein Wunder», stotterte er und bekreuzigte sich noch einmal.

Mika trat vor und nahm Nagato den Dolch aus der Hand. «Laßt den Gefangenen los!» befahl sie mit einer Stimme, die keinen Widerspruch duldete, und die Samurai gehorchten.

Hendrik blieb auf dem Boden knien, bis er genug Kraft gesammelt hatte. Dann erhob er sich schwankend und blickte Mika an. Ein dankbares Lächeln huschte über sein Gesicht, dann verbeugte er sich vor ihr.

«Wer seid Ihr, Fremder?» sprach Mika ihn auf portugiesisch an. In ihre Stimme, eben noch so hart und bestimmt, schlich sich ein weicher Klang. «Wer seid Ihr, Fremder?»

Hendrik zögerte. «Die Spanier nennen mich el Rosso», sagte er, um Zeit zu gewinnen.

«El Rosso?» wiederholte Mika und ließ die Worte über ihre Zunge rollen. «El Rosso … das ist leicht zu behalten.»

Hendrik betrachtete ihr Gesicht. Er wußte nicht, wie weit er sich ihr anvertrauen konnte, ob er es wagen sollte, ihr zu sagen, wer er wirklich war. Jedes Wort konnte Segen oder Unheil bringen. Wer war sie? Er hatte sie kommen sehen, wie sie auf die Sänfte zulief, leicht, schwebend fast. Er hatte ihre Stimme gehört und aus ihrem Klang geschlossen, daß sie furchtlos war und mit den Samurai auf eine Art redete, die eine hohe Stellung erkennen ließ. Sie war schön, und ihre Augen schienen von Sorge um ihn zu sprechen.

«Wo kommt Ihr her, el Rosso?» fragte Mika.

«Aus Europa, aus einem kleinen Land, die Niederlande genannt, das seit vielen Jahrzehnten um seine Unabhängigkeit von Spanien kämpft.» Hendrik fühlte, wie ihm ein Frösteln den Nacken herunterlief. Fünfzehn Jahre lang hatte er sich als Spanier ausgegeben, ausgeben müssen. Niemand, außer dem Visconte, wußte um seine Herkunft. Jetzt hatte er plötzlich in diesem fremden Land vor dieser fremden Frau seine wahre Herkunft preisgegeben.

Mika blickte ihn verwundert an. Sie schien die Bedeutung seiner Worte nicht zu verstehen. Sie ließ ihre Augen an ihm herabgleiten, bis hin zu seinen nackten Füßen. «Ihr seid also ein Krieger?» fragte sie, Ratlosigkeit in der Stimme.

Hendrik lachte über seine eigene Dummheit. Was für ihn so schwer wog, schien für sie keine Bedeutung zu haben. Bestimmt hatte sie nie von den Niederlanden gehört und noch weniger von dem hartnäckigen Befreiungskrieg gegen Spanien. «Verzeiht, daß ich davon angefangen habe», sagte er und verbeugte sich von neuem.

«Warum seid Ihr hier?»

«Ich wollte nach Hirado gehen.»

«Nach Hirado? Warum?»

«Meine Landsleute sind dort.»

Das Erstaunen in Mikas Gesicht wuchs.

«Leute aus meiner Heimat, Niederländer», antwortete Hendrik schnell, unsicher, wie sie diese Worte aufnehmen würde.

«Nach Hirado?» sagte Mika, «Hirado liegt hundert Meilen nach Norden. Warum seid Ihr nicht zu Schiff dorthin?»

Nagato, der mit steigender Unruhe das Gespräch verfolgt hatte, von dem er nichts verstand, versuchte dazwischenzutreten, aber Mika hielt ihn zurück: «Seine Handgelenke sind voller Blut, siehst du nicht? Warum soviel Blut?»

«Fesseln, Mika-sama, aber der Gefangene hat sich befreit.»

«Was hat er getan, daß du ihn fesseln mußtest?»

«Euer Bruder hat befohlen, ihn zu fangen, zu fesseln und zu ihm zu bringen.»

«Hast du Wasser in deiner Satteltasche?»

Nagato nickte unwillig.

«Feuchte das Tuch an.» Mika reichte ihm ein weiches Tuch, das sie aus dem Ärmel ihres Kimonos zog, und wartete, bis Nagato es ihr zurückgab. Dann nahm sie Hendriks Hände und preßte das Tuch auf die verschorften Stellen an den Gelenken. Sie wischte das noch immer aus den Wunden sickernde Blut ab, reinigte die Ränder der tief in das Fleisch eingeschnittenen Kerben, blickte ein paarmal zu Hendrik auf, ob sie ihm nicht zu große Schmerzen bereitete.

Nagato und seine Begleiter blickten starr vor sich hin, Gedanken und Gefühle in ihre Mienen eingeschlossen, verwirrt, daß der Gefangene soviel Mitgefühl fand, ausgerechnet von Mika-sama, über deren Handlungen ihnen kein Urteil zustand, verdrossen, daß ihre eigene Grobheit durch Mikas Sanftheit zurechtgewiesen wurde, mißmutig, daß der Gefangene plötzlich zum Mittelpunkt geworden war.

Schließlich trat Nagato vor. «Mika-sama», sagte er und räusperte sich verlegen, «Euer Bruder, unser Herr, Don João, wartet. Wir müssen den Gefangenen zu ihm bringen.»

Mika schien ihn nicht zu hören. Sie wendete das Tuch, ließ es noch einmal mit frischem Wasser anfeuchten und fuhr fort, die Wunden an Hendriks Handgelenken zu reinigen.

Nagato gab seinen Leuten einen Wink, Hendrik wieder in die Sänfte zu zwingen, aber Mika hob abwehrend die Hand: «Meine Sänfte bleibt hier», entschied sie und schob die Tür zu, «Nagato, gib dem Gefangenen seine Stiefel zurück und laß ihn aufrecht das Schloß betreten.»

Sie bückte sich und hob Hendriks Dolch auf, der noch auf dem

Boden lag. «El Rosso,» sagte sie, «mein Bruder wird Euch den Dolch abnehmen, sobald Ihr im Schloß seid. Darum werde ich ihn aufbewahren.»

Sie befahl den Trägern, ihr mit der Sänfte zu folgen, wandte sich ab und ging über die Wiese zurück zu dem Weidenbaum, aus dessen Schatten sie aufgetaucht war.

5

Die Belohnung

Don João lächelte vor sich hin. Der Gefangene war in seiner Hand und mit ihm der einzige Zeuge des nächtlichen Geschehens am Strand. Es war gut, daß Nagato ihn lebend hatte fangen und hierherbringen können.

Dieser el Rosso schien ein nützlicher Mann zu sein, sonst wäre Montalvo nicht so aufgeregt gewesen, als er plötzlich verschwunden war. Don João zwirbelte ein Ende seines Schnurrbarts. Wie nützlich, das wird sich herausstellen, sagte er sich und klatschte in die Hände.

«Sind alle Mann zurück?» fragte er.

Die beiden letzten Trupps seien gerade erst zurückgekehrt, hieß es, sie hätten in schnellen Ruderbooten den Grenzfluß abgesichert, falls der Flüchtling es schaffen würde, so weit zu gelangen.

Alle versammelten sich im großen Saal. Die Schiebetüren standen zum Meer hin offen, um die frische Luft hereinströmen zu lassen. Auch die lange Wand auf der dem Meer gegenüberliegenden Seite bestand aus Schiebetüren, die Don Protasio von einem Künstler aus Kyoto, einem Schüler des berühmten Kano Sanraku, hatte bemalen lassen. Der Boden war mit dicken, feingeflochtenen Tatamimatten ausgelegt, und die geschnitzte Kasettendecke, von schweren Balken getragen, leuchtete in purem Gold.

Die Samurai saßen in parallelen Reihen, streng nach Rang geordnet, wie die Tradition es verlangte. Auf Don Joãos Wunsch hatten Nagato und seine Männer vorn seitlich Platz genommen, auf dem um eine Stufe erhöhten Teil des Saals, wo alle sie sehen konnten. Nachdem die Reihen der Samurai dicht besetzt waren, betraten Don Joãos Berater den Saal, zwölf an der Zahl, und ließen sich, Nagato und seinen Leuten gegenüber, auf den ihnen vorbehaltenen Kissen nieder.

Schließlich, als die Erwartung stieg und das Raunen im Saal schon einen Hauch von Ungeduld erkennen ließ, erhob der Herold, der als einziger am Eingang des Saals stehengeblieben war, seine tiefe, durchdringende Stimme. «Unser Herr …», rief er, «Don João, Herr über Schloß Hara und alle Kirishitanseelen unseres schönen, von Deus gesegneten Daimyonats … unser Herr wird uns durch seine Anwesenheit beehren.»

Danach öffnete sich in feierlicher Langsamkeit die doppelte Schiebetür am Kopf des Saals, und Don João erschien in der Öffnung, wie immer portugiesisch angetan in bauschiger Hose, Hemd und Überwurf, alles in schillerndem Hellblau mit eingesetzten pfirsichroten Akzenten, zu denen das goldene Kreuz auf seiner Brust besonders gut paßte. Das Flüstern und Raunen, das den Saal erfüllt hatte, verstummte. Alle verbeugten sich ehrerbietig, bis sie mit ihrer Stirn die Tatamimatten berührten, auch die Berater, deren Verbeugung allerdings nicht ganz so tief auszufallen hatte. Don João verharrte einen Augenblick und schaute auf die gebeugten Rücken herab. Dann schritt er auf den thronähnlich erhöhten Sessel zu, sein schwarzer Sklave folgte ihm wie ein Schatten, einen Wedel aus weißen Straußenfedern über ihm schwenkend.

«Unser Herr …», rief der Herold, «Don João, Herr über Schloß Hara, hat auf seinem Thron Platz genommen.»

Das war das Zeichen, daß alle Anwesenden sich aufrichten durften.

Don João räusperte sich und begann zu sprechen. Er dankte allen, die von der Suche nach dem Flüchtling zurückgekommen waren. Er dankte ihnen, daß sie seine Anordnungen gewissenhaft erfüllt hatten, und lobte ihre Wachsamkeit, die zwei Tage und zwei

Nächte lang nicht erlahmt war, ohne Rücksicht auf die Hitze bei Tag und die Dunkelheit bei Nacht. «Ich weiß», senkte er seine Stimme zu einem fast vertraulich klingenden Flüstern, «ihr alle habt euer Bestes getan, in Erfüllung eures Treueschwurs, habt keine Anstrengungen gescheut, die Müdigkeit überwunden, die nur allzuleicht die Wachsamkeit überwältigt. Deswegen ist es mir eine besondere Freude, euch in diesem Saal, in dem ihr so oft meinem Vater gegenübergesessen seid, zu verkünden, daß die Suche nach dem Flüchtling erfolgreich war. Nagato und seinen Leuten ist es gelungen, den Flüchtling einzufangen.»

Wohlwollend blickte Don João zu der Seite, wo Nagato und die Samurai seines Kommandos saßen. In Erwiderung seines Blicks verbeugten sie sich wie ein Mann. Nur Hiro, der noch nie an einem solchen formellen Empfang teilgenommen hatte, verpaßte den richtigen Augenblick. Hastig holte er die Verbeugung nach und erstarrte dann so lange in tief gebeugter Haltung, die Stirn auf die Tatamimatten gepreßt, daß sein Nachbar ihn anstoßen mußte, sich endlich wieder aufzurichten.

«Sie haben den Flüchtling gefangen, bevor er Schaden anrichten konnte», fuhr Don João fort. «Lebend. Unverletzt. Bei guter Verfassung. Ein vorzüglicher Fang.» Seine Stimme nahm eine Beschwingtheit an, die im Gegensatz zu dem ernsten Charakter der Veranstaltung stand. «Wir haben den Flüchtling in Gewahrsam nehmen können, bevor er Schaden anrichten konnte. Er befindet sich hier in unserem Schloß an einem sicheren Ort, aus dem es kein Entkommen gibt.»

Danach winkte er mit der Linken, und eine der seitlichen Schiebetüren öffnete sich. Herein trat der Barde in seinem weiten Gewand aus feinster Seide, eine Schriftrolle zum Zeichen seiner Würde in der Hand. Don João sprach davon, die Zeit habe noch nicht gereicht, alle Ereignisse der letzten Tage für die Chronik aufzuschreiben, daß er dennoch den Barden gebeten habe, einen mündlichen Bericht von der erfolgreichen Gefangennahme des Flüchtlings und von seinem Transport zum Schloß vorzutragen.

Der Barde verbeugte sich zu Don João hin und dann zum Saal, aus dem mehr als hundert neugierige Augenpaare sich auf ihn richteten.

«Die Welt ist groß, voller Rätsel und Geheimnisse», begann er in einer Singsangstimme, «voller Licht und Schatten, voller Ruhe und Sturm, voller Land und Wasser, voller Berge und fruchtbarer Ebenen, voller Regen und versengender Dürre, voller Wälder, Felder und Sand. Die Welt ist voller Tiere und Menschen, und unter den Menschen gibt es manche, die gefährlich sind und gefangen werden müssen.

Ein solch gefährlicher Mann, mit Haaren von der Farbe der Kastanien, befand sich auf der Flucht. Er hatte große Fußspuren auf dem Sand hinterlassen, aus denen sich die Richtung ergab, die er eingeschlagen hatte, die Flanke unseres Vulkans hinauf.

Deshalb hat unser gütiger Herr, Herr über Schloß Hara und alle Kirishitanseelen, Don João, über hundert seiner treuesten Getreuen ausgeschickt, in Trupps von vier oder sechs Mann, mit dem Auftrag, über den Vulkan auszuschwärmen, alle Wälder zu durchkämmen, alle Wege und Pfade zu sichern, alle Brücken zu sperren, alle Straßen zu überwachen, Tag und Nacht die Küsten auf schnellen Booten abzufahren, mit der Kraft der Ruderer oder der Gnade des Windes, in jedes Fischerboot, das das Wasser befuhr, hineinzuschauen, ob der Gefährliche darin versteckt sei, und jedes Schilfdickicht entlang dem Grenzfluß zu durchstochern, ohne sich von Stechmücken abhalten zu lassen, ohne an Essen, Trinken oder Schlaf zu denken.»

Der Barde verstand es, seine Stimme zu modulieren. Er ließ sie anschwellen, in hohe Töne aufsteigen, abstürzen in den tiefsten Baß, und legte genau bemessene Pausen ein, die die Spannung im Saal anwachsen ließen.

«Jedem Trupp», rief der Barde in den Saal und hob seine Schriftrolle hoch über den Kopf, «jedem Trupp zu Land, auf dem Wasser oder in den schilfbewachsenen Niederungen hätte das Glück beschieden sein können, den Gefährlichen zu fangen, denn jeder Trupp hat seinen Auftrag erfüllt, voller Ernst und Ausdauer, Tag und Nacht. Nagato aber und seine Getreuen waren es, die den Gefährlichen sichteten, als er aus dem Bambusdickicht herausschlich und geduckt wie ein Luchs, mit steilgestellten Ohren, über die Brücke huschte, welche die Schlucht des Kawase überquert. Lautlos und geschmeidig verschwand er darin und trank aus dem

Bach, gierig wie ein halbverdurstetes Tier. So fing Nagato ihn und verwahrte ihn unentrinnbar in einem Sack.»

Aller Blicke im Saal richteten sich auf Nagato, der die Erwähnung seines Namens mit unbeweglicher Miene hinnahm.

«Fahr fort, Barde», sagte Don João aufgeräumt und gab den Sklaven ein Zeichen, mit den Federfächern lebhafter zu wedeln. Es war ein heißer Tag, und die schon steil einfallende Sonne erhitzte den dunklen Holzfußboden des Laufstegs, der sich den Saal entlangzog. Da die Meeresbrise gegen die Mittagsstunde abgeflaut war, drang die flimmernde Luft, die sich von dem Laufsteg erhob, durch die offenstehenden Fenster.

«Fahr fort, Barde.»

Stolz ergriff der Barde wieder das Wort und berichtete in großer Ausführlichkeit, wie der nächtliche Transport des Gefangenen verlaufen sei, bis zu seiner Überführung in die Sänfte, die Nagato von Don João entgegengesandt worden war. Der Gedanke, den Gefangenen in die Sänfte zu setzen, sei entscheidend für das Gelingen des Unternehmens gewesen, denn Yoshitomos Leute lauerten überall und suchten wie besessen nach dem verschollenen Tachikawa no Takakatsu und seinem Begleiter.

«Dank Nagatos Geschicklichkeit, seiner Wendigkeit und seinem Witz konnte der Zug weiterziehen in Richtung Schloß Hara. Dort vor der Mauer ...» Der Barde ließ seine Stimme zu einem spannungsgeladenen Flüstern sinken. «Dort vor der Mauer, unweit des Schloßgrabens, auf der grünen Wiese kam es plötzlich, unerwartet ... unsere Mika-sama ...»

«Ich danke dir, Barde», schnitt Don João ihm das Wort ab, «du hast die Ereignisse trefflich geschildert. Geh nun und sorge dafür, daß sie so, wie du sie uns hier vorgetragen hast, ihre Verewigung in der Chronik finden.»

Er entließ den Barden mit einem Handwink und forderte Nagato auf vorzutreten. Er überreichte ihm eine Anerkennungsurkunde und drei Ballen Seide als Belohnung für seine treuen Dienste und einen Rosenkranz aus indischem Sandelholz.

* *
*

Später, nachdem alle weggegangen waren und auch Don João sich zurückgezogen hatte, saßen vier seiner Berater noch in dem kleinen Raum, in dem sie gelegentlich zum Abendessen zusammenkamen. Die Tische waren längst weggeräumt und die Diener in ihre Schlafquartiere zurückgekehrt. Sie hatten nur einen Hibachi dagelassen, aus blau-weißem Porzellan, in dem tief in Asche eingebettet ein paar Stück Holzkohle glimmten. Auf einem eisernen Rost stand ein Wasserkessel mit langhalsigen Reisweinkaraffen. Die Männer verspürten das Bedürfnis, noch ein wenig zu plaudern, ein paar Schalen heißen Reisweins zu trinken und eine Pfeife zu rauchen. Nach dem endlos langen Sitzen auf den Tatamimatten vor Don João, formgerecht mit geradem Rücken oder tief bis zum Boden geneigtem Kopf, tat es gut, sich auf den dick gepolsterten Sitzkissen Ruhe zu gönnen, dabei die Arme auf den hölzernen Lehnen abzustützen. Der letzte Diener hatte, bevor er ging, die Räucherstäbchen entzündet. An einem Abend wie diesem würden bestimmt Schwärme von Stechmücken aus dem Wassergraben vor der Schloßmauer aufsteigen.

«Was für ein Tag», sagte Ishimaru, der Älteste unter den Beratern, der schon unter Don Protasios Vater gedient hatte, «was für ein Tag.» Er streckte seine Beine, die steif gewordenen Gelenke zu entspannen, und krempelte die Hosenbeine hoch, um sich zusätzlich Kühlung zu verschaffen. Die anderen taten es ihm nach.

«Wie sieht er denn eigentlich aus?» fragte Abe, der Jüngste, der erst seit ein paar Jahren zum engeren Kreis der Berater gehörte.

«Wer?»

«Der Gefangene.»

«Hochgewachsen und mit Haaren von der Farbe reifer Kastanien», antwortete Ishimaru.

«Wie alt?»

«Schwierig zu sagen.»

«Was meint denn Nagato?» fragte Hotta und beschäftigte sich eingehend mit seiner Pfeife, in deren Mundstück sich Sud angesammelt hatte.

«Der weiß es auch nicht.»

«Aber Mika-sama hat den Gefangenen gesehen.»

«Wirklich?» meldete sich Kendo zu Wort, der als einziger nicht

94

rauchte und still von seinem Reiswein trank. Er saß am nächsten bei dem Hibachi, das zusätzliche Wärme ausstrahlte, beugte sich über den Kessel und sorgte dafür, daß das Wasser nicht zu heiß wurde.

Hotta ließ ein Glucksen über seine Lippen perlen. «Ist euch nicht aufgefallen, wie unser Herr dem Barden das Wort wegnahm, als er gerade berichten wollte, daß Mika-sama den Zug mit der Sänfte abfing?»

Ishimaru, dessen Gesicht so voller Falten war, daß man nie sicher sein konnte, ob er es ernst meinte oder nicht, schmunzelte vor sich hin.

«Und?» wollte Kendo wissen.

«Mika-sama hat Nagato zur Rede gestellt und danach lange mit dem Gefangenen gesprochen», brummte Ishimaru undeutlich vor sich hin und erhöhte so die Spannung.

«Über was denn?»

«Sie haben Portugiesisch miteinander geredet.»

«Ach so …»

«Aber Mika-sama hat auch die Wunden des Gefangenen gewaschen und das Blut abgewischt.»

«Ungewöhnlich.»

«Ja, ungewöhnlich, das muß man schon sagen.»

«Peinlich für Nagato, daß Mika-sama den Gefangenen gesehen hat.»

«Peinlich für unseren Herrn, Don João. Darum hat er dem Barden so plötzlich das Wort weggenommen.» Kendo schlug sich mit der flachen Hand auf den Oberschenkel. «Mitten im Satz.» Er füllte sich seinen Sakebecher neu und ließ den heißen Wein genüßlich die Kehle hinunterfließen.

«Darum hat unser Herr dem Nagato nur drei Ballen Seide geschenkt. Wenn das mit Mika-sama nicht passiert wäre, hätte er sicher zehn bekommen.»

«Aber gegen Mika-sama hatte Nagato nichts zu melden», stimmte Hotta zu, «wer kommt schon gegen Mika-sama an?»

«Sie ist ziemlich eigenwillig.»

«Eigenwillig nennst du das?»

«Nur Don Protasio konnte sie zähmen.»

«Ja, unser guter alter Herr. Er hat sehr an Mika-sama gehangen und sie an ihm.»

«Auch Hochwürden kann sie zähmen. Sie tut, was Hochwürden sagt, und nur weil er ihr gut zugeredet hat, bleibt sie noch hier auf Schloß Hara.»

«Ja, ja. Dona Isabel ist schon längst nach Hinoe gezogen», brummte Ishimaru, «aber Hochwürden hat Mika-samas Seele fest in der Hand.» Er sog an seiner Pfeife, deren Kopf er mit frischem Tabak gestopft hatte, aber sie wollte nicht recht brennen. Da stand er auf, sich eine Lunte an der Öllampe anzuzünden. Schließlich stieg sein Pfeifenrauch wieder als dichte blaue Wolke auf.

«Es war von Anfang an riskant», sagte Hotta, «den Gefangenen den ganzen langen Weg bis hierher zu schleppen. Ob im Sack oder in der Sänfte. Wäre einfacher gewesen, ihn im Wald zu erledigen.»

«Ja, das wäre vielleicht besser gewesen», pflichtete Abe bei, «der Gefangene weiß zuviel.»

«Ist das ein Grund, ihn umzubringen?» fragte Ishimaru und verbarg sein faltenreiches Gesicht hinter einer Rauchwolke, die er aus beiden Mundwinkeln hochquellen ließ.

«Grund genug. Wenn einer zuviel weiß, ist es besser, er verschwindet. Er braucht doch nur am falschen Ort auszuplappern, was er über die Waffenlieferung weiß …»

«… oder über Tachikawa no Takakatsus Tod.»

«Unser Herr hat das Richtige getan», stellte Kendo fest, «wir mußten ihn fangen, tot oder lebendig. Kaum vorstellbar, was für ein Unheil er hätte anrichten können, falls es ihm gelungen wäre, Nagasaki zu erreichen. Unter den Leuten des Gouverneurs gibt es viele, denen es zwanzig Seidenballen wert wäre zu erfahren, daß unser Herr von den Spaniern Musketen kauft.»

«Das könnte unser aller Ende sein.»

«Deswegen. Man hätte ihn gleich im Wald erledigen sollen. Kopf ab. Fertig.»

«Das hab' ich mir auch zuerst gedacht», sagte Ishimaru, «Kopf ab. Fertig. Aber nachdem unser Herr uns das Rohr gezeigt hat, mit dem man Fernes nah heranholen kann, da hab' ich mir doch gesagt, unser Herr hat ein Gespür, wieviel dieser Flüchtling wert ist.»

«Ja, dieses Rohr, das ist ein Ding ...», Kendo sog die Luft durch die Zähne ein und leerte seine Sakeschale, «dieses Fernrohr ... unser Herr war stolz, als er es uns zeigte.» Danach füllte er sich neuen heißen Reiswein nach und fragte mit den Augen, ob jemand anders noch bedient werden wolle.

«Ein Spielzeug», warf Hotta ein und hielt ihm seine Sakeschale hin, «nur gut, um Spatzen auf dem Dach von Tauben zu unterscheiden.»

«Das stimmt nicht», ereiferte sich Kendo so sehr, daß er beim Vollgießen von Hottas Schale die Hälfte verschüttete, «so ein Rohr kann sehr nützlich sein, wenn man Feinde hat.»

«Das hat unser Herr auch gesagt, als er das Rohr auf Schloß Hinoe richtete und sehen konnte, wer bei Yoshitomo Wache steht. Ein nützliches Ding.»

«Der Shogun soll auch eines haben», bemerkte Ishimaru und rief damit Kopfschütteln unter den anderen hervor, aber er versicherte, die Kunde sei glaubhaft.

«Woher wißt Ihr das?»

«Von Hochwürden.»

«Von Hochwürden?»

«Ja, von Hochwürden persönlich. Er sagt, die Niederländer aus Hirado hätten dem Shogun ein Rohr überreicht, mit dem man Dinge aus weiter Ferne heranholen kann.»

«Und?»

«Der Shogun soll sich sehr verwundert gezeigt haben und sogar erfreut. Hochwürden war ziemlich ärgerlich, denn die Portugiesen haben keine Ahnung, wie man ein solches Rohr baut.»

«Wer weiß es denn?»

«Die Niederländer eben, die wissen das.»

«Vielleicht ist der Gefangene ein Niederländer?»

«Aber er kam von der Santa Cruz, einem spanischen Schiff.»

«Wichtig ist, daß unser Herr nun das gleiche Rohr besitzt wie der Shogun. Das allein ist es wert, den Flüchtling lebend gefangen zu haben», betonte Ishimaru, und niemand zweifelte daran, daß aus seinem Gesicht diesmal Ernst sprach.

Draußen war es schon dunkel geworden, und die Flamme in der Öllampe wurde immer schwächer. Einige Nachtfalter wurden vom Licht angezogen. Ab und zu huschte der Schatten einer Fledermaus vorbei, die den Nachtfaltern nachjagte. Der Reiswein lockerte die Zungen immer mehr. Kendo, der am meisten getrunken hatte, goß aus dem Faß in der Ecke des Raums neuen Reiswein in die Karaffen nach und stellte sie in den Kessel mit heißem Wasser. Danach streckte er sich auf den Tatamimatten aus und benutzte die Armlehne als Kopfstütze. Seine Augen waren schon etwas glasig geworden. «Schlimm, schlimm, daß unser Herr keine Nachkommen zeugen kann», lallte er mit schwerer Zunge.

Eine lange Pause setzte ein. Alle schienen sich zu scheuen, davon zu reden, daß Don João noch immer kinderlos war.

«Vielleicht liegt es doch nicht an den Frauen», sagte Ishimaru schließlich in die verlegene Stille hinein, «wie sollte man sonst erklären, daß sie alle sterben, sobald unser Herr sie schwanger gemacht hat.»

«Ja, ja, drei sind schon gestorben, bevor sie die Kinder, die sie trugen, zur Welt bringen konnten. Bedenklich, bedenklich.»

«Als ob sein Samen giftig wäre.»

«Keine Tochter aus gutem Haus mehr, die bereit ist ...»

«Und Hochwürden kann auch nicht helfen, obwohl es der Kirishitansache guttun würde, wenn unser Herr einen prächtigen Nachfolger vorweisen könnte.»

«Besonders, da Yoshitomo schon zwei Söhne hat.»

«Dabei hat unser Herr doch alles, was ein Mann braucht, um Kinder zu zeugen.»

«Wirklich, das hat er.»

«... und ein guter Kirishitan ist er auch.»

«Ob ihn die spanische Krankheit plagt?»

«Psst ... darüber redet man nicht.»

«Aber unser Herr ist ein Jahr lang in Macao gewesen ... vielleicht hat er sich dort die Krankheit geholt.»

«Wenn das stimmt», lallte Kendo, «ich meine, das mit der spanischen Krankheit, das würde so manches erklären. Seitdem unser Herr aus Macao zurückgekommen ist, hat er mit dem Rauchen angefangen.»

«Was hat das damit zu tun?»

«Rauchen soll gut sein gegen die spanische Krankheit.» Kendos Worte lösten heftigen Widerspruch aus.

«Wo hast du denn die Weisheit her?» fragte Abe spitz und klemmte seine Pfeife zwischen die Zähne.

«Nur weil Kendo selber nicht raucht, sagt er das», warf Hotta bissig ein und paffte eifrig an seiner Pfeife.

«Als ob alle, die rauchen, die spanische Krankheit hätten.»

«Das hab' ich nicht behauptet», Kendo versuchte die Wellen der Entrüstung, die ihm entgegenschlugen, zu besänftigen, «fragt Shimpo, von dem hab' ich das ... das mit der spanischen Krankheit und dem Rauchen.»

«Shimpo zählt nicht. Er verkauft Tabak.»

«Tabak ist für alles gut», mischte sich Ishimaru ein, «gut gegen alle Krankheiten und gut für ein langes Leben.»

«Aber wenn unser Herr keine spanische Krankheit hat, warum sterben ihm dann die Frauen weg?»

«Vielleicht, vielleicht ein Fluch anderer Art», murmelte Ishimaru vor sich hin, «ein Fluch, für den unser Herr selber nichts kann, obwohl ...» Wieder ließ er seinen Satz halb geendet hängen, wie eine Fliege in einer Spinnwebe, und alle warteten, daß er weiterreden würde. Aber Ishimaru klopfte seine Pfeife in der Porzellanschale aus, die auf den Tatamimatten stand, und schien sie nicht wieder neu stopfen zu wollen.

«Was für ein Fluch?» Kendo, der sich halbtrunken aufgerichtet hatte, sank wieder auf seine Kopfstütze zurück.

Ishimaru schien unwillig, seinen Satz zu vollenden, aber als niemand anders etwas sagte, steckte er seine Pfeife umständlich in ihre brokatene Hülse. «Ich bin ja ein alter Mann», brummte er schließlich, «und habe manches gesehen, was ihr Jüngeren nur vom Hörensagen kennt. Ich weiß noch, wie viele Tempel und Schreine es hier einmal gab und daß sie alle ... alle ... alle von uns Kirishitan niedergebrannt wurden. Ich höre noch, wie die Balken schrien, als sie sich bogen und in den Flammen barsten. Ich höre noch, wie die Mönche und Priester schrien, als sie von unseren Leuten in die Flammen gestoßen wurden. Tausend Flüche stiegen damals zum Himmel empor. Einer von diesen Flüchen mag auf

Don Protasio zurückgefallen sein. Deshalb starb er durch des Henkers Schwert. Wer weiß, ob nicht ein anderer Fluch auf Don João gefallen ist ... wer weiß ... wer weiß ...» Er fuhr sich mit dem Handrücken über die Stirn, als wollte er alte Erinnerungen wegwischen.

«Ihr habt zu viel getrunken, Ishimaru», sagte Hotta, «das tut Eurem Kopf nicht gut.»

«Ich weiß, dem Kopf tut's nicht gut», erwiderte der Alte, «aber der Seele. Der Seele tut's gut, manchmal ein bißchen mehr zu trinken, als man vertragen kann. Das löst zugewachsene Erinnerungen, und die Seele fühlt sich danach ein wenig von alter Schuld befreit.»

6

Der Gefangene

Mika mißachtete Don Joãos Vorschrift, sie habe sich, wenn sie ihn sprechen wolle, vorher anzumelden und um Erlaubnis zu bitten. Statt dessen schob sie auch diesmal die Schiebetür zu seinem Arbeitszimmer auf und trat ein.

Don João war gerade dabei, eine Liste aufzustellen. Er blickte unwillig hoch und legte den Pinsel auf den Tisch. «Du weißt doch», sagte er, «ich habe es dir verboten.»

«Ich weiß», antwortete Mika, ohne sich einschüchtern zu lassen, «aber schließlich bin ich deine kleine Schwester.»

«Was möchtest du?» brummte er unwillig.

«Ich möchte wissen, wo der Gefangene ist.»

Don João nahm den Pinsel wieder in die Hand und wandte sich seiner Liste zu. «Das geht dich nichts an.»

«Wo ist er?»

«Das geht dich nichts an.»

«Wo hast du ihn eingesperrt?»

«Ich habe Wichtigeres zu tun, als deine Neugier zu befriedigen.»

«Immerhin hast du ihn in meiner Sänfte ins Schloß bringen lassen, und so ist er eigentlich mein Gast.»

«Unsinn», brauste Don João auf.

«Ist es denn nicht wahr, daß du ihn in meiner Sänfte hierhergeschleppt hast?»

«Ich habe nicht vor, mich von dir ausfragen zu lassen.»

«Dann sag mir doch einfach, wo du ihn eingesperrt hast.»

«Du mischst dich in Dinge ein, die dich nichts angehen.»

«Ich möchte nur wissen, wo er ist. Ein Wort genügt.»

«Schluß damit. Vergiß nicht, du stehst vor dem Schloßherrn. Richte dich danach.»

«Vater hat nie in solchem Ton mit mir geredet.»

Don João zuckte ein wenig zusammen und schwieg.

«Vater hat auch keine Gefangenen heimlich hierher aufs Schloß geschleppt», fuhr Mika fort und schaute ihn herausfordernd mit geneigtem Kopf an.

«Vater hat vieles heimlich getan, von dem du keine Ahnung hast», erwiderte Don João, «nur war er offenbar geschickter als ich, es vor dir zu verbergen.»

Mika veränderte ihre Kopfhaltung nicht. Nur in ihren Augen blitzte für eine Sekunde Zorn. «Der Gefangene scheint dir wichtig zu sein», fuhr sie mit der gleichen Stimme wie vorher fort, «so wichtig, daß du ihn in meiner Sänfte verstecken mußtest.»

«Was willst du eigentlich?» brauste Don João wieder auf, «du hast deine Sänfte zurückbekommen, und ich habe Anweisungen gegeben, sie innen und von außen zu reinigen. Ist sie nicht sauber? Bist du nicht zufrieden?»

«Ich will wissen, wo der Gefangene ist.»

«Das geht dich nichts an.»

«Was mich angeht, entscheide ich, nicht du.»

«Du hast ein freches Mundwerk.»

«Ich habe einen frechen Bruder.»

«Ich rate dir, mit deinen Worten vorsichtiger umzugehen.»

«Sonst?»

«Sonst werde ich dafür sorgen, daß du Vorsicht lernst.»

«Willst du mich auch einsperren?»

«Sei nicht albern.»

«Nein. Ich bin ernst. Sag mir jetzt, wo der Gefangene ist.»

«Was geht er dich an? Er ist ein Flüchtling, ein Schurke, ein Schuft, ein gefährlicher Kerl.»

«Seine Handgelenke bluteten, als er beim Schloß ankam. Hast du dafür gesorgt, daß sie verbunden wurden?»

Don João warf seinen Pinsel auf die Tischplatte, so, daß die Tuschtropfen spritzten. Dann wischte er sie weg und sagte mit flacher Stimme: «Der Gefangene ist versorgt und bei guter Gesundheit.»

«Also kann ich ihn sehen?»

«Verdammt noch einmal. Schluß mit deiner blöden Fragerei. Scher dich zum Teufel, du … du … dummes Ding, du …»

«Ich wußte nicht, daß du so laut fluchen kannst», erwiderte Mika leichthin, «auch dachte ich immer, ein guter Kirishitan flucht nicht. Du bist doch ein guter Kirishitan, oder?»

Da schob Don João mit einem Ruck den Tisch zurück und erhob sich drohend. «Wie redest du mit mir?»

«Wie deine kleine Schwester.»

«Halt deinen Mund.»

«Weiß Hochwürden, daß du einen Gefangenen hast?»

Einen Augenblick flackerten Don Joãos Augen, dann verengten sie sich zu schmalen Spalten. «Hochwürden hat nichts mit dem Gefangenen zu tun.»

«Also hältst du es auch vor ihm geheim?» erwiderte Mika und lächelte Don João ins Gesicht. «Soll ich Hochwürden sagen, daß du hier auf Hara einen Gefangenen verborgen hältst?»

«Wenn du das tust», sagte Don João, ohne nur eine Sekunde zu zögern, «wird der Gefangene noch zur gleichen Stunde sterben, und du trägst die Schuld an seinem Tod.»

Da spürte Mika, daß sie zu weit gegangen war und daß sie besser rasch von etwas anderem reden sollte. Sie schaute sich im Zimmer um und entdeckte das Fernrohr auf einem Seitentisch. Sie ging mit leicht wiegenden Schritten auf das Fernrohr zu und beugte sich darüber.

Don João brauchte einige Zeit, sich zu beruhigen. Sein Atem ging flach, und seine Schultern lehnten sich angriffsbereit nach vorn, als stünde ihm die nächste unangenehme Frage bevor.

«Was ist denn das?» fragte Mika und blickte über ihre Schulter zu ihm zurück.

Als er ihre Augen sah, aus denen ein wenig Schalk und viel Neugier blinkten, verflog sein Zorn. Er brachte es sogar über sich, ein wenig zu lächeln, obwohl es mehr ein Grinsen war, hinter dem er sein Unbehagen verbarg. «Das da», sagte er und trat neben Mika, «das ist ein Rohr, mit dem man ganz weit sehen kann.»

«Zeig es mir», bat ihn Mika.

Don João hob das Fernrohr vorsichtig von dem weißen Tuch und trug es auf die Veranda hinaus, die den Flügel auf drei Seiten umspannte. Er wartete, bis Mika neben ihn getreten war, zog dann das Rohr ein Stück auseinander, kniete nieder und hob das Ende des Rohrs an sein Auge. Mit schiefem Mund, da er das andere Auge zukneifen mußte, schaute er eine Zeitlang hindurch und verstellte es, indem er es noch weiter auseinanderzog und wieder zusammenschob.

«Was brauchst du denn so lange?» Mika tippte ihm ungeduldig auf die Schulter: «Was gibt es denn zu sehen?»

«Hier. Schau selber.»

Er rückte ein wenig zur Seite, damit Mika genau da niederknien konnte, wo er gekniet hatte. Dann lehnte er sich zu ihr hinüber, um ihr zu zeigen, wie sie das Rohr halten solle. Er faßte sie bei den Schultern und führte ihre Hand. Mikas Haare streiften sein Gesicht.

Für einen Augenblick war er der große Bruder, der der kleinen Schwester etwas Schönes, Überraschendes zeigte. So wie damals, als er aus dem fernen Macao zurückkam, nach einem ganzen Jahr Fortsein, und Mika einen chinesischen Papierdrachen mitgebracht hatte. Er war neunzehn, und sie war damals gerade fünf geworden und trug rosa Schleifen im Haar. Der Drachen war doppelt so groß wie sie und hatte einen langen, langen Schwanz. Es klappte nicht beim erstenmal, aber endlich hob der Wind ihn in den Himmel, und Don João drückte Mika die Enden der beiden Führungsleinen in die Hand. Damals hatte er auch so neben ihr gekniet, sie mit seinen Armen umfaßt und ihre Hände geführt. Er hatte ihr gezeigt, wie sie den Drachen dazu bringen konnte, in weitem Bogen durch die Luft zu kreisen, wenn sie nur ein wenig an der einen oder der anderen Leine ruckte. Er sah noch das Leuchten in ihren Augen und hörte ihr glucksendes Kinderlachen. «Ich kann Mongo sehen», stieß Mika erregt aus und schaute Don João an. Dann hob sie das Fernrohr wieder hoch und suchte die gleiche Stelle. «Da ist er. Da ist er. Er hat ein Büschel gelbe Blumen im Maul. Löwenzahn.»

Don João beneidete sie um ihre Fähigkeit, sich spontan über etwas so Alltägliches freuen zu können. «Wirklich?» fragte er.

«Ja. Ich kann ihn genau sehen … er pendelt mit seinem Kopf hin und her … jetzt hat er die Blumen aufgefressen.»

Mika hielt das Fernrohr an ihr Auge gepreßt und schaute hindurch, bis das Auge ermüdete und das Bild verschwamm. Sie wischte sich mit dem Handrücken übers Gesicht und strich sich die Haare zurück. «Wo hast du das her?»

«Geschenkt bekommen», antwortete Don João ausweichend und stand auf.

«Wer könnte dir so etwas Schönes geschenkt haben?»

Der Zauber des Augenblicks war verflogen.

Don João ging, ohne zu antworten, in sein Zimmer zurück.

Draußen auf der Veranda drehte Mika das Rohr in ihren Händen und schaute von dem anderen Ende hindurch. «Jetzt ist alles ganz fern», rief sie voller Überraschung aus, «großer Bruder, komm mal her … schau … wenn du von diesem Ende durch das Rohr blickst, dann rückt alles ganz weit in die Ferne.»

Aber Don João kam nicht. «Ja, so ist das», antwortete er unbestimmt und setzte sich wieder an den Schreibtisch.

Mika kam kopfschüttelnd ins Zimmer zurück. «Erstaunlich, so ein Rohr. Wer mag wohl so etwas erfunden haben?»

«Wirklich», sagte Don João, «erstaunlich.» Er nahm den Pinsel von der Tischplatte auf und tauchte ihn wieder in die schwarze Tusche. Er tat so, als sei er beschäftigt.

Mika sah ihm zu, wie er sich in seine Liste vertiefte und irgendetwas an den Rand schrieb. Da legte sie das Fernrohr vorsichtig wieder auf den Seitentisch und schlich sich aus dem Zimmer.

* *
*

Die Zeit verging langsam in dem fensterlosen Verlies, in das man Hendrik gesteckt hatte. Die Zeit schleppte sich von Stunde zu Stunde, von Tag zu Tag in kaum meßbarer Trägheit dahin, kaum greifbar und begreifbar in der alles lähmenden Dunkelheit. Das Verlies lag tief im Unterbau des Schloßturms, wohin kein Lichtschein und kaum ein Laut von außen drang, ein kühler Raum, etwa fünf mal zehn Schritte groß, mit einer Latrine in der Nische hinter einer Tür, die den Geruch etwas fernhielt. Dort, in diesem dunklen Raum, ließ Don João ihn dahinschmachten, abgeschnitten von jeder Menschenseele.

Die Stille, die ihn umgab, war eine andere Stille als die draußen in der Natur. Sie war leblos und kalt. Nur zweimal am Tag wurde sie kurz unterbrochen von dem schrillen Kratzen der eisernen Riegel an der dicken Bohlentür, wenn jemand kam und durch eine Klappe ein Tablett mit irdenen Schalen hereinschob, auf denen sein Essen lag. Nie sah Hendrik, wer es war, den Schritten nach ein Mann, immer derselbe, dem Klang der Schritte nach ein schwerer Mann, der mit auswärts gesetzten Füßen den Gang entlanggestapft kam. Er schien eine Laterne bei sich zu tragen, denn ein schwaches, schwankendes Licht schimmerte durch die Ritzen, wenn er sich der Zellentür näherte. Aber bevor er die Klappe aufschob, stellte er die Laterne offenbar in eine Ecke, aus der nun kein Licht mehr bis zur Tür drang. Mehrmals versuchte Hendrik, diese schattenhafte Gestalt anzusprechen und einen menschlichen Laut aus ihr herauszulocken, aber sein Bemühen war umsonst.

Manchmal aber geschah etwas ganz Ungewöhnliches, so daß Hendrik lange nicht dahinterkam, was er davon halten sollte. Da wurde die Tür aufgeschlossen, und ein schwacher Lichtstrahl erhellte den langen schmalen Gang. Ein Samurai führte Hendrik den Gang entlang, durch schmale Türen, an mehreren Abzweigungen vorbei, über Stufen hinauf, bis zu einer Pforte, die nach draußen führte. Da war es immer schon Nacht, aber durch die Ritzen dieser Pforte drang warme Sommerluft herein. Der Samurai klopfte an die Holzbohlen und wartete, bis aufgeschlossen wurde. Dann übergab er dem Wachtposten die Laterne und führte Hendrik zwischen Mauern weiter, die einen schmalen Streifen des

Nachthimmels freiließen. Die haushohen Mauern waren aus großen Quadern so dicht zusammengefügt, daß es, wie Hendrik trotz der Dunkelheit erkennen konnte, unmöglich sein würde, mit Fingerspitzen und Zehen Halt darin zu finden und sie hochzuklettern.

Dann kam eine zweite Pforte, unter einem Bogen mit Schießscharten eingelassen, und jenseits derselben konnte Hendrik auf den Mauerkronen rundum die Schatten von Wachtposten sehen. Zuletzt führte der Samurai ihn in einen Innenhof, über den einige Kiefern und Zedern ihre Äste breiteten.

Als Hendrik zum erstenmal in diesen Innenhof geführt wurde, wußte er nicht, was ihn erwartete, und er befürchtete das Schlimmste. Dann sah er die Steinlaterne, die unter einer Kiefer brannte und ihr Licht auf ein wassergefülltes, aus den Felsen gehauenes Becken fallen ließ. Von der Wasseroberfläche erhoben sich Dampfschwaden trotz der warmen Sommerluft. Ein dicker Strahl Wasser schoß aus einem Bambusrohr, platschte auf eine Felsenstufe und ergoß sich in breiter Kaskade in das Becken.

Der Samurai grunzte und deutete auf das Becken. Er war einen Kopf kleiner als Hendrik, gedrungen, mit breiten Schultern und einem starken, nach vorn geschobenen Nacken. Seine weit auseinander gesetzten Augen quollen vor wie die Augen eines Frosches. Hendrik versuchte ein wenig zu lächeln, aber der Frosch grunzte nur und wies auf einen der Holzkübel, die um das Becken verteilt lagen. Je länger Hendrik unschlüssig dastand, um so lauter grunzte der Frosch und begann, mit beiden Armen zu fuchteln. Schließlich schien er die Geduld zu verlieren und zog sich vor Hendrik aus. Er deutete mit Gesten an, Hendrik solle das gleiche tun. Als Hendrik nackt dastand, nahm der Frosch einen Kübel, tauchte ihn in das Becken und goß sich das Wasser über die Schultern, den Rücken und über den Kopf. Danach gab er Hendrik den Kübel.

Das Wasser war brühend heiß. Hendrik war danach zu schreien, aber er biß die Zähne zusammen. Der Frosch hatte inzwischen schon irgendwoher eine Blechschale geholt, mit einer dunklen Paste darin, und seifte sich den ganzen Körper ein. Folgsam tat Hendrik es ihm nach und spürte, wie feingemahlene vulkanische Asche, mit der Seife vermengt, seine alte Haut abrieb. Der Frosch grunzte etwas, was wie ein Lob klang, und begann Hendrik den Rücken einzuseifen. Er füllte den Kübel aus dem Becken und leerte ihn in einem Schwung über Hendriks Kopf. Dann spülte er sich selber ab und ließ sich bis zum Kinn in das Becken hineingleiten.

Für Hendrik war das Wasser noch immer zu heiß, und er brauchte einige Zeit, bis er sich traute, für einen Augenblick darin einzutauchen. Gleich kam er prustend wieder heraus und setzte sich auf den Beckenrand. Seine Haut brannte. Er blickte sich um, sah die umlaufende Mauer, erkannte den Schloßturm, dessen Schatten fast bis zum Zenit reichte. Er sah zu den Sternen empor, den vertrauten Konstellationen, Lichtpunkt um Lichtpunkt mit Linien, die er mit den Augen nachzog. Ist es nicht seltsam, dachte er, selbst hier in Japan die gleichen Sternbilder, die er von Mexiko kannte, die gleichen Sternbilder, die er sich zum erstenmal einprägte, als er mit dem Visconte von Sevilla nach Veracruz segelte, lange heiße Nächte auf Deck bei flauem Wind, Stunden in das Betrachten des Himmels versunken. Der Mond, der zuerst als schmale Sichel erschien, dann immer mehr zunahm, bis er seine volle Rundung erreichte und danach mit jeder Nacht abnehmend wieder schwand. Der Visconte zeigte ihm, wie Sonne, Mond und Erde einen Dreiklang bilden. Wenn der Mond als Sichel am Himmel steht, dann ist das so, weil wir nur einen schmalen Saum sehen, der von der Sonne angestrahlt wird. Je höher der Mond steigt, um so mehr nimmt er zu, weil das Licht der Sonne, von uns aus gesehen, immer steiler auf den Mond fällt. «Daran siehst du», hatte der Visconte gesagt, «der Mond ist eine Kugel, die um die Erde kreist, so wie die Erde eine Kugel ist, die ihre Bahn um die Sonne zieht. Eine Mondbahn ist ein Monat, eine Erdbahn ist ein Jahr. Die alten Griechen wußten das schon, aber die Kirche will es noch immer nicht wahrhaben.»

Am südlichen Himmel hob die Hydra ihren Kopf über den Rand der Mauer. Andromeda, Cassiopeia und der Schwan. Der Große Wagen führte Hendriks Blick zum Nordstern hin. Er bat ihn, weiter hell zu leuchten, bis er wieder frei sein würde und seinem Licht folgen könnte.

Von Zeit zu Zeit kam der Frosch wieder und führte Hendrik zum Bad. Immer der gleiche Ablauf, das gleiche Vorgehen, die tastenden Schritte durch den gewundenen Gang in fast vollkommener Dunkelheit, durch enge Pforten, deren Türangeln quietschten, vorbei an Wachtposten, die bewegungslos auf der Mauerkrone standen, hinaus in den Innenhof unter die Sterne. Bald konnte er in dem heißen Wasser sitzen, ohne das Gefühl, verbrüht zu werden, und je mehr Wochen vergingen, um so länger blieb er, bis zum Kinn eingetaucht. Es schien, als habe seine Haut gelernt, die Hitze des Wassers in sich aufzusaugen, die sie anfangs so bedrohlich empfunden hatte.

Hendrik genoß jeden Augenblick, den er unter freiem Himmel verbringen durfte und zu den vertrauten Sternen aufschauen konnte. Die Regenzeit kam. Ein warmer, steter Fluß von dicken, satten Tropfen fiel herab, und die tiefhängenden Wolken wurden von Blitzen erhellt. Der Frosch saß im heißen Wasser und sang. Er ließ seine Stimme anschwellen, als wollte er den Donner übertönen.

Hendrik wünschte sich, er könnte mit ihm sprechen, vielleicht sogar ein paar Worte seiner Sprache lernen, irgendeine Form der Verständigung finden, als Gegengewicht zu der lähmenden Stille in dem lichtlosen Verlies. Aber der Frosch ging nie auf seine Versuche ein. Er grunzte nur undeutliche Laute, die keine Worte waren, und vermied es fast krampfhaft, Hendrik in die Augen zu sehen. Nur einmal lachte er laut auf, als Hendrik sein Haar eingeschäumt hatte und der Schaum ihm über die Nase herunterquoll. Der Anblick schien ihn an irgend etwas zu erinnern. Er zeigte mit dem Finger auf Hendrik, schlug sich mit der flachen Hand auf die nackten Oberschenkel und schien sich unbändig zu freuen. Hendrik lachte mit. Die fröhliche Stimmung hielt jedoch nur kurz an, und für den Rest der Zeit im Bad trug der Frosch wieder seine undurchdringliche Maske. Schließlich gürtete er sein Schwert, grunzte, wies auf die frischen Sachen, die Hendrik anziehen sollte, und geleitete ihn wortlos zurück in sein Verlies.

Es war eine seltsame Art der Gefangenschaft, hinter der irgendeine Absicht zu stehen schien, die Hendrik lange nicht erriet. Einerseits war er eingesperrt in jenes beängstigende Verlies, und die Dunkelheit stellte seine innere Widerstandskraft jeden Tag von neuem auf die Probe, andererseits bekam er reichlich zu essen und zu trinken. Und dann der Abend, an dem er zum Bad geführt wurde.

Baden war etwas, was Hendrik nie vorher gekannt hatte, etwas, was vielleicht Könige taten, aber nicht das Volk. Selbst der Visconte hatte nie, solange Hendrik in seinem Haus lebte, vom Baden gesprochen und wahrscheinlich nie gebadet, obwohl er so reich war, daß er es sich hätte leisten können, sich in seiner Residenz ein Badezimmer einrichten zu lassen. So war es für Hendrik verwirrend, mit welcher Selbstverständlichkeit der Frosch das Baden genoß, aber auch andere, bemerkte Hendrik bald, schienen das Bad zu benutzen. Der Steinboden rund um das Becken war immer naß, und viele Kübel standen oder lagen an seinem Rand, an die zwanzig, und daraus schloß Hendrik, daß das Becken oft viele Badende zugleich aufnahm. Also war es kein Zeichen besonderen Wohlwollens von Don João, daß er immer wieder hierhergeführt wurde.

Trotzdem blieb es für Hendrik rätselhaft, was Don João mit ihm vorhatte und warum er ihn auf solche Weise gefangenhielt. Kein Grübeln half, das Rätsel zu lösen.

Die Wochen schleppten sich dahin. Hendriks Augen hatten sich schon so vollkommen an die Dunkelheit gewöhnt, daß er selbst in seinem Verlies glaubte, die Dinge sehen zu können, die er mit seinen Händen ertastete. Sein Gehör hatte sich so geschärft, daß ihm das Echo des Schabens seiner Füße auf dem Holzboden die Nähe der Wand verriet, bevor er sie mit den Händen berührte. Er war wie ein Blinder, der sein Essen aß, ohne ein Bröckchen fallen zu lassen, der seinen Tee trank, ohne einen Tropfen zu verschütten. Sein Geschmackssinn ließ ihn erraten, was er Tag für Tag zu essen bekam, immer eine Schale Reis, verschiedene Sorten Fisch, manchmal gekocht, manchmal über der offenen Flamme geröstet und manchmal auch roh, oder Muscheln oder anderes Getier, das er bis dahin nie gegessen hatte, nach Essig schmeckende Gurken oder anderes Gemüse. Hin und wieder lag auf dem Tablett, das ihm durch die Türklappe hineingereicht wurde, etwas, was sich pastenartig anfühlte und süß schmeckte.

Hendrik hatte bemerkt, daß sein Verlies, wenn der Frosch ihn zum Bad führte, jedesmal sorgfältig gereinigt wurde. Kam er zurück, hing oft noch der Geruch eines gelöschten Dochts in der Luft, wahrscheinlich von einer Öllampe, die da gebrannt hatte. Der Holzfußboden strömte einen harzigen Geruch nach Fichtennadeln aus, als sei er mit einem in eine solche Essenz getauchten Tuch gewischt worden. Auch wurde dabei die Rollmatratze ausgewechselt, die in einer Ecke sein Lager war, und an ihrer Stelle fand er eine neue vor, nach Sonne und frischer Luft riechend.

Dies alles trug dazu bei, daß es kaum Ungeziefer gab. Nie hörte Hendrik Mäuse oder Ratten nagen. Eines Abends zirpte in einer Ecke eine Grille. Hendrik nahm ein paar Körner Reis von seinem Essen und legte sie auf den Boden dorthin, wo das Zirpen erklang. Dann lauschte er angestrengt in die Stille hinein und hörte nach einiger Zeit, wie die Grille an den Reiskörnern knabberte. Den Rest der Nacht zirpte sie immer wieder und blieb mehrere Nächte lang Begleiterin seiner Einsamkeit.

Einsamkeit und Dunkelheit ließen die Farben der Erinnerung um so leuchtender erglühen. Von Zeit zu Zeit tauchte vor Hendriks Augen jene feenhafte Gestalt auf, die vor den Schloßmauern auf die Sänfte zugekommen war, aus dem Wiesengrund, seinem satten Grün, schwebend fast, in dem langen, fließenden Gewand aus weißer Seide, das übersät war mit kleinen roten Blüten. Von Anfang an war ihm gewiß, daß sie einen hohen Rang einnehmen mußte. Sonst hätte sie nicht mit solcher Bestimmtheit die Samurai angeredet, und die hätten sich nicht so tief vor ihr verbeugt.

Mika-sama ... so hatten sie sie angesprochen.

Mika-sama ... so klang es ihm in den Ohren.

Mika-sama ... so sagte er in die Dunkelheit hinein und strich sich mit den Fingerspitzen über die Handgelenke ... zart, wie sie mit ihren Fingerspitzen über seine Wunden gestrichen hatte und mit dem weichen Tuch, mit dem sie den Schorf abtupfte, und er sah ihre Augen, besorgt, als könnte sie sich nicht vorstellen, daß ein bißchen Blut einen Mann nicht schrecken darf. Sie blickte ihn fragend an, aus dunkelbraunen Augen, unter langen Wimpern,

Mandelaugen. Ihr ebenmäßiges Gesicht, von dunklem, dichtem Haar umrahmt, das ihr über die Schultern fiel, als sie sich vorbeugte und seine Handgelenke abtupfte. Dann hob sie ihren Kopf, ihre Augenlider öffneten sich, und der Blick, der ihn umfaßte, war wie ein Sonnenstrahl, der plötzlich durch die Steinwand seines Gefängnisses drang.

Er schämte sich, wie verkommen er ausgesehen haben mußte, nachdem er sich mühsam aus der Sänfte herausgeschält hatte, barfuß, unsicher auf den Beinen, schwankend wie ein Betrunkener, übermüdet, verschwitzt, mit wilden Haarsträhnen, die ihm im Gesicht klebten.

Mika-sama … sagte er in sich hinein und lauschte dem Klang ihres Namens, wie er von den stummen Wänden zurückgeworfen wurde, Mika-sama, Ihr habt mich mit solcher Wärme angesehen, daß die Wärme noch immer in mir ist.

Jetzt, in der Dunkelheit der Gefangenschaft, kehrte ihr Blick immer wieder zu ihm zurück, fragend, suchend, ohne jenen Ausdruck von gespieltem Mitleid, der manchmal in den Augen jener nistet, die es sich dank ihres hohen Ranges erlauben können, Mitleid wie ein Almosen zu vergeben, ein Almosen, das man verschenkt, um das eigene Gewissen zu erleichtern. Nein, ihr Blick war anders. Ihr Blick war Zärtlichkeit, wie die Zärtlichkeit ihrer Hände, die seine Wunden pflegten.

Als sie seinen Dolch an sich nahm, sprach sie von ihrem Bruder. Das konnte nur Don João sein, der gleiche Don João, der am nächtlichen Strand mit Montalvo über Pulver und Musketen gefeilscht hatte, dessen schweres goldenes Kreuz auf der Brust im Fackellicht glänzte, dessen Handbewegungen wie einstudiert wirkten, dessen lauernder Blick unstet hin- und hersprang. Dieser Don João sollte ihr Bruder sein?

Hendrik fühlte ein Frösteln. Es kroch ihm den Nacken hinunter. Er hätte nicht sagen sollen, daß er auf dem Weg nach Hirado war. Er hätte nicht sagen sollen, daß er kein Spanier ist, sondern ein Niederländer, ein Feind der Spanier. Ein Feind der Portugiesen. Unnötig, das alles zu verraten, unvorsichtig, dumm. Wahrscheinlich hatte Mika-sama ihrem Bruder längst berichtet, was für einen Vogel er gefangen hatte, einen Niederländer, einen

Feind der Spanier, einen Feind der Portugiesen, einen Deserteur von Montalvos Schiff. Deshalb hatte Don João ihn in dieses dunkle Verlies geworfen. Er wußte, wer er war. Er betrachtete ihn als willkommene Beute, die er bei nächster Gelegenheit gewinnbringend an Montalvo wieder ausliefern würde ... für ein paar Musketen oder ein Faß Pulver ... und Montalvo? Hendrik wußte, Montalvo würde ihn am gleichen Tag auf der Santa Cruz am höchsten Mast aufknüpfen lassen. Er würde ihn hängen lassen, bis die Möwen das Fleisch von seinen Knochen abgerissen hatten, so wie er schon andere hatte aufknüpfen und am Mast hängen lassen, die sich seinem Willen nicht unterwarfen.

Oder Don João hob ihn sich auf, um ihn an die Portugiesen auszuliefern, denen ein gefangener Niederländer auch einen Batzen Silber wert sein mochte. Vielleicht hob er ihn sich nur so lange auf, bis er sich mit den Portugiesen über den Preis einig war.

Hendrik schlug mit den Fäusten gegen die Wand. Er verfluchte den Augenblick, an dem er Mika verraten hatte, wer er war und wohin er gehen wollte. Er verfluchte die Weichheit, die ihn hatte unvorsichtig werden lassen, die Dummheit, alles herauszuplappern, ohne an die Folgen zu denken, ohne zu bedenken, wie tief er noch immer in Feindesland saß. Darum trommelte er immer härter mit seinen Fäusten gegen die Wand, als könnte er sie so durchdringen. Er fühlte, wie seine Handballen zu brennen begannen, wie sie mit jedem neuen Schlag gegen die Steine heißer wurden, wie die Hitze seine Arme hochstieg, seinen Nacken versteifte und in seinen Kopf drang.

Nein, schrie er in die Dunkelheit, Mika-sama hat mich nicht an ihren Bruder verraten.

Hendrik preßte seine heiße Stirn gegen die kühlen Steine und gewann ein wenig seiner Hoffnung zurück. Sie würde seinen Dolch nicht an sich genommen haben, sagte er sich, wenn sie das, was ihr Bruder tat, guthieße. Sonst wäre sie nicht so ärgerlich gewesen, als sie die Sänfte entdeckte und herausfand, wozu ihr Bruder sie mißbraucht hatte.

«El Rosso», hatte sie gesagt, «mein Bruder wird Euch den Dolch abnehmen, sobald Ihr im Schloß seid. Deswegen werde ich Euren Dolch behalten und aufbewahren.»

Das hieß, sie war gegen ihren Bruder.

Also würde Mika, folgerte Hendrik, ihrem Bruder nichts von dem verraten, was sie von ihm erfahren hatte.

Ob sie nach ihm suchte?

Immer häufiger glitt Hendrik in Wachträume hinein, er könne fliehen und den Weg zurück zu ihr finden. Er träumte, er würde dem Frosch das Schwert entreißen, ihn töten und einen Weg finden, die steilsten und höchsten Mauern zu überwinden. Er träumte, er könne die Wände hochklettern, mühelos, Fingerspitzen und Zehen in die feinsten Spalten gekrallt. Oben auf der Mauerkrone schwang er sein erbeutetes Schwert und fegte damit die Wachtposten einen nach dem anderen in die Tiefe. Er hörte ihre Schreie, wie sie hinunterstürzten und auf dem Boden zerschmetterten. Er sah die Samurai, die von allen Seiten auf ihn einstürmten, wie eine Hundemeute, bellend und grunzend, die Schwerter gezückt. Im letzten Augenblick, als die blitzenden Schneiden schon herabzischten, tat sich eine Pforte vor ihm auf. Sie schloß sich hinter ihm fugenlos, und er sah Mika vor sich stehen in ihrem fließenden Gewand. Lange schwarze Haare umrahmten ihr Gesicht. Sie lächelte ihn an. Er hörte den melodischen Klang ihrer Stimme … el Rosso … el Rosso … el Rosso … Er wollte bei ihr bleiben, aber sie stieß ihn weg. El Rosso … Ihr müßt fliehen, sagte sie, Ihr müßt fliehen … fliehen … fliehen.

Aber er konnte nicht fliehen, denn aus seinen Füßen wuchsen Wurzeln, die ihn mit der Erde verbanden. Als er an sich herabblickte, sah er, wie die Wurzeln sich in die Erde bohrten und ihn an den Ort fesselten, wo sie stand.

Mehrmals geriet Hendrik in diesen Traum, und immer an der gleichen Stelle erwachte er, schweißgebadet. Mikas Erscheinung war verschwunden, und die alles verschlingende Stille seiner Einsamkeit senkte sich erneut über ihn.

In wachen Stunden redete sich Hendrik ein, schließlich werde doch alles gut ausgehen. Er klammerte sich an die Hoffnung, Don João würde ihm eines Tages die Freiheit schenken. Bald. Sehr bald. Er versuchte sich einzureden, er wisse es genau, wie viele Tage seine Gefangenschaft noch dauern würde. Eine Woche, vielleicht zwei, höchstens drei, bestimmt nicht mehr als vier. Längst hatte er vergessen, wie viele Tage er schon in dem Verlies verbracht hatte. Er begann, mit seinem Fingernagel Striche in das Holz der Zellentür einzuritzen, jeden Tag einen neuen Strich. Obwohl das Holz hart war, konnte er die Ritzen mit seinen Fingerspitzen fühlen, denn sein Tastsinn war so fein geworden wie sein Gehör und wie seine Fähigkeit, im Dunkeln zu sehen.

Als beim Baden der Vollmond wieder am Himmel stand, wußte Hendrik, daß wieder ein Monat vergangen war. Seine Hoffnung begann zu schrumpfen. Er spürte, wie er innerlich ausgehöhlt war. Er versuchte, sich an die Hoffnung zu klammern, glitt aber langsam in einen Zustand, in dem er nicht mehr unterscheiden konnte, ob er wach war oder schlief. Einer der Träume, in denen er floh und dann jedesmal von den Samurai ergriffen wurde, endete mit seinem Tod. Er sah sich zur Hinrichtung geführt, sah das Schwert, das über seinem Nacken erhoben war, hörte, wie es niedersauste, sah, wie sein Kopf vom Rumpf getrennt wurde und wie das Blut dampfend in einem dicken Strahl gleich dem dampfenden Wasser des Bambusrohrs aus seinem Körper schoß.

Von diesem Traum kehrte Hendrik nicht mehr in die Welt der Wirklichkeit zurück. Grelle Farbflecken tanzten vor seinen Augen. Er fühlte, wie die Wände immer näher rückten und ihn zermalmten. Er schrie in die Dunkelheit und trommelte mit beiden Fäusten gegen die Zellentür. Er rührte das Essen nicht an, das Tag für Tag durch die Klappe kam, verweigerte das Baden. Er warf sich auf sein Lager und zerriß den Stoff des Überzugs. Sein Mund füllte sich mit Stoffetzen und der Watte, die aus dem Innern der Matratze herausquoll. Er spuckte die Watte aus und verstreute sie über den Boden.

* * *

Tage und Nächte dauerte der Anfall. Danach lag Hendrik auf dem nackten Fußboden in seinem Urin und Kot, auf Scherben der irdenen Schalen, die er gegen die Wände geworfen hatte, zwischen den Resten seiner Matratze, mit Fusseln im Haar, auf der Haut und zwischen den vertrockneten Lippen.

Da kam der Frosch. Er öffnete die Tür und leuchtete mit einer grellen Laterne in das Innere.

«Steh auf», sagte er auf portugiesisch, «deine Zeit ist gekommen, vor meinen Herrn, Don João, zu treten.»

Es dauerte einige Zeit, bis Hendrik den Kopf hob. Das Licht der Laterne schmerzte ihn in den Augen, und er wandte sich wieder ab.

«Steh auf», wiederholte der Frosch von der Tür her, «du sollst vor meinen Herrn, Don João, treten.»

Langsam begriff Hendrik, daß die Stimme, die er hörte, kein Traum war. Die Stimme kam ihm bekannt vor. Er wandte sich dem Laternenlicht zu, aber es blendete ihn so sehr, daß er es nicht ertragen konnte.

«Steh auf», wiederholte der Frosch mit der gleichen eintönigen Stimme noch einmal, «steh auf. Don João, mein Herr, wartet auf dich.»

Hendrik stützte sich auf den Ellbogen und versuchte sich aufzurichten, aber er sank in seinen Unrat zurück. Da packten ihn zwei Helfer und luden ihn auf eine Tragbahre aus geflochtenem Bast. Sie brachten ihn durch den langen dunklen Gang nach draußen, wo die Sonne so grell schien, daß Hendrik, trotz seiner Benommenheit, einen Arm hob und ihn sich schützend vor die Augen legte. Die Helfer schleppten ihn bis zu einem Brunnen und setzten die Bahre ab.

«Zieht ihn aus!» befahl ihnen der Frosch. Als Hendrik nackt dalag, gossen sie kübelweise kaltes Wasser über ihn, dann wuschen sie sein Haar und schrubbten seinen ganzen Körper mit einer derben Bürste.

Hendriks Gehirn begann zu arbeiten, träge zuerst und noch verworren, dann immer klarer. Er wußte, daß das, was mit ihm geschah, kein Traum war, sondern Wirklichkeit. Er wollte sich aufrichten, aber seine Kraft reichte nicht aus.

«Trocknet ihn ab.»

Hendrik blickte auf, obwohl das Licht der Sonne für seine Augen noch viel zu hell war. Er schämte sich und versuchte erneut, sich aufzurichten.

«Helft ihm», sagte der Frosch.

Als Hendrik es nach einigen Versuchen endlich gelang, sich halbwegs aufrecht zu halten, winkte der Frosch einem Diener, der etwas abseits stand. Der Diener trat heran und hielt Hendrik einen Bastkorb hin, in dem die Kleidung lag, die er bei der Flucht getragen hatte.

«Zieh dich an. Hier ist deine Kleidung», sagte der Frosch wieder auf portugiesisch und deutete auf den Bastkorb, «mein Herr, Don João, wartet. Ich werde dich zu ihm bringen.»

Hendrik starrte ihn fassungslos an. «Ihr sprecht portugiesisch?» stammelte er.

Ein undeutliches Grinsen war die Antwort.

«Warum habt Ihr mir das nicht vorher gesagt? All die Wochen … ich hätte …»

«Zieh dich an», unterbrach der Frosch ihn barsch, «es gehört sich nicht, meinen Herrn, Don João, warten zu lassen.»

Der Diener stützte Hendrik, während er seine Hose anzog, und half ihm beim Zuknöpfen seines Hemdes. Als er sein Wams in die Hand nahm, fühlte er darin das Gewicht der Silberlinge, die in das Futter eingenäht waren. Er tastete mit geschlossenen Augen sein Wams ab und zählte die Silberlinge. Alle acht waren noch da.

«Suchst du etwas?»

«Nein, nein», antwortete Hendrik fahrig. Er dachte an seine Stulpenstiefel und an das Fernrohr, das in dem Stiefelschaft gesteckt hatte, wagte aber nicht zu fragen.

«Folg mir», befahl der Frosch und ging voran.

Hendrik stolperte hinter ihm her, schwankend, kaum fähig zu gehen. Nach wenigen Schritten war er nahe daran zusammenzubrechen, aber er schaffte es, sich noch ein Stück weiterzuschleppen, bis schließlich seine Knie doch versagten und er hart auf den Steinboden aufschlug. Der Frosch beugte sich zu ihm hinunter und sprach ihm mit halblauter Stimme Mut zu. Dann half er ihm auf, legte Hendriks Arm über seine beiden Schultern und stützte ihn. So brachte er ihn zu jenem Zimmer, in dem Don João auf ihn wartete.

«Ich freue mich, el Rosso», sagte Don João, der auf einem thronähnlichen Sessel saß mit Rückenlehne und Armstützen aus reich geschnitztem Rosenholz. Rechts und links von ihm saßen je sechs Samurai auf den Tatamimatten, etwas seitlich hinter seinem Thron kniete ein schwarzhäutiger Sklave, der mit langsamen Bewegungen einen großen Fächer aus weißen Straußenfedern hin- und herbewegte. «Ich freue mich, el Rosso», wiederholte Don João, «Euch nach langer Zeit wiederzusehen. Es ist schon einige Monate her, daß wir uns begegnet sind. Entschuldigt bitte, daß ich bisher keine Gelegenheit hatte, Euch zu empfangen. Ich hoffe, Euch ist die Zeit des Wartens nicht zu lang geworden.» Hendrik nahm alle Kraft zusammen, die noch in ihm steckte. Sein Gehirn arbeitete fieberhaft, aber die Anstrengungen, die nötig waren, sich aufrecht zu halten, überwältigten ihn. Er fühlte, daß er die Fähigkeit, klar zu denken, verloren hatte. Nichts von dem war geblieben, was er sich während der endlos langen Zeit der Dunkelheit überlegt hatte. Er hatte sich in unzähligen Variationen vorgestellt, in welcher Art Don João ihn ausfragen würde und wie er antworten sollte. Auf jede von Don Joãos Fragen, die er für wahrscheinlich hielt, hatte er sich eine Antwort zurechtgelegt.

Vor allem wollte Hendrik vermeiden, daß Don João erfuhr, welche Dienste er Montalvo geleistet hatte, in Manila und sogar noch auf dem Schiff während der Überfahrt, und daß er die neuen Zündschlösser an die alten Musketen angebaut hatte. Wenn Don João das erfuhr, würde er ihm die gleiche Arbeit abverlangen und ihm seine Freiheit erst zurückgeben, wenn er alle seine alten Musketen – sicher waren es Hunderte – mit neuen Zündschlössern ausgestattet hatte. Jahrelang würde er gezwungen sein, eine Arbeit zu verrichten, die er verabscheute.

Deshalb hatte er sich vorgenommen, Don João, falls er ihn zu sich riefe, in eine andere Richtung zu locken, von dem Fernrohr zu sprechen, das Don João sicher längst gesehen und vielleicht sogar schon benutzt hatte. Er wollte ihn fragen, was er von dem Fernrohr hielt, dessen Linsen er selber geschliffen und poliert hatte, dessen zusammenschiebbaren Rohre er aus gewalztem Messingblech so dicht gefügt hatte, daß die Naht fast unsichtbar war. Er wollte ihm versprechen, ein noch besseres zu bauen, ein Rohr, mit dem man noch weiter sehen kann. Er wollte ihn dazu überreden, ihn Glas schmelzen zu lassen. Dann könnte er in die

Berge gehen, unter dem Vorwand, nach den richtigen Kristallen suchen zu müssen. Dann würde er fliehen können, nicht schon am ersten Tag, aber irgendwann, später, wenn die Zeit günstig war. Hendrik griff sich an den Kopf, um das Dröhnen, das seinen Schädel bis zum Bersten füllte, abzuschwächen. Er spürte, daß nichts dessen übriggeblieben war, was er sich bis in die feinsten Verästelungen ausgedacht hatte, wenn er Don João gegenübertreten sollte. Statt dessen stand er da, eine armselige, schwankende Gestalt, mit zitternden Beinen, ohne alles Selbstvertrauen.

«Setzt Euch, el Rosso», sagte Don João freundlich und deutete mit seinem zusammengefalteten Fächer auf ein Sitzkissen, das in der Mitte des Raums auf einer Tatamimatte lag. Er betrachtete Hendrik mit kalten Augen, wie er auf das Kissen zuwankte, das Gleichgewicht verlor und auf die Knie niedersank. Er wartete, bis Hendrik auf Knien zu dem Kissen hingerutscht war und sich mühsam mit gekreuzten Beinen niedergelassen hatte.

«Möchtet Ihr ein Glas Wasser, el Rosso?» fragte Don João sanft und winkte einem Diener, der an der Türöffnung kniete. Hendrik trank den ihm gereichten Becher in einem Zug leer.

«Ich hoffe, ihr fühlt Euch jetzt besser, el Rosso», sagte Don João und ließ seine Augen nicht von Hendriks Gesicht, «übrigens, Señor Montalvo hält, soweit ich von ihm gehört habe, große Stücke von Euch. Er war sehr besorgt, als er merkte, daß Ihr nicht mehr unter seinen Leuten wart. Deswegen hat er mir den Auftrag gegeben, Euch einzufangen, tot oder lebend.»

Hendrik senkte den Kopf und schwieg. Das Gespräch schien von Anfang an eine gefährliche Wendung zu nehmen.

«Es war nicht sehr freundlich von Euch», fuhr Don João fort, ohne den Ton seiner Stimme zu ändern, «von der Santa Cruz zu desertieren. Auf Desertation steht die Todesstrafe, ist Euch dies klar?»

«Ja, ich weiß es.»

«Warum seid Ihr dann trotzdem desertiert?»

Auf diese Frage war Hendrik vorbereitet, und sein gemartertes Gehirn erinnerte sich der richtigen Antwort. «Ich bin nicht desertiert», sagte Hendrik und versuchte, glaubwürdig zu klingen.

«Sooo», schlug ihm jedoch sofort Don Joãos ziehende Stimme

entgegen, «Ihr behauptet also, kein Deserteur zu sein. Wie könnt Ihr das belegen?»

«Ich habe nie zur Mannschaft der Santa Cruz gehört.»

«Aber Ihr standet in Señor Montalvos Diensten.»

«Ich war ein freier Passagier und habe Señor Montalvo für meine Reise bezahlt.»

«So soll das also sein?» Don João griff nach seiner Pfeife, die auf einem Tisch neben ihm stand. Der Sklave legte den Straußenfederwedel auf die Tatamimatten und begann, mit zwei Flintsteinen und einer Lunte Feuer zu schlagen.

Hendrik wurde es schwarz vor den Augen. Sein Kopf wiegte sich hin und her wie eine Ähre an einem trockenen Halm, und er fühlte, wie er im Begriff war, in einen Zustand von Halbschlaf hinüberzugleiten. Das harte Aneinanderschlagen der Flintsteine ließ hinter seinen geschlossenen Lidern Funken fliegen.

«Sieh an», damit riß Don João ihn aus seinem Halbschlaf, «ein zahlender Passagier. Aber Señor Montalvo wußte nicht, daß Ihr die Santa Cruz bei der ersten Gelegenheit, die sich bot, verlassen wolltet, hier an unserem Strand.»

«Ja … nein», stammelte Hendrik. Don Joãos Frage legte sich wie eine Schlinge um den Hals und schnürte ihm die Kehle zu.

«Als zahlender Passagier hattet Ihr Señor Montalvo doch wohl für Hinfahrt und Rückfahrt entlohnt?»

«Ja.»

«Also hat er gut an Euch verdient. Seltsam, daß er dennoch ziemlich aufgeregt war, als er am Strand Euer Verschwinden bemerkte.» Don João hüllte sein Gesicht in dicke Rauchschwaden, ließ aber zugleich Hendrik nicht aus den Augen.

«Vielleicht war er besorgt», antwortete Hendrik und versuchte, gelassen zu klingen, «besorgt um meine Sicherheit.»

«Besorgt», lachte Don João rauh auf, «besorgt um Eure Sicherheit? Wenn Señor Montalvo Geld verdienen kann, ist für ihn alles andere unwichtig.»

«Ihr kennt wohl Señor Montalvo sehr gut», versuchte Hendrik, dem Gespräch eine andere, unverfänglichere Richtung zu geben.

Don João ließ sich nicht steuern. «Gut genug, um zu wissen,

daß das, was Ihr gerade gesagt habt, eine Lüge ist», gab er hart zurück, «Señor Montalvo war keinen Augenblick lang um Eure Sicherheit besorgt. Vielleicht um seine eigene. Oder um meine.» Er stieß eine dicke Rauchschwade gegen Hendrik aus und räkelte sich genüßlich in seinem Sessel. «Sonst hätte er mich doch wohl kaum gebeten, Euch zu fangen, lebend oder tot.» Hendrik schwieg.

«Er hat Euer Verschwinden in einer Weise beklagt, aus der hervorging, daß er großen Wert auf Euch legt. Sagt mir, warum wart Ihr so wichtig für ihn?» Don João hielt die Fäden des Verhörs fest in der Hand. Seine bohrende Art zu fragen, ließ seine Schärfe erkennen, eine gefährliche Schärfe. Als Hendrik zögerte und nicht schnell genug antwortete, senkte Don João seine Stimme zu einem bedrohlich rauhen Flüsterton: «Mit welchen Diensten habt Ihr Señor Montalvos Wertschätzung errungen?» Immer deutlicher wurde Hendrik zum Spielball seines Willens.

«Ich war es», erwiderte Hendrik willig, «ich war es ... ich habe die Zündschlösser an die Musketen angebaut.»

Don João nahm seine Pfeife aus dem Mund und lehnte sich vor. Auf seinem Gesicht zeichnete sich Überraschung ab, die in Triumph überging. «So ist das also. Sieh an, sieh an.» Er schob sich die Pfeife wieder zwischen die Zähne und sog versonnen den Rauch ein. Dann kehrte sein immer waches Mißtrauen zurück. «Aber nach Señor Montalvos Aussage kommen die Musketen aus Spanien. Wer sagt die Wahrheit, Señor Montalvo oder Ihr? Ich bin geneigt, ihm Glauben zu schenken, es sei denn, Ihr könntet mir beweisen, daß Ihr es versteht, gut funktionierende Zündschlösser zu bauen.» Als Hendrik nicht sogleich antwortete, verengten sich Don Joãos Augen. «Sonst ... .», sagte er und ließ seine Handkante flach durch die Luft sausen wie eine Schwertklinge, die einen Kopf vom Hals abtrennt.

«Ja», sagte Hendrik, «ich kann Zündschlösser bauen.» Es war zu spät, zu spät, auf das Fernrohr zu kommen.

«Aber warum hat Señor Montalvo mir nur zehn Musketen mit den neuen Zündschlössern liefern können?»

«Zehn war der Preis für meine Schiffspassage.»

Ein Grinsen breitete sich über Don Joãos Gesicht aus. «Also deshalb», sagte er und stopfte seine Pfeife nach, «deshalb legte er großen Wert darauf, Euch zu behalten. Ihr hättet ihm noch viele Zündschlösser bauen können, und er hätte daran verdient. Wie angenehm, daß ich Euch bei mir habe.» Er klatschte in die Hände, und mehrere Diener huschten herein. Er flüsterte einem etwas zu, winkte einen anderen herbei und gab auch dem einen geflüsterten Auftrag. Danach lehnte er sich zurück und widmete sich wieder seiner Pfeife. Er schaute den Rauchschwaden nach, wie sie zur Decke hochstiegen.

«Ihr müßt hungrig sein, el Rosso.» Don João schaute wohlwollend von seinem Stuhl auf Hendrik herab, der sich kaum noch auf seinem Kissen halten konnte. «Mir ist berichtet worden, Ihr hättet in den letzten Tagen nicht allzuviel Nahrung zu Euch genommen. Ich hoffe, es war nicht die Schuld meiner Leute. Haben sie Euch etwas zu essen gegeben, was Euch den Magen verdorben hat?»

«Nein.»

«Wieso kommt es dann, daß ihr tagelang die Nahrungsaufnahme verweigert habt?»

«Ich weiß nicht.»

«Wieso kommt es dann, daß Ihr die halbe Nacht lang mit den Fäusten gegen Eure Tür getrommelt habt. Wolltet Ihr vielleicht Eure Freiheit wiederhaben?»

«Ja.»

«Ich gebe Euch Eure Freiheit zurück», sagte Don João, «unter einer Bedingung.» Er legte eine lange Pause ein, während der er Hendrik mit selbstgefälligem Lächeln betrachtete. «Unter einer Bedingung, daß Ihr mir dient, wie Ihr Señor Montalvo gedient habt.»

Hendrik blickte zu Boden. Zündschlösser bauen, dachte er, wann hört das endlich auf? «Wie viele?» fragte er zögernd und versuchte seinen Kopf zu heben.

«Wie viele?» donnerte Don João zurück. «Das bestimme ich, wenn es an der Zeit ist.»

In Hendriks gemartetem Gehirn klangen diese Worte wie ein fernes Grollen, und er sank in sich zusammen. Noch im Fallen

versuchte er vergeblich, mit den Händen Halt auf der Tatamimatte zu finden.

Don João betrachtete ihn verächtlich, wie er nun zusammen-
gekrümmt auf der Matte lag. «Bringt ihn weg», sagte er zu seinen
Samurai, «bringt ihn weg.»

Während zwei Männer Hendrik unter den Armen packten und
wie ein Bündel Lumpen aus dem Zimmer hinausschleiften, lehnte Don João sich auf dem thronartigen Sessel zurück und ließ sich
von seinem schwarzen Sklaven eine neue Pfeife anzünden.

7

Buddhas Wiederkehr

Früher, als Don Protasio noch lebte, verging im Sommer kaum
eine Woche, in der nicht wenigstens ein Schiff aus Osaka, Sakai oder Edo in Arima einlief. Die Schiffe kamen, um Waren
an Bord zu nehmen, welche die alljährliche Galeone oder Don
Protasios Rotsiegelschiffe aus dem Süden brachten – viele tausend Ballen Rohseide, Wolle und Baumwolle, Reh- und Antilo-
penfelle, Kisten voll Hörner, Elfenbein, Süß- und Sandelholz, Rosenholz, Bernstein, Säcke voll Rohrzucker, Tonnen voll Bienen-
wachs, Blei, Zinn, Salpeter … die Liste der Güter nahm kein Ende.

Auch entlang der Küstenstraße herrschte in diesen heißesten
Monaten des Jahres reger Verkehr mit Pferden, Ochsenkarren
und Kolonnen von Lastenträgern. Wochenlang weilten Kaufleute aus nah und fern in der Stadt, um günstig einzukaufen. Sie in-
spizierten die Pier und die Lagerhäuser, in denen sich die Waren
stapelten. Sie trafen mit den ansässigen Großkaufleuten zusammen und manchmal mit den Padres, die dem Handel stets eine
wohlwollende Aufmerksamkeit schenkten. Sie und ihre Diener
und Knechte wohnten in den Gasthäusern an der Hafenstraße,
von luxuriösen Herbergen bis zu den einfachsten Absteigen.
Wenn in Arima kein Platz mehr zu finden war, nahmen sie Quar-

tier in der Schloßstadt, wo über die Jahre manche Unterkunft entstanden war, deren Besitzer gut von diesen Sommergästen lebten.

Die Kaufleute und andere Reisende speisten in Raststätten und Nudelhäusern, in Sushibars, wo Delikatessen aus rohem Fisch, Langustinen und Austern aufgetragen wurden, tranken Reiswein in den Schenken, spielten Shogi auf neun mal neun Schachbrettern oder mit portugiesischen Karten und vergnügten sich mit den Frauen der Teehäuser. Scharen von Musikanten, Geschichtenerzählern, Akrobaten und Zauberkünstlern zogen durch die Stadt. Der ständige Strom an Reisenden brachte Silber und Gold, was den Wohlstand der Einheimischen vermehrte.

Auch die Mannschaft der alljährlichen Galeone, vom Capitano bis zum kleinsten Matrosen, lebten während dieser Monate in Arima und brachten dort einen großen Teil ihres Lohns unter die Leute. Der Capitano und die Händler bewohnten mit ihren Konkubinen und Dienern große Häuser, meist am Hang über dem Hafen gelegen, wo der Wind während der heißen Zeit für Kühlung sorgte.

Die Besatzung der Galeone war zwar häufig in Streitigkeiten und Schlägereien verwickelt, die in Messerstechereien ausarten konnten und manchmal sogar mit dem Tod des einen oder anderen endeten, aber die Padres taten alles, ihre Zügellosigkeit in Grenzen zu halten und ihr unchristliches Betragen zu verdammen. Erst wenn die herbstlichen Taifune abgeklungen waren, trat Ruhe ein. Dann stach die Galeone wieder in See und ließ sich von den Winden nach Süden tragen, woher sie im nächsten Frühjahr mit neuen Schätzen und nützlichen Waren zurückkehrte.

All dies war vorüber seit Don Protasios Tod. Überall machte es sich bemerkbar, wie sehr sich die Zeiten geändert hatten. Der Shogun erneuerte die Don Protasio gewährte Lizenz für die Rotsiegelschiffe nicht mehr, und er verbot den Portugiesen, Arima als Hafen anzulaufen. Sie durften in Zukunft nur noch in Nagasaki anlegen, und dort wachte der vom Shogun eingesetzte Gouverneur über Stadt und Hafen.

So kam in Arima der Handel schließlich vollständig zum Erliegen. In den Gasthäusern schwirrten Fliegen durch die Luft, und

Spinnen zogen ungehindert ihre Netze in den Ecken der Stuben, in denen noch vor Jahresfrist allabendlich große Bankette gefeiert wurden.

Indessen nahm der Streit zwischen Don João und Yoshitomo an Heftigkeit zu. Es ging um Schloß Hara.

Yoshitomo argumentierte, Don Protasio habe niemals einen Zweifel daran gelassen, daß Schloß Hara sein Hauptsitz war, der rechtmäßige Sitz des Daimyo. Er habe, wie jedes Kind wisse, immerhin fast zehn Jahre von Hara aus die Geschicke des Daimyonats geleitet, darum müsse Don João es herausgeben.

Don João lehnte ab. Wenn Yoshitomo Boten sandte, um ein Treffen mit ihm zu vereinbaren, weigerte er sich, sie zu empfangen. Er ließ ihnen sagen: «Richtet eurem Herrn aus, daß unser Vater, Don Protasio, mir Schloß Hara zugesprochen hat. Der Wille unseres Vaters ist mir heilig.»

Wenn die Boten wiederkamen, wies Don João sie mit barschen Worten ab und gab schließlich sogar seinen Samurai den Befehl, sie nicht mehr durchs Tor zu lassen. «Falls sie frech werden und darauf bestehen, mich zu sehen, werft sie in den Wassergraben!» befahl er und gab sich keine Mühe, den Hohn in seiner Stimme zu verbergen.

So ging der Streit hin und her. Yoshitomos Versuche, mit seinem Bruder ins Gespräch zu kommen, schlugen fehl. Es dauerte nicht lange, da wurde allen klar, sogar den kleinen Leuten in der Stadt, wie unüberbrückbar die Kluft zwischen den Brüdern war und wie wenig Aussicht auf eine gütliche Einigung bestand.

Dieser Streit teilte die Schloßstadt in zwei Lager, die sich von Woche zu Woche mit mehr Mißtrauen und Argwohn gegenüberstanden. Am Fuße des Hangs, wo sich auf dem Felsvorsprung Schloß Hinoe erhob, lagen die Häuser jener Samurai, die nach Don Protasios Wunsch Yoshitomo dienen sollten. Ihre schilfbedachten Behausungen zogen sich in gestaffelten Reihen den Hang hinauf. Weil Hinoe Jahrhunderte zurückreichte und anfangs viel bescheidener angelegt war, drängten sich die Häuser in engen Zeilen, überbelegt von den Familien der Samurai. Immerhin standen ihrer tausend unter Yoshitomos Befehl.

Auf der anderen Seite der Stadt, zum Meer und zu Schloß Hara hin, dehnten sich im flachen Land die Häuserzeilen viel weiter aus. Dort hatte Don Protasio dafür gesorgt, daß es genügend Platz für alle Samurai gab, die auf Hara dienten. Sie waren nach Don Protasios Anweisung Don João zugefallen, doppelt so viele wie die unter Yoshitomos Kommando. Die großzügige Anlage war aus Eichen- oder Zedernholz errichtet, konnte Don Protasio es sich doch leisten, für die Behausungen seiner Gefolgsleute das beste Baumaterial zu verwenden. Schließlich hatte er während der Jahre, als an Schloß Hara gebaut wurde, viele hundert Handwerker und Schreiner aus ganz Japan kommen lassen, die besten im Land, und sie nach der Fertigstellung von Hara noch einige Monate für die Errichtung der Häuser seiner Gefolgsleute in seinen Diensten behalten.

Das Gelände innerhalb der Mauern von Hara war so weitläufig, daß dort vierzigtausend Menschen Platz fanden und, im Falle einer Belagerung, über längere Zeit hin ernährt werden konnten. Dank seiner Lage auf der zum Meer steil abfallenden Klippe und seiner mächtigen Mauern, die sich zur Landseite hin in mehreren Reihen staffelten, galt Schloß Hara weithin als uneinnehmbar. Deshalb, so sagte sich Don João, wäre es eine Dummheit, Hara aufzugeben.

Zu Don Protasios Zeiten hatte niemand etwas dabei gefunden, wenn Söhne und Töchter aus demselben Haus auf beiden Schlössern dienten. Es lebten genügend Familien in der Stadt, bei denen der erste Sohn als Pferdeknecht auf Hara im Sold stand, während der zweite täglich zu Hinoe hinaufstieg, um dort als Gärtner die Büsche zu schneiden oder als Lastenträger Holz für die Küche und für die Öfen herbeizuschaffen. In anderen Familien arbeitete eine Tochter als Köchin auf Hara, eine andere auf Hinoe.

Seitdem aber die Mißhelligkeiten zwischen Don João und Yoshitomo ausgebrochen waren, liefen in der Stadt Gerüchte um, auf Hinoe gehe manches nicht mehr mit rechten Dingen zu. Man sagte, noch nie hätten so viele Fledermäuse unter dem Dachfirst gehaust, noch nie habe man nachts die Eulen so laut und klagend rufen hören. Wenn eine Magd in der Küche versuchte, mit Flint und Zunder in der Herdstelle Feuer anzumachen, schlügen, wurde erzählt, die Flammen so mächtig hoch, daß glühende Funken auf dem Dach in dichten Garben aus dem Kamin stoben. Tagsüber seien dunkle Schatten gesichtet worden, lautlos durch leere Räume und Gemächer streifend, und in der Luft hänge ein ranziger Geruch, wie man ihn schon seit Jahren nicht mehr gekannt hatte. Der Teufel habe sich in Hinoe eingeschlichen, und es sei nur eine Frage der Zeit, bis er alle, die dort lebten oder innerhalb der Schloßmauern arbeiteten, in seinen Bann gezogen habe.

Deshalb begannen viele in der Stadt, all jene, die als Diener, Knechte, Mägde, Köche oder Gärtner auf Hinoe arbeiteten und jeden Tag den Hang hochstiegen, sorgenvoll zu betrachten, ob sich bei ihnen nicht schon die ersten Anzeichen der Verteufelung zeigten, wäßrige oder rot angelaufene Augen, Zucken in den Mundwinkeln, ein etwas schleppender Gang oder schlechter Mundgeruch. In vielen Häusern der Stadt breitete sich Beklommenheit aus, denn die Gerüchte, was der Teufel auf Schloß Hinoe alles anstelle, fanden immer neue Nahrung. Im Laufe des Sommers verwandelte sich das unbefangene Schwatzen, das bis dahin ein Teil des Lebens in der Stadt ausgemacht hatte, in dunkles Raunen und verstummte schließlich ganz.

Auch die Samurai beider Schlösser musterten einander mit eisigem Schweigen, wenn sie in der gleichen Straße oder Gasse zusammentrafen. Wenn ihre Frauen sich auf dem Marktplatz begegneten, verbeugten sie sich gegenseitig nicht mehr oder tuschelten auch nicht mehr, um Familienneuigkeiten auszutauschen oder auch nur, um ein paar höfliche Worte zu sagen. Jetzt drehten sie sich stumm um, und jede ging ihres Wegs.

Selbst in die Kirche am Rande des Marktplatzes zog Mißtrauen ein. Dort, wo alle gemeinsam in das Halleluja einstimmten und der Geist der Versöhnlichkeit herrschen sollte, wucherten die Gerüchte wie Schimmelpilze nach einem langen schwülen Regentag.

Don João kam unbeirrt mit großem Gefolge jeden Sonntag zur Kirche und wohnte der Messe bei. Wie immer portugiesisch gekleidet, zeigte er sich dem Volk. Oft konnte man auch sehen, wie er nach dem Gottesdienst in ein Gespräch mit den Padres versunken war. Er gestikulierte mit den Händen so lebhaft, als sei er einer von ihnen. Manchmal scherzte er und klopfte ihnen auf die

Schulter, etwas, was außer ihm niemand zu tun gewagt hätte. Manchmal hob er seinen Arm, um den Zuschauern aus dem Volk gnädig zuzuwinken.

* * *

Einmal fand Don João nach der Rückkehr von der Messe seine Mutter in seinem Arbeitszimmer vor. «Ich muß mit dir reden, Sohn», sagte sie, «so wie es mit dir und Yoshitomo steht, geht es nicht weiter.»

«Was wollt Ihr, Mutter», erwiderte Don João und warf dem schwarzen Sklaven seinen Hut zu, den er nach portugiesischer Sitte bei jedem Ausritt trug, «alles ist in bester Ordnung.»

«Nichts ist in bester Ordnung», gab Dona Isabel scharf zurück, «und du bist der erste, der das weiß. Warum redest du nicht mit Yoshitomo?»

«Reden? Es gibt nichts zu reden. Ich weiß, was er will, und er kennt meine Antwort.»

«Schick ihn weg», sagte sie und deutete auf den Sklaven.

«Der versteht nicht, was wir reden.»

«Trotzdem. Schick ihn weg.»

«Gut … wenn Ihr unbedingt darauf besteht.» Don João gab dem Sklaven mit einer Geste die Weisung, das Zimmer zu verlassen.

Dona Isabel ließ ihren Blick durch den Raum schweifen. Sie trat an die offene Schiebetür und schaute über die Dächer der tiefer liegenden Gebäude und über das weite, von den Mauern gesäumte Gelände auf die Bucht hinaus. Der Dunst des heißen Sommertags ließ die Fischerboote auf dem Wasser nur als schwache blaue Schatten erkennen.

«Wenn du so weitermachst», sagte sie, ohne ihren Kopf zu wenden, «wird Yoshitomo nichts übrigbleiben, als den Shogun um eine Entscheidung in eurem Streit zu ersuchen.»

Don João antwortete nicht, bis sie sich umwandte und ihn mit mißbilligenden Augen musterte: «Hast du davor keine Angst?»

«Nein», sagte er lachend und vergrub in trotziger Geste beide Hände in den Hosentaschen, «Eure Drohung, verehrte Mutter, ist eine leere Schale. Warum soll ich Angst haben? Yoshitomo wird niemals den Shogun bemühen.»

127

«Wieso kannst du dir dessen so sicher sein?»

«Weil Yoshitomo nicht so einfältig sein wird, dem Shogun zu zeigen, in was für einen kleinlichen Streit er mit mir verwickelt ist. Das könnte ihn seine Stellung als Daimyo kosten.»

«Der Streit zwischen dir und Yoshitomo ist keine Kleinigkeit. Schließlich geht es um Hara.»

«Vater hat mir Hara zugesprochen.»

«Der Shogun hat Yoshitomo zum Daimyo ernannt.»

«Was wollt Ihr damit sagen?»

«Siehst du nicht, wie ungewöhnlich, sogar unerwartet die Entscheidung des Shogun war? Immerhin hat er die Nachfolge in unserer Familie gelassen ... nach all dem, was dein Vater getan hat ... der Shogun hätte uns allesamt wegjagen und irgendwohin schicken können.»

«Aber er hat es nicht getan.»

«Meinst du, die Gefahr sei gebannt?»

«Natürlich nicht. Deswegen wird Yoshitomo sich hüten, unseren Streit vor den Shogun zu bringen. Mein kleiner Bruder will doch wohl Daimyo bleiben wollen, oder?» Don João lächelte ein wenig, und wie zur Bekräftigung seines Spotts strich er sich über den Schnurrbart.

«Was für ein Mensch du doch bist», stieß Dona Isabel hervor und sah ihren Ältesten gramvoll an. Sie wandte sich abermals nach draußen und blickte über das weite Schloßgelände. Verachtung und Verzweiflung erfüllten sie, und sie war unschlüssig, welchem Gefühl sie die Oberhand einräumen sollte. Joãos Haß auf Yoshitomo schien bodenlos zu sein. Nur weil Yoshitomo Daimyo geworden war? Oder war es vielleicht, weil Hamako ihm schon das zweite Kind geboren hatte, wieder einen Sohn, während João immer noch darauf wartete, eine Frau zu finden, die ihm ein Kind gebären konnte.

Dona Isabel fühlte, wie eine Welle von Mitleid in ihr aufwallte. «Sohn», sagte sie, ohne ihren Kopf zu wenden, «warum hast du dich nicht schon längst mit Yoshitomo zusammengetan? Das wäre klüger gewesen, statt dich an die Padres zu hängen.»

«Ich hänge mich nicht an die Padres», antwortete Don João mit Bestimmtheit, «ich benutze sie nur.»

«Benutzen? Du meinst, du kannst die Padres benutzen?»
Don João stieß die Luft durch die Nase aus und lachte mit fest zusammengepreßten Lippen. «Sie brauchen mich», sagte er schließlich, «und das nutze ich aus.»

«Wie denn?»

«Das werdet Ihr sehen, Mutter, wenn es an der Zeit ist.»

«Du spielst ein gefährliches Spiel.»

«Das hab' ich schon einmal gehört», lachte Don João und zwirbelte sich den Schnurrbart, «was hab' ich denn zu verlieren?»

«Du hast alles zu verlieren.»

«Aber was würde ich denn gewinnen, wenn ich Eurem Vorschlag folgte und mich mit Yoshitomo zusammentäte?»

«Sehr viel würdest du gewinnen.» Dona Isabel wandte sich heftig um, und Don João sah in ihren Augen das gleiche feurige Leuchten aufblitzen, wie es manchmal in Mikas Augen stand.

«Sehr viel», wiederholte Dona Isabel und musterte ihn eindringlich, als suchte sie seine harte Hülle mit ihrem Blick zu durchdringen. Sie trat näher an ihn heran, eine kleine, schon grauhaarige Frau, trotz der Last der Jahre ungebeugt. «Sohn, du bist doch nicht töricht. Du weißt doch, was für ein einfaches Gemüt Yoshitomo hat. Er ist noch immer der gutgläubige Junge trotz seiner sechsundzwanzig Jahre. Wenn es darum geht, Fäden zu ziehen, Gerüchte auszustreuen, Menschen zu manipulieren, bist du ihm weit überlegen. Wenn du dich mit ihm zusammentust, statt gegen ihn zu sein, könntet ihr gemeinsam viel erreichen.»

«Was denn?»

«Gemeinsam könntet ihr über die Familie, über Arima und über unser ganzes Daimyonat Frieden bringen, Wohlstand und überhaupt ...»

«Was ist Eure Bedingung, Mutter?»

«Daß du dich von den Padres lossagst. Sie haben deinen Vater ins Unglück gestürzt. Sie haben unser Land ins Unglück gestürzt. In den siebzig Jahren, seit sie hier sind, haben sie nichts als Unfrieden gestiftet.»

«Das ist nicht wahr», brauste Don João auf, «sie haben uns Deus gebracht und alles andere, was dazu gehört, Engel, Heilige, Jesus, Santa Maria und den Heiligen Geist.»

«Und dafür mußten sie die alten Götter vertreiben, mit denen die Menschen hier von Anbeginn der Zeiten vertraut waren. Was ist das für ein Gott, in dessen Namen erst einmal sämtliche Schreine und Tempel verbrannt werden müssen?» «Deus ist besser als die Götter, die wir bis dahin gekannt haben. Deus ist groß. Deus ist allmächtig, und fast alle Völker der Welt haben seine Macht anerkannt.» Don João wies auf den Globus, den Ferreira ihm geschenkt hatte und der auf einem Podest in der Ecke seines Zimmers stand. «Hier ... hier ... hier ...», wischte er mit seiner Hand über die Umrisse von Europa, Afrika, Amerika und Asien, «hier ... hier ... hier ... überall ... nur wir noch nicht ... wir leben noch in geistiger Enge. Wir müssen an Deus glauben. Nur dadurch können wir an Macht gewinnen, wie Portugal und Spanien an Macht gewonnen haben.»

«Ich befürchte eher», sagte Dona Isabel, «wir werden verlieren.»

«Was sollten wir verlieren?»

«Wir sind anders als die Menschen, die aus Portugal und Spanien zu uns gekommen sind. Wir haben andere Ziele, andere Sitten, eine andere Geschichte. Wir werden verlieren, für was wir bisher gestanden haben, als Menschen und als Volk.»

«Nein, wir können nur gewinnen», trumpfte Don João lachend wieder auf, «wenn alle Japaner erst einmal Kirishitan sind, dann werden die Mächtigen der Welt uns als ihresgleichen behandeln. Darum geht es doch.»

«Dummkopf», rief Dona Isabel aus, «statt uns als ihresgleichen anzusehen, werden sie uns unter ihre Fuchtel bringen. Dieser el Papa, habe ich gehört, der im fernen Rom regiert, ist ein mächtiger Mann. Wer einmal unter seine Herrschaft geraten ist, wird sie nie mehr los.»

«Ihr vergeßt, Mutter, welchen Vorteil wir aus unseren guten Beziehungen zu den Padres gewonnen haben. Ohne sie wären die Galeonen nicht nach Arima gekommen. Ohne die Galeonen wären die Kaufleute aus Sakai, Kyoto und vielen anderen Städten nicht nach Arima geströmt, die Taschen mit Silber und Gold gefüllt. Wir haben daran verdient, Mutter, gut verdient. Denkt nur daran, wieviel Silber und Gold uns verblieben ist.»

«Aber das meiste den Padres.»

«Beneidet Ihr die Padres um den Zins, den sie erheben?»

«Wir haben teuer dafür bezahlt», sagte Dona Isabel mit Bestimmtheit.

«Wofür?»

«Wenn dein Vater nicht auf Wunsch der Padres sämtliche Schreine und Tempel im Daimyonat verbrannt hätte, hätte es keinen Handel mit den Portugiesen gegeben.»

«Hat sich aber gelohnt», grinste Don João, «an den alten Schreinen und Tempeln war doch nichts zu verdienen.»

Dona Isabel trat einen Schritt zurück. «Dir ist aber nichts heilig», stieß sie hervor, ihre Lippen verzerrt, als wollte sie in Tränen ausbrechen. Dann faßte sie sich, raffte ihren Kimono und verließ wortlos den Raum.

* * *

Yoshitomo kündete öffentlich an, er werde die alten Götter zurückbringen. Niemand wußte genau wie, gab es doch keine Schreine und Tempel mehr, in denen sie hätten wohnen können. Darum nahm kaum jemand in der Schloßstadt und in Arima die Ankündigung ernst.

Aber an einem jener freundlichen Tage im Spätsommer, an denen vom offenen Meer eine sanfte Brise weht, erschien in der Silberbucht ein Schiff und steuerte mit geblähten Segeln auf die Hafeneinfahrt zu. Die Arbeiter dort hatten sich schon den ganzen Vormittag gewundert, warum plötzlich so viele von Yoshitomos berittenen Samurai auftauchten. Sie banden ihre Pferde an den Pfosten fest, die entlang der Uferstraße in den Boden gerammt waren, holten den Hafenlotsen aus seinem Haus und ordneten an, daß die im Hafenbecken liegenden Fischerboote sich bereit halten sollten, ein Schiff, das bald eintreffen werde, durch die enge Hafeneinfahrt zu geleiten. Außerdem verlangten sie, daß zur Begrüßung der Gäste der rote Läufer aus dem Lagerhaus geholt werden sollte.

Als das Schiff, vom Lotsen geleitet, sicher durch die Hafeneinfahrt glitt, ging ein Raunen durch die gaffende Menge, die aus allen Straßen und Gassen von Arima zum Hafen rannte und die

Yoshitomos Samurai nur mit Mühe vom Betreten der Pier abhalten konnte. Das einlaufende Schiff hatte eine Gruppe buddhistischer Mönche an Bord, in safrangelbe Roben gekleidet. Nachdem es fest an der Pier vertäut war, wurden der Landesteg an Deck geschoben und der rote Läufer ausgerollt. Die Mönche schritten einer nach dem andern an Land, dreißig an der Zahl, und nahmen entlang der Pier Aufstellung.

Norihide, Erster Berater des Yoshitomo Daimyo, trat vor und verbeugte sich formell vor dem Abt, der über seiner bodenlangen Robe aus mattschwarzer Seide eine schwarz-gelb gewebte Stola trug. Norihide begann seine Ansprache mit der Übermittlung der Grüße des Yoshitomo Daimyo und betonte, welch große Ehre es sei, Bewahrer des alten Glaubens aus der Kaiserstadt Kyoto empfangen zu dürfen. Die steten Winde, die das Schiff vom Tag der Abfahrt bis zur Stunde der Ankunft in Arima begleitet hatten, sagte er mit einer volltönenden Stimme, die über den Hafen schallte, seien ein Zeichen für das Wohlwollen der Götter und Göttinnen. Wie jeder weiß, sagte er weiter, bringt das Meer um diese Jahreszeit durch Sturmböen und Gewitter die Schiffe in Gefahr, welche die Küste entlangsegeln und sich zwischen kleinen Felseninseln und engen Meeresstraßen hindurchwinden müssen. Daß dieses Schiff ohne Zwischenfall seinen Weg genommen habe, könne man als gutes Omen ansehen, als gutes Omen für den Wiederaufbau der alten Tempel und Schreine auf der Shimabara-Halbinsel.

Durch die Menge der Neugierigen an der Hafenstraße lief ein Murmeln, und manche Augen schauten verstohlen zum Sitz der Mission auf, wo sich die Padres schon hinter der Mauer drängten. Die Entfernung war zu weit, als daß sie die Worte, die Norihide an die Mönche richtete, hätten verstehen können, aber einige der am lautesten gesprochenen schienen doch nach oben gedrungen zu sein.

Ferreira, der als letzter zu den Padres hinter der Mauer getreten war, warf einen langen Blick hinunter. Er mahnte alle, sich nicht zu weit vorzulehnen und vor allem nicht mit den Armen zu fuchteln. Es mache keinen guten Eindruck, sagte er, wenn die Teufelsdiener unten an der Pier sähen, welchen Aufruhr ihre Ankunft unter den Vertretern des wahren Glaubens hervorrief. Deshalb wollte er auch nicht dem Vorschlag zustimmen, das Silberkreuz, welches Padre Domingo trotz seines fortgeschrittenen Alters aus der Sakristei herbeigeschleppt hatte, über dem Mauerrand zu schwenken. Erst auf Drängen einiger Padres und weil die Ankunft der Teufelsdiener Unheil bringen könnte, änderte Ferreira seine Meinung.

Padre Ricardo, hochgewachsen und kraftvoll, durfte ein Podest besteigen, aus schnell herbeigetragenen Steinen und Brettern errichtet. Um dem Unheil entgegenzuwirken, sollte er das Silberkreuz über den Mauerrand heben, damit es von unten deutlich zu sehen sei.

An der Pier setzten sich die Mönche zum Schutz gegen die heiße Mittagssonne, die steil von oben schien, ihre kegelförmigen Basthüte auf die kahlgeschorenen Schädel. Die Prozession setzte sich in Bewegung. An der Spitze ritt ein Trupp von Yoshitomos Samurai, von Norihide angeführt, gefolgt von dem Abt und den Mönchen in ihren safrangelben Gewändern. Der Zug schlug nicht den kürzesten Weg vom Hafenbecken zur Küstenstraße ein, sondern führte zuerst durch die engen Gassen von Arima, wo die Mütter ihre Kinder von der Straße holten. Sie schoben die Schiebetüren bis auf einen engen Spalt zu, um den bösen Blick der vorbeiziehenden Teufelsdiener zu bannen.

Schließlich erreichte der Zug die Küstenstraße und das Marienbild an der Wegzweigung. Plötzlich erhob sich eine starke Böe. Sie wirbelte, während sie die Küste entlangstürmte, Staub von der Straße auf und schuf einen Staubteufel, tanzend wie ein Derwisch. Er blähte die safrangelben Roben der Mönche wie Segel und fegte ihnen die Hüte von den Köpfen. Manche Mönche rafften ganz unfeierlich ihre Roben und liefen hinter ihren Hüten her, die wie wildgewordene Räder die Straße entlangrollten. Einige Hüte wurden in die Büsche geweht oder fielen in das Schilf entlang dem sumpfigen Straßenrand. Da sprangen Yoshitomos Samurai von den Pferden und wateten durch den kniehohen Schlamm hinter den Hüten her.

Von der Mauer der Mission drangen jauchzende Rufe. Die Padres stimmten ein Loblied an. Offenbar hatte das Kreuz, das Ricardo noch immer hochhielt, seine Unheil abwehrende Kraft bewiesen. Der Himmel hatte gesprochen und den Teufelsdienern eine Lektion erteilt, die sie hoffentlich nicht so bald vergessen würden.

Trotz dieses Zwischenfalls formierte sich die Prozession aufs neue und setzte ihren Weg an der Küstenstraße fort. Als der Zug die ersten Häuser der Schloßstadt erreichte, zogen die Mönche kleine silberne Glocken aus den Leinensäcken, die ihnen an langen Bändern um die Hälse baumelten. Im Gleichschritt in Zweierreihen gehend, schlugen sie bei jedem vierten Schritt mit einem silbernen Stift gegen den Glockenrand, und helle Töne erklangen.

Das Klingeln lockte Kinder aus Häusern und Gassen. Mit großen Augen standen sie am Straßenrand, und einige begannen, im Rhythmus der Silberglocken von einem Bein auf das andere zu hüpfen und in die Hände zu klatschen. Aber die Mütter und Väter, die die safrangelben Roben sahen, kamen eiligst aus den Häusern und Geschäften heraus, ihre Kinder von der Straße zu ziehen.

Erst als die Prozession den Wohnbereich von Yoshitomos Samurai erreichte, gesellten sich auch Erwachsene zu den Kindern. Viele verbeugten sich am Straßenrand, als komme eine alte, fast vergessene Erinnerung über sie, und sie falteten die Hände, während die Mönche an ihnen vorbeizogen.

Schließlich verschwand die Prozession auf dem steilen Weg hinauf zu Schloß Hinoe, und die Menschen in der Straße warfen sich stumme Blicke zu. Sie schienen sich unsicher zu sein, ob sie sich freuen oder fürchten sollten, aber die Kinder hatten inzwischen schon ihre eigenen Kinderprozessionen und zogen so durch die Gassen. Bei jedem vierten Schritt taten sie, als schlügen sie mit einem silbernen Stift eine kleine imaginäre Glocke an. «Ping … Ping …», riefen sie im Rhythmus ihrer Schritte … «Ping … Ping … Ping.»

* *
*

Mit der Dämmerung, die bei den aufziehenden Gewitterwolken früh anbrach, trafen sich in der Pflaumenschenke der Zunftmeister der Zimmerleute, der Meister der Kaufmannsgilde, der Schmied und einige der Ältesten der Stadt. Die Schenke war eine alte Gaststube mit ihren krummen Deckenbalken, welche die Spuren überstandener Brände zeigten. In den guten Jahren hatten sich dort viele Gäste zum Tafeln und Trinken getroffen. An der Wand hinter der Theke stapelten sich Reiswein und Pflaumenschnapsfässer, und von der Decke hing an zwei Ketten der schmiedeeiserne Rost, auf dem die Wirtin über offenem Feuer Seebarsche, Sardinen, Makrelen, Tintenfische und Garnelen röstete und manch anderes Meeresgetier, das die Fischer aus der Silberbucht mitbrachten. Früher brannte das Feuer jeden Abend viele Stunden, jetzt entfachte es der Wirt nur noch, wenn es sich lohnte. Ansonsten stand er hinter der Theke und wartete, bis er die irdenen Karaffen mit heißem Reiswein oder kaltem Pflaumenschnaps füllen konnte.

Die Pflaumenschenke stand am Rand des Marktplatzes, der Kirche gegenüber. Darum machten sich hier die schweren Zeiten nicht so sehr bemerkbar. Nach der Messe kamen immer ein paar Gäste, um ihre Sorgen mit einer Schale Pflaumenschnaps oder auch zweien hinunterzuspülen. Die Padres, die in der Kirche die Messe lasen, zählten ebenso zu den Gästen. Auch sie waren ab und zu einer Schale Reiswein oder einem Schälchen Schnaps nicht abgeneigt.

Während das Grollen des kommenden Gewitters über dem Meer immer bedrohlicher anschwoll, rückten der Zunftmeister der Zimmerleute, der Meister der Kaufmannsgilde, der Schmied und die Stadtältesten hinter dem Faltschirm enger zusammen. Dort trafen sie sich einmal im Monat zu einem Schwatz und zum Austausch von Neuigkeiten. Auch Maler Yamada gesellte sich zu ihnen, obwohl er keiner Zunft angehörte und es ablehnte, sich in den Kreis der Stadtältesten wählen zu lassen. Die ganze Stadt schätzte ihn. Als Maler war er so hoch geachtet, daß manche sagten, er hätte sich in Edo, vielleicht sogar in Kyoto einen Namen machen können, statt sein Leben hier in der Schloßstadt zu vergeuden.

«Maler Yamada, habt Ihr die schreiend gelben Roben gesehen», wandte sich der Schmied an ihn, «es ist schon lange her, daß wir Zeuge eines solchen Aufzugs waren.»

Yamada wiegte seinen grauen Kopf und lächelte. «Safrangelb –

das war ein Bild», meinte er und ließ seine listigen Augen unter seinen Augenlidern verschwinden, «das war ein Bild.»

Die Wirtin brachte auf einer großen Platte, was sie gerade auf dem eisernen Rost zubereitet hatte. Jeder griff sich ein Paar Eßstäbchen und langte zu. Der Wirt eilte herbei und stellte die übliche Karaffe Pflaumenschnaps auf den Tisch. «Der Reiswein ist noch nicht heiß genug», sagte er in entschuldigendem Ton, «es wird noch eine kleine Weile dauern.»

«Die Mönche sollen gekommen sein», warf der Zunftmeister der Zimmerleute ein, «um den Tempel wiederaufzubauen. Das bedeutet Arbeit für uns, gute Arbeit in dieser schweren Zeit.»

«Ja, gute Arbeit und guten Lohn», stimmte einer der Stadtältesten ein, der sein Leben lang Schilfdächer gedeckt hatte. Er war stolz darauf, daß viele seiner Schilfdächer noch nach zwanzig Jahren keinen Tropfen Wasser durchließen. Sein Sohn, der das Geschäft von ihm übernommen hatte, beklagte sich darüber, daß seit Monaten in der Stadt kein neues Haus mehr gebaut worden war und daß auch niemand daranging, uralte Dächer zu erneuern. «Gute Arbeit und guten Lohn, und das gerade zu einer Zeit, in der wir's am dringendsten brauchen.»

«Gerade richtig ... wie bestellt.»

«Aber paßt mal auf», sagte Shimpo, der sich verspätet der Runde beigesellt hatte, «die Teufelsdiener werden versuchen, unser Gelöbnis rückgängig zu machen und uns vom wahren Glauben abzubringen.» Shimpo war einer der reichsten Bürger der Stadt, reich geworden durch Tabak, den er zuerst von den Portugiesen kaufte, dann auf den Flanken des Vulkans, wo sonst wenig wuchs, in großen Feldern anbauen ließ. In der Stadt wurde getuschelt, mehr als die Hälfte des Preises, den er für einen Beutel Tabak verlangte, seien reiner Verdienst, aber niemand traute sich, etwas gegen ihn zu sagen, ging er doch jeden Sonntag zur Kirche und stiftete die Kerzen auf dem Altar. Er war überhaupt ein guter Kirishitan, der sich um das Wohl der Gemeinde gebührend sorgte. «Die Teufelsdiener werden unser Gelöbnis rückgängig machen wollen», wiederholte er mit mahnender Stimme, «als Kirishitan müssen wir uns überlegen, wie wir dieser Bedrohung entgegentreten können.»

Seine Worte lösten keine allzu große Zustimmung aus, eher

ein Gefühl des Unbehagens, das sich um den Tisch ausbreitete. Um die Verlegenheit zu mindern, hob Yamada seine Teeschale an die Lippen und schlürfte den heißen Tee mit hörbarem Wohlbehagen.

«Wir Kirishitan», sagte Shimpo und schaute um Zustimmung heischend in die Runde, «wir Kirishitan sind eine große Familie und müssen uns gemeinsam überlegen, wie wir verhindern können, daß die Teufelsdiener sich bei uns festsetzen.»

Aber der Abend war noch zu jung, ein solches Thema anzupacken, obwohl die Ankunft der buddhistischen Mönche die größte Neuigkeit war und keiner umhinkonnte, sich darüber Gedanken zu machen. Trotzdem vermied man, über das Woher und das Wie und Warum zu reden, sondern sprach nur in allgemeinen Worten von den Änderungen, die sich seit dem Tod von Don Protasio eingestellt hatten. Man sprach von der guten Zeit, als Don Protasio noch lebte und die Menschen in der Stadt ein reichliches Auskommen hatten. Man sprach von der Zeit, als Silber und Gold noch locker in den Taschen saßen, als die Geschäfte blühten und die Gasthäuser von Frühling bis Herbst keine leeren Tage kannten. Man sprach von dem Stolz, den alle Handwerker empfanden, wenn ihre Kunst begehrt war. Man verglich die Erinnerungen an jene Jahre mit der grauen Wirklichkeit, die über die Schloßstadt hereingebrochen war, mit dem Ausbleiben der Kunden, dem Mangel an Arbeit, dem Mangel an Silber und Gold. Man sprach von der Untätigkeit, die während des kommenden Winters nur noch weiter zunehmen werde. Man sprach davon, daß es immer schwerer fiel, genug zu essen für Frau und Kinder auf den Tisch zu bringen.

Eine Stunde verrann im Nu, und draußen hörte man den Regen herunterprasseln. Wenn Shimpo versuchte, das Gespräch wieder auf die Bedrohung zu bringen, die von den Mönchen ausgehe, war niemand am Tisch bereit, diesen Faden aufzugreifen und weiterzuspinnen. Niemand schien sich bedroht zu fühlen, alle wollten offenbar nur darüber sprechen, womit sie die erste Stunde verbracht hatten, über die Schwierigkeiten, in die sie in diesem Sommer geraten waren. Niemand schien zum Kampf gegen die Teufelsdiener bereit zu sein.

Shimpo schaute enttäuscht in die Runde und erklärte mit ernstem Ton: «Aber wir müssen doch zusammenstehen und unseren Glauben vor den Machenschaften der Teufelsdiener schützen.»

Ob der Glaube wirklich so bedroht sei, fragte der Meister der Zimmermannszunft, wenn die Mönchen darangingen, wie Yoshitomo Daimyo es angekündigt hatte, den alten Tempel vor der Stadt wiederaufzubauen? Er schaute sich im Kreise um und bemerkte, daß er bei allen, Shimpo ausgenommen, auf stille Zustimmung stieß. So fühlte er sich ermutigt weiterzureden. Er berief sich auf die Stimmung unter den Zimmerleuten der Stadt. «Wenn die Mönche jetzt mit dem Wiederaufbau ihres Tempels beginnen», sagte er und blickte Shimpo unverwandt ins Gesicht, «werden sie dann nicht unsere Künste brauchen? Und dafür bezahlen?»

«Wenn die Zimmerleute Silberlinge verdienen», gab ihm einer der Stadtältesten recht, «wird es auch den Dachdeckern wieder bessergehen, und den Tatamimachern auch, den Shojimachern, den Lampenmachern, den Webern, den Färbern, den Schustern, den Schmieden, den Krämern und allen anderen ebenso.»

«Und auch den Bauern rundum und den Fischern in den Dörfern entlang der Küste wird der Aufschwung guttun», ereiferte sich ein anderer.

«Und sicher gibt es viele Wandschirme zu bemalen», sagte der Schmied, der dem Pflaumenschnaps am kräftigsten zugesprochen hatte. Er klopfte Yamada lachend auf die Schulter. «Boddhisattwas statt Madonnen ... der Heiligenschein ist der gleiche.»

«Pfui», fuhr Shimpo auf, «wie könnt Ihr nur so etwas sagen.»

Aber der Schmied schaute ihn mit etwas glasigen Augen an: «Stimmt es denn nicht, alle Heiligenscheine sehen sich zum Verwechseln ähnlich?»

Shimpo rümpfte seine Nase und erhob sich mit einem Grunzen. Er warf verächtlich ein Silberstück auf den Tisch. «Mein Teil der Zeche.» Dann stürmte er aus der Gaststube, ohne sich noch einmal umzuwenden.

Yamada blinzelte dem Schmied listig zu. «Gefährlich, den Shimpo zu reizen. Immerhin, er ist ein guter Kirishitan und geht eifrig mit den Padres um. Wie gut, daß wir alle bezeugen können, daß der Schmied ein wenig über den Durst getrunken hat. Ein wenig zu viel vom guten Pflaumenschnaps.»

Alle lachten. Nach Shimpos Weggang fühlten sie sich freier, und der Wirt stellte Karaffen heißen Reiswein auf den Tisch.

«So ein Tempel», sagte der Meister der Zimmermannszunft, «so ein buddhistischer Tempel ist ja nicht ein einziger Bau. Die alten Fundamente am Rande der Stadt zeigen es doch. Viele Gebäude haben dort einmal gestanden. Wenn die Mönche sie alle wiederaufbauen wollen, werden wir auf Jahre zu tun haben.»

Der Gedanke riß alle mit. Einer sagte, es sei doch sicher nur der erste Tempel, für dessen Wiederaufbau Yoshitomo Daimyo eintreten werde. «Und wie ist es mit all den anderen, die es früher bei uns gab?»

«Manche waren sehr alt und sehr groß.»

«Ein Jammer, daß sie verschwunden sind.»

«Ja, ein Jammer, und die Schreine ... davon soll es früher mehr als fünfzig gegeben haben.»

«Yoshitomo Daimyo wird sie vielleicht wiederaufbauen.»

«Aber woher hat er das nötige Silber und Gold?»

Der Wirt steckte seinen Kopf über den Rand des Faltschirms und fragte, ob er noch mehr Karaffen bringen solle. Alle brachen in befreites Lachen aus und sagten, ja, ja, denn sie waren noch längst nicht bereit, nach Hause zu gehen. Außerdem goß es so heftig, daß kein Hund mehr über die Straße lief.

«Silber und Gold? Unser Daimyo hat nicht genug, daß er alles bezahlen könnte, so ist es doch.»

«Und von Don João kann man keine Spende erwarten», lallte der Schmied vor sich hin. Er rülpste und hob seine leere Schale auf, um sie nachfüllen zu lassen.

«Selbst wenn Yoshitomo Daimyo genügend Silber und Gold hätte, sollte er es nicht für die Mönche ausgeben. Schließlich sind es unsere Steuern.»

«Die Mönche bringen Silber und Gold aus Kyoto mit», sagte der Stadtälteste, als wüßte er das aus sicherer Quelle, «immerhin ist es ihr Tempel, den sie wiederaufbauen wollen. Und in Kyoto gibt es genug Buddhisten, die sehr reich sind und zum Spenden bereit.»

«Viele meiner Zunftmitglieder wären bereit, für den halben Lohn zu arbeiten», brummte der Meister der Zimmerleute.

«Halber Lohn ist besser als keiner.»

«Halber Lohn in Silber ist besser als Lohn in Worten. Wißt ihr noch, als wir für die Padres die Kirche in der Stadt gebaut haben und dann das Seminario in Arima …»

«Gottes Lohn … Gottes Lohn …»

«Heiligenschein … Heiligenschein …», sang der Schmied mit schwerer Zunge vor sich hin.

«Heiligenschein … Heiligenschein …», stimmten auch die anderen ein und klatschten in die Hände.

Die Wirtin steckte den Kopf über den Rand des Faltschirms: «Hochwürden», flüsterte sie hastig, «Hochwürden kommt …»

Ferreiras Eintreten erfüllte den Raum mit einer Aura von Geistigkeit. Obwohl ihm die Regentropfen noch übers Gesicht liefen, verlor er seine Würde nicht, wie er dort plötzlich neben dem Faltschirm stand. Er klopfte sich die Nässe von seiner langen schwarzen Kutte und ließ seinen Blick gütig über die Runde schweifen. Er sprach jeden mit Namen an und hatte für jeden ein freundliches Wort. Er duldete es mit einem Lächeln, daß einer nach dem anderen aufstand, zu ihm hinkam, vor ihm niederkniete, um ihm die Hand zu küssen. Der Schmied erhob sich etwas mühsam und wankte zu ihm hin. Mit einem verzeihenden Nicken half Ferreira ihm, nach dem Handkuß wieder auf die Beine zu kommen. Dann richtete er sich gerade auf und gab allen seinen Segen.

«Ihr braucht Mut und seelische Kraft», sagte er in seiner milden, wohlklingenden Stimme, «wir alle brauchen Mut und seelische Kraft für die Zeit, die vor uns liegt, aber wir können Deus vertrauen, denn Er weiß, welche Gedanken unsere Herzen bewegen.»

«Bitte, nehmt Platz, Hochwürden», sagte Shimpo, der in Ferreiras Gefolge wiederaufgetaucht war. Er schleppte eilfertig einen Stuhl herbei und rückte ihn zurecht. Aber Ferreira hob abweisend die Hand und sagte, lieber wolle er wie alle anderen auf einem flachen Kissen sitzen, mit untergeschlagenen Beinen, denn er sei doch einer von ihnen, und es widerstrebe ihm, sich durch einen erhöhten Sitzplatz über sie zu erheben.

Mit diesen Worten, ohne besondere Betonung, fast im Plauderton gesprochen, führte Ferreira sich in die Herzen aller ein. Er strich sich mit seinen gepflegten Händen die Kutte über den Oberschenkeln glatt und schien die letzten Regentropfen abwischen zu wollen. «Es tut mir nur leid, daß ich zu so später Stunde in eure Runde platze, aber ich hatte gerade ein langes Gespräch mit Don João, der mir aufgetragen hat, euch alle zu grüßen. Er wußte, daß ihr euch zum heutigen Tag hier treffen werdet und daß die Ankunft der Teufelsdiener schwer auf eurer Seele lastet. Darf ich vermuten, daß ihr euch darüber schon eingehend unterhalten habt?»

Alle schauten ein wenig unsicher vor sich hin oder warfen einen verstohlenen Blick auf Shimpo, der mit zufriedener Miene neben Ferreira saß.

«Ja», sagte einer der Stadtältesten endlich, «wir haben darüber geredet.»

«Und was ist eure Entscheidung?»

«Entscheidung …», sagte der Stadtälteste gedehnt und blickte in die Runde, «wir dachten … wir denken … wir haben den Eindruck, es sei noch zu früh, von einer Entscheidung zu sprechen. Wir wissen ja noch nicht einmal, was die buddhistischen Mönche … ich meine, die Teufelsdiener, vorhaben und wie lange sie hier verweilen wollen.»

Über Ferreiras Gesicht huschte ein Schatten von Ungeduld, aber er wischte ihn mit einem Lächeln fort. «Es geht um den wahren Glauben», sagte er mild, «euren Glauben, unseren Glauben, es geht um Deus, den einzigen und allmächtigen Gott. Nur Er kann Seine schützende Hand über euch halten. Das versteht ihr doch gut genug.»

Alle nickten stumm.

«Alle Menschen in der Welt, die Seinen Namen kennen», fuhr Ferreira fort, «sind Seiner Liebe sicher. Nur Er kann eure Sünden vergeben. Nur Er kann euch retten vor den Qualen der Hölle. Nur Er gibt euch ewiges Leben. Deshalb …», Ferreira ließ seine Stimme zu einem Flüstern absinken, «… ich weiß, wie es in euren Herzen aussieht. Ich kenne eure Sorgen und Ängste. Vertraut auf Ihn und sorgt euch nicht um das Morgen. Deus wird Seine schützende Hand wieder über euch halten und euch von Sorgen und Ängsten befreien.»

Diese Worte machten Eindruck auf die Stadtältesten und die Zunftvorsteher, nicht nur allein, weil sie etwas ausdrückten, was ihnen Hoffnung gab, sondern auch, weil sie aus Ferreiras Mund kamen. Er verstand es, seine Stimme so zu modulieren und ihr immer den richtigen Tonfall zu geben, daß alles, was von seinen Lippen kam, glaubwürdig und überzeugend klang.

«Habt Vertrauen», fuhr er fort, nachdem er mit seinen gütigen Augen alle im Kreis angeblickt und jedem einzelnen zugelächelt hatte, «ich bitte euch. Gebt nicht auf. Laßt euch von Deus führen. Sorgt euch nicht um Silber und Gold. Das tun die Heiden, die ihre Seelen dem Teufel versprochen haben. Sorgt nicht für das Morgen, denn der morgige Tag wird für das Seine sorgen. Wenn ihr Deus treu bleibt und Sein Reich suchet, wird euch alles zufallen, was ihr für euer Leben braucht.»

Danach sprach er von den anderen Menschen, Millionen Menschen in Europa und vielen Ländern rund um den Globus, die Deus in ihr Herz aufgenommen haben und ihr Leben in Seine Hand legten. Ihnen allen sei das Himmelreich sicher, solange sie fest zu ihrem Glauben stehen und sich durch die Listen des Teufels nicht vom rechten Weg abbringen lassen. Er gab zu, daß die Teufelsdiener, die, wie man hört, aus Kyoto gekommen seien, in prächtige safrangelbe Roben gekleidet seien und kleine Glöckchen bei sich tragen, deren Klang Kinder bezaubern könne.

«Wenn man aber genau hinhört», sagte Ferreira und hob seine Stimme um eine Spur an, «wenn man genau hinhört, dringt durch das feine Klingeln der Glöckchen das Winseln der armen Seelen, die der Teufel verschlungen hat und die nun im Fegefeuer schmachten. Wer von euch hat das Klingeln der Teufelsdiener gehört, als sie in langer Reihe durch die Stadt gingen?»

Zögernd meldeten sich drei, aber sie vermieden es, ihre Augen zu heben.

«Habt ihr denn nicht das Winseln gehört, das wie der Wind klingt, wenn er an kalten Wintertagen durch nackte Zweige weht?» fragte Ferreira sie in schneidendem Ton.

«Doch», gab einer zu, nachdem er seinen Kopf eine Zeitlang unbehaglich hin- und hergewendet hatte.

«Doch», murmelte auch ein anderer.

«Doch», nickte schließlich auch der letzte.

«Also», fuhr Ferreira fort und ließ seine Stimme zu einem Flüstern absinken, «wenn man weiß, in welcher mannigfaltigen Verkleidung der Teufel versucht, sich in die Seelen der Rechtgläubigen einzuschleichen, fällt es nicht schwer, ihn zu entlarven. Da der Teufel aber in immer neuen Masken und Verstellungen zurückkommt, gibt es keinen Tag, an dem er nicht versucht, die Seelen jedes guten Kirishitan zu verführen. Er tut immer so, als führe der Weg, den er weist, in breiter Pracht zum Himmelstor, aber wir, die den wahren Glauben kennen, wissen, daß die Tür zum Himmel eine enge Pforte ist, so eng wie ein Nadelöhr, und daß nur jene durch diese Pforte gelangen, die ständig wachsam sind und nicht den Versuchungen des Teufels erliegen.»

«Was sollen wir tun?» fragte der Zunftmeister der Zimmerleute. «Ich meine, was sollen wir morgen jenen sagen, die uns vertrauen und bereit sind, unser Wort zu hören?»

Ferreira ließ die Würde seiner Erscheinung lange auf den Fragenden einwirken, bevor er sich zu einer Antwort bereitfand. «Ich weiß», sagte er, «und unser Herr im Himmel sei mein Zeuge, daß ihr die klügsten und erfahrensten Vertreter der Stadt seid. Viele, von deren Verhalten die Zukunft unseres Glaubens abhängt, schenken euch ihr bedingungsloses Vertrauen. Deshalb fällt es mir nicht leicht, euch in ein paar Worten zu sagen, was ihr tun sollt. Solche Worte sind geeignet, wie ein Befehl ausgelegt zu werden. Befehle aber erzeugen wunde Stellen in der Seele. Deshalb müßt ihr selbst entscheiden, was ihr tun und jenen in der Stadt sagen sollt, die euch vertrauen. Ich kann euch nur meine Gedanken anbieten, Gedanken, die das Ergebnis langer Zwiegespräche mit Deus sind, während derer ich, so wahr ich vor euch sitze, Seine Stimme gehört und Seinen Willen vernommen habe.»

An dieser Stelle legte Ferreira eine lange Pause ein. Von seinem blassen Gesicht strahlte eine Ruhe aus, die ihre Wirkung nicht verfehlte. Atemlos warteten alle auf das nächste Wort, das er nun sprechen würde.

«Wenn wir alle fest im Glauben zusammenstehen», sagte Ferreira schließlich mit einer Stimme, die in ihrer Eindringlichkeit wie ein glühender Stempel wirkte, der ein Brandmal hinterläßt, «wenn wir den Teufelsdienern keine Säge geben, mit der sie die Sträucher und Bäume in dem verhexten Tal roden können, keinen Rechen, mit dem sie Gras und Laub zusammenfegen wollen, keinen Spaten, mit dem sie den Boden umgraben wollen, keine Kelle voll Sand, auf dem sie die Steine des Fundaments betten, keinen Balken und kein Brett, keinen Hammer und keinen Nagel, mit denen sie ihren Götzentempel wiederaufbauen wollen, keine Binsen für Tatamimatten, kein Wachspapier für Shojitüren, keinen Ziegel für das Dach, keinen Kies für die Wege … wenn wir alle fest zusammenstehen im Glauben und in unseren alltäglichen Taten, dann wird der Tag kommen, an dem die Teufelsdiener in ihren gelben Roben und mit ihren Glocken, aus denen das Winseln der Seelen im Fegefeuer zu hören ist, unser geheiligtes Land wieder verlassen werden.»

8

Unterirdische Wege

Yoshitomo ließ verlautbaren, Arbeitskräfte seien gesucht, den Mönchen zu helfen, im Tempeltal am Rande der Stadt die Büsche und Sträucher zu roden, die dort seit Jahrzehnten wucherten, und das Gelände für den Wiederaufbau des Tempels vorzubereiten. Die Verlautbarung, mit schwarzer Tusche in großen Schriftzeichen auf milchweißes Reispapier geschrieben, wurde überall in der Schloßstadt angeschlagen, an den Ecken des Marktplatzes und an Kreuzungen wichtiger Straßen und Gassen. Aber am folgenden Morgen waren fast alle Blätter heruntergerissen oder mit roter Farbe überschmiert: «Wer den Teufelsdienern hilft, kommt in die Hölle.»

Yoshitomo ordnete an, die Plakate ohne großes Aufsehen zu

ersetzen. In der folgenden Nacht geschah das gleiche, und er mußte noch einmal neue Blätter anschlagen lassen. Seine Leute legten sich während der Nacht auf die Lauer, um die Missetäter zu ergreifen, aber als der Morgen kam, standen sie mit leeren Händen da, denn keines der Blätter war abgerissen worden. Erst etliche Nächte später, nachdem die Wachsamkeit der Samurai schon erlahmt war, ging das Spiel von neuem los, und fast alle Blätter verschwanden von den hölzernen Anschlagtafeln.

Zur gleichen Zeit befahl Don João, die Pforten und kleinen Türen in der Mauer von Schloß Hara zuzumauern. Bisher hatten sie stets tagsüber offengestanden, meistens sogar nachts, aber Don João verbreitete die Warnung, von den Teufelsdienern gehe große Gefahr aus, gegen die er Schloß Hara und seine Bewohner schützen müsse.

Nana fand eines von Yoshitomos Plakaten in der Gosse liegen, zerknäult und beschmutzt, als sie morgens durch die Schloßstadt ging. Neugierig hob sie es auf und versuchte, es mit der Hand zu glätten. Sie war dabei, es zu lesen, da ergriff ein Samurai sie bei den Schultern. «Aha», stieß er hervor, «du bist eine von den verflixten Kirishitan. Schämst du dich nicht?» Bevor Nana etwas erwidern konnte, packte er sie beim Nacken und schleppte sie zu Schloß Hinoe hinauf. Dort wurde sie Yoshitomo vorgeführt, der gerade aus dem Pferdestall kam, wo eine seiner Stuten ein Fohlen geworfen hatte.

«Herr, dieses Weib …», der Samurai schüttelte Nana wie eine räudige Katze, «… dieses Weib … sie hat es getan.»

Yoshitomo blickte Nana an und stutzte. «Was hat sie getan?» fragte er etwas zögernd.

«Das hier», der Samurai zog das zerknäulte Blatt hervor, «das hier hat sie in der Hand gehabt.»

«Und was hat sie damit getan?»

«Sie wollte gerade damit weglaufen.»

«Am hellichten Tag?»

«Ja, Herr, am hellichten Tag.»

«Hast du gesehen, wie sie es von der Tafel abgerissen hat?»

«Nein», antwortete der Samurai, «ich kam zu spät. Sie hatte es schon in der Hand.»

Yoshitomo betrachtete Nana. «Bist du nicht schon einmal hier auf dem Schloß gewesen … mit meiner Schwester?»

«Ja, Herr.»

«Sag mir deinen Namen.»

«Sakurada Nanako. Mika-sama sagt Nana zu mir.»

Da hellte sich Yoshitomos Gesicht auf, und er fing an zu lachen. «Laß sie los, du Dummkopf», befahl er seinem Samurai, «du hast die Lieblingszofe meiner kleinen Schwester gefangen.»

Der Samurai lockerte seinen Griff und verbeugte sich entschuldigend. Nana rieb sich den Nacken mit beiden Händen. «Darf ich wieder gehen, Herr?»

«Nein», lachte Yoshitomo, «für die Qualen, die du erlitten hast, sollst du mit mir eine Tasse Tee trinken.» Er klatschte in die Hände und ließ eine Kanne Tee mit zwei Tassen und eine Schale voll süßen Bohnengelees bringen. «Erzähl mir, wie es meiner Schwester geht und was sonst noch Neues von Hara zu berichten wäre.»

Nana wagte es nicht, ihre Augen zu heben. Sie rang ihre Hände, denn die Geschichten, die in der Stadt über Yoshitomo verbreitet wurden, waren ihr nicht unbekannt geblieben. Yoshitomo Daimyo habe mit dem Teufel einen Pakt geschlossen, hieß es. Nana mußte daran denken, wie anschaulich Padre Ricardo am vergangenen Sonntag in der Kirche geschildert hatte, auf welche listige Weise der Teufel rechtgläubige Kirishitan vom guten Weg abbringen kann … mit gefälligen Worten und süßen Verlokkungen. Sie schaute verstohlen aus den Augenwinkeln zu der Schale mit Bohnengelee hin und hätte gern einen Happen oder zwei genommen. Aber die Vorsicht riet ihr, ihre Hände bei sich im Schoß zu halten und Yoshitomo Daimyo nicht ins Gesicht zu blicken. Sie saß stumm da, eine kleine, etwas rund geratene Frau von dreißig Jahren, pausbäckig, mit kugeligen Augen und zu einem Knoten gedrehtem Haar. Sie rang ihre Hände, nicht zu auffällig, aber doch nachhaltig genug, ihre innere Erregtheit zu verraten.

«Geht es meiner Schwester gut?» fragte Yoshitomo.

«Ja, Herr», antwortete Nana, «Mika-sama geht es gut.»

«Weiß sie, was in der Stadt über mich erzählt wird?»

«Nein, Herr. Sie weiß nicht, was in der Stadt über Euch erzählt wird.»

«Aber du hast davon gehört?»

Wie eine Seeanemone, die sich auf dem Korallenriff im Takt der Wellen wiegt, wand Nana sich vor Verlegenheit. Yoshitomo wiederholte seine Frage, aber brachte Nana damit nur an den Rand der Tränen. Sie tupfte sich die Augen und wischte sich mit dem Handrücken über den Mund. «Herr», sagte sie schließlich mit erstickender Stimme, «darf ich nicht jetzt doch nach Hause gehen? Mika-sama macht sich bestimmt schon Sorgen, wo ich so lange bleibe.»

«Aber vorher mußt du erst deine Tasse Tee trinken und hier …», Yoshitomo beugte sich vor und reichte ihr die Schale mit dem süßen Bohnengelee, «nimm wenigstens eins.»

Nach einigem Zieren holte Nana sich eines der Geleeteilchen mit spitzen Fingern und schob es sich in den Mund. Sie schluckte es in einem Happen hinunter und dachte dabei, wenn sie die Süßigkeit nicht schmeckt, kann der Teufel ihr nichts antun.

«Weiß meine Schwester, daß Mönche gekommen sind?»

«Ich habe es ihr gesagt, Herr.»

«Dann weiß sie also auch, was auf den Blättern steht, die ich in der Stadt habe anschlagen lassen?»

Wieder druckste Nana und wollte nicht antworten. Endlich, nach vielem Händeringen gestand sie, daß sie das zerknäulte Blatt nur deswegen von der Straße aufgehoben hatte, um es nach Schloß Hara mitzunehmen und Mika-sama zu zeigen.

«Das hättest du gleich sagen sollen», lachte Yoshitomo und ließ sich von seinem Diener eines der neuen Blätter bringen, die er schon für neue Anschläge vorbereitet hatte. Er nahm einen Pinsel und schrieb ein paar Worte an den Rand. Dann blies er darauf, um die Tusche zu trocknen, und rollte das Blatt behutsam zusammen. Schließlich schob er es in eine Bambushülse und reichte es Nana. «Bring dies meiner Schwester und sag ihr auch, sie sei hier auf Schloß Hinoe jederzeit willkommen.»

* *
*

So erfuhr Mika von den Blättern, die in der Stadt angeschlagen und nachts immer wieder abgerissen wurden.

«Wer mag das wohl tun?» fragte sie.

«Ich weiß nicht», sagte Nana, «aber ich habe gehört, der Shimpo macht sich Sorgen, daß der Teufel sich bei uns wieder festsetzt.»

«Aber warum?»

«Weil der Teufel schwer zu verjagen ist, wenn er sich erst einmal festgesetzt hat.»

Mika legte das Blatt, das Nana mitgebracht hatte, ausgerollt auf die Tatamimatten. Sie beschwerte die rechte und linke Kante, damit es sich nicht wieder einrollte. Dann trat sie ein paar Schritte zurück und betrachtete es nachdenklich. «Das alte Tempeltal», fragte sie, «wo liegt das?»

«Nicht weit von der Stadt, nach Sonnenaufgang hin. Habt Ihr noch nie von dem verhexten Tal gehört? Es soll viele verhexte Täler geben, aber das auf der Sonnenaufgangsseite der Stadt soll besonders gefährlich sein. Wenn man als Kirishitan dort hingeht, wird man auch verhext.»

«Nach Sonnenaufgang hin ...», murmelte Mika.

«Was ist Euch?» fragte Nana besorgt und lehnte sich vor.

«Nichts. Ich denke nur nach.»

«Aber Eure Augen ... so starr ...»

«Ich glaube, in diesem Tal bin ich gewesen», sagte Mika und schloß ihre Augen, um das Bild der Erinnerung klarer werden zu lassen, «mit meinem Vater, vor vielen Jahren, er auf seinem Schimmel, ich auf Mongo ...» Und sie erzählte, wie sie und Don Protasio an einem Tag ausgeritten waren, an dem die Wolken tief hingen, so tief, daß sie wie Nebel zwischen den Bäumen im Wald trieben. Sie waren auf dem Weg zurück zum Schloß, hatten sich aber im Nebel verirrt. Nach einigem Suchen fanden sie einen Pfad, von Farnen überwuchert, der immer schmaler wurde und steil den Berg hinabführte. Er endete schließlich in einem flachen Talgrund, wie von Zauberhand sich vor ihnen ausbreitend.

«Und ... ?» fragte Nana, die voller Aufregung auf ihrem Sitzkissen hin- und herrutschte. «Und was dann?»

«Ich weiß nicht, ob das wirklich das Tal war, das verhext sein soll», fuhr Mika fort, «überall erhoben sich große flache Stellen wie die Fundamente alter Bauten, überall, zwischen Farnen und Büschen, und alte Wege waren noch zu erkennen.»

«Das ist es … das war es …», stieß Nana atemlos heraus, «wie gut, daß Ihr heil zurückgekommen seid, und Don Protasio auch.» Mika verschwieg, wie seltsam ihr Vater sich verhalten hatte, als er vor den alten Fundamenten stand. Sie war schon von Mongo abgesprungen und wollte zu einer der erhöhten Stellen laufen, da brach plötzlich seine Stimme hervor, harsch und gepreßt, wie sie sie vorher nie gehört hatte. Er rief sie zurück, befahl ihr, sofort zu kommen, aber ehe sie noch zurückkehren und Mongo wieder besteigen konnte, hatte er schon seinen Schimmel angetrieben, so heftig, daß er in gestreckten Galopp verfiel, dem Mongo kaum folgen konnte. Später, auf dem Schloß, als sie ihn fragte, was denn los gewesen sei, wollte er nicht darüber sprechen. So hatte sie sich vorgestellt, er habe wie im Kindermärchen vielleicht Gespenster gesehen, die ohne Beine mit hängenden Armen durch den Nebel schwebten, aber Hochwürden versicherte ihr, daß es keine solchen Gespenster mehr auf der Shimabara-Halbinsel gebe, seitdem Deus dort seine Herrschaft errichtet hatte. Was aber das Tal mit den alten Fundamenten anging, verbot er ihr, weiter daran zu denken. «Es tut deiner empfindsamen Seele nicht gut», sagte er in seiner milden Art, «es gibt viel Schöneres, an das du denken kannst. Vergiß das böse Tal, wo der Nebel deinen Vater verwirrt hat. Er war sicher müde von dem langen Ritt.»

«Mika-sama», fragte Nana, «stimmt etwas nicht mit Euch? Ihr seid plötzlich so still geworden und sagt gar nichts mehr.»

Mika deutete auf das Blatt mit Yoshitomos Ankündigung, das noch immer vor ihr ausgerollt lag. «Die Sache mit dem Tal … meinst du wirklich, daß es verhext ist und daß die Mönche dort hingehen und die Büsche roden wollen?»

«Ja, so hab' ich's gehört.»

«Aber sie wissen wahrscheinlich gar nicht, daß das Tal verhext ist. Sie wissen nicht, wie gefährlich es ist, dort hinzugehen. Wir sollten sie warnen.»

Nana fuhr hoch und wollte etwas sagen, aber sie besann sich rasch und preßte sich die Rechte auf den Mund. «Mika-sama»,

sagte sie, nach den passenden Worten suchend, «Mika-sama ...
die Mönche ... die Mönche ... die sind doch selber Teufel ... leibhaftige Teufel. Sie haben ihre Seele dem Bösen verschrieben. Deshalb ... deshalb ... sie können ruhig in das Tal gehen, ohne Schaden zu erleiden.» Mika betrachtete Nana und schüttelte ihren Kopf. «Woher
weißt du, daß sie Teufel sind?» fragte sie schließlich.

«Das weiß man doch», antwortete Nana voller Eifer, «seitdem
die Mönche in der Stadt sind, reden alle davon ... richtige Teufel
sind es, in Mönchsroben verkleidet, mit einem Ziegenfuß ... deshalb haben sie doch so komisch gehinkt, wie sie durch die Stadt
gezogen sind ... und die Sache mit den Glöckchen, das hat sich
auch schon längst aufgeklärt ... das sind gar keine Engels-
glöckchen, obwohl sie ganz ähnlich klingen, sondern in Wirklichkeit das Winseln der armen Seelen, die im Fegefeuer schmachten.»

«Ich glaube dir nicht», sagte Mika und rollte das Blatt zusammen, das noch immer vor ihr auf den Tatamimatten lag, «irgend
etwas stimmt nicht. Als du mir zum erstenmal von den Mönchen
erzähltest, hast du mit keinem Wort erwähnt, daß sie Teufel sein
sollen. Du warst sogar ziemlich begeistert von ihnen, von ihren
schönen Roben und dem Klang ihrer Glocken.»

«Richtig», gab Nana zu und blickte schuldbewußt zu Boden,
«ich wäre beinahe hereingefallen, denn der Teufel kommt in vielen verschiedenen Verkleidungen und sieht oft ganz anständig
aus ... richtig anständig. Aber das ist doch eine List, die der Teufel immer wieder anwendet. Mika-sama, Ihr wißt doch selbst, wir
Kirishitan müssen ständig auf der Hut sein, sonst werden unsre
Seelen vom Teufel gefangen und in die Hölle gezerrt.»

«Tu das in meinen Kimonoschrank», sagte Mika und deutete
auf das zusammengerollte Plakat, «nein ... nicht dahin, in die
zweite Schublade von unten rechts, und ganz hinten.»

Während Nana tat, wie ihr geheißen, legte Mika sich auf eine
der Matten und blickte wortlos zur Decke. Teufel ... solange sie
zurückdenken konnte, hatte sie vom Teufel gehört, dem Fürsten
der Finsternis, dem Herrscher der Hölle, dem Widersacher, der die
guten Werke, die Deus für die Menschen im Sinne trägt, zunich-

te machen will und die Seelen derer, die sich von ihm einfangen lassen, zu sich in die Hölle zieht. Die Padres, die ihre Erziehung von klein auf übernommen hatten, malten den Teufel in düsteren Farben, als Drachen, der Feuer speit und wie eine große Fledermaus durch die Nacht fliegt, oder als einen gehörnten und geschwänzten Dämon, der manchmal Menschengestalt annimmt, aber immer leicht an seinem Klumpfuß zu erkennen ist. Später, als sie größer wurde, hörte sie nicht mehr so viel vom Teufel. Er verschwand irgendwie aus ihrem Gesichtskreis. Wenn sie Hochwürden oder einen der anderen Padres fragte, die ihr Unterricht in Latein, Portugiesisch und Geschichte gaben oder ihr aus dem Katechismus vorlasen, hieß es, sie brauche sich um den Teufel keine Sorgen zu machen, denn alle Menschen im Daimyonat seien gute Kirishitan und der Teufel sei längst von der Shimabara-Halbinsel verbannt.

Jetzt, nachdem Yoshitomo die Mönche ins Land gerufen hatte und sie in Prozession durch die Stadt gezogen waren, hieß es plötzlich, der Teufel sei zurückgekehrt ... leibhaftig, in safrangelben Roben und mit Glöckchen, die wie Engelsstimmen klangen.

Mika schüttelte unwillig den Kopf und richtete sich auf. «Ich glaube das nicht. Ich möchte die Mönche mit eigenen Augen sehen», sagte sie, «ich möchte sie sehen und mit ihnen sprechen.»

Nana, die noch immer vor dem Kimonoschrank kniete und die Kimonos neu faltete, die sie der Rolle wegen hatte herausnehmen müssen, hielt in ihrer Bewegung inne. Es schien ihr schwerzufallen, Worte zu finden. Schließlich brach es aus ihr hervor: «Mika-sama ... das geht nicht ... das ist doch gefährlich ... das kann zu nichts Gutem führen ...»

«Aber wie kann ich sonst herausfinden, ob die Mönche Teufel sind?» fragte Mika. «Ich will sie sehen und mit ihnen sprechen.»

Nana bekreuzigte sich und verbeugte sich so tief, daß ihre Stirn fast die Tatamimatten berührte. «Bitte, Mika-sama, bitte», flehte sie, «so etwas dürft Ihr nicht tun ... an so etwas dürft Ihr noch nicht einmal denken. Das bringt Unglück und Verderben. Vielleicht werdet Ihr krank, wenn Ihr die Mönche seht.»

«Aber du hast sie doch auch gesehen, und dir ist nichts geschehen», erwiderte Mika schlicht.

Nana geriet ins Stottern. «Ich ... ich ... ich wußte ja nicht, daß sie leibhaftige Teufel sind, aber jetzt ... jetzt ... wo wir wissen, wie gefährlich sie sind, wo wir's beide wissen, da wäre es Sünde. Ihr solltet zuerst Hochwürden fragen ... ja, das ist es, Mika-sama, Ihr solltet zuerst Hochwürden fragen ... schade, daß Ihr ihn nicht gefragt habt, als er hier auf dem Schloß war.»

«Hochwürden war hier auf dem Schloß?» fragte Mika überrascht. «Wann denn? Das muß doch schon Wochen her sein.»

«Nein, gerade vor ein paar Tagen.» Nana zählte es an ihren Fingern ab. «Vor drei Tagen ... vor vier Tagen ... ja, vor vier Tagen war er bei Eurem Bruder, an dem Abend, als es so schrecklich regnete. Hochwürden hat doch sogar auf dem Schloß übernachtet und am nächsten Tag ...» Sie stockte.

«Was am nächsten Tag?»

Nana erzählte, daß wegen Hochwürden einer von Don Joãos Samurai am Morgen auf der Wiese vor der Schloßmauer einen Hasen hatte schießen müssen, denn Hochwürden wollte lieber Fleisch als Fisch essen. Darum sei der Hase geschossen worden, und man habe ihn noch lebenswarm mit dem Pfeil, der ihn durchbohrt hatte, in die Küche gebracht, wo der Koch ihn gehäutet, ausgenommen und mit Pfeffer und Salbei für Hochwürden über dem offenen Feuer gebraten habe. Danach sei Hochwürden noch bis in die späten Abendstunden auf dem Schloß geblieben, und alle hatten damit gerechnet, daß er dort noch eine zweite Nacht verbringen würde. Dann aber sei er doch plötzlich weggegangen, ziemlich heimlich, ganz spät, durch eine der kleinen Pforten in der Schloßmauer, die inzwischen zugenagelt waren.

Mika hatte anfangs mit Erstaunen zugehört, je ausführlicher Nana aber von Ferreira berichtete und daß sein Besuch auf dem Schloß zwei volle Tage gedauert hatte, zerbrach etwas in ihr. Etwas, was in ihr über viele Jahre hinweg herangewachsen war, eine unschuldige Treue, mit der sie an Ferreira hing, der Wunsch, ihn so oft zu sehen und zu sprechen, als sich nur die Gelegenheit ergab. Er war für sie mehr als nur der Beichtvater, dem sie ihre Gedanken und Gefühle anvertraute.

Früher, wenn sie zu ihm zur Messe nach Arima ging, wartete sie mit leichter Ungeduld darauf, daß er vor den Altar trat und seinen Blick durch die Kirche schweifen ließ. Sein Blick streifte die vielen Gesichter, die zu ihm aufschauten, aber an ihrem Gesicht, so empfand sie, blieben seine Augen immer ein wenig länger haften, gerade lange genug, eine Brücke zu schlagen. Danach nahm er mit würdevollen, gemessenen Bewegungen den Meßpokal vom Altar, hob ihn hoch und setzte ihn wieder auf das golddurchwobene Altartuch, das die schwere, polierte Steinplatte bedeckte. Sein Gesicht war ihr vertraut. Mika studierte seine Züge, seine schmale, scharf geschnittene Nase, die hohe Stirn, die tief gesetzten, dunklen Augen, die blasse, weiße Haut. Als sie ein kleines Mädchen war, mit Schleifen im Haar, hatte Ferreira sich so tief zu ihr herabgebeugt, daß sie seinen Atem spürte. Später hielt er ihr nur seine Hand hin und gestattete ihr, sie zu küssen. Noch später, als sie so groß war, daß sie, statt auf Mongo zu reiten, nur noch in der Sänfte zur Messe kommen durfte, begann sie ein leichtes Zittern zu spüren, wenn sie vor ihm kniete und seine Hand mit ihren Lippen berührte. Das Zittern lief ihr den Hals entlang und ließ ihre Brüste schwellen. Das Gefühl war beunruhigend. Es überfiel sie auch, wenn sie zu Hause allein war und an ihn dachte. Eines Tages gestand sie es ihm während der Beichte. Sie konnte sein Gesicht nicht sehen, denn es war hinter dem Beichtschirm verborgen, aber sie hörte, wie sein Atem stockte. Er schwieg ungewöhnlich lange, und Mika dachte schon, sie hätte es ihm nicht beichten sollen, aber dann drang seine Stimme wieder durch den papierdünnen Schirm, streng und nüchtern. Er befahl ihr, jedesmal, wenn das Gefühl sie überfiel, drei Rosenkränze zu beten.

«Mika-sama», riß Nana sie aus ihren Gedanken heraus, «Ihr solltet wirklich Hochwürden fragen, was er davon hält.»

«Von was?»

«Ob es ratsam ist, die Mönche zu sehen ...»

«Ach so, ja», sagte Mika gedehnt. Vielleicht war es doch gut, dachte sie, daß sie nichts von seinem Besuch wußte und daß er von sich aus offenbar nichts unternommen hatte, sie zu sehen. Sonst hätte er sie gefragt, ob alles in Ordnung sei oder ob es nicht doch etwas gebe, was ihr Herz bedrückte. Dann wäre es ihr schwergefallen zu verschweigen, daß sie sich Sorgen machte um den Gefangenen, der nun schon seit so vielen Wochen spurlos verschwunden war. Don Joãos Drohung, er würde den Gefangenen töten lassen, wenn sie Hochwürden von ihm erzählte, hatte ihr Schweigen auferlegt. Sogar während der Beichte hatte sie nichts über den Gefangenen gesagt. Eigentlich war es ja auch Joãos Sache, sagte sie sich, Hochwürden davon zu unterrichten. Schließlich ging auch er zu ihm zur Beichte und hätte es ihm längst gestehen müssen, daß er einen Gefangenen im Schloß verbarg.

«Ob der lange Besuch von Hochwürden im Schloß etwas mit den Mönchen zu tun hatte, die in die Stadt gekommen sind?» fragte Nana und riß Mika aus ihren Gedanken heraus.

«Oder mit dem Gefangenen», sagte Mika, ohne sich ihre Worte zu überlegen.

«Dem Gefangenen?» fragte Nana verwundert und blickte sie von der Seite an. «Denkt Ihr immer noch an ihn?»

Mika zögerte mit ihrer Antwort. «Ja, bisweilen», sagte sie schließlich und versuchte ihrer Stimme einen unverfänglichen Klang zu geben.

Aber Nana, die schon so lange Mika diente, daß sie manchmal ihre Gedanken erraten konnte, auch wenn sie unausgesprochen blieben, horchte auf. «Seid Ihr um ihn besorgt?»

«Mein Bruder … irgend etwas ist los, was ich nicht verstehe. Es ist jetzt doch schon drei Monate her, daß er den Gefangenen irgendwo im Schloß versteckt hält. Wenn ich nur wüßte, wo. Vielleicht ist er schon tot.»

«Ja, vielleicht», sagte Nana.

* *
*

Nachts lag Mika lange wach und überlegte, wie sie den Wall des Schweigens durchbrechen konnte, mit dem João den Gefangenen umgab. Sie fragte sich, ob es nicht doch besser wäre, Ferreiras Hilfe in Anspruch zu nehmen, aber seit sie von Nana erfahren hatte, Hochwürden habe zwei volle Tage im Schloß verbracht, verspürte sie kein Verlangen mehr, ihn zu sehen und zu sprechen. Wie sollte sie von ihm Hilfe und Verständnis erwarten, wenn er es noch nicht einmal für nötig befunden hatte, sie von seinem Kommen zu unterrichten?

Mika stand auf und öffnete die Schiebetüren, um die frische Nachtluft in ihr Schlafzimmer eindringen zu lassen. Die Kiefern bluteten und verströmten einen starken Geruch von Harz. Draußen, in dem Innenhof des Frauenflügels, den sie seit Wochen kaum noch verlassen hatte, plätscherte ein kleiner Wasserfall. Wenn sie genau hinschaute, konnte sie die Teichoberfläche sehen, aus der das Spiegelbild der Sterne unruhig und zerrissen zu ihr zurücksprang. Um den Teich herum ein paar Farne, Bambus und ein Halbkreis gelber Schwertlilien, deren Blüten sich schwach aus der Dunkelheit hervorhoben. Irgendwo mußte die graue Steinlaterne stehen, ihr Sockel naß von den Tropfen, die vom Wasserfall hochspritzten. Zu jeder Jahreszeit ein anderes Bild, eine andere Kombination von Farben und Schattierungen. In ein paar Monaten würde sich der Ahorn am Rande des Innenhofs in seine glühendroten Herbstfarben kleiden, und das sattgrüne Moos, das auf den nassen Felsen wuchs, sich mit einem goldenen Schimmer überziehen.

Früher, als ihr Vater noch lebte, hatte Mika nie das Gefühl gehabt, ausgeschlossen zu sein von dem, was im Schloß vor sich ging. Sie konnte jederzeit sein Zimmer betreten, wußte meistens, wer zu Besuch da war, schaute oft kurz hinein, unterlag keinen Einschränkungen, im Schloß umherzugehen. Sie durfte jederzeit, wenn sie wollte, den Turm hinaufsteigen, um den Rundblick zu genießen über die Silberbucht und die Meeresstraße bis zum Vulkan, dessen Gipfel sich manchmal hinter Wolken verbarg.

Seitdem Don João Schloßherr geworden war, hatte er die Pforten und Tore, die zum Turm führten, mit schweren Schlössern versehen lassen. Nur er besaß die Schlüssel. Auch andere Teile des Schlosses, die hinter inneren Mauern lagen, erklärte er zu verbotenen Zonen. Dies alles engte Mikas Bewegungsfreiheit ein. Nicht, daß Don João sie in den Frauenflügel verbannte, aber er sorgte doch dafür, daß ihr nur noch ein Teil der Schloßanlage frei zugänglich blieb. Sogar um zu Mongos Weide zu kommen, mußte sie einen Umweg machen. Der Zugang, der an der Schmiede vorbeiführte, war versperrt. Die Samurai, die den Weg bewachten, zeigten sich unwillig, ihr Auskunft zu geben, warum sie nicht mehr an der Schmiede vorbeigehen dürfe.

Hinzu kam, daß auch die Pforten der äußeren Schloßmauer,

durch die Mika jahrelang schlüpfen konnte, wann immer ihr der Sinn danach stand, nun mit dicken eisernen Riegeln verschlossen waren. Als Mika das erste Mal vor der verriegelten Pforte stand – ihrer Pforte, wie sie dieselbe nannte –, erschrak sie über das Ausmaß der Veränderungen. Wozu, fragte sie sich und dachte, ob nicht all die Schutzmaßnahmen, die Don João angeordnet hatte, nur dem einen Ziel dienten, el Rossos Flucht zu verhindern. So wichtig ist er ihm also, sagte sie zu sich und fühlte sich sogar ein wenig erleichtert. Wenn der Gefangene ihm so wichtig ist, daß er sein ganzes Schloß abriegelt, nur um seine Flucht zu verhindern, wird er auch dafür sorgen, daß es dem Gefangenen gutgeht.

Aber warum sollte er ihm so wichtig sein, fragte sich Mika und lauschte dem Plätschern des Wasserfalls, was will João erreichen, indem er ihn so lange gefangenhält? Sie versuchte sich vorzustellen, was es war, was el Rosso für ihren Bruder tun könnte, um einen solchen Grad von Wichtigkeit zu erlangen. Er sah anders aus als alle Männer, die sie bis dahin gesehen hatte, anders als die Padres, anders als die portugiesischen Kaufleute, anders als die Capitano der Galeonen, die im Hafen von Arima gelandet waren, und natürlich anders als die Seeleute, mit Händen grob wie die mit Salz verkrusteten Hanfseile der Takelage. El Rossos Hände waren keine zerschundenen Hände, nicht durch schwere Arbeit aufgerauht, vielmehr Hände, die es gewohnt schienen, in Büchern zu blättern. Darum hatte das Blut, das aus seinen Handgelenken gesickert war, in einem solchen Gegensatz zu seiner weißen Haut gestanden. Trotz des erbärmlichen Zustands, in dem er sich befand, als er aus der Sänfte kroch, wirkte sein Lächeln selbstsicher und stolz.

So kehrten Mikas Gedanken immer wieder zu jener Begegnung zurück. Sie war entschlossen, sich von João nicht einschüchtern zu lassen. Es mußte einen Weg geben herauszufinden, wo el Rosso war, irgendwo, vielleicht im Turm? Bestimmt im Turm, wo sonst würde João einen Gefangenen verstecken.

* *
*

«Die unterirdischen Gänge», sagte Mika, nachdem sie Nana aus dem Schlaf gerüttelt hatte, «es muß einen Zugang geben. Komm, du mußt mir helfen, ihn zu finden.»

Nana rappelte sich auf, rieb sich die Augen und zündete die Öllampe an. Mit Flüsterstimme, damit keine der im Frauenflügel schlafenden Dienerinnen aufgeweckt werde, erzählte Mika ihr von den unterirdischen Gängen, in die sie ihr Vater einmal mitgenommen hatte, als sie vier oder fünf Jahre alt war, also vor undenklich langer Zeit, bevor Hara fertig gebaut war. Mika wußte nicht mehr, von wo aus sie mit Don Protasio hinuntergestiegen war, über eine steile steinerne Treppe, von Fackeln beleuchtet, aber sie erinnerte sich noch genau der Angst, die sie befiel, als sie in den dunklen Abgrund sah, aus dem ein kalter, nach Moder riechender Luftzug drang. Don Protasio hatte sie auf halber Treppe auf den Arm genommen, und sie hatte sich an ihn geschmiegt, um vor der Dunkelheit geschützt zu sein. Mit Mika auf dem Arm und der Fackel in der anderen Hand hatte er dann den fast endlosen Gang passiert, die Flamme der Fackel weit vor sich haltend, so daß deren heißer Qualm ihr Gesicht nicht versengen konnte.

«Ich weiß nicht», sagte Mika, «ich habe meinen Vater nie gefragt, aber wenn ich jetzt an diesen unterirdischen Gang zurückdenke, bin ich überzeugt, es war der geheime Fluchtweg, den er hatte anlegen lassen. Wenn dem so ist, muß es einen versteckten Eingang geben oder mehrere Eingänge, sicher sogar einen irgendwo hier im Frauenflügel.»

Mika zog Nana leise mit sich durch den Korridor, der zu jenen Räumen führte, in denen ihre Mutter früher gewohnt hatte, bevor sie nach Hinoe übergesiedelt war. Dort durchsuchten sie alle Ecken und Winkel, hoben die Tatamimatten hoch, klopften vorsichtig die Wände ab und schoben die wenigen kleinen Kommoden, die verblieben waren, zur Seite. Mit der Öllampe leuchteten sie in die Wandschränke hinein und fühlten, ob irgendwo durch einen Ritz ein kühler Luftstrom drang, der eine Öffnung nach unten verriet. Ein paarmal versteckten sie sich mit ihrer Öllampe in einem der Wandschränke, denn von irgendwoher drang das schabende Geräusch einer Schiebetür, und die Dielen im Korridor knarrten. Zimmer nach Zimmer durchsuchten sie, mehr als zwanzig Räume, ohne auch nur auf eine Spur zu stoßen.

Es wurde draußen schon langsam hell, da entdeckte Nana in Dona Isabels Empfangszimmer eine Falltür, in einer Wandnische verborgen, unter einem polierten Stück Rosenholz, auf dem noch die Porzellanschale stand, in die Dona Isabel früher oft Blumen gesteckt hatte.

«Hier», Nana zupfte Mika voller Aufregung am Ärmel, «schaut mal her, Mika-sama, schaut her.» Sie hob das Rosenholz leicht an und deutete auf einen darunter in den Fußboden eingelassenen Handgriff. Mika half ihr, das schwere Rosenholz ganz zur Seite zu schieben. Gemeinsam packten sie den Griff und zogen daran.

Da öffnete sich vor ihnen eine schmale rechteckige Luke, und Mika sah die Stufen einer in den Felsen gehauenen Treppe. «Das ist's», sagte sie, von Nanas Aufregung angesteckt, «das ist's.» Sie legte sich auf den Bauch und schaute in die dunkle Öffnung hinab. «Ich kann den Boden nicht sehen. Reich mir die Lampe.» Aber auch das Licht der Öllampe war zu schwach, bis zum Grund zu leuchten.

Mika stand auf und blickte Nana triumphierend an. «Wir haben's gefunden, wir haben's gefunden.»

«Was nun?» fragte Nana und schielte in das Loch hinunter.

«Wir machen es schnell wieder zu und kommen heute Abend zurück.»

Mika half Nana, die Falltür zu schließen und das schwere Stück Rosenholz wieder in die Nische zu legen. Schließlich stellten sie die Porzellanschale wieder an ihren Platz und schlichen sich im eigenen Haus wie Diebe in ihre Zimmer zurück.

Nach ein paar Stunden Schlaf steckten sie ihre Köpfe zusammen und überdachten, was sie in den unterirdischen Gängen erwarten könnte.

«Sicher sehr zugig dort», sagte Nana.

«Und kalt.»

«Und naß.»

«Und rutschig.»

So begannen sie mit den Vorbereitungen für die kommende Nacht. Nana holte aus ihrem Kleiderschrank zwei Kittel und Hosen aus derbem, grauem Baumwollstoff. Sie brachte Kopftücher und Strohsandalen. Sie brachte Öl für zwei Lampen für die ganze Nacht, und Flintsteine und Zunder, um Feuer zu schlagen, falls die Flammen in ihren Öllampen erlöschten.

Mika sorgte sich, daß sie sich verirren und den Weg nicht mehr zurückfinden könnten. Der Gedanke erschreckte sie zunächst, doch nach einigem Überlegen schlug sie vor, eine Spule weißen Garns mitzunehmen und es den ganzen Weg entlang auszurollen. Dann brauchten sie auf dem Rückweg nur dem weißen Faden folgen und ihn zum Schluß wieder aufspulen.

«Sehr gut, Mika-sama», rief Nana, «so machen wir's.»

Die engste Passage war am Anfang des Weges, wo die Stufen steil hinabführten, entlang eines in den Felsen getriebenen Stollens, dessen Wände und Decke die Spuren der Meißel trugen wie Spuren der Nagezähne riesiger Ratten, die ihre Röhren durch den gewachsenen Stein genagt hatten. Muffige Luft schlug ihnen entgegen und ließ die Flammen der Öllampen flackern. Mika, vorangehend, leuchtete Stufe um Stufe aus und richtete das Licht ihrer Lampe gegen die Decke, die so niedrig hing, daß sie sich immer wieder bücken mußte, um nicht mit dem Kopf gegen den Felsen zu stoßen. Nana, dicht hinter ihr, rollte schon das weiße Garn für den Rückweg aus.

«Meint ihr wirklich, Mika-sama, wir sollten weitergehen?» fragte sie leise.

Die Stufen wurden noch steiler, gingen in eine Leiter mit eisernen Sprossen über, rauh von Rost, der an den Händen haftenblieb und sich wie körniger Schleim anfühlte. Mika streifte ihre Strohsandalen ab und schob sie sich in den breiten Stoffgürtel, den sie sich um die Taille gebunden hatte. Sie kletterte auf Socken hinab, die mehr Halt gaben, während Nana von oben mit der Lampe nachleuchtete.

«Ich bin unten!» rief sie zu Nana hinauf, deren vom Lampenschein erhelltes Gesicht wie der Vollmond auf sie herabblickte. «Reich mir die Lampe.»

Nana band die Lampe an eine Kordel und ließ sie über die Leiter hinunterschweben, während Mika sich mit einer Hand auf den Leitersprossen hochreckte, um sie in Empfang zu nehmen.

Als die Lampe das Dunkel durchdrang, hatte sie die Wände des eng gewundenen Gangs vor Augen, feucht und glatt, weiß mit einem Überzug von Ockergelb und Rot. Vorsichtig tasteten sie sich den Gang entlang und erreichten eine weite Halle, von deren Decke dicke spitze Zapfen hingen, manche lang und schlank, andere kurz und stämmig, fast alle weiß mit rostroten Spitzen und Wassertropfen daran, die im Licht der Lampe wie Edelsteine glitzerten. Aus dem Boden wuchsen ähnliche Säulen, lang und hoch oder kurz und stumpf wie Bambussprossen, aus dem Felsen schießend.

«Das war's, das war's», schrie Mika voller Überraschung laut auf, «mein Vater – er hat mich hierher mitgenommen. Jetzt, wo ich's sehe, erinnere ich mich genau.»

Nana stand neben ihr und starrte mit aufgerissenen Augen in den Wald von Zapfen und Säulen, dicht an dicht, bis sich das Licht ihrer beiden Lampen zwischen ihnen verlor.

«Die Götter der Berge», flüsterte Mika.

«Mika-sama», flüsterte Nana ängstlich und drückte zwei Finger auf ihre Lippen, «es gibt doch keine Götter der Berge … nur Deus gibt es … Mika-sama … und Santa Maria. Vielleicht ist das hier der Weg zur Hölle …» Sie drehte sich um und schob ihre Schulter in den engen Spalt, durch den sie in diese unterirdische Halle getreten waren, aber Mika war schon, ihre Öllampe schwenkend, den Pfad weitergelaufen, der zwischen den Zapfen hindurchführte, hüpfend, wie das kleine Mädchen es getan hatte mit Schleifen im Haar, das sie damals war, als ihr Vater ihr dieses Wunder der Berge zeigte.

Damals war sie auch, ihre Kinderlaterne schwenkend, zu den Säulen hingelaufen, die aus dem Boden wuchsen, hatte in die Winkel und Ecken hineingeschaut, hatte überall in den dunklen Höhlungen und Vertiefungen in den Wänden Puppen gesehen, kleine Puppen, große Puppen, die mit schwarzen Punktaugen auf sie herabblickten. Sie hatte ihr eigenes Lachen gehört, das sich zwischen den Zapfen und Säulen verlor und dann als Echo zurückschallte, mit dem Lachen der Puppen vermischt. Ihre Schatten tanzten über die Zapfen und Säulen, über die Wände und die Decke, und das Lachen war immer lauter und lustiger geworden, bis ihr Vater sie wieder fest an die Hand nahm und sie ein wenig besorgt anschaute. Die Fackel, die er trug, rußte und flackerte, und in dem warmen Licht, das sie verstrahlte, wirkte die rostrote Farbe der Wände und der Zapfenspitzen wie die zinnoberrote Bemalung der Gesichter jener Seiltänzer und Akrobaten, die zum Jahresfest in die Schloßstadt kamen.

«Mika-sama … Mika-sama …», flehte Nana und streckte ihren Kopf durch den Spalt, «das ist kein guter Ort hier. Das sieht nach Hölle aus. Bitte, laßt uns schnell wieder nach oben gehen. Ich habe Angst.»

Mika lachte und winkte ihr. «Komm. Du brauchst keine Angst zu haben. Das ist kein böser Ort. Sonst hätte mein Vater mich nicht hierher mitgenommen. Komm, schau dir diese Wunderwelt an. Das ist nicht der Eingang zur Hölle, sondern der Eingang zu einem unterirdischen Palast.»

Ängstlich nach allen Seiten sichernd, ihren weißen Garnfaden sorgfältig ausspulend, kam Nana schließlich hinter ihr her. Jeder Schritt eröffnete neue Ausblicke. Sie gingen zwischen den mächtigen Säulen hindurch, deren Schatten wie Gespenster über die Wände und die Decke huschten, stiegen über nasse Felsen, aus denen Steinstufen herausgemeißelt waren, durchquerten einen engeren Teil der Höhle, der keine Zapfen und Säulen mehr hatte. Hier schienen die Wände so glatt, als seien sie poliert.

«Schau», sagte Mika immer wieder und deutete zur Decke und zu den Wänden hinauf, «schau, wie seltsam. Wer mag das alles gemacht haben?»

Nana bekreuzigte sich und widmete sich hauptsächlich dem Garn, das sie hie und da mit kleinen Steinen beschwerte, damit nicht in der Dunkelheit irgendwelche Teufel kämen und es wegzögen. «Mika-sama», gestand sie stockend, «ich habe Angst.»

«Hörst du nicht die Wellen vom Meer?» fragte Mika, ohne auf ihre Angst einzugehen. Sie beschleunigte ihren Schritt. «Ich glaube, wir sind dem Ausgang schon ganz nah.»

Nana trippelte mit kurzen Schritten hinter ihr her. Nach einer Biegung erreichten sie eine Wand, aus gut gefügten Steinen gemauert. Mika hob ihre Lampe empor und leuchtete die Steine ab. Sie spürte warme Luft, die an einigen Stellen durch die Ritzen drang. Dann sah sie den schweren eisernen Riegel, über dem ein mit Öl getränkter Lappen hing. Sie schob den Riegel zur Seite und konnte mit Nanas Hilfe die Tür öffnen. Durch den Spalt flutete ein Schwall warmer Luft herein. Fast hätte er die Flamme der Lampe ausgeblasen.

«Siehst du», sagte Mika und sog tief atmend die warme, würzige Meeresluft ein. Sie schlüpfte hinaus und bog die Zweige des Busches auseinander, der vor dem Türeingang wuchs. Sie erblickte die von den Wellen gerundeten Felsbrocken, die am Fuß der Klippe lagen, und dahinter den silbernen Schimmer des Meeres.

Mika zog Nana nach und deutete auf das Wasser, das unter ihnen die Felsbrocken umspielte: «Siehst du, das ist der geheime Fluchtweg, den mein Vater angelegt hat, und wir haben ihn gefunden.»

9

Musketen, Musketen

Die Entdeckung der unterirdischen Welt beflügelte Mikas Phantasie. Nach der ersten Nacht, als sie von Müdigkeit überwältigt mitten am Tag in ihrem Zimmer einschlief, träumte sie, sie gehe durch kühle dunkle Gänge und geheime Türen, die sich vor ihr wie von Geisterhand öffneten, über Treppen, die endlos immer tiefer führten, bis in einen muffigen Raum, in dem el Rosso, nackt bis auf einen Lendenschurz, von Don Joãos Samurai an ein Kreuz gebunden war. Sie ritzten seine Haut mit tausend kleinen Messerschnitten auf, so daß Blut heraussickerte wie das rostrote Wasser, das unten in der Grotte aus den Wänden trat und sich auf dem Boden zu einem Rinnsal vereinigte. Mika träumte, sie hob ihre Hand und Don Joãos Samurai erstarrten auf der Stelle zu steinernen Säulen. Da nahm sie el Rosso vom Kreuz, tupfte sein Blut mit einem Tuch auf, das wundersamerweise alle seine Wunden im Nu heilte. Sie führte ihn denselben Weg zurück, den sie gekommen war, durch jene kühlen dunklen Gänge und durch geheime Türen, die sich vor ihnen öffneten, über Treppen, die immer tiefer hinabführten in das rettende Labyrinth der unterirdischen Wege. Sie kamen an Säulen und Zapfen vorbei, die beim Anblick von el Rosso zu sprechen begannen wie Don Joãos Samurai. Ihnen wuchsen Hände, die nach el Rosso griffen. Aber Mika hob abwehrend ihren Arm und brachte die Säulen und Zapfen wieder zum Erstarren. Endlich erreichten sie den Ausgang der Grotte, und die schwere Bohlentür öffnete sich vor ihnen wie durch einen Lufthauch. Die Zweige des Busches bogen sich auseinander und gaben den Blick frei auf dunkle Wellen, auf denen sich eine Galeone mit goldenen Segeln hin- und herwog. Das Schiff nahm el Rosso auf und trug ihn weit, weit weg in Sicherheit.

In den folgenden Nächten kehrte Mika in die Unterwelt zurück, anfangs mit Nana, später, in dem Maße, in dem sie sich mit immer größerer Sicherheit durch diese Welt der Dunkelheit bewegte, auch allein. Bald kannte sie jede Säule, jeden Zapfen, der von der Decke hing, jede Biegung des Pfades, der sich zwischen Säulen und Zapfen hindurchschlängelte, jeden Quergang und jede Verzweigung.

Ein paarmal sah sie im feinen Kies, der hie und da den Boden bedeckte, die frischen Abdrücke großer Männersandalen und erschrak, daß sie in dieser Grottenwelt nicht allein war. Dies ließ sie noch vorsichtiger werden und noch länger in die Dunkelheit hineinhorchen, bevor sie in eine neue Kaverne eindrang. Sie prägte sich jede Einzelheit des Weges ein, um sich auch im Dunkeln zurechtfinden zu können, falls sie von irgendwoher verdächtige Geräusche hörte und ihre Flamme erlosch. Da sie immer nur nachts kam, um Mitternacht oder später, konnte sie sich ziemlich sicher fühlen, daß niemand sie bei ihren Erkundigungen stören würde.

In einem Nebengang, in den mehrere Fußspuren hineinführten, sah sie auf steinernen Bänken Fässer stehen, mit Wachs gegen Feuchtigkeit abgedichtet. Sie klopfte vorsichtig gegen das Holz. Es klang dumpf, als seien die Fässer bis oben gefüllt. Bei einem der Fässer lag der Deckel lose auf. Sie hob ihn an und leuchtete mit ihrer Lampe hinein. Sie sah ein schwarzes Pulver, das nach Schwefel roch. Vorsichtig streifte sie die Reste des Pulvers ab, das an ihrem prüfendem Finger haftengeblieben war, und legte den Deckel so wieder auf das Faß, wie sie ihn vorgefunden hatte. Sie erkundete auch Bereiche der Grotte, in die da und dort rostrotes Wasser aus feinen Spalten sickerte. Mehrere dünne Rinnsale vereinigten sich zu einem Bach, der zwischen gerundeten Steinen verschwand. Als sie ihr Ohr gegen die Steine preßte, konnte sie das Plätschern des Wassers in der Tiefe hören.

Ein verwirrendes Labyrinth aus Kavernen und Quergängen, durch das sich Mika auf weichen Strohsohlen bewegte, lautlos und wachsam, ihre Öllampe vor sich hertragend, jeden Augenblick bereit, in völlige Bewegungslosigkeit zu verfallen, falls irgendwo ein verdächtiges Geräusch zu hören wäre. Ein paarmal schreckte sie zusammen, weil sie aus irgendeinem dunklen Winkel ein Knacken vernahm, aber je mehr Stunden sie in dieser Unterwelt verbrachte, um so vertrauter wurden ihr die Geräusche, die das Wasser und das Gestein hervorriefen. Sie kannte schon fast jede Biegung und Steigung, wußte, wo die Decke besonders niedrig war oder große Steinbrocken, die irgendwann von der Decke heruntergefallen sein mußten, den Durchgang erschwerten. Sie hatte schon verschiedene Quergänge entdeckt und war in einige eingedrungen. Manche endeten blind oder verengten sich zu schmalen Spalten.

Nicht weit vom Hauptstollen entdeckte sie eine Tür aus schweren Bohlen, vor der der Boden tief ausgetreten war. Das muß eine Tür sein, dachte Mika, die ziemlich häufig benutzt wird. Vorsichtshalber stellte sie ihre Lampe in einem Nebengang in eine Felsennische, damit der Lichtschein sie nicht verriete, und tastete sich im Dunkeln vor. Sie fühlte die Tür, fand sie verschlossen, kniete auf dem Boden, um durch den Türspalt zu sehen. Auf der anderen Seite war es dunkel und still, außer dem leichten Sausen des scharfen Luftzugs, der aus der Grotte kommend an ihrem Gesicht vorbeiwehte.

Da begann der Boden zu zittern, zuerst leicht, dann immer heftiger, und rundum stöhnte der Felsen.

Mika versuchte, so schnell sie konnte, ihre Lampe zu erreichen, nahm sie und wollte den Hauptgang entlangrennen. Da überholten sie neue Wellen, so heftig, daß sie mit aller Macht gegen die Wand geworfen wurde.

Die Flamme ihrer Lampe verlosch, und plötzlich war sie von Dunkelheit umfangen. Sie hörte, wie irgendwo mit gewaltigem Krachen ein Teil der Grottendecke einstürzte. Sie tastete sich die Wand entlang, fand eine Nische, die, wie ihre Hände ihr verrieten, tiefer hineinführte in den Fels. Die Decke hing tief herunter, und sie kroch hinein. Dort kauerte sie auf dem Boden, stützte sich mit den Händen gegen beide Wände ab, daß sie nicht wie zuvor von einer hindurchrasenden Erdbebenwelle noch einmal hin- und hergeworfen würde. Ihr Herz pochte so sehr, daß sie das Pulsieren der Adern spürte. Sie wischte sich den Schweiß von der Stirn. Sie fürchtete, sie müsse sterben. Sie fühlte, wie der Fels wieder zu zittern begann, kurz und hart. Steine bröselten von der Decke des Stollens und fielen auf sie herab. Einige waren so groß und scharfkantig, daß Mika sich ganz eng zusammenkauerte und ihren Kopf mit den Händen abdeckte. Dann folgten wieder Schläge wie zuvor. Die Felswände schossen aufeinander zu und wieder auseinander. Die Steine schrien vor Schmerzen wie ein Tier, das unter den anrollenden Wellen zerquetscht zu werden schien. Sie stöhnten bei jedem neu eintreffenden Erdstoß mit tiefstem Grollen bis zum schrillsten Pfeifen. Auch nachdem die schlimmsten Schläge nachgelassen hatten, hielt das Wimmern der Erde noch lange an, während sie sich in der alles umhüllenden Dunkelheit abtastete, ob sie blute, aber es war nur Schweiß, der ihr über das Gesicht rann.

Wie lange Mika in dem Seitengang gekauert hatte, konnte sie nicht abschätzen. Es mögen zwei Stunden gewesen sein, vielleicht auch mehr. Sie überlegte, wie sie zurückfinden könnte. Sie wußte noch genau, daß die Kaverne, in die sie sich geflüchtet hatte, links vom Hauptgang abgezweigt war. Also müßte sie sich, wenn sie sich in der Dunkelheit bis zum Hauptgang vortastete, nach rechts wenden. Von dort war es nicht sehr weit bis zur nächsten Gabelung, aber möglicherweise war der Weg nun verschüttet oder der Gang von herabgefallenen Felsbrocken versperrt. Darum verharrte sie noch. Ihr Orientierungssinn war gut. Sie konnte in der Dunkelheit vor ihren Augen fast jede Biegung und Gabelung sehen, als leitete sie ein innerer Lichtschein. Dies bewahrte sie vor Panik, in die sie sonst hätte stürzen können.

Gerade als Mika begann, sich entlang der Felswand vorsichtig nach vorn zu tasten, dem Hauptgang entgegen, sah sie am Ende des Stollens einen Lichtschein, der über die Grottendecke huschte.

«Mika-sama … Mika-sama … wo seid Ihr?» Nanas Stimme klang wie von fern. «Mika-sama … Mika-sama … wo seid Ihr?»

Mika kroch aus dem Seitengang heraus. «Hier», rief sie leise dem Lichtschein entgegen, «hier bin ich!»

Die Lampe, die sich näherte, erhellte Nanas sorgenerfülltes Gesicht. «Endlich, da seid Ihr … da seid Ihr.» Sie stolperte über die Steinbrocken, die von der Grottendecke herabgestürzt waren und sich auf dem Boden gehäuft hatten, raffte sich auf und kroch das letzte Stück auf allen vieren. Bei Mika angelangt, hob sie die Lampe hoch und leuchtete ihr ins Gesicht. «Wirklich, Mika-sama, Ihr seid es. Ihr seid es wirklich. Ihr lebt.»

«Mir geht es gut», sagte Mika lächelnd und versuchte den Steinstaub abzuklopfen, der sich an ihr festgesetzt hatte, auf den Händen, auf dem Gesicht, auf ihrem Kopftuch, im Kragen. Sie wischte sich mit den Fingern über die Lippen, wollte den sandigen Geschmack loswerden, der ihr zwischen den Zähnen klebte. Nanas Nähe erfüllte sie mit einer Wärme, die sie den ausgestandenen Schrecken vergessen ließ.

«Kommt, Mika-sama, kommt», sagte Nana, «wir gehen schnell zurück, bevor die Erde wieder bebt.»

«Noch nicht», antwortete Mika leise und hielt Nanas Hand fest. Sie deutete in den Gang hinein. «Dort hinten, die Tür, kannst du sie sehen?»

Nana hob ihre Lampe und leuchtete in die Richtung, in die Mika wies. Sie hob die Lampe höher, damit ihr Licht weiter in die Dunkelheit vordrang.

«Die Tür ist offen», flüsterte Mika aufgeregt, «vorhin war sie noch zu. Jetzt ist sie offen. Komm mit, ich will sehen, was dahinter steckt.»

«Nicht jetzt, Mika-sama, nicht jetzt. Wenn die Erde noch einmal bebt …»

«Doch, ich will's sehen. Du kannst ja hier warten.» Sie nahm Nana die Lampe aus der Hand und stieg über die Steine, mit denen der Weg übersät war.

Nana kam hinter ihr her und hielt sich an ihrem Ärmel fest. «Santa Maria ... Santa Maria ... Hoffentlich geht das gut.»

Mika leuchtete in den Raum hinein, der hinter der Tür lag. Er war so weit, daß das Licht der Lampe nicht bis zur gegenüberliegenden Wand reichte. Vorsichtig schlüpfte sie durch die Tür und sah die vier mächtigen Säulen in der Mitte, die sich von großen Steinplatten erhoben und in Vierereinheit senkrecht nach oben strebten. Mika hob die Lampe, so wie Nana es getan hatte, und konnte endlich die hohe Decke ausmachen, in die sich die vier Säulen hineinbohrten. Sie bestand aus roh gehauenen Querbalken, die sich wie unter einem gewaltigen Gewicht bogen.

«Das ist der Sockel des Turms», tuschelte Mika atemlos, «das sind die vier Stämme, die mein Vater vom Norden hat herholen lassen – die vier großen Zedern, ich weiß es noch.»

Sie lief auf die Stämme zu und schmiegte sich daran. «Komm, schau, wie mächtig sie sind.» Sie breitete ihre Arme aus und zeigte so Nana, wie gewaltig ihr Umfang war, stärker als vier Männer mit ausgebreiteten Armen umfassen konnten.

«Wir sind unter dem Turm, genau unter dem Turm. Das hier sind die Stämme, die den Turm tragen.»

Sie lief um sie herum, wie sie es als kleines Mädchen getan hatte, als sie mit ihrem Vater auf der Baustelle war und als die Fundamentplatten für die großen Zedernstämme schon auf dem Sockel lagen und mehrere hundert Mann sich anschickten, sie mit Seilwinden aufzurichten. «Fang mich!» hatte sie ihrem Vater zugerufen und sich hinter den Stämmen versteckt. «Fang mich!» und hatte zwischen den Stämmen hervorgelugt.

Nana leuchtete die Wände ab. Sie bestanden bis zur Decke aus Holzregalen, darauf Musketen, soweit das Licht der Lampe reichte, eine über der anderen, mit schweren eisernen Läufen, mattschwarz glänzend und mit Kolben aus geöltem Holz. Einige waren verrutscht und ragten aus den Regalen heraus. Andere lagen quer übereinander auf dem Boden.

«Mika-sama», rief Nana zaghaft, «schaut her ... so viele

Schießeisen ... überall Schießeisen ... nur noch Schießeisen ... habt Ihr das gewußt?»

Mika löste sich von ihrem Kindheitstraum und trat aus dem Geviert der Zedernstämme hervor. Sie schaute sich um, blickte nach allen Seiten, blickte die Regale hinauf, die sich höher stapelten, als sie reichen konnte, nahm Nanas Lampe und leuchtete den Boden ab, auf dem kreuz und quer die Musketen verstreut lagen. Überall das gleiche Bild, überall Musketen, Musketen, Musketen, überall Musketen, die die Erdstöße aus den Regalen herausgeschleudert hatten.

«Wozu eine solche Menge Musketen?» fragte Mika und schaute Nana verwundert an. «Wozu braucht denn mein Bruder eine solche Menge Waffen?» Sie stockte, weil über ihnen von der Decke Tritte schallten und das Schleifen von Strohsandalen. Mika duckte sich sprungbereit wie eine Katze und blies die Lampe aus.

Da knarrten auch schon irgendwo in der Dunkelheit die Angeln einer Tür, und ein gebündelter Lichtstrahl huschte gespenstisch in den Raum hinein. Er kam von hoch oben, fast der Höhe der Decke, wanderte über die Wände, tastete die Regale ab, tauchte tiefer herab und beleuchtete den Boden.

«Viele», sagte eine Männerstimme, «viele liegen auf dem Boden.»

«Dacht' ich mir», sagte eine andere Stimme, «geh runter und schau schon mal nach, wie groß der Schaden ist. Ich hole Hilfe.»

Der gebündelte Lichtstrahl beleuchtete die Steintreppe, in gerader Linie entlang einer der Wände von nahezu Deckenhöhe bis zum Fußboden herabführend, und Schritte tasteten sich die Stufen herab. Unten angekommen, wedelte der Lichtstrahl über die Wände, ging von Wand zu Wand und drang zwischen die Regale. Dann und wann bückte sich der Samurai, stellte die Lampe zu seinen Füßen ab und sammelte die auf dem Boden liegenden Musketen ein.

Einmal drang der Lichtstrahl seiner Lampe tief unter das Regal, unter dem Mika und Nana eng aneinandergepreßt lagen. Das Licht war so hell, daß sie den Schmutz an ihren Händen sehen konnten. Ein Tausendfüßler floh vor dem Licht der Lampe. Mika sah seinen schwarzen Schatten, der immer näher auf ihr Gesicht zukam, immer größer, immer bedrohlicher wurde. Zitternd fühlte sie die kühle, glatte Hülse, das Krabbeln der Beine ihre Wangen entlang, ihren Hals und in ihren Kragen hinein. Sie hielt die Luft an und fühlte, wie der Tausendfüßler über ihre Schulter krabbelte, in ihre Achsel hinein, entlang dem Oberarm und am Gelenk heraus. Da nahm der Samurai seine Lampe wieder auf und trat zum nächsten Regal.

Von oben kamen Stimmen, mehr Lampen, die lange Steintreppe heruntertanzend, Füße, über den Boden schleifend, Hände, welche die auf dem Boden liegenden Musketen aufnahmen und hin und her wendeten.

«Halt», sagte Nagato mit überlauter Stimme, «alle Musketen, die heruntergefallen sind, legt die auf die Seite.»

«Warum?» fragte einer.

«Weil el Rosso prüfen muß, du Dummkopf», rief Nagato ihm zu, «ob sich ihre Zündschlösser beim Sturz verbogen haben.»

«Ach sooo», die Stimmen klangen müde, «alles morgen früh.»

«Du», Nagato deutete auf einen seiner Leute, «geh und schau in der Pulverkammer nach. Aber sei vorsichtig mit dem Licht.»

Zwei Füße und eine Lampe bewegten sich auf die Tür zu, durch die Mika und Nana gekommen waren. «Die Tür ist offen», kam die erstaunte Stimme, aber Nagato hörte nicht hin. Er ging selber alle Regale entlang und leuchtete mit seiner Lampe hinein. Er trat zwischen die Regalreihen und schob eine Muskete, die aus ihrer Ruhelage gerutscht war, wieder zurück.

«An vielen Stellen sind Steine von der Decke gefallen», berichtete der von der Pulverkammer zurückkehrende Samurai, «die Fässer sind unversehrt, aber das hier hab' ich gefunden.» Er hielt Mikas Lampe hoch, aus der das Öl ausgelaufen war.

«Wo?» fragte Nagato scharf und nahm die Öllampe selber in die Hand. «Wo hast du sie gefunden?»

«Im Gang, mitten im Gang, zwischen den heruntergestürzten Steinen.»

«Sonderbar», sagte Nagato halblaut vor sich hin, «das ist doch eine Frauenlaterne. Wie kommt die denn hierher?» Er verharrte einen Augenblick, stellte sie dann aber mit einem barschen Grunzen auf den Boden und wandte sich wieder seinen Bemühungen um den Rest der noch herumliegenden Musketen zu. «Holt die Netze!» befahl er.

Einige Samurai eilten die Steintreppe hinauf und kamen mit groben, weitmaschigen Netzen zurück. Sie machten sich daran, sie vor die Regale zu nageln. Kommandos erklangen. Das Schlagen der Hämmer dröhnte durch den großen Raum und wurde von der Decke zurückgeworfen.

Mika verfolgte aufmerksam, was da vor sich ging. Sie sah nur die Füße, die sich hin- und herbewegten, ihre Schatten, die aus der Bewegung fast einen Tanz werden ließen. Sie erriet, welche Füße zu Nagato gehörten. Ein paarmal kam Nagato ihrem Versteck so nahe, daß sie seine Beine mit der ausgestreckten Hand hätte berühren können. Er stellte ihre Lampe auf dem Boden ab und ging weiter. Mika schob sich auf Schultern und Hüften nach vorn, wie eine Robbe, streckte, als das Licht für kurze Zeit schwach schien, schnell ihre Hand aus und zog ihre Lampe unter das Regal.

Später, nachdem alle Netze angenagelt waren, suchte Nagato nach der Lampe. «Ich hab' sie irgendwo auf den Boden gestellt», sagte er ärgerlich, aber niemand konnte sie finden, obwohl alle mit ihren Lampen den Boden ableuchteten. «Morgen», brummte Nagato und erklärte die Arbeit für erledigt, «morgen können wir weitersuchen. Morgen holen wir uns die Musketen. El Rosso muß sie sich ansehen.» Schließlich ließ er die Tür, die zur Grotte führte, wieder verriegeln.

Mika und Nana blieben noch unter dem Regal liegen, bis auch die letzten Schritte verklungen waren, und dann noch einmal mindestens ebenso lang, bevor sie es wagten, sich gegenseitig zuzuflüstern.

«Er lebt», sagte Mika leise.

«Wer?» fragte Nana verwirrt.

«Der Gefangene», flüsterte Mika, «mein Bruder läßt ihn etwas mit den Musketen machen.»

«Wir müssen weg von hier … Mika-sama … wir müssen weg von hier …» Nana begann unter dem Regal hervorzukriechen.

«Habt Ihr noch meine Öllampe?»

«Ja, ich habe sie beide.»

Nana suchte in ihren Taschen nach Flint und Zunder. «Ich hab'
sie», klang ihre Stimme zuversichtlich durch die Dunkelheit.

«Kannst du hier deinen Feuerstein schlagen?»

«Das hört man … Mika-sama … das hört man. Besser zuerst
von hier weg.»

Hand in Hand tasteten sie sich zur Tür, schoben gemeinsam
mit aller Kraft den Riegel auf und schlüpften hindurch. Als sie
dieselbe hinter sich wieder zuziehen wollten, bewirkte der Luftstrom, der aus der Grotte kam, daß sie immer wieder aufging.

Nana meinte, es sei möglich, auf der Innenseite einen Stein
heranzurollen, den sie dann, wenn sie die Tür zugezogen hatten,
durch den Spalt unter der Tür heranziehen konnte. Nach einiger
Anstrengung, durch die Dunkelheit erschwert, gelang es ihr, die
Tür im angelehnten Zustand einzuklemmen. «Nagato wird sich
wundern», flüsterte sie, «wenn er morgen kommt und der Riegel
zur Tür wieder offen ist.»

Danach schlug Nana Feuer, während Mika den Zunder hielt.
Das Knallen der aneinanderschlagenden Flintsteine hallte durch
die Grotte, und helle Funken sprühten. Viele verloschen im Flug,
einige landeten zwar auf dem Zunder, aber setzten sich noch nicht
fest. Erst nach einiger Zeit nistete sich ein Funke in den Zunder
ein und begann zu glühen. Mika hauchte ihn an und spürte die
Wärme, die sich ausbreitete und in ihre Handflächen strahlte.

Nana kam mit dem Docht ihrer Lampe näher heran und betete, die Flamme solle überspringen. Als dann die Flamme auflo-
derte, gelb und hell, blickte sie auf. «Mika-sama», sagte sie besorgt, «Euer Gesicht ist ganz schmutzig.»

«Und deines erst», sagte Mika lachend, «und schau dir mal deine Hände an.»

* *
*

In der Schloßstadt hatte das Erdbeben geringen Schaden angerichtet. Kein Haus war eingestürzt, obwohl von überall her berichtet wurde, Töpfe und Pfannen seien aus den Wandregalen gefallen und viel Geschirr sei zerbrochen. An zwei Stellen war Feuer ausgebrochen, da manche Herdfeuer noch vom Abendessen
glommen, sie hatten aber rasch gelöscht werden können.

Erhebliches Aufsehen erregte es, daß das Kreuz vom Kirchturm herabgefallen war. Es lag auf dem Marktplatz, zerschunden und zerbrochen. Dem Kreuz auf der Missionskirche in Arima war es ähnlich ergangen. Wie von grober Hand war es vom Dachfirst gerissen und über das Ziegeldach heruntergeworfen worden. Beim Aufschlag auf dem harten Boden des Vorplatzes hatte es sich verbogen, so daß sein kupferner Kern unter dem Gold hervorschimmerte.

Gleichzeitig hörte man von Schloß Hinoe, das Beben habe dort keinerlei Schaden angerichtet. Nicht ein einziges Stück Porzellan sei zerbrochen. Nur die Pferde in den Stallungen hatten in der Nacht gescheut, einige hatten sich losgerissen, waren durch die offene Stalltür hinausgerannt und irrten noch einige Zeit wiehernd herum, bis Yoshitomos Samurai sie einfangen und in die Ställe zurückführen konnten.

Dies alles bestätigte, was die Kirishitan in der Schloßstadt schon längst wußten: Der Teufel war zurückgekehrt und stand mit Yoshitomo im Bunde. Das Erdbeben war der Versuch des Höllenfürsten, seine zerstörerische Macht zu beweisen. Als sichtbares Zeichen seiner Anwesenheit deuteten sie auf die dichte Rauchwolke, die sich am Morgen nach dem Beben über dem Gipfel des Vulkans erhob.

«Der Höllenfürst», sagte Padre Ricardo, als er sich über das vom Kirchturm heruntergefallene Kreuz beugte. Er richtete sich auf, ballte seine Faust und schüttelte sie gegen die Rauchwolke, die wie ein riesiger Pilz über dem Vulkan stand. «Der Höllenfürst hat sich geregt, aber wir lassen uns von ihm nicht einschüchtern. Deus ist mit uns. Deus wird den Teufel zermalmen.»

In der Tat, Jahrzehnte hatte sich der Vulkan nicht gerührt. Jahrzehnte war er still gewesen wie ein schlafender Riese, der es in der Gegenwart von Deus nicht wagte, seinen Kopf zu heben. Der letzte Ausbruch, so wußten die Ältesten unter den Kirishitan zu berichten, hatte sich vor Ankunft der Padres ereignet, einige Monate bevor sie die Kunde von Deus ins Land brachten. Nachdem sie gekommen waren und als Zeichen für die Anwesenheit des Allmächtigen überall Kreuze errichtet hatten, war der Vulkan zwar noch einige Zeit unruhig gewesen und hatte versucht, mit kleinen Erdstößen die Standfestigkeit der Kirishitan auf die Probe zu stellen, aber Deus war schon im Lande, und die Erdstöße waren so schwach, daß keiner der Kirishitan in Versuchung kam, zu den alten Göttern zurückzukehren.

Im Gegenteil, das abklingende Grollen des Vulkans bewies, der Teufel hatte den Rückzug angetreten. Seitdem Don Protasio sein Daimyonat von allen Götzentempeln, Schreinen und den dort versammelten Teufelsdienern gereinigt hatte, war der Vulkan schließlich so kleinlaut geworden, daß man fast hätte vergessen können, daß es ihn überhaupt noch gab. So redeten die Kirishitan in der Schloßstadt am Morgen nach dem Beben untereinander, als sie Töpfe und Pfannen wieder an ihre Haken hängten und die Scherben zerbrochenen Geschirrs zusammenfegten.

Shimpo brachte seine beste Brokatdecke und schlug das schwerbeschädigte Kreuz, das noch immer auf dem Marktplatz lag, vorsichtig darin ein. Padre Ricardo holte Weihwasser aus der Kirche und besprenkelte das Kreuz, bevor es unter dem Brokatstoff verschwand. Danach schwenkte er den Weihrauchbehälter, den Teufel zu vertreiben. Das Kreuz wurde vorsichtig in die Kirche getragen und vor dem Altar aufgebahrt. Shimpo ließ einen der besten Schreiner der Stadt, bekannt als guter Kirishitan, rufen und führte ihn zu dem wunden Kreuz. «Überleg dir», sagte Shimpo, «was du tun kannst, es zu heilen und wieder in seinen ursprünglichen Zustand zu versetzen.»

Für ihn und viele andere Kirishitan war es kein Zufall, daß das Erdbeben gerade jetzt geschehen mußte und daß dabei die beiden wichtigsten Kreuze, die es im Daimyonat gab, das in der Schloßstadt und jenes in Arima, zerstört oder zumindest schwer beschädigt worden waren. Sie hatten bis dahin weithin sichtbar die Botschaft des wahren Glaubens verkündet. So hatte der Höllenfürst das Erdbeben geschickt, die Kreuze von ihrem hochragenden Platz herunterzureißen.

Schon seit Wochen hatte Padre Ricardo in der Schloßstadt vor dem Teufel gewarnt, dem es gelungen war, sich in Mönchsgestalt einzuschleichen. Allen, die beim Roden des alten Tempeltals mithelfen würden, war guter Lohn versprochen worden, zwei oder drei Kupferlinge pro Tag, zwei oder drei Silberlinge pro Woche, je nach Schwere der Arbeit. Eine wahrhaft teuflische Versuchung, da es ja seit Monaten an Arbeit und Lohn mangelte.

«Wenn wir alle im Glauben fest zusammenstehen und Deus vertrauen, werden die safrangelben Teufelsdiener wieder so schnell verschwinden, wie sie gekommen sind», sagte Padre Ricardo und segnete alle, die versprachen, stark zu sein, koste es, was es wolle.

Aber die Mönche verschwanden nicht. Obwohl ihnen niemand aus der Schloßstadt zu Hilfe kam, trieben sie die Rodungsarbeiten im alten Tempeltal voran. Jeden Morgen konnte man sie sehen, wie sie hintereinander in einer Reihe von Hinoe herunterkamen und auf ihrem Weg ins Tempeltal die Stadt durchquerten. Statt ihrer safrangelben Roben trugen sie nun graue Arbeitskutten und kegelförmige Binsenhüte. Ihre Füße steckten in derben Strohsandalen, und zum Schutz gegen Verletzungen bei der Arbeit hatten sie sich dicke Strohpolster um die Schienbeine gebunden. Sie zogen durch die Straßen und winkten da und dort mit der Hand, aber nur wenige Leute vom Straßenrand erwiderten den Gruß.

Im Tempeltal spuckten sich die Mönche in die Hände. Sie schwangen die Äxte und ließen ihre Sägen singen. Erstaunlich, in welch kurzer Zeit sie eine breite Schneise in das Dickicht hineinschlugen, das den Talgrund überwuchert hatte. Sie arbeiteten von früh bis spät und legten selbst in den heißesten Mittagsstunden keine Ruhepause ein. Gleichzeitig ernährten sie sich von nichts anderem als Reis, Süßkartoffeln, Bohnen und sonstigem Gemüse, gelegentlich von ein paar Pilzen, die sie im Wald gesammelt hatten.

Anfangs wollten die Mönche sich ihr Essen aus der Schloßstadt bringen lassen, und sie versprachen sogar, für jede Lieferung auf der Stelle in Kupfer oder Silber zu bezahlen. Trotzdem war der Reis, wenn er endlich kam, nicht gar gekocht, die Süßkartoffeln waren verkohlt, und mehr als einmal schwamm im Suppentopf eine tote Kröte. So schickte Yoshitomo seine Samurai aus, damit sie im alten Tempelgrund eine Feldküche einrichteten, als befänden sie sich im Krieg. In der Feldküche konnte dann alles an Ort und Stelle zubereitet werden, und niemand in der Schloßstadt verdiente mehr einen Kupferling.

War die Luft klar und der Wind wehte leicht von Osten, konnte man in der Stadt hören, wie die Mönche ihre Äxte schwangen und Bäume sägten. Hin und wieder kündete ein dumpfes Dröhnen das Fallen eines mächtigen Baums an, dem folgte Sägenknirschen, stundenlang, und die Zimmerleute in der Stadt flüsterten sich gegenseitig zu, die Mönche zerlegten jetzt wohl den Stamm in Balken und Bohlen für den Bau ihres Götzentempels. Spät abends, wenn die Mönche zu Schloß Hinoe zurückgekehrt waren, schlichen sich einige Zimmerleute zur Baustelle und schauten beim Licht ihrer Laternen, ob die Mönche zu guter Arbeit imstande waren. Sie peilten die frisch geschnittenen Balken an und fuhren mit ihren Daumen über die Oberflächen der Bretter. Was sie sahen und fühlten, überzeugte sie nicht, und sie eilten in die Stadt zurück, um allen, die es hören wollten, zu verkünden, daß kein Grund zur Aufregung bestehe. «Aus solch krummen Balken wird nie ein anständiger Bau», sagten sie und schüttelten sich vor Lachen.

Es dauerte aber nicht lange, da rumpelten Ochsenkarren die nördliche Küstenstraße entlang. Sie trugen Balken und Bohlen mit sauberen Kanten und glatt gehobelten Oberflächen. Sie kamen aus den Wäldern von der Nordflanke des Vulkans, wo in tief eingeschnittenen, windgeschützten Tälern die Föhren und Zedern besonders hoch und gerade wuchsen. Die Führer der Karren sagten, sie seien seit über einer Woche unterwegs und froh, endlich den Ort erreicht zu haben, wo sie abladen sollten.

Übers Wasser kamen Kähne, die auf die Flußmündung am Fuß von Hinoe zusteuerten. Dort gab es zwar keine richtige Pier, nur einen kleinen Landesteg, und das Wasser war zu seicht für größere Schiffe, doch die Lastkähne mit ihren flachen Kielen konnten bei Flut bis dicht ans Ufer gelangen. Wenn die Ebbe kam, saßen sie auf dem Trockenen, ein wenig zur Seite geneigt. Schon als der erste Kahn entladen wurde, verbreitete sich in der Stadt die Kunde, das Holz, das sie brachten, sei gut gelagert und feingemasert, das beste und feinste Holz, das die Stadtbewohner seit dem Bau von Schloß Hara gesehen hatten. Der Kapitän des Kahns erzählte, er sei vor weniger als fünf Tagen von Satsuma mit seiner Last abgefahren und habe sich immer dicht an die Küstenlinie gehalten, sein Schiff sei fürs offene Meer zu schwach.

«Aber wo kommt das Holz her?» wollte der Zunftmeister der Zimmerleute wissen, der aus der Schloßstadt herbeigeeilt war und prüfen wollte, ob es wirklich so kostbar und fein sei, wie das Gerücht behauptete.

«Aus den Wäldern der Shingon-Tempel auf Satsuma», klärte ihn der Kapitän auf, «wenn es irgendwo in Japan gute, feine Hölzer gibt, dann kommen sie aus den alten Tempelwäldern. Komm, hilf mir, den Balken da hinüberzuschieben.»

Widerwillig, denn schließlich handelte es sich um ein Stück Holz, das für den Bau eines Götzentempels bestimmt war, griff der Zunftmeister zu. Danach zog er sich rasch zurück und erklärte, daß in der Stadt eine andere, dringende Arbeit auf ihn warte.

Während die Stadtbewohner noch immer zweifelten, ob die Mönche es schafften, ihren Götzentempel zu errichten, trotz der guten Balken und Bohlen, trafen Arbeiter und Zimmerleute aus dem Norden ein. Dort waren die Menschen zwar auch während Don Protasios Herrschaft zu Kirishitan erklärt worden, aber die Padres hatten schon früh bemerkt, daß es den Bewohnern im Norden an jener Innigkeit des Glaubens mangelte, die im südlichen Teil des Daimyonats, besonders in der Schloßstadt und um Arima, fast die ganze Bevölkerung ergriffen hatte. So war es den Padres nicht gelungen, trotz erheblicher Anstrengungen, die Menschen dort wahrhaft zu bekehren. Nach Yoshitomos Ernennung zum Daimyo waren sie daher die ersten, die dem Wandel ohne Widerspruch folgten. Es hieß, sie seien in Freudentänze ausgebrochen, als die Kunde kam, Yoshitomo wolle die alten Götter wieder ins Land holen.

Menschen aus dem Norden waren es also, die dem Ruf folgten, beim Wiederaufbau des alten Tempels in der Nähe der Schloßstadt zuzupacken. Sie strömten in Scharen herbei, Erdarbeiter, Steinmetze und Zimmerleute vom Meister bis zum Lehrling, Schreiner und Hobler, Sägenfeiler, Nagelschmiede, Dachdecker, Seilflechter, Shojimacher, Tatamiknüpfer und Mitglieder anderer Zünfte, die nützliche Arbeit leisten konnten oder die wie die gleichfalls angereisten Köche die hungrigen Mägen füllten.

Mit ihren Gesellen kochten sie Reis, Gemüse und Fischsuppe

in großen Kesseln auf offenem Feuern. Sie waren nicht darauf angewiesen, auf dem Marktplatz der Schloßstadt einzukaufen, denn jeden Morgen, kurz nach Sonnenaufgang, legte ein Fischerboot an dem kleinen Landesteg am Fuße des Felsens von Hinoe an. Zwei Männer trugen den Fang der letzten Nacht an Land, Kiepen voll Sardinen, Makrelen, Garnelen, Tintenfischen und Streifenbarschen, schleppten sie korbweise zu den Zelten hin, die Yoshitomos Samurai am Rande der Baustelle aufgeschlagen hatten. Jeden zweiten oder dritten Tag kam ein Ochsenkarren aus dem Norden und brachte frisches Gemüse, Obst und Reis.

Häufig führte einer der Karren auch ein großes Faß Reiswein mit, so daß den Meistern, Gesellen, Lehrlingen, Handlangern und anderen Helfern die Abende nicht zu lang würden. Sie alle sprachen dem Reiswein kräftig zu, auch die Mönche, die oft zusammen mit den Arbeitern und Helfern um das lodernde Feuer saßen. Sie lachten so schallend, daß sie die Trommeln übertönten, mit denen der Rhythmus zum Tanz angeschlagen wurde. Einige von Yoshitomos Samurai brachten Bambusflöten mit, und es dauerte nicht lang, da gesellten sich auch reisende Musikanten hinzu, die es verstanden, mit ihren Zupfgeigen, Lauten, Trommeln und auch rhythmischem Händeklatschen selbst die müdesten Männer bis spät in die Nacht zu vergnügen.

Bald waren die letzten Reste des Gestrüpps im alten Tempelgrund verschwunden, der Boden gerodet, die Äste der gefällten Bäume zersägt und die Stämme zur Seite gerollt. Wenn der Wind vom Norden kam, trug er den Rauch der Feuer in die Stadt, in denen die Mönche und ihre Helfer die alten Äste und Zweige verbrannten. Manchmal war die ganze Schloßstadt in blauen Dunst gehüllt, der aromatisch nach Harz roch. Die Menschen sogen den Duft ein, der sie an den Geruch ihrer Herdfeuer erinnerte. Andere bedeckten sich Nase und Mund mit feuchten Tüchern und sagten, dies sei der Gestank des Teufels.

10

Fragen über Fragen

Das Wissen lastete auf Mika. Sie saß auf der Veranda und blickte auf den Teich, der die Mitte des Innenhofs einnahm. Still murmelte der Wasserfall vor sich hin, ein kühles Geräusch, an die Bergbäche erinnernd, die hoch oben am Vulkan entsprangen und an seinen Flanken durch tiefe Schluchten hinunterplätscherten. Hin und wieder huschte eine Libelle vorbei und ließ sich auf einer der Schwertlilien nieder, die sonderbarerweise immer noch blühten, mit großen gelben Blüten, obwohl der Herbst doch schon gekommen war und die Abende merklich kühler wurden. Mika blieb auf der Veranda sitzen, bis die ersten Sterne sich im Wasser des Teiches zu spiegeln begannen.

Die Musketen! Wenn es nur das unterirdische Labyrinth gewesen wäre, die Gänge und Hallen mit ihren Tropfsteinen an der Decke und den Säulen, die wie übergroße, erfrorene Bambusspitzen vom Boden aufragten. Sie riefen eine längst vergessene Erinnerung zurück. Wäre es nur das gewesen, die Rückkehr in die Märchenwelt der Kinderzeit, die sich inzwischen in einen fernen Traum verwandelt hatte und fast aus dem Gedächtnis verschwunden war. Es tut gut, einen Kindheitstraum in voller Wirklichkeit wiederzuerleben. Es waren wirklich riesengroße Zapfen, von der Decke hängend, wirklich riesengroße Säulen, Schatten, die sich bewegten, ein Echo, das aus der Tiefe der Grotte zurückhallte.

Wenn die Erdstöße nicht die Bohlentür am Ende des Gangs geöffnet hätten … wenn sie nicht gerade in jener Nacht in jenen Gang vorgedrungen wäre … wenn Nana nicht mit ihrer Lampe gekommen wäre … so viele Zufälligkeiten, die zusammenkommen mußten und zur Entdeckung des Waffenlagers unter dem Turm führten. War es denn wirklich ein Zufall, fragte Mika sich und sah, wie das Spiegelbild der Sterne auf dem Teich tanzte, war es Zufall oder Fügung, wie Hochwürden es nennen würde?

Fügung des Guten oder Bösen? Des Himmels oder des Teufels Wille?

Mika wünschte sich, sie hätte die Musketen nie entdeckt. Warum diese Menge, fragte sie sich, und wie lange lagerten sie schon dort? Stammten sie etwa noch aus jener Zeit, als der Daimyo von Saga die Shimabara-Halbinsel dauernd bedrohte und ihr Vater gezwungen war, sich gegen ihn zur Wehr zu setzen? Aber diese Zeit lag doch schon so weit zurück, vor ihrer Geburt, vor der Fertigstellung von Schloß Hara.

Vielleicht hatte ihr Vater die Musketen im Sockel des Turms versteckt, sagte Mika sich, weil er, inzwischen ein Kirishitan geworden, als Kirishitan keine Waffen mehr nötig hatte.

Aber da waren Unstimmigkeiten. Sie verwirrten Mika. Falls diese Musketen die alten Waffen ihres Vaters waren, aus der Zeit seiner Fehde mit dem Daimyo von Saga, dann sollten sie doch eigentlich irgendwo auf Hinoe lagern, nicht auf Hara. Außerdem müßten die Läufe der Musketen, wenn sie wirklich alt waren, rostig und verstaubt ausgesehen haben, die Musketen aber, die sie entdeckt hatte, waren weder rostig noch verstaubt. Irgend etwas ist nicht in Ordnung, sagte Mika vor sich hin, und da sie selten einen Gedanken halb durchdacht von sich wies, ließ sie nicht davon ab, ihn zu Ende zu denken. Sie grübelte, ob es wirklich ihr Vater war, der diese Waffen eingelagert hatte.

Sie fand keine Antwort. Statt dessen tauchten lang vergangene Erinnerungen vor ihren Augen auf, Erinnerungen an ihre Zeit als kleines Mädchen. Ihr Vater hatte sie oft zu sich in den Sattel gehoben und nach Arima mitgenommen, wenn eines seiner Rotsiegelschiffe oder sogar eine Galeone in den Hafen einlief. Dann ritt er mit ihr die Küstenstraße entlang, und die Menschen am Straßenrand riefen: «Der Daimyo kommt ... Der Daimyo kommt und bringt die kleine Mika-sama wieder mit.» Mika winkte ihnen dann mit einer Hand zu und hielt sich mit der anderen am Sattelknauf fest.

Jedes Jahr im Mai, bevor die steten Südwinde von der Wut des Monsuns gebrochen wurden, bereiteten sich der Hafen und die Stadt von Arima auf den Empfang der Rotsiegelschiffe vor. Sie kamen von ihrer langen Winterreise zurück, die von der Sonne vergilbten Segel aus dichtem Bambusgeflecht an den Masten hochgerollt. Sie kamen aus den Königreichen Annam und Siam, aus

Batavia, Malakka, Burma und sogar aus Indien. Bis unter die Luken waren sie beladen mit Ballen Rohseide und Säcken Pfeffer, mit Flaschen voller Essenzen, mit Fässern voller Lack des Sumakbaums, mit Stapeln Wildleder, Bündeln Zuckerrohr und schweren Barren Blei und Zinn.

Den Höhepunkt aber stellte immer die Ankunft einer portugiesischen Galeone dar. Kaum zeichneten sich in der Ferne ihre hohen Segel ab, begannen die Glocken der Missionskirche zu läuten. Die einheimischen Kaufleute ließen sich von ihren Frauen die besten seidenen Jacken und Hosen aus der Truhe holen, niemand wollte dem Capitano und seinem Gefolge, wenn sie an Land kamen, an Prunk nachstehen.

Auf der Felsenzunge, dem Hafen vorgelagert, drängten sich die Menschen und beobachteten die Galeone, welche die Flut langsam näher trug. Der Wind blähte das noch verbliebene Vorsegel, und in der hohen Takelage kletterten schwarz- und braunhäutige Matrosen mit ungemeiner Geschicklichkeit herum. Der Rammbock am Bug und die wulstigen Heckaufbauten, in denen der Capitano wohnte, waren mit purem Gold überzogen.

Mika erinnerte sich, wie ihr Vater sie vom Pferd hob und sorgsam auf dem Boden absetzte. Dann durfte sie neben ihm auf der Plattform sitzen, mit Blick auf die Galeone, die an der Felsenzunge vorbeiglitt. Die Zeit ihrer Ankunft mußte mit der Flut immer gut abgestimmt sein. Hatte die Flut den höchsten Stand erreicht, lag das große Schiff kurze Zeit still im Wasser. Nun schwärmten die Fischerboote aus, und die Männer darin warfen ihre Hanfseile zu den Matrosen hinauf, die sich über die Reling beugten und sie mit sicheren Händen aus der Luft schnappten.

So wurde die Galeone eingefangen wie eine dicke Fliege in einem Spinnennetz und von den Fischerbooten ins Schlepptau genommen. Kam eine unerwartete Windböe auf und drückte das Schiff in die falsche Richtung, spannten sich die Seile, und an Land erhob sich aus vielen Kehlen ein Schrei. Die Männer in den Fischerbooten riefen sich Kommandos zu. Sie tauchten ihre Ruder bis an den Schaft ins Wasser ein, um die Galeone von den gefährlichen Untiefen wegzuziehen, die vor dem Hafeneingang lauerten.

Wenn am Ende das große Schiff sicher vertäut im Hafen lag, jauchzte die ganze Stadt, und das Läuten der Glocken steigerte sich zu einem Gesang, der sicherlich die Engel frohlocken ließ und die Teufel verjagte.

Sobald der Landesteg von der Pier zum Deck des Schiffs hingeschoben war, ergoß sich über den roten Läufer ein Strom bunter Gestalten, an ihrer Spitze der portugiesische Capitano in blutroten Pumphosen, einem blauen Cape und grünem Hemd mit weißer Halskrause. Er kam gemessenen Schritts den Steg herab unter einem Baldachin, von vier schwarzen Sklaven getragen. Seine Augenbrauen, schwarz und finster, waren unter dem breiten Rand seines Hutes verborgen, nur sein gewachster Spitzbart und der Knauf seines Säbels stachen ins Auge. Hinter ihm drängte sich eine Schar Offiziere, Kaufleute und Diener, jeder in andersfarbiger Hose und andersfarbigem Rock, alle mit kegelförmigen, runden oder flachen Filzhüten, an denen Quasten baumelten oder Federn wippten.

Hochwürden stand auf der Pier und empfing die Ankömmlinge mit ausgebreiteten Armen. Er segnete die Galeone, die in ihrem Rumpf die Reichtümer ferner Länder barg. Danach forderte er alle auf, ihm zur Missionskirche zu folgen, um Deus für die glückliche Reise zu danken.

War es möglich, fragte Mika sich, daß jene Galeonen die Musketen gebracht hatten? Oder war es vielleicht João? Unwahrscheinlich der nächste Gedanke, daß es João sein konnte, denn woher sollte er mehr als tausend Musketen in so kurzer Zeit beschaffen können, in den wenigen Monaten seit Vaters Tod? Und falls es doch João war, dann war die nächste Frage, wozu er einen solchen Haufen Musketen brauchte. War er denn nicht der Herr aller Kirishitan? Als ihr Herr sollte er mit gutem Beispiel vorangehen und handeln, wie Hochwürden es lehrte. Kirishitan brauchen keine Waffen. Kirishitan streiten sich nicht. Sie leben in Frieden miteinander. Sie lieben sogar ihre Feinde.

Die Stunden schlichen dahin. Mika fühlte sich verloren. Ab und zu kam Nana vorbei und fragte, ob sie ihr etwas zu essen oder zu trinken bringen solle, aber auch in Nanas Nähe verflog das Gefühl der Einsamkeit nicht, das sich während der Stunden des Sinnens und Zweifelns in Mika festgesetzt hatte. Sie wünschte, sie könnte wie früher einfach hinübergehen in jenen Teil des Schlosses, wo sie ihren Vater fand. Nie hatte er seine Augenbrauen im Ärger zusammengezogen, wenn sie ungefragt und unangemeldet in sein Zimmer stürmte. Manchmal war er vielleicht ein wenig kurz angebunden, weil er anderes, etwas Wichtigeres zu erledigen hatte, aber immer hielt er für sie ein Lächeln bereit. So würde sie jetzt zu ihm hingehen und ihn fragen, was so viele Musketen im Sockel des Turms zu bedeuten hätten. Sie würde sein Zimmer nicht verlassen, bevor sie eine Antwort bekam. Wenn ein Daimyo, der Kirishitan ist, ein solches Waffenarsenal besitzt, dann stimmt doch irgend etwas nicht, entweder mit ihm als Kirishitan-Daimyo oder mit der Lehre von der Friedfertigkeit.

Mika vermochte sich nicht vorzustellen, daß Ferreira etwas lehrte, was nicht der Wahrheit entsprach, zu tief war sie von Kindheit an in das Gewebe der Missionslehre eingebunden. Vieles, was sie gelernt hatte, verdankte sie den Padres. So vieles war ihr inzwischen vertraut, und alles, was sie von der Welt draußen wußte, hatten ihr die Padres vermittelt.

Dennoch, Mika wußte, es mußte eine andere Welt geben jenseits der Welt, welche die Padres vertraten, einen anderen Himmel, eine andere Erde. Da waren die Kraniche, welche vor Sonnenaufgang auf der taunassen Wiese tanzten und vor deren Schönheit sich die Hände wie von selbst zum Gebet falteten. Wenn Yoshitomo sie ihr nicht gezeigt hätte, an jenem lang vergangenen Wintermorgen, wenn er ihr nicht gesagt hätte, daß die Kraniche mit ihren roten Kronen die Boten der Götter sind, die den Frühling bringen, wenn er nicht neben ihr seine Hände zum Gebet gefaltet hätte und sie seinem Beispiel gefolgt wäre, nie würde sie dieses eigentümliche Gefühl erlebt haben, das sich einstellt, wenn man der Stimme der Natur lauscht.

Ein anderes Mal war sie mit ihrem Vater auf einem mehrtägigen Ritt zum nördlichen Teil des Daimyonats in ein Fischerdorf gekommen, wo die Fischersleute gerade ihre Boote schmückten, um miteinander zur Silberbucht hinauszufahren und der Göttin des Meeres für die Fische zu danken, die sie im Laufe des Jahres hatten fangen dürfen. Die wichtigste Rolle bei dem Fest, welches das ganze Dorf feierte, spielten die Gebete, in denen sich alle an die Seelen der Fische und anderer Meerestiere wandten und sie um Verzeihung baten, daß sie sie hatten töten müssen, um leben zu können. Das sei, hatte der Vater ihr erklärt, ein Überbleibsel des alten Aberglaubens und Hochwürden hätte es lieber gesehen, wenn die Menschen ihn ablegten, um dem wahren Schöpfer aller Dinge und allen Lebens zu danken.

Obwohl dies seine Worte waren, ließ er die Fischersleute gewähren, die sich für ihr Fest vorbereiteten und stolz darauf waren, daß ihr Daimyo ihnen die Ehre seiner Gegenwart schenkte. So verlief das Fest mit dem gleichen Ernst und der gleichen Würde, die Mika von der Osterprozession kannte, an der sie in Arima teilgenommen hatte, und der Gedanke, daß man jenen Tieren des Meeres dankte, großen und kleinen, deren Leben man zerstören mußte, um selber am Leben zu bleiben, dieser Gedanke beseelte sie noch immer.

«Sag Hochwürden nicht, daß wir hier am Seelenfest für die Meerestiere teilgenommen haben», hatte ihr Vater gesagt und sie mit eigenartig traurigen Augen angeblickt, «bitte, sag es ihm nicht. Versprochen?»

«Versprochen», hatte Mika mit fester Stimme geantwortet und sich schon ganz erwachsen gefühlt, obwohl sie doch erst elf war. Nun aber teilte sie mit ihrem Vater ein Geheimnis. Sogar vor Hochwürden. Das erfüllte sie mit unbändigem Stolz.

Und dann war Yamada da, der Maler, der, solange Mika zurückdenken konnte, auf Hara ein- und ausging. Don Protasio hatte früh seine Malkunst schätzen gelernt und ihm, als das Schloß vor der Fertigstellung stand, den Auftrag gegeben, viele der Innenräume zu gestalten und auszumalen. So kam es, daß Yamada einige Monate gleichzeitig mit dem Schüler des Kyotoer Meisters Kano Sanraku an den wandfüllenden Gemälden im Empfangsflügel des Schlosses arbeitete. Was er schuf, hielt durchaus den Vergleich mit dem stand, was Sanrakus Schüler schuf. Darum wurde Yamada weit über die Shimabara-Halbinsel hinaus bekannt, und einige Zeit lang wurde sogar in der Schloßstadt gemunkelt, er trage sich mit dem Gedanken, nach Kyoto zu gehen, um dort seine Kunst zu vervollkommnen.

Inzwischen hatte Don Protasio veranlaßt, daß Ferreira sich an Yamada wandte, um ihn das Innere der Kirche in Arima ausmalen zu lassen. Yamada hatte in jungen Jahren in Nagasaki studiert und war seither mit der Maltechnik der Portugiesen vertraut. So konnte er diesen neuen Auftrag in einer Weise erfüllen, die Ferreira und alle anderen Padres, Zeugen seiner Entwicklung, in Erstaunen versetzte. Als Maler christlicher Motive war Yamada unübertroffen, und seine Madonnenbilder erweckten fast den Eindruck, als kämen sie aus Lissabon, Madrid oder sogar Rom. Er erwies sich nicht nur als Meister der Öltechnik, sondern verstand es auch, die Wände der Kirche in Arima mit Fresken auszuschmücken, die auf den Gesichtern der Heiligen einen Ausdruck zeigten, der das Gemüt der Zuschauer ansprach. Viele Kirishitan der engeren Gemeinde und aus anderen Teilen der Shimabara-Halbinsel, die anläßlich der Kirchenfeste nach Arima kamen, fühlten sich beim Anblick dieser Bilder erhoben und verzückt. So wurde Yamada für die Mission nützlich, fast unersetzlich.

Ferreira war sich dennoch nie ganz sicher, inwieweit Yamada als guter Kirishitan gelten konnte. Dieser Verdacht rührte nicht nur daher, daß er selten der Messe beiwohnte und noch nie in einem Beichtstuhl gekniet hatte. Vielmehr wurde Ferreira die Vermutung nicht ganz los, Deus sei für Yamada gar nicht so wichtig, wie es sich für einen guten Kirishitan gehört. Einmal hatte er ihn zu sich kommen lassen und ein eingehendes Gespräch mit ihm geführt. Er hatte Yamada dazu gebracht, sich über vielerlei zu äußern, über Blumen, Bäume, Berge und das Meer, über seine Ansichten zur Gnade und Erlösung von den Sünden. Zu seiner Bestürzung hatte er feststellen müssen, daß dieser Mann, der als der Maler vieler Madonnenbilder bekannt war, dessen Heiligenfiguren überall Bewunderer fanden, wenn es um die entscheidenden Fragen ging, wenig dessen besaß, was man Reinheit des Glaubens nennen könnte. Yamada sprach mit solcher Inbrunst, sogar Wollust von dem Vulkan, daß Ferreira sich nicht erwehren konnte, darauf hinzuweisen, daß ein Vulkan doch nichts anderes sei als eine von Deus geschaffene Anhäufung von Lava und Stein. Es gibt geistige Werte, hatte er ihn ermahnt, die weit höher stehen und wichtiger sind als solche niederen Schöpfungsbeweise. Statt diese Wahrheit mit der ihm gebührenden Bescheidenheit hinzunehmen, schüttelte Yamada den Kopf und blieb bei seiner Sicht der Dinge, so daß es am Ende fast zu einem Abbruch der Unterredung gekommen wäre. Seitdem konnte Ferreira ihm nicht mehr wirklich vertrauen, obwohl er ihm auch weiterhin Malaufträge zukommen ließ. Er hatte zu tief in seine Seele geblickt und darin die Fratze eines unbelehrbaren Heiden erkannt.

Für Mika aber waren die Stunden, die sie in Yamadas Atelier in der Schloßstadt verbrachte, stets eine Quelle der Freude. Manchmal, wenn sie ihm im Atelier zusah, unterbrach er seine Arbeit und griff nach einem Tuschepinsel. Er schrieb mit leichter Hand ein paar Zeilen aus dem Manyoshu auf, jener Sammlung von mehr als viertausend Gedichten, die an den Anfang der Zeiten zurückreicht. Danach wandte er sich wieder seiner Arbeit zu. Er zitierte das Gedicht, während er weitermalte, und wiederholte es, bis Mika den Reichtum der Bilder sah, der sich im Manyoshu offenbarte. Erkenntnis kommt manchmal sehr schnell und unerwartet, sagte Yamada, wie aus heiterem Himmel, manchmal braucht die Seele aber Zeit, das Neue in sich aufzunehmen. Er führte sie ein in jene Welt, die bei aller Wehmut von Freude erfüllt war, eine bejahende Welt, eine Welt voll Vertrauen in das eigene Sein, eine Welt ohne Drohung und ohne Finsternis, eine Welt ohne Sünde.

Viele Stunden hatte Mika so bei Yamada verbracht über die Jahre hin und war nie müde geworden, ihm zuzuschauen und zuzuhören. Er führte sie in das Manyoshu ein, gab ihr das Kojiki-Epos zu lesen, in dem die Schöpfung der Welt ganz anders erzählt wird, als die Padres lehrten. Nicht von einem allmächtigen strengen Gott, sondern von einem Götterpaar, einem Gott und einer Göttin, die sich auch streiten, sich wieder versöhnen, sich in Liebe vereinen, wie Mann und Frau sich vereinen, und aus deren Vereinigung das Leben entspringt. Die Schöpfung der Welt als ein Akt der Liebe, als ein Akt der Versöhnung, als der Beginn einer langen Entwicklung, die nie endet, die nie abgeschlossen sein wird, die sich dauernd fortsetzt, in stetem Fluß sich erneuernd. Entstehen und Vergehen als Teil eines kosmischen Zyklus, Geburt und Tod als Teil einer Natur, die dazu geschaffen wurde, sich ständig zu wandeln, wie das Leben jedes Menschen sich ständig wandelt, das Leben jedes Tieres, jeder Blume, jedes Baums, sogar das Leben der Berge, die nur scheinbar ewig sind, in Wirklichkeit aber sich ständig wandeln, auch wenn hundert Menschenleben zu kurz sind, es zu sehen. Aus Bergen werden Hügel, aus Hügeln fruchtbare Ebenen. Von den Wellen des Meeres zermürbt und zerrieben, wandeln sich mächtige Felsen in Sand und Staub, den der Wind durch die Luft tragen kann. Alles lebt, alles ist vergänglich, und deshalb hat alles seinen Wert.

Die Art, wie Yamada sein Wissen um die tieferen Dinge des Lebens an Mika weitergab, erfolgte nicht nach einem strengen Plan. Es floß eher von ihm auf sie über, ohne Drängen, ohne Eifer. Er war sich selber nicht bewußt, daß er Mika etwas lehrte, was sie nirgendwo anders fand, denn ihre formale Erziehung lag in den Händen der Padres. Er tat nichts anderes, als für sie jedesmal, wenn sie zu ihm kam, ein Gedicht aus dem Manyoshu auf ein Stück Reispapier zu schreiben oder ihr einen Abschnitt aus dem Kojiki zu erzählen, während er an seiner Staffelei arbeitete.

Dennoch kehrte Mika immer wieder zurück in jene Welt, die Ferreira ihr erschloß, eine wohlgeordnete Welt, eine Welt starker Worte, klarer Gebote, einprägsamer Gesetze, in Licht und Schatten geteilt, eine Welt, die sich in Himmel und Hölle trennen läßt, wo Gut und Böse miteinander im Widerstreit liegen, wo Deus herrscht und der Teufel als ewiger Störenfried lauert.

Was Mika dorthin gezogen hatte, in die Welt der klaren Trennungen, war ein jungmädchenhaftes Streben nach innerer Sicherheit, ein Sehnen, sich irgendwo anlehnen zu können. Ferreira gab ihr jenes beruhigende Gefühl, daß alles bei ihm in guten Händen lag. Alles war richtig, so wie er es tat. Alles stand im Einklang mit dem, was Deus von den Menschen verlangt. Wer ihm folgte, wurde nicht von Zweifeln gequält. Wenn man auf einen Irrweg geriet, gab es Beichte und Buße, um zum Guten zurückzufinden.

Nun aber, nachdem sie von den Musketen im Sockel des Turms wußte, fühlte Mika, wie die innere Sicherheit, in der sie bis dahin so gut aufgehoben war, Risse bekommen hatte, ähnlich den Felsen in der Grotte während der Erdstöße. Was sich dort im Turmsockel vor ihren Augen ereignet hatte, ließ sich nicht mehr in jenes klare Bild einpassen, nach dem sie bisher hatte leben können. Entweder war ihr Vater kein so guter Mensch, wie sie all die Jahre geglaubt hatte, denn als Kirishitan durfte er doch, wenn er dem Glauben treu war, keine solche ungeheuerliche Waffenkammer unterhalten. Oder es stimmte nicht, was Ferreira unverwandt mit starken Worten beschwor, daß die Menschen im fernen Europa, die an Deus glauben, friedlich miteinander leben, ohne Streit, ohne Neid, ohne Krieg, und daß die gleiche Friedfertigkeit die Menschen in Japan ergreifen werde, wenn sie sich Deus unterwerfen.

Keine der beiden Möglichkeiten konnte Mika ohne innere Auflehnung ertragen. Je länger sie darüber nachdachte, um so stärker fühlte sie, wie ihr die Jahre plötzlich zwischen den Fingern zerrannen, Jahre des Träumens, Jahre des Glaubens. Da sie ihren Vater nicht mehr fragen konnte, inwieweit er Schuld auf seinen Schultern trug, blieb nur Ferreira.

Mika überlegte, ob sie nach Arima gehen und Hochwürden zur Rede stellen sollte. Wußtet Ihr, würde sie ihn fragen, daß im Sockel des Turms von Hara tausend Musketen liegen? Wenn er antwortete, er habe nichts davon gewußt, würde sie nie mehr so an ihren Vater denken können wie bisher. Antwortete er aber, ihm sei das Waffenlager bekannt, würde sie dann noch, fragte Mika sich, an die Wahrhaftigkeit seiner Lehre glauben können?

Wie immer die Antwort ausfallen mochte, nichts brachte jenen Zustand der Unschuld zurück, in dem Mika bis dahin gelebt hatte. Darum belastete sie ihr Wissen so sehr, daß sie die ganze Nacht über keinen Schlaf fand. Sie hörte das Plätschern des Wasserfalls, der den Teich im Innenhof nährte, sie hörte von irgendwo das melodische Rufen eines Geckos und den hohlen Schrei einer Eule. Sie starrte in die Dunkelheit und fragte sich, warum ihr Vater die Musketen João überlassen hatte. Sie traute João nicht, vor allem jetzt nicht mehr, nachdem er sogar innerhalb des Schloßgeländes immer mehr Barrieren zur Einschränkung der Bewegungsfreiheit errichtet hatte. Seine Anweisungen kamen über Nacht und wurden ohne Erklärung, ohne Duldung eines Widerspruchs in Kraft gesetzt. Manche seiner Samurai hatten sich Mika gegenüber ziemlich grob verhalten, als sie an eine der Pforten pochte. Sie war immer durch diese Pforte gegangen, weil dies der kürzeste Weg zu Mongos Wiese war. Aber der Weg führte dicht an der Schmiede vorbei. Schmiede – Musketen – Nagatos Worte in jener Nacht – el Rosso, hatte Nagato gesagt, el Rosso müsse sich an die Musketen machen.

Vielleicht, so schoß es Mika durch den Kopf, ließ João den Gefangenen in der Schmiede arbeiten, und die Absperrung geschah zu dem Zweck, seine Arbeit geheimzuhalten.

Plötzlich richtete Mika sich auf und erschrak. Ihr wurde bewußt, außerhalb des Kreises von Joãos engsten Gefolgsleuten war sie die einzige, die im Turmsockel tausend Musketen gesehen hatte, poliert, geölt, griffbereit auf wandhohen Regalen, als könne es jeden Tag notwendig werden, sie herauszuholen. Sie erkannte, daß das Wissen mehr war als nur eine Last, die sie bedrückte. Es war etwas, was ihr vielleicht auch von Nutzen sein konnte.

Was würde Yoshitomo sagen, fragte sie sich, wenn er von den Musketen erfuhr? Aber was könnte er tun, außer den Shogun bitten, dafür zu sorgen, daß João keinen Unfug mit den Musketen trieb?

Einige Zeit lang zogen die Gedanken durch Mikas Kopf wie Krähen, die, vom Feld aufgescheucht, wirre Bahnen am Himmel zeichnen. Daß João über so viele Gewehre verfügte und außerdem Herr über Hara war, dessen Befestigungen, wie es im allgemeinen hieß, uneinnehmbar seien, jagte ihr Schrecken ein. Was wird, so dachte sie, wenn Yoshitomo den Shogun unterrichtet? Nachdem er gerade ihren Vater als Hochverräter hatte hinrichten lassen, würde nicht dann sein Zorn die ganze Familie treffen? Das könnte Yoshitomo seine Stellung als Daimyo kosten.

Langsam gelang es Mika, in die wirren Bahnen ihrer Gedanken Ordnung zu bringen. Sie mußte mit ihrem Wissen vorsichtig umgehen, äußerst vorsichtig sogar. Ein falsches Wort am falschen Ort könnte Schaden erzeugen. Ihr Wissen war gefährlich. Auch für el Rosso, denn er befand sich in Joãos Hand.

*　*
*

«Ach, Ihr seid's, Mika-sama.» Überraschung strahlte aus Yamadas Stimme. Mit schlurfenden Schritten kam er den Flur entlang und steckte sich dabei den Pinsel hinters Ohr, den er in der Hand gehalten hatte.

«Beinahe hätte ich Euch nicht erkannt.»

Mika lockerte das Kopftuch, das sie sich umgebunden hatte, um als Bauernmädchen verkleidet unbemerkt durch die Gassen der Schloßstadt schlüpfen zu können. Sie schnallte sich die Bastkiepe vom Rücken und legte ihren breitrandigen Schilfhut ab. «Mein Bruder läßt mich nicht mehr aus Hara heraus», sagte sie, «darum hab' ich mich verkleidet.»

«Gut verkleidet», schmunzelte Yamada, «als ob Ihr gerade vom Reisfeld kommt. Sollte Euch in dieser Verkleidung malen.» Er nahm den Pinsel hinter dem Ohr hervor und tat, als ob er zu malen beginne.

«Ich muß mit Euch reden», unterbrach ihn Mika.

Der Schalk verschwand aus seinen Augen. «Da müssen wir aber leise sprechen. Die Wände haben neuerdings Ohren.»

Er griff Mikas Hand und zog sie vom Flur ins Innere des Hauses. Er geleitete sie zum zweiten Stock, wo sein Atelier lag, ein langgestreckter Raum mit hartem Holzfußboden, die Seite, die nach Norden wies, von Schiebetüren eingenommen. In der Wärme des Oktobertags standen sie weit offen und gaben den Blick frei auf die niedrigen Dächer der Nachbarhäuser, strohbedeckt, vom Regen und der Sonne grau verwittert. Im Hintergrund zeichnete sich die Silhouette des Vulkans ab. Aus dem Gipfel erhob sich eine feine weiße Rauchfahne, vom Wind leicht westwärts getragen.

«Hätte ich gewußt, daß Mika-sama kommt, hätte ich vorher ein wenig aufgeräumt», brummte Yamada vor sich hin. Er schob einige große Blätter Reispapier zur Seite, Landschaftsbilder in Aquarell, an denen er gearbeitet hatte. Er hob ein paar Bücher vom Boden auf und stellte sie ins Regal zurück, das die gesamte, den Schiebetüren gegenüberliegende Wand einnahm. Er holte ein zweites Sitzkissen und legte es vor Mika hin, griff dann nach dem Wasserkessel, der leise über glimmender Holzkohle vor sich hin simmerte, und bereitete den Tee.

Mika beobachtete ihn, wie er mit geschlossenen Augen, die Kanne in der Hand, wartete, bis der Aufguß bereit war. Dann goß er den Tee in die Schalen.

«Hier können wir sprechen, ohne daß die Wände Ohren haben», sagte er.

Mika griff mit beiden Händen nach der Teeschale. «Ich habe die letzte Nacht viel nachgedacht.»

«Worüber?»

«Über dies und das. Es hat sich so viel verändert, seitdem mein Vater nicht mehr da ist.»

«Ja, und seitdem Yoshitomo Daimyo geworden ist, geht es in Don Joãos Kopf nicht mehr mit rechten Dingen zu», versuchte Yamada zu scherzen, «vielleicht sollte Mika-sama sich überlegen, ob Schloß Hara wirklich der Ort ist, an dem sie bleiben sollte.»

«Ja», antwortete Mika, das Gesicht über ihre Teeschale gebeugt, «aber ich weiß nicht, was tun.»

Yamada fühlte, daß irgend etwas aus Mika herausdrängte, für das sie anscheinend noch keine Worte fand. So blieb er stumm und trank nur langsam von seinem Tee.

«Meister Yamada», sagte Mika endlich, «bevor ich von Hara weggehen kann, will ich einen Gefangenen finden.»

«Einen Gefangenen?»

«Ja, einen Spanier oder so etwas Ähnliches.»

Yamada blickte Mika verwirrt an. «Ja», sagte er schließlich, «ich habe davon gehört.»

«Was habt Ihr gehört?» In Mikas Augen sprang ein Leuchten. Sie lehnte sich ein wenig vor, und dabei fielen ihr die Haare ins Gesicht. «Was habt Ihr gehört?»

«Nichts Genaues, nur so ungefähr, daß Euer Bruder einen Gefangenen hat. Ihr wißt doch, wie das mit Gerüchten ist. Als ich zum erstenmal davon hörte, dachte ich, es sei nichts anderes als eines der vielen, die neuerdings in Umlauf sind.»

«Aber es ist kein Gerücht.» Mika wischte sich die Haare aus dem Gesicht. «Es gibt ihn wirklich, und ich möchte wissen, wo mein Bruder ihn versteckt hält.»

Yamada blickte sorgenvoll drein. Er griff zur Teekanne und bereitete zwei neue Aufgüsse vor. Während er das Wasser aus dem

Kessel langsam übergoß, fragte er wie nebenbei: «Warum macht Ihr Euch Gedanken über ihn? Aus Mitleid? Vielleicht solltet Ihr Hochwürden benachrichtigen.»

«Mein Bruder wird den Gefangenen töten, wenn ich etwas zu Hochwürden sage.»

«Töten?» brummte Yamada gedehnt.

«Er muß irgendwo im Turm sein», sagte Mika, «Ihr habt doch Zugang zum Turm. Könntet Ihr nicht einfach so tun, als wolltet Ihr vom Turm aus ein Bild malen? Vielleicht ist er auch in der Schmiede. Ihr kennt doch den Schmiedemeister?»

«Ein wenig», lächelte Yamada, «ein wenig.»

«Vielleicht weiß er, wo el Rosso ist.»

«Ist das der Name des Gefangenen?» Aus Yamadas Stimme sprach leichte Überraschung.

«Vor vier Monaten habe ich ihn gesehen.» Mika erzählte kurz von der seltsamen Begegnung auf der Wiese vor dem Schloß.

«Vor vier Monaten? Seid Ihr denn sicher, ob er überhaupt noch auf Hara ist?»

«Ja, ja, el Rosso ist noch da», antwortete Mika fast ein wenig zu eifrig.

Über Yamadas Gesicht huschte ein Lächeln, als habe der Klang in Mikas Stimme ihm etwas verraten. «Mal sehen, was sich machen läßt», murmelte er vor sich hin und goß frischen Tee in beide Schalen, «mal sehen. Muß mit dem Schmied reden.»

Am Ende, als er Mika half, ihre Kiepe wieder auf den Rücken zu laden, und sie sich anschickte, den Binsenhut umzubinden, trat Yamada einen Schritt zurück und betrachtete sie gebannt. «Bleibt einen Augenblick so stehen, Mika-sama, nur eine kurze Weile.» Er griff nach dem Pinsel, der ihm noch immer hinter dem Ohr steckte, und tauchte seine Spitze in die Reibschale, in der schwarze Tusche schwamm. Er griff, ohne seinen Blick von Mika zu wenden, nach einem Blatt auf dem Tisch, kaum zwei Handbreit groß, und begann mit raschen, aber sicheren Pinselstrichen ihr Gesicht zu skizzieren.

«Fertig», sagte er und sah Mika mit einem Schalk in den Augenwinkeln an. «Ich glaube, da gibt es vielleicht jemanden auf Hara, dem ich dieses Blatt zeigen könnte.»

11

Das Edikt

Noch war das Paternoster nicht verklungen, da begannen schon die städtischen Arbeiter vor der Tür den Boden mit Hacken und Schaufeln aufzureißen. Sie hätten keinen ungünstigeren Augenblick wählen können. Hier feierten die Kirishitan von Nagasaki heute die Einweihung ihrer letzten, gerade vollendeten Kirche, die fünfzehnte der Stadt. Sie erhob sich am nördlichen Hang mit einem beherrschenden Blick über Stadt und Hafen.

Die Menschen drängten sich unter der gewölbten Decke des Kirchenschiffs und in den seitlichen Alkoven, wo die den Heiligen geweihten Altäre auf die Kerzen der Betenden warteten. Beiderseits des Hochaltars, bis in den schmalen Gang zwischen Altar und Sakristei, standen die Padres, dicht an dicht, damit Platz für den Chor blieb. Nur Padre Leonardo, breitschultrig und hochgewachsen, saß auf einem Sessel mit mächtiger Rückenlehne. Sein schneeweißer Bart reichte ihm über die Brust und gab seinem Antlitz, trotz des hohen Alters noch fast faltenlos und rosig glatt, eine Aura von Heiligkeit.

Mehr als jeder andere war Padre Leonardo mit der Geschichte der Mission in Nagasaki verbunden. Er konnte sich noch jener lang zurückliegenden Zeit erinnern, als das erste Gotteshaus errichtet und geweiht wurde, die Todos os Santos. Sein Dachstuhl war aus Balken gefügt, die zuvor den First des größten Teufelstempels gebildet hatten. Padre Leonardo war beim Bau der Todos os Santos dabei gewesen, ein junger, kräftiger Mann, und hatte mit eigenen Händen zugepackt, als es darum ging, die schweren Dachbalken hochzuwuchten. Jeden Balken hatte er mit Weihwasser bespritzt, um den Geruch des Teufels zu vertreiben. In den Jahrzehnten seit jenem frühen Anfang hatte er sich als einer der eifrigsten Streiter für Deus einen Namen gemacht. Seine Stimme dröhnte so laut, daß im Umkreis einer Meile der Kies auf dem Boden zu tanzen begann und die Vögel aus den Bäumen aufstoben.

Nur sein Augenlicht hatte mit den Jahren nachgelassen und war schließlich ganz erloschen. Seitdem ihm die Augen nicht mehr ihre Dienste erwiesen, hatte Padre Leonardo sich angewöhnt, seine Lider herabsinken zu lassen, bis nur noch ein schmaler Spalt offen blieb. Das gab seinem sonst so kämpferischen Gesicht einen seltsam entrückten Ausdruck.

Aber die Blindheit hatte auch seinen inneren Blick geschärft. Er, der immer schon die Gabe besessen hatte, die Stimmen der Engel zu hören, konnte sie nun mit ihren Flügeln und Trompeten sehen. Viele der Gläubigen wurden Zeugen der visionären Kraft, die von Padre Leonardo ausging, und in Ehrfurcht sanken sie vor ihm auf die Knie.

Bei einem so bedeutenden Ereignis wie der Einweihung einer neuen Kirche hätten eigentlich alle Würdenträger der Mission anwesend sein sollen. Unter den Padres rechts und links vom Altar vermißte man aber den Provinzial, Cristovão Ferreira. Er wäre gern von Arima herübergekommen, vor allem, da die Fahrt nach Mogi mit dem Boot über die Silberbucht bei günstigem Wind nur eine gute Stunde dauerte und man von Mogi aus Nagasaki zu Fuß über den Bergrücken in einer Stunde erreichen konnte. Ferreira aber hatte nicht gewagt, Arima zu verlassen. Der Wiederaufbau des Tempels im verhexten Tal ging so rasch voran, daß sich seine Sorgen verstärkten. Unter den Kirishitan der Schloßstadt machte sich schon eine Unruhe bemerkbar, die von Tag zu Tag, fast von Stunde zu Stunde anstieg. So verzichtete Ferreira schweren Herzens auf die Reise nach Nagasaki, um dort dem Kirchweihfest beizuwohnen und die neuen Brüder kennenzulernen, die seit seinem letzten Besuch eingetroffen waren.

Die Unruhe in der Schloßstadt war nur durch seine Anwesenheit zu besänftigen. In den letzten Tagen war die Zahl derer gestiegen, die sich trotz aller Ermahnungen bereit fanden, sich bei den Mönchen zu verdingen. Es war darum wichtig, daß er sich mit Don João traf und sich mit ihm beriet, was zu tun wäre, um jene abspenstigen Kirishitan wieder auf den rechten Pfad zu bringen.

Im Grunde waren es die Helfer aus dem Norden, die durch ihr Kommen das schlechteste Beispiel gaben, das sie als Kirishitan geben konnten. Sie hatten vergessen, was es bedeutete, ein Kirishitan zu sein. Sie verrieten den Glauben um des schnöden Silbers willen. Gäbe es sie nicht, hätte der Teufel nicht durch den Klang des Silbers auch andere gute Kirishitan verführen können. Ohne ihren Verrat am wahren Glauben, wären die Mönche längst wieder verschwunden.

Da auch der Norden unter Ferreiras Obhut stand und er sich um das Seelenheil der dortigen Kirishitan ebenso große Sorgen machte wie um das derer in Arima und der Schloßstadt, konnte er der drohenden Entwicklung nicht tatenlos zusehen. Um wirksam etwas dagegen tun zu können, war er auf Don Joãos Hilfe angewiesen. Er brauchte Reis, viele Säcke Reis, brauchte Silber für den Einkauf von Gemüse, Fisch und Öl, was er dann an die bedürftigen Familien verteilen konnte. In Hara stapelten sich seit Don Protasios Zeiten, das wußte Ferreira, zahllose Ballen Seide der feinsten Art, Schlangenhäute, Krokodilhäute und Rehfelle, gegerbt und roh, viele Säcke Zucker, Pfeffer, Nelken und Zimt. Don João könnte manches davon nach Osaka oder Sakai verschiffen und dort gegen gutes Silber und Gold verkaufen.

So hatte Ferreira an seiner Statt Padre Ricardo nach Nagasaki entsandt. Einen Besseren hätte er kaum schicken können. In den Jahren, in denen Ricardo die Kirche der Schloßstadt betreute, hatte er sich stets als zuverlässig, fleißig und gehorsam erwiesen. Außerdem sprach er fließend Japanisch, wenn auch seine Fähigkeit, die Schriftzeichen zu lesen, noch manches zu wünschen übrigließ.

«Wenn du in Nagasaki bist, halt Augen und Ohren offen», hatte ihm Ferreira eingeschärft. «Du weißt ja am besten, was hier in der Schloßstadt vorgeht. Der Teufel regt sich überall. Wenn dich die Brüder in Nagasaki fragen, erzähl ihnen alles, ohne etwas zu verschweigen, aber auch ohne zu übertreiben. Wie die Lage ist, ist sie ernst genug. Wir brauchen Hilfe. Darum sei wachsam und laß dir nichts entgehen. Find heraus, wie es um die Herzen der Kirishitan in Nagasaki bestellt ist.»

Die Kirchweihe strebte ihrem Höhepunkt zu, und die Stimmen des Chors hallten von der Kirchendecke. Padre Ricardo schaute sich verstohlen um. Er wußte zwar, daß in Nagasaki mehr als siebzig Brüder im Herrn tätig waren, aber sie alle hier versammelt zu sehen gab ihm ein Gefühl der Sicherheit. Zu schwer hatte er sich in den letzten Wochen mit dem Teufel herumschlagen müssen und den Mönchen, die allem Anschein nach nicht mehr weichen wollten. Hier, da er jetzt in der neuerrichteten Kirche die Gesichter so vieler Mitstreiter sah, Gesichter voller Entschlossenheit und Ernst, fühlte er sich bestätigt. Mit manchen der jüngeren Brüder war er von Goa oder von Macao her vertraut, wo man sie zusammen auf die Missionstätigkeit in Japan vorbereitet hatte. In diesem Kreise fühlte er sich wohl.

Die Weihrauchträger kamen den Gang entlang. In ihrem Bemühen, jeden Winkel der Kirche mit dem Segensduft zu erreichen und alles Üble auszutreiben, hoben sie ihre vergoldeten Weihrauchgefäße empor und schwenkten sie eifrig hin und her. Eine junge Kirishitanfrau, im Mittelgang stehend, lüftete ihren Schleier und fing mit beiden Händen den Rauch ein. Ein Lächeln umspielte ihren Mund, und sie blickte zu Ricardo hin, ungenau zuerst, dann aber, als sie seinen Blick einfing, blieben ihre Augen auf ihm haften. Ihr Lächeln verwandelte sich von frommer Seligkeit zu einem Ausdruck, der ihn erzittern ließ. Er bohrte sich in seine Lenden und erfüllte ihn mit einem heißen Gefühl, das er seit seinem Gelübde der Keuschheit glaubte verbannt zu haben. Um sich aus den Verstrickungen ihres Lächelns zu lösen, hob er seine Augen zur Decke, aber das Verlangen war schon tief in ihn gefahren. Angestrengt starrte er in das Gewölbe zu den Engelsgestalten hinauf, aber seine Augen wollten nicht gehorchen. Sie glitten zu jenem jungen Gesicht zurück, huschend und verwirrt.

Padre Ricardo zwängte sich durch die halboffene Kirchentür. Mit tief zwischen den Schultern eingezogenem Kopf hatte er sich durch die Menge gedrängt, entlang der Seitenaltäre, weg von der jungen Kirishitanfrau, deren Lächeln er nicht abschütteln konnte. Im grellen Licht der Mittagssonne schloß er die Augen und zog tief die Luft ein, so tief, daß seine Rippen knackten, stieß sie dann mit einem unüberhörbaren Seufzer aus und fühlte, wie sich seine Gedanken reinigten. Sein Herzschlag wurde langsamer, und Vernunft kehrte in ihn zurück. Er atmete noch ein paarmal kräftig ein und aus, bis er seine innere Kraft wiederhergestellt glaubte.

Sein Atemholen wandelte sich plötzlich in ein Schnuppern,

und seine Nasenflügel bebten, während sie den Geruch frischer Erde einsogen. Er blinzelte um sich und erkannte unweit vom Treppenaufgang den Vormann mit seinen Arbeitern inmitten der frisch ausgehobenen Erde.

«Gut so», sagte der Vormann und maß die Tiefe des Lochs mit einem Bambusstab aus, dessen Segmente abwechselnd schwarz und weiß gezeichnet waren. Er nickte. «Jetzt ist's genug.» Die Arbeiter wischten sich den Schweiß von Stirn und Nacken.

Padre Ricardo warf einen mißbilligenden Blick auf das unheilige Loch. «Halt. Was geht hier vor?» Mit wenigen Schritten sprang er die Treppe hinunter, zwei Stufen auf einmal nehmend, und seine Kutte wehte wie ein losgeschnittenes Segel im Wind hinter ihm her.

Der Vormann tat, als habe er Ricardo nicht gehört. Ein Ochsenkarren rumpelte den Weg zur Kirche hoch, voll beladen mit Pfosten aus dunkel gebeiztem Zedernholz. Der Wagenführer gab dem Wasserbüffel einen Klaps auf die Flanke, um ihn anzufeuern. Das Tier schüttelte seine fast ein Klafter weit ausladenden Hörner und zog den Karren das letzte, steilste Stück Weges hoch. Zwei Arbeiter mit Lendenschurz und einem schwarzweißen Baumwollband um die Stirn folgten dem Karren.

«Was geht hier vor?» fragte Ricardo noch einmal und legte seine Rechte schwer auf die Schulter des Vormanns. «Was geht hier vor?»

Der Vormann rührte sich nicht. Er wendete nicht einmal den Kopf, sondern schob nur mit einem Ruck Ricardos Hand von seiner Schulter. Er sprach mit dem Wagenführer, schimpfte auf ihn ein, daß er mit dem vollbeladenen Karren, auf dem sich zahlreiche Pfosten stapelten, den ganzen Weg heraufgekommen sei, während doch hier oben nur ein einziger gebraucht werde. «Unnötig, mit dem ganzen Wagen herzukommen. Seid Ihr zu faul, den Pfosten auf Eure Schultern zu laden und hier heraufzutragen?»

Der Wagenführer ließ die Schimpftirade stumm über sich ergehen, scharrte den Kiesboden mit dem Fuß wie der Wasserbüffel und wiegte seinen Kopf hin und her. Auch die beiden neu angekommenen Arbeiter standen verlegen da und kratzten sich hinter den Ohren. Als der Vormann mit seinem Schimpfen zu Ende war, griffen sie eilfertig zu und luden einen Pfosten von dem Karren ab. Gemeinsam pflanzten sie ihn in das vorbereitete Erdloch.

«Was geht hier vor?» sagte Ricardo und legte dem Vormann wieder seine Hand auf die Schulter, diesmal so kräftig, daß der fast das Gleichgewicht verlor. «Was geht hier vor?» Er fand es unerhört, daß er keine Antwort bekam, obwohl er schon mehrmals seine Stimme erhoben hatte. In Arima und in der Schloßstadt war er nie auf einen Einheimischen gestoßen, der die Dreistigkeit besessen hätte, die Frage eines Padre nicht zu beantworten. Dort war das anders. Wen man auch ansprach, alle verbeugten sich so tief, daß ihre Stirn fast die Knie berührte. Wenn sie keine Antwort geben konnten, drehten und wendeten sie sich vor Verlegenheit. «Jetzt reicht's mir aber», sagte Ricardo, vor gerechtem Zorn schnaufend, «du da. Hör mal her. Sag endlich, was hier vorgeht.»

Der Vormann, zwei Kopf kleiner als Ricardo und schon ein wenig angegraut, wendete sich langsam um und blickte auf: «Fremder Mann,» sagte er, ohne Ricardo anzuschauen, «ich sehe, daß Ihr eine Kutte tragt, und daß Ihr ein Padre seid, aber das gibt Euch noch lange nicht das Recht, mir so einfach Eure Hand auf die Schulter zu legen.» Er griff nach Ricardos Hand und schob sie grob weg.

Ricardo schluckte. Seine Kehle war plötzlich trocken geworden. Schließlich gab er sich einen Ruck und wiederholte mit etwas weniger harscher Stimme: «Ich frage noch einmal. Was geht hier vor?»

«Ach so. Ihr möchtet wissen, was hier vorgeht.» Der Vormann nahm sich Zeit zu antworten. «Ich bin, wenn ich in aller Bescheidenheit vermerken darf, nur der Vormann des städtischen Ordnungsamts, und als solcher empfange ich Befehle von oben. Die habe ich auszuführen. Das ist meine Pflicht.»

«Ich verstehe», antwortete Ricardo und fühlte sich noch weniger wohl als zuvor. «Aber ... aber ...»

«Aber?» fragte der Vormann und legte seinen Kopf schief.

«Warum dies Erdloch hier auf unserem heiligen Kirchengrund?»

«Auf Eurem heiligen Kirchengrund?» erwiderte der Vormann. Er griff in seinen vor der Brust zusammengebundenen Arbeitskittel und zog eine Papierrolle heraus. Langsam, mit betonter Sorgfalt entrollte er sie. «Dies ist, wie leicht zu erkennen sein wird, ein städtischer Lageplan. Wir stehen zur Zeit hier.» Er deutete mit dem Zeigefinger auf einen Punkt, in Blau markiert.

Ricardo beugte sich vor. «Ja ... und?»

«Alle blau markierten Flächen sind öffentliches Land. Alles öffentliche Land gehört der Stadt und untersteht der Kontrolle des Shogun, vertreten durch unseren Gouverneur. Was Ihr als Kirchengrund bezeichnet, als Euren heiligen Kirchengrund, befindet sich innerhalb einer blau markierten Fläche.»

«Aber das stimmt doch nicht. Das ist unser Kirchengrund. Das gehört uns ... das ist unser Besitz.»

«Ihr seid noch jung, Padre,» sagte der Vormann, «vielleicht kennt Ihr die Geschichte Nagasakis zu wenig und wißt nicht, was sich hier abgespielt hat, vor gar nicht so langer Zeit, vor genau fünfundzwanzig Jahren. Ich bin hier geboren und kann mich noch gut daran erinnern, wie es damals war, als Nagasaki euch, den Padres, gehörte. Jede Straße, jede Gasse, jedes Haus, jeder Fuß Boden gehörte den Padres. Jede Seele gehörte den Padres, denn niemand, der nicht Kirishitan war, durfte in Nagasaki seinen Wohnsitz aufschlagen. Damals konnten die Padres sagen, wenn sie irgendwo eine Kirche hinbauten, sie steht auf ihrem Grund und Boden. Aber die Zeiten haben sich geändert, junger Padre. Heute steht Eure Kirche auf städtischem Grund und Boden. Damit müßt ihr Euch abfinden.»

Nach dieser im Plauderton vorgetragenen Belehrung rollte der Vormann seinen Lageplan wieder ein und schob ihn in seinen Kittel zurück. Er wandte sich den Arbeitern zu. Sie hatten den Pfosten inzwischen eingesetzt und waren dabei, das Loch zuzuschaufeln. Er überprüfte mit einem Lot, ob der Pfosten auch genau senkrecht stand, dann gab er seinen Arbeitern einen Wink, und sie begannen, die Erde mit den Füßen festzustampfen.

Ricardo war unsicher, ob er weggehen oder bleiben sollte. Er entschied sich zu bleiben und den Vormann noch einmal zur Rede zu stellen. Wenn er in Nagasaki geboren war, dann mußte er getauft sein. «Du hast sicher die Weihe der Taufe erhalten», sagte Ricardo und richtete sich zu seiner vollen Höhe auf.

«Junger Padre», antwortete der Vormann und hob ihm sein Kinn entgegen, «ja, ich bin getauft, so wie alle Bewohner der Stadt getauft werden mußten, die hier weiterleben wollten.»

«Aber wir haben doch Nagasaki gegründet!»

Der Vormann schüttelte den Kopf. «Eure Geschichtskenntnisse sind schwach. Vor tausend Jahren, junger Padre, war Nagasaki schon ein Ort mit dreihundert Häusern. Als die Padres kamen, gab es fünfhundert Häuser hier, fünfhundert Familien, etwa fünftausend Seelen. Entweder weggehen und alles verlieren, was sie über Generationen aufgebaut hatten, oder sich taufen lassen. Das war die Wahl. Meine Eltern wollten bleiben, weil Nagasaki ihre Heimat war, weil schon ihre Vorfahren hier gelebt haben. Darum, junger Padre, bin ich getauft.»

Ricardo hatte sich, bevor er nach Japan kam, mit allen Einzelheiten der Geschichte Nagasakis vertraut gemacht, ein unbedeutendes Fischerdorf, bis es dank des Einfallsreichtums der portugiesischen Kaufleute und der Padres zu einem Welthafen wurde. Ein guter Hafen mit tiefem Wasser, durch vorgelagerte Inseln vor Stürmen geschützt. «Uns verdankt Nagasaki seine Größe und seinen Ruhm», sagte Ricardo laut.

«Ja, ja», nickte der Vormann, «so ist das. Und weil euch die Stadt so gut gefiel, wart ihr schon dabei, sie in eine Festung zu verwandeln. Das war der Grund ...»

«Der Grund? Für was?»

«Dafür, daß es so nicht weitergehen konnte ... ihr mit euren Befestigungsmauern ...»

«Befestigungsmauern? Niemals.»

Geruhsam zog der Vormann den Stadtplan wieder aus seinem Kittel und rollte ihn aus. «Schaut, junger Padre, hier, unweit der Stelle, wo wir stehen, begann Eure Mauer. Sie lief in geschwungener Linie zum Fluß hinunter. Von dort wendete sie sich zum Hafen hin und kehrte auf der Hafenseite zurück bis an den steilen Hang. Die Ausbuchtungen, die Ihr auf der Karte seht, das waren die Fundamente großer Schießanlagen, wahrscheinlich für Kanonen gedacht ...»

«Dummes Zeug. Verleumdung. Lüge», schoß Ricardo heraus, ehe der Vormann seinen Satz zu Ende bringen konnte, «üble

Nachrede. Teufelshetze. Beschmutzung unseres Namens. Wer hat je von einer Befestigungsmauer gehört? Wer hat je gehört, daß Nagasaki befestigt war?»

«Nagasaki war eben noch nicht befestigt, aber die Mauer war schon im Bau. Ein paar Jahre später ... wer weiß, ob unsere Regierung die Stadt ohne Blutvergießen hätte zurückholen können.» Der Vormann ging grußlos weg.

«Zum Teufel», knirschte Ricardo und schüttelte seine Faust dorthin, wo der Vormann mit seinen Arbeitern verschwunden war. Zum Teufel mit diesem Kerl. Der Fluch beruhigte ihn und klärte seine Gedanken. Was hätte der Provinzial an seiner Stelle getan, fragte er sich. Er preßte die Augen fest zu und sah Ferreira vor sich, sein scharf geschnittenes, edles Gesicht, seinen wachsamen Blick. Er verstand es immer, im entscheidenden Augenblick das Richtige zu sagen. Er ließ sich niemals gegen die Wand drücken. Von ihm kam nie ein voreiliges Wort, statt dessen Worte von Bedeutung, deren Gewicht zunahm, je länger man sie in der Erinnerung hin und her wendete.

Die Messe war zu Ende, und die Kirishitan traten in Scharen aus der Kirchentür. Ricardo blickte auf und erkannte oben auf der Treppe die Frau mit dem Schleier. Sie hob ihn an und warf ihn mit einer kecken Handbewegung nach hinten. Sie neigte zum Zeichen des Erkennens ihren Kopf und lächelte das gleiche Lächeln wie in der Kirche. Das Lächeln bohrte sich erneut in Ricardo und entfachte das Feuer wieder, so mächtig, daß seine Haut zu brennen begann. Er raffte seine Kutte zusammen und eilte mit großen Schritten die Treppenstufen hinauf, an der jungen Frau vorbei, zurück in das Gotteshaus, wo die von Weihrauch geschwängerte Luft Erlösung verhieß. Ungeachtet der anderen Padres, die in Gruppen zusammenstanden oder sich um den weißbärtigen Padre Leonardo scharten, warf er sich vor dem Altar auf die Knie und bat um Vergebung seiner sündigen Gefühle.

Ehe der Tag zu Ende ging, erhoben sich vor allen fünfzehn Kirchen der Stadt die gleichen Pfosten aus Zedernholz, fest in den Boden gerammt. Auch an der Brücke über den Nakajima, am Hafen entlang der Pier und an allen vier Eingängen zum Marktplatz standen diese Pfosten, übermannshoch.

Der Abend kam, und die Nacht senkte sich über das Tal. Sie brachte der Stadt keine Ruhe. Irgendwelche Gestalten huschten durch die dunklen Straßen und Gassen und verschwanden hinter Shojitüren, von innen her vom schwachen Schein einer Öllampe erleuchtet. Unter den Kruzifixen, die in den Kirishitanhäusern an der Wand hingen, versammelten sich die Menschen und sprachen mit gedämpften Stimmen. Ihre Worte kreisten um die Geschehnisse des Tages, die mit der feierlichen Prozession zur Kirchweihe begonnen und mit der Errichtung der Pfosten geendet hatten.

«Was hat der Gouverneur vor?»

«Ja, was hat er vor?»

«Sicher kommt eine wichtige Ankündigung.»

«Noch nie sind so viele Pfosten aufgestellt worden.»

«Kann nichts Gutes bedeuten.»

«Bestimmt was Schlimmes.»

«Aber wir haben doch nichts Sündhaftes getan.»

«Wer so viele Pfosten aufstellt, hat bestimmt was Schlimmes im Sinn.»

«Vor jeder Kirche … stellt euch das vor … vor jeder Kirche.»

«Da braut sich was zusammen.»

«Sicher hat der Teufel seine Hand im Spiel.»

«Wir müssen warten, bis sie die Tafeln an die Pfosten hängen.»

«Ja, dann können wir's lesen.»

«Aber das kann noch Tage dauern.»

«Schrecklich, diese Ungewißheit.»

«Padre Leonardo …»

Die Erwähnung dieses Namens verbreitete Hoffnung. Alle, die niedergeschlagen dasaßen, hoben ihre Köpfe und nickten.

«Ja, Padre Leonardo …»

«Er weiß, was die Zukunft birgt.»

«Bestimmt hat er schon mit den Engeln gesprochen.»

«Er wird uns sagen, was er von den Engeln weiß.»

«Dann gehen wir morgen hin und fragen ihn.»

* *
*

Für Padre Ricardo verlief die Nacht unruhig und kurz. Schon vor Sonnenaufgang war er auf den Beinen und wanderte durch die Straßen und Gassen. Ein frischer Talzug kühlte seine Wangen. Der Hafen lag verlassen da. Die portugiesischen Galeonen waren längst nach Süden abgesegelt, und auch das letzte Rotsiegelschiff hatte vor einer Woche die Segel gesetzt, um die Herbstwinde für die Fahrt nach Malakka und Siam zu nutzen. Nur kleinere Schiffe lagen noch an der Pier vertäut, unter ihnen fast drei Dutzend chinesischer Dschunken. Auf ihnen regte sich schon Leben. Rauch von den morgendlichen Kochfeuern stieg kräuselnd von Deck auf und wurde vom Talzug über das Hafenbecken getragen. Möwen kreisten in der Luft und ließen unablässig ihre kreischenden Stimmen hören.

Auf der Pier erschienen Arbeiter und machten sich daran, Säcke und Ballen aus den Lagerhäusern entlang der Uferstraße herauszutragen und in die Dschunken zu verladen. Sie schleppten kupferne Kessel, eiserne Pfannen, Ballen getrockneten Seetangs und Fässer voll mit gesalzenen Fischen. Im Vorbeigehen schauten sie scheu zu Ricardo hin und verbeugten sich. «Deus sei mit euch», antwortete er und hob die Hand zu einem segnenden Gruß. Ein wohliges Gefühl der Vertrautheit erfüllte ihn, denn er wußte, daß er unter Kirishitan war. Nach der Begegnung mit dem aufsässigen Vormann, an die er nur ungern dachte, wirkten die Verbeugungen der Arbeiter hier wie Balsam für seine Seele. Mit leichteren Schritten ging er weiter entlang der Pier.

Am Ende des Holzstegs erhob sich ein schneeweißer Reiher aus dem dichten Schilf. Er flog mit langsamen, weit ausholenden Flügelschlägen über das Hafenbecken zur anderen Seite der Flußmündung hin. Ricardo sah ihm nach, wie er einen Bogen über dem anderen Ufer zog und schließlich am Schilfrand einfiel.

Als er zurückkam, traf er einige Pierarbeiter auf dem Holzsteg im Kreis sitzend. Aus flachen Kästchen schaufelten sie sich Reis in den Mund und tranken dazu Tee aus irdenen Schalen. Sie blickten erstaunt auf, als Ricardo stehenblieb und fragte, ob er sich zu ihnen setzen könne.

«Natürlich», erwiderte der Älteste, «eine Ehre.»

«Eßt ruhig weiter», sagte Ricardo, aber sein Kommen hatte alle so durcheinandergebracht, daß sie eiligst ihre Eßstäbchen abwischten und den Reis, den sie noch nicht aufgegessen hatten, zur Seite schoben. Danach blickten sie verschämt vor sich hin und schwiegen. Einer kaute an den Fingernägeln, ein anderer zog an seinen Fingern, und die Knöchelgelenke knackten.

«Also», sagte Ricardo und erinnerte sich seines Auftrags, er solle Augen und Ohren offenhalten, was die Menschen hier dachten, «also, ihr seid, wie ich sehe, alle gute Kirishitan.» Er deutete auf die kleinen Holzkreuze, die sie an einem Stoffband um den Hals trugen, und nickte ihnen aufmunternd zu.

«Ja, Kirishitan sind wir», bekräftigte der Älteste und wischte sich die Aufregung von der Stirn, «nicht immer so brav, wie wir sein sollten, aber wir geben uns Mühe. Zeig mal …», befahl er seinem Nachbarn zur Rechten, «zeig deinen Buckel her.»

Der Nachbar streifte seinen Kittel ab und ließ Ricardo die Spuren seiner letzten Geißelung sehen, die sich auf seinem Rücken abzeichneten. «Im Frühjahr … während der Passionswoche … keine einfache Bambusrute, sondern ein Lederzopf mit eingeflochtenen Nägeln.»

«Ich auch», sagte ein anderer und entblößte seinen Oberkörper, «ich auch mit dem Lederzopf.»

«Und ich», meldete sich der vierte zu Wort, «ich habe mich noch am letzten Freitag gegeißelt.»

Der Älteste druckste vor sich hin und sagte, er sei schon zu alt für den Lederzopf. «Meine Frau», murmelte er, «meine Frau meint, ich brauche meine Schultern noch eine Zeitlang für die Lasten. Und die Wunden heilen bei mir nicht mehr so schnell, wie früher, als ich jung war.»

Ricardo tröstete ihn, mit dem Alter würden die Sünden leichter. «Solange du noch Bambusruten benutzt, dich von deinen Sünden zu reinigen, wird Deus mit dir zufrieden sein.»

Er blieb noch bei den Männern sitzen, fragte sie, wie viele portugiesische Schiffe sie in diesem Sommer entladen hätten und wie viele chinesische Dschunken. Er fragte, ob die Chinesen genauso gut zahlten wie die Portugiesen, und nickte, als er hörte, der Lohn sei überall der gleiche. Das Plaudern lockerte die Zungen. Ricardo fragte die Jüngeren, ob sie schon verheiratet seien und ob sie

Kinder hätten, fragte den Ältesten, was aus seinen Söhnen geworden sei. Die Sonne hob sich schon zwei Handbreit über die östliche Hügelkette. Der Älteste blinzelte zur Sonne hin. «Padre», druckste er und wischte sich die Verlegenheit von der Stirn, «Padre, wir müssen zur Arbeit. Bis Sonnenuntergang gibt's eine Menge Säcke zu verladen …», er deutete auf die Dschunke, die an der Pier vertäut lag. Ein Chinese mit langem Zopf stand an Deck und blickte stumm mit starrer Miene herüber, «… sonst kriegen wir unseren Lohn nicht.»

Ricardo wandte den Kopf und sah den schweigsamen Chinesen, aus dessen Haltung Ungeduld sprach. Offenbar hatte er schon einige Zeit dort gestanden und herübergestarrt. «Wenn dieser Heide euch nicht euren gerechten Lohn bezahlt», sagte er und hob verächtlich sein Kinn, «wird Deus ihn und sein Schiff auf den Grund des Meeres schicken.»

Mit diesen Worten stand er auf. Er legte jedem der Männer, die ebenfalls aufgesprungen waren, seine Hand segnend auf den Kopf und sprach ihnen Mut zu. Danach ging er über den Landesteg zurück zur Stadt. Schon von weitem erkannte er eine Menschentraube vor der Santa Clara nahe dem Wasser, deren Glockenturm die dort stehenden Häuser der reichen Kaufleute überragte. Neugierig näherte er sich, denn es schien ihm, als habe sich diese Menschenansammlung vor dem Pfosten an der Kirchentreppe gebildet. Er richtete sich zu voller Höhe auf, um über die dicht gedrängt stehenden Zuschauer hinwegblicken zu können. Er sah Arbeiter, die, auf einer Leiter stehend, mit Nagel und Hammer eine Tafel befestigten. Was darauf stand, war noch durch ein Tuch verdeckt. Er sah, als er seinen Hals noch höher reckte, den Vormann, der an die Leiter trat, hinaufstieg und das Tuch abnahm, darunter eine breite Tafel aus feinem Holz, von Rand zu Rand mit schwarzen Schriftzeichen bedeckt. Ein Raunen lief durch die Menge, und alle versuchten sich vorzudrängeln.

Ricardo sah, wie der Vormann sich einen Weg durch die Menge bahnte. Er kam auf ihn zu. «Junger Padre», rief er, und sein Gesicht zeigte ein respektloses Grinsen, «jetzt könnt Ihr in Ruhe lesen, was auf der Tafel steht.» Er winkte ihm näher zu treten und bahnte schon eine Bresche für ihn durch die Menge, aber Ricardo würdigte ihn keines Blicks. Er ging mit raschen Schritten weiter, wollte er doch nicht erkennen lassen, daß er die Schriftzeichen nicht lesen konnte.

Er fragte nach dem Weg zur Todos os Santos, um Padre Leonardo im Auftrag von Ferreira aufzusuchen. Auch vor der Todos os Santos hing schon eine Tafel am Pfosten unter einem Winkeldach, und viele Kirishitan standen dicht an dicht, die Köpfe in den Nacken gelegt, um zu sehen, was darauf stand. Die Köpfe nickten, während die Augen die Zeilen rauf- und runterkrochen. Viele, die nicht lesen konnten, dies aber nicht zugeben wollten, nickten im Gleichtakt mit den anderen und bewegten ihre Lippen stumm. Ab und zu stießen sich einige mit dem Ellbogen an und deuteten auf ein Schriftzeichen, das sie nicht entziffern konnten. Dann ging ein Flüstern und Raunen umher, bis jemand halblaut dessen Bedeutung erklärte.

Die Sonne stieg höher und höher und wärmte den Vorplatz, der auf drei Seiten von Eichen und Zedern gesäumt war. Mehr und mehr Menschen kamen herbei. Sie wuchsen immer enger zusammen, aber die meisten konnten doch nur das Winkeldach sehen. Ihre Blicke gingen zwischen dem Dach und dem goldenen Kreuz auf dem Kirchturm hin und her.

Langsam rückte die Menge vor und trug Ricardo mit sich, und schließlich kam er ganz nahe an die Tafel heran. Die Menschen vor ihm standen mit respektvoll runden Rücken da, den Blick auf die Schrift gerichtet. Auch er versuchte zu entziffern, was da stand, kam aber nicht weit damit. Nur soviel konnte er entschlüsseln, daß es sich um eine offizielle Kundgebung des Shogun handeln mußte, doch dazu brauchte er den Text nicht zu lesen: Aus der linken unteren Ecke sprang sichtbar das rote Siegel des Shogun hervor, dick in Lack gepreßt.

«Was steht da?» Ricardo berührte einen seiner Nachbarn leicht an der Schulter, aber der war so mit dem Entziffern beschäftigt, daß er nur ein unwilliges Grunzen von sich gab.

«Was steht denn da?» wandte sich Ricardo zur anderen Seite hin, aber dieser Nachbar schüttelte den Kopf und gab kleinlaut zu, er könne nicht lesen.

Da öffneten sich mit Schwung die großen, eichenen Flügeltüren der Todos os Santos, und aus der dunklen Öffnung flutete Orgelmusik. Die Töne schwollen an, stiegen immer höher, bis sie wie helle Fanfaren klangen, welche das Erscheinen der Engel ankünden. Schweigen senkte sich über die Wartenden, und selbst die Blätter in den Eichen und die Nadeln in den Zedern rundum raunten nicht mehr im Wind.

In diesem Augenblick höchster Erwartung trat Padre Leonardo durch die Flügeltüren in das Sonnenlicht heraus. Er trug eine goldene Stola über seinem weißen Ornat, und zwei Ministranten flankierten ihn. Die Kirishitan am Fuß der Treppe gingen in die Knie, andere hinter ihnen versuchten es ebenfalls, aber die Menge stand so dichtgedrängt, daß es nur wenigen gelang.

Padre Leonardo breitete die Arme aus und erteilte ihr den Segen. Dann raffte er sein bodenlanges Gewand und kam mit einer Sicherheit, die seine Blindheit vergessen ließ, die Treppe herab. Auf halbem Weg blieb er stehen, hoch aufgerichtet, Zuversicht ausstrahlend. Sein weißer Bart bedeckte die Stola und verhüllte fast das in Gold eingewebte Kreuz.

Padre Leonardo sprach zunächst im Flüsterton, so leise, daß sogar die in unmittelbarer Nähe Stehenden den Atem anhalten mußten, um ihn zu verstehen. Langsam aber steigerte sich seine Stimme, die nun über den Vorplatz hallte. Er sprach von Deus, dem allmächtigen Vater, dem Schöpfer des Himmels und der Erde, der die Menschen nach Seinem Ebenbild geschaffen hat, dem Richter über alle Lebenden und Toten von Ewigkeit zu Ewigkeit. Er sprach davon, wie sehr Deus die Menschen liebe, alle Menschen, Jung und Alt, Arm und Reich, ohne Unterschied. Er sprach von dem Auftrag, den Er, der Allmächtige, den Padres gegeben habe, die Botschaft Seiner Liebe in alle Länder zu tragen, trotz der Gefahren der weiten Reise, trotz der entbehrungsreichen Monate zur See, trotz Hitze und Kälte, trotz Stürmen und Wogenprall, trotz Krankheiten und Tod. Er schilderte, wie damals, als er zum erstenmal nach Japan kam, vor über fünfzig Jahren, ein Mitbruder auf dem Schiff in seinen Armen starb. Seine letzten, gehauchten Worte waren: «Bring die Kunde von Deus nach Japan, so daß die Menschenseelen dort aus der Umklammerung des Teufels erlöst und in den Himmel aufgenommen werden können.»

Nach diesen Worten legte Padre Leonardo eine Pause ein. Aus der Menge drang Schluchzen zu ihm, und er selbst wurde von der Erinnerung an den toten Bruder übermannt, dem es nie vergönnt war, Japans Küste zu sehen.

«Ich habe das Versprechen, das ich meinem toten Bruder gab, gehalten. Ich habe euch, den Kirishitan in diesem Land, die Botschaft von Deus gebracht», fuhr Padre Leonardo mit erstickter Stimme fort, «ich habe um des himmlischen Vaters willen meinen irdischen Vater und meine irdische Mutter verlassen. Ich habe mein Leben Deus geweiht und es euch gewidmet.»

Viele der Kirishitan schienen so bewegt, daß sie in lautes Rufen ausbrachen. Sie warfen ihre Arme in die Luft und hüpften auf der Stelle, um Padre Leonardo besser sehen zu können, dessen rosiges Gesicht in der Sonne leuchtete. Immer mehr und mehr warfen die Arme hoch und feuerten sich gegenseitig an, dem Padre für seinen lebenslangen, aufopferungsvollen Dienst zu danken. Erst als dieser mit gebieterischer Geste seine Hand hob, kehrte wieder Ruhe ein, eine mit Spannung geladene Ruhe.

«Seht ihr nicht auch die Engel», ertönte seine Stimme voller Andacht, und sein Blick war starr nach oben gerichtet, «dort am blauen Himmelszelt. Seht ihr sie, wie sie durch die Lüfte gleiten in ihrem ätherischen Gewand, von den Flügeln der Liebe getragen, Boten des Allmächtigen, immer zu unserer Seite, in allen Stunden der Not, immer schützend, immer wachsam, immer gerecht, nie verzagend.» Padre Leonardo hob seine Arme höher und höher, als ob er selber hinaufgezogen werde durch eine unsichtbare Kraft, die sich vom Himmel herabsenkte und seine Hände ergriff. Eine überirdische Verklärtheit legte sich auf seine Züge, und seine Stimme wurde hell wie die Stimme eines Kindes. «Hört ihr sie, die Engel, wie sie singen. Sie jubeln, weil wir auf Erden das gute Werk tun. Seid still, seid still ... still ... still ... ... seid still, ich höre die Stimmen der Engel ... seid still, damit ich sie besser hören kann ... damit ich verstehen kann, was sie sagen. Ja, ich sehe euch, Boten des Himmels ... ja, ich höre eure Stimmen ... ja, ich verstehe eure Worte.»

Gebannt, in ehrfürchtiges Schweigen gehüllt, verfolgte die Menge die Erscheinung, die über Padre Leonardo kam und ihn völlig in Besitz nahm. Er stand da mit hochgereckten Armen, die blinden Augen gegen den Himmel gekehrt, ein verklärtes Lächeln auf dem Gesicht, umrahmt von seinem weißen Bart. So blieb er stehen, regungslos, und die Welt war so still, daß die Vögel ihr Singen vergaßen und der Wind schwieg. Langsam kehrte Padre Leonardos innerer Blick zurück in diese Welt. Seine Arme breiteten sich, die offenen Handflächen zum Himmel gewandt, senkten sich langsam und fielen schließlich wie kraftlos herab. Er wischte sich über seine blinden Augen. Dann schwankte er, als sei alle Kraft aus ihm gewichen. Die Ministranten stützten ihn von beiden Seiten.

«Schon gut», sagte er da ganz ruhig und schob die helfenden Hände von sich. Er straffte seine Schultern: «Die Engel haben gesprochen», rief er voller Glut in die Menge, die andächtig zu ihm aufschaute, «die Engel haben gesprochen, das Jüngste Gericht kommt, die Welt wird untergehen, ein Komet, ein schrecklicher Komet wird am Himmel stehen, die Engel haben gewarnt, sie geben uns nur noch wenig Zeit, Zeit der Besinnung und der Buße, bis Deus in Seinem Zorn den Kometen über uns kommen läßt. Feuer wird aus den Wolken regnen. Ein schrecklicher Komet. Nur wer an Deus glaubt, wird gerettet», rief er und bohrte seinen blinden Blick in die ihm zugewandten Gesichter, «nur wer an Deus glaubt, der wird dem Feuer entrinnen. Seid ihr bereit? Seid ihr bereit? Seid ihr wirklich bereit?»

Die Menschen hoben ihre Hände empor und schrien wie aus einer Kehle: «Ja ... ja ... ja ... wir sind bereit ... bereit ... bereit ...»

«Und nun», Padre Leonardos Stimme schwoll zu einem gewaltigen Donner an, der die Vögel aus den Bäumen hochstieben ließ, «hat der Teufel diese Tafel vor unseren Kirchen aufgestellt», er streckte seinen Arm aus, «Worte des Teufels, Worte des Teufels, Worte des verfluchten Teufels ...» Sein Bart wallte, und sein Arm schien die Tafel neben dem Treppenaufgang aufzuspießen.

Die Menge stimmte in seinen Ruf ein: «... Worte des Teufels, des Teufels, des Teufels ...», und Hunderte von Händen reckten sich zum Himmel. Sie griffen nach der Tafel, zerrten daran, rissen das Winkeldach herunter, zertrampelten es mit den Füßen, rissen die Tafel aus ihrer Verankerung, hoben sie triumphierend hoch und zerschmetterten sie auf den Kirchenstufen.

Andere umfaßten den in den Boden gerammten Pfosten und rüttelten ihn so heftig hin und her, bis er locker genug war und sie ihn herausreißen konnten.

«Raus mit dem Teufelspfahl, raus aus dem geheiligten Grund unserer Kirche.» Alle stimmten ein: «Raus mit dem Teufelspfahl, raus, raus, raus.» Einige Männer packten den Pfosten wie einen Rammbock und bahnten sich eine Schneise durch die Menge, bis sie die Grenze des Vorplatzes erreicht hatten, wo der Hang steil nach unten abbrach. Mit rhythmischem Vor- und Rückbewegungen, vom schrillen Kreischen der Frauen begleitet, schwangen sie den Pfosten hin und her und ließen ihn schließlich mit einem gewaltigen Schrei los. Er schoß in hohem Bogen den Hang hinab und bohrte sich in ein Bachbett, schlammig noch vom letzten Regen.

«Auf zur Santa Clara», kam eine Stimme von der Treppe. «Auf zur Santa Clara!»

«Nein, zur Misericórdia. Die ist näher!» schrie eine andere.

«Nein, zur Santo Domingo.»

«Gleich, wohin.»

«Raus mit dem Teufelspfahl.»

«Raus, raus, raus.»

«Wir werden den Teufel vertreiben.»

«Die Engel schützen uns.»

«Sie schützen uns.»

«Der Komet … der Komet …»

«Aber wir werden gerettet … wir werden gerettet.»

«Raus mit dem Teufelspfahl.»

«Raus mit dem Teufel.»

«Raus, raus, raus.»

«Die Engel schützen uns», jubelten die Menschen und setzten sich langsam in Bewegung.

Ricardo, zwischen den Kirishitan eingekeilt, sah mit Schrecken, wie die Menge in einen Taumel verfiel. Er ruderte mit den Armen. Er flehte um Ruhe. Er flehte um Besonnenheit. Er dachte an Ferreira und daran, was er in diesem Augenblick tun und sagen würde. Mit aller Macht versuchte er, sich den Kirishitan entgegenzustemmen und ihnen den Weg zu versperren. Aber nichts half. Er wurde geschoben, mitgerissen wie von einem breiten Schlammstrom, der sogar große Felsen wegtragen könnte.

«Ein Komet wird am Himmel erscheinen.»

«Aber wir werden gerettet.»

«Die Engel retten uns.»

«Die Engel schützen uns ... schützen uns ... schützen uns ...»

Erst als sich die Masse unten in die Gassen verteilte, gelang es Ricardo, sich in einen Hauseingang zu retten. Dort wartete er, an die Wand gepreßt, bis die Gasse frei war, und rannte dann mit geraffter Kutte, so schnell deren fliegende Enden es erlaubten, in Richtung Hafen. In allen Straßen und Gassen, durch die er kam, traten die Menschen aus ihren Häusern, Männer, Frauen, Kinder, angelockt von der johlenden Masse.

«Was gibt's?»

«Was ist los?»

Und die Masse antwortete: «Der Teufel ... der Teufel ... der Teufel!»

Andere schrien: «Komet kommt ... Komet kommt ... Komet kommt!»

Überall in der Stadt begannen die Feuergongs zu erklingen, und die Feuerbrigaden schwärmten aus. Aber sie fanden kein Haus, das in Flammen stand. Nur Kirishitan, die in dichten Trauben durch die Gassen drängten und wie mit einer Stimme schrien: «Komet kommt ... Komet kommt ... Komet kommt!»

Es war schon dunkel, als Ricardo nach langem Irren durch versperrte Gassen atemlos den Hafen erreichte.

12

Unruhiges Meer

Als der Kutter den Schutz der beiden Inseln Oki und Koyaki verließ, die der Einfahrt zum Hafen von Nagasaki wie Wellenbrecher vorgelagert sind, wurde die Dünung höher, und die Wellen schlugen hart gegen den Bug. Der Schiffer und sein schweigsamer Maat zurrten die Seile fest, die das Segel hielten, und klemmten einen Holzsplint in den Ruderschaft, um das Ruder auf stetem Kurs zu halten, südsüdwest, entlang der Küstenlinie, die sich dunkelgrün gegen den noch blassen Morgenhimmel abhob. Dann kamen der Schiffer und sein Maat zu der freien Stelle vor der Kajüte und setzten sich auf die geflochtenen Bastkissen, die fürs Frühstück auf den Planken ausgelegt waren. Padre Ricardo lehnte gegen die Kajütenwand, denn die harte Dünung tat seinem Magen nicht gut.

«Also, junger Padre», sagte die Schiffersfrau in ihrer huschenden Sprechweise, als sie mit einer flachen hölzernen Kelle den heißen Reis in irdene Schalen verteilte und aus einer Bambusholzdose kleine getrocknete Fische darüber streute, «Eure Zeit wird nun bald vorbei sein.»

Sie war eine kleine Frau mit runzeligem Gesicht und flinken Augen. Mit ihren langen Stäbchen fischte sie gekochte Rettich- und Süßkartoffelscheiben aus dem Suppentopf, legte sie auf kleine Teller und reichte sie auf einem Tablett herum, damit jeder sich einen Teller nehme.

Ricardo legte seine Hand an die Stirn, die sich mit feinen Schweißtropfen bedeckt hatte. Er schloß die Augen, um das Essen nicht sehen zu müssen.

«Schau», sagte die Schiffersfrau und schubste ihren Mann mit dem Ellbogen an, «unserm Padre ist nicht wohl.»

«Gib ihm eine Tasse Kräutertee», antwortete der Schiffer, ohne von seiner Eßschale aufzublicken, «von der bitteren Sorte.»

Die Schiffersfrau verschwand in der Kajüte und kam mit einer Dose Kräutertee zurück. Mit eisernen Stäbchen legte sie zwei neue Stück Holzkohle auf und schürte das Feuer, das in einem tragbaren Herd aus Ton brannte.

«Paß auf, Weib, daß keine Funken fliegen», mahnte der Schiffer, «das Wasser ist heiß genug.»

Seine Frau warf ihm einen mißbilligenden Blick zu. «Wasser muß kochen, sonst wirkt der Kräutertee nicht.»

«Lieber einen kotzenden Padre an Bord als ein Feuer», brummte der Schiffer vor sich hin und stellte sich den Löschwassereimer griffbereit neben sein Bastkissen.

Das Wasser im Kessel begann zu zisseln wie der Wind, der an der Takelage zerrte. Die Schiffersfrau brühte den Tee auf und ließ ihn ein wenig ziehen. Dann füllte sie ihn in einen Becher. «Ihr seid von so weit übers Meer gekommen», sagte sie kopfschüttelnd, «vom Ende der Welt. Das ist doch noch weiter als Annam und Siam, sogar noch weiter als Indien. Monate muß Eure Reise gedauert haben, Monate zur See, und Ihr seid immer noch nicht wellenfest?»

Ricardo nippte an dem Becher und verzog sein Gesicht.

«Ja. Bitter ... bitter tut gut ... gut für den Magen.» Die Schiffersfrau behandelte ihn wie ein Kind, dem sie erklären mußte, warum Medizin eben manchmal bitter sein muß. Sie lehnte sich zu ihm hinüber und tupfte ihm den Schweiß von der Stirn. «Noch ein Schlückchen ... nur noch ein Schlückchen, junger Padre ... bald wird Euch besser sein. Tief atmen ... tief atmen. Ihr seid doch noch so jung, junger Padre ... wie alt seid Ihr denn?»

«Siebenundzwanzig.»

«Siebenundzwanzig», wiederholte sie, «wie unser Sohn ... er wäre jetzt auch siebenundzwanzig, wenn ...» Sie stockte.

«Ist ihm etwas geschehen?» fragte Ricardo wie beiläufig.

«Schweig, Weib!» rief der Schiffer schroff über das Deck des Kutters.

«Warum soll der Padre nicht erfahren, wer Saburo ermordet hat?» fragte seine Frau scharf zurück.

«Weil er nichts damit zu tun hat.»

«Natürlich hat er nichts damit zu tun, aber es waren seine Landsleute.»

«Aber es ändert doch nichts, wenn du davon wieder anfängst.» Aus der Stimme des Schiffers klang Müdigkeit.

«Aber daß es die Portugiesen waren, die unseren Saburo umgebracht haben, das werde ich in die Welt hinausschreien, solange ich lebe. Ich werde es herausschreien, bis alle es wissen, daß die Portugiesen Mörder sind.»

Der Schiffer kam zu seiner Frau und legte seinen Arm um ihre Schulter. «Nicht alle», redete er beruhigend auf sie ein.

«Aber die Padres sagen doch immer wieder», erwiderte die Frau mit zornigen Augen, «sie sagen doch immer, Kirishitan sind gute Menschen, und die Portugiesen sind doch alle Kirishitan, auch die in Macao, die unseren Saburo totgeschlagen haben, oder vielleicht nicht?»

Ricardo vergaß seinen unwohlen Magen. Ein anderes Gefühl des Unwohlseins kam in ihm hoch und saß wie ein Kloß in seiner Kehle. Er hätte die Frau nicht fragen sollen, was mit dem Sohn geschehen sei, ein Fehler, obwohl er doch nur seine Teilnahme hatte zeigen wollen. Jetzt war es zu spät. Die Augen der Frau blitzten ihn zornig an, und ihre Stimme war die Stimme einer Mutter, die ihn anklagte, Schuld am Tod ihres Sohnes zu tragen.

«Nicht alle», griff Ricardo die Worte des Schiffers auf, «nicht alle meine Landsleute sind schlechte Menschen. Die meisten glauben an Deus, obwohl einige wenige, das muß ich zugeben, vom Teufel verblendet sind.»

«Aber warum sagt Ihr dann, Eure Welt sei so viel besser als unsere?»

Die ätzende Schärfe, die aus der Schiffersfrau sprach, ließ Ricardos Schultern höher wachsen. Was hatte er getan, daß sie ihn so angiften mußte? Deshalb räusperte er sich vernehmlich und versicherte ihr, daß Deus alle Menschen liebe, aber daß Sein Wille unerforschlich bleibe, daß ihr Sohn längst im Himmel aufgenommen sei und daß er dort in der Glorie des Lichts unter Engeln weiterlebe.

Der Schiffer hatte seinen Arm um die Schultern seiner Frau gelegt. Sie blickte starr vor sich hin, wischte sich mit dem Handrücken über die Augen und schwieg. «Saburo war unser einziger Sohn», sagte sie schließlich, «unser einziger Sohn, ein guter Maat. Er hat alles, was er wußte, von seinem Vater gelernt. Wenn man zur See fährt ... das Meer ist gefährlich, und wenn man zur

See fährt, muß man immer mit dem Schlimmsten rechnen. Aber daß er gerade in Macao ermordet wurde …»

«Laß, was geschehen ist, geschehen sein», sagte der Schiffer. Seine Frau wischte sich wieder über die Augen und schwieg. So verging die nächste Stunde, während der Kutter südsüdwestwärts steuerte. Solange sich der Schiffer dicht an der Küste hielt, im Windschatten der Hügelkette, hatten er und sein Maat nicht viel zu tun. Es genügte, wenn sie gelegentlich das Segel etwas anders setzten, nur um ein paar Grad, und das Ruder neu festklemmten. Die Frau beschäftigte sich inzwischen in der Kajüte mit ihrer Kochstelle, in der das Feuer schon fast erloschen war. Sie holte Meerwasser mit einem Eimer, den sie an einem Seil über Bord schwang, und benutzte es zur Reinigung der irdenen Schalen und Eßstäbchen. Ihr Gesicht wirkte in sich gekehrt, aber allmählich verloren sich die Zeichen ihrer Trauer, und die Bewegungen ihrer Hände wurden wieder flink, wie sie anfangs gewesen waren.

Ricardo hatte langsam Hunger bekommen, und die Frau stellte ihm eine Eßschale mit Reis und in Salz eingelegten Pflaumen hin. Sie legte ein Paar frisch gewaschene Eßstäbchen daneben. «Das wird Euch guttun», sagte sie in ihrer huschenden Sprechweise und schaute ihm zu, während er sich den ersten Happen Reis zum Mund führte.

«Aber Eure Zeit, junger Padre», redete sie weiter, «Eure Zeit hier bei uns wird bald vorüber sein. Habt Ihr schon Pläne für Eure Abreise gemacht?»

Ricardo blickte fragend über den Rand der Reisschale auf.

«Von den Schildern red' ich, den Schildern in Nagasaki. Ihr habt doch sicher gelesen, was draufsteht.»

Um Zeit zu gewinnen, schob sich Ricardo eine gesalzene Pflaume in den Mund und trennte sie mit der Zunge vom Kern. «Ja», legte er schließlich falsches Zeugnis ab und schämte sich seiner Lüge, «ja, ich habe gelesen, was darauf stand.»

«Also, was haltet Ihr davon?»

Er zögerte, dann antwortete er mit fester Stimme: «Nichts.»

«Nichts?» rief die Schiffersfrau schrill, so daß ihr Mann, der gerade das Segel neu einstellte, sich ruckartig umdrehte. «Nichts?»

wiederholte sie. «Hast du's gehört, Alter? Der junge Padre hat gelesen, was auf den Schildern steht, aber er sagt, er hält nichts davon.»

«Laß ihn doch in Ruhe», brummte der Schiffer und machte sich wieder an seine Arbeit, «wenn der Shogun sagt, die Padres sollen unser Land verlassen, dann wird er schon dafür sorgen, daß sie es verlassen.»

Ricardo hielt seine Stäbchen in die Luft. «Wer soll das Land verlassen?»

«Ihr, die Padres, wer denn sonst.»

«Wir sollen Japan verlassen?»

«Ja, so steht's», ereiferte sich die Schiffersfrau nun wieder, «so steht's auf den Schildern. Alle Padres müssen unser Land verlassen. So steht's da ... in so einer großen Schrift.» Sie deutete mit Daumen und Zeigefinger die Größe der Schriftzeichen an, die Ricardo nicht hatte lesen können. Sie blickte ihn fragend an, und ein Lächeln überflog ihr runzeliges Gesicht. «Padre, habt Ihr wirklich gelesen, was auf den Schildern steht?» Sie schubste ihn mit dem Finger am Oberarm.

Ricardo druckste und wand sich vor Verlegenheit. «Nicht alles ... und nicht genau jedes Wort», gab er zu, «aber so im großen und ganzen ...»

«Also habt Ihr gelesen, daß die Padres das Land verlassen müssen ...»

«Warum?»

«Weil Euer Deus nicht mit Buddha und unseren Göttern zusammenleben kann», rief die Schiffersfrau.

«... nicht zusammenleben will», warf der Schiffer ein, während er ein Hanfseil löste, um einige der Ballen auf Deck besser festzuzurren.

Ricardo schwieg. Also das war es, dachte er, was auf den Schildern stand. Teufelsworte ... Teufelsworte. Padre Leonardos Ruf klang ihm deutlich in den Ohren ... Teufelsworte ... Teufelsworte. Was soll das, mit Buddha und heidnischen Göttern zusammenleben? Deus ist der Herr. Er ist der Herr über alles. Es gibt nur Ihn, und niemand darf Götter haben neben Ihm.

«Unsinn», sagte er deshalb mit einer Klarheit, die ihn sogar selber überraschte, «niemand hat das Recht, uns von hier zu vertreiben, denn Deus hat uns geschickt.» Seine Stimme schwoll an, obwohl das ständige Auf und Ab des Seegangs ihm weiter zu schaffen machte. «Niemand hat das Recht, Seinem Willen zu widersprechen.»

«Niemand?»

«Niemand.»

«Auch nicht der Shogun?»

«Auch nicht der Shogun», betonte Ricardo und straffte seinen Nacken, «denn das Ende der Welt wird ohnehin bald kommen.»

«Das Ende der Welt?»

«Ja. Ein schrecklicher Komet wird bald am Himmel erscheinen und die ganze Welt mit seinem Feuer verbrennen. Nur wer an Deus glaubt, wird gerettet.»

Der Schiffer zurrte das Seil fest, mit dem er die Ladung an Deck zusätzlich sicherte. Der Maat, der bis dahin stumm die ihm zufallenden Handgriffe getan hatte, pfiff leise vor sich hin, deutete mit dem Kinn auf Ricardo und wechselte einen langen Blick mit der Schiffersfrau.

Als der Kutter um das Kap Nomosaki bog, wo die Einfahrt in die Silberbucht beginnt, schlug der östliche Wind mit Wucht zu. Obwohl der Himmel klar und wolkenfrei war, kamen hohe Wellen und setzten Schaumkronen auf. Die Wellen trafen den Kutter breitseits und warfen ihn hin und her, während sich Schauer salziger Gischt über das Deck ergossen.

Ricardo kniete an der Reling und betete, aber der Wellengang war zu stark, und er mußte sich doch übergeben. Die Schiffersfrau band ihm schnell ein Seil um die Hüfte, damit er nicht ins Wasser fiel, und wischte ihm den kalten Schweiß von der Stirn.

Dann übernahm sie das Ruder, denn der Schiffer und sein Maat hatten alle Hände voll zu tun. Sie kreuzten hart gegen den Wind. Jedesmal, wenn sie das Segel umwarfen, legte sich der Kutter so stark zur Seite, daß ein Teil der Reling unter die Wasserlinie geriet. Aber der Kutter war stark. Er ächzte und bebte unter dem Ansturm der Breitseitwellen, richtete sich aber immer wieder auf, sobald das Segel den Wind von neuem eingefangen hatte.

Ricardo kroch auf allen vieren von der Reling zur Kajüte, das Seil noch um die Hüfte. Seine Lippen waren aufgesprungen und seine Zunge von den sauren Magensäften verätzt, die in seiner Kehle noch immer hochstiegen. Er betete laut und schloß alle auf dem Kutter in sein Gebet ein – den Schiffer, obwohl er wenig von Deus zu halten schien, die Schiffersfrau und selbst den schweigsamen Maat, dessen höhnisches Pfeifen er wohl bemerkt hatte.

Der Schiffer übernahm wiederum das Ruder von seiner Frau. «Steife Brise, junger Padre», übertönte seine Stimme das Sausen des Windes in der Takelage, «steife Brise, aber braucht Euch keine Sorgen zu machen.»

Die Frau bewegte sich mit erstaunlicher Sicherheit auf nackten Füßen über das schwankende nasse Deck. «Keine Sorgen», schrie sie Ricardo ins Ohr, «mein Mann ... Wind und Meer ... sein Element. Keine Sorgen. Unser Kutter hat schon Schlimmeres mitgemacht.» Sie klopfte gegen die Kajütenwand und stapfte mit dem Fuß übers Deck. «Keine Sorgen.» Sie legte ihr runzeliges Gesicht in so viele Lachfalten, wie es draußen auf der See Schaumkronen gab, um Ricardo Mut zuzusprechen.

Ricardo fiel ein, wie krank er während seiner Schiffsreise von Lissabon nach Mosambik gewesen war. Unter der Hitze des Äquators schien das Holz der mit Reisenden überladenen Galeone aufzuweichen. Dann brach ein furchtbares Gewitter los, das die Bretter von Deck losriß und zwei der Masten zerschmetterte. Und dann die Strecke von Mosambik nach Goa, noch einmal über den Äquator, dann von Goa nach Macao und schließlich weiter nach Nagasaki. Eine Reise, die fast zwei Jahre dauerte, und die meiste Zeit war er krank. Das geringste Schwanken machte seinen Magen rebellisch. Er war nicht fürs Meer gemacht, er war ein Geschöpf der festen Erde. Aber Deus hatte ihn beauftragt, nach Japan zu segeln, und es stand ihm nicht zu, Seinen Willen in Frage zu stellen. Da Deus nicht nur das feste Land, sondern auch das Meer und den Sturm geschaffen hat, mußte er die Zähne zusammenbeißen und durchhalten. Deshalb biß er auch hier die Zähne zusammen, schloß die Augen, um den tanzenden Horizont nicht länger vor sich zu haben.

«Da drüben, junger Padre, da drüben ... ruhiges Wasser», hörte er die Stimme der Schiffersfrau nahe seinem Ohr. Er blinzelte und folgte ihrem ausgestreckten Zeigefinger, der am Bug vorbei auf eine Linie im Wasser deutete, wie mit einem Lineal gezogen, quer durch die Silberbucht. Jenseits der Linie schien das Wasser sich zu beruhigen. «Windschatten des Vulkans», hörte er ihre Stimme. «Schaut, wie mächtig hoch er sich türmt.»

Ricardo hob den Kopf und drehte sich in die angedeutete Richtung, aber schon wurde ihm wieder schwindlig. Er hätte doch auf dem Landweg nach Arima zurückkehren sollen, wie ursprünglich geplant. Aber diese verdammten Tafeln … Diese verdammten Samurai … sie hatten überall herumgestanden, und wer weiß, vielleicht hätten sie ihn gepackt und ins Gefängnis gesteckt.

An der Linie zwischen Schaumkronen und ruhigem Wasser stellten der Schiffer und sein Maat das Segel wieder um, damit es den schwach gewordenen Wind besser einfing. Der Kutter neigte sich zur Seite und nahm den neuen Kurs willig an.

Die Frau reichte Ricardo ein ölgetränktes feines Baumwolltuch, mit dem er seine rauhen Lippen abtupfen konnte. Das Öl roch nach Kampfer. Er preßte das Tuch gegen den Mund und ließ das Öl wirken. Er sog den würzigen Duft ein und spürte, wie sein Magen sich beruhigte und sein Kopf klarer wurde.

«Besser?» fragte die Frau, und die vielen Falten um ihre Augen ließen ihr Gesicht besorgt erscheinen.

Ricardo nickte stumm.

Die Sorgenfalten verwandelten sich in Lachfalten. «Gut so, junger Padre, gut so. Kopf hoch, tief atmen. Schaut die Mütze, die der Vulkan sich aufgesetzt hat.» Sie deutete auf eine weiße Rauchwolke, die den Gipfel des Vulkans einhüllte.

«Der Vulkangott regt sich wieder», sagte auch der Schiffer, der am Mast stand, «schau, Weib, siehst du das? Der Vulkangott will nicht mehr zu Ruhe kommen. Wird vielleicht bald die Meeresgöttin besuchen.»

Die Frau kniete im Bug des Kutters und betrachtete die Wasseroberfläche, die sich still in ihrem Silberglanz ausbreitete, von weichen Wellen auf- und abgehoben. Hin und wieder durchbrach eine Schar fliegender Fische die Oberfläche und erhob sich zu flatterndem Flug dicht über der Wasserlinie. Hinter ihnen tauchte die

Rückenflosse eines Schwertfischs auf, die das Wasser mit der Schnelligkeit eines Pfeils durchschnitt.

Plötzlich blickte die Frau angespannt zur Mitte der Silberbucht, wo die Wasseroberfläche sich kräuselte, als habe sich dort ein großer Schwarm Sardinen versammelt. «Sardinen? Viele Sardinen?»

Der Schiffer musterte den Himmel und antwortete barsch: «Keine Pelikane, Weib, keine Kormorane, noch nicht einmal Möwen. Das sind keine Sardinen, die das Wasser aufrühren.»

«Der Vulkangott?»

«Kann sein», brummte der Schiffer und gab dem Maat ein Zeichen, «kann sein, daß der Alte schon da unten bei der Meeresgöttin ist. Das Ganze ist mir nicht geheuer.»

«Schnell weg», flüsterte die Schiffersfrau und erhob sich so geschwind, als sei sie ein junges Mädchen, «Vulkangott und die Meeresgöttin, die dürfen wir nicht stören.»

Der Maat war mit erstaunlicher Behendigkeit den Mast hochgeklettert. Er band sich zwei lose Seilenden zusammen, so daß er darin sitzen konnte, betrachtete aufmerksam die Stelle, wo das Wasser sich kräuselte, und schüttelte den Kopf, als der Schiffer zu ihm hinaufrief, ob es auch wirklich kein Sardinenschwarm sei.

«Was gibt's denn? Was ist denn los?» fragte Ricardo, der nicht verstand, warum alle plötzlich von einer solchen Unruhe ergriffen wurden, «was gibt's denn da zu sehen?» Er stellte sich auf die Zehenspitzen und reckte seinen Hals, um einen besseren Ausblick zu erhaschen. Der Maat glitt vom Mast herab und schickte sich an, das Segel zu verstellen. Der Schiffer half ihm, und die Schiffersfrau warf das Ruder scharf herum. All das geschah ohne ein Wort, aber jeder Handgriff schien zu sitzen. Der Kutter seufzte unter dem neuen Segel und nahm Fahrt auf.

«Halt!» schrie Ricardo. «Das ist doch die falsche Richtung. Da wollen wir doch gar nicht hin.» Er gestikulierte, aber niemand achtete auf seine Worte. Nach einer kurzen Weile durchschnitt der Kutter wieder jene Linie, wo das Wasser rauh wurde und die Wellen sich Schaumkronen aufsetzten.

«Darum», nickte der Schiffer seiner Frau und dem Maat zu,

«darum nirgendwo ein Fischerboot in der Bucht. Hat mich schon gewundert.»

«Warum?» wollte Ricardo wissen, der tapfer gegen den Seegang ankämpfte.

«Vulkangott und Meeresgöttin», sagte der Schiffer, ohne seine Augen von jener Stelle zu nehmen, wo die Oberfläche sich immer stärker kräuselte, «Feuer und Wasser.»

«Feuer und Wasser?»

«Ja, junger Padre, Feuer und Wasser», rief die Schiffersfrau vom Ruder her, «wenn der Vulkangott und die Meeresgöttin zusammenkommen, Feuer und Wasser. Seht Ihr das ein? Dann quillt das Meer über ihrer Liebesstätte auf, und wenn die beiden es ganz heiß treiben, wölbt sich das Meer masthoch.»

Ricardo bekreuzigte sich und schaute voller Abscheu zu jener Stelle, wo sich die Wasseroberfläche kräuselte. Er zitterte vor Erregung und schlug seine Kutte enger um sich.

«Weib, dummes», schalt der Schiffer seine Frau, «lohnt sich doch nicht, so was einem Padre zu erzählen.»

Ricardo hielt noch immer die Kutte um den Körper gerafft. «Ich werde für eure Seelen beten», preßte er hervor, «damit solche sündigen Teufelsgeschichten euch nicht mehr länger heimsuchen.»

Das Bild von heidnischen Gottheiten, die sich am Grunde der Silberbucht in wilden Zuckungen vereinen, ekelte ihn an. Er sah schon, wie der Teufel sein häßliches Haupt aus dem Wasser erhob und nach ihm griff, ihn über Bord zu ziehen. Er würgte und mußte sich übergeben.

Wenig später lief der Kutter in die gegen den Wind geschützte Hafeneinfahrt von Arima ein, wo das Wasser still wurde wie in einem Teich. Der Schiffer schwang das Tau und warf es zur Pier. Hafenarbeiter ergriffen es und wickelten es mehrfach um die dicken Poller aus Zedernholz.

13

Ketzerwissen

Am Abend, als Ricardo bei Cristovão Ferreira saß und sich gerade dem Ende des Berichts von seiner Reise nach Nagasaki näherte, kam aus Obama, dem nächsten Fischerdorf an der Silberbucht, die Kunde, das Meer habe sich am Nachmittag in der Mitte der Silberbucht hoch aufgewölbt und eine mächtige Flutwelle gegen die Küste geworfen.

«Ich kenne den Schiffer und seine Frau», sagte Ferreira, «früher waren beide gute Kirishitan, und ihr Sohn war Erster Maat unter Don Protasio. Aber leider ist er in Macao umgekommen.»

«Die Schiffersfrau sagt …», warf Ricardo ein.

«Ich weiß, was sie sagt», unterbrach Ferreira ihn mit hörbarer Ungeduld, «sie sagt, ihr Sohn sei ermordet worden, von Portugiesen, und seitdem reden sie und ihr Mann nur noch schlecht über uns. Nicht nur sie und ihr Mann, auch all die anderen, die Söhne, Männer oder Väter in Macao verloren haben.» Er begann, wie es seine Art war, in seinem Arbeitszimmer auf- und abzugehen, mit langen gemessenen Schritten, von Wand zu Wand, vorbei am offenen Fenster, durch welches das Rascheln der Blätter des alten Feigenbaums hereindrang.

«Das ist etwas, womit wir in der Mission immer zu rechnen haben und, soweit ich sehen kann, wohl auch in Zukunft zu rechnen haben werden», sagte Ferreira schließlich, ohne sein Hin- und Hergehen zu unterbrechen, «dieser Fall von Macao zeigt es genau. Manche unserer portugiesischen Freunde verstehen nicht oder wollen einfach nicht verstehen, mit welchen Schwierigkeiten wir hier leben müssen. Sie denken an das Silber, das sie verdienen können, nicht aber daran, was alles dazugehört. Wir haben Jahrzehnte gebraucht, das hier aufzubauen. Wir haben durch die Mission die Grundlage für ihren Handel geschaffen. Und dann geht so ein Kerl wie Pessáo hin, dieser aufgeblasene Statthalter von Macao, und läßt Don Protasios Schiff entern. Er läßt die gesamte Mannschaft abschlachten, die Mannschaft eines japanischen Rotsiegelschiffs, nicht irgendeiner chinesischen Dschunke, und dazu noch eines Rotsiegelschiffs voller Güter, die der Shogun dem König von Champa oder von Annam schenken wollte. Dieser Pessáo, dieser Dummkopf, er dachte wahrscheinlich, Don Protasios Leute seien nach Macao unterwegs, um ohne portugiesische Zwischenhändler bei den Chinesen Seide einzukaufen. Ich verstehe die Aufgeregtheit unserer Freunde in Macao, aber deshalb die ganze Mannschaft eines Rotsiegelschiffs umzubringen ... was für ein Gedanke ... was für ein Unverständnis für die Lage in Japan. So ein Rotsiegelschiff muß man in Ruhe lassen. Was für eine Torheit. Was für eine Unterschätzung der Macht des Shogun.»

Ferreiras Schritte waren, während er redete, noch rascher und hastiger geworden, und er unterstrich seine Worte mit heftigen Gesten. Ricardo nickte, von Ferreiras Erregung angesteckt.

Ferreira steigerte sich weiter in seinen Zorn. «Alles gute Kirishitan, die ganze Mannschaft. Wir predigen hier, daß Deus die Menschen friedfertig macht. Wir predigen, daß es unter Christen keine Gewalt gibt und daß alle Christen miteinander in Eintracht leben. Darum sollen sie auch Christen werden, all diese Japaner. Wir sind noch lange nicht am Ziel. Und dann kommt so ein Kerl und macht mit einem Schlag die Arbeit von Jahrzehnten kaputt. So ein Rotsiegelschiff muß man in Ruhe lassen. Man kann nicht einfach die Mannschaft abschlachten – alles gute Kirishitan. Und außerdem – das Silber an Bord war das Silber des Shogun. Daß dieser Pessáo sich ausgerechnet dieses Schiff vornehmen mußte ... was für ein himmelschreiender Fehler.»

Ricardo nickte und hörte gebannt dem Strom der Worte zu, der aus Ferreira herausbrach. Er sah ihm gebannt zu, wie er sein Hin- und Hergehen fortsetzte, die Augen auf den Boden geheftet, zwanzig Schritte hin, zwanzig zurück, und der wandernde Schatten, den die beiden Öllampen riesig an die Wand malten, ließ seine Erregung um so größer erscheinen. Nun riß Ferreira den Kragen seiner Kutte auf, um sich Kühlung zu verschaffen, sein Atem ging rasch und flach. «So ein Dummkopf. So ein Schwachkopf. So ein Narr. Geschieht ihm recht, daß Don Protasio ihn geschnappt hat, daß er ihn hat erledigen können. Geschieht ihm recht. Soll seine Seele in der Hölle braten.»

Plötzlich, mitten im Schritt, blieb Ferreira stehen und wischte sich über die Stirn. Dann zog er mit einer Hand den Stuhl an den Tisch und setzte sich. Seine Augen flackerten wie glühende Kohlen, er fing sich aber schon und strich mit der flachen Hand über beide Augen, als wolle er einen bösen Traum wegwischen. «Entschuldige», sagte er mit ernüchterter Stimme, «ich bin ein schlechter Diener unseres Herrn, wenn ich die Nerven verliere.» Er stützte die Ellbogen auf dem Tisch auf, beide Hände vors Gesicht geschlagen. «Ich fürchte ja bloß», sagte er leise, «es geht mit uns ... es geht mit der Mission bergab.»

Ricardo wagte nichts zu sagen, er blickte verwirrt Ferreira an. Bis dahin hatte er ihn als kühlen, strengen Provinzial gekannt, immer beherrscht, immer voller Zuversicht, immer voller Pläne. Jetzt sah er ihn dasitzen, über den großen eichenen Tisch gebeugt, die Hände mit ineinander verkrallten Fingern verschränkt, mit runden Schultern, durch die ein leichtes Beben lief.

Zögernd hob Ricardo seine Hand und wollte sie auf Ferreiras Schultern legen, ließ sie dann aber wieder sinken. Als einem jüngeren Mitglied der Mission stand ihm eine solche Geste nicht zu, sagte er sich. «Deus ist auf unserer Seite», sprach er schließlich feierlich und rang um ermutigende Worte. «Provinzial, der Heilige Vater in Rom hat uns befohlen, hier in Japan weiterzumachen, die Mission voranzutreiben, koste es, was es wolle.»

Ferreira hob den Kopf und lächelte bitter. «Verstehst du, Bruder, worum es hier geht?» antwortete er mit einer wieder beherrscht und ruhig klingenden Stimme. «Jahrelang war alles gutgegangen. Die Zahl unserer Mitbrüder ist auf hundertundvierzig gestiegen. Hundertundvierzig von uns, die das Wort Gottes aussäen. Und unsere Ernte? Hundertvierzigtausend Seelen. Vielleicht nicht viel, wenn man an die Millionen denkt, die Japan hat. Aber immerhin, hundertvierzigtausend treue Seelen. Hundertvierzigtausend Kirishitan, auf die wir uns verlassen konnten. Auf die wir bauen konnten.»

«Was ich nicht verstehe», warf Ricardo vorsichtig ein, «Pessáo hat doch seine gerechte Strafe erhalten. Pessáo ist tot. Warum, so frage ich, warum mußte der Shogun dann Don Protasio hinrichten lassen?»

Ferreiras Schultern strafften sich. Er antwortete nicht sogleich. Statt dessen trat ein vorsichtiger Ausdruck in seine Augen. «Sag mir, Ricardo», lenkte er das Gespräch in eine andere Richtung, «sag mir, was stand eigentlich genau auf den Tafeln, die du in Nagasaki gesehen hast?»

Es blieb Ricardo nichts anderes übrig, als zuzugeben, daß er zwar die Tafeln gesehen, aber von dem geschriebenen Text so gut wie gar nichts verstanden hatte. Deshalb konnte er nur wiedergeben, was er um sich herum gehört hatte, daß es Teufelsworte seien, daß auch Padre Leonardo, was auf den Tafeln stand, Teufelsworte genannt hatte. Schließlich waren da der Schiffer und seine Frau. Ihnen zufolge soll auf den Tafeln gestanden haben, die Padres hätten Japan zu verlassen.

Ferreira hörte geduldig zu und stellte Zwischenfragen. Ein Nachtfalter, vom Licht der Öllampe angelockt, verbrannte in der Flamme. «Es ist schon spät», sagte er, während er den ranzigen Geruch, welcher der Öllampe entströmte, mit der Hand wegzuwischen versuchte, «nach den aufregenden Ereignissen der letzten Tage hast du Schlaf wohl verdient.»

Ferreira aber blieb noch lange wach. Er trat ans Fenster und atmete die salzige Nachtluft ein. Er nahm seine ruhelosen Wanderungen durch das Zimmer wieder auf und ging schließlich mit der Öllampe in der Hand zur Kirche. Dort kniete er vor dem Altar nieder. Was Ricardo ihm berichtet hatte, beunruhigte ihn. Wenn auch noch nicht klar war, was genau auf den Tafeln stand, allein der Umstand, daß der Shogun vor jeder Kirche in Nagasaki eine mit seinem Siegel versehene Schrifttafel hatte errichten lassen, ließ Schlimmes ahnen. Zuerst Don Protasios und Okamoto Daihachis Verhaftung, danach der Prozeß, dann ihre Hinrichtung und die Ernennung von Yoshitomo zum neuen Daimyo von Shimabara. Und nun in Nagasaki die Tafeln, auf denen nichts Gutes stand.

Kniend beugte Ferreira sich unter der Last der Gedanken. Vielleicht sind dem Shogun doch Dokumente aus Okamoto Daihachis Besitz in die Hände gefallen. Vielleicht weiß er mehr, als er bisher erkennen läßt. Vielleicht kennt er sogar den ganzen Plan. Ferreira murmelte ein Gebet, daß seine Befürchtungen sich doch als übertrieben herausstellen möchten, daß der Plan nicht verraten sei, daß der Shogun nur aus schlechter Laune die Tafeln in Nagasaki hatte aufstellen lassen. Während er noch mit gefalteten Händen solche Worte murmelte und sich bemühte, alle anderen Gedanken, die ihn beschlichen, von sich zu weisen, wußte er mit jener Klarheit, der er seine Stellung als Provinzial verdankte, sein Gebet wurde nicht erhört, da seine Hoffnung hohl, sein Denken von nutzlosen Wünschen beherrscht war. Der Shogun war kein Mann, der etwas unüberlegt tat oder aus plötzlicher Laune. Er war ein Mann der langen Geduld. Er war ein Mann, der im stillen seine Trümpfe zählte und dann, wenn er die Zeit für gekommen hielt, seine Karten ausspielte. Ein gefährlicher Gegner.

Deshalb krümmte sich Ferreiras Rücken, doch selbst die tiefste Inbrunst seines Gebets verhinderte nicht, daß er kraftlos immer weiter nach vorn sank. Schließlich lag er ausgestreckt mit seinem ganzen Körper vor dem Altar und preßte sein heißes Gesicht gegen den kalten Steinfußboden. Er hörte den dumpfen Schlag der Brandungswellen, die irgendwo, draußen vor dem Hafen, an die Felsen schlugen. Er hörte das ferne Rumpeln aus der Tiefe der Erde kommen, dort, wo der Teufel seinen Wohnsitz hat. Er hämmerte mit den Fäusten auf den Boden, dem Teufel trotzend, bis seine Handballen glühten. Dann ließ das Rumpeln nach, und sein gegen den Boden gepreßtes Gesicht verzog sich zu einem triumphierenden Lächeln. Er lauschte noch weiter, aber die Erde blieb stumm. Nur der dumpfe Schlag der Brandungswellen klang wieder durch, in regelmäßigen Abständen wie das Schlagen des Pulses. Die Kälte der Erde begann, in ihn hineinzukriechen.

Da raffte Ferreira sich auf.

Er wußte mit seltsamer Klarheit, schwere Zeiten standen bevor. Ließ der Shogun in Nagasaki Tafeln errichten, auf denen er die Padres aufforderte, Japan zu verlassen, dann würde es nicht lange dauern, bis die gleichen Tafeln überall aufgestellt wurden. Auch in Arima. Und in der Schloßstadt. Und in den Dörfern. Dann gab es keine andere Wahl, als unterzutauchen.

Ja, untertauchen.

Vater im Himmel, sagte Ferreira und hob sein Gesicht zum Kruzifix empor, Vater im Himmel, wenn dies Dein Wille ist, ich bin bereit. Ich werde die Menschen in diesem Land, die an Dich glauben, nicht im Stich lassen. Ich werde ihnen zur Seite stehen in Zeiten der Not, gegen den Shogun und den Teufel. Und koste es mein eigenes Leben.

Ferreira wunderte sich, wieso er sich vorher so entmutigt hatte fühlen können. Er dankte dem Herrn für die Klarheit, die ihn plötzlich erfüllte. Er wußte, von nun an würde er seine ganze Zeit darauf verwenden, die ihm anvertraute Gemeinde der Kirishitan auf die kommende Prüfung vorzubereiten. Er würde alles tun, was in seinen Kräften stand, sie im Glauben zu bestärken, so daß keine List des Teufels und keine Grausamkeit des Shogun sie auseinanderreißen konnte.

* * *

Am Abend darauf, gleich nach der Messe, rief Ferreira Ricardo noch einmal zu sich. Er empfing ihn wieder in seinem Arbeitszimmer, in unerschütterlich aufrechter Haltung an dem großen Eichentisch sitzend, jede Spur der Verzweiflung aus seinen Gesichtszügen gewischt, die feingliedrigen, wohlgepflegten Hände auf der Tischplatte gefaltet. «Also, Bruder, erzähl mir doch noch einmal ganz genau: Wie hat Bruder Leonardos Ansprache gelautet, und welchen Eindruck hat sie auf die Gemeinde gemacht?»

Mit Eifer kam Ricardo Ferreiras Bitte nach. Er beschrieb, wie Padre Leonardo auf der Kirchentreppe erschienen war und wie sich seine Stimme von tonlosem Flüstern bis zum donnergleichen Dröhnen wandeln konnte. Er beschrieb, wie Padre Leonardo zu den Engeln sprach und wie die Stimmen der Engel aus seiner Stimme klangen.

«Weil er blind ist, sieht er weiter als wir», sagte Ricardo, «weiter in Zeit und Raum, und wenn er sagt, daß die Welt bald untergeht, dann ist das sicher wahr.»

«Weiter», antwortete Ferreira ungeduldig und trommelte mit seinen Fingern auf der Tischplatte.

«Ein Komet wird kommen und die Erde mit Feuer versengen.»

«Ja, ja», nickte Ferreira, «weiter.»

«Wenn der Komet kommt», sagte Ricardo, «dann werden alle Menschen, die nicht des wahren Glaubens sind ...»

Ein leichtes Anheben des Zeigefingers von Ferreiras Rechter

bedeutete Ricardo zu schweigen. Er unterbrach sich mitten im Satz, schluckte kurz, waren in seinen Augen doch noch viele Szenen es wert, berichtet zu werden.

Ferreiras Gesichtszüge wandelten sich in rascher Folge, und seine Augen schienen sich in die Tischplatte zu bohren. «Ein Komet», sagte er nachdenklich, «ein Komet soll wieder erscheinen. Ricardo, hast du schon einmal einen Kometen gesehen?»

«Ja, vor fünf Jahren, den Kometen Anno Domini 1607.»

«Und?»

«Ein schrecklicher Anblick. Und, wie unsere Kirche lehrt, ein Vorbote von Unglück und Kalamitäten.»

«Aber du hast Himmelskunde studiert?»

«Ja, in Padua», antwortete Ricardo stolz, «in Padua an der Universität.»

Ferreira erhob sich und begann wieder, durch sein Zimmer zu schreiten, die Hände im Rücken verschränkt, den Kopf gesenkt.

«Sag mir, was du über die Bewegungen der Himmelskörper weißt und über die Bewegungen der Planeten», sagte er und blieb am Fenstersims stehen.

Ricardo nickte und räusperte sich. «Himmelskörper sind die Sonne, der Mond, die Planeten und die Sterne», rezitierte er, als säße er vor der Prüfungskommission und müsse ein Examen ablegen, «die Sonne, der Mond, die Planeten und die Sterne bewegen sich auf Bahnen um die Erde, die den Mittelpunkt der Welt bildet. Jeder Himmelskörper befindet sich auf einer Himmelsschale und bewegt sich nach eigenen Gesetzen über das Firmament. Nur die Sterne besetzen gemeinsam jene Himmelsschale, die am weitesten von uns entfernt ist. Deshalb nennt man sie Fixsterne, denn sie ändern sich nie ...»

«Und die Kometen?»

«Kometen sind Zeichen des göttlichen Zorns, wenn der himmlische Vater den Menschen eine Warnung zukommen lassen will. Kometen sind Vorboten von Unglück und Kalamitäten.»

«Ich aber habe gehört», unterbrach ihn Ferreira, «Padua ist eine berühmte Universität, und verschiedene Meinungen werden dort gelehrt.»

Ricardo sank ein wenig in sich zusammen und schaute verlegen drein. «Ja», nickte er, «das stimmt. Es gibt dort verschiedene Meinungen, leider auch solche, welche die Lehre unserer heiligen Kirche in Frage stellen.»

«Und?»

«Ich bin solchen Lehren aus dem Weg gegangen, Provinzial, um mein Gewissen nicht zu belasten.»

Ferreira lächelte. «Aber du hast solche Lehren gehört und weißt, was sie besagen?»

«Ja», gab Ricardo zögernd zu, «ich habe so manches gehört.»

«Erzähl mir auch davon.» Ferreira kam zum Tisch zurück und nahm Ricardo gegenüber wieder Platz. «Erzähl mir.»

Stockend, den Blick zumeist gesenkt, berichtete Ricardo von einem Professor, der an der Universität Padua gerade in jenen Jahren, als er dort studierte, große Unruhe verbreitet habe. Er habe in seinen Vorlesungen das System des Kopernikus vertreten, demzufolge die Sonne im Mittelpunkt der Welt steht, nicht die Erde, und daß die Planeten auf großen, weiten Bahnen die Sonne umkreisen.

«Wie heißt dieser Mann?»

«Galilei, Provinzial, Galileo Galilei.»

«Hat er etwas über Kometen gesagt?»

«Ja, er hat auch über Kometen gelehrt, sich dabei aber auf einen Ketzer berufen, der im Dienste des Königs von Dänemark stand. Nach dem, was ich gehört habe, soll dieser Ketzer im Kreise der neuen Himmelskundigen sehr geachtet sein.»

«Und wie heißt er?»

«Brahe, Provinzial, Tycho Brahe. Aber er ist schon tot.»

«Kopernikus ist auch schon tot», warf Ferreira ein, «aber seine Lehre geht immer noch um.»

«Ja, seine Lehre ist sehr gefährlich. Sie stellt, was die Kirche lehrt, in Frage. Deshalb habe ich mich nie dazu hinreißen lassen, eine Vorlesung über Kopernikus zu besuchen.»

«Das war ein Fehler, Bruder Ricardo», sagte Ferreira mild und betrachtete seine rechte Hand. Er strich mit dem Daumen die Nägel seiner Finger entlang. «Das ist ein Fehler, Bruder Ricardo, denn es gehört zu unseren Aufgaben nicht allein, den wahren Glauben zu verkünden, sondern auch die Lehren unserer Feinde zu kennen. Ich möchte sogar einen Schritt weitergehen und sagen, daß wir unsere Feinde nur dann wirksam widerlegen können, wenn wir mit dem vertraut sind, was sie in ihrer Verblendung für die Wahrheit halten.»

Ricardo hörte den Tadel in Ferreiras Worten und sah in sich hinein.

«Kopf hoch», munterte Ferreira ihn auf, «du hast viel über die Lehren derer gehört, die du als die neuen Himmelskundigen bezeichnet hast. Sag mir, was in Padua über Kometen gelehrt wird.»

Verstört kratzte Ricardo sich am Hals. «Kometen …», wiederholte er, «Kometen … Dieser Tycho Brahe hat behauptet, Kometen seien auch Himmelskörper. Sie ziehen ihre Bahn weit draußen, jenseits des Mondes, über das Himmelszelt.»

«Woher will er das wissen?»

«Er hat die Bahn des Kometen Anno Domini 1577 gemessen.»

«Ja», sagte Ferreira, «ich weiß noch, ich war damals fünf und habe ihn gesehen, den Kometen von Anno Domini 1577, wie ein Schwert, über den Himmel gezogen.»

«Schrecklich. Ein böses Omen», nickte Ricardo, «ein schlimmes Omen. Und dann, dreißig Jahre später, Anno Domini 1607, wieder ein schrecklicher Komet.»

«Ja, ja, Anno Domini 1607, das große Erdbeben von Edo, gleich zu Anfang des Jahres, gewaltiges Feuer und viele Menschen tot», Ferreira schloß die Augen in Erinnerung, «dann im gleichen Sommer, einem sehr trockenen Sommer, das weiß ich noch genau, brannte fast ganz Osaka nieder. Wieder viele Menschen tot. Und im Herbst folgten Stürme und ein Regen, als sei die Sintflut wiedergekehrt.»

«Wie unsere Kirche lehrt, Provinzial. Der Zorn des Himmels, genau wie unsere Kirche lehrt. Kometen sind Boten des Unglücks. Gott, der Allmächtige, will den Menschen eine Warnung senden.»

«Was sagt der Tycho Brahe dazu?» warf Ferreira ein.

«Anno Domini 1607? Da war Tycho Brahe doch schon tot.»

«Das weiß ich. Aber was besagt seine Lehre?»

«Daß Kometen nicht durch die Luft fliegen, sondern weit, weit draußen jenseits des Mondes über den Himmel ziehen.»

«Also stellen sie keine Gefahr dar?»

Ricardo zuckte zusammen. Das könnte eine Fangfrage sein, schoß es ihm durch den Kopf. «Ich weiß nicht», stammelte er, «ich weiß zu wenig ... ich weiß eigentlich gar nichts über Kometen. Ich sage auch nicht, daß Kometen ihre Bahnen weit draußen ziehen, weit, weit jenseits des Mondes. Ich habe da keine Meinung. Nur Tycho Brahe hat das behauptet, der Ketzer, und er hat dabei den Kometen Anno Domini 1577 gemeint.»

Ferreira waren die Schweißtropfen auf Ricardos Stirn nicht entgangen. Er griff nach der kleinen Glocke auf dem Tisch. Er mußte die Glocke mehrmals kräftig schütteln, bis sich endlich die Tür einen Spalt öffnete. «Ihr habt gerufen, Provinzial?» fragte Luigi und wischte sich den Schlaf aus den Augen.

«Bring uns eine Karaffe Wein», sagte Ferreira, «von dem Faß auf der linken Seite, aber füll die Karaffe nicht bis zum Rand. Wir sind nur zu zweit, sie zu leeren.» Seine Stimme klang gutgelaunt.

Nachdem die Tür hinter Luigi ins Schloß gefallen war, lehnte Ferreira sich über den Tisch. «Sei ohne Sorgen, Ricardo, Bruder im Herrn. Wir sind unter uns und können in Ruhe über alles sprechen.» Er redete mit freundlicher Stimme über dies oder jenes, über seine Mutter, die mit den Bediensteten in ihrem Haus und den Knechten auf dem Gut seines Vaters barmherzig umgegangen war und die fünf Kinder geboren hatte. «Ich war der dritte Sohn. Deshalb war von Anfang an klar, ich würde nie das Gut meines Vaters erben können. Bei dir ist das doch ähnlich gewesen. Du bist der fünfte, und als Fünftgeborener hat man nicht viel Wahl. Soldat werden oder zu See fahren oder sich der Kirche anvertrauen. Wie gut, daß du den Weg der Kirche gegangen bist ...»

Luigi kam mit der Weinkaraffe zurück. Er stellte zwei Becher auf den Tisch und schaute Ferreira fragend an, ob er einschenken solle. «Danke dir, Luigi», winkte Ferreira ab, «wir machen das schon allein.» Nachdem Luigi gegangen war, goß er die beiden Becher voll. «Hast eine anstrengende Reise hinter dir, Bruder Ricardo. Komm, wir stoßen an. Auf die Zukunft der Mission.»

«Auf die Zukunft der Mission, Provinzial.»

«Also, zurück zur Himmelskunde. Du sagst ja, Kometen ziehen ihre Bahn weit draußen, jenseits des Mondes.»

«Nicht ich. Tycho Brahe, der Ketzer. Der hat das gesagt.»

«Schon gut, schon gut. Ich weiß, du stehst fest zur Lehre der Kirche, aber, wie gesagt, für uns, die wir für die Kirche streiten, ist es wichtig zu wissen, was die Feinde der Kirche sagen. Wir müssen uns damit auseinandersetzen, so daß wir unsere Feinde widerlegen können. Also, Kometen ziehen eine Bahn.»

«Ja.»

«Die Planeten ziehen auch eine Bahn.»

«Nach Kopernikus, Provinzial, nach Kopernikus.»

«Ich weiß, ich weiß. Was ich verstehen will, ist, ob die Planeten wirklich, der Irrlehre des Kopernikus zufolge, Bahnen um die Sonne ziehen und ob die Kometen, der Irrlehre des Ketzers Tycho Brahe zufolge, auch Bahnen um die Sonne ziehen. Was ergibt sich dann daraus?»

«Tycho Brahe hat nicht gesagt, daß Kometen Bahnen um die Sonne ziehen. Er hat nur behauptet, der Komet Anno Domini 1577 sei auf einer Bahn weit draußen ...»

«Nicht spitzfindig sein, Bruder Ricardo», fuhr Ferreira etwas ungeduldig fort, «alles, wovon wir hier sprechen, ist Hypothese, und solange man Hypothesen aufstellt, ist die Lehre der Kirche nicht in Gefahr. Also, noch einmal. Wenn Planeten Bahnen um die Sonne ziehen und Kometen Bahnen um die Sonne ziehen, was folgt daraus?»

Ricardo schüttelte den Kopf. «Provinzial, bitte entschuldigt meine Besorgtheit, aber, als ich in Rom war, wißt Ihr, Anno Domini 1600, an einem Tag im Februar, da wurde Giordano Bruno auf der Piazza Campo de' Fiori auf den Scheiterhaufen gestellt, nackt, und bei lebendigem Leib verbrannt. Alles nur, weil er behauptet hatte ...»

«Du vergißt», unterbrach ihn Ferreira, «dieser Giordano Bruno, mit dessen Schicksal ich sehr wohl vertraut bin, hat das, was er sagte, als Wahrheit dargestellt, als Wahrheit. Hätte er es als Hypothese vorgebracht, wäre ihm nichts geschehen. Die Kirche hat ihm neun Jahre lang Zeit gelassen, seine Behauptung zu widerrufen, aber er lehnte ab, selbst nach neunjähriger Obhut der Inquisition. Darum, Ricardo, darum blieb der Kirche am Ende keine andere Wahl. Daß Giordano Bruno auf dem Scheiterhaufen enden mußte, hat er sich selbst zuzuschreiben. Aber was wir hier besprechen, Ricardo, ist rein hypothetisch.» Er schob ihm den Weinbecher hin und munterte ihn zu einem Schluck auf. «Oder zweifelst du etwa an meinen Worten?»

«Nein ... nein ... natürlich nicht, Provinzial. Ich meine ja nur, wenn man jemanden bei lebendigem Leib auf dem Scheiterhaufen hat brennen sehen, ich meine ja nur, so etwas vergißt man nicht so leicht.»

Ferreira nickte ernst. «Ich verstehe», sagte er, «ich verstehe. Ist ja auch erst zwölf Jahre her. Du warst noch jung und prägsam. Auch hier in Japan könnten wir ... immerhin, wer weiß, was für ein Ende Deus uns bestimmt hat ... falls der Shogun Ernst mit seiner Drohung macht, so wie du aus Nagasaki berichtest. Falls er Ernst mit seiner Drohung macht, wird vielleicht auch für uns einmal ein Scheiterhaufen angezündet werden.»

«Davor fürchte ich mich nicht», richtete Ricardo sich auf und schaute Ferreira gerade in die Augen, «davor fürchte ich mich nicht. Dann weiß ich, wofür ich sterbe, und der Aufstieg in den Himmel wird mir sicher sein.»

«Ja, gewiß», nickte Ferreira, «Deus sei uns gnädig, und bis es soweit kommt, werden wir viele gute Werke vollbringen. Also, Bruder, sag mir, was folgt daraus ... hypothetisch gesprochen ... wenn Planeten und Kometen in der Tat Bahnen um die Sonne ziehen?»

«Ich weiß nicht, Provinzial, verzeiht mir, daß ich es nicht weiß. Vielleicht ist mir der Wein schon zu sehr in den Kopf gestiegen.»

«Wenn ich einen Schluck Wein trinke», erwiderte Ferreira und hob den Becher an die Lippen, «dann werden meine Gedanken immer klarer. Deswegen sage ich dir die Antwort. Da die Planeten nach einer bestimmten Anzahl von Jahren immer wieder an der gleichen Stelle am Himmel stehen, würde es dann nicht logisch sein, daß auch ein Komet nach einer bestimmten Anzahl von Jahren wieder am Himmelszelt erscheinen wird?»

«Ja, als Hypothese, ja.»

«Wenn also Anno Domini 1577 ein Komet am Himmel erschienen und der gleiche Komet 1607 wiedergekehrt ist, wann, so frage ich dich, wann sollten wir mit seiner Rückkehr rechnen können?»

Ricardo stützte seinen Kopf in beide Hände. Seine Lippen bewegten sich, während er Zahlen halblaut vor sich hin murmelte. «Wenn der Komet Anno Domini 1607 derselbe Komet war, von dem Tycho Brahe, der Ketzer, berichtet hat, dann, Provinzial, müßte er Anno Domini 1637 wieder erscheinen.»

«So ist es, Ricardo, so ist es, Anno Domini 1637 wird der Komet wiederkehren und den Menschen einen großen Schrecken einjagen. Das zu wissen, ist das nicht bedenkenswert?»

«Wirklich, Provinzial, das zu wissen wäre bedenkenswert.»

«Vor allem, es früher zu wissen als alle anderen, darin liegt ein besonderer Reiz.»

«Wirklich, Provinzial, darin liegt ein besonderer Reiz.»

«Kometen sind Vorboten wichtiger Ereignisse», sagte Ferreira und sah Ricardo prüfend über den Rand seines Bechers an, «Anno Domini 1637 wird das Jahr des Schreckens sein.»

«Anno Domini 1637 wird das Jahr des Schreckens sein.»

«Wenn wir das wissen, erhält das, was Bruder Leonardo auf den Treppenstufen der Todos os Santos in Nagasaki verkündet hat, einen tieferen Sinn.»

«Einen tieferen Sinn», wiederholte Ricardo.

«Einen bedenkenswert tieferen Sinn», lächelte Ferreira und nippte wieder an seinem Becher.

14

Aufstieg in den Turm

Yamada saß wie verabredet im Schatten der Kirschbäume an der Mauer, hinter der die Klippe steil zum Meer abfiel. Er schien ins Malen vertieft. Mongo graste nahebei auf der Weide. Mika ging die Kirschbäume entlang, blieb stehen und schaute in die Blätterkronen hinauf, die in den buntesten Herbsttönen glühten. Tief unten jenseits der Mauer klatschte immer wieder einmal eine Welle etwas stärker gegen die Felsen, ansonsten war nur das stete Rauschen der Brandung zu hören und der Wind, der sanft durch die Zweige zog.

Als sei sie nur zufällig hierhergekommen, verharrte Mika kurz bei Mongo und tätschelte seine Kruppe. Dann setzte sie sich auf die Mauer, einen Klafter breit und mit glatten Steinplatten belegt. Aus den Fugen zwischen den Platten sprossen Kräuter, die dem harschen Wechsel von Wind, salziger Gischt und Sonne zu trotzen vermochten.

«Hab' ihn gesehen», sagte Yamada über die Schulter hinweg, ohne den Kopf zu wenden, sein grauer Haarschopf vom Wind zerzaust. Er trug einen fleckigen Malkittel und hatte einen Stapel Blätter Reispapier vor sich auf den Knien.

«Wirklich?» Mikas Tonfall verriet gespannte Überraschung.

«Ja, hab' ihn gesehen, den Gefangenen.»

«Wo denn? Wie war er? Wie lange wart Ihr bei ihm? Habt Ihr mit ihm sprechen können? War er allein?»

«Sachte, sachte», lächelte Yamada, «eines nach dem anderen.»

Mika rutschte von der Mauer herunter und trat neben Yamada. Sie schaute auf die gerade begonnene Skizze. «Wie war er denn?» drängte sie.

Yamada erzählte, er sei zuerst zur Schmiede gegangen und habe mit dem Meister eine Tasse Tee getrunken. Es sei nicht einfach gewesen, in die Schmiede zu gelangen, nicht wie früher, als Türen und Pforten noch offenstanden und sie alle ohne weiteres passieren konnten, jederzeit. Jetzt habe er zuerst mit Nagato verhandeln müssen.

«Ich hatte mir eine passende Geschichte zurechtgelegt», schmunzelte Yamada und wusch seinen Pinsel in einer Schale Wasser aus, «schließlich sind der Schmied und ich Vettern, und Tama, seine Tochter, die inzwischen zu einem stattlichen Mädchen herangewachsen ist und im nächsten Monat sechzehn wird, soll den Sohn vom Zimmermann in der Asatake-Gasse heiraten. Die Frau des Zimmermanns aber macht hintenherum Schwierigkeiten, weil sie, so hab' ich gehört, seit Jahren irgendeinen Groll gegen die Frau des Schmieds hegt. Niemand weiß genau, warum, aber alle Welt weiß, wie nachtragend sie sein kann bei Kleinigkeiten, die man sonst doch nach einiger Zeit vergißt oder für nicht mehr so wichtig hält. Sie ist eben nicht leicht zu lenken. Solange sie auf ihrem Groll besteht, liegt ein Schatten auf der bevorstehenden Hochzeit, und das will wirklich niemand. Darum und weil ich vielleicht vermitteln kann, war es gut, ja sogar notwendig, mit dem Schmied zu sprechen, unter vier Augen versteht sich, denn wenn seine Tochter Tama nicht wie vorgesehen den Zimmermannssohn heiraten darf, ist auch er davon betroffen. Trägt der Schmied Kummer mit sich herum, kann er nicht so gut arbeiten, wie Don João es von ihm erwartet ... Um's kurz zu machen, Nagato hat sich meine Geschichte angehört und mir dann die Pforte aufgeschlossen.»

«War el Rosso in der Schmiede?»

«Nein, aber ich hab' Verschiedenes über ihn erfahren.»

«Was denn?»

«Daß er manchmal kommt und mit dem Schmied die Arbeit bespricht, die er in Don Joãos Auftrag erledigen muß.»

«Und?»

«Ja, ja, Mika-sama, Geduld, Geduld. Ich erzähl's Euch ja der Reihe nach.» Yamada nahm sich Zeit, den Pinsel gegen den Rand des Topfes zu drücken, bis die überschüssige Tusche abgelaufen war. «Also, der Gefangene, was er macht, hat etwas mit Musketen zu tun. So ganz genau wollte der Schmied es mir nicht verraten, und ich wollte ihn auch nicht zu sehr bedrängen, denn schließlich braucht er ja nicht zu wissen, daß ich eigentlich nicht so sehr wegen Tama-chan, seiner Tochter, gekommen war und wegen ihrer erschwerten Heirat, sondern nur, um mich ein wenig umzuhören, was es so alles über den Gefangenen zu berichten gibt, über diesen el Rosso, wie Ihr ihn nennt und wie ihn auch Don Joãos Leute nennen, obwohl einige von ihnen sagen, vor allem der junge Hiro, der zu Nagatos Leuten gehört und offenbar überzeugt ist, der Gefangene könne Wunder vollbringen, also dieser Hiro sagt, el Rossos eigentlicher Name sei O'Hendoriku oder Oohendori oder so ähnlich. Wenigstens hab' ich vom Schmied erfahren, daß man diesen O'Hendoriku oder wie immer er auch heißen mag, schon ein paarmal zu ihm gebracht hat. Er hat mit ihm zusammen irgend etwas auf dem Amboß geformt, was dieser O'Hendoriku dann oben im Turm weiterbearbeitet und an alte Musketen anbaut.»

Mika blickte zum Turm hinüber, der sich trotzig mit seinen immer enger werdenden Stockwerken und gestaffelten Dächern über die Kronen der Kirschbäume erhob. Die Entfernung war zu groß, die Schießscharten auszumachen.

«Wo im Turm?» fragte Mika.

«Ziemlich oben, im vorletzten Stock, da läßt Don João diesen O'Hendoriku arbeiten.»

«Seid Ihr dagewesen?»

Yamada schmunzelte und beschäftigte sich eine Zeitlang mit seiner Skizze. «Ja, sicher, so ein Maler kann immer einen guten Grund haben, warum er auf einen hohen Turm steigen will. Er muß von dort aus die Landschaft erkunden. Immerhin ist's Herbst, und der Vulkan legt sein bestes Kleid an. Wenn der Vulkangott nicht in seinem jüngsten Zorn soviel Asche ausgestoßen hätte, wären die Farben in diesem Jahr leuchtender ausgefallen. Aber gerade weil die Farben dieses Jahr wegen der über die Hänge hingestreuten Asche gedämpfter geraten sind, mußte ich unbedingt nach oben steigen. Die Ascheschicht hätte auch wie vor vielen Jahren, als ich noch ein kleiner Junge war, viel dicker ausfallen können. Und der Vulkan wäre von Kopf bis Fuß in Grau und Weiß gekleidet. Ich erinnere mich noch sehr gut, damals war es zu einem solchen Ausbruch gekommen, gerade in jenem Jahr, als die ersten Padres hier auftauchten. Da stieß der Vulkan eine Aschenflut aus seinem Gipfel. Ein Zufall sagten die einen, andere aber meinten, der Vulkangott sei wütend. Warum sollte er wütend sein, die Padres waren doch willkommen? Alle dachten, ich meine, vor fünfzig Jahren dachten noch alle, die Padres wären Mönche einer bis dahin in Japan noch nicht bekannten buddhistischen Sekte, kamen sie doch von Goa her und sahen aus wie Schüler Buddhas, ich meine, mit großen Nasen und tiefgesetzten Augen, buschigen Augenbrauen und dichten Bärten. Außerdem redeten sie von einem lichterfüllten Himmel, von einer flammenden Hölle, von himmlischen Boten und teuflischen Dämonen, von Gnade und Strafe, von Selbstzucht und Enthaltsamkeit, von Wundern und Heilung, und auch von der Hoffnung auf ein Leben nach dem Tod. Alles wie bei den Buddhisten. Sogar ihre Rosenkränze waren denen der Buddhisten zum Verwechseln ähnlich, und sie verspritzten das gleiche Weihwasser und brannten Weihrauch in silbernen Behältern. Also damals, in Arima, damals waren alle froh über die Ankunft der Padres, denn ...»

«Meister Yamada», unterbrach Mika seine Erzählung, «habt Ihr el Rosso im Turm gesprochen?»

«Ja sicher, Mika-sama, Geduld, Geduld, ich hab' ihn gesprochen.»

«Wie war er denn? Was hat er gesagt?»

«Ich hab' Nagato, der mich in den Turm hinaufbegleitet hatte, wissen lassen, daß ich wahrscheinlich einige Zeit benötige, die beste Stelle ausfindig zu machen, von der aus ich das Bild vom Vulkan malen will, viel Zeit sogar, denn das Licht ändert sich doch von Stunde zu Stunde. Das läßt den Vulkan in anderen Farben erscheinen. Darum, so hab' ich Nagato angedeutet, hätte es für ihn wenig Sinn, bei mir zu bleiben. So hab' ich's geschafft, einige Zeit lang allein zu sein mit diesem el Rosso oder O'Hendoriku, wie immer er auch heißen mag.»

Mika schubste Yamada am Arm. «Jetzt sagt doch endlich, was habt Ihr mit ihm gesprochen?»

Yamada riß ohne Eile das erste Blatt vom Block und legte es zum Trocknen auf den Boden. Des Windes wegen, der inzwischen aufgefrischt war, beschwerte er das Blatt an allen vier Ecken mit faustgroßen Steinen, die er vom Weg aufhob. «Ja, ja, Mika-sama, über Verschiedenes hab' ich mit O'Hendoriku gesprochen, über Verschiedenes, vor allem, nachdem ich ihm die Skizze gezeigt hatte ... Ihr wißt ja, die Skizze, die ich bei Eurem letzten Besuch in meinem Atelier gemacht hatte, Mika-sama, als Bauernmädchen verkleidet mit Kopftuch und Strohhut. Leider war das Blatt ein wenig zerknittert, weil ich es ja nicht offen bei mir tragen konnte. Ich hatte es eng zusammengerollt in meinem Kittel versteckt, aber die steilen Treppen zum Turm hoch ... ich hatte ja noch andere Sachen zu tragen ... das bedeutete für die Skizze ein paar Knitterfalten. Als ich sie dann vor O'Hendoriku entrollte, natürlich erst, nachdem ich sicher sein konnte, daß keiner von Nagatos Leuten uns überraschen würde, als ich ihm also die Skizze zeigte, hat er Euer Gesicht sogleich erkannt. Auf der Stelle erkannt. Ziemlich beachtlich, muß ich sagen, immerhin hat er Euch doch nur ein einziges Mal gesehen, vor Monaten, und jetzt meine Skizze von Euch, als Bauernmädchen verkleidet. Trotzdem kein Zögern, keine Unsicherheit. Der Mann hat Augen, muß ich sagen, der Mann hat Augen, richtige Maleraugen. Er hat Euch sofort erkannt. Mika-sama, hat er vor sich hingemurmelt und danach das Bild noch lange betrachtet, wortlos, bis Euer Anblick tief in ihn hineingesunken war. Dann mußte ich ihm das Blatt wieder wegnehmen, denn falls einer von Don Joãos Leuten es entdeckte, würde nichts Gutes dabei herauskommen. Weder für ihn noch für Euch, noch für mich.»

Yamada griff in die Tasche mit seinen Malutensilien und suchte darin herum. Nach einiger Zeit glitt ein verschmitztes Lächeln über seine Züge. «Hier», sagte er, zog eine Silbermünze aus der Tasche und legte sie auf Mikas Hand – eine Münze mit einer Inschrift auf spanisch. «Dreht sie um.»

Mika wendete die Münze und sah, daß die Prägung auf der Rückseite weggefeilt war. An ihrer Stelle war mit unbeholfenen Strichen ein japanisches Schriftzeichen eingeritzt: Hoffnung.

«Das hat er für Euch eingeritzt», sagte Yamada und machte sich daran, mit seinem Tuschepinsel eine neue Skizze auf das Blatt zu werfen, «allein, ohne meine Hilfe. Der Mann kann schon erstaunlich gut unsere Sprache sprechen und sogar ein so kompliziertes Schriftzeichen ohne Zögern in Silber ritzen. Ein bißchen unbeholfen, die Striche, meine ich, aber immerhin, wenn man bedenkt, daß er all die Monate ja nur ein Gefangener war und ihm sicher nur wenig Gelegenheit geboten wurde, unsere Sprache zu lernen.»

«Und wie sieht er aus?»

«Blaß, sehr blaß sogar.»

Mika ging zur Mauer zurück und setzte sich wieder auf die Steine, die Silbermünze in der Hand. Sie saß eine Zeitlang da, fragte Yamada noch dies und das, hörte, wie er seinen Pinsel auswusch. Sie lauschte den Brandungswellen, die tief unten am Fuß der Klippe sanft gegen die Felsen schlugen, dachte daran, daß dort unten irgendwo ein Busch war, der wie jeder andere Busch aussah, aber den Eingang zum unterirdischen Labyrinth verdeckte. Sie hörte über sich den Wind durch die Blätter der Kirschbäume streichen, sah, wie er die ersten bunten Herbstblätter aus ihren Kronen löste, wendete die Silbermünze und strich mit dem Finger über das eingeritzte Wort: Hoffnung.

* * *

«Was hast du mit Yamada so lang zu schwätzen gehabt?» fragte Don João Mika, als einer seiner Leute sie zu ihm brachte.

«Ich?» Mika stellte sich dumm. «Mit dem Maler Yamada?»

«Tu nicht, als ob du nicht wüßtest, wovon ich rede. Du hast über zwei Stunden lang mit Yamada geredet. Über was?»

Mit kalten Augen sah Mika ihren Bruder an. «Hast du nichts Besseres zu tun, als hinter mir herzuspionieren?»

«Also gibst du zu, dich mit Yamada getroffen zu haben.»

«Natürlich. Ich habe zugeschaut, wie er malt und was er malt. Gar nicht so einfach an einem Tag zu malen, an dem der Wind so kräftig weht und die Farbe trocknet, sobald sie aufs Papier aufgetragen ist. Aber Meister Yamada beherrscht die Technik, und er hat mir heute freundlicherweise erlaubt, ihm bei der Arbeit zuzusehen.»

«Aber du hast mehr getan, als ihm nur zuzusehen. Du hast dich dauernd mit ihm unterhalten.»

Mika stieß ein verächtliches Lachen aus und rümpfte die Nase.

«Du vergißt», sagte Don João und deutete auf das Fernrohr, das auf dem Seitentisch neben ihm lag, «du vergißt, ich habe das da. Damit kann ich deine Worte am Mund ablesen, selbst auf so große Entfernung.»

«Gratuliere», erwiderte Mika, «wenn du mir meine Worte vom Mund abgelesen hast, brauche ich dir ja nicht zu sagen, worüber ich mich mit Meister Yamada unterhalten habe. Es sei denn, du möchtest plötzlich was über das Malen mit Wasserfarben lernen.»

«Er hat dir etwas zugesteckt. Was war das?»

«Es wird Herbst», sagte Mika und zog aus ihrem Kimonoärmel ein glutrotes Kirschblatt hervor. Sie reichte es João über den Tisch zu. «Herbst, lieber Bruder, die Zeit der Ernte für alles Gute und Böse, was man bis dahin getan hat. Wann wirst du mir wieder erlauben, so wie früher jederzeit das Schloß zu verlassen und in die Stadt oder zu Hochwürden in Arima zu gehen?»

Don João, der schon seine Hand nach dem Kirschblatt ausgestreckt hatte, zog sie zurück. «Du weißt genau, es geschieht nur deiner Sicherheit wegen. Seitdem die Mönche in der Stadt sind, wäre es nicht ratsam für dich …»

«Du meinst, die Mönche würden mir etwas antun?»

«Es steht dir frei, jederzeit mit Begleitschutz in die Stadt zu gehen oder in deiner Sänfte nach Arima zu reisen.»

«Ach, das ist gut zu wissen, daß du keinen anderweitigen Bedarf mehr für meine Sänfte hast», fiel Mika ihm ins Wort. Don João tat, als habe er nicht gehört.

«Ich finde es nur unpassend, daß du dich stundenlang mit Yamada unterhältst», brummte er, «schließlich ist er bloß ein Maler.» Er deutete mit einer unwirschen Handbewegung an, daß er das Treffen mit Mika als beendet ansah. «Du kannst gehen.»

Aber Mika ging nicht. «Bloß ein Maler?» schoß sie scharf zurück. «Du vergißt, was für ein Maler. Immerhin hat er die schönsten Säle im Schloß ausgemalt, und seine Wandbilder halten dem Vergleich mit den Werken der besten Maler unserer Zeit stand. Weißt du nicht mehr, was Vater gesagt hat? Er hat ihn auf die gleiche Stufe wie die besten Schüler von Kano Sanraku gestellt. Kano Sanraku, der berühmteste Künstler in Kyoto, falls du dich daran erinnern solltest. Ist es ein Vergehen, wenn deine kleine Schwester sich mit einem Mann von Range Yamadas unterhält und sich von ihm ein wenig in die Geheimnisse seiner Kunst einweihen läßt?»

Don João ließ, ohne die Miene zu verziehen, Mikas Wortschwall über sich ergehen. Am Ende sagte er nur, er habe Wichtigeres zu tun, als ihr zuzuhören.

«Du hast mich holen lassen», sagte Mika, bevor sie ärgerlich die Schiebetür mit Schwung hinter sich zuschob, «meinst du, ich wäre aus eigenen Stücken gekommen?»

In den folgenden Tagen erfuhr sie von Nana, daß Yamada das große Aquarell des herbstlich gefärbten Vulkans nicht, wie geplant, vom Turm des Schlosses aus malen könne, denn ihm sei der Zugang zum Turm verwehrt worden. Da wußte Mika, daß sie sich

João gegenüber nicht klug verhalten hatte, besser wäre es gewesen, Yamada nicht vor João in Schutz zu nehmen. Es wäre nicht schwer gewesen, ihm glatt ins Gesicht zu sagen, sie habe nicht vor, Yamada wiederzusehen, sie hätte sogar João nach dem Mund reden sollen. Das hätte ihn beruhigt, statt sein Mißtrauen weiter wachsen zu lassen, und er hätte Yamada auch nicht vom Turm ausgeschlossen. Dann wäre die gerade erst hergestellte, noch zaghafte Verbindung mit el Rosso nicht schon wieder abgerissen.

* * *

Mika rüttelte Nana aus tiefem Schlaf. «Komm mit», flüsterte sie ihr ins Ohr, «du mußt mitkommen.»

«Was ist denn?»

«Zeig' ich dir. Zieh dich an. Zieh alte Sachen an. Schnell. Schnell.»

Mika nahm Nana mit sich in die Grotte. Der Weg führte durch einen schmalen Gang über Schutt und Geröll. An einigen Stellen mußten sie auf allen vieren über Felsbrocken kriechen, die offenbar letzthin von der Decke gefallen waren.

«Wozu das, Mika-sama?» hauchte Nana ängstlich an einer besonders engen Stelle und rieb sich mit ihren schmutzig gewordenen Händen die vom Qualm der Öllampe tränenden Augen. «Finden wir hier je wieder heraus?»

«Keine Sorge. Ich kenne mich hier inzwischen aus und habe den Weg bis zum Ende erkundet.»

«Wie denn? Wann denn?»

Mika zog Nana an der Hand über die scharfkantigen Felsbrocken. «Ich bin die letzten drei Nächte hier unten gewesen und kenne jetzt die Grotte fast so gut wie oben unser Frauenviertel.»

«Allein?»

«Allein.»

«Aber, um Gottes willen, das ist doch gefährlich, Mika-sama. Falls wieder ein Erdbeben kommt und die Decke völlig zusammenstürzt, was dann?»

«Komm», drängte Mika. Sie leuchtete die Wand an und wies auf die wohlgefügten Quader. «Schau, das ist wieder das Fundament des Turms. Aber wir sind jetzt auf der anderen Seite vom Waffenmagazin.» Der Weg verbreiterte sich und verlief gerade, soweit das Licht reichte. Die der Fundamentmauer entgegengesetzte Seite bestand jetzt aus Holzbohlen, und gegen die Decke stemmten sich dicke Pfosten, die eine Verschalung aus Zedernholz trugen. Der Boden war glatt und mit feinem Kies bestreut.

Mika ging voran, mit raschen, aber sicheren Schritten, die bewiesen, wie gut sie den Weg schon kannte. Nach einer Weile kam eine rechtwinklige Biegung, der wieder eine gerade Strecke folgte, entlang dem Fundament des Turms. Schließlich endete der Weg in einer Kammer.

«Schau», sagte Mika und hob ihre Öllampe zur Decke hoch. Das Licht verlor sich in einer schwarzen Öffnung. «Schau.»

«Was ist das?»

«Der Aufgang in den Turm.»

Nana blickte angestrengt nach oben. «Laßt uns wieder zurückgehen», sagte sie kleinlaut, «ich habe Angst.»

«Du mußt mir beim Hinaufsteigen helfen.»

«Nein. Bitte nicht.»

«Doch.»

«Warum denn?»

«Ich will hinauf.»

«Das könnt Ihr nicht, Mika-sama. Es ist zu gefährlich», flehte Nana und hielt sie am Ärmel fest.

«Wenn ich auf deine Schultern steige, kann ich die Öffnung erreichen. Komm, stell dich da hin.»

Nana versuchte, Mika von ihrem Ansinnen abzubringen, aber schließlich seufzte sie atemschwer. «Wenn Ihr unbedingt wollt.»

«Gut. Dann bück dich. Ich muß auf deine Schultern steigen.»

Mika schaffte es, mit ihren Händen den Rand der Öffnung zu erreichen, und zog sich hoch. Bald fanden auch ihre Füße Halt, und sie konnte sich ganz hinaufschwingen. Sie schaute von oben herunter, das Gesicht voller Schmutz und Schweiß. «Reich mir die Lampe.»

Zitternd tat Nana wie ihr geheißen und sah dem flackernden Lichtschein nach, der die schwarze Öffnung von innen erhellte.

Wenig später erschien Mikas Gesicht wieder. «Schau, Nana, was ich hier gefunden habe. Tritt mal zur Seite.»

Mika warf eine Strickleiter über den Rand der Öffnung. Sie entrollte sich mit zischendem Laut und schlug mit dem Ende auf dem Boden auf. Mika kam die Leiter herunter, in einer Hand die Öllampe. Sie schwang heftig hin und her, und Nana griff rasch in die Sprossen, um das Schwingen zu dämpfen.

«So», sagte Mika triumphierend, «jetzt können wir heimgehen.»

«Und die Leiter?»

«Die lassen wir so. Niemand wird hierherkommen.»

«Aber warum?» wollte Nana wissen. «Wäre es nicht besser, die Leiter einzurollen und oben wieder so hinzulegen, wie sie war?»

«Nein, nein, laß sie hängen. Komm, wir gehen heim.» Ohne Nanas Antwort abzuwarten, nahm Mika die Öllampe und ging mit ihren raschen, sicheren Schritten den langen Gang zurück. Nana lief hinter ihr her.

Nach einem tiefen Schlaf bis spät in den Morgen hinein fühlte Mika sich völlig ausgeruht. Sie aß schnell etwas, ohne ihre Dienerinnen zu rufen, und war dann schon wieder auf dem Weg nach unten ins Labyrinth, diesmal allein. In einem enganliegenden Anzug aus schwarzer Hose und Jacke, von Nana genäht, sah sie gefährlich aus, wie eine Ninja. Sie huschte durch die gewundenen Gänge der Grotte und kehrte zu der Stelle zurück, wo die Strickleiter noch immer aus der dunklen Öffnung in der Decke herabhing. Sie kletterte hinauf, zog die Strickleiter nach, verstaute sie an jener Stelle, wo sie sie gefunden hatte, und stellte die Flamme ihrer Öllampe ganz klein, damit sie lange brennen konnte. Nachdem sie sich vergewissert hatte, daß die Lampe an guter, sicherer Stelle stand, weg vom Luftzug, der stickig und kühl aus der Tiefe der Grotte hinaufdrängte, setzte sie zum Aufstieg in den Turm an. Sie verließ sich ganz auf ihren Tastsinn, denn sie hoffte, von irgendwoher falle ein wenig Licht ein, sobald sie aus dem Bereich des Fundaments und des Sockels herauskam.

Die Holzsprossen der in die Wand eingelassenen senkrechten Leiter waren rauh, und Mika war froh, daß sie Handschuhe aus derbem Stoff anhatte, welche die Finger freiließen, aber die Handinnenflächen vor Holzsplittern schützten. Trotzdem war es nicht leicht, sich durch die Dunkelheit, die sie anfangs umhüllte, hinaufzutasten. Spinnweben legten sich klebrig auf ihre Hände und die Teile ihres Gesichts, die nicht von der schwarzen Maske bedeckt waren. Ein paarmal scheuchte sie Fledermäuse auf, die mit kaum hörbaren schrillem Schrei aufstoben und sie dann auf lautlosen Flügeln umflatterten.

Endlich kam ein Lichtschein von oben herab, schwach zuerst, dann immer heller, bis Mika einen Lichtspalt erreichte, kaum einen Finger breit, der jedoch den Blick freigab in einen von hohen Mauern umschlossenen Innenhof. Dahinter, im nächsten Innenhof, spiegelte sich der Himmel in einem Wasserbecken, aus dem Dampf aufstieg. Wahrscheinlich das Bad für die Samurai, sagte sie sich. Sie sah, wie der Dampf vom Wind schnell weggetragen wurde und sich auflöste, sobald er über die Mauern wallte.

Mika legte eine Pause ein. Es tat gut, den dunklen Sockel des Turms hinter sich gelassen zu haben und wieder Licht zu sehen. Während sie sich ausruhte, zwischen den hölzernen Sprossen der Leiter und der Wand eingeklemmt, um ihre Arme nicht zu belasten, sah sie durch den Spalt ein paar Samurai über den Innenhof gehen. Obwohl der Lichtspalt so schmal war, daß niemand sie von unten sehen konnte, zog Mika rasch ihre schwarze Maske wieder vors Gesicht, die sie abgenommen hatte, um sich die Spinnweben wegzuwischen. Jeder der Samurai trug eine Muskete, und sie verschwanden anscheinend nacheinander in einer Tür, die Mika nicht sehen, deren lautes Zufallen sie aber hören konnte.

Wenig später kamen Stimmen durch die Wand, dumpfe Stimmen, offenbar die jener Samurai, die vorher durch den Innenhof gegangen waren. Jetzt stapften sie die Treppe im Turm herauf. Mika wartete, bis die Stimmen verklungen waren. Dann stieg sie geschwind, aber so geräuschlos, wie sie nur konnte, weiter nach oben. Sie erreichte eine Stelle, wo sie auf einem Brett stehen konnte, kaum einen Fuß breit. Ein Ritz klaffte in der Holzwand, und sie konnte einen ersten verstohlenen Blick ins Innere des Turms werfen. Sie sah einen leeren Raum, der sich bis zu der anderen Seite des Turms hinzog, mit einem Holzfußboden, so glatt, daß sich in ihm das Licht der Schießscharten der gegenüberliegenden Wand spiegelte. Wenn sie ihr Auge fest gegen den Ritz preßte und ihren Kopf ein wenig hin- und herbewegte, konnte sie andere Teile des weiten Raumes sehen und sogar einen Teil des Treppenhauses, das im Zentrum des Turms hochführte. Gerade als sie versuchte, den Treppenaufgang besser ins Blickfeld zu bekommen, kamen wieder Samurai herauf. Mika zog sich rasch zurück.

Auch höher im Turm gab es in der Außenwand einen schmalen Spalt, durch den das Tageslicht hereinfiel, nur wenig, aber genug, daß sie erkennen konnte, wie die Leiterstufen in die Wand eingelassen waren, mit dicken Dübeln. Mika rüttelte an den Sprossen, sie waren fest verankert und quietschten nicht. Beruhigt kletterte sie weiter, immer höher. Sie drückte ihr Auge an jeden Spalt in der Außenwand, sah in die verschachtelten Innenhöfe hinein, die sie, seitdem João Schloßherr geworden war, nicht mehr betreten durfte, machte die Schmiede aus, sah Mongos Weide und dahinter das silbern glitzernde Meer. Längst hatte sie alle umliegenden Gebäude des Schlosses im Aufsteigen überrundet, und der Nordwind, der wie so oft am Nachmittag auffrischte und schon heftig um den Turm strich, drang in einem kühlen Strom durch die schmalen Spalten. Ein scharfer Wind, der die Kälte des kommenden Winters ahnen ließ.

Auf dem nächsten Stockwerk vernahm Mika hinter der Wand wieder Stimmen, diesmal laute Stimmen und schrille Geräusche. Sie tastete sich mit den Füßen vorwärts, ob sie ein Brett spürte, auf dem sie stehen könnte. Sie fand es, und es war ziemlich breit. Sie setzte sich hin und lauschte. Ihre ans Dunkel gewöhnten Augen untersuchten jede Handbreit Wand, die sie von dem Raum dahinter trennte. Sie sah eine eingelassene Tür, hinter der es, wie sie feststellte, dunkel war. Als sie nach einigem Zögern die Tür zur Seite schob, sehr vorsichtig und langsam, blickte sie in einen kleinen, schmalen Raum hinein, der wie ein Wandschrank aussah. Seine Breitseite bestand aus derb gehobelten Brettern, etwa drei Handspannen weit, während die schmalen Seiten rechts und links von dicken tragenden Balken gebildet wurden, die sich unter der Last der Decke krümmten.

Lautlos schob sich Mika von dem Brett in den Wandschrank hinein und kauerte sich auf den Boden. Die Stimmen auf der anderen Seite der Bretterwand waren jetzt klarer zu hören. Einige kamen ihr bekannt vor, es waren die Nagatos und des jungen Hiro. Mika verstand jedes Wort. Nagato gab in barschem Ton Anweisungen, die irgendwelche Musketen betrafen, wahrscheinlich die Musketen, welche die beiden Samurai gerade heraufgebracht hatten. Er bemängelte, daß ihre Läufe seit dem Erdstoß nicht dick genug oder gleichmäßig genug eingeölt oder eingewachst wurden.

«Hier, el Rosso», hörte Mika seine Stimme, «streng dich mehr an. Ein bißchen schneller. Mir gefällt deine langsame Art nicht, und damit du's weißt, bevor du diese Musketen nicht fertig hast, kriegst du nichts zu essen.»

Kurz danach war der schrille Ton von Feilen zu hören, über Metall gezogen. Das Geräusch schien unmittelbar von der anderen Seite der Wand zu kommen. Hiro sagte etwas, was weich und freundlich klang. Überhaupt war seine Stimme noch jungenhaft, und nur manchmal, wenn er sich Mühe gab, die anderen Samurai nachzumachen, glitt sie in tiefere Tonlagen ab. Darum fiel es Mika nicht leicht, ihn zu verstehen, aber zweimal kam darin O'Hendoriku vor – der Name, den Yamada erwähnt hatte. War das etwa el Rossos Vorname?

Sie kauerte sich tiefer auf den Boden und versuchte, mit ihren Fingerspitzen zu ertasten, ob die Bretter, die sie von dem Raum auf der anderen Seite trennten, Teil einer Schiebetür wären, aber was sie ertastete, verriet nicht viel. Mika sah nur einige schwache Lichtspuren, durch enge Ritzen dringend, entlang den Fugen zwischen den Brettern und dem Boden. Sie drückte ein Auge nahe an einige Ritzen, aber sie waren zu schmal, als daß sie irgend etwas auf der anderen Seite erkennen konnte. Erst als sie sich flach auf den Bauch legte, konnte sie durch den Ritz ein paar nackte Füße sehen und einen Tisch, an dem jemand saß. Vielleicht ist das el Rosso, dachte sie und fühlte, wie ihr das Blut in den Kopf schoß.

Der Wind rüttelte inzwischen so heftig am Turm, daß die Balken da und dort zu ächzen begannen. So entstand eine Geräuschkulisse, die Mika bei ihren Erkundigungen mutiger werden ließ.

Sie ließ ihre Finger über jeden Zoll der Bretterwand gleiten, ob sie einen Dübel fassen könnte, der sich bewegen ließ. Ihre Fingerspitze glitt irgendwo mitten in einem der Bretter über ein Astloch, darin ein Zapfen, etwa einen Daumen breit, der sich beim Austrocknen des Brettes gelockert haben mußte. Sie konnte den Zapfen mit den Fingernägeln greifen und ein wenig hin- und herrücken. Haarbreite um Haarbreite zog sie ihn heraus, und das Licht, das nun durch den sich ringförmig öffnenden Spalt fiel, wurde immer heller. Sie wartete, bis eine besonders heftige Windböe den Turm angriff. Da zog sie den Zapfen mit einem sanften Ruck heraus und lauschte, ob von der anderen Seite etwas zu hören war. Nichts geschah, und sie konnte weiteratmen. Vorsichtig näherte sie ihr Gesicht dem Astloch und spähte schon hindurch.

Da sah sie el Rosso. Er saß an dem Tisch, dessen Umrisse sie schon durch den Bodenritz erahnt hatte. Er saß im Schneidersitz da, vor sich einen Stapel verschieden geformter Teile aus Schmiedeeisen und Raspeln, Hämmer sowie anderes Werkzeug. Mika sah ihn von der Seite, wie er sich über die Tischplatte beugte, wie selbstvergessen, und wie er ein eisernes Teil, das er in einen hölzernen Schraubstock eingeklemmt hatte, mit der Feile bearbeitete. Die Muskeln seiner Arme spannten sich, während er rasch die Feile hin- und herführte. Ihr Kreischen klang so schrill wie das Gemaunze sich balgender Katzen. Dann und wann wischte er mit der Hand ein paar Metallspäne weg, beugte sich vor, und mit zusammengekniffenen Augen schien er zu prüfen, ob das Metallstück schon die gewünschte Form angenommen hatte.

El Rosso sah in der Tat sehr blaß aus, wie Yamada ihr berichtet hatte. Seine Wangen waren eingefallen, seine Augen schienen noch tiefer zu liegen, als Mika sie in Erinnerung hatte. Lange sah sie ihm zu, wie er mit einem Werkstück fertig wurde, sofort nach dem nächsten griff und es dann mit verschiedenen Feilen bearbeitete. Sie beobachtete, wie seine Hände das Metall mit festem, sicherem Griff anpackten.

Bei seinem Profil gedachte Mika eines Gemäldes, das sie vor Jahren gesehen hatte, das Bild eines Mannes mit einer Mandoline, vor einer schönen Frau kniend und mit sanftem Lächeln zu ihr

aufschauend. Lange hatte Mika sich dieses Bildes nicht mehr erinnert, aber jetzt, als sie el Rosso sah, tauchte es wieder in ihrem
Gedächtnis auf. Vielleicht lag es auch daran, daß Hiro gerade etwas zu el Rosso sagte, was den Anflug eines Lächelns auf dessen
Gesicht aufblitzen ließ. Dem Mann mit der Mandoline stand das
gleiche Lächeln um die Lippen, wenn es auch auf der Leinwand wie
gefroren wirkte. Bei el Rosso lebte es, blitzte noch ein paarmal auf,
wenn Hiro sich zu ihm beugte und ihn leise etwas fragte. Er ging
auf seine Frage ein und antwortete mit ruhiger Stimme. Daß er Japanisch sprach, fiel Mika zuerst gar nicht auf, aber dann erinnerte
sie sich an Maler Yamadas Worte nach seinem Gespräch mit el
Rosso, daß dieser Fremde die Sprache in erstaunlich kurzer Zeit
habe lernen können.

Hiro verließ den Tisch und kam kurz danach zurück. Er trug
eine Schale heißen Tee. El Rosso unterbrach kurz seine Arbeit,
blickte auf und lächelte dankbar. Er sagte etwas zu dem jungen
Mann, der mit einer leichten Kopfbewegung antwortete. Dann
trank er den Tee in kleinen, vorsichtigen Schlucken, die Schale mit
beiden Händen umschlossen. Als er sie geleert hatte, reichte er sie
Hiro wieder hin, der sie mit einer Verbeugung entgegennahm.

Nagato trat heran. Er schien mit el Rossos Arbeit nicht zufrieden zu sein, grunzte etwas Unverständliches und gab Hiro einen
Wink. Mika sah, wie Nagato breitbeinig, wie es sich für ihn als
obersten Samurai des Turms gebührte, auf die Treppe zuging und
Hiro mitnahm. El Rosso beugte sich über den Tisch, schaute weder rechts noch links, war ganz auf seine Arbeit konzentriert. Er
nahm sich noch nicht einmal die Zeit, die Metallspäne, die sich auf
der Tischplatte häuften, mit der Hand zusammenzuwischen und
in den neben ihm stehenden Bastkorb zu kehren, ließ sie vielmehr
so liegen, wie sie auf die Tischplatte gefallen waren. Wenn er seine Feile ansetzte und sie längelang durchzog, konnte Mika mit
ansehen, wieviel Kraft ihn das kostete. Nun legte er eine kurze
Pause ein und warf seinen Kopf weit nach hinten, um die Nackenmuskeln zu entspannen. Gerade als er bei dieser Übung auch die
Schultern in ihren Gelenken kreisen ließ, trat ein Samurai, den
Mika nicht kannte, neben ihn und legte ihm eine weitere neue
Muskete auf den Tisch. Mit geraunztem Befehlston bedeutete er

ihm, er solle nicht faulenzen, sondern arbeiten. El Rosso nickte stumm und wartete ab, bis der Samurai jenseits des Treppenaufgangs verschwunden war.

«El Rosso», flüsterte Mika, aber er hörte sie nicht.

«El Rosso.»

Er stutzte einen Augenblick und hielt in seiner Bewegung inne. Er schaute sogar in die Richtung, wo Mika sich hinter der Wand verbarg, schüttelte aber dann ungläubig den Kopf und kehrte zu seiner Arbeit zurück. Schon kreischte die Feile wieder, die er mit aller Kraft über das Werkstück zog, und die Metallspäne schienen fast eine Armlänge weit zu fliegen.

Mika wartete, bis sich das nun schon fast waagrecht in den Raum einfallende Sonnenlicht golden verfärbte und dann zögernd verlosch wie eine Flamme, die man ausbläst. Der Samurai mit der letzten Muskete stellte eine Öllampe vor el Rosso hin. Jetzt erschien Nagato und gab el Rosso einen Fußtritt in die Seite. Mika sah, wie er sich vor Schmerz krümmte und sich wieder über seine Arbeit beugte. Danach kamen und gingen noch mehr Samurai. Sie räkelten sich auf Binsenmatten, lachten und redeten vom Baden und vom Abendessen. Sie sagten, sie bekämen sicher wieder Oktopus und Thunfisch. Ihr rauhes Lachen hallte durch den Raum, der langsam dunkler und dunkler wurde.

Schließlich kam Nagato und betrachtete mit mißtrauischen Augen das Ergebnis von el Rossos Arbeit. Er ließ sich vorführen, daß das neu angebaute Zündschloß funktionierte und mit dem Fingerhaken zu lösen war.

* *
*

Während der nächsten Tage verbrachte Mika viele Stunden auf ihrem Lauschposten, an das Astloch gepreßt. Jeden Abend, ehe sie die Wandleiter nach unten stieg, steckte sie den Zapfen wieder ins Holz und schob sogar von ihrer Seite einen Span in den Ringspalt, damit der Zapfen festsaß und nicht durch irgendeinen Zufall herausfallen konnte. Mehr als einmal aber, wenn sie sich in ihrem Zimmer fertigmachte und die schwarze Tarnkleidung anlegte, fragte sie sich, warum sie dies alles tue, nur um in einem schmalen Wandschrank zu hocken und durch ein Astloch zu starren? Nur um einem Fremden bei der Arbeit zuzusehen, über den sie nichts wußte, nur so viel, daß er der Gefangene ihres Bruders war? War es die Erinnerung an jene kurze Begegnung vor den Mauern des Schlosses, als el Rosso, geschwächt, aber ungebrochen, ihrer Sänfte entstieg und sie mit seinen blauen Augen ansah, aus denen Stolz und Hoffnung sprachen? Waren nur Mitleid oder ihr Sinn für Gerechtigkeit ihr Antrieb?

Eines Nachmittags, als Mika nicht zum Turm hinaufsteigen konnte, da Dona Isabel ihren Besuch angesagt hatte, empfand sie eine seltsame Leere und Unruhe. Schließlich war ihre Mutter dann doch nicht gekommen. An diesem Abend fand Mika lange keinen Schlaf. Sie konnte sich nicht von dem Anblick trennen, wie Nagato el Rosso einen derben Fußtritt in die Seite versetzt hatte, und sicher war das nicht das erste Mal. Mika steigerte sich in die Vorstellung, el Rosso werde von allen Seiten mißhandelt. Sie sah, wie er sich vor Schmerz krümmte und dann bewegungslos auf dem Boden lag, was die Samurai nicht hinderte, ihn weiter zu quälen, bis sein Körper, ohnehin schon eingefallen, leicht wie Balsaholz geworden schien. Sein Körper hatte die Gestalt eines Boots angenommen, das die Wellen wegtrugen. Mika sah sich am Ufer stehen und zum Wind beten, er solle kräftig wehen aus der guten Richtung und das Balsaboot über das weite Wasser dorthin tragen, wo Sicherheit es erwartete. Er sei auf dem Weg nach Hirado, hatte el Rosso, neben ihrer Sänfte stehend, gesagt, zu seinen Landsleuten. Keine Portugiesen, keine Spanier, irgendwelche anderen. Wind, Wind, betete Mika, bring ihn nach Hirado, dort wird ihm nichts Böses mehr geschehen können.

Nana versuchte ein paarmal vergeblich herauszufinden, warum ihre Herrin an manchen Nachmittagen spurlos verschwunden war, aber Mika hielt es selbst vor ihr geheim, daß sie so häufig in den Turm hinaufstieg. Nicht daß Nana vielleicht unbedacht plappern würde. Der Wunsch, ihr nichts zu verraten, entsprang eher jener Scheu, die sie vorher nie verspürt hatte, einer Scheu, die sie selber nicht verstand. Das Geheimnis des Gucklochs in der Bretterwand sollte allein ihr gehören. Mit niemandem wollte sie es teilen, auch nicht mit Nana.

Mika wußte, daß sie Nana jenes Gefühl nicht hätte erklären können, warum es sie zum Turm zog, warum sie viele Stunden dort kauern konnte in der Unbequemlichkeit des dunklen, engen Wandschranks. Warum sie den Stimmen dahinter lauschte und warum sie sich, wenn sie el Rossos Stimme vernahm, was nicht häufig geschah, erleichtert fühlte. Dann beugte sie sich vor, um durch das Astloch zu sehen und sich zu vergewissern, daß er es war, der gerade gesprochen hatte. Seine Stimme kam ihr angenehmer und wohlklingender vor als alle anderen, und daß sich in seine Aussprache ein fremdartiger Zungenschlag schlich, erhöhte nur deren Reiz.

Die Stunden oben im Turm ließen Mikas Zorn gegen João von Tag zu Tag mehr anschwellen. Sie war sich gewiß, ohne seine Einwilligung oder sogar Ermutigung könnte el Rosso von Nagato und den anderen nicht so mißhandelt und gequält werden. Und sicherlich geschah es nicht ohne Joãos Wissen, daß el Rosso von früh bis spät arbeiten mußte. Eintönige Arbeit, harte, schwere Arbeit.

Manchmal sah sie, wie er um sich blickte, mit müden Augen, in die sich immer mehr Mutlosigkeit einzuschleichen schien. Seine Schultern krümmten sich schon nach vorn, und manchmal sank sein Kopf plötzlich auf die Tischplatte herab. Zeichen größter Erschöpfung, ein Zustand, den Nagato mit neuen Fußtritten beantwortete. Ein Wort Joãos würde genügen, dachte Mika, all dem ein Ende zu setzen.

Nana berichtete, daß Don Joãos Samurai jetzt immer häufiger vor Sonnenaufgang mit einem Boot, manchmal sogar mit zwei oder dreien zu jener unbewohnten Felseninsel draußen in der Meeresstraße hinüberfuhren, eine Ruderstunde entfernt. Von dort hörte man dann, wenn der Wind vom Süden kam, Schüsse knallen.

Das ist es also, sagte sich Mika, el Rosso muß oben im Turm irgendwas an Joãos Musketen anbauen, und die Samurai müssen sie auf jener Insel ausprobieren. Je länger sie diesem Gedanken nachging, um so mehr fühlte sie sich vom Tun ihres Bruders abgestoßen. Seine Besessenheit mit den Musketen kam ihr unheimlich vor. Nur Hochwürden könnte ihn davon abbringen, sagte sie sich, nur Hochwürden. Er würde entsetzt sein, wenn er erfuhr, was João insgeheim trieb, wie viele Musketen im Magazin unter dem Turm lagerten und daß es el Rosso war, den er sich als Gefangenen für den Umbau seiner Waffen hielt.

Mehr und mehr reifte in Mika der Entschluß, wenn sie in ihrem Wandschrank saß und die schrillen Metallfeilen hörte, Hochwürden ins Bild zu setzen. Ihr blieb keine andere Wahl. Wie aber sollte sie vorgehen, denn Joãos Drohung, er würde el Rosso auf der Stelle töten lassen, klang ihr noch zu deutlich in den Ohren. Sie durfte el Rossos Leben nicht aufs Spiel setzen. João war imstande, seinen Gefangenen irgendwo in der Tiefe des Turms, unbemerkt von der Außenwelt, mit einem Schwertstreich zu erledigen.

So grübelte Mika angestrengt, wie sie die Nachricht von ihren Beobachtungen zu Hochwürden bringen könnte. Vielleicht würde er ihr nicht glauben, weil er sich kaum vorstellen konnte, wer João war.

Mika wußte, sie würde Hochwürden schonungslos alles offenbaren, das Geheimnis des unterirdischen Labyrinths, das Geheimnis der Leiter, die in den Turm hochführte, das Geheimnis des Waffenlagers mit den tausend Musketen. Sie würde ihm sagen müssen, daß ihr Bruder entschlossen war, el Rosso zu töten. Deshalb mußte Hochwürden schnell handeln und, ohne darüber etwas verlauten zu lassen, selbst in den Turm hinaufsteigen und el Rosso befreien, bevor João ihn an Ort und Stelle töten lassen konnte.

15

Göttin der Barmherzigkeit

Sicher, kleine Schwester», sagte Don João und zwirbelte ein Ende seines Schnurrbarts zwischen den Fingerspitzen, «ich werde dafür sorgen, daß deine Sänfte bereitsteht.» Er schwenkte den Brief, den Mika ihm geschrieben hatte. «So ist's richtig. Wenn du mich um Erlaubnis bittest, werde ich dir meine Zustimmung nicht verweigern. Ich werde dir zwölf Reiter mitgeben, damit du unbesorgt nach Arima reisen kannst und gut zurückkommst.»

Der Zug setzte sich am Sonntagmorgen zur vereinbarten Stunde in Bewegung. Der erste Winterregen fiel, ein stetiger, kalter Regen aus einem gleichmäßig grauen Himmel. Mika zog die Vorhänge ihrer Sänfte zu. Sie wollte ihre Gedanken sammeln, um Hochwürden gebührend entgegentreten zu können. Sie hatte ihn schon lange nicht mehr gesehen, und daß er einmal zwei Tage auf Hara gewesen war, ohne es sie wissen zu lassen, schmerzte sie noch immer ein wenig. Sie redete sich ein, Hochwürdens Zeit war kostbar, und er konnte sich nicht jedesmal ein paar Stunden für eine Begegnung mit ihr freihalten. Bestimmt hatte er Wichtigeres zu tun.

Diesmal ging es aber um etwas anderes. Diesmal ging es um das Leben eines Mannes, der wie Hochwürden ein Europäer war, um das Leben eines Mannes, der wie Hochwürden an Deus, den Allmächtigen, glaubte, um das Leben eines widerrechtlich Gefangenen. Alles hing davon ab, wie gut und überzeugend sie Hochwürden ihr Anliegen würde vorbringen können. Immerhin verlangte sie von ihm nicht wenig: Sie würde ihm nahelegen müssen, João als das anzusehen, was er nach ihrer Einschätzung war, ein schlechter Mensch, ein grausamer Mensch, ein Mensch, der in Musketen und andere Waffen vernarrt war, ein Mensch, der das oberste Gebot des Glaubens verletzte und dem es nicht zustand, sich einen Kirishitan zu nennen, ein Mensch, dem nicht zu trauen war.

Das gleichmäßige Wiegen der Sänfte versetzte Mika in eine Stimmung, in der ihre Gedanken weiterfließen konnten, wenn auch immer wieder in sich schließenden Kreisen. Sie vermochte sich vorzustellen, daß in den vergangenen Monaten die Beziehung zwischen Hochwürden und João immer enger geworden war, besonders seit Yoshitomos Ernennung zum Daimyo, war João doch Herr über alle Kirishitan der Shimabara-Halbinsel und Hochwürden deren geistlicher Vater. Soweit sie zurückdenken konnte, hatte er sich nie abfällig über João geäußert. Schon daraus durfte sie folgern, daß João sein volles Vertrauen besaß.

Wenn sie als kleine Schwester nun an einem Sonntagmorgen daherkam und versuchte, Hochwürden eine ganz andere Meinung über João nahezubringen, was würde er wohl antworten? Würde er ihr überhaupt bis zum Ende zuhören oder ihre Anklage nicht einfach als Weibergeschwätz mit einer Handbewegung abtun? Vielleicht würde er denken, sie habe sich mit ihrem Bruder bitter gestritten und sei nun darauf aus, schlecht über ihn zu reden. Schlimmstenfalls würde Hochwürden ihr nicht einmal glauben, João halte seit Monaten el Rosso gefangen. Weil Hochwürden sich ein solches Ausmaß an Schlechtigkeit nicht vorstellen, weil er nicht glauben kann, daß es einen Menschen wie João gibt, der sich zwar Kirishitan nennt, aber tausend Musketen im Sockel seines Schlosses versteckt hält.

Was wäre, sagte sich Mika, wenn Hochwürden, anstatt nach Hara zu kommen und el Rosso mit eigener Hand zu befreien, nur einen Brief an João schickte? Hör mal, mein Sohn, würde er vielleicht schreiben, hast du wirklich, wie mir zugetragen wurde, einen Gefangenen im Turm?

Das wäre el Rossos sicherer Tod.

Mika spürte, obwohl es ein kalter Morgen war und der Nieselregen den Einbruch von Kälte nur noch verstärkte, wie sich ihre Haut mit leichtem Angstschweiß überzog. Zweifel befielen sie, ob es überhaupt ratsam sei, mit Hochwürden über el Rosso zu sprechen. Es ließen sich so viele Möglichkeiten denken, daß im weiteren Verlauf irgend etwas Unvorhersehbares geschehe und João seine Drohung wahr machen würde. Wäre es da nicht besser, nichts zu tun? Dann blieb el Rosso wenigstens am Leben.

Aber wie lange? war ihr nächster Gedanke. El Rossos Wangen waren in den Wochen, seit sie ihn fast täglich beobachtete, noch blasser geworden. Immer häufiger sank er über seinem Arbeitstisch zusammen, bis Fußtritte ihn wieder aufscheuchten. Gäbe es Hiro nicht, der manchmal el Rosso heimlich etwas Gutes zusteckte, geröstete Kastanien, Nüsse und mundgerecht zugeschnittene Stücke gedünsteter Süßkartoffeln, wäre el Rosso vielleicht schon an Erschöpfung und Hoffnungslosigkeit gestorben.

Darum also mußte Hochwürden helfen. Wer vermöchte es sonst? Es war seine Pflicht zu helfen. Als Verkünder der Liebe, die Deus für alle Menschen hegt, durfte er unschuldiges Leiden nicht dulden. Gleichzeitig hing alles von ihr ab, sagte sich Mika und nahm immer wieder einmal das dumpfe Stampfen der Pferdehufe auf dem nassen Straßengrund wahr, von ihr und der Überzeugungskraft ihrer Worte. Wenn sie ihm aus reinem Herzen erzählte, was im Turm so vorging, würde Hochwürden sicher eine rasche Entscheidung treffen. Vielleicht würde er sogar von ihren Worten so ergriffen sein, daß er sie ungesäumt nach Hara zurückbegleitete, um keine weitere Stunde zu verlieren. Er würde sich von niemandem, selbst von João nicht, abhalten lassen, den Turm hinaufzusteigen. Und wenn er dann el Rossos ansichtig wurde, von Überarbeitung gezeichnet, würde er ihn dann nicht sofort bei der Hand nehmen und in Sicherheit bringen, nach Arima?

Mika lächelte ein wenig. Falls el Rosso zu schwach für den Weg nach Arima wäre, würde sie ihm ihre Sänfte überlassen, diesmal aus eigenem Entschluß.

Nach der Ankunft in Arima würde Hochwürden dafür sorgen, daß el Rosso sich erst einmal im Missionshaus ausschlafen konnte, solange er wollte. Sobald er wieder bei Kräften war, in ein paar Wochen etwa, würde Hochwürden ihn zum nächsten Schiff bringen, das von Arima Kurs nach Hirado nahm.

Der Zug stockte, und die Sänftenträger traten eine Zeitlang auf der Stelle. Dann setzten sie die Sänfte ab. Die Pferde verhielten. Mika schob den Vorhang zur Seite und öffnete die Schiebetür. Sie sah einen schweren Ochsenkarren, der mehr als die Hälfte der Straßenbreite einnahm. Die Räder waren von der Größe eines aufrecht stehenden Mannes, die beiden Zugochsen trugen weit ausladende Hörner. Einer der zwölf Samurai, die Don João ihr zur Begleitung mitgegeben hatte, war abgesessen und stand vor dem Karrenführer, die Hände in die Hüften gestemmt.

«He, du. Dich kenn' ich doch», fuhr er ihn an, «hast du vergessen, was ich dir das letzte Mal gesagt habe? Du mußt mit deinem Dreckskarren aus dem Weg, wenn wir die Straße entlangkommen.»

Der Karrenführer beugte sich tief und versuchte, seine Ochsen zur Seite zu zwingen. In den Augen des Samurai machte das die Lage nur schlimmer, schwenkte doch das lange Ende des Karrens noch stärker zur Straßenmitte und versperrte nun den Weg aussichtslos.

«Herr», sagte der Karrenführer, «darf ich meine Ochsen ein paar Schritte weiter nach vorn lenken? Dann kann ich besser Platz machen.»

«Freches Maul», schnauzte der Samurai ihn an, «hattest genug Zeit, deine blöden Ochsen zur Seite zu lenken. Übrigens, was hast du denn auf deinem Karren geladen?»

Zwei andere Samurai waren inzwischen ebenfalls abgesessen und beäugten neugierig die große, lange Kiste, die mit einem derben Seil auf der Ladefläche festgezurrt war.

«Wieder was für die verdammten Teufelsdiener?»

«Für ihren Götzentempel im verhexten Tal?»

«Los, antworte, sonst mach' ich dir Beine.»

Einer der Samurai zog sein Schwert und hieb das Seil durch.

«Nein!» schrie der Karrenführer, aber der Samurai hielt ihm sein Schwert vor die Brust.

«Gib zu, daß du wieder was für die Teufelsdiener über die Straße karrst.»

«Ja, Herr.»

«Was ist's?»

«Eine Kiste.»

«Das seh' ich auch. Und was ist drin?»

«Weiß nicht, Herr.»

«Willst nicht wissen, was?» Die Schwertspitze näherte sich der Brust des Mannes auf Haaresbreite.

«Was geht hier vor?» rief Mika aus. Sie hatte die Sänfte verlassen. «Steck dein Schwert ein», herrschte sie den Samurai an, der es im nächsten Augenblick in die Brust des Mannes gebohrt hätte. «Schämst du dich nicht, einen wehrlosen Mann so zu quälen?»

«Aber was er da auf seinem Karren hat, Mika-sama, ist Teufelsgut», sagte einer der Samurai, der noch im Sattel saß, «Teufelsgut, und wenn wir nichts dagegen tun, den Zustrom an Teufelsgut zu verhindern, werden wir am Ende alle verdammt sein. Packt den Kerl und werft ihn in den Straßengraben.»

Ehe Mika dazwischentreten konnte, hatten zwei der Samurai den Karrenführer gepackt und in den Graben voller Schlamm und Wasser gestoßen.

«Los», brüllte der Anführer vom Pferd herab, «laß uns mal in die Kiste hineinschauen!»

Im Nu flogen einige der Bretter zur Seite, und eine große, in weiße Tücher gehüllte Holzfigur kam zum Vorschein. Ein Samurai riß einen Teil der Tücher herunter, und pures Gold erglänzte. «Hah, eine Götzenstatue, vergoldet noch dazu.» Der Samurai mit dem gezogenen Schwert schlug auf die Statue ein. Er traf die Hände und trennte sie mit einem Hieb ab. Die Ochsen scheuten. Eines der Räder kam vom Weg ab und versank im nassen Boden. Fast wäre der Karren samt seiner Ladung umgekippt.

«Hör auf», schrie Mika den Samurai an, «ich befehle dir, hör auf!»

Mika konnte hinterher nicht mehr sagen, ob es ihrem Dazwischentreten zu verdanken war, daß der Samurai endlich sein Schwert einsteckte. Vielleicht tat er es nur, weil sich inzwischen Neugierige eingefunden hatten, andere Reisende auf der Küstenstraße, die mit mißbilligenden Blicken am Straßenrand standen. Mika reichte dem Karrenführer, der schlammbedeckt aus dem Graben kroch, die Hand, um ihm aufzuhelfen.

«Verzeiht», sagte sie zu ihm, «ich werde meinem Bruder von diesem Vorfall berichten.» Im Herzen aber wußte sie, João würde nur lachen, daß seine Leute einen Karrenführer in den Schlammgraben geworfen hatten, der mit einer vergoldeten Götzenstatue fürs Tempeltal über die Küstenstraße kam.

In Arima angekommen, sah Mika sofort, daß sich manches verändert hatte. Unter den Padres, die im Missionsgebäude ein und aus gingen, sah sie neue Gesichter, alle schienen in Eile zu sein oder von Unruhe ergriffen. Sie redeten mit gesenkten Köpfen untereinander, tuschelten und verstummten, sobald sich jemand näherte. Mika suchte Hochwürden. Von Padre Tomás, dem Organisten, erfuhr sie, Hochwürden habe plötzlich nach Nagasaki reisen müssen, und der Tag seiner Rückkehr sei noch ungewiß. In Hochwürdens Vertretung werde Padre Domingo die Messe lesen.

Statt enttäuscht zu sein, daß sie Ferreira nicht antraf, fühlte Mika sich seltsam erleichtert. Eine Last schien von ihr genommen, die Verantwortung, jetzt eine Entscheidung über el Rosso herbeiführen und dabei in jedem Augenblick das Richtige tun zu müssen, die richtigen Worte zu finden, den richtigen Ton. Verschoben, ohne ihre Schuld. Alles war verschoben. Auf spätere Zeit.

In der Kirche nahm Mika den Platz ein, der ihr seit ihrer ersten heiligen Kommunion vorbehalten war. Sie wünschte sich, ihr Vater wäre noch am Leben und säße neben ihr, dann bräuchte sie sich jetzt keine Sorgen zu machen, weder um João und die Musketen noch um el Rosso. Mika versuchte, sich von dem Bild zu lösen, wie er über seine Arbeit gebeugt dasaß, sicherlich auch jetzt am Sonntag, und sie fühlte sich selber ganz elend.

In dem Augenblick, als die Messe begann, durchbrach die Sonne die Wolken. Mika schaute zu dem Kirchenfenster empor, durch das ihre Strahlen einfielen. Mit einer Kraft, die ihr nach ihrer Reise unter trübem Himmel versöhnlich erschien, leuchtete das farbige Glas der Kirchenfenster, ein tiefes Blau und ein sattes Gelb. Die gefilterten Sonnenstrahlen ließen den Altar in überirdischem Glanz erstrahlen. Da setzte die Orgel ein. Mika ließ sich wegtragen von dem mächtigen Klang, der von der Decke schallte, von den himmlischen Stimmen der Seminaristen und dem aromatischen Duft des Weihrauchs, der aus den goldenen Gefäßen strömte.

Als Padre Domingo in seinem reich bestickten Meßgewand am Altar erschien und die Liturgie anstimmte, erfuhr Mika wieder, wie vertraut ihr die Worte waren, wie sie mit milder Macht in sie eindrangen. Sie wußte, an welcher Stelle die Gemeinde in den Text einstimmen durfte. Und geleitet von Padre Domingos Heben und Senken der Stimme, murmelte die Gemeinde die für die Ewigkeit festgeschriebenen lateinischen Worte mit. Mika gab sich Mühe, sie deutlich und klar mitzusprechen. Alles war wie immer, war so wie früher, als sie ihrem Vater zur Seite saß und er ihr manchmal einen Blick zuwarf.

Während sie noch dem Ausklang der Messe lauschte, verspürte Mika in sich den Wunsch wachsen, den Tempel am Rande der Schloßstadt aufzusuchen, für den jene vergoldete Statue bestimmt war. Warum dieser Wunsch sie gerade jetzt überfiel, hier während der Messe, wußte sie nicht. Sie wußte nur, der Wunsch war schon lange in ihr gewesen, eigentlich schon seit jenem Tag, als Nana von den safrangelben Mönchen berichtete. Da war in ihr zum erstenmal der Gedanke aufgekeimt, es wäre schön, diese Mönche mit eigenen Augen zu sehen. Gerade weil Nana gesagt hatte, sie seien Teufel. Aber es mußte erst dieser Zwischenfall geschehen, dessen Zeuge sie auf der Küstenstraße geworden war, diese rohe Behandlung des Karrenführers und die Schändung der goldenen Statue mit dem Schwert.

Mika ließ ihre Augen vom Altar zum Kruzifix gleiten. Ist es denn wirklich eine Sünde, diesen Tempel zu besuchen? Eine Gefahr? Falls die Mönche dort Teufel waren, würde sie sie an ihren Klumpfüßen erkennen. Und falls der Tempel dort wirklich nach Teufelswerk aussah, würde er ihr bestimmt Angst und Schrecken einjagen.

Mika blickte zum Kruzifix empor und mußte an die vergoldete Statue denken, deren Hände der Samurai mit einem Schwerthieb abgetrennt hatte. Zum Gebet gefaltete Hände. Was würde wohl Hochwürden zu einer solchen Untat sagen?

Nach der Messe kehrte Mika, ohne sich länger in Arima aufzuhalten, mit den Samurai nach Schloß Hara zurück. Sie erzählte Nana von den Ereignissen auf der Küstenstraße und ihrem Wunsch, das Tempeltal zu besuchen, um sich davon zu überzeugen, ob der Tempel dort wirklich wie Teufelswerk aussah. Nana bekreuzigte sich und versuchte, sie davon abzubringen. Aber Mika hatte sich schon entschieden.

«Wenn Ihr Euch einmal etwas in den Kopf gesetzt habt …», sagte Nana seufzend.

* *
*

Am nächsten Morgen stieg Mika sehr früh in den Turm, blieb aber nur kurz in ihrem Versteck. Nachdem sie el Rosso gesehen hatte, unverändert über seine Arbeit gebeugt, die Feile in der Hand, deren lautes Kreischen ihr sogar hinter der Bretterwand in den Ohren weh tat, stieg sie wieder hinab. Als Nana in ihr Zimmer kam, tat sie, als sei sie gerade erst aufgestanden.

«Also heute gehen wir zum Tempeltal», sagte sie.

«Wenn's wirklich sein muß», erwiderte Nana ängstlich.

Als Dienstmädchen verkleidet, kamen sie unerkannt durch das Haupttor. Nana trug eine alte Kiepe auf dem Rücken, und Mika, das Gesicht unter einem breitrandigen Binsenhut versteckt, schwenkte einen Putzlappen und einen verbeulten Eimer aus Kupferblech.

«Nicht so eilig», sagte Mika, «sonst fallen wir auf.»

Auf der breiten, langen Brücke, die in einem flachen, behäbigen Bogen den Schloßgraben überspannte, blieb sie stehen. Sie lehnte sich an das von Laternenpfosten gezierte Brückengeländer und ließ ihren Blick den Graben entlanggehen. An der Biegung, gerade noch erkennbar, ehe die Schloßmauer die Sicht abschnitt, stand am Wasserrand die Weide, aus deren Schatten sie damals den Zug mit ihrer Sänfte hatte kommen sehen. Die Wiese zwischen der Weide und dem Pfad, über den Nagato die Sänfte zum Seitentor der Schloßmauer lenken wollte, lag verlassen da, das Gras entlang dem Graben vom Schilf überwuchert.

Nana wog einen Kupferling in der Hand. «Bringt Glück», murmelte sie mit einem Seitenblick auf ihre Herrin und ließ die Münze ins Wasser fallen, «und Glück ist's, was wir heute brauchen.»

Mika riß sich von ihrer Erinnerung los. «Komm», sagte sie und zog Nana mit sich fort, zum anderen Ufer des Schloßgrabens hinüber. Sie durchquerten das Wohnviertel der Samurai, das sich halbkreisförmig um Hara fügte. Mika zog sich den Binsenhut noch tiefer ins Gesicht. Eigentlich war es ungewöhnlich, mitten im Winter, wenn die Sonne nur schwach scheint, einen breiten Binsenhut zu tragen, aber ohne das in den Hut eingewobene Tuch, unter dem Kinn zusammengeknotet, hätte Mika ihr Gesicht nicht genügend verstecken können. Nana hatte sich einen Strohhut auf den Kopf gestülpt, aus dicht geflochtenem Reisstroh, als schütze er sie gegen die Kälte.

Am Ende der Stadt, als sie die letzten Häuser hinter sich ließen, versuchte Nana noch einmal, Mika von ihrem Vorhaben abzubringen. «Mika-sama», flüsterte sie besorgt, «wirklich, Mika-sama, es ist nicht richtig, dorthin zu gehen. Alle wissen doch, das Tal ist verhext, besonders jetzt, da die Teufelsdiener zurückgekommen sind …»

«Ich will den Tempel mit eigenen Augen sehen.»

«Aber es ist gefährlich … wenn was Unerwartetes geschieht. Vielleicht werdet ihr hinterher krank.» Nana blieb stehen und versuchte, Mika am Ärmel festzuhalten. «Mika-sama, das ist der Weg zur Hölle. Laßt uns, bitte, umkehren.»

Mika wandte sich um und schaute Nana liebevoll an. «Vertrau mir, das ist nicht der Weg zur Hölle.»

Plötzlich befanden sie sich inmitten des Tempelgeländes. Der Weg führte unter mächtigen Kiefern hindurch, von deren Ästen und Zweigen man alte, verdorrte Nadelbüschel entfernt hatte. Alles wirkte von Menschenhand gepflegt, obwohl der Eindruck eines natürlich gewachsenen Waldes erhalten geblieben war. Mika ging voran und erblickte als erste den großen Tempelbau, dessen ausladendes geschwungenes Dach sich zwischen den Kiefern erhob. Einige andere kleinere Gebäude lagen über das Gelände verstreut, und an vielen wurde noch gearbeitet. Von überall her schallte der Lärm von Sägen und Hämmern.

«Endlich», ertönte eine tiefe Stimme, als Mika und Nana eines der kleineren Gebäude streiften, die Augen gebannt auf den großen Tempel gerichtet, «endlich, da seid ihr ja. Solltet eigentlich früher gekommen sein.»

Mika drehte sich um und sah den Mönch in seiner grauen Arbeitskutte. Sein geschorener Schädel glänzte in der Sonne. «Warum so spät?» fragte er und ließ einen leicht strafenden Ton in seine Stimme fließen.

Mika stieß Nana mit dem Ellbogen an, damit sie, wie vorher ausgemacht, antworten sollte. «Herr», sagte Nana und verbeugte sich, «wir wußten nicht …»

«Nicht schlimm», lenkte der Mönch ein, «ihr seid ja jetzt da. Los, die Arbeit wartet. Hier ist dein Besen.» Er reichte Nana einen Besen aus zusammengebundenen Ginsterzweigen und verschwand in dem halbfertigen Bau. «Kommt ihr?» rief er von innen, nachdem Mika und Nana ihm nicht sogleich folgten.

Mika zwinkerte Nana zu. Sie streiften ihre Sandalen von den Füßen und traten über die Schwelle. Vorsichtshalber bekreuzigte sich Nana, geschickt genug, daß es dem Mönch verborgen blieb.

«Alles in Ordnung?» fragte er.

Nana nickte. «Ja, Herr.»

«Du brauchst mich nicht Herr zu nennen», lächelte der Mönch, «sag einfach Bo-san zu mir.»

Nana verbeugte sich und fügte höflichkeitshalber das übliche O' hinzu: «Ja, O'Bo-san.»

«Frag ihn, was wir tun sollen», flüsterte Mika.

«O'Bo-san, welche Arbeit habt Ihr für uns?»

«Macht einfach da weiter, wo ihr letztes Mal aufgehört habt», sagte der Mönch mit verschränkten Armen. Er deutete mit dem Kinn auf die Holzspäne, die überall verstreut auf dem Boden lagen, und auf das Sägemehl, das sich in einigen Ecken häufte. «Solange ihr beide gute Arbeit macht, werdet ihr auch euren verdienten Lohn erhalten.» Er schüttelte den Leinenbeutel, den er an einer langen, derben Kordel um den Hals gebunden trug, und ließ darin die Kupferlinge klingen.

Nana schaute sich um.

«Los, fangt doch an», trieb der Mönch sie nun zur Eile an, «kehrt alles schön zusammen und wischt zum Schluß den Boden mit dem feuchten Tuch auf.»

Er deutete auf Mikas Eimer und den Wischlappen darin. «Du weißt ja, wo der Brunnen ist.»

Er schaute Mika an und sah den etwas ratlosen Ausdruck in ihrem Gesicht. «Vergessen? Schon wieder vergessen? Hab' ihn dir doch das letzte Mal gezeigt.» Sein Tonfall verriet, wie ungehalten er war. Er griff sie beim Oberarm, zog sie nach draußen und führte sie zwischen den Bäumen hindurch zu dem gemauerten Brunnenschacht, über dem von einem Querholz ein Kübel an einem Seilzug hing.

«Siehst du.» Der Mönch deutete mit einem Zeigefinger in den Brunnenschacht hinein, «wenn der eine Kübel oben hängt, hängt der andere unten und schöpft gerade Wasser. Du brauchst nur hier an dem Seil ziehen, dann kommt der volle herauf und der leere geht runter. Verstanden?» Er führte Mikas Hand an das Seil: «Los, zieh.»

«O'Bo-sama», sagte Mika, während sie den schweren, wassergefüllten Eimer langsam nach oben hievte. Sie benutzte die noch höflichere Endung -sama statt -san, «O'Bo-sama, wenn wir mit unserer Arbeit fertig sind, würdet Ihr dann so freundlich sein, uns den großen Tempelbau zu zeigen? Ich möchte gern wissen, wie es drinnen aussieht.»

Der Mönch stutzte und betrachtete Mika von Kopf bis Fuß. Er hob den Rand ihres Binsenhuts an und sah ihr prüfend in die Augen. «Du scheinst kein einfaches Mädchen zu sein. Wo kommst du denn her?»

«Doch, doch, ich bin ein einfaches Mädchen», sagte Mika rasch, «aber ich bin Dienerin auf Schloß Hara.»

«Ach so», lachte der Mönch, «du ahmst wohl die Sprechweise deiner Herrin nach? Wer ist denn deine Herrin?»

«Mika-sama ist meine Herrin», antwortete Mika und versuchte ernst zu bleiben.

«Mika-sama», wiederholte der Mönch, «das ist doch die Schwester des Daimyo in Schloß Hinoe.»

«Ja.»

«Und du willst also, daß ich dir unseren Tempel von innen zeige? Er ist noch nicht fertig, aber ich werde ihn dir trotzdem zeigen.»

«Ich danke Euch, O'Bo-sama.»

«Aber nur, wenn du und deine Freundin drüben wirklich alles aufs beste geputzt habt.» Er deutete auf den kleineren Bau, an dessen Türschwelle Nana stand und besorgt herüberschaute. «Verstanden?»

«Verstanden, O'Bo-sama.»

Der Mönch half Mika, das Wasser aus dem vollen Kübel in ihren Eimer zu schütten. «Also, bis später», sagte er und klopfte auf seinen prall gefüllten Leinenbeutel, «seid fleißig und brav.»

«Ja, O'Bo-sama.»

Zurück bei Nana, mußte Mika zuerst einmal von Herzen lachen. Dann ging sie mit ihr daran, die Holzspäne und das Sägemehl zusammenzukehren. Auf dem Dach über ihnen hörten sie Stimmen und schabende Schritte. Zwei Dachdecker lugten mit dem Kopf nach unten über den Rand der Schindeln. Als Mika die beiden Gesichter sah, schubste sie Nana an. «Schau mal, hier gibt es wirklich Geister.» Sie lachten und winkten den Dachdeckern zu.

Ein paar Stunden später kam der Mönch zurück. Zufrieden,

wie sauber der Boden gefegt, geschrubbt und gerieben war, griff er in seinen Beutel und drückte Mika und Nana je einen Kupferling in die Hand. «Also, wenn ihr Zeit habt, könnt ihr morgen wiederkommen. Es gibt noch viel sauberzumachen, bis es soweit ist, daß der Tempel eingeweiht werden kann.»

Mika erinnerte ihn an sein Versprechen, ihnen nach getaner Arbeit das Innere des Haupttempels zu zeigen. Der Mönch nickte. «Nun gut. Kommt beide mit. Aber es darf nicht zu lange dauern.»

Mika und Nana folgten ihm. Er führte sie am Haupteingang vorbei, wo die gesamte Stirnseite des Gebäudes aus breiten, schweren Schiebetüren bestand, alle noch zugeschoben, um die Ecke des großen Baus herum bis an den hinteren Teil. Dort, am Ende einer kleinen Treppe, öffnete der Mönch eine schmale Schlupftür, kaum schulterbreit. Er ging voran und winkte den beiden nachzukommen.

Mika und Nana streiften ihre Sandalen ab und betraten barfuß die Tempelhalle, ein weiter, dunkler Raum. Der Boden war mit Tatamimatten ausgelegt und die Luft mit dem Geruch von frischen Binsen geschwängert. Papierbespannte Shojitüren, welche die Längsseiten abschlossen, ließen mildes, gefiltertes Licht ins Innere dringen. Mika wagte kaum zu atmen. Bei der Größe des Raums wirkte die Decke niedrig, obwohl sie, wie sie bemerkte, vielleicht sogar höher war als die Decke der Kirche in Arima. Die Vorstellung kam daher, daß sich der Blick in der Weite des Raums verlor.

«Dort», sagte der Mönch und deutete auf ein flaches Podest, «ist der Altar. Bald wird die Göttin der Barmherzigkeit dort ihren Platz einnehmen.»

«Wo ist sie jetzt?»

Der Mönch geleitete Mika und Nana quer über das Schachbrettmuster der Tatamimatten, am Altar vorbei, zu einer dunklen Nische. Dort schob er eine Tür auf. Sie führte in einen Nebenraum, in dem sich eine überlebensgroße Figur erhob, von einem weißen Tuch bedeckt, in dem ein langer Riß klaffte. Aus dem Riß ragten die Rümpfe zweier betender Hände. Die Spur des Schwerthiebs war noch deutlich zu erkennen. Mika stieß einen Schrei aus und starrte auf die verstümmelten Glieder.

«Wir müssen die Hände wieder ansetzen», sagte der Mönch, «sie sind unterwegs beschädigt worden.»

Mika verbeugte sich vor der Statue und murmelte ein paar Worte, deren Bedeutung nur sie selber verstand. Nana bekreuzigte sich.

«Bist du eine Kirishitan?» fragte der Mönch.

Nana nickte eifrig.

«Und du?» wandte er sich an Mika, aber sie war so befangen, daß sie seine Frage überhörte.

«Sie auch, sie ist auch eine Kirishitan», stammelte Nana.

«Das macht nichts», sagte der Mönch, ohne den Klang seiner Stimme zu ändern, «ich habe von eurem Deus gehört. Er soll der Gott der Liebe sein. Unsere Göttin ist die Göttin der Barmherzigkeit.» Er trat einen Schritt zurück und verbeugte sich vor der entstellten Figur.

Mika verstand, die Zeit war abgelaufen. «Wir danken Euch, O'Bo-sama», sagte sie und ging zurück zu jener schmalen Schlupftür, durch die sie den Tempel betreten hatten. Nana trippelte hinter ihr her.

Auf dem Weg zurück in die Schloßstadt sagte Nana, daß es doch eine Sünde gewesen sei, zum Tempel der Götzendiener zu gehen. «Wir haben dem Teufel gedient», sagte sie und schaute Mika von der Seite an, «wir haben den Boden gefegt und naß aufgewischt. Das müssen wir nun beichten.»

Mika ging nicht auf ihre Worte ein. Sie schwenkte ihren Eimer und den Putzlappen, der ihr kalt und naß in der Hand lag.

«Außerdem», Nana blieb stehen und hielt Mika am Ärmel fest, «außerdem haben wir vor der Götzenfigur gestanden. Dafür werden wir bestimmt bestraft.»

Mika riß sich los und ging weiter. «Laß mich in Ruhe», erwiderte sie.

Nana schaute sie beklommen an und preßte ihre Lippen zusammen. «Also, wir beichten nicht», sagte sie schließlich leise vor sich hin, «wir beichten nicht, daß wir im Teufelstal waren. Wir beichten auch nicht, daß wir vor der Götzenfigur gestanden haben … Mika-sama, wir haben überhaupt nichts zu beichten.»

Am Rande des Marktplatzes, gerade als die Kirchenglocken zu

läuten begannen, sagte Mika, Nana solle allein zum Schloß zurückgehen.

«Und Ihr?»

«Ich komme nach, später.»

Nana zögerte.

«Geh schon.» Mika schaute Nana nach, wie sie zwischen den Menschen verschwand. Dann drückte sie sich ihren Binsenhut noch tiefer ins Gesicht und ging dem Menschenstrom entgegen, den die Kirchenglocken zur Abendmesse riefen.

* * *

Die Schiebetür zu Yamadas Haus stand offen.

«Ist jemand da?» rief Mika.

Yamadas Stimme erklang von oben. Mika schob die Tür hinter sich zu und stellte ihren Eimer auf den Boden. Sie löste die Bänder, mit denen sie den Hut festgebunden hatte, und nahm ihn ab. Ihr loses Haar fiel bis zur Hüfte herab.

«Ach, Ihr seid es, Mika-sama», sagte Yamada. Er kam den Flur entlanggeschlurft. «Wieder auf Erkundungsfahrt gewesen?»

«Ja.»

«Wo denn diesmal?»

«Im Tempel.»

«Oh», sagte Yamada überrascht, «im Tal der Teufelsdiener. Kommt rein. Ihr wißt ja, die Wände haben Ohren.» Yamada ging den Flur entlang, der in den hinteren Teil des Hauses führte, und von dort wieder hinauf in sein Atelier.

«Ich habe die Göttin der Barmherzigkeit gesehen», platzte Mika noch im Gehen heraus. Sie war so erregt, daß sie sich gar nicht setzen wollte.

«So, so», antwortete Yamada gedehnt und schob sich sein Sitzkissen zurecht. Ein wenig umständlich nahm er Platz und lud Mika mit einer Handbewegung zum Sitzen ein.

«Sagt, wer ist die Göttin der Barmherzigkeit?»

Yamada schaute Mika versonnen an. «Die Göttin der Barmherzigkeit geleitet alle, deren Leben voller Leid und Sorgen war, zum Tor des Fernen Landes.»

«Wo ist das Ferne Land?»

«Himmel, Paradies, Jenseits, Ewigkeit ... wie immer Ihr es nennen wollt. Die Buddhisten nennen es Nirwana, das Andere Ufer.»

«Und Deus? Wo ist Deus?»

«Deus?» sagte er schließlich nach langer Pause. «Wo Deus ist? Eine Frage, die so schwer zu beantworten ist, solltet Ihr nicht stellen.»

«Aber wenn Deus der Gott der Liebe ist und dort im Tempeltal wohnt die Göttin der Barmherzigkeit, dann müssen die beiden sich doch kennen.»

Die Spur eines belustigten Lächelns huschte über Yamadas Gesicht. Er verstand, mit welcher Einfalt und Ernsthaftigkeit Mika ihre Frage gestellt hatte, darum hütete er sich, zu schnell zu antworten. «Deus, von dem die Padres sprechen», sagte er und gab seinen Worten einen schlichten Klang, «Deus hat einen wallenden Bart und besetzt den ganzen Himmel.»

«Der Himmel ist weit.»

«Deus beansprucht den ganzen Himmel für sich.»

«Aber wo ist Platz für die Göttin der Barmherzigkeit?»

«Es bleibt kein Platz für sie.»

«Wer sagt das?»

«Die Padres, Mika-sama, die Padres sagen das. Alles, was nicht Gottes ist, ist des Teufels.»

Mika setzte sich endlich auf das Kissen. «Deshalb», sagte sie wie zu sich selbst, «deshalb bezeichnet Hochwürden den Tempel vor der Stadt als Teufelswerk. Weil dort die Göttin der Barmherzigkeit wohnt.»

«So ist es, Mika-sama, und daran läßt sich nichts ändern.»

«Aber wenn ich Hochwürden sage, daß die Göttin der Barmherzigkeit die Seelen der Menschen bis zum Nirwana geleitet und daß das Nirwana doch eigentlich auch der Himmel ist, dann wird er das sicher einsehen.»

Yamada blickte zu Boden und schüttelte den Kopf.

«Ihr glaubt nicht, daß Hochwürden das einsehen wird?» fragte Mika.

«Ob er es einsehen will», antwortete Yamada und wiegte seinen Kopf hin und her, «das eben ist die Frage.»

«Aber die Göttin der Barmherzigkeit», eiferte sich Mika, «sie geleitet die Seelen zum Tor des Nirwana. Nicht zum Tor der Hölle.»

«Es sei denn, man sagt, das Nirwana sei die Hölle.» Yamadas Stimme klang, als ob er etwas völlig Belangloses sagte, aber Mika schrak zusammen und starrte ihn mit aufgerissenen Augen an. «Ihr meint», stammelte sie, «Ihr meint, die Padres sagen so etwas?»

«Ja.»

«Hochwürden auch?»

«Ja.»

«Aber warum?»

«Macht, Mika-sama, Macht über die Seelen der Menschen.»

«Was haben die Padres davon?»

Yamada nahm sich wie so oft Zeit mit seiner Antwort. Er blickte mit unbewegtem Gesicht zu Boden, ein kleiner Mann mit grauem, schütterem Haar. Seine Augen verschwanden fast unter den herabsinkenden Lidern. «Was sie davon haben?» wiederholte er Mikas Frage. «Das weiß ich nicht. Vielleicht schmeckt ihnen die Macht, die sie über die Seelen der Menschen ausüben. Vielleicht ist's auch das Silber und das Gold.»

«Das stimmt nicht», brauste Mika auf, «das kann nicht stimmen. Die Padres führen ein so karges Leben. Schaut doch Hochwürden an. Er kleidet sich immer in der gleichen Kutte.»

«Macht ist ein seltsames Ding», murmelte Yamada, «man kann nach außen hin anspruchslos erscheinen und vielleicht im Herzen sogar anspruchslos sein, trotzdem, Macht ist ein seltsames Ding.»

Mika schwieg. Sie betrachtete Yamada und dachte bei sich, daß er vielleicht doch schon ein wenig komisch im Kopf geworden sei. Was er da redete, war ungereimt.

Yamada fing ihren prüfenden Blick auf und lächelte. «Ihr glaubt meinen Worten nicht?»

Mika schüttelte den Kopf. «Ihr seht alles schwarz, Meister Yamada. Die Padres sind von so weit hierhergekommen, nicht wegen Macht, nicht wegen Silber und Gold, sondern nur, um uns die Botschaft von Deus zu bringen, von Jesus, der für uns alle am Kreuz gestorben ist.»

«Ich weiß, ich weiß», lenkte Yamada ein, «das ist es, was sie immer predigen, die Padres, aber wenn Ihr es Euch genau überlegt, Mika-sama, ist es nicht auffallend, vielleicht sogar beunruhigend, daß sie überall dort, wohin sie die Botschaft von Deus und Jesus bringen, zuerst alle Tempel und Schreine verbrennen?»

Weil es Teufelsstätten sind, wollte Mika sagen, aber sie biß sich auf die Lippen und schwieg.

«Wenn man den Menschen sämtliche Tempel und Schreine wegnimmt und ihnen dann Deus als alleinigen Gott anbietet, ist dann nicht der Verdacht erlaubt, daß dahinter der Wunsch steht, die Menschen zu beherrschen?»

Mika kauerte kleinlaut auf ihrem Kissen. Yamada trat an sie heran und legte seine Hand auf ihre Schulter. «Ich hole Tee für uns beide», sagte er. Er hob die Lackdose, in der er seinen Tee aufbewahrte, ans Ohr und schüttelte sie. Mit schräggelegtem Kopf hörte er hin. «Leer, mein Vorrat ist erschöpft», brummelte er vor sich hin und ging mit schlurfenden Schritten zur Treppe. Unten hörte Mika, wie er in der Küche mit seiner Frau sprach. Wenig später kam er mit einem Säckchen Teeblätter und einem Kessel voll dampfend heißem Wasser zurück. Mika öffnete für ihn die Lackdose, und Yamada füllte sie mit neuen Teeblättern.

«Das mit der Macht», sagte Mika, «das, was Ihr da vorhin gesagt habt, Meister Yamada, das sehe ich nicht ein. Macht ist doch etwas, was der Shogun besitzt und ein bißchen auch mein Bruder Yoshitomo. Aber Macht hat doch nichts mit dem Glauben zu tun, besonders nicht mit dem Glauben an Deus.» Sie dachte an die Messe in Arima, an das Paternoster, dessen Worte erhaben klangen, an die Sonnenstrahlen, die durch die herrlichen Kirchenfenster fielen, an den Chorgesang, der oft wie von Engelsstimmen klang, an die wundersame Orgelmusik, die allein ausgereicht hätte, sie immer wieder nach Arima zur Messe zu ziehen.

Yamada goß heißes Wasser in zwei irdene Schalen und schwenkte sie hin und her, um das Wasser abkühlen zu lassen, bevor er es für den ersten Teeaufguß verwendete. «Macht ist auch etwas, was Euer Bruder João besitzt und was er über el Rosso ausübt. Macht, Mika-sama, ob es sich um den Shogun handelt, der über das mächtigste Heer im Land verfügt, oder um die Padres, welche die Seelen der Kirishitan im Griff haben, Macht bedeutet Kontrolle. Macht ist, wenn man etwas unter Kontrolle hält. Macht ist ein sonderbares Etwas, an dem Menschen sich berauschen können.»

Das Wasser war genügend abgekühlt, und Yamada goß es in die Teekanne ein. Schon breitete sich ein würziger Duft im ganzen Zimmer aus. Nachdem Yamada ihr die erste Tasse hingestellt hatte, hob Mika sie hoch und sog den Duft ein: «Wer hat mehr Macht, Hochwürden oder mein Bruder João?»

«Ihr stellt heute aber schwierige Fragen», sagte Yamada lächelnd und goß sich seine Teeschale ein. Er schien lange nachzudenken, während er den Tee in kleinen Schlucken schlürfte. «João hat viele Musketen. Das macht ihn gefährlich.»

«Woher wißt Ihr, daß João Musketen besitzt?» fragte Mika fast ein wenig zu hastig.

Yamada lächelte in sich hinein und beschäftigte sich wieder einige Zeit lang mit der Teekanne. «Euer Vater, Don Protasio, hat damit angefangen, und das war es vielleicht, was ihn ins Unglück gestürzt hat.»

«Maler Yamada, Ihr wißt mehr als ich.»

«Ein wenig mehr.»

«Sagt mir, was mein Vater getan hat.»

«Soll ich Euch wirklich alles sagen, was ich weiß?»

Mika erhob sich und trat vor das neu entstehende Bild, ein halbfertiges Aquarell des Dächermeers, das Yamada von seinem Atelierfenster aus überblicken konnte. Mika betrachtete es, ohne es wirklich zu sehen. Sie fühlte, wie ihr Puls im Hals pochte und wie ihre Hände gleichzeitig kalt wurden. Sie schloß die Augen und versuchte, sich in die vielen Erinnerungen zu retten, die sie mit ihrem Vater verbanden. Sie wußte, sie durfte diese Erinnerungen nicht zerstören. Sie waren zu schön, zu kostbar. Das einzige, was sie von ihm besaß. «Nein, sagt mir nicht alles», sagte sie und wandte sich um. Sie schaute Yamada etwas hilflos an. «Sagt mir nur, warum er einen so schrecklichen Tod hat sterben müssen. Wer trägt die Schuld daran?»

«Das ist schon sehr viel, Mika-sama. Nach Schuld zu fragen, reißt Wunden auf, die noch lange schmerzen werden.»

«Aber ich habe mich seit seinem Tod immer wieder gefragt. Wenn Ihr die Antwort wißt, Meister Yamada, helft mir.»

«Ich weiß nicht die Antwort, aber vielleicht eine Antwort.»

«Also, warum?»

«Weil Euer Vater sich zum Werkzeug jener machen ließ, die die Hoffnung nährten, Nagasaki wieder unter die Kontrolle der Padres zu bringen.»

«Werkzeug? Kontrolle der Padres? Ihr sprecht in Rätseln», sagte Mika ungeduldig.

«Der Shogun hat, wie Ihr wißt, an alle Daimyo im Land geschrieben, daß er Euren Vater des Hochverrats angeklagt und als Hochverräter hat hinrichten lassen. Als Grund gab er an, Euer Vater habe den Plan gehabt, den Gouverneur von Nagasaki zu ermorden. Was der Shogun verschweigt, ist, daß der Plan viel weitreichender, viel gefährlicher war.»

«Das ist doch nicht möglich.»

«Doch. Dafür hat Euer Vater viele Musketen vom Schmied gießen lassen und noch mehr von den Spaniern dazugekauft, über Jahre hin.»

Mika wandte sich ab, um die Tränen, die ihr in die Augen stiegen, vor Yamada zu verbergen, aber das leichte Zucken ihrer Schultern verriet, wie sehr sie mit sich kämpfte. «Aber warum?» fragte sie mit erstickender Stimme. «Vater stand so gut zum Shogun. Er genoß sein Vertrauen mehr als irgendein anderer Daimyo im Land.»

«Um so schlimmer, daß er sich in den Plan verstricken ließ.»

«Und dieser Daihachi?»

«Daihachi war Kirishitan, und dank seiner hohen Stellung besaß er Zugang zu wichtigen Shogunatsdokumenten. Er wußte vieles, was in der Regierung im Gespräch war, und hat es wahrscheinlich an die Padres und Euren Vater weitergegeben.»

Mika preßte sich die Handballen gegen beide Schläfen. «Warum das alles? Warum all die Waffen, all das geheime Planen, all die schrecklichen Sachen, die die Männer tun? Es gibt viel Schönes, woran man sich erfreuen kann: Bäume, schöne Blumen, Vögel, die im Frühling singen ... so viel Schönes ... jeden Tag.»

«Es geht um Macht, Mika-sama», sagte Yamada, «immer um

Macht, um Macht über Menschen, um Macht über Gold und Silber, über ganze Völker und Länder.»

«Aber jetzt braucht João doch keine Musketen mehr. Vater ist tot. Nagasaki kommt nicht mehr zu den Padres zurück. Warum will João immer noch so viele Musketen haben, und warum hält er el Rosso gefangen?»

«Wer weiß, was Euer Bruder João vorhat. Er ist hungrig nach Macht. Auf seine Weise.»

Mika schaute Yamada verwundert an. «Ihr wißt so viel. Habt Ihr nicht manchmal Angst, daß Ihr zuviel wißt?»

«Ich passe schon auf. Meistens halt' ich den Mund.» Ein listiger Zug nistete in seinen Augenwinkeln.

«Ihr müßt vorsichtig sein.»

«Aber nicht mit Euch.»

Mika lächelte. Sie drückte sich ihren Binsenhut wieder ins Haar und verknotete das Kopftuch unter ihrem Kinn.

16

Verstohlene Nachricht

Macht, dachte Mika, warum immer wieder Macht? Daß der Shogun mächtig war, sah sie ein. Daß Yoshitomo Macht besaß, war auch verständlich, denn er war der Daimyo. João besaß keine wirkliche Macht. Vielleicht behandelte er deshalb el Rosso so grausam. Um seinen Wunsch nach Macht zu befriedigen, der unerfüllt war. Aus dem gleichen Grund sammelte er vielleicht die Musketen. Sie gaben ihm ein Gefühl der Macht. Wahrscheinlich hatte Yamada recht. Ein Mann, der viele Musketen besitzt, aber dafür keine wirkliche Macht, so ein Mann ist gefährlich.

Ja, João war gefährlich. Er hatte gedroht, el Rosso zu töten.

Wer an Deus glaubt, tötet nicht.

João war, so schloß Mika, im Herzen kein Kirishitan, obwohl er sich immer portugiesisch kleidete und sich einen schwarzen Sklaven hielt wie die portugiesischen Kaufleute.

João war kein Kirishitan, obwohl er oft zu Hochwürden ging und lange mit ihm plauderte. Warum sah Hochwürden nicht, daß João im Herzen kein Kirishitan war?

Wahrscheinlich konnte Hochwürden sich gar nicht vorstellen, wie schlecht João war.

Und daß er el Rosso gefangenhielt.

Daß er ihn schindete und schuften ließ.

Daß bei ihm im Sockel des Turms tausend Musketen lagen.

Yamada sagte, die Musketen lägen schon seit Jahren da und ihr Vater habe viele herstellen lassen und noch mehr dazugekauft.

Mika schüttelte unwillig den Kopf. Sie wollte nicht weiter denken. Macht ... das Wort drängte sich aber immer wieder in ihre Gedanken. Warum ist es so wichtig, Macht zu haben?

Deus hat Macht. Er hat alle Macht auf Erden, die man sich vorstellen kann, aber Er quält niemanden und schindet niemanden und läßt niemanden für sich schuften. Er hat auch keine Musketen.

Deus ist Liebe.

Liebe ist Macht.

Wenn ich Macht besäße, dachte Mika, würde ich el Rosso befreien.

Weil es Unrecht ist, daß João ihn gefangenhält.

Weil es Unrecht ist, daß er ihn für sich schuften läßt.

Wenn João wirklich ein Kirishitan sein will, soll er el Rosso freilassen, damit er dorthingehen kann, wohin er gehen will.

Hochwürden mußte ihr dabei helfen.

Hochwürden würde ihr sicher dabei helfen.

Nach seiner Rückkehr aus Nagasaki würde sie wieder nach Arima gehen und mit ihm sprechen.

Aber Yamada hatte gesagt, Macht sei etwas, wonach auch Hochwürden strebe, Macht über die Seelen. Und wenn man Macht über die Seelen besitze, besitze man auch Macht über die Menschen. Das waren Yamadas Worte, und sie kreisten in Mikas Kopf. Sie wollte sie von sich weisen, aber sie kehrten immer wieder zurück.

Hochwürden will auch Macht ausüben.

Aber zum Guten.

Macht läßt sich auch zum Guten verwenden.

Wie die Macht, die Deus besitzt.

Deus ist Liebe.

Liebe ist Macht.

Deshalb wird Hochwürden el Rosso befreien, sobald er nur erfährt, was ihm geschehen ist.

Ungeduldig holte Mika aus dem Schrank das dunkelrote Lacketui, in dem sie ihre Schreibutensilien aufbewahrte. Sie wählte ein besonders schönes Blatt Papier, ein Blatt, in das in durchscheinenden Farbtönen Herbstblätter eingedruckt waren, rote Ahornblätter, wie vom Wind über das Blatt geweht. Mika nahm das Blatt und hob es gegen das Licht. Die Farben schimmerten durch das feine Fasermuster des Reispapiers hindurch. Ihr Vater hatte ihr einmal vier Schachteln aus Kyoto mitgebracht, in jeder Schachtel Blätter mit dem Motiv einer anderen Jahreszeit. Kirschblüten für den Frühling, Iris für den Sommer, Ahornblätter für den Herbst, Kamelie für den Winter.

Es ist aber schon Winter, sagte Mika zu sich selbst und legte das Blatt mit dem eingedruckten Ahornblattmuster zurück in die Schachtel. Statt dessen nahm sie eins der Blätter mit Kamelienblüten heraus, glutrot auf weißem Grund. Hochwürden wird dieses Blatt bestimmt auch schön finden, dachte sie und begann, die Tusche anzureiben.

Mika verwandte viel Zeit aufs Schreiben, fand sie es doch nicht leicht, ihre Gedanken zu Papier zu bringen, schwerer, als sie gedacht hatte. Jeder Satz wollte überlegt sein, aber an vielen Stellen stockte sie und suchte nach Worten. Sie zögerte schon gleich am Anfang, als sie versuchte, Hochwürden zu erklären, wer el Rosso war und warum sie für seine Freilassung eintrete. Sie konnte ihm ja nicht einfach schreiben, daß sie es tat, weil es Kirishitanpflicht sei, Gutes zu tun und an die Armen und Verfolgten zu denken. Wenn sie als ein junges Mädchen so etwas Hochwürden schrieb, klangen ihre Worte vielleicht anmaßend, als ob Hochwürden nicht am besten selbst wüßte, was Kirishitanpflicht ist. Ihn daran zu erinnern könnte für sie und ihr Anliegen sogar schädlich sein, denn war er auch ein Padre, großherzig, edelgesinnt, sich selbst verleugnend, so besaß er doch sicherlich auch Stolz. Den Stolz der Menschen soll man nie verletzen. So überlegte Mika, wie sie das, was sie Hochwürden mitzuteilen hatte, in andere Worte fassen könnte, in Worte, die weniger anmaßend und weniger hochmütig klangen.

Bei dem Versuch, über el Rosso mehr zu sagen, wurde ihr klar, wie wenig sie über ihn wußte. Nicht viel mehr, als daß er ein Spanier war, aber doch auch kein richtiger Spanier, auch kein Portugiese, sondern daß er aus einem anderen Land kam, einem Land in Europa, dessen Namen ihr längst entfallen war, von dem sie nur noch behalten hatte, daß es gegen Spanien kämpfte, daß el Rosso unterwegs nach Hirado war, als Joãos Leute ihn aufgriffen. Das war es, was sie zu Papier brachte. Alles andere waren Gefühle, Gefühle, die sie Hochwürden nicht mitteilen wollte und auch nicht konnte. Gefühle, für die sie keine Worte hatte.

Schließlich war sie einigermaßen zufrieden mit dem, was sie geschrieben hatte und wie sie es geschrieben hatte. Über das geheime Grottenlabyrinth hatte sie Hochwürden nichts mitgeteilt, auch nichts über die Fluchttür und die tausend Musketen, die sie und Nana mit eigenen Augen gesehen hatten. Trotzdem war es ihr gelungen, so empfand sie, ihrem Anliegen jenen Grad der Dringlichkeit zu geben, der Hochwürden bestimmt zu sofortigem Handeln bewegen würde.

Mika hob ihren Brief noch einmal gegen das Licht und betrachtete das rote Muster der Kamelienblüten, die sich von ihren mit schwarzer Tusche geschriebenen Worten abhoben. Sie stellte sich vor, Hochwürden würde den Brief auch erst gegen das Licht heben, um die Schönheit der Blüten auf sich wirken zu lassen. Dann faltete sie das Blatt und schob es in einen der schmalen Umschläge, die ebenfalls das Kamelienmuster trugen. Sie nahm ein paar gekochte Reiskörner, von ihrer letzten Mahlzeit übriggeblieben, benetzte sie mit etwas Wasser, zerrieb sie zwischen zwei Fingerspitzen und strich sie als Leim auf die Lasche des Umschlags.

Sie schloß sie und strich mit dem Handballen darüber, um den Leim gleichmäßig anzudrücken. Als sie ihren Namensstempel auf die geschlossene Lasche drückte, flog sie ein Hauch von Zweifel an, ob sie den Brief wirklich abschicken sollte. Ein seltsam ungutes Gefühl befiel sie.

Vielleicht war Hochwürden noch gar nicht von Nagasaki zurück. Dann würde ihr Brief tagelang ungelesen auf seinem Schreibtisch liegen.

Vielleicht würde der Brief in falsche Hände fallen, in Joãos Hände.

Das Sicherste wäre, sie würde selbst noch einmal nach Arima reisen.

Oder Nana schicken.

Besser selber gehen, denn immerhin erwartete sie von Hochwürden, daß er ihr half, daß er el Rosso half, daß er mit João sprach und ihm befahl, el Rosso die Freiheit wiederzugeben.

Hochwürden besaß die Macht, João einen solchen Befehl zu erteilen. Das war es wohl, was Yamada ausdrücken wollte. Er hatte gesagt, Hochwürden übe Macht über die Seelen der Menschen aus, aber seine Worte waren nicht ganz eindeutig gewesen. Es schien, als wäre er dagegen, daß Hochwürden Macht über die Seelen der Menschen besitzt. Eine solche Warnung hatte sie aus seinen Worten herausgehört. Sie war sich nicht mehr im klaren, inwieweit Yamada es ernst gemeint hatte, als er fast ein wenig beiläufig, aber doch unmißverständlich genug äußerte, die Macht, die Hochwürden ausübe, sei keine gute Macht, keine Macht, die zum Guten führe.

Warum Yamada solche Worte gewählt hatte, verstand Mika nicht. Warum mußte er dunkle Andeutungen über Hochwürden machen, aber seine Worte ließen sich nicht verdrängen. Sie blieben in ihr, und Mika fing an, darüber zu grübeln, ob nicht sie selber el Rosso befreien könnte. Ohne Hochwürden zu bemühen. Ohne seine Hilfe.

* *
*

Als Mika das nächste Mal in den Turm hinaufstieg, nahm sie eine Laterne mit, eine Sturmlaterne mit einem Schirm aus derbem Wachspapier. Sie umwickelte ihn mit einem schwarzen Tuch, damit möglichst wenig Licht herausdrang. So stieg sie die Leiter hinauf, mit ein wenig mehr Herzklopfen als sonst, denn mit einer

Hand mußte sie die Laterne halten, während sie sich Sprosse um Sprosse vorsichtig nach oben hangelte, immer bereit, beim geringsten Geräusch einzuhalten.

Oben angekommen, vernahm Mika wieder Stimmen hinter der Bretterwand, Nagatos Stimme und el Rossos Stimme. Mit dem Rücken gegen die Bretterwand, damit kein Lichtschein auf das Astloch fiel, löste sie das schwarze Tuch um den Lampenschirm. Mika hob vorsichtig die Laterne hoch, leuchtete die Bretterwand ab und sah, was sie mit ihren Fingerspitzen schon früher im Dunkeln ertastet hatte, daß eine kleine Tür in die Wand eingelassen war, nicht mehr als zwei Bretter breit und so dicht gefügt, daß nirgendwo eine Ritze entstand. An den Türangeln aus geschmiedetem Eisen, dick mit zähem Fett eingeschmiert, klebten tote Spinnen und Fliegen. Mika berührte sie sacht, und sie zerfielen zu Staub.

Das also ist die Fluchttür, sagte sich Mika und blies das Licht aus. Sie setzte sich mit angezogenen Beinen auf das kleine Kissen, das sie letztes Mal nach oben mitgenommen hatte. In dem schmalen Raum hielt sie die Laterne zwischen die Knie geklemmt und spürte in ihrem Gesicht den Rest an Wärme, welche die Laterne noch bewahrt hatte. Irgendwo auf der anderen Seite der Wand muß ein Riegel sein, sagte sie sich, mit dem man diese Tür öffnen kann.

Mit spitzen Fingern zog sie den Zapfen aus dem Astloch und legte ihn sorgfältig neben sich auf den Boden. Dann brachte sie ihr Auge nahe an das Astloch und sah el Rosso, wie an jedem anderen Tag am Tisch sitzend, vor sich ein Wirrwar eiserner Bügel, Haken und Zapfen und eine Muskete, die quer über den ganzen Tisch reichte und mit der er gerade beschäftigt war. Seine Wangen schienen ihr noch tiefer eingesunken, in den Schultern schien er noch runder geworden zu sein. Dennoch, wenn er aufsah und um sich blickte, sprühte die gleiche Kraft aus seinen Augen wie bei der ersten Begegnung draußen auf der Wiese vor der Schloßmauer, als er sich aus ihrer Sänfte herauszwängte und sich langsam aufrichtete. Trotz der nun schon lange andauernden Haft schien er ungebrochen.

Mika fiel die Silbermünze ein, die er Yamada mitgegeben hatte, das Wort Hoffnung stand darauf. Hoffnung war es, die ihn hielt. Hoffnung, daß er irgendwann, irgendwie seine Freiheit wiedergewinnen, daß ihm die Flucht gelingen würde. João würde ihn nie freiwillig entlassen. Jahre würde er ihn an den Musketen noch arbeiten lassen. Tag für Tag würden ihm seine Leute Musketen auf den Tisch legen, bis all die tausend im Turmsockel durch seine Hände gegangen waren.

Mika fröstelte. Sie mußte an sich halten, nicht aufzuschreien. Erst langsam schwand der Schauder, und sie konnte wieder klarer denken.

Bei der Begrenztheit ihres Blickfelds und weil der Treppenaufgang wie ein Klotz in der Mitte des Raums lag, war sie nie ganz sicher, ob el Rosso allein war, auch wenn sie niemanden sonst durch ihr Guckloch erspähen konnte. Ein paarmal hatte sie es gewagt und leise gerufen: «El Rosso ... el Rosso!» Einmal schien er sie gehört zu haben, denn er hob den Kopf und schaute sich verwundert um, aber da tauchte schon einer von Joãos Kerlen auf, und er mußte sich wieder über seine Arbeit beugen.

Jeden Tag um die Mittagszeit verschwanden die Samurai, und nur ein Bewacher blieb bei el Rosso zurück, meistens Tomoda, der wegen seines steifen Knies die Treppen nur selten auf- und abstieg. Tomoda redete nicht viel, aber er war weder unfreundlich, noch verhielt er sich gemein. Mika sah, wie er mit seinem steifen Bein von der anderen Seite des Raums hergehumpelt kam, seinen Holzschemel hinter sich herziehend. Man hatte ihm einen solchen erlaubt, weil er sein Bein darauf ausstrecken konnte. Ab und zu zerrte er ihn zu el Rosso hin und sah ihm bei der Arbeit zu, oft stellte er sich hinter ihn und massierte ihm die Schultern, auch sorgte er dafür, daß immer eine große Kanne Tee auf einem Nebentisch stand. Wenn um die Mittagsstunde das Essen kam, half er el Rosso seinen Arbeitstisch frei- und sauberzumachen, rückte dann seinen Schemel auf die gegenüberliegende Tischseite, und beide verzehrten stumm ihr eintöniges Mahl.

An warmen Nachmittagen döste Tomoda dann oft in einer Ecke oder legte sich vor einer Schießscharte auf den Boden, und die Sonnenstrahlen fielen auf sein steifes Bein. In dem Maße, wie die Sonne wanderte, folgte er ihr, indem er wie ein Seehund über den Fußboden robbte, bis er, von Mikas Guckloch aus gesehen, hinter dem Treppenaufgang verschwand.

«El Rosso!» rief sie und hoffte, ihr Ruf würde ihn erreichen. Sie sah zwar, wie er wieder den Kopf hob und sogar einmal in ihre Richtung blickte, dann aber schloß er die Augen und preßte die Handballen gegen seine Schläfen, als wolle er Halluzinationen verscheuchen. Mika sinnierte von neuem, auf welche Weise sie ihm eine Nachricht zukommen lassen konnte, die ihn auch erreichte.

Eines Abends, nach der Rückkehr vom Turm, als sie ihr schwarzes Zeug abgelegt und gebadet hatte, saß Mika noch lange da, in einen dicken, wattierten Kimono gehüllt. Wie schön wäre es, dachte sie, wenn es eine Tusche gäbe, mit der man einen Brief schreiben könnte, dessen Buchstaben nach dem Lesen verschwinden.

«Die Ninjas, die wirklichen Ninjas haben so eine Tusche», sagte Nana, «sie benützen sie, wenn sie sich geheime Botschaften zukommen lassen.»

Ein paar Tage später brachte Nana eine kleine Dose mit, in der tiefviolette Kristalle schimmerten. «Die muß man mit ein wenig Wasser anrühren», sagte sie, «dann wird eine Tinte daraus, mit der man schreiben kann, und hinterher, wenn die Schrift unleserlich werden soll, muß man das Blatt nur in eine Schale Wasser oder Tee tauchen.»

Mika probierte die Tinte aus, auf verschiedenen Stücken Papier, dünnen, dicken, feinfasrigen, grobfasrigen, glatten, rauhen, aus Reis, aus Leinen, Flachs oder Hanf, aus Bambus oder der gebleichten Rinde des Maulbeerbaums hergestellt. Am besten, so fand sie, ließ sich Leinenpapier beschreiben, und die Buchstaben kamen darauf sogar sehr schön heraus, tiefviolett auf dem weißen Grund. Tauchte sie das Papier ins Wasser, verschwand die Schrift sofort, das Wasser nahm eine leicht violette Färbung an, in Tee getaucht, blieb von der Farbe keine Spur.

Mika schnitt nun ein kaum handflächengroßes Stück aus dem Leinenpapier und führte den feinsten Pinsel, den sie besaß, darüber hin. «El Rosso», schrieb sie, «ich weiß, wo Ihr seid und wie mein Bruder Euch behandelt. Ich suche einen Weg, Euch zu befreien. Mika.» Auf den noch verbliebenen schmalen unteren

Rand schrieb sie, er solle dieses Blatt nach dem Lesen sofort in Wasser oder Tee tauchen, die Schrift verschwinde dann. Sie rollte das Blatt eng ein und steckte es in ein dünnes Bambusrohr. Oben im Turm, in dem dunklen, engen Wandschrank, wartete sie beim nächstenmal die Zeit der Nachmittagsruhe ab. Sie faltete die Hände, murmelte irgendwelche Worte, die kein richtiges Gebet ergaben, nur die Bitte an ihren toten Vater, ihr jetzt beizustehen und alles Unheil abzuwehren. Dann schob sie das dünne Bambusrohr vorsichtig durch das Astloch und hielt es noch locker in ihrer zu einer Röhre geformten Linken, mit der Rechten schlug sie sanft gegen das Ende des Rohrs.

Sie hörte das paffende Geräusch, als ihr Handballen gegen ihre Hand schlug, hörte den Aufschlag des Rohrs auf der anderen Seite, hörte es ein Stück weit über den Holzfußboden gleiten. Als sie durch das Astloch schaute, sah sie, wie el Rosso sich gerade weit vorbeugte und das Rohr vom Boden aufnahm.

«Was ist?» rief Tomoda von der anderen Seite des Raums.

«Nichts», sagte el Rosso, ließ das Rohr in seinem Wams verschwinden und wandte sich wieder seiner Arbeit zu, seine Augen aber gingen immer wieder verstohlenerweise zu der Wand. Mika war überzeugt, er müsse das Astloch ausmachen, aber sein Blick huschte vorbei und blieb für Sekunden an irgendeiner anderen Stelle der Wand haften. Mika sah, wie el Rosso sein Wams abtastete, als müsse er sich vergewissern, daß ihm der Bambus auch wirklich zugeflogen war.

Robbend war Tomoda den Sonnenstrahlen wieder gefolgt und fast schon hinter dem Treppenaufgang verschwunden, nur die Beine staken hervor. El Rosso zog das Rohr nun aus seinem Wams und wendete es hin und her. Er sah das zusammengerollte Blatt darin und versuchte, es herauszuziehen, was ihm aber nicht sogleich gelang. Da nahm er ein langes, dünnes Stück Metall vom Tisch, schob es in die schmale Öffnung hinein und konnte schließlich das Blatt so weit herausziehen, daß er danach greifen konnte. Vorsichtig entrollte er den Brief und las. Mika sah, wie sein Gesichtsausdruck sich veränderte, wie seine Augen aufleuchteten, seine Schultern sich hoben und sein Rücken sich straffte. Er las noch einmal, hob das Blatt an seine Lippen und drückte einen leichten flüchtigen Kuß darauf. Dann richteten sich seine Augen wieder auf die Wand, während seine Hand schon nach seiner Tasse griff. Er tauchte das Papier in den Tee, bewegte es ein wenig hin und her, zog es heraus, betrachtete es und tauchte es noch einmal ein. Er ließ den Tee abtropfen und zerknäulte das nasse Blatt in seiner Faust, wandte sich wieder seiner Arbeit zu, als sei nichts geschehen, nur ab und zu blickte er fragend zur Wand hin.

Mika blieb noch lange in ihrem Versteck, stets hoffend, es würde sich für el Rosso die Gelegenheit ergeben, zu der Wand zu kommen, hinter der sie wartete. Aber bald schon senkte sich die Dämmerung herab, und Tomoda trug mit schleppenden Schritten zwei Öllampen herbei. Er schob die Metallteile auf el Rossos Tisch zur Seite und stellte die Lampen hin. Danach blieb er neben ihm sitzen und sah ihm bei der Arbeit zu.

Wenig später erschienen die Samurai, mit ihnen Nagato, der gereizt und ruhelos zu sein schien. Er schaute in alle Ecken, gab bellende Anweisungen, wenn er irgendwo auf einen nur halb mit Löschwasser gefüllten Eimer stieß oder auf einen unordentlich daliegenden Putzlumpen. Er wies hierhin und dorthin, jedesmal einem grunzenden Befehl ausstoßend. So löste er einen Wirbeltanz von Geschäftigkeit aus, der so rasch abbrach, wie er eingesetzt hatte.

Da erschien João im Treppenaufgang, begleitet von seinem schwarzen Sklaven und sechs Laternenträgern. Die Samurai warfen sich zu Boden und verharrten in ehrerbietiger Haltung, während Nagato, auf den Knien rutschend, einen Klappschemel herbeizog und el Rosso gegenüber hinstellte.

Breitbeinig nahm João Platz, ließ sich Pfeife und Tabaksbeutel von seinem Sklaven reichen, stopfte eine Prise in den Pfeifenkopf und preßte sie mit dem Daumen fest, während der Sklave schon an der zunächst stehenden Laterne die Lunte entzündete und sie dem Gebieter mit einer tiefen Verbeugung hinhielt.

«Nun, el Rosso», hörte Mika Joãos Stimme dröhnen, «es ist mir von meinen Leuten berichtet worden, daß dein Fleiß bisher ziemlich zufriedenstellend war. Du hast im großen und ganzen gute Arbeit geleistet. Dafür muß ich dich loben.»

Joãos Gesicht verschwand hinter einer dichten Rauchwolke, die er aus seinen Mundwinkeln hochquellen ließ, aber Mika, die ihn im Profil vor sich hatte, entging nicht, daß in seinen Augen ein Lauern stand.

El Rosso antwortete mit leichtem Kopfnicken und hielt Joãos Blick stand. Mika hoffte, el Rosso würde sich tiefer verbeugen und in dieser Stellung verharren, um unterwürfiger zu erscheinen und João nicht unnötig zu reizen. «Es freut mich sehr, Don João», hörte sie el Rosso statt dessen sagen, «daß meine Dienste Euch wertvoll sind.»

«Wertvoll?» stieß João verächtlich hervor. «Wertvoll? Was für ein anmaßendes Wort von einem erbärmlichen Schuft wie du, und dazu noch mein Gefangener. Nützlich bist du mir, nichts weiter als nützlich ...» Er sog wieder an seiner Pfeife und ließ den Rauch aus seinem Mund entweichen. «... jedenfalls zur Zeit. Es hängt von dir ab, mir zu beweisen, daß du mir auch in Zukunft weiter nützlich sein wirst.»

João winkte einem Samurai, der aus seiner Tasche ergeben einen länglichen Gegenstand herauszog, umwickelt mit einem flaumig weichen Tuch. João legte ihn quer auf seine Knie und begann, das Tuch aufzuwickeln, Lage um Lage.

El Rosso verfolgte die Bewegungen von Joãos Händen und beugte sich unwillkürlich vor, als er darin das metallene Rohr erkannte. Im Schein der Lampen leuchtete es, als sei es aus purem Gold.

«Überrascht, was?» fragte João grinsend. Er hob das Fernrohr ans Auge und schwenkte es durch den Raum. Am Ende richtete er es gegen Mikas Wand und begann, die teleskopartig ineinander geschobenen Rohre hin und her zu schieben.

Mika schreckte von dem Astloch zurück und preßte den schwarzen Stoff ihres Ärmels dagegen. Angestrengt lauschte sie den Stimmen.

«Ist das dein Teleskop, el Rosso?»

«Ja.»

«Wieviel hast du dafür bezahlt?»

«Nichts.»

«Also hast du es gestohlen?»

«Ich bin kein Dieb», erwiderte el Rosso heftig.

João tat, als habe er el Rossos Einspruch überhört. «So, so …», er ließ die Luft durch die Nase ziehen, «du behauptest also, du hättest dieses Ding nicht gestohlen.»

Mika nahm ihren Ärmel von dem Astloch und spähte wieder hindurch.

«Ich bin kein Dieb», betonte el Rosso noch einmal und blickte João unerschrocken ins Gesicht.

«Wenn du es nicht gestohlen hast, hast du es etwa gekauft?»

«Ich habe es gebaut, ganz allein mit eigenen Händen.»

Das lange Schweigen verriet, daß João auf diese Antwort nicht gefaßt war. Mika sah ihn die golden schimmernden Rohre zusammenschieben und wieder auseinanderziehen. Schließlich schaute er in beide Enden hinein, in deren Linsen sich das Laternenlicht spiegelte. Er berührte die glattpolierten, gewölbten Flächen mit der Fingerkuppe. «Und die Dinger da», sagte er mißtrauisch, «willst du etwa auch diese Dinger gemacht haben?»

«Ja.»

«Wie?»

«Ich habe sie aus Glas geschliffen und poliert.»

João lehnte sich vor, breitbeinig auf seinem Schemel reitend, die Augen starr auf el Rosso gerichtet: «Du weißt, was dir blüht, wenn du lügst.»

«Ich lüge nicht.»

João nahm seine Pfeife wieder zur Hand und sog daran, aber die Glut war inzwischen erloschen. Er betrachtete el Rosso nachdenklich, die kalte Pfeife zwischen den Zähnen. Dann reichte er seinem Gefolgsmann das Fernrohr, der es umständlich wieder in das Tuch einschlug, und erhob sich unvermittelt. Ohne ein weiteres Wort ging er auf den Treppenabgang zu.

* * *

Dona Isabel zog sich ihren Wollschal fester um die Schultern. Sie hatte den Trägern ihrer Sänfte zwar befohlen, draußen zu warten, im stillen aber hoffte sie, João würde ihnen in der Bedienstetenkammer Schutz vor dem bitterkalten Wind erlauben.

«Ich bin gekommen», sagte sie zu Mika und verlieh ihrer Stimme einen sanften Ton, «zu sehen, wie es dir geht.»

«Gut, Mutter, es geht mir gut.»

«Lange haben wir uns nicht mehr gesprochen, und ich habe manches gehört, was mir Grund gibt, besorgt zu sein.»

Mika schwieg.

«Behandelt dich João wirklich so schlecht, wie man sich in der Stadt erzählt?»

«Was erzählt man sich denn in der Stadt?»

«Du weißt doch, wie die Bediensteten reden. Vor ihnen gibt es wenig Geheimnisse. Längst weiß alle Welt, daß João dir verbietet, das Schloß zu verlassen, es sei denn, du bittest ihn um Erlaubnis.»

«Aber ich halte mich nicht daran», sagte Mika leichthin.

«Aber daß du dich als Bauernmädchen oder Dienstmädchen verkleiden mußt, um aus dem Schloß zu kommen, ist das nicht wirklich erniedrigend?» Dona Isabel kreuzte ihre Hände im Schoß und blickte traurig zu Boden.

«Wer sagt, daß ich mich verkleidet habe?»

«Es gibt genügend Augen in der Stadt, die sich nicht so leicht täuschen lassen, auch nicht von einem Binsenhut.»

Mika stutzte und schaute ihre Mutter prüfend an. Sie fragte sich, was sie sonst noch wußte und wer sie wohl in der Stadt erkannt hatte. Ein wenig Mißtrauen mischte sich in ihren Blick. Nana war es bestimmt nicht, die sie verraten hatte. Auch Maler Yamada nicht. Es mußte jemand sein, der sie vielleicht an ihrem Gang erkannt hatte. Oder an ihrer Stimme. Sie erinnerte sich, daß sie einmal mit Nana zusammen unweit des Marktplatzes hatte laut auflachen müssen, weil dort ein Schausteller auf seinem Stand einen Affen vorführte, der knallrote portugiesische Pumphosen und einen gleichfarbigen Kegelhut trug und mit Stäbchen Reiskörner aus einer Holzschale fischte.

Dona Isabel lächelte. «Ich finde das ja gut», sagte sie und ließ ihre Stimme noch um eine Stufe sanfter klingen, «ich finde es gut, daß du dich von João nicht herumkommandieren läßt. Er ist schrecklich zu dir, nicht wahr? Er ist überhaupt ein schrecklicher Kerl geworden.»

«Ich weiß, Mutter, Ihr macht Euch Sorgen, aber glaubt mir, es geht mir gut.»

«Gut ja, aber nicht so gut, wie es dir gehen könnte. Liegt es an Hochwürden, daß du auf Hara bleiben willst?»

Die Frage traf Mika unvorbereitet. Früher hätte sie ohne Zögern mit ja geantwortet, aber ihre Einstellung zu Hochwürden hatte sich gewandelt, seitdem sie die Göttin der Barmherzigkeit gesehen und mit Yamada über die Musketen gesprochen hatte. Wenn es wahr sein sollte, daß ihr Vater über Jahre hinweg Musketen gekauft hatte, dann war es eigentlich unmöglich, sich vorzustellen, Hochwürden wußte nichts davon. Darum konnte Mika nicht mehr an ihn denken wie bisher. Aber warum sollte sie dies gerade ihrer Mutter erklären? Eine schwierige Sache. So sagte sie bloß und versuchte, ihrer Stimme einen unverfänglichen Ton zu geben: «Ich war letzten Sonntag in Arima.»

«Du fühlst dich also immer noch zum Glauben der Padres hingezogen?»

«Vielleicht», gab Mika zu und verschwieg den eigentlichen Grund ihres Ausflugs nach Arima.

«Aber du hast ja wohl bereits gehört, daß in Nagasaki die Kirchen geschlossen werden und daß es dort bald keine Padres und keine Kirishitan mehr geben wird?»

Mika fuhr auf und schaute ihre Mutter verblüfft an. «Keine Padres mehr in Nagasaki und keine Kirishitan? Warum denn? Das kann doch nicht sein. Was haben die Padres denn getan?»

«Vieles ist möglich, mein Kind. Wer hätte vor zwei Jahren gedacht, daß dein Vater vom Shogun als Hochverräter hingerichtet werden würde.»

Es schmerzte Mika, an das schreckliche Ende ihres Vaters erinnert zu werden. Zugleich aber kehrten Yamadas Worte wieder, ihr Vater sei in einen Plan verwickelt gewesen, Nagasaki mit Waffengewalt zu nehmen und den Padres zurückzugeben. Darum habe der Shogun ihn hinrichten lassen. Anscheinend wollte ihre Mutter etwas Ähnliches sagen.

«Mutter», erwiderte Mika und mußte ihre Lippen benetzen, um sprechen zu können, «stimmt es, daß Vater wegen der Musketen hingerichtet worden ist?»

«Ja ... die Musketen ... die Musketen und noch manches andere mehr.»

«Warum habt Ihr ihn nicht gewarnt?»

Dona Isabel zog ihren Wollschal noch enger um die Schultern und rieb sich die Hände über dem Hibachi. «Gewarnt?» fragte sie mit gedehnter Stimme. «Deinen Vater gewarnt? Nein, mein Kind, dein Vater war kein Mann, der sich so leicht warnen ließ, auch nicht von seiner eigenen Frau. Er war stolz, ein wenig zu stolz, und wenn er sich etwas in den Kopf gesetzt hatte, blieb er dabei. Ein wenig eigensinnig oder, soll ich sagen, ein wenig starrköpfig. Du hast viel von ihm geerbt, aber ich hoffe, du läßt dich warnen.»

«Vor was?»

Dona Isabel rieb sich lange ihre Hände über dem Hibachi, ihre Züge fast undurchdringlich in ihrer reifen Schönheit, nur die Falten um ihre Mundwinkel hatten sich tiefer eingegraben, und die Schatten unter ihren Augen waren dunkler geworden. «Komm nach Hinoe», sagte sie, «ich mache mir Sorgen um dich. Hier hast du keine Zukunft. Dein Bruder João, du weißt ja, wie er ist. Er kann dir nichts bieten. Im Gegenteil, wer weiß, was er eines Tages anstellen wird. Mit seinem Waffenarsenal. Wer weiß, vielleicht etwas Schreckliches. Man kann Angst vor ihm haben, richtig Angst. Deshalb möchte ich, daß du von hier weggehst. Bevor es zu spät ist. Wenn du nach Hinoe kommst, wirst du's gut haben. Dann bist du die Schwester des Daimyo, und Yoshitomo und ich können einen guten Ehemann für dich finden. Immerhin bist du siebzehn. Im kommenden Herbst wirst du schon achtzehn.»

«Vater hat immer davon geredet, wie er meinen achtzehnten Geburtstag feiern wollte.»

«Dein achtzehnter Geburtstag sollte dein Hochzeitstag mit dem Satsuma-Sohn sein.»

«Ihr wolltet, daß ich den Satsuma-Sohn heirate. Vater war auf meiner Seite. Er wußte, ich wollte nicht, und er war auf meiner Seite.»

«Laß uns nicht mehr drüber streiten», sagte Dona Isabel bestimmt, «es ist ohnehin zu spät. Vom Hof des Satsuma-Daimyo kam die Mitteilung, als das mit Vater geschehen war, daß eine Heirat zwischen dir und dem Satsuma-Sohn unmöglich geworden sei.»

«Das ist doch gut», antwortete Mika schnippisch, «ich trauere ihm nicht nach.»

«Du hast ihn doch nur einmal kurz gesehen.»

«Einmal war genug, so ein einfältiger Kerl, ein Dorfbengel, mit einer Stimme wie ein verrostetes Ochsenkarrenrad. Wenn er nicht der Sohn eines Daimyo wäre, hättet auch Ihr für ihn keinen einzigen Blick übriggehabt.»

«Du meinst, weil du Portugiesisch sprichst und Latein gelernt hast», sagte Dona Isabel spitz, «weil du von Kindheit an Umgang mit den Padres hattest ... nein, mein Kind, laß mich ausreden ... du meinst, du kennst die Welt und glaubst, du dürftest deshalb auf den Satsuma-Sohn herabschauen. Vergiß nicht, das Territorium der Satsuma ist zehnmal größer als die Shimabara-Halbinsel. Der Sohn wäre das richtige für dich gewesen.»

«Ich will kein Territorium heiraten, sondern einen Mann, mit dem ich mich verstehe, den ich mag und den ich bewundern kann.»

«Ja, ja, ich weiß, ich weiß. Du redest immer so, aber das Leben ist anders, und die Zeit verrinnt. Du solltest dir wirklich ernsthaft überlegen, bald nach Hinoe zu kommen. Hier auf Hara hast du keine Zukunft.»

«Eines Tages werde ich kommen, Mutter», sagte Mika einlenkend.

«Falls João dich nicht gehen lassen will, schick mir einen Brief.»

«Ja, Mutter, ich werde Euch einen Brief schreiben, wenn ich Eure Hilfe brauche.»

Mika begleitete ihre Mutter zur Sänfte. Die Träger traten auf der Stelle, um sich warm zu halten, da João ihnen nicht erlaubt hatte, sich an dem großen Hibachi im Bedienstetenraum aufzuwärmen. So blieb ihnen nichts übrig, als sich klatschend auf Beine und Arme zu schlagen, um die steif gewordenen Glieder geschmeidig zu halten.

* *
*

287

Schon lange hatte Mika nicht mehr auf ihrem Koto gespielt, der Zither, die in einer Ecke ihres Zimmers stand. Sie kniete davor auf den Tatamimatten, schlug das große Tuch zur Seite, mit der es zugedeckt war, und ließ ihre Hand über den gewölbten Resonanzkörper gleiten. Der Lack fühlte sich an wie Samt, und sie berührte einige Saiten, um zu hören, wie gut sie noch gestimmt waren. Sie streifte sich die Zupfer aus Wasserbüffelhorn über die drei ersten Finger der rechten Hand und griff in die Saiten. Sie lauschte den Klängen, verschob die Stege, um jede Saite zu stimmen, und zupfte stärker, lehnte sich vor und dämpfte mit der linken Hand die Schwingungen. Sie konnte die Schwingungen fühlen und, wenn sie genau hinsah, sogar sehen. Je tiefer der Ton, desto stärker bewegten sich die Saiten wie Wellen, die durch das Holz liefen. Wie die Wellen, die durch die Erde laufen, wenn sie bebt, dachte Mika und riß die tiefste Saite stark an. Wie die Schritte des Vulkangotts oder sein Stampfen, so daß Felsen sich lösten und herabstürzten, wie die Steinbrocken von der Decke unten im Labyrinth, dachte Mika. Sie lagen noch immer da, scharfkantig, und versperrten den Weg. Um zum Aufstieg in den Turm zu gelangen, mußte sie auf allen vieren darüber hinwegkriechen. Es war nicht leicht, dabei die Lampe so in einer Hand zu halten, daß sie nicht erlosch.

Wie sollte sie el Rosso über diese Stelle bringen? Irgendwie mußte es ihr gelingen, ihn durch das Labyrinth zu geleiten bis an die Tür, die sich zum Meer hin öffnete. Dort müßte ein Schiff auf ihn warten, zumindest ein Boot, das ihn in Sicherheit bringen würde, irgendwohin, wo er vor Verfolgung sicher war. Außerhalb der Reichweite von Joãos Arm. Irgendein Boot. Irgendwohin, wo er sicher war.

Vielleicht doch nach Arima zu Hochwürden. Er würde ihn schützen. Vielleicht aber würde er ihn nicht genug schützen können, jetzt, da so viele Padres aus Nagasaki gekommen waren und ihn viel Zeit kosteten.

Vielleicht gab es einen besseren Ort. Vielleicht Schloß Hinoe. Yoshitomo würde ihn bestimmt aufnehmen.

Vielleicht sogar Hirado, obwohl der Seeweg weit war, zu weit für ein kleines Fischerboot, das nur für Fahrten in der Silberbucht taugte.

Das Fernrohr … Mika schloß die Augen, während ihre Finger leicht über die Saiten glitten. Sie sah Mongo vor sich, wie er ihr durch das Fernrohr erschienen war, an jenem Sommermorgen, als sie bei João auf der Terrasse gestanden hatte, das lange Rohr in der Hand balancierend. Es war nicht leicht ruhig zu halten, aber nachdem sie ihre Ellbogen auf das Geländer gestützt hatte, konnte sie Mongo ganz nahe sehen, als wäre er nur ein paar Schritte von ihr entfernt.

«Geschenkt bekommen», hatte João behauptet, «geschenkt bekommen.» So ein Lügner, so ein Schuft, entrang es sich Mika, gestohlen hat er's, el Rosso weggenommen, ihn ausgeplündert, ausgeraubt, und ist zu feige, es zuzugeben. Was für ein wundersames Ding, dachte Mika, so ein Rohr, durch das man das Ferne nah sehen kann. El Rosso hat es gebaut. Ganz allein, mit eigenen Händen. Was für ein Können steckt dahinter, was für ein Wissen, was für eine Kunst.

Mika beugte sich vor und griff stärker in die Saiten. Ihre Finger waren nach so langer Pause steif und ungeschickt geworden. Sie ließ sie von Saite zu Saite gleiten, in Tonleitern, um ein wenig von ihrer früheren Geschmeidigkeit wiederzuerlangen. Langsam wurden ihre Finger ein wenig williger, und dann vermochte sie die Tonleiter immer schneller, immer leichter hinauf- und hinunterzurennen. Dann ging sie zu einer Melodie über, von der sie nur noch den Anfang im Kopf hatte, doch während ihre Finger über die Saiten glitten, stellten sich die Grundtöne der Melodie plötzlich ein. Ein paarmal wiederholte sie eine Tonfolge, um den Anschluß zu finden, dann war die Melodie zu ihr zurückgekehrt. Sie wechselte zu anderen über, Madrigalen und Chorälen, die sie in Arima in der Kirche gehört hatte, und verlor sich in das Saitenspiel, wie sie sich früher darin oft verloren hatte. Das Koto klang ein wenig wie die Gitarren, die die portugiesischen Kaufleute manchmal mit sich führten, wenn ihre Galeone im Hafen von Arima anlegte, oder wie die Laute, die Padre Tomás in Arima spielte, nur etwas voller, etwas weicher.

In Europa gebe es viele Musikinstrumente, die gleich schön oder noch schöner klingen, hatte Hochwürden einmal gesagt, nur daß sie anders genannt wurden. Überhaupt war die Musik, die aus

Europa kam, für Mika so faszinierend, daß sie nie müde wurde, ihr zu lauschen. Ob es die Laute war, die Padre Tomás zupfte, oder die Viola, die er mit dem Bogen strich, oder die Orgel in der Kirche, aus der er die mächtigsten Töne herauslocken konnte, die je in Menschenohren gedrungen waren, immer weckte die Musik aus dem fernen Europa in Mika eine Sehnsucht, mehr über jene Städte und Länder zu erfahren, deren Namen seltsam anziehend klangen. Lisboa, Coimbra, Madrid, Toledo, Granada, Barcelona, Genua, Firenze, Roma, Portugal, España, Italia. Zauberworte, Zauberwelten.

Auch die Stimmen der Europäer klangen wie Musik, mit volltönenden Vokalen und einem ständigen melodischen Auf und Ab, im Gegensatz zu den bellenden, grunzenden Stimmen der Samurai.

Mika dachte an el Rosso, an seine Stimme, als sie ihn zum erstenmal sah, draußen vor der Schloßmauer, eine ruhige Stimme, eine Stimme, aus der ein Funken Zärtlichkeit sprang. Selbst während der Monate der Gefangenschaft hatte sie ihren warmen Klang nicht verloren, obwohl er tagaus, tagein umgeben war von den bellenden, grunzenden Samurai und dem schrillen Kreischen der Feile und den harten Hammerschlägen, Metall auf Metall.

17

Brüder im Herrn

Die Kirchen in Nagasaki wurden geschlossen, eine nach der anderen. Auf den Brettern, welche nun Türen und Fenster bedeckten, stand in schwarzen Lettern, dies sei kein Ort mehr für die Verehrung von Deus. Bald verstummte die letzte Glocke, die noch tapfer weitergeläutet hatte, während unten schon die Knechte des Gouverneurs die Bretter vor die Türen nagelten. Mit dem Verstummen der Glocke senkte sich Trauer über die Stadt.

Zwar stand es den Padres noch frei, sich in Nagasaki zu bewegen und sogar über die Stadtgrenzen hinaus zu reisen, aber sie mußten befürchten, ihre Freiheit würde nicht von langer Dauer sein. Schon ging das Gerücht um, der Shogun habe dem Gouverneur befohlen, eine Namenliste der Padres zu erstellen und auf dem neuesten Stand zu halten. Alle früheren Versuche waren fehlgeschlagen, denn die Padres kamen und gingen, wie und wann sie wollten. Im Grunde wußte niemand, außer den Padres selbst, wie viele von ihnen in Nagasaki und an anderen Orten in Japan lebten. Nach einem anderen Gerücht würden insgeheim schon Vorbereitungen getroffen, die Padres alle auf einen Schlag zu ergreifen und dafür zu sorgen, daß sie von den Kirishitan getrennt wurden.

Das wäre das Ende der Mission, denn ohne Padres würden die Kirishitan eine Schafherde ohne ihren Hirten sein, sie würden verschreckt und verängstigt umherlaufen, den Kräften des Bösen ausgeliefert, ohne den Empfang der heiligen Sakramente, vor allem ohne beichten und sich von ihren Sünden befreien zu können. Sie würden ihre Hoffnung verlieren, ihr banges Sehnen nach Erlösung.

Wer, so fragten sich die Padres, würde die Neugeborenen taufen und in den Kreis der Gemeinde aufnehmen, wer würde den Menschen den Leib des Herrn spenden und ihnen die Letzte Ölung geben, wenn die Stunde ihres Todes kam, wer würde die Seelen gen Himmel schicken, wenn die Körper der Erde zurückgegeben sind, wer würde für sie das Requiem feiern?

Um den Häschern des Shogun zu entgehen, die allerdings noch niemand gesehen hatte, deren bohrende Blicke aber alle glaubten, im Rücken zu spüren, legten einige Padres ihre Kutten ab und kleideten sich wie portugiesische Kaufleute. Andere zogen in jene Häuser der Stadt, wo portugiesische Kaufleute mit ihrem Gefolge zu wohnen pflegten, oder fanden Unterschlupf in angesehenen, reichen Kirishitanhäusern.

Ein Teil der Padres entschloß sich, ganz aus Nagasaki wegzugehen, wenigstens für einige Wochen oder Monate, bis man genauer abschätzen konnte, was der Shogun wirklich im Sinn hatte. In schwarze Mäntel gehüllt, verließen sie bei Dunkelheit ihre

Missionshäuser, den Hut tief in die Stirn gedrückt, und schlichen sich durch die verwinkelten Gassen der Stadt, unausgesetzt auf der Lauer, ob ihnen jemand folgte. Wenn sie die letzten Häuser hinter sich hatten, hasteten sie die steile Landstraße hinauf, die durch den Wald nach Mogi führte, jenem Fischerhafen an der Silberbucht, von der aus man bei Sonne und guter Sicht in der Ferne den Glockenturm des Missionsgebäudes von Arima erkennen konnte. Von Mogi aus ließen die Padres sich von getreuen Fischersleuten über die Silberbucht setzen und kamen noch vor Sonnenaufgang in Arima an.

So zahlreich trafen sie innerhalb weniger Tage im Missionsgebäude ein, daß Ferreira eiligst Schreiner herbeiholen mußte, in allen Räumen, in denen noch Platz war, neue Schlafstätten einzurichten. Viele aber waren ohnehin kaum etwas anderes als enge Mönchszellen, gerade lang und breit genug, ein Lager an der Wand aufzunehmen. Darum bauten die Schreiner Schlafstätten zweifach und dreifach übereinander und schufen so Platz für die Neuankömmlinge. Die Segelmacher hatten alle Hände voll zu tun, aus derbem Tuch neue Matratzen zusammenzunähen und mit frischem Stroh zu füllen. Da es Winter war und die Nächte sehr kalt, benötigte man stapelweise wattierte Baumwolldecken aus dem Lagerhaus unten an der Hafenstraße, das noch manche gute Ware enthielt.

«Bei aller Bescheidenheit, liebe Brüder im Herrn», begann Ferreira beim ersten Treffen, zu dem sich alle im Refektorium des Missionsgebäudes zusammengefunden hatten, «laßt mich sagen, wie stolz wir sind, daß wir euch, die ihr aus Nagasaki kommt, wo ihr unter der Willkür des Shogun sehr gelitten habt, hier bei uns eine Zuflucht bieten können. Hier können wir ungestört zusammenkommen, uns über die Zukunft austauschen und überlegen, welche Vorkehrungen wir treffen sollten.»

Sie waren im Refektorium versammelt, auf schmalen harten Bänken an langen eichenen Tischen, an denen sonst die Seminaristen ihr tägliches Essen einnahmen.

Am Tisch stehend, schaute Ferreira jedem der zugereisten Brüder in die Augen, lächelnd, aufmunternd und mild, aber seine leicht nach vorn gedrückten Schultern deuteten an, wie sehr er litt. Seit Don Protasios Hinrichtung hatte er im stillen damit gerechnet, der Shogun würde etwas gegen die Mission unternehmen, aber daß alles so schnell gekommen war – die Verkündung des Edikts, dicht gefolgt von der Schließung der Kirchen Nagasakis –, das hatte ihm zugesetzt. Er versuchte, seine Besorgtheit zu verbergen und ruhig zu erscheinen, fast ein wenig gelassen oder sogar heiter, aber im Innern spürte er eine brennende Unruhe.

«Wir gehen ungewissen Zeiten entgegen», sagte er mit einer Stimme, einen ganzen Ton tiefer als die zur Begrüßung erklungene, «ungewissen Zeiten gehen wir entgegen, liebe Brüder, darüber dürfen wir nicht im Zweifel sein. Der Teufel regt sich. Er regt sich überall. Nicht bloß in Nagasaki hat er seine häßliche Fratze gezeigt, auch in der Hauptstadt Edo und in Kyoto hat er, wo immer unsere Gotteshäuser stehen, die gleichen Schilder in den Boden gerammt und, wie mir gerade heute eine Nachricht aus Kyoto eröffnet, manchen unserer guten Kirishitan dort übel mitgespielt. Siebzig Kirishitan sind in Kyoto verhaftet worden, siebzig treue Seelen. Sie haben ihrem Glauben nicht abgeschworen und wurden mit Verbannung bestraft. Verbannung, mitten im Winter, ganz weit nach Norden, wo der Schnee um diese Jahreszeit bis zur Hüfte hoch liegt und eisige Winde wehen. Unübersehbar ist es, der Teufel will unser Werk zerstören. Er versucht, die Seelen all derer, die wir Deus zugeführt haben, zurückzuholen in seine ewige Verdammnis. Darum, liebe Brüder im Herrn, habe ich euch heute hier zusammengerufen. Wir müssen uns beraten.»

Ferreira setzte sich und faltete die Hände in seinem Schoß. Über seine scharf geschnittenen Züge senkte sich eine Ruhe, die der Gewissheit entsprang, es sei ihm gelungen, die Aufmerksamkeit der Brüder im Saal darauf zu lenken, was ihm die dringlichste Aufgabe der Mission erschien. Jetzt konnte er schweigen und abwarten, wie die Gespräche verlaufen würden. Im Kreise umherblickend, versuchte er einen jeden zu ermuntern, er solle seine Gedanken in Worte fassen und Vorschläge unterbreiten.

Padre Vicente war es, der als erster die Frage aufwarf, ob man das, was in Nagasaki und anderswo geschah, wirklich so ernst nehmen müsse. Er sagte, er halte das, was geschehen sei, für eine harmlose Sache, zwar habe er mit eigenen Augen gesehen, wie städtische Arbeiter mit einem Ochsenkarren voller Bretter und Bohlen vor die Todos os Santos gezogen kamen und mit wuchtigen Schlägen die Kirchentür und sämtliche Fenster zunagelten, vielleicht aber sei dies doch nur eine List des Shogun. Ferreira hörte geduldig zu, mit halb geschlossenen Augen, als ob er sich schon eine Erwiderung überlegte. «Ja», sagte er bloß, «ja, ja, darüber lohnt es sich nachzudenken. Brüder, was meint ihr dazu?» und wandte sich wieder an die Runde.

Die meisten gaben sich der Hoffnung hin, es werde wohl nur ein paar Wochen, vielleicht ein paar Monate dauern, bis sich die Kirchentüren für die Gläubigen wieder öffneten. «Wartet nur, bis aus Macao unsere Schiffe eintreffen, die Bäuche vollgeladen», meinte einer der Jüngeren, «dann kommen die Seideneinkäufer zurück, die Ledereinkäufer und die anderen Kaufleute aus Sakai, Osaka, Kyoto und Edo. Wenn die sehen, wie sehr wir und unsere Kirishitan leiden ... wie uns der Glaube verboten wird ... dann haben wir diesen mächtigen Kaufleuten klarzumachen, daß Handel nur florieren kann, wenn der Shogun uns und unsere Kirishitan in Ruhe läßt. Wenn sie das dem Shogun beibringen ... ihr werdet's sehen.»

«So ist es», sagte ein anderer, «sogar noch ehe die Galeonen kommen ... was wird aus den armen Kirishitan, wenn wir ihnen nicht Tag für Tag beistehen, wenn wir sie nicht Tag für Tag leiten und beschützen. Sie werden jede Richtung verlieren, sie werden nicht mehr so fleißige Arbeiter sein, schließlich werden sie unter der Last ihrer nicht gebeichteten Sünden zusammenbrechen. Auch das tägliche Leben in Nagasaki bricht zusammen, wenn fünfzehntausend Kirishitan sich gegen die Grausamkeit des Shogun auflehnen. Also», sagte er und schlug mit der Faust auf die Tischplatte, «also, ich setze meine Hoffnung auf die Vernunft. Die Vernunft wird siegen.»

«Davon bin ich nicht überzeugt», äußerte der pockennarbige Padre Roberto, «ich bin ja noch nicht lange bei euch und weiß nicht, wie das alles hierzulande vor sich geht, aber dieser Shogun, vor dem ihr alle ziemlich Furcht zu haben scheint, wird nicht anders sein als so mancher Maharadscha, mit dem ich in Indien zu

tun gehabt habe. Denen geht's doch nur um ein bißchen Lob, was
uns nichts kostet. Ihnen ein bißchen schöntun und ein paar ein-
drucksvolle Geschenke dazu, damit kann man doch sicher auch
hier Wunder bewirken.»

«Du meinst, einer von uns soll zum Shogun gehen?»

«Einer von uns oder einer von unseren portugiesischen Freun-
den, den Kaufleuten, vielleicht sogar der Capitano, der mit dem
nächsten Schiff aus Macao eintrifft. Gut gekleidet mit ein paar
Ochsenkarren voll Seidenballen oder so etwas Ähnlichem. Seide
ist es doch, wonach die Japaner verrückt sind. Das sollten wir nutzen und unseren Vorteil daraus ziehen.»

Ein herbes Lächeln nistete in Ferreiras Mundwinkeln, und er
betrachtete seine gepflegten Hände, die noch immer ein wenig
nach dem Kampferöl rochen, mit dem Luigi sie ihm vor dem Treffen eingerieben hatte. Es schmerzte ihn zu erleben, wie ahnungslos die Brüder in die Zukunft schauten, wie wenig sie von dem
verstanden, was in Edo geschah, was für ein gefährlicher Mann
dieser Shogun war, ein Mann, der, wie die Erfahrung zeigte, auf
lange Sicht plante und nie etwas in Angriff nahm, was er nicht zu
Ende führen könnte, ein gefährlicher Gegner, vor allem da er sich
mit dem Teufel verbündet hatte und der Teufel ihm seine Entscheidungen diktierte. Deshalb schien ihm kein Zweifel erlaubt,
die Tafeln in Nagasaki waren nur der Anfang. Der zweite Schritt:
das Vernageln der Kirchen. Was wird als nächstes kommen?

Ferreira straffte seine Schultern und blickte Ulfried an, der als
Vertrauter des ehrwürdigen Bruder Leonardo galt und dessen Worten Gewicht beigemessen wurde. «Bruder Ulfried, was meinst
du?»

«Was ich meine?»

«Den Shogun mit Geschenken besänftigen zu wollen, ist das
ein guter Vorschlag?»

«Unsinn», polterte Ulfried mit jener Offenheit, die, wie er
manchmal halb im Ernst, halb im Scherz meinte, Teil seiner ger-
manischen Seele sei, «Unsinn. Unsinn. Wir sind hier nicht in Indien und nicht in Afrika. Wir sind auch nicht in Italien, in Spani-
en oder Portugal. Wir sind in einem Land, wo alles anders ist, als
das, was wir aus früherer Erfahrung kennen. Dieser Shogun, lie-

be Brüder, dieser Shogun, Deus sei mein Zeuge, ist kein Mann, den man besänftigen kann. Dieser Shogun ist nicht zu bestechen. Er hat außerdem schon alles, was wir ihm geben könnten, im Überfluß. Nichts gibt es, mit dem man bei ihm Eindruck schinden könnte.»

«Du sprichst mir aus dem Herzen, Bruder Ulfried, auch wenn ich natürlich daran Anstoß nehmen muß», stimmte Ferreira zu und lächelte fein, «daß du mein Heimatland Portugal im gleichen Atemzug mit Indien und Afrika nennst. Bestechlichkeit? In deinem geliebten Teutschland, ist es da nicht auch so, daß Schmeicheleien und ein paar gutplazierte Golddukaten so manches Herz öffnen und so manche enge Pforte?»

Alle lachten, und Ulfrieds Nachbarn klopften ihm auf die Schultern. Seine Miene, die sich einen Augenblick lang verfinstert hatte, hellte sich wieder auf, und er versuchte sogar, die anderen mit seinem wiehernden Lachen anzustecken.

Das Lachen hatte die Zungen gelockert, wie sonst nur Wein es zu vollbringen vermag. Worte flogen hin und her.

«Was ich nur sagen wollte», verschaffte sich Ulfried mit lauter Stimme nochmals Gehör, «was ich nur sagen wollte … der Shogun ist des Teufels, liebe Brüder. Statt ihn überlisten zu wollen, sollten wir aufpassen, daß er uns nicht das Fell über die Ohren zieht.»

Ferreira, der sich nur mit einem schwachen Lächeln an der allgemeinen Heiterkeit beteiligt hatte, zog eine Schriftrolle hervor und löste das seidene Band, mit dem sie zusammengebunden war. Wortlos begann er sie aufzurollen, erst ein kleines Stück, dann immer mehr, so weit seine Arme reichten. Allenthalben reckten sich die Hälse.

«Was ist das, Bruder Cristovão?»

Ferreira nahm sich Zeit für eine Antwort. Er stand auf und breitete die Schriftrolle über den ganzen Tisch aus. Die Enden hingen sogar über die Tischplatte herab. Es war ein breiter, grobfaseriger, gelblich weißer Papierstreifen, dicht mit kalligraphischen Schriftzeichen bedeckt und auf olivgrüne Seide aufgezogen.

«Was habt Ihr da so geheimnisvoll entrollt, Bruder Cristovão?»

begehrte einer der Padres zu wissen, der am letzten Tisch im Refektorium saß und die Ungeduld in seiner Stimme nur schwer unterdrücken konnte.

«Nichts Geheimnisvolles», erwiderte Ferreira, «aber etwas Wichtiges. Etwas, was wir genau studieren sollten, wenn wir erfahren wollen, was der Shogun im Sinn hat.»

«Aber was ist es denn dann, Bruder Cristovão?» wollte dieselbe Stimme von der anderen Seite des Raums wissen.

«Geduld, Geduld», besänftigte Ferreira die Versammlung, «ich werde es euch erklären.» Er trat in das Geviert, das die entlang den Wänden aufgestellten Tische in der Mitte des Raums freiließen. Er spürte, wie die Augen aller an ihm hingen, gespannt, ein wenig unsicher, was er nun sagen würde. Obwohl er ein Gleicher unter Gleichen war, genoß Ferreira das Gefühl, im Mittelpunkt zu stehen. Er hatte sich jede Geste und jedes Wort überlegt, und bisher war alles so verlaufen, wie er es geplant hatte. Jetzt stand er vor seinen Brüdern im Herrn und sah, wie sein hinausgezögertes Schweigen ihre Aufmerksamkeit um so mehr bannte.

Dann fing er an zu reden, in schmucklosen, harten Worten, daß diese Schriftrolle eine genaue Kopie des gesamten Gesetzestexts sei, den der Shogun an alle Daimyos im Lande verschickt hatte. Ferreira durchschritt das Geviert, so wie er oft sein Arbeitszimmer durchmaß, mit langen, steten Schritten, die Hände im Rücken verschränkt, den Kopf ein wenig gesenkt, als lastete auf seinem Nacken zu schwer das Gewicht der Verantwortung. Er erklärte, was auf der Schriftrolle stand, sei mehr als ein bloßer Erlaß, eher eines jener Gesetze, wie der Shogun sie im Laufe der Jahre von Zeit zu Zeit zu verkünden pflegte, ein Baustein in einem größeren Gebäude, dem Gebäude der Macht, keinText, der einer kurzfristigen Laune des Shogun entsprang, eher ein Schriftstück, an dem schon lange in Edo gearbeitet worden war, mindestens seit der Hinrichtung Don Protasios und Okamoto Daihachis, und dessen Inhalt man deshalb sehr, sehr ernst nehmen müsse.

Je länger Ferreira sprach, um so mehr wuchs er in seine selbstgewählte Rolle eines Strategen hinein. Er setzte die Brüder durch sein bis ins einzelne gehende Wissen, was in Edo geschah, in Erstaunen. So wußte er zum Beispiel, daß die Tafeln, die sie in Nagasaki gesehen hatten, mit gleichlautendem Text in derselben Woche in allen fünf Städten aufgestellt worden waren, die dem Shogunat unmittelbar unterstanden, in Kyoto, Osaka, Sakai, Nagasaki und selbstverständlich auch in Edo. Überall dort ließ der Shogun sich durch einen Gouverneur vertreten, und weil das so war, ließ er alle Edikte immer in diesen fünf Städten zuerst anschlagen. Dies bedeutete aber nicht, daß die gleichen Edikte nicht auch überall sonst im Land verkündet würden. Die Verkündung brauchte nur etwas mehr Zeit, weil erst alle zweihundertundfünfzig Daimyos zu unterrichten waren, bevor sie auch in ihren Gebieten angeschlagen werden konnten.

«Ihr werdet euch nun fragen, liebe Brüder», sagte Ferreira und unterbrach sein stetes Hin- und Hergehen, «wo ich diese Schriftrolle herhabe, wieso sie in meinen Besitz geraten ist?» Er blieb vor dem langen Tisch stehen, der von einem Ende zum anderen von der mit Schriftzeichen dicht beschriebenen Rolle bedeckt war. Wieder spielte er mit der Spannung, die er, wie er sich selber heimlich eingestand, mit beträchtlicher Geschicklichkeit zu erzeugen wußte und deren fast körperlich spürbares Ergebnis ein atemloses Lauschen seiner Zuhörer war. Er unterdrückte ein Lächeln, das sich in seine Mundwinkel einnisten wollte, und deutete statt dessen mit seiner schmalen Hand auf jenen vor ihm ausgebreiteten Text, der ausschließlich aus chinesischen Schriftzeichen bestand. Er wußte, daß nur wenige unter seinen Brüdern diesen Text lesen konnten, und auch er hätte ohne Don Joãos Hilfe kaum die Hälfte entziffern können. Aber nun stand er gut vorbereitet in dem Geviert, in jeder seiner Bewegungen von den Augen seiner Brüder begleitet, manche ein wenig kritisch, einige sogar einen Hauch Mißgunst aufweisend, die meisten aber anerkennend oder sogar bewundernd. Ferreira sah, er hatte die Situation fest in der Hand.

«Ja», sagte er daher und beugte sich ein wenig vor, «diese Schriftrolle … ich habe sie vom Treuesten der Treuen erhalten, von Don João, den die meisten von euch kennen, wenn nicht von Angesicht, so dann doch vom Namen her. Er ist der älteste Sohn unseres geschätzten Förderers Don Protasio. Deus sei seiner Seele gnädig.» Ferreira unterbrach hier seine Rede und schloß kurz die Augen im Gebet. «Don João ist ...», fuhr er dann mit der gleichen Stimme fort. Er wollte nicht, daß jemand ihn an dieser Stelle unterbreche und die Frage aufwerfe, wie Don João denn in den Besitz der Schriftrolle kommen konnte, da er doch nicht Daimyo geworden war, «... Don João ist Herr auf Schloß Hara, dem mächtigsten aller Schlösser in zehn Tagesreisen Umkreis. Er ist Herr aller Kirishitan hier auf der Shimabara-Halbinsel. Und für uns das Wichtigste: Auf Don João ist Verlaß.»

Ferreira zog einen Stapel loser Blätter hervor, auf denen er mit flüchtiger Hand während des letzten Treffens mit Don João seine Notizen zum Wortlaut des Gesetzes hingekritzelt hatte. Viele Stunden hatten sie zusammengesessen, waren den Text Zeile für Zeile durchgegangen, und Ferreira hatte für die Notizen zwei Federkiele und ein ganzes Fäßchen Tusche verbraucht. Es konnte kein Zweifel mehr bestehen, schlimme Zeiten kündeten sich an. In dem langen Gesetzestext wurde deutlich ausgeführt, das Edikt, bisher nur in den fünf Städten verkündet, werde binnen eines Jahres im ganzen Land in Kraft treten. Binnen eines Jahres würde es keinen Zufluchtsort mehr geben, in keiner Stadt, keinem Dorf, keinem Haus. Binnen eines Jahres durfte im ganzen Land keine Messe mehr gelesen, kein Sakrament mehr gespendet, keine Beichte mehr gehört werden. Innerhalb eines Jahres sollten alle Kirishitan ihrem Glauben abschwören und zu den alten Religionen zurückkehren. Und binnen eines Jahres hatten alle Padres das Land zu verlassen.

Ferreira wischte sich mit dem Handrücken über die Stirn. Zorn und Sorge erfüllten ihn, und er wußte nicht, welches der beiden Gefühle die Oberhand gewann. Dann ließ er seinem Zorn freien Lauf.

«Wir», sagte er und blickte in die Runde, «wir werden in diesem Text beschuldigt, Unruhe in das Land gebracht zu haben. Wir werden angeklagt, Unfrieden gestiftet zu haben. Natürlich haben wir Unruhe gebracht, heilsame Unruhe, denn dies war ein Land, in dem der Teufel seit Menschengedenken ungehindert sein Wesen treiben konnte. Um ihn zu verjagen, war es natürlich unerläßlich, die Stätten seiner Verehrung zu zerstören. Wir mußten die Teufelsidole und Statuen, die es im Übermaß gab, vernichten und verbrennen. Alles für das Heil der Lebenden und für das Heil künftiger Generationen. Natürlich haben wir Unfrieden gestiftet, heilsamen Unfrieden, denn unser Ziel war es, ist es und wird es immer bleiben, das Reich unseres Herrn, Deus des Allmächtigen, in aller Welt zu errichten. Wir, von Deus dem Allmächtigen gesandt, werden von Heiden angeklagt, die nicht ahnen können, wie herrlich Deus ist, von Heiden werden wir angeklagt, die nicht wissen, daß Deus der wahre und der einzige Herrscher ist, im Diesseits und im Jenseits. Wir, von Deus dem Allmächtigen gesandt, werden von Heiden angeklagt, die nicht wissen, daß Deus die Menschen liebt, alle Menschen, die rechten Glaubens sind. Wir, deren Ziel es ist, die Seelen der armen Sünder in diesem Land den Krallen des Teufels zu entreißen, wir, deren einziges Ziel es ist, die Sünder vor der Hölle zu bewahren, wir, die den Heiden das Tor zur ewigen Seligkeit öffnen, wir, die ihnen Trost und Mut zusprechen, wir, die Tag für Tag an das Gute denken und gute Taten vollbringen, wir werden angeklagt.»

Die Worte, die von Ferreiras Lippen strömten, entzündeten Feuer in seinen Augen. Er blätterte in seinen Notizen, suchte die Stelle, die er zitieren wollte, fand sie, blickte auf die Schriftrolle hinab, ging einige rasche Schritte den Tisch entlang, blieb plötzlich stehen und beugte sich vor. «Hier», sagte er. Seine Hand schoß wie ein Falke vom Himmel auf das Papier herab. «Hier steht es. Wir sollen dieses Land verlassen. Wir alle sollen es verlassen. Du und du und du und du und du …» Ferreira deutete mit ausgestrecktem Zeigefinger auf jeden einzelnen in der Runde, von Ulfried über Ricardo zu Roberto und Vicente, und in seinen Augen leuchtete heiliger Zorn.

Alle saßen wie gebannt, die Augen auf ihn gerichtet, außerstande, einen Ton von sich zu geben.

Ferreira blickte zur Decke und wies auf die Fenster, die hoch in den Wänden eingelassen waren. «Auch hier», sagte er, «schaut, wie die Sonne durch die Fenster bricht. In einem Jahr oder noch früher werden sie mit Brettern vernagelt sein wie schon jetzt bei euch in Nagasaki. Auch bei uns werden die Glocken verstummen. Sie werden aus dem Turm gerissen und zerbrochen auf dem Erdboden liegen. Die Tür zu unserem Allerheiligsten verschlossen, der Altar geschändet und entheiligt. Das, Brüder, das hat der Teufel in Edo beschlossen, und alles spricht dafür, daß er seinen schändlichen Plan verwirklichen wird.»

«Was wird aus uns?» kam endlich eine Stimme.

«Wie kannst du so etwas fragen, Bruder?» Ferreira verbarg den Tadel nicht. «Du weißt doch, unser Schicksal liegt in der Hand des Allmächtigen. Frag lieber, was aus den Kirishitan wird. Sie sind uns von Deus anvertraut. Wir müssen an ihr Heil denken, denn ihre Seelen sind in Gefahr.»

«Was sollen wir tun?»

«Ohne uns werden die Seelen der Kirishitan dem Teufel anheimfallen. Deshalb gibt es nur eine Antwort, Bruder, auf deine Frage. Nichts darf uns abbringen von unserem Weg. Wir dürfen uns nicht einschüchtern lassen, wir müssen stark bleiben im Glauben und im Handeln. Wir müssen zu unserem Gelübde stehen. Wir können unsere Kirishitan nicht verlassen, dies würde bedeuten, wir liefern sie dem Teufel aus. Deshalb dürfen wir nicht aufgeben.»

Ulfried griff diesen Gedanken auf und führte ihn so fort, daß er Ferreiras volle Zustimmung fand. Er wies darauf hin, es sei nicht nur die Frage, wie viele der Brüder sich entschieden, im Lande zu bleiben, es sei auch die Frage, wo jene, die sich zum Bleiben entschlossen, Unterschlupf fänden, denn sicher würde es, wenn die Zeit kam, nicht leicht sein, Unterschlupf zu finden, selbst nicht in Kirishitanhäusern.

Ferreira betonte noch einmal das Gebot, die Kirishitan in ihrem Glauben zu festigen. «Wir haben ein Jahr, Brüder», sagte er, «noch ein Jahr hier in Arima, und wir müssen dieses eine Jahr nutzen, hier auf der Shimabara-Halbinsel eine Bastion des Glaubens aufzubauen, so herrlich, stark und fest, daß die Kunde davon weit über Land und Meer in andere Länder dringt, bis nach Rom. Hier in Arima, so soll die Welt erfahren, hier in Arima haben wir, die treuen Diener des Herrn, eine unbezwingbare Bastion des Glaubens errichtet. Der Teufel mag seine Krallen wetzen und seine Zähne fletschen. Unsere Entschlossenheit ist stärker als alle Drohungen, die der Shogun gegen uns schleudert, und, was nicht weniger wichtig ist, unsere Kirishitan stehen, wenn die Zeit der Verfolgung kommt, auf der Seite des Allmächtigen, unseres Herrn, unerschütterlich, bis zum Tod, bis zum Märtyrertum. Das ist das Ziel, Brüder, das wir erreichen müssen. Uns ist ein Jahr gegeben, Brüder, nur ein Jahr. Dann müssen wir vorbereitet sein, auf alles.» Die Diskussion zog sich noch Stunden hin. Worte flogen hin und her, Gedanken, Hoffnungen und Sorgen. Immer neue Kannen Tee wurden gebracht und die Teeschalen gefüllt. Dazu wurde Brot gereicht, frisch und duftend. Die Brüder brachen es und teilten es miteinander. Auch während sie aßen, setzten sie ihre Gespräche fort, denn die Vorstellung, daß bald, vielleicht in wenigen Wochen oder Monaten schon, die Verfolgungen beginnen könnten, beflügelte die Phantasie. Alle erklärten sich bereit, den Verfolgungen zum Trotz im Lande zu bleiben und den Kampf gegen die Kräfte des Bösen aufzunehmen und durchzustehen. Manche der Brüder gaben der Hoffnung Ausdruck, es werde ihnen gestattet sein, als Märtyrer den Himmel zu erlangen, und in fast verzückten Worten und Bildern malten sich einige aus, wie sie ohne Furcht und Angst dem Marterpfahl oder dem Scheiterhaufen entgegensahen, wie sie als Antwort auf alle Schmerzen und Qualen laut beten und singen würden.

Ab und zu mußte Ferreira eingreifen, wenn die Gelöbnisse zu weit in die Zukunft flogen. Er, dem es unbehaglich zumute wurde, wenn er nicht jeden vor ihm liegenden Schritt bis in alle Einzelheiten vorherbestimmen konnte, er, der von Natur ein kühler Rechner war, wies es von sich, jetzt schon so viel Zeit darauf zu verschwenden, von Märtyrertum und der Glorie des Endes zu schwärmen. Schärfer als alle anderen, die sich versammelt hatten, erkannte er, wie wichtig es war, die kommenden Wochen und Monate sinnvoll zu nutzen.

«Wir können dem Teufel keinen größeren Gefallen tun», sagte er mit abwägender Stimme und schaute sich in der Runde um, «wir können dem Teufel keinen größeren Gefallen tun, als unsere Zeit hier damit zu vergeuden, von Dingen zu reden, die ganz und gar in der Hand des Allmächtigen liegen. Er, unser Herr im Himmel, wird entscheiden, wer von uns für Ihn Zeugnis ablegen darf. Er wird entscheiden, wem Er die Gnade verleihen wird, als Märtyrer zu Ihm aufzusteigen. Bis dahin müssen wir hier auf Seiner Erde auch weiterhin viele gute Werke vollbringen. Wir dürfen nicht träumen, wir müssen unsere Pflicht tun. Und unsere Pflicht ist, an die Seelen derer zu denken, die Er, unser Herr im Himmel, uns anvertraut hat. An sie müssen wir denken, liebe Brüder, an sie, die Kirishitan, vor allem die Kirishitan in den Dörfern, die nichts von dem Geflecht der Dinge verstehen. Sie müssen wir vorbereiten auf das, was kommen mag. Jede Kirishitanseele, die wir verlieren, jede Seele, die sich der Teufel holt, wird unser Herr im Himmel in unser Sündenregister eintragen. Und wenn wir dann, wenn die Zeit gekommen ist, vor Ihn treten, wird Er uns fragen, ob wir wirklich alles, alles, was in unseren Kräften stand, getan haben, solange noch ein Funken Leben in uns war.»

Nach diesen mitreißenden Worten rief Ferreira zum Gebet auf. Damit schloß das Treffen. Die Stunde war fortgeschritten, und alle waren erschöpft. Die Kälte der Winternacht drang schon durch die Wände und Fenster herein. Sie schlich den Boden entlang und die nackten Beine hinauf, denen das grobe Leinen der Kutten nur wenig Schutz bot. Ein fröstelndes Gefühl erstickte das Feuer des Glaubens. Es ließ in vielen den Wunsch aufkommen, endlich in ihren Zellen unter die wattierten Baumwolldecken kriechen und bis zur Morgenmesse ein paar Stunden Schlaf finden zu dürfen.

18

Teufel Überall

Nur Ferreira blieb noch lange auf, nachdem alle anderen sich schon in ihre Zellen zurückgezogen hatten. Er saß in seinem Arbeitszimmer an dem großen Eichentisch beim Licht einer schwachen Öllampe, ein Hibachi mit glühenden Kohlen an den Füßen und eine Wolldecke um die Schultern. Er blätterte in dem dicken Register, in das er alle Namen einflußreicher Kirishitan eingetragen hatte, die es in jedem Dorf und jeder Stadt gab. Die Dörfer und Städte waren alphabetisch aufgeführt, für jeden Ort ein getrennter Abschnitt, und Gruppen von Dörfern waren zusammengefaßt, südlich, westlich, östlich und nördlich des Vulkans.

Da waren Hunderte von Namen, die Ferreira über die Jahre mit seiner akkuraten Hand in die da und dort schon an den Rändern zerfledderten Blätter aufgenommen hatte. Als gestrenger Provinzial verlangte er von allen Padres, die jahrein, jahraus die Runde machten und nacheinander eine bestimmte Anzahl von Dörfern besuchten, daß sie bei jeder Rückkehr nach Arima einen vollen Tag darauf verwendeten, manchmal auch zwei oder drei, einen genauen Bericht über alles Wichtige, was sie gesehen und gehört hatten, zu verfassen. Ohne diese strenge Disziplin, auf der Ferreira bestand, wäre es ihm nicht möglich gewesen, sein Register auf dem laufenden zu halten und alle Änderungen festzuhalten, die sich im Laufe der Zeit ergeben hatten.

Ferreira las der Reihe nach die Namen auf der Seite, die er wahllos aufgeschlagen hatte: Obama, das Fischerdorf an der Silberbucht, 4836 Seelen am Ende des neunten Monats Anno Domini 1612. Inzwischen sollte die Frau von Umeda, dem Sohn des Meisters der Netzknüpferzunft, wohl ihr achtes Kind zur Welt gebracht haben, aber wahrscheinlich war der alte Kumasuke schon gestorben, dem Bruder Alfredo Anfang November die Letzte Ölung gegeben hatte. Unverändert 4836 Seelen, sagte Ferreira leise vor sich hin, ein paar mehr, ein paar weniger, und ließ seinen Finger die Zeilen entlangwandern. Namen vertrauenswürdiger Männer standen da, von ihren Mitkirishitan geachtet und geschätzt, in jedem Dorf etwa zehn Namen, manchmal zwanzig oder dreißig. Seite um Seite ging das so, Dorf um Dorf, in jedem mindestens tausend Seelen, in vielen aber über dreitausend und in den Städten wie Fukae, Shimabara oder Kazusa bis zu fünftausend Seelen.

Die meisten der Männer in Ferreiras Aufzeichnungen trugen, wie kaum anders zu erwarten, schon irgendwelche Verantwortung als Amtsmann, Ortsvorsteher, Schultheiß, Gemeindewart, Nachbarschaftswart, Forstwart oder Mitglied des Rats zur Verteilung des Wassers in die Reisfelder oder des Rats zur Unterhaltung

der Straßen und Wege. Viele waren zu kirchlichen Aufgaben eingeteilt, als Leviten oder Meßdiener, wenn die Padres kamen, als
Träger des Weihwasserkessels, des Weihrauchfasses, des Klingel-
beutels, der während der Messe herumging, als Pfleger der Armen und Kranken, als Totenwäscher oder Totengräber.

Hinter manchen Namen hatte Ferreira ein Kreuz setzen müssen. An die Stelle derer, die ihr Erdenleben beendet hatten, waren
andere getreten, deren Namen er mit spitzer Feder zwischen den
Zeilen vermerkt hatte, manchmal ein Bruder des Verstorbenen
oder ein Sohn, häufig aber auch jemand, der nicht mit ihm verwandt oder verschwägert war. In diesen Fällen hatte er ein neues
Blatt begonnen und es mit allen notwendigen Informationen versehen: Geburtstag des neuen Amtsträgers, wann und wo getauft,
Name seiner Frau, Namen seiner Kinder, deren Tauftage und
außerdem seine Vermögenslage. Unter diesen allgemeinen Angaben standen andere wichtige Einzelheiten, so etwa, wie oft der
vorstehend genannte Mann zur Beichte kam oder sich der regelmäßigen Geißelung unterzogen hatte und ob er schon einmal mit
einer anderen Frau ertappt worden war. Dann machte Ferreira einen entsprechenden Vermerk und brandmarkte den Namen mit
einem schwarzen Punkt.

Es paßte gut zu Ferreiras Sinn für Ordnung und zu seinem
Wunsch, alles übersichtlich vor sich zu haben, daß er sich bei der
Anlage des Registers für ein Schema entschlossen hatte, mit dem
er schnell etwas finden konnte, ohne jedes Blatt durchlesen zu
müssen. Auf jeder Seite gab es daher eine schmale Spalte mit
Buchstaben, scheinbar ohne Zusammenhang, an denen aber seine Augen beim Durchblättern immer zuerst hängenblieben. Diese Buchstaben stellten eine Skala dar, wie er sie im Lauf der Zeit
entwickelt hatte, mit der er den Grad der Vertrauenswürdigkeit
maß, P stand für primum, S für secundum, T für tertium und Q
für quartum.

Am Ende des Registers gab es mehrere Blätter, durch ihre mit
roter Tusche markierten Ränder leicht zu finden, auf denen er auf
jene Seiten verwies, welche die Namen von Männern enthielten,
die in die verschiedenen Vertrauenskategorien fielen. Wenn er
sich aus irgendeinem Grund einen raschen Überblick über alle

Kirishitan östlich oder westlich vom Vulkan verschaffen wollte, die in die S-Kategorie fielen, mußte er am Ende seines dicken Buches nur die rot gerandeten Seiten aufschlagen, nach allen Buchstaben das S suchen und von dort zu den Seiten zurückgehen, auf denen er jene Namen finden konnte. Ein solches Schema hatte sich als sehr nützlich herausgestellt, denn es war unmöglich, unter den mehr als hunderttausend Einwohnern der Shimabara-Halbinsel alle guten Kirishitan persönlich oder auch nur mit Namen zu kennen.

Da war noch eine andere Besonderheit, auf die Ferreira stolz war, und ohne sie hätte er sein Register über die Jahre hinweg nicht ständig auf dem laufenden halten können: Jedes Blatt des dicken Buches war am Rand dreifach gelocht, was ihm erlaubte, beliebig viele Blätter mit Lederriemen zusammenzubinden. Wenn er zusätzliche Blätter einlegen mußte, brauchte er nur die Lederriemen zu lösen und die neuen Blätter einzuschieben. So war sein Namenregister immer auf dem neuesten Stand, und die neuesten Eintragungen waren nicht etwa auf den letzten Seiten zu finden, sondern dort, wo sie dem Ordnungsschema nach hingehörten.

Damals, vor über fünfundzwanzig Jahren, Anno Domini 1587, als sie die Kontrolle über Nagasaki verloren, hatten die Padres erkannt, man müßte zu einer neuen Form der Gemeinde kommen. Bis dahin war alles einfach gewesen, da sie die Geschicke der Stadt lenkten, den Handel bestimmten und dafür sorgten, daß alle ständigen Bewohner der Stadt Kirishitan waren. Ohne Ausnahme. Für den Teufel gab es kein einziges Haus, in dem er sich hätte einnisten können.

Das änderte sich mit einem Schlag, nachdem die Padres ihre Alleinherrschaft aufgeben mußten und der Gouverneur in die Stadt einzog. Er brachte seine eigenen Leute mit, alle Nichtkirishitan, die sofort daranginingen, der Stadt und dem Hafen ihren eigenen, heidnischen Stempel aufzudrücken. Damit war dem Bösen Tür und Tor geöffnet. Vieles, was die Padres in den Jahren treuer, redlicher Missionsarbeit aufgebaut hatten, drohte zu zerfallen. Die größte Gefahr lag darin, daß unter dem heidnischen Einfluß der Teufel sich der Seelen mancher Kirishitan bemächtigen könnte.

Dieser Gefahr begegneten die Padres dadurch, daß sie überall in der Stadt Confraria gründeten, Bruderschaften der Laien.

Ferreira zog die Wolldecke enger. Er hatte sich schon oft gefragt, ob es nicht ratsam gewesen wäre, auch auf der Shimabara-Halbinsel frühzeitig mit dem Aufbau der Confraria zu beginnen. Vielleicht hätte er Don Protasio noch mehr drängen, vielleicht hätte er ihn mit deutlicheren Worten überzeugen sollen, daß die Gemeinde der Kirishitan enger zusammengefaßt werden müßte, solange noch irgendwo in der Nähe, zeitlich oder räumlich gesehen, der Teufel lauerte und seine Krallen schärfte.

Aber Don Protasio hatte andere Dinge im Kopf, die Fertigstellung von Schloß Hara, den Aufbau seiner Flotte von Rotsiegelschiffen, die Pflege seiner Beziehungen zum Shogun – alles gut und richtig, alles Dinge, die förderlich waren für die Festigung des Glaubens und deshalb höchst wünschenswert, wenn man aber die Probleme an sich im Auge hat, sagte sich Ferreira, wenn man strategisch, nicht nur taktisch denkt, muß man weit in die Zukunft hinein planen. Darin hatte Don Protasio versagt. Zu sehr von dem in Anspruch genommen, was jeder Tag mit sich brachte, war ihm wenig Muße geblieben, sich Gedanken darüber zu machen, wie die Zukunft seines Daimyonats aussehen sollte.

Ferreira nahm die Decke von den Schultern, breitete sie aus und wickelte sich von neuem darin ein, denn die Wärme, die bislang das Hibachi verströmt hatte, war schwächer geworden. Er wollte Luigi nicht aus dem Schlaf reißen, nur um sich von ihm neue Holzkohle im Hibachi auflegen zu lassen, auch dachte er, daß es auch für ihn selbst bald an der Zeit sei, sich schlafen zu legen, hätte er sich nur nicht mit all diesen Überlegungen und Sorgen herumschlagen müssen, die in seinem Kopf wie lästige Stechmücken im Frühling kreisen.

Rückschauend betrachtet wäre es richtiger gewesen, Don Protasio nicht erst zu fragen, ob er mit einem sich über die Shimabara-Halbinsel erstreckenden Netz von Confraria einverstanden sei, richtiger wäre es gewesen, sofort mit dem Aufbau zu beginnen und ihm über den Fortschritt nur so am Rande zu berichten. Don Protasio hätte sicherlich mitgemacht, so wie er bei allem mitgemacht hatte, was man von ihm mit Nachdruck forderte.

Dann würde es, so sagte sich Ferreira und ließ den Finger über die Seiten seines dicken Registers gleiten, jetzt schon überall Confraria geben, die alle Aspekte des täglichen Lebens bis in die feinsten Details hinein regelten und dafür sorgten, daß Abweichler vom Pfad der Tugend frühzeitig erkannt und wieder auf den rechten Weg zurückgelenkt wurden. Schließlich war überall eine erprobte Struktur vorhanden, an deren Spitze die Stadt- und Dorfvorsteher standen. Er hätte diese überlieferte Struktur, die das Gemeindeleben regelte, rechtzeitig in die Form einer Confraria umwandeln sollen, so wie er vor Jahren erfolgreich dafür gesorgt hatte, daß die alten Teufelsgongs ohne Verzug in Kirchenglocken umgegossen wurden.

Den Confraria war es zu verdanken, daß in Nagasaki trotz der Herrschaft des Gouverneurs die Kirishitan fest zusammenstanden und sich behaupteten. Die Zahl der Kirishitan in der Stadt hatte während die letzten fünfundzwanzig Jahre nicht nachgelassen, im Gegenteil, sie hatte sich verdreifacht. Dank ihres festen inneren Zusammenhalts gelang es ihnen, den Zuzug von Nichtkirishitan in die Stadt zu verhindern, soweit sie nicht im unmittelbaren Dienst des Gouverneurs standen. Ohne jene Confraria und ohne die beträchtlichen Spenden, die sie aufbrachten, wäre es den Padres in Nagasaki nicht gelungen, jedes Jahr eine weitere Kirche zu bauen – selbst nachdem sie die Kontrolle über die Stadt und damit auch sämtliche Steuereinnahmen verloren hatten.

Ferreira streckte sich und rieb sich die Hände, die sich trocken und kühl anfühlten. Hätte er frühzeitig in Don Protasios Daimyonat mit dem Aufbau der Confraria begonnen, wäre die Lage jetzt nicht so verzweifelt, vor allem im Norden, wo es dem Teufel gelungen war, in den wenigen Monaten seit Yoshitomos Ernennung viele Kirishitan in sein Lager zurückzuholen. Ohne diese Abtrünnigen aus dem Norden würde der Bau des Tempels im alten Tempeltal nicht so eilends vorangeschritten sein, hätte vielleicht sogar völlig verhindert werden können.

Auch in der Schloßstadt hatte das Abbröckeln der Gemeinde schon eingesetzt. Zu mächtig waren die Kräfte des Bösen. Jetzt stand Ferreira vor der Aufgabe, so rasch wie möglich und unter ungünstigen Umständen die Shimabara-Halbinsel mit dem Netz von Confraria zu überziehen. Nur so konnte er hoffen, dem Teufel Einhalt zu gebieten. Ohne Don Joãos Mithilfe war dieses große Ziel jedoch nicht zu erreichen.

Ferreira schob das dicke Register zur Seite und holte ein frisches Blatt Papier aus der Schublade. Er rückte die Öllampe näher, nahm einen Kohlestift zur Hand und begann Zahlen auf das Blatt zu kritzeln. Zweiunddreißig Dörfer gab es, manche entlang der Küste, andere am Hang des Vulkans. Die kleinste Einheit einer Confraria war die Sho-gumi, die Nachbarschaftszelle, die üblicherweise, wenn Nagasaki als Vorbild galt, aus hundert Kirishitan bestand. Zehn Sho-gumi bildeten eine Dai-gumi und alle Dai-gumi des Dorfes unterstanden einer Oya-gumi, der größten lokalen Einheit der Confraria.

Ferreira versuchte, die Zahlen zu saldieren. Sonst konnte er derartige Rechnungen im Handumdrehen im Kopf erledigen, diesmal aber verrechnete er sich ein paarmal und biß sich ärgerlich auf die Zunge. Bin ich denn schon so alt, zischte er undeutlich zwischen den Zähnen und setzte seinen Kohlestift an, um die Einwohnerzahlen aller Dörfer in Kolonnen untereinander zu schreiben. Er wußte, es mußten dabei etwa hundertzehntausend herauskommen, die Summe aller Seelen auf der Shimabara-Halbinsel zu Don Protasios Zeiten. Wie viele davon jetzt noch als Kirishitan gelten konnten, war eine andere Frage.

Ferreira fuhr mit dem Kohlestift die Reihe entlang, verrechnete sich abermals, zischte ärgerlich und ging dazu über, jede Zahl einzeln abzuhaken. Schließlich hatte er das Ergebnis, aber seine Augen begannen im schwachen Licht der Öllampe zu tränen. Zur Entspannung von dieser Anstrengung schaute er in den dunklen Raum hinein. Der Anblick des Kruzifixes hoch oben an der Wand wirkte wie Balsam für seine schmerzenden Augen. Es gab ihm neue Kraft, und er konnte sich wieder seiner Arbeit zuwenden.

Wenn er, so sagte er sich und wischte sich die letzte Spur Tränenflüssigkeit aus den Augen, wenn er die Verwaltung der Sho-gumi in den Händen der Dorfleute beließ, erhob sich die Frage, wo und auf welchem Niveau sich neue Leute einarbeiten sollten, die mit Umsicht und Disziplin den Aufbau der Confraria vorantrieben. Es bestand kein Zweifel, die Umstände verlangten es, als Vorsteher der Oya-gumi nur solche auszuwählen, auf die man sich ganz und gar verlassen konnte. Zweiunddreißig Dörfer bedeuteten vierundsechzig Oya, da eine so verantwortungsvolle Position vorsichtshalber immer zweifach besetzt sein sollte, mit einem Mann aus der Gemeinde gewählt und einem zweiten, den die Mission stellte. In Nagasaki hatte sich diese Regel sehr bewährt, ergab sich daraus doch eine gute Kontrollmöglichkeit, falls der einheimische Oya, der die unmittelbare Verbindung zur Kirishitangemeinde darstellte, sich doch nicht so verhielt, wie man es von ihm erwartet hatte.

Da die Zeit jetzt drängte, oblag es Don João, möglichst bald für jedes Dorf einen Samurai zu benennen, der charakterlich und vom Intellekt her geeignet war, die Position eines Oya einzunehmen, also zweiunddreißig Männer insgesamt.

Ferreira stand auf und ging zu dem Schrank, in dem er unter Verschluß ein zweites Register aufbewahrte, in das er die Namen sämtlicher Samurai eingetragen hatte, die nach Don Protasios Hinrichtung bei Don João geblieben waren. Ein dickes Buch mit fast zweitausend Namen, noch dicker als das erste Register. Er blätterte die Seiten durch und ließ seinen Finger die Namenkolonnen entlanggleiten. Hie und da traf er auf einen Namen, dessen Träger er persönlich kannte. Er verharrte und versuchte, sich Namen und Gesicht zu vergegenwärtigen. Nicht immer gelang das, und so blätterte er Blatt um Blatt weiter.

Schließlich ist es Don Joãos Aufgabe, sagte sich Ferreira, unter seinen Leuten die herauszusuchen, die sich für diesen wichtigen Posten eigneten. Nicht zu jung, mit Erfahrung im Umgang mit Dorfleuten und fähig, deren Vertrauen zu gewinnen. Dorfleute können bockig werden, wenn man ihre Sorgen nicht teilt und ihren Stolz verletzt. Deshalb war es entscheidend, daß sich jeder von Don João bestimmte Oya mit dem von den Dorfkirishitan zu wählenden gut verstand, auf daß die Zusammenarbeit reibungslos vonstatten ging.

Don João sollte es nicht schwerfallen, sagte sich Ferreira, unter seinen zweitausend Gefolgsleuten zweiunddreißig geeignete Kandidaten ausfindig zu machen, obwohl gerade die in den Norden zu entsendenden keine leichte Aufgabe vor sich hatten. Dort müßte man den Aufbau der Confraria ziemlich unauffällig angehen, um dem Teufel keine Gelegenheit zu geben, all die aufzuhetzen, die inzwischen ihrem Glauben abgeschworen hatten. In einigen Dörfern, so hatte Ferreira ermittelt, stellten die Abtrünnigen schon die Mehrheit dar, andererseits gab es sicherlich viele, die im stillen noch an Deus festhielten, es aber offen nicht mehr zu zeigen wagten. Wer also in die nördlichen Dörfer als Oya entsandt wurde, hatte jene verborgenen, von Ängsten geplagten Kirishitan ausfindig zu machen. Waren deren Namen erst einmal bekannt, würde es vielleicht gelingen, sie vom Teufel zu befreien und ihre Seelen zu retten, notfalls mittels eines sanften oder nicht so sanften Drucks.

Würde es aber nicht nur wünschenswert, sondern sogar unabdingbar sein, fuhr Ferreira in seinem stummen Selbstgespräch fort, angesichts der Dringlichkeit auch die Posten der Dai-gumi mit Don Joãos Samurai zu besetzen, damit der Glaube von neuem wirkungsvoll gefestigt werden konnte? Dies aber bedeutete, so rechnete er, ein Aufgebot von mehreren hundert Samurai, es konnten durchaus jüngere Männer sein. Sie sollten eins werden mit den Bauern und Fischern, eins in Anschauungen und Lebensart, auch zur Ehe mit einer der Dorftöchter bereit, was dem Eingliederungsprozeß gewiß zum Vorteil gereichen würde.

Don João sollte diesen Vorschlag wirklich ernsthaft erwägen, sagte sich Ferreira, auch für ihn ging es ja um die Zukunft. Er mußte daran denken, wie er in zwei, drei, fünf oder zehn Jahren die Kosten bestreiten konnte, die Hara verursachte. Der sicherste Weg, eine stabile Basis zu schaffen, bestand darin, seine Leute in einer Großzahl von Dörfern anzusiedeln, damit sie von Grund auf und von innen heraus verhinderten, daß alle Steuerabgaben in Yoshitomos Tasche gingen. Für dieses Ziel mußte Don João aber so bald als möglich seine Leute in die Dai-gumi einschleusen, um die Kontrolle der Dörfer fest in die Hand zu bekommen und imstande zu sein, der Wiederkehr des Teufels vorzubeugen.

Ferreira ballte die Faust, seine Fingernägel gruben sich in die Handballen. Das Neueste, was man ihm zugetragen hatte, besagte, auf Hinoe und unten in der Stadt würden bereits Anstalten zu einer Tempelfeier getroffen. Offenbar bestanden Pläne, wenigstens einen Teil der Teufelsstätte im kommenden Sommer einzuweihen. Ferreira lockerte den eisernen Griff seiner Faust und betrachtete die Spuren, die er in der Haut hinterlassen hatte. Er sah, wie das Blut langsam zurückkehrte und die Haut ihre Farbe wiedergewann.

Verdammte Teufelsdiener, diese safrangelben Mönche, murmelte er, breiten sich aus wie Unkraut in einem frisch gejäteten Feld. Verdammter Shogun. Verdammter Gouverneur. Verdammter Daihachi, der sich nicht hätte erwischen lassen dürfen mit all den Dokumenten, die Don Protasio den Kopf kosteten. Verdammte Niederländer, widerwärtige Ketzer. Hätten sie sich nur nicht in Hirado festgesetzt!

Er wischte sich mit dem Handrücken über den Mund, als ließen sich die Fluchworte, die ihm noch an den Lippen klebten, so ungeschehen machen. Er straffte seine Schultern und versuchte sich zu sammeln, trotz der Müdigkeit, die ihn langsam zu überwältigen begann. Zu lange hatte er versäumt, die Folgen zu bedenken, die sich aus dem Einzug der Niederländer in Hirado ergaben. Er lehnte sich über die Tischplatte und stützte den Kopf in beide Hände. Wenn er es sich genau überlegte, war es eine tief in ihm selbst verborgene Schwäche, die ihn gehindert hatte, sich mit den Ketzern in Hirado auseinanderzusetzen, obwohl ihre Anwesenheit dort, wie er jetzt sah, für die Mission von verhängnisvoller Bedeutung sein konnte.

Ob dieses Versäumnis nicht vielleicht, fragte er sich, aus jener uneingestandenen Furcht stammte, die ihn schon manchmal befallen und die er immer wieder sofort weit von sich gewiesen hatte, die Furcht eingestehen zu müssen, daß die Niederländer in Hirado verdammt erfolgreich waren. Sie sprachen nicht von Deus und verbreiteten nicht das Wort. Sie verleugneten Deus sogar, diese gottlosen Ketzer. Ihr ganzes Sinnen stand darauf, das Silber und Gold zusammenzuraffen, das den Kaufleuten aus Sakai, Osaka, Kyoto und anderswo locker von den Fingern ging, wenn sie das Knistern von Seide hörten.

Ferreira hielt es nicht länger aus, still am Tisch zu sitzen. Er sprang auf und öffnete das Fenster. Ein kalter, salziger Wind wehte herein, der seine vom Zorn heiße Stirn kühlte. Er blickte zum Firmament hoch, das sich mondlos und sternenklar bis in die Ewigkeit hinzog.

Wartet nur, knirschte Ferreira zwischen den Zähnen hervor und stützte sich mit beiden Händen auf dem Fenstersims ab, wartet nur, ihr verdammten Ketzer, bis dort oben der Komet erscheint und Deus euch für eure Sünden straft. Mag der Shogun bis dahin an euch Gefallen finden, an euch Teufelsbrut. Ihm mag es recht sein, daß ihr nicht von Deus sprecht. Ihm mag es recht sein, daß ihr Schiffsladung um Schiffsladung Seide ins Land bringt und sie euch mit Silber aufwiegen laßt, ihr gottlosen Piraten, ihr Seeräuber, ihr Teufelsgezücht. Wartet nur, die Strafe, die Deus für euch bereithält, wird schrecklich sein. Wartet nur, bis der Komet kommt und auch euch versengt. Wie alle anderen, die Deus verleugnen.

Tief atmete er die kalte Luft ein und fühlte, wie sie ihn schon besänftigte und seine Gedanken in ruhigere Bahnen lenkte.

Was der Mission besonders schadete, waren die Briefe ihres Königs, Moritz von Nassau, welche die Niederländer jedes Jahr nach Edo brachten und zusammen mit ihren Geschenken dem Shogun übergaben. Solange Daihachi noch am Hof war, hatte Ferreira jedesmal binnen kurzem eine genaue Kopie dieser Briefe erhalten. Er wußte daher, mit welch teuflischen Lügen und Verleumdungen der niederländische Ketzerkönig die Seiten seiner Briefe füllte, die Mission sei nichts anderes als eine Vorstufe zur Eroberung, es gebe gar keinen portugiesischen, sondern nur einen spanischen König, ein Mann voller Bigotterie und Blutdurst, der seine Herrschaft schon über mehr als die halbe Welt ausgedehnt habe, Japan sei das nächste Ziel seiner Eroberungspläne, und die Mission habe dafür den Boden vorzubereiten.

Jahr für Jahr die gleichen Lügen, Jahr für Jahr die gleichen Verleumdungen, Jahr für Jahr neue erlogene Beispiele. Hätte doch Herzog Alba alle Ketzer in den Niederlanden ausgemerzt, solange noch Zeit war. Verdammt. Verdammt. Verdammt. Jetzt füllten diese Ketzer ihre Mäuler mit giftigen Worten und spuckten sie vor dem Shogun aus. Alles nur, um die Mission zu zerstören und die eigenen Taschen mit Gold und Silber zu füllen. Sie sind die Würmer, welche die Wurzeln der Mission zerfressen, so daß der

Saft, den der fruchtbare Boden hergibt, nicht mehr in das dem Himmel zugewandte Blätterwerk aufsteigen kann. Nichts weiter als Würmer, die man zertreten muß, zerstampfen, zermalmen, zerstückeln.

Zweifellos hätte der Shogun das Edikt nicht erlassen, das uns so großen Schaden zufügt, wäre er nicht den Lügen dieser verdammten Ketzer auf den Leim gegangen, diesen infamen Lügen, die Mission habe den Auftrag, den Boden für die Eroberung des Landes vorzubereiten. Ferreira schlug das Fenster heftig zu. Die Scheiben klirrten, als wollten sie zerspringen.

Danach setzte er sich wieder an den Tisch. Er versuchte, sich zu sammeln und den gerechten Zorn zu überwinden, der in ihm tobte. Er rückte seine Schultern zurecht. Er schloß die Augen, um das Spiegelbild seines Gesichts zu bannen, das ihn aus den noch immer zitternden Fensterscheiben anstarrte, fratzenhaft. Und plötzlich überwältigte ihn Müdigkeit, und sitzend schlief er ein.

19

Vertraute Stimme

Ferreira raffte seine Kutte und ging die Treppe des Turms hinab, hinter ihm, wie ein gehorsamer Hund, Don João. Im zweiten Stock angekommen, einem großen, leeren Raum, von den Schießscharten karg erleuchtet, blieb er stehen und wartete, bis Don João neben ihm stand.

«Mein Sohn», brach es aus Ferreira heraus, «was ich eben gesehen habe, da oben, mißfällt mir sehr. Seit wann hast du diesen Gefangenen hier auf Hara?»

Don João blickte zu Boden. «Seit einiger Zeit.»

«Was heißt seit einiger Zeit? Ich darf von dir doch wohl eine klare Antwort erwarten. Seit wann hast du diesen Gefangenen hier auf Hara?»

«Seit Mai.»

«Seit Mai? Das macht acht Monate. Du hast es also acht Monate lang nicht für nötig gehalten, auch nur ein Wort darüber verlauten zu lassen, daß du einen Gefangenen hast. Obwohl wir uns fast jede Woche treffen. Wie kann das sein? Warum hast du mir nicht davon berichtet?» Trotz seines Ärgers sprach Ferreira leise, ohne Hast, mit klar artikulierten Worten. Gerade darum verfehlten seine Worte ihre Wirkung nicht, und Don Joãos Augen begannen zu flackern.

«Verzeiht, Hochwürden, aber ich dachte, das hätte nichts mit Euch zu tun.»

«Du überschätzt dich, mein Sohn, du überschätzt deine Stellung», erwiderte Ferreira mit kalter Stimme, «wenn du einen Japaner gefangen hättest oder irgendeinen Chinesen etwa, nun gut ... das ist deine Sache. Aber einen Weißen so einfach aufzugreifen und als Gefangenen in den Turm zu werfen ... ich meine, es hätte sich sehr wohl geziemt, mir davon zu berichten.»

Don João wich Ferreiras Blick aus und sagte: «Aber er ist nur ein Deserteur.»

«Ein Deserteur von woher?»

«Von einer spanischen Galeone.» Don João war sich sofort bewußt, wie unklug es war, von einer spanischen Galeone gesprochen zu haben, aber seine Worte waren nicht mehr zurückzuholen. «Von einer Galeone, die irrtümlich in die Silberbucht eingelaufen war», setzte er deshalb rasch hinzu.

«Du meinst, von einer Galeone, die eigentlich nach Nagasaki segeln wollte?»

«Ja.»

«Und wie hieß diese spanische Galeone?» fragte Ferreira scharf.

«Wie sollte ich das wissen? Ich habe sie ja nicht gesehen.»

«Aber daß ein Deserteur an Land gegangen war, das hast du erfahren?» Ferreira trieb Don João in die Enge.

«Nein», aber Don Joãos Stimme verriet, daß seine aufgesetzte Selbstsicherheit die ersten Risse bekam.

«Das hätte mich auch gewundert», fuhr Ferreira unbeirrt fort, «denn wie soll der Deserteur einer Galeone, die sich verirrt hat und irgendwo inmitten der Silberbucht schwimmt, an Land gehen? Oder glaubst du, die Galeone ist irgendwo hier an der Küste vor Anker gegangen?»

«Nein.»

«Außerdem hat, soviel ich weiß, in diesem Jahr keine spanische Galeone Nagasaki angelaufen. Also deine Geschichte von der verirrten Galeone, mein Sohn, klingt nicht sehr überzeugend.» Ferreira musterte Don João aus den Augenwinkeln. «Ist es nicht vielleicht eher so, daß es sich bei der verirrten Galeone um die Santa Cruz gehandelt hat? Ihr Besitzer ist ein gewisser Señor Montalvo. Der Waffenhändler, der deinem Vater über die Jahre hinweg so manche Muskete verkauft hat.»

Don João schwieg verbissen.

«Und du kaufst also noch immer Musketen von Señor Montalvo?»

«Es war eine Lieferung, die schon zu Lebzeiten meines Vaters vereinbart war.»

«Und bei der Gelegenheit … einer von Señor Montalvos Leuten?»

«Ein Deserteur, Hochwürden, ein Deserteur.»

«So, so, ein Deserteur von Señor Montalvos Galeone. Weißt du auch, warum er vom Schiff gegangen ist?»

«Das ist mir gleichgültig. Für mich zählt, daß dieser Mann zuviel weiß. Er hat die Ladung gekannt. Ihn kann man nicht so einfach laufenlassen. Darum habe ich, nachdem er von Montalvos Schiff desertiert war, meine Leute ausgeschickt, ihn zu fangen.»

«Gut», sagte Ferreira, «dadurch hast du verhindert, daß er das, was er weiß, ausplaudert. Gut, aber warum behältst du ihn so lange?»

«Weil er mir nützlich ist, Hochwürden, äußerst nützlich. Die Musketen, die mein Vater hier hatte herstellen lassen, und die, welche Señor Montalvo ihm vor Jahren geliefert hat, sind veraltet, völlig veraltet.»

«Und dafür mußt du diesen Mann behalten?»

«Zündschlösser müssen angebaut werden, Hochwürden, neue Zündschlösser, mit denen man besser und schneller schießen kann.»

«Es wird nicht mehr geschossen, mein Sohn», unterbrach ihn

Ferreira, «wenn du dich mit Musketen beschäftigst, vergeudest du wertvolle Zeit. Hättest du mir gesagt, daß du deswegen diesen Mann aufgegriffen hast und seit acht Monaten gefangenhältst, wäre ich längst eingeschritten. Es stehen dringendere Aufgaben vor uns, als Zündschlösser an alte Musketen anzubauen.»

«Aber Hochwürden, Musketen brauchen wir doch. Sie sind die Grundlage für alles. Wenn wir uns unbesiegbar machen wollen, falls der Shogun sein Heer gegen uns schickt, dann brauchen wir Musketen, gute Musketen und viele davon. Dafür ist mir el Rosso nützlich. Seine Arbeit dient unserem gemeinsamen Ziel.»

«Du irrst, mein Sohn, Musketen sind das letzte, was wir jetzt brauchen. Am besten, du versteckst sie, wo niemand sie sieht und niemand von ihnen erfährt. Wenn die Nachricht nach draußen dringt, daß du hier auf Hara so viele Musketen hast und Monate damit verbringst, sie auf den neuesten Stand zu bringen, was, glaubst du, was dann geschieht?»

«Niemand wird davon erfahren.»

«Darauf würde ich mich nicht verlassen. Wenn der Shogun davon Wind bekommt, könnten deine Tage auf Hara gezählt sein.»

«Niemand wird es wagen …», sagte Don João, brach aber seinen Satz mittendrin ab, weil Ferreira warnend die Hand hob und mit einer Kopfbewegung andeutete, daß jemand die Treppe heraufkam.

Zwei Samurai erschienen. Der eine trug eine Muskete wie einen Speer vor sich her, der andere schleppte eine Blechkanne, anscheinend bis zum Rand mit Lampenöl gefüllt. Als sie Don João und Ferreira sahen, verbeugten sie sich, stammelten einige erschrockene Worte und eilten die Treppe weiter nach oben.

Ferreira griff Don João am Ärmel und zog ihn in eine Ecke des großen, weiten Raums, wo entlang der Wand hölzerne Sitzbänke in die Balken eingelassen waren. «Setz dich», sagte er mit einer Stimme, die keinen Widerspruch duldete, «ich glaube, wir müssen ein klares Wort miteinander reden.»

Widerwillig nahm Don João Platz und schwieg. Ferreira sprach mit leiser, eindringlicher Stimme auf ihn ein, wie unsinnig es sei, jetzt noch viel Zeit und Gedanken auf Musketen zu verschwenden. «In dieser Zeit der Bedrohung, mein Sohn, müssen wir vorsichtig taktieren, jeden Schritt des Shogun vorausberechnen und uns darauf vorbereiten. Aber nicht mit Musketen. Die sind eher störend und könnten großen Schaden anrichten. Wofür wir unsere Kräfte aufsparen müssen, ist die Festigung des Glaubens. Wir müssen unsere Gemeinde zusammenhalten. Wir müssen dafür sorgen, daß möglichst wenige sich für den Weg des Teufels entscheiden und sich gegen uns kehren. Wie du genau weißt, ist das eine Aufgabe, die starken Willen und eiserne Disziplin verlangt.» Don João stützte sein Kinn mit der Hand und hörte wortlos zu. Seine Augen waren zu schmalen Strichen geworden, zu schmal, um darin irgendein Gefühl oder eine Regung erkennen zu lassen.

Ferreira spürte den stummen Widerstand, der ihm entgegenschlug, entschied sich aber, ihn von innen heraus zu brechen. Er erinnerte Don João daran, daß der vom Shogun verordneten Schließung der Kirchen in Nagasaki zweifellos andere Schritte folgen würden: Ausweitung des Verbots auf die Shimabara-Halbinsel, Verbannung der Padres, Zerstörung der Gemeinden.

«Was bleibt von dir, mein Sohn, wenn sich unsere Gemeinde auflöst, wenn es keine Kirishitan mehr gibt, die dich als ihren weltlichen Herrn anerkennen?» fragte Ferreira und legte seinen Arm auf Don Joãos Schulter. «Sag mir, was bleibt von dir, wenn alle Kirishitan und sogar deine eigenen Samurai zu Yoshitomo überlaufen? Was bleibt von Hara, wenn deine Einkünfte versiegen und du am Ende wie ein Bettler dastehst?»

«Ich habe genug Gold und Silber, das mir mein Vater hinterlassen hat.»

«Was helfen dir Gold und Silber, wenn du die Herzen deiner Untertanen verlierst?» erwiderte Ferreira. «Mit Gold und Silber kannst du ein paar Jahre lang deine Gefolgsleute bezahlen, aber was dann? Gold und Silber verrinnen schnell.»

Don João starrte auf den Boden. Sein anfänglicher Trotz wurde mit jedem Atemzug schwächer. Ferreira beobachtete ihn von der Seite und ließ ihm Zeit, sich zu sammeln. Schließlich verstärkte er den Druck seines Arms auf Don Joãos Schulter, und sprach wieder leise auf ihn ein. Er machte ihm klar, daß es jetzt nur noch darum gehe, das Geschaffene zu sichern, die Gläubigen bei der Stange zu halten und dafür zu sorgen, daß niemand vom rechten Pfad abwich. Das aber sei nur erreichbar, wenn er Offenheit mit Offenheit beantwortete, Vertrauen mit Vertrauen.

«Darum, mein Sohn, kannst du den Grad meiner Enttäuschung verstehen, als sich herausstellte, daß du mir seit Monaten verschweigst, hier auf Hara einen Mann gefangenzuhalten, der nicht hierher gehört.»

Don João hob den Kopf und sah Ferreira an.

«Ja, ich lese es in deinen Augen», fuhr Ferreira mit milder, ruhiger Stimme fort, «du meinst, weil er ein Deserteur ist und du ihn irgendwo aufgegriffen hast, kannst du ihn so einfach hier festhalten und für dich arbeiten lassen. Wie arglos, mein Sohn, wie dumm von dir. Dieser Mann ist kein Spanier, wie du offenbar glaubst. Er ist ein Niederländer, und das bedeutet, er ist einer jener Schurken und Piraten, die schon viele portugiesische Schiffe geentert und ausgeraubt haben – so viele, daß man ihre Namen kaum behalten kann. Die Santa Ana, erinnerst du dich, das stolze Schiff, das vor drei Jahren in Arima eingelaufen war, mit Fernão de Magallães als Capitano ... von den niederländischen Piraten geentert, ausgeraubt, versenkt? Die Santa Barbara, seit über fünf Jahren auf der Route Macao – Nagasaki verkehrend, hat uns unermeßlichen Reichtum gebracht ... von den niederländischen Piraten geentert, ausgeraubt, versenkt. Die Santa Rosa, die von Goa kam und mit kostbaren Waren aus Malakka an Bord ... von den niederländischen Piraten geentert, ausgeraubt, versenkt. Die Liste ist lang, mein Sohn, und daß du einen von diesen Piraten hier im Schloß hast, ist höchst bedenklich.»

«Aber Nagato, der sich mit el Rosso eingehend beschäftigt hat», warf Don João ein, «Nagato zufolge kommt dieser Mann aus Mexiko, von Mexiko über Manila zu uns ...»

«Um von Montalvos Schiff zu desertieren, mein Sohn, und sich nach Hirado durchzuschlagen, nach Hirado, dem Rattennest der niederländischen Piraten.»

Don João druckste: «Nach Hirado? Das hab' ich nicht gewußt. Wirklich, Hochwürden, das hab' ich nicht gewußt. Woher habt Ihr das?»

«Aus sicherer Quelle, mein Sohn, aus sehr sicherer Quelle, die ich dir nicht zu nennen brauche.»

Don João stockte und hielt den Atem an. Dann stieß er die Luft hörbar durch die Nase aus: «Hauptsache, ich habe den Gefangenen fest in meiner Hand, und seine Arbeit ist nützlich.» Langes Schweigen verriet, daß Ferreira sich seine Antwort sorgfältig überlegte. Er stand auf und ging, wie es seine Art war, mit im Rücken verschränkten Armen in dem großen, weiten Raum auf und ab. Seine Schritte hallten über den nackten Holzfußboden. Schließlich kam er zur Sitzbank an der Wand zurück und blieb vor Don João stehen: «Du denkst, du hast ihn fest in deiner Hand.»

«Der Turm ist sicher», sagte Don João mit Nachdruck, «völlig sicher. Von hier gibt's kein Entweichen.»

«Ich wünschte, ich könnte dein Gefühl der Sicherheit teilen», antwortete Ferreira und ließ sich wieder neben Don João nieder, «aber man kann nie ausschließen, daß es einem Gefangenen trotz aller erdenklichen Vorsichtsmaßnahmen seiner Bewacher gelingt zu entweichen. Es gibt Fälle, bei denen das Unwahrscheinlichste Wirklichkeit wurde. Vielleicht, weil der Teufel seine Hand im Spiel hat. Da dieser Niederländer ein Ketzer ist, ist die Gefahr teuflischen Beistands besonders groß.»

«Ein Ketzer?» fragte Don João.

«Weißt du nicht, was ein Ketzer ist?»

Don João nickte, und er sagte sogar: «Doch, doch», aber in seinen Augen nistete ein ratloses Flackern, das Ferreira nicht entging.

«Ein Ketzer ist jemand», sagte er deshalb mit Betonung und lehnte sich leicht vor, «ein Ketzer ist jemand, der, obwohl mit dem heiligen Sakrament der Taufe versehen, starrsinnig und boshaft den wahren Glauben aufgegeben hat.»

«Ach so», sagte Don João gedehnt, als habe er die Worte gehört, ihren Sinn aber nicht verstanden.

«Ketzer sind des Teufels, mein Sohn. Sie verdrehen, was Deus in der Heiligen Schrift verkündet hat, nach eigenem Gutdünken. Ketzer sind des Teufels. Sie sind der Dorn im Fleisch unserer heiligen Mutter Kirche.»

«Wie könnt ihr das sagen, Hochwürden, daß er ein Ketzer ist?»

Da lachte Ferreira kurz auf. «Erfahrung, mein Sohn, viele Jahre Erfahrung im Kampf für den wahren Glauben. Ich rieche es, wenn ein Ketzer vor mir steht.»

«Wirklich?»

«Sie haben etwas an sich, eine Aufsässigkeit, die sie nicht verbergen können, etwas Hinterhältiges, etwas Teuflisches, das in ihren Augenwinkeln nistet …»

«Ihr meint, Hochwürden, ein Ketzer wie er könnte mit der Hilfe des Teufels aus dem Turm entkommen, sogar aus diesem Turm?»

«Nichts ist ausgeschlossen, mein Sohn. Man muß mit allem rechnen.»

«So werde ich ihn also noch heute nacht …» Don João ließ seine Handkante durch die Luft zischen wie eine Schwertklinge. «Kopf ab. Fertig. Dann braucht Ihr Euch seinetwegen keine Sorgen mehr zu machen.»

«Was du soeben gesagt hast, mein Sohn, das mit dem Kopf ab, will ich nicht gehört haben.» Ferreiras Stimme klang bedachtsam. «Tue, was du für richtig hältst. Wichtig ist allein, daß du die Entscheidung nicht zu lange hinauszögerst.»

«Gut. Ich werde Nagato damit beauftragen.»

«Komm», sagte Ferreira und ließ seine Augen durch die Weite des leeren Raums schweifen, «wir haben noch manches andere zu besprechen, was nicht weniger drängt.» Seine Stimme hatte wieder ihren warmen Ton angenommen. «Wir müssen über die Confraria reden, die wir baldmöglichst gründen müssen. Es bleibt uns nicht viel Zeit.» Er stand auf und zog Don João mit sich hoch. «Ich brauche deine Hilfe, mein Sohn. Du mußt in jedes Dorf vier oder fünf deiner besten Samurai schicken, fähige Männer und gute Kirishitan …»

Ferreiras Stimme entfernte sich, während er und Don João auf das Treppenhaus zugingen, die Treppe weiter hinabzusteigen.

* *
*

Der Nordwind, der dem Turm schwer zusetzte, sog muffige Luft aus den unterirdischen Gängen und riß sie mit ungeheurer Wucht durch den engen Schacht nach oben, Staub, Spinnweben und sogar Holzsplitter mit sich führend.

Mika kauerte im Dunkel des Schachts, mit einer Hand die Leitersprosse umklammernd, die andere Hand auf ihren Mund gepreßt, um den Schrei, der ihrer Brust entfahren wollte, zurückzudämmen. Sie zitterte, und es war ihr, als drehte sich der Schacht und zöge sie hinab in eine endlose, bodenlose Leere.

Beim Aufstieg in den Turm hatte sie auf halber Höhe Ferreiras vertraute Stimme gehört und ihr Ohr gegen die Bretterwand gepreßt. Jedes Wort, das auf der anderen Seite gesprochen wurde, kaum eine Handspanne von ihr entfernt, hatte sich wie eine Nadel in sie gebohrt. Jedes Wort konnte sie glasklar verstehen. Jedes Wort, das eine Faser ihres Seins durchschnitt, eine Faser ihres Glaubens, eine Faser ihres Vertrauens. Hochwürden! flüsterte Mika und fühlte, wie ihre Zähne gegeneinanderschlugen. Ihre Hand, fest gegen das Kinn gepreßt, konnte das Zittern nicht beschwichtigen. Hochwürden!

Erst lange nachdem die Stimmen und Schritte auf der anderen Seite verhallt waren, konnte Mika den verkrampften Griff ihrer Hand von der Leitersprosse lösen. Sie sicherte sich gegen einen Absturz, indem sie sich mit Füßen und Rücken gegen die Wände des Schachts stemmte, rieb die Knöchel ihrer erstarrten Finger gegen ihre Wangen, bis das Blut langsam zurückkehrte.

Sie versuchte, ihre Gedanken zu ordnen, aber wo immer sie begann, sah sie abgerissene Fäden, die sich nicht mehr zu einem zusammenhängenen Gewebe verknüpfen ließen.

Wut war das erste Gefühl, das in ihr aufkam, Wut darüber, daß sie den Brief an Hochwürden doch abgeschickt hatte. Nach langem Zögern. Trotz des unguten Gefühls, das mehr als einmal in ihr hochgestiegen war, als wollte eine innere Stimme sie warnen, den Brief zu zerreißen. Sie hatte sie vernommen, aber nicht verstanden. Sie hatte gedacht, es gehe allein um die Sorge, der Brief könne in fremde Hände fallen, von falschen Augen gelesen werden. So hatte sie den Brief nicht einem der Boten mitgegeben, die täglich zwischen der Schloßstadt und Arima hin- und herliefen und regelmäßig am Haupttor von Hara vorbeikamen, um irgendwelche Briefe oder andere Post aufzunehmen. Sie hatte schließlich doch Nana nach Arima geschickt, weil ihr das sicherer erschien, und hatte sie ausdrücklich angewiesen, sie müsse den Brief

Hochwürden persönlich aushändigen, niemand anderem, nur Hochwürden persönlich. Nach Nanas Rückkehr hatte sie sich genau berichten lassen, wie Hochwürden sie empfangen und ob er den Brief sofort geöffnet habe.

Nein, er habe ihn nicht gleich geöffnet, hatte Nana berichtet, sondern ihn sich in den Brustausschnitt seiner Kutte gesteckt, aber er habe sich nach Mika-samas Wohlergehen erkundigt, ihr Grüße ausrichten lassen und ihr seinen Segen übermittelt.

Am Tag darauf hatte Mika leichten Herzens ihr schwarzes Ninjakleid angelegt und sich bereit gemacht für die Leiter im Turm. Im Gefühl der Sicherheit, el Rossos Gefangenschaft würde bald zu Ende gehen, war ihr fast nach Singen zumute gewesen. Sie hatte jedoch nicht damit gerechnet, daß Hochwürden sich schon am Tag nach Empfang ihres Briefes nach Hara bemühen würde. Um so größer war ihre Überraschung, als sie beim Aufstieg in den Turm auf halber Höhe seine Stimme hörte, seine Stimme, die so unverkennbar war, ihr so vertraut in ihrem tiefen vollen Klang, den sie unter Tausenden heraushören konnte.

Die Wut, die Mika lähmte und sie noch immer an die Stelle bannte, wo sie die jenseits der Bretterwand gesprochenen Worte mitangehört hatte, löschte alle weiteren Gedanken aus. Die Dunkelheit des Schachts drang in sie ein und höhlte sie von innen aus. Sie versuchte ihren Kopf zu bewegen und spürte, wie die Sehnen steif geworden waren. Sie versuchte tief zu atmen, aber ein würgendes Gefühl stieg ihr die Kehle hoch. Sie fiel in eine Leere, in der jeder Gedankenfaden sich zu einem unauflösbaren Wirrwarr knäuelte. Lange verharrte sie so, der heraufdringenden muffigen Luft ausgesetzt. Ihr war, als ob eine kalte, ausgebrannte Hölle nach ihr greife und sie den Schacht hinunterzerre.

Dann zuckte sie zusammen und starrte mit weit aufgerissenen Augen nach oben, wo, Stockwerke höher, in einer Entfernung, fast unerreichbar erscheinend, ein schwacher Lichtschein durch den Spalt der Außenwand drang. Dort war die Stelle, wo sie so viele Stunden kauernd verbracht hatte, das Astloch, durch das sie el Rosso beobachten konnte, die Fluchttür, zu der el Rosso den Riegel finden mußte.

El Rosso, flüsterte Mika, João wird Euch töten, und es ist meine Schuld. Sie wiederholte die gleichen Worte immer und immer wieder, bis sie den Abgrund füllten, in den sie gefallen war. Statt sich von lähmenden Schuldgefühlen überwältigen zu lassen, mußte sie sofort handeln. Sofort. Noch war Zeit bis Sonnenuntergang. Noch war Zeit, el Rosso zu befreien, ihn durch die Fluchttür schlüpfen zu lassen, wenn er nur den Riegel fand, mit ihm zusammen die dunkle Leiter hinabzusteigen, ihm den Weg durch das Labyrinth zu weisen, das Tor zur Klippe zu öffnen. Ein Schiff … ein Boot mußte dort bereitliegen, ihn aufzunehmen. Ja, ein Boot.

Mika blickte den Schacht hinauf. Sie zwang sich, die Leiter nicht weiter emporzusteigen, obwohl der Wunsch, gerade jetzt el Rosso zu sehen, in ihr wie die Dünung nach einem Sturm aufwallte. So stieg sie eiligst die Leiter hinab, nahm die Öllampe, wie immer in der Nische versteckt, rieb sich kurz die Hände in der aufquellenden heißen Luft und hastete durch die engen Gänge zurück. Sie duckte sich, ohne die Hast ihrer Schritte unter der niedrigen Decke zu zügeln, sprang über das Steinewirrwar, das den Boden bedeckte.

«Nana», rief sie atemlos, in ihrem Zimmer angekommen, «Nana, du mußt sofort zu deinem Bruder rennen und ihm sagen, er soll heute abend mit seinem Boot zur Felsklippe kommen … du weißt ja, dorthin, wo der Ginsterbusch steht, der Ginsterbusch, hinter dem die Ausgangstür liegt. Sag ihm, er soll dort warten, mit seinem Boot, vom Einbruch der Nacht bis zur Morgendämmerung. Sag ihm, er soll eine Menge Decken mitbringen gegen die Kälte und zum Schutz gegen die Gischt. Ich hoffe, bis zum Abend wird der Wind etwas abgeflaut sein.»

«El Rosso?» fragte Nana.

«Ja, el Rosso. João wird ihn noch heute nacht töten lassen.»

Nana bekreuzigte sich. «Heute nacht? O Santa Maria, woher wißt Ihr das?»

«Frag nicht. Wir haben keine Zeit.»

«Aber Hochwürden, Mika-sama, Hochwürden hat doch bestimmt Euren Brief gelesen. Wenn Don João el Rosso töten will, dann müssen wir doch lieber Hochwürden benachrichtigen. Soll ich nicht besser nach Arima laufen und ihm sagen …»

«Das hat keinen Zweck.»

«Aber Hochwürden wird kommen. Er wird sofort kommen, wenn er erfährt, um was es geht.»

«Hat keinen Zweck mehr, Nana», wiederholte Mika voll Ungeduld, «auf seine Hilfe können wir nicht zählen. Jetzt können wir uns nur noch selbst helfen. Lauf zu deinem Bruder und sag ihm, heute nacht ... mit seinem Boot ... du weißt ja, wo an der Klippe ... schnell, lauf ... nein, warte ...» Sie blickte zum Himmel, der trotz des stürmischen Wetters gerade wolkenfrei war. «Nein, warte, Nana, warte ... In zwei Stunden geht die Sonne unter. Die Zeit wird knapp. Besser, du bleibst bei deinem Bruder und kommst mit ihm zur Klippe. Du kannst ihm helfen bei diesem schlimmen Wind. Zusammen werdet ihr die Stelle in der Klippe leichter finden. Ihr müßt sie finden, ehe die Dunkelheit kommt. Wenn die Sonne untergegangen ist, wird das schwer sein. Deshalb beeil dich, beeil dich.»

Nana blickte Mika ratlos an. «Aber wie könnt Ihr zum Turm hinaufsteigen, ganz allein?» stammelte sie. «Ich muß Euch doch begleiten. Ihr braucht Hilfe.»

«Nein, nein, ich bin schon so oft allein im Turm gewesen, viel öfter, als du weißt. Wichtiger ist es, du hilfst deinem Bruder. Wir brauchen das Boot. Er muß rechtzeitig am Höhlenausgang sein. Sonst können wir el Rosso nicht in Sicherheit bringen.»

«Wohin? Wohin sollen wir el Rosso bringen?»

«Irgendwohin, wo er sicher ist, über die Silberbucht hinaus. Irgendwohin, wo João ihn nicht mehr erreichen kann.»

«Aber wo?»

«Das weiß ich selber noch nicht so genau, möglichst weit nach Norden, aber ich weiß es, wenn el Rosso am Höhlenausgang zu euch ins Boot steigt.»

«Mein Bruder kennt die Silberbucht wie ein Delphin.» Nana versuchte zu lächeln. «Er kann el Rosso überall hinbringen, Mika-sama, überall, wohin Ihr wollt. Außerdem ist heute nacht Vollmond. Da kann man die Küste ganz klar sehen und braucht vor Klippen und Untiefen keine Angst zu haben.»

«Ach so, Vollmond», erwiderte Mika verwirrt, «heute nacht ist Vollmond.» Sie blickte wieder zum Fenster hinaus, wo die Sonne sich schon dem First des nächsten Daches näherte. Ich muß es schaffen, sagte sie zu sich, el Rosso bis zur Höhlentür zu bringen, bevor der Mond zu hoch am Himmel steht. Wenn man vom Meer aus im Vollmondlicht die Küste so gut sehen kann, wie Nana richtig meint, dann ist auch jedes Boot auf dem Wasser von Land aus leicht auszumachen. Plötzlich überfiel sie Angst. Falls el Rossos Flucht zu früh entdeckt würde, wäre es für Joãos Samurai einfach, von der Mauerkuppe herab mit Pfeilen oder Musketen das Boot am Fuß der Klippe zu treffen. «Nana, du mußt dich beeilen», brachen die Worte noch ungestümer aus ihr heraus, «wir müssen uns alle beeilen. Schnell, lauf zu deinem Bruder ... nein, warte, da gibt es noch etwas, was ich dir sagen muß. Wenn el Rosso in Sicherheit ist, darfst du nicht mehr hierher nach Hara zurückkehren.»

«Warum nicht?»

«Weil João dich töten wird.»

«Und Ihr, Mika-sama, Ihr seid auch in Gefahr.»

«Nein. João wird es nicht wagen, mir etwas anzutun. Aber ich werde, sobald ich kann, nach Hinoe gehen. Du mußt auch nach Hinoe kommen. Versprochen?»

«Versprochen», nickte Nana und wischte sich die Tränen, «hoffentlich geht es gut, Mika-sama. Hoffentlich geht alles gut.»

Mika berührte leicht Nanas Wangen. «Keine Sorge», sagte sie und versuchte überzeugend zu klingen, «sicher wird alles gutgehen», aber ihre Stimme schwankte. «Hier, nimm die Silbermünzen für deinen Bruder mit», lächelte sie und drückte Nana einen Beutel in die Hand.

Als Nana gegangen war, kritzelte Mika mit fliegender Hand eine Notiz auf ein Blatt Papier, nahm ein Bambusrohr, das durch das Astloch paßte. El Rosso mußte den Riegel finden. Auf seiner Seite der Wand. Und wenn der alte Tomoda wieder schläfrig in der Ecke lag, würde er unbemerkt die Tür öffnen können.

Noch während Mika ihre Worte zu Papier brachte, gewann sie langsam wieder die Kontrolle über ihre Gedanken. Sie spürte, wie sie sich wieder aneinanderreihten, wie sie sich ordnen ließen nach dem Grad der Wichtigkeit, der Dringlichkeit, wie sie sich sogar wie von selbst einordneten und danach schrien, niedergeschrieben zu werden.

Mika schob das Blatt in das Bambusrohr. Dann nahm sie ein anderes Stück Papier für eine Liste der Vorbereitungen, die sie noch zu treffen hatte, ehe sie den Turm hinaufstieg. Ein Frösteln durchlief sie bei dem Gedanken: Es ist diesmal Ernst, es geht um el Rossos Leben. Sie mußte ihn befreien, nichts durfte schiefgehen – in allem, was sie plante und tat, auf sich allein angewiesen, sie allein, gerade siebzehn, allein gegen João und zweitausend Samurai, allein gegen Ferreira.

Sich gegen João zu stellen fiel Mika nicht schwer. Im Gegenteil, auch wenn er ihr großer Bruder war, nichts verband sie mit ihm, wirklich nichts, wenn sie es sich genau überlegte, wenig gemeinsames Lachen, wenig Scherzen, keine fröhliche Erinnerung, außer daß er ihr einmal aus Macao einen großen chinesischen Drachen mitgebracht hatte, einen Drachen, der bei gutem Wind so weit den Himmel hinaufstieg, daß er die Wolken berührte. Nichts sonst gab es, was sie mit João verband. Vielmehr war er es, der ihre Freiheit immer stärker und immer unerbittlicher einschränkte und der die Nebenpforten des Schlosses hatte zumauern lassen. Er war es, der mit grauer Miene im Schloß umherging und von allen, die seinen Weg kreuzten, Unterwürfigkeit erwartete. Er war es, der el Rosso gefangengenommen hatte. Er war es, der el Rosso töten wollte.

Etwas anderes war es, sich gegen Hochwürden stellen zu müssen. Mika preßte die Lippen zusammen, um nicht noch einmal Hochwürden zu sagen, nicht nach all dem, was sie gehört hatte, eingeklemmt in der Dunkelheit, das Herz so laut klopfend, daß es in ihren Ohren dröhnte. Nicht nach all dem, was die Stimme auf der anderen Seite der Bretterwand sagte, jene Stimme, die sie so gut kannte, der sie über viele Jahre hinweg bedingungslos vertraut hatte, jene Stimme, die so einnehmend und umhüllend klang.

Mika fragte sich, wie sie Ferreira viele Jahre lang hatte bewundern können. Verehrt hatte sie ihn, mehr als irgend jemand anderen, außer ihrem Vater. Er war für sie der Inbegriff der Güte, der Inbegriff der Größe, fast unnahbar und gleichzeitig so nahe, so zugänglich, so warm. Jahrelang war sie, wenn sie es genau bedachte, nur seinetwegen nach Arima gegangen, nur weil er die

327

Messe las, nur weil sie jene kostbare halbe Stunde oder länger mit ihm allein sein konnte, während sie im Beichtstuhl kniete und seinen Atem auf der anderen Seite des engmaschigen Gitters vernahm. Es wurde ihr heiß, und ihre Brüste schmerzten, wenn er ihr seine Hand zum Kuß hinhielt.

Nichts davon war geblieben, außer jenes seltsame Widerstreben, das sich einstellt, wenn Gefühle, die tief in der Seele wurzeln, plötzlich wie weggeblasen sind. Dann tritt eine Leere ein, so schmerzhaft, als wäre ein geliebter Mensch gestorben. Mika gab sich den Tränen hin, die ihr übers Gesicht liefen. Sie wischte sie nicht weg, sondern ließ ihnen freien Lauf.

Dann, wie aus einem bösen Traum erwachend, warf sie den Kopf in den Nacken und wandte sich wieder der Gegenwart zu. Sie versuchte sich vorzustellen, was el Rosso für die Flucht benötigte, von dem Augenblick, in dem er in den dunklen Schacht stieg, bis dann, wenn Nana und ihr Bruder ihn zu sich ins Boot nahmen und sie zu dritt von der Klippe abstießen.

Schuhe braucht er, dachte sie, der Boden in den Gängen des Labyrinths war voller Steine. Es wäre einfach gewesen, Nana rechtzeitig aufzutragen, daß sie aus der Schloßstadt für el Rosso ein Paar passende, große Sandalen mitbringen sollte. Mika zog nun aus einer Schublade ihres Kimonoschranks zwei seidene Bänder heraus, jedes mehr als einen Klafter lang. Das waren die Bänder, die sie sich um die Hüfte gebunden hatte, wenn sie auf Mongo ritt, lange schmiegsame, doch feste Bänder. Mika hielt sie gegen das Licht und ließ sie durch ihre Hand gleiten. Dann probierte sie, wie sie am besten um die Füße zu wickeln waren, daß sie als Schuhe dienen und die Füße gegen Steine schützen könnten. Sie ging damit ein paar Schritte im Zimmer auf und ab, schlurfte über die Tatamimatten, sprang von der leicht erhöhten Veranda in den Innenhof hinab und über die Steinplatten, die den Teich umgaben.

Sie war zufrieden. El Rosso könnte mit diesen Bändern seine Füße schützen, sicherlich nicht so gut wie mit dicksohligen Strohsandalen, aber gut genug, daß er sich nicht verletzte, wenn er beim schwachen Licht der Laterne über die scharfkantigen Felsbrocken rennen mußte, die in den unterirdischen Gängen den Boden bedeckten. Sie wickelte sich die Bänder um die Hüfte, in mehreren Lagen, unter ihrer schwarzen Tarnjacke. Und eine Laterne, dachte sie, eine Laterne braucht er, wenn er durch die engen Gänge des Labyrinths rennt. Sie fand unter ihren Laternen eine, wie eine Sturmlampe gebaut, mit tief herabreichendem, doppeltem Schirm und einem schweren Griff für eine große Männerhand.

Wie ein Schatten beschlich sie die Frage, ob Nana ihren Bruder schon gefunden hatte. Fangzeit für Tintenfische war es, und Tintenfische muß man nachts mit Licht anlocken. Aber Nanas Bruder könnte vielleicht doch schon nachmittags auf die Silberbucht hinausgefahren sein, statt bis abends zu warten. Dann irrte Nana im Dorf am Strand umher, um ihn und sein Boot zu finden. Mika wischte sich mit dem Handrücken über die Stirn, die kalt und feucht geworden war.

Und da war noch die Frage, wohin Nanas Bruder el Rosso überhaupt bringen sollte. Auf keinen Fall nach Arima. Auch nicht nach Kazusa oder nach Kunisaki oder nach Kanahama oder Obama. Alles Orte mit zu vielen Kirishitan. Erfuhr Ferreira davon, würde er ungesäumt João benachrichtigen, und der würde seine Samurai ausschicken. Nein, besser wäre es, el Rosso auf die andere Seite der Silberbucht bringen zu lassen, nach Mogi etwa. Aber auch Mogi war nicht sicher. Auch dort zu viele Kirishitan. Nein, das einzige war, el Rosso weiter nördlich an Land zu setzen, vielleicht in Funatsu, dem letzten Fischerdorf der Shimabara-Halbinsel.

In Funatsu war es gewesen, wo ihr Vater mit ihr das alte Volksfest besucht hatte, auf dem die Fischer der Meeresgöttin für die Schätze des Meeres dankten, die sie hatten fangen und sammeln dürfen. Ihr Vater trat aus dem Dunkel der Erinnerung hervor und mischte sich unter die Fischersleute, die am Strand ihre Boote für das Fest schmückten. Mika sah ihren Vater, wie er sich zu einem der Boote herabbeugte und sich die kunstvoll geflochtenen Girlanden zeigen ließ. Sie würden später, draußen in der Bucht, nach altem Fischerbrauch in einem weiten Kreis über dem Wasser ausgebreitet, die Seelen der Fische um Verzeihung bittend. Auf dem Rückritt von dem Fest die Küsten entlang hatte ihr Vater seinen Schimmel plötzlich angehalten. «Du darfst niemals Hochwürden davon erzählen», sagte er so leise, daß die Samurai, die ihn begleiteten, es nicht hören konnten, «daß wir am Seelenfest der Fischer teilgenommen haben. Versprochen?»

«Ja», hatte Mika geantwortet, stolz, ein Geheimnis mit ihrem Vater zu teilen, obwohl sie erst elf war, «versprochen.»

Funatsu, dachte Mika, Funatsu ist ein guter Ort, wohin Nana und ihr Bruder el Rosso bringen können. Von dort wird niemand gleich nach Arima zu Ferreira rennen, und von dort aus kann el Rosso leicht die Grenze erreichen und nordwärts gehen.

Nach Hirado.

Für Schiffe, die nach Edo fuhren, lag Hirado am Weg. Wie weit es zu Fuß dahin war, wußte sie nicht, aber bestimmt etliche Tagesreisen. Darum brauchte el Rosso Silber.

Mika öffnete ihre Truhe und zählte die Silbermünzen, die sie besaß. Sie zählte die Goldmünzen, die im untersten Fach lagen. Sie nahm vierzig Silbermünzen heraus, zögerte, weil sie nicht wußte, wieviel el Rosso für eine Übernachtung im Ryokan benötigte. Wie viele Tage würde er unterwegs sein, und was mußte er für Frühstück und eine Abendmahlzeit bezahlen?

Mika nahm einen kleinen Goldbarren heraus. Dann fügte sie noch weitere dreißig Silbermünzen hinzu und ließ alle zusammen in einen Beutel gleiten. Sie steckte ihn in den Sack aus derbem Leinen, den sie sich mit Hanfkordeln auf den Rücken band.

Nun rieb sie schwarze Tusche an, nahm einen dickeren Pinsel aus ihrem Schreibetui und ging daran, einen Empfehlungsbrief zu schreiben. Ihr Vater hatte sich häufig von seinem Sekretär Empfehlungsbriefe schreiben lassen, wenn er einen seiner Leute auf Reisen schickte. Solche Briefe waren notwendig, damit sie sich unterwegs ausweisen konnten und gut aufgenommen würden. Mika wollte, daß auch el Rosso auf seiner Reise gut behandelt würde, aber sie stockte schon beim ersten Satz. Sie kannte ja noch nicht einmal seinen Namen. Sie erinnerte sich nur, daß er eigentlich nicht el Rosso hieß, daß er bei der Begegnung auf der Wiese unter den Schloßmauern seinen Namen nicht genannt hatte. El Rosso, das kann ich behalten, hatte sie nur gesagt und den Blick seiner tiefblauen Augen eingesogen.

So stellte sie ihr Empfehlungsschreiben auf einen Señor el Rosso aus. Sie schrieb auf gleiche Art, wie sie es bei dem Sekretär ihres Vaters gesehen hatte, wenn sie ihm beim Briefeschreiben über die Schulter schaute, in steilen, formellen Schriftzeichen – der Träger dieses Briefes, ein Señor von hohem Rang aus dem fernen Europa, Señor el Rosso genannt, befinde sich auf dem Weg von Schloß Hara nach Hirado. Mika schluckte, als ihr Pinsel die Schriftzeichen für Schloß Hara hinschrieb. Aber es ist doch wahr, lächelte sie vor sich hin und beendete ihren Brief mit der Bitte, daß alle Señor el Rosso mit der ihm gebührenden Ehre begegnen möchten. Schließlich holte sie ihren Stempel, das Zeichen ihres hohen Standes, und das rote Stempelkissen. Sie prüfte mit der Fingerspitze, ob die Farbe noch feucht war, da sie es lange nicht mehr benutzt hatte. Als sie sah, daß das Rot nicht mehr gut abfärbte, träufelte sie einen Tropfen Wasser darauf und verfolgte gespannt, wie er aufgesogen wurde. Jetzt nahm sie ihren Stempel und preßte ihn auf die feuchte Stelle. Sie bewegte ihn hin und her, bis die Farbe gut übertragen war, und setzte dann ihren Stempel auf den Brief.

Der Dolch, schoß es Mika durch den Kopf, ich muß el Rosso seinen Dolch zurückgeben. Mit huschenden Schritten lief sie zum Kimonoschrank, in dem sie tief unten den Dolch seit jenem Tag im Mai verborgen hatte. Sie nahm ihn heraus, legte ihn in ihre Hände und betrachtete die zu einer feinen Spitze zulaufende, gerade Klinge mit dem seltsam schlangenhaften Muster, das in den Stahl eingeprägt war, und strich über den fein ziselierten, mit Gold unterlegten Griff. Dann umwickelte sie die Klinge mit einem dunklen Tuch. Sie öffnete ihre Tarnjacke und schob den Dolch vorsichtig zwischen die um ihre Hüfte gewickelten Bänder.

Hoffentlich geht alles gut, mit Nana und ihrem Bruder, betete Mika vor sich hin und spürte, wie die Zeit verrann und ihre Ungewißheit wuchs. Es wäre gescheiter gewesen, alles in Ruhe vorzubereiten, als jetzt in solcher Hast und Eile. Verlief nun etwas nicht wie vorgesehen, war es so gut wie unmöglich, etwas anderes zu unternehmen. Falls Nanas Bruder mit seinem Boot schon zum Fischfang ausgefahren war, was dann? Es gab sonst niemanden, auf den sie sich verlassen konnte. Keine Zeit mehr, Yamada um Hilfe zu bitten. Zu spät, für alles zu spät.

Mika schob die Shojitüren wieder auf, die sie gegen den kalten

Wind geschlossen hatte. Eine Böe, die durch den Innenhof wirbelte, traf sie voll ins Gesicht. Sie hob ihre Hände zum Schutz und trat barfuß hinaus. Von irgendwoher stahl sich der späte, schon goldrote Sonnenstrahl hinein und legte sich auf den Wasserfall, der den Teich in der Mitte des Innenhofs nährte. Das Licht funkelte in dem fließenden Wasser und brach sich in den Tropfen, die der Wind zersprühte. Mika betrachtete mit Wehmut die Farne, deren Wedel längst ihr sommerliches Grün verloren hatten und die leise im Wind raschelten. Sie betrachtete die zierlich gewachsenen Ahornbäume, deren Zweige, leer und kahl, nur hie und da noch einige ihrer Blätter in schwachem Herbstrot. Die Kiefer, deren Äste sich weit über den Wasserfall erstreckten, wiegte sich, vom Gang der Jahreszeiten unberührt, im sausenden Wind.

Mika wünschte sich, Maler Yamada wäre hier und könnte alles, was sie in diesem Augenblick sah, in einem seiner Bilder einfangen – die Kiefer, die Ahornblätter, den Wasserfall, den letzten Sonnenstrahl, den Wind und sogar die Zeit, die niemals wiederkehrt.

20
———

Durch Feuer und Wasser

Nachdem die anderen schon nach unten gegangen waren, kam Tomoda angeschlurft. Er klopfte Hendrik auf die Schulter und schob ihm seine eigene Essensschale hin. «Eßt», sagte er in seiner brummigen Art, «wird Euch guttun, mehr zwischen die Rippen zu bekommen.»

Hendrik schaute dankbar zu ihm auf und nahm seine Eßstäbchen zur Hand. Während er aß, langsam und still, ließ er unbemerkt seine Augen über die Seitenwand gleiten, wo das in Öl gemalte Madonnenbild hing, von zwei Handbreit über dem Boden bis fast in Augenhöhe und mehr als zwei Ellen breit, in einen schweren vergoldeten Rahmen gefaßt. Neben dem Bildrand das

Astloch, in Kniehöhe, eines von vielen Astlöchern in dem grob gehobelten Brett. Hendrik hatte längst, wenn er für kurze Zeit allein war, jeden Zollbreit der Wand mit den Fingerspitzen abgetastet, bis er jenes Astloch gefunden hatte, in dem der Zapfen locker saß. Bei allen anderen fühlte sich der Kern fest an. Hendrik stellte sich vor, wie Mika, die seine Erinnerung so voller Zartheit und Liebreiz bewahrte, dort hinter der Wand kauerte, in einem engen Raum, dunkel, zugig, voller Schmutz und Staub. Er fragte sich, warum sie solchen Anteil an seinem Schicksal nahm und wie sie jene Stelle erreichte, mühsam durch irgendwelche geheimen Gänge und über geheime Stufen bis zu dieser Höhe hinauf. Warum aber kam sie, fragte sich Hendrik und wagte kaum, den Gedanken weiterzuspinnen. Fast unerlaubt schien es ihm zu glauben, die kurze Begegnung auf der Wiese vor dem Schloß lebe in ihrem Gedächtnis so unverrückt fort, daß sie es jetzt, Monate danach, wagte, heimlich, unter Mühen und Gefahren in den Turm vorzudringen.

Das blasse Gesicht des Padre, der am Morgen zusammen mit Don João gekommen war, hatte eine Kälte hinterlassen, die in den Winkeln und Ecken des Raums hing. Selbst die Samurai, die den Fußboden mit feuchten Tüchern wischten und die Sitzkissen aufschüttelten, waren verwundert, daß Don João so früh am Tag im Turm erschienen war. Darum hatten sie sich eiligst zu Boden geworfen und ihre Stirn bis auf die Holzdielen gedrückt.

«Laßt uns allein», hatte Don João ihnen barsch befohlen, kaum daß er hinter diesem Padre im Treppenaufgang erschienen war, «los, laßt uns allein.» Sogar Nagato hatte mit nach unten gehen müssen.

Den ganzen Tag über fiel es Hendrik schwer, mit seinem Arbeitspensum fertig zu werden. Irgendwann am späten Morgen schnitt er sich an einer scharfen Kante des Metalls und saugte das Blut, das aus dem Finger quoll. Eigentümlich, dachte er, wie Don João sich in Gegenwart dieses Padre verhalten hatte, längst nicht mehr so selbstsicher und herrisch wie sonst, eher mit flackernden Augen, unruhigen Augen, aus denen Heimtücke sprach, mehr noch als sonst, Heimtücke und Verschlagenheit.

Kein Wort, keine Frage kam von diesem Padre in seiner

schwarzen Kutte, nur das dünne Lächeln, das ihm von den Mundwinkeln troff, und die langfingrigen Hände, die er geziert aneinander rieb, hatten Hendrik schaudern lassen.

Zum erstenmal seit langem, seit jenen Wochen der Verzweiflung in den lichtlosen Tiefen des Verlieses zu Beginn seiner Gefangenschaft, spürte Hendrik, wie Angst wieder in ihn kroch, jene Angst, die tief in den Eingeweiden entsteht, sich von dort ausbreitet und in die Kehle aufsteigt. Angst, die den Atem flacher werden läßt und die Haut mit Schweiß überzieht, der in den Handinnenflächen klebt.

Nachdem der Padre gegangen war, mit Don João im Gefolge wie ein geschlagener Hund, hatten sich die Stunden zäh hingezogen. Zuerst war Hendrik völlig allein, ohne die sonst übliche Bewachung, bis schließlich zwei Samurai kamen und ihm eine neue Muskete brachten. Er hätte sie gern gefragt, wer dieser Padre mit dem kalten Blick war. Aus Don Joãos unterwürfigem Verhalten war ersichtlich gewesen, dies war kein gewöhnlicher Padre. Seinem Auftreten nach mußte er hoch in der kirchlichen Hierarchie stehen. Hendrik hatte lange genug in Mexiko gelebt, um zu wissen, wie die Würdenträger aufzutreten belieben und wie man sich am besten in ihrer Gegenwart verhalten soll, wenn man sich Schwierigkeiten ersparen will. Deshalb hatte er sich auch rasch von seinem Platz erhoben und das Knie gebeugt. Er hatte erwartet, der Padre würde ihn ausfragen, und hatte sich schon passende Antworten zurechtgelegt. Statt dessen Schweigen, tödliches Schweigen, kein Wort, keine Frage, nur jenes dünne Lächeln, das bis ins Mark drang.

Am Nachmittag kam Nagato wie üblich, blieb aber nicht lange. Er hatte einen kurzen Blick auf Hendriks Tisch und die Muskete geworfen. «Beeil dich. Du mußt damit schnell fertig werden.» Seine Stimme klang noch barscher als sonst, und er vermied es, Hendrik in die Augen zu sehen.

«Ich weiß nicht, ob ich heute damit fertig werden kann.»

«Du mußt damit fertig werden.»

«Warum?»

«Wenn ich sage, daß du fertig werden mußt, dann ist das genug.»

Hendrik blickte auf. «Ich werde tun, was ich kann, aber dies hier ist ein uraltes Modell, wie ich es bislang überhaupt noch nie gesehen habe.» Er hob die Waffe hoch und hielt sie Nagato hin. «Ich muß da manches anders machen, als ich es gewohnt bin.»

«Streng dich an.»

«Ja schon, aber das kostet eben Zeit.»

«Zeit ist, was du am wenigsten hast, el Rosso. Beeil dich.» Hendrik verbeugte sich, um anzudeuten, daß er den Befehl verstanden hatte. Im Innern aber dachte er nicht daran, die Arbeit an der Muskete zu beenden. Er würde am Abend schon irgendeine Ausrede finden.

Als Nagato sich zum Treppenabgang wendete, gab er seinen Leuten einen Wink, und alle folgten ihm.

Nur der alte Tomoda blieb. Er humpelte eine Zeitlang durch den leeren Raum, ständig vor sich hin brummelnd. Ab und zu blieb er vor einem der Hibachi stehen und stocherte in den Kohlen. An Hendriks Tisch sagte er: «Der Wind – gemein kalt heute.» Er schlug sich mit beiden Händen auf die Oberarme, brummte noch ein paar unverständliche Worte und setzte seinen Rundgang fort.

«Doch gut, daß Hochwürden gekommen war, heute früh, doch gut», sagte er, als er das nächste Mal vorbeikam.

«Was soll gut daran gewesen sein, Tomoda?»

«Ist's nicht gut, wenn ein Padre kommt?»

«Gut wofür?»

«Für die Seele.»

«Sagt mal, Tomoda, wer war denn dieser Padre heute?»

«Hochwürden war das natürlich.»

«Was für ein Hochwürden?»

Tomoda schaute Hendrik unsicher an. «Soll nicht mit Euch reden», brummte er halblaut, «soll nicht mit Euch reden. Befehl ist Befehl.» Er setzte seinen humpelnden Gang fort, schleppender noch als vorher, und seine Schritte schlurften über den Boden. Aber es dauerte nicht lange, da kam er zu Hendriks Tisch zurück und zog sich einen Schemel heran. Stumm beobachtete er Hendrik, der an einem Bolzen feilte.

«Hochwürden ist sehr mächtig, oder?» fragte Hendrik, ohne aufzublicken.

«Ja, ja, mächtig ist er, das kann man wohl sagen.»

«Warum mag er wohl gekommen sein?»

«Euch die Beichte abzunehmen, O'Hendoriku, die Beichte, damit Ihr vorbereitet seid.»

«Vorbereitet? Auf was?»

«Aufs Sterben, O'Hendoriku, aufs Sterben. Deswegen muß man doch die Beichte ablegen. Damit man vorbereitet ist. Man weiß ja nie, was morgen kommt. Heute ist vielleicht Euer letzter Tag.» Dann humpelte er zur Westseite des Turms, wo er sich in einer windstillen Ecke auf ein paar Sitzkissen legte und sein steifes Bein ausruhte.

Hendrik starrte vor sich hin. Er fühlte, wie sein Puls sich beschleunigte. Sollte er zu Tomoda hingehen und ihn zur Rede stellen? Warum, das mit dem Vorbereitetsein, mit dem Sterben, mit dem letzten Tag? Warum gerade heute, nachdem dieser Padre da war, die Augen kalt wie der draußen tobende Wintersturm. Hendrik feilte wütend an irgendeinem Stück Metall, teils um Tomoda zu täuschen, aber mehr noch, um die Unruhe zu verdrängen, die ihm die Kehle hinaufstieg. Zwischendurch kehrten seine Augen immer wieder zur Wand zurück, in der sich das Astloch abzeichnete. Er hielt es nicht mehr aus. In seiner Unrast schlich er sich, Feile und Metall in den Händen, auf Zehenspitzen dorthin, preßte sein Ohr an das rauhe Holz, hörte aber nichts als den Wind, wie er durch die Schießscharten pfiff, und dabei das Rauschen des Bluts in seinen Adern. Er schwenkte das schwere Madonnenbild ein wenig zur Seite und hob es einen Fingerbreit an.

Da sah er den Riegel, schwer und verrostet, in die Wand versenkt. Die Tür, schoß es ihm durch den Kopf, die Tür in den geheimen Schacht, in den Raum, in dem Mika sich verbarg. Hendrik schob seine Hand tief in den Spalt zwischen dem Bild und der Wand. Er konnte den Riegel erreichen, der sich kalt und rostig anfühlte. Er verstärkte den Druck seiner Hand. Da knirschte Metall gegen Metall, so schrill und laut, daß Hendrik dachte, Tomoda müsse es gehört haben. Darum verharrte er und lauschte eine Zeitlang. Dann griff er wieder nach dem Riegel und spannte seine Muskeln erneut an.

Der Riegel knarrte. Mit einem Ruck schob ihn Hendrik bis zum

Anschlag auf. Die Tür gab nach, sie ließ sich öffnen, und dahinter ein dunkler Raum. Ein Schwall muffiger Luft quoll durch den Türspalt, der die Leinwand des Gemäldes blähte. Hendrik ließ die Tür angelehnt und den Riegel offen. Das Madonnenbild schwang wieder in seine alte Stellung zurück.

Hendrik nahm das Metallstück vom Boden auf und fing an, wie wild daraufloszufeilen, und kreischende Geräusche erfüllten den Raum. So schlich er, immer noch feilend, auf Zehenspitzen zu seinem Arbeitsplatz zurück. Danach floß die Zeit zähflüssig dahin, wie Harz aus einem verwundeten Kieferstamm quellend.

Tomoda humpelte heran. Hendrik arbeitete wortlos an der Muskete weiter, zwischendurch immer wieder verstohlen auf das goldgerahmte Madonnenbild blickend. Ein paarmal glaubte er, die Leinwand wölbe sich eine Spur und schien sich zu bewegen. Mika, dachte er, aber es war nur der Wind, der ihn narrte.

Tomoda kehrte zu seinem Ruheplatz auf der anderen Seite des Raums zurück, wo die Sonne noch einfiel und er sein krankes Bein den wärmenden Strahlen aussetzen konnte.

Hendrik schlich sich wieder zu dem Bild hin und hob es eine Spur an. «El Rosso», hörte er da plötzlich eine Stimme, flüsternd, gehetzt, «el Rosso?»

Hendrik antwortete ebenso leise.

«João wird Euch töten. Heute nacht. Ihr müßt fliehen.»

Tomoda kam von der anderen Seite herbeigeschlurft. Hendrik gelang es, sich rasch zu seinem Platz zurückzustehlen. Er beugte sich über den Tisch, und mit Feilen und Hämmern brachte er sinnlose Geräusche hervor.

Langsam senkte sich die Dämmerung hernieder, und das Blau des Himmels verschmolz mit dem Grau der Schatten. Tomoda ging von Lampe zu Lampe und schaute nach, ob in allen noch genügend Öl für den Abend war. Wo Öl fehlte, goß er es aus der großen Blechkanne nach, die er auf einem rollbaren Untersatz hinter sich herzog. Danach drehte er die Dochte einen nach dem anderen hoch und zündete mit der Lunte die Lichter an.

«Kalt ist's, windig und kalt heute», brummte Tomoda, als er neben Hendrik stand, «wenn man alt wird, O'Hendoriku, kriecht die Kälte immer tiefer in die Gelenke hinein, bis sie stocksteif werden. Nicht viel dagegen zu tun, außer in einer heißen Quelle sitzen und die Wärme einsaugen.» Er stellte die nur noch halb gefüllte Blechkanne auf den Boden und zog sich wieder seinen Schemel heran. Er streckte sein Bein weit von sich. «Tät' Euch auch gut, O'Hendoriku, in einer heißen Quelle zu sitzen. Tät' Euren Schultern gut, nach all der Schufterei. Tät' Euch gut, in einer heißen Quelle zu sitzen.»

Hendrik schaute Tomoda von der Seite an und versuchte zu lächeln. In seinem Kopf ein Gedankensturm. Wie und wann sollte er Tomoda überwältigen? Er müßte versuchen, ihn von hinten zu greifen und ihm sein Schwert zu entreißen. Schrie er, müßte er ihn töten. Hendrik musterte Tomoda aus den Augenwinkeln. Er mußte schnell handeln. Möglichst lautlos. Aber Tomoda umbringen ... der Gedanke schnitt ihm den Atem ab.

«Also, eigentlich ...», Tomoda kratzte sich, wie er es oft tat, hinter dem Ohr und blickte starr auf den Boden, «eigentlich, O'Hendoriku, wenn ich mir das so richtig überlege, Ihr hättet eine bessere Behandlung verdient. Unser Herr hat Euch schlecht behandelt, und Nagato ... na ja, dieser Kerl ... wie der Euch behandelt ... Wirklich, Ihr hättet es besser verdient.»

Tomoda schnaufte durch die Nase und versank in Schweigen.

«Tomoda», fing Hendrik an, «könntet Ihr mir einen Gefallen tun ...»

«Ich meine ja nur», unterbrach Tomoda ihn, ohne seine Frage zu hören, «ich meine ja nur, O'Hendoriku, ich weiß nicht ... eigentlich darf ich's Euch nicht sagen, aber das, was mein Herr beschlossen hat ... stimmt mich traurig, sehr traurig sogar. Ihr seid ein feiner Kerl, O'Hendoriku, all die Monate lang ein feiner Kerl gewesen, habt Euch nie beklagt, habt immer drauflos gearbeitet, immer geschuftet, unserem Herrn eine Menge Musketen umgebaut ... und jetzt zum Dank soll Nagato ... na ja, O'Hendoriku, ich darf ja nichts sagen, aber trotzdem sollt Ihr wissen, Ihr seid ein feiner Kerl. Ich werd' immer an Euch denken.»

Hendrik riß sich zusammen. «Ich mag Euch auch, Tomoda», antwortete er mit einer Stimme, hinter der sich all seine Erregung versteckte, «Ihr habt mich immer gut behandelt, Tomoda. Das werde ich Euch nicht vergessen.»

«Ach was», winkte Tomoda ab und kratzte sich verlegen hinterm Ohr, «ach was, für so 'nen feinen Kerl wie Euch … wirklich schade … wirklich schade.»

«Könntet Ihr mir einen Gefallen tun?» fragte Hendrik ihn.

«Was denn?»

«Hab' keinen Tee mehr, und meine Kehle ist trocken. Wenn Ihr so gut sein könntet, mir etwas heißes Wasser zu bringen?» Hendrik deutete in die ferne Ecke des Raums, wo ein Teekessel auf einem der Hibachi summte.

Tomoda stand auf und humpelte weg. Hendrik löste den Lederriemen, den er als Gürtel trug. Er legte sich einen Lumpen griffbereit, um damit Tomoda knebeln zu können. Dann erhob er sich geräuschlos und stellte sich sprungbereit neben den Pfeiler. Er wollte Tomoda packen, wenn er mit dem Teekessel zurückkam, und überwältigen.

Da hörte er Schritte die Treppe heraufkommen.

Nagato erschien. «Was machst du hier?»

Hendrik tat, als sei sein Lederriemen locker und er müsse ihn neu binden. «Nichts. Ich habe mich nur ein bißchen gereckt. Meine Schultern … Ihr wißt ja …»

Aus Nagatos Augen sprang Argwohn. «He, Tomoda», fuhr er den Alten an, der mit dem Teekessel in der Hand jetzt inmitten des Raums stand, «ich brauch' dich hier nicht mehr. Geh runter zu den anderen.»

Wortlos stellte Tomoda die Teekanne auf den nächst stehenden Hibachi und humpelte an Hendrik vorbei auf den Treppenabgang zu. Dort drehte er sich noch einmal um und blickte zurück, aber Hendrik hatte sich schon wieder an seinen Arbeitstisch gesetzt und über seine Muskete gebeugt.

«Fertig?» fragte Nagato schroff.

«Gleich, Herr», antwortete Hendrik. Es war das erste Mal, daß er Nagato mit Herr anredete. «Wenn Ihr noch ein wenig Geduld habt, Herr, und Euch vielleicht dort hinsetzen wollt.» Er deutete auf Tomodas Schemel. Nagato zögerte, setzte sich aber dann doch breitbeinig auf den Schemel, so daß die Spitzen seiner beiden Schwerter fast den Boden berührten. Er stützte beide Hände auf die Oberschenkel, wie es Don Joãos Gewohnheit war.

Hendrik legte die Muskete quer vor sich auf den Tisch und tat, als müsse er den Sitz des Metallbolzens prüfen, den er in den hölzernen Schaft hineingehämmert hatte. Gleichzeitig aber faßte er den Kolben mit beiden Fäusten und spannte seine Muskeln bis zum Zerreißen. Mit einer plötzlichen, blitzschnellen Bewegung stieß er mit aller Kraft den Lauf der Muskete Nagato gegen die Brust. Nagato stürzte nach hinten. Er riß dabei die noch halb mit Öl gefüllte, große Blechkanne um, die neben dem Schemel stand.

Aber so leicht war Nagato nicht zu überrumpeln. Während Hendrik aufsprang und sich auf ihn werfen wollte, schlug er einen Salto rückwärts und stand schon wieder auf den Beinen. Mit einem lauten Schrei zog er sein Langschwert.

Hendrik wich zurück und hielt die Muskete schützend vor sich. Den ersten Schwerthieb konnte er mit dem Kolben parieren, der zweite traf den Lauf. Die Klinge rutschte am Lauf entlang und verfing sich in dem Zündschloß. Von der Wucht seines eigenen Hiebs wurde Nagato nach vorn gezogen, so weit, daß es Hendrik gelang, ihn durch eine Drehung der Muskete zu Fall zu bringen. Dabei fegte er mit dem Kolben die Öllampe vom Tisch. Als sie auf dem Boden zerschellte, fing das Öl Feuer. Das Feuer sprang auf die große Öllache über, die aus der umgekippten Blechkanne ausgeflossen war. Nagato rutschte aus, als er versuchte, sich aufzurichten, und Hendrik ließ den Musketenschaft auf ihn niedersausen. Aber wieder gelang es Nagato, sich im letzten Augenblick zur Seite zu wälzen, so daß der Stoß nur seine rechte Schulter traf. Das Schwert fiel ihm klirrend aus der Hand.

Mika, die, angstvoll durch das Astloch spähend, das Geschehen verfolgte, öffnete die Tür und schlüpfte hindurch. Hinter dem Madonnenbild kauernd, wartete sie, bereit, nach vorn zu springen. Als sie Nagatos Schwert auf den Boden fallen sah, preschte sie vor, bis auf einen schmalen Augenstreifen ganz in Schwarz gehüllt. Sie sprang mit voller Wucht auf seine Hand, die das Schwert zu greifen suchte, und gab mit dem nächsten Schritt dem Schwert einen Stoß, so daß es in weitem Bogen über den Boden flog, an einem der Pfeiler abprallte, sich wie ein Flügel drehte und den Treppenaufgang hinabstürzte.

Nagato fuhr hoch, das Gesicht schmerzverzerrt: «Zum Teufel, wer bist du?» Er starrte hinter Mika her, raffte sich auf, griff sein Kurzschwert und stürzte, ohne auf Hendrik zu achten, der seine Muskete wieder ergriff, hinter ihr her.

Mika rettete sich hinter die Pfeiler des Treppenaufgangs, aber Nagato verfolgte sie mit der Wut eines verletzten Ebers. Hendrik setzte hinter ihm her, den Musketenkolben zum Schlag erhoben. Die an den Pfeilern hängenden Öllampen zerschellten auf dem Boden, und ihr Öl nährte die schon brennende Lache, so daß die Flammen, vom Wind angefacht, sich ausbreiteten und höher leckten.

Durch die Flammenwand hindurch sah Hendrik, wie Nagato, sein Kurzschwert stoßbereit, Mika in eine Ecke trieb. Breitbeinig baute er sich vor ihr auf: «Zum Teufel, Ninja, sag deinen Namen. Sag, wer du bist.»

Hendrik schleuderte von hinten seine Muskete gegen Nagato und traf ihn im Rücken. Er wurde nach vorn geworfen, dorthin, wo Mika stand. Sie glitt zur Seite, und Nagatos Klinge bohrte sich dicht neben ihr in die Wand. Sie duckte sich und sprang, während Nagato sein Schwert aus den Planken der Wand zu reißen versuchte, an ihm vorbei. Sie rannte am Rande der Flammen auf Hendrik zu und drückte ihm im Flug seinen Dolch in die Hand.

Nagato fuhr herum, sein Schwert wieder stoßbereit. Hendrik stellte sich vor Mika, den Dolch im Rücken verborgen, und wartete auf den Angriff.

Die Flammen schienen Nagato wenig auszumachen. Er stürzte mitten durch das brennende Öl. Hendrik und Mika wichen zurück, Schritt für Schritt.

Nagato grinste und trieb sie in eine Ecke hinein. «Gut so. Gut so», knurrte er mit höhnischem Lächeln, «so krieg' ich euch beide.» Schließlich, als Hendrik und Mika schon fast mit dem Rücken an der Wand standen, hielt er seine Zeit für gekommen. Er umfaßte den Griff seines Schwerts mit beiden Händen und setzte zum Hieb an.

Sich duckend stieß Hendrik sich mit dem Fuß von der Wand ab und schnellte nach vorn. Sein Dolch traf Nagato in den Leib. Durch die Wucht des Stoßes wurde Nagato nach oben gerissen, und der Dolch drang ihm von unten ins Herz. Mit einem gurgelnden Schrei brach er zusammen.

«Kommt», flüsterte Hendrik Mika zu, die mit angstvoll aufgerissenen Augen auf Nagatos zuckenden Körper herabsah, «kommt, schnell.»

Er ergriff sie bei der Hand und zog sie mit sich fort. Sie rannten durch den Raum, in dem das brennende Öl schon kniehohe Flammen aufflackern ließ, erreichten das Madonnenbild, vom Feuer schon halb zerfressen, rissen es herab und stiegen durch die Tür in den Schacht. Sie tasteten sich die lange Leiter hinab, bis sie den Fuß des Schachts erreichten, wo in einer Nische die beiden Laternen noch brannten, die Mika dort vor ihrem Aufstieg hingestellt hatte. Das Feuer im Turm sog die Luft durch den Schacht, so daß sie wie ein Taifun nach oben fegte.

«Kommt», sagte Mika und reichte Hendrik die Sturmlampe, «kommt.» Sie führte ihn ein Stück den engen Gang entlang zu einem Seitenstollen. Dort, im Schutz einer vorspringenden Wand, streifte sie die Maske ab, mit der sie ihr Gesicht verdeckt hatte. Ihr Haar löste sich und fiel ihr in langen Wellen über die Schultern.

«Mika-sama», stotterte Hendrik und schaute sie mit verwunderten Augen an, «ich kann es nicht glauben. Wirklich, Ihr seid es.»

«Ich habe Bänder für Eure Füße mitgebracht. Ihr müßt Eure Füße umwickeln», sagte Mika und deutete den Gang entlang, «zu viele Steine und Felsbrocken. War keine Zeit für Sandalen.» Sie hob ihre schwarze Tarnjacke und begann, die Bänder aufzurollen, die sie sich um die Hüfte gewickelt hatte.

«Schnell, nehmt sie doch», sagte Mika ungeduldig, weil Hendrik unverrückt dastand und sie selbstvergessen anstarrte. «Schnell, bindet sie Euch um die Füße», drängte sie, «wir müssen weiter, fort von hier, sofort.»

Sie stolperten über scharfkantige Steine, krochen auf den Knien über die hochgetürmten Felsbrocken und erreichten den Hauptgang, wo der Weg weniger beschwerlich war und sie losrennen konnten. Das Licht ihrer Laternen flackerte an den mächtigen Zapfen und Säulen vorbei, die den Stollen füllten. Die Schatten sprangen vor, vereinigten sich, rasten vorbei und verschwanden. Mika sah die Puppen ihrer Kinderjahre, groß und klein, in ockergelben und rostroten Farben, lachend, weinend, wie sie vorbeitanzten, in einem immer schneller werdenden Rhythmus.

Dann, unvermittelt, nach der letzten Windung des Gangs, kam das Ende des Stollens, die schwere Tür, die den Ausgang abschloß. Durch die Ritzen pfiff der Wind und brachte den Geruch des Meeres mit.

«So», sagte Mika und hielt an. Sie stellte ihre Laterne auf einen Felsenabsatz am Rand des Gangs. Sie streifte sich die Haare zurück, die ihr an den Wangen klebten, und blickte auf. Zum erstenmal sah sie Hendrik voll ins Gesicht. Ihre Augen trafen sich. Mika lächelte. «So», sagte sie noch einmal, als liege die ganze Welt in dieser einen kleinen Silbe. Sie bewegte ihre Lippen, wollte noch mehr sagen, brachte aber keinen Ton hervor. Ihr Lächeln erstarrte. Sie dachte, wie wenig Zeit noch blieb bis zum endgültigen Auseinandergehen, bis zu jenem Augenblick, in dem die schwere Ausgangstür sich öffnete und das Ende ihres Zusammenseins gekommen war, ein Zusammensein, das doch noch gar nicht begonnen, das bisher nur aus Angst, Rennen und Fliehen bestanden hatte.

Mikas Augen hefteten sich auf die Ausgangstür, und sie hoffte, sie würde sich nicht öffnen lassen. Sie wünschte sich, die Tür würde nicht zum Meer hinausführen, wo Nana mit dem Boot wartete, sondern es gäbe eine andere, unsichtbar für alle Augen, außer für ihn und für sie, eine Tür, die in einen anderen Stollen führte, einen geheimen Gang, den niemand kannte, der wegführte von der Wirklichkeit, weg von Angst, von Rennen und Gejagtsein, hinein in eine schönere Welt, hinab vielleicht zum Palast der Meeresgöttin, von der die Fischer erzählten, er liege am Grund der Silberbucht, von blauem Licht erfüllt und die Wände aus Korallen und Perlen gefügt. Nichts von Hast und Unruhe, wie sie oben herrschten, drang dorthin, außer dem Singen des Windes und dem Rauschen der Wellen.

«Draußen wartet ein Boot auf Euch, el Rosso», sagte Mika und zwang ihre Stimme, ruhig zu klingen. «Es wird Euch in Sicherheit bringen.» Sie deutete auf die beiden schweren Querbalken, mit denen die Tür verschlossen war.

«Und Ihr, Mika-sama? Ihr kommt doch mit?» Als habe sie Hendriks Frage nicht gehört, streifte Mika die Riemen von den Schultern, mit denen sie sich den Leinensack auf den Rücken gebunden hatte. Sie ließ ihn zu Boden gleiten und leuchtete mit der Laterne in die Öffnung hinein. «Hier», sagte sie und zog das Empfehlungsschreiben heraus, «dieser Brief, el Rosso ... hebt ihn gut auf. Sobald Ihr die Shimabara-Halbinsel verlassen habt und Hilfe braucht, wird Euch dieser Brief nützlich sein.» Ohne aufzublicken, reichte sie Hendrik den Umschlag mit dem roten Stempel und wartete, daß er ihr ihn aus der Hand nahm.

«Und das hier», sagte sie mit der gleichen beherrschten Stimme und zog den Beutel mit den Silber- und Goldmünzen aus dem Sack, «das hier werdet Ihr für den Weg brauchen. Ich hoffe, es wird reichen bis Hirado. Hirado, war nicht Hirado Euer Ziel?»

«Das geht nicht», antwortete Hendrik, als er am Klingen der Münzen erkannte, was in dem Beutel war.

«Seid nicht töricht. Ihr braucht Silber und Gold, wenn Ihr Hirado erreichen wollt. Ich weiß nicht, wie weit es bis dorthin ist, aber sicher etliche Tage zu Fuß.»

«Aber was wird mit Euch werden, Mika-sama?» brach es aus Hendrik hervor. «Nach all dem, was Ihr für mich getan habt, Ihr könnt doch nicht hierbleiben.»

«Kümmert Euch nicht um mich.» Sie ließ den Beutel mit den Münzen und das Empfehlungsschreiben wieder in den Sack gleiten und verknotete die Kordel. Dann trat sie hinter Hendrik und band ihm den Sack auf den Rücken.

«Aber Don João wird sich an Euch rächen.»

«Er weiß nicht, daß ich Euch geholfen habe.»

«Er wird es herausfinden.»

«Dann werde ich schon weg sein. Ich werde zu meinem anderen Bruder gehen. Auf Schloß Hinoe. Da bin ich in Sicherheit.»

«Aber das Feuer, das sicher noch oben brennt ... und Nagato ... ich wollte ihn nicht töten, aber ich konnte nicht anders.»

«Ich weiß», sagte Mika.

«Ich habe Angst um Euch. Bitte, kommt mit.» Hendrik legte seinen Arm um sie und versuchte, sie an sich zu ziehen.

«Die Zeit drängt, el Rosso», sagte Mika mit einer Stimme, aus der alle Weichheit verschwand, die über sie hereinzubrechen drohte. «Macht die Tür auf, el Rosso, ich flehe Euch an. Das Boot wartet.»

«Wo und wann werde ich Euch wiedersehen?»

Mika hob die Laterne und richtete ihren Strahl auf die schweren Querbalken. «Macht die Tür auf, el Rosso.»

Hendrik folgte ihr zögernd und stemmte mit den Schultern den ersten Querbalken hoch. Der Wind drückte von außen gegen die Tür. Als er auch den zweiten Querbalken hochgewuchtet hatte, drückte der Wind den Türflügel mit solcher Kraft nach innen, daß Hendrik ihn nicht halten konnte. Ein Schwall kalter Luft brach herein, vermischt mit salziger Gischt. Mit orkanartiger Stärke riß er Hendriks Sturmlampe mit sich und warf sie in den Schlund der Grotte.

«Kommt, el Rosso», übertönte Mikas Stimme das Getöse des Windes. Sie zog Hendrik durch die Felsenöffnung und bog draußen die Zweige des Ginsterbuschs auseinander. Der gerade aufgehende Mond erleuchtete die vom Sturm getriebene Gischt, die wie ein feiner Nebelschleier über dem Meer hing. Ein seltsames Bild der Stille, trotz des sausenden Windes, der sich in den Felsvorsprüngen fing.

«Hier.» Mika deutete auf die in dem blauen Schatten schwach erkennbaren Steinstufen, in den Felsen geschlagen, die hinunterführten zum Meeressaum. Dann aber starrte sie auf den schmalen Landstreifen, wo Nana mit dem Boot warten sollte. «Das Boot? Wo ist das Boot? Wo ist Nana mit dem Boot?»

Von plötzlicher Panik ergriffen, umklammerte Mika Hendriks Arm. Ihre Fingernägel gruben sich durch sein Hemd, während ihre Augen wie rasend die Oberfläche des Meeres absuchten.

«Dort», sagte sie schließlich mit tonloser Stimme, als sie endlich zwei Lichtpunkte auf dem Wasser entdeckt hatte, schwach durch die vom Wind getriebene Gischt erkennbar, eng beieinander, die Sturmlaternen an Bug und Heck, von denen Nana gesprochen hatte. «Dort. Das müssen sie sein. Dort, weit draußen.» Mika preßte sich schutzsuchend an Hendrik, «Nana und ihr Bruder ... da draußen ... Der Sturm ... Sie haben es nicht bis hierher geschafft.»

Hendrik fühlte, wie Mika am ganzen Körper zu zittern begann. «Wir müssen einen anderen Weg finden. Sicher gibt es einen anderen Weg.»

«Es gibt keinen anderen. Das Boot ist Eure einzige Rettung. Nur mit dem Boot könnt Ihr fliehen.» Mika starrte auf das Meer hinaus, wo die zwei Lichtpunkte, vom Sprühnebel der Wellengischt gedämpft, auf und ab tanzten. Manchmal gingen die Wellen so hoch, daß eines der Lichter in einem Wellental verschwand. «Selbst wenn wir sie rufen», sagte Mika, «können sie uns nicht hören. Bei diesem Wind. Unmöglich.»

Hendrik blickte die dunkle Klippe entlang, deren steile, hohe Wand im Mondschatten lag. Dort, wo Felsen und Wasser aufeinandertrafen, blitzten immer wieder die Schaumkronen der Brandungswellen auf. «Und dort, die Klippe entlang?»

«Die Felswand ist zu steil und stürzt unmittelbar ins Meer ab.» Mika schüttelte den Kopf und dachte an die Stunden, die sie oben auf der Mauerkrone verbracht hatte, mit angezogenen Beinen auf den Steinplatten hockend, unter den Kirschbäumen, wenn sie in voller Blüte standen, bei Mongos Weide. Sie konnte, wenn sie sich über den Mauerrand beugte, die Brandungswellen sehen, tief unten, die den Fuß der Klippe mit ihrem Schaum überspülten. Der Abbruch war so steil. «Nein», sagte sie angstvoll, «unmöglich.»

«Aber, Mika-sama, es ist zur Zeit tiefste Ebbe.» Hendrik deutete auf den vollen Mond, der dort, wo die Klippe einen Teil des Himmels abschnitt, noch niedrig als große, goldgelbe Scheibe über dem Wasser stand. «Es ist tiefste Ebbe. Der tiefste Wasserstand. Vielleicht am Fuß der Klippe entlang ... wir müssen es versuchen.»

Mika schüttelte den Kopf und schaute zu dem Boot hinaus, das vom Wind gepeitscht noch weiter weggetrieben schien, noch unerreichbarer. Als sie sich umwandte und die Klippenwand emporschaute, sah sie Gestalten, die über die Mauerkrone rannten. Einige hielten Fackeln und leuchteten damit über den Mauerrand. Unwillkürlich duckte Mika sich und zog Hendrik mit sich herab, obwohl das Licht der Fackeln zu schwach war, bis zu ihnen zu dringen. «El Rosso.» Sie wies nach oben. «Eure Flucht ist entdeckt. Bald werden sie auch durch die Grotte kommen.»

Hendrik hockte sich wortlos auf den Felsen und riß sich die Bänder von den Füßen, um barfuß besser auf den nassen Steinen Halt finden zu können, krempelte die Hosenbeine zum Knie hinauf. Mika setzte sich neben ihn und streifte wie er die Beine ihres schwarzen Ninjagewands hoch.

Hendrik beugte sich über sie, um ihr zu helfen. Dabei berührte er ihre Haut und fühlte ihre Zartheit. Er drückte Mika einen Kuß sanft auf die Stirn. «Wir werden es schaffen», flüsterte er ihr zu, «wir müssen es schaffen.»

Dann ergriff er sie bei der Hand und führte sie zu den Brandungswellen hinunter. Der weiße Schaum leuchtete im Mondschein. Hendrik betrachtete die überspülten Felsen, bis er sich ihre Form und Höhe eingeprägt hatte. Dann setzte er zum Sprung an und half Mika nachzukommen. «Wir schaffen es», raunte er immer wieder, wenn der Sprung zu weit zu sein schien, «Mika-sama, wir schaffen es.»

Stein für Stein arbeiteten sie sich voran, Sprung für Sprung, sich gegenseitig an den Händen haltend, dicht entlang der Steilwand, die an einigen Stellen überhing und sie gegen Blicke von oben schützte.

Dann kam eine Stelle, wo nur dunkles Wasser gurgelte. Hendrik versuchte, die Tiefe zu schätzen. Für kurze Zeit, wenn die Brandung zurückströmte, wurden einige Felsbrocken sichtbar. Er bedachte die Zeit, die zwischen zwei Brandungswellen verstrich, dann sprang er hinab, konnte auf dem Felsen Fuß fassen, schnellte sich nach vorn, schien für einen Augenblick ganz unterzutauchen, erreichte aber die andere Seite und zog sich aufs Trockene hinauf.

«Wir schaffen es!» rief er Mika zu und sprang, als die nächste Pause in dem dauernden Ansturm der Wellen einsetzte, wieder in das Wasser hinein und kam zu Mika zurück. Wie ein Kind hob er sie hoch. So sprang er in das gurgelnde Wasser, kämpfte sich mit ihr auf dem Arm weiter vor, von Fels zu Fels. Ein paarmal drohte eine Welle, beide mit sich fortzureißen, aber jedesmal gelang es Hendrik, sich im letzten Augenblick auf den nächsten Felsbrocken zu retten. «Wir schaffen es!» schrie er gegen das Getöse der Brecher und preßte Mika an sich, die ihre Arme um seinen Hals ge-

schlungen hatte, und versuchte, jeden Sprung, den er tat, voraus-
zuberechnen, damit sie sich seinen Bewegungen anpassen konnte.
Als der schwierigste Teil der Klippe genommen zu sein schien
und die Wellen nicht mehr mit solcher Wucht gegen die Felsen anliefen, verlangsamte Hendrik seinen Schritt, setzte aber Mika
nicht ab. Er hielt sie weiter in den Armen und trug sie unter der
schwarzen Wand voran, die sich über ihnen auftürmte und ihnen
Schutz bot. Mika lehnte ihren Kopf gegen seine Schulter. Zwischen dem Tosen der Wellen hörte sie seinen Atem, der wieder ruhiger ging. Sie wollte ihn schon bitten, sie wieder abzusetzen, doch
das Gefühl, so getragen zu werden, war für sie etwas Neues, Un-
gewohntes, so fremdartig Beglückendes, daß sie es nicht über sich
brachte. Kaum spürte sie, daß sie bis auf die Haut durchnäßt war,
spürte dagegen die Wärme, die von ihm ausging, die Sicherheit
seines Griffs, mit der er ihre Brust und ihre Beine umfaßte und sie
scheinbar mühelos trug. Sie vertraute sich der Berührung seiner
Hände an und wünschte sich, er würde sie immer so weitertragen.
Aber die Felswand wich, und die scharf gezogene Linie am
Strand, wo der Schatten endete und das helle Mondlicht schien,
schob sich immer näher an sie heran. Vor ihnen lag ein Sandstrand, silberblau schimmernd. Hendrik nutzte die letzten Schritte, die er noch im Schutz des Schattens tun konnte, fast schon geduckt, um dem Schein des vollen Mondes auszuweichen. Dann
hielt er an. Behutsam ließ er Mika aus seinen Armen gleiten.
«Seht Ihr», beugte er sich zu ihr hin, und seine Lippen berührten ihr Haar, «die Ebbe hat geholfen.» Er sah zurück, die dunkle Felswand entlang, dorthin, woher sie gekommen waren. Die
Schaumkronen der Wellen zeichneten sich hell gegen den
schwarzen Felsen ab. Dort, wo der Grottenausgang lag, blitzte das
rote Licht mehrerer Fackeln auf. «Sie sind da», flüsterte er und
deutete in Richtung der Fackeln, «es wird ihnen aber nicht gelingen. Die Flut steigt schnell, und die Brandung wird immer höher.
Und sie wissen ja auch nicht, daß wir hier sind.»
Mika schaute auf das Meer hinaus. Sie suchte Nanas Boot, die
beiden Sturmlaternen am Bug und am Heck, aber die vom Wind
gepeitschte Gischt der Wellenkämme bildete inzwischen eine so
dichte Dunstschicht, daß dahinter alles verschwamm. Nur das

Mondlicht brach sich in dem Dunst und ließ die Meeresoberfläche wie in einen seidenen Schleier gehüllt erscheinen. Hoffentlich versuchen Nana und ihr Bruder jetzt nicht mehr, den Grottenausgang zu erreichen, schoß es Mika durch den Kopf, sie dürfen Joãos Leuten nicht in die Hände fallen. Hoffentlich wissen sie, daß es zu spät, sinnlos ist, das Boot an die Felsen zu steuern. Hoffentlich kehren sie gut an Land zurück. Hoffentlich geht Nana sofort nach Hinoe, wird unterwegs nicht entdeckt und nach Hara zurückgeschleppt.

«Sie suchen uns», sagte Hendrik und deutete zur Mauer empor.

Mika lehnte ihren Kopf zurück und folgte seinem Blick. Über den Rand der Mauerkrone huschten Fackeln, und Stimmen drangen herab, bellende, befehlende Stimmen, kehlig und rauh.

«Sie suchen uns überall.»

«Wir müssen dort entlang», hauchte Mika. Sie deutete auf den vom Mondlicht übergossenen Strand und die mit Schilf bewachsene Niederung zwischen Meer und Land, und lauter: «Die einzige Stelle im Schloßgraben, die wir durchwaten können.»

Hendriks Augen folgten Mikas ausgestreckter Hand. Er sah den schmalen Damm aus Felsbrocken, der den Schloßgraben gegen das Meer abgrenzte. Er verstand sofort, hier war die schwächste Stelle im Befestigungsring des Schlosses. Er wandte sich um und blickte, um seine Befürchtung zu bestätigen, noch einmal zur Mauer hinauf. Wachttürme reihten sich, dicht an dicht, und das Fackellicht, das aus den Schießscharten fiel, verriet, sie waren schon besetzt. Die gesamte Strecke, die Mika und er durchqueren mußten, lag in ihrer Schußweite. Aber es gab keine andere Möglichkeit.

«Das Schilf», raunte er Mika zu, «wir müssen das Schilf möglichst rasch erreichen. Vielleicht gibt es uns Schutz.»

«Dahinter der Schloßgraben», Mika berührte seinen Arm, «und dann die Küstenstraße.»

«Wie weit?»

«Sehr weit.»

«Kommt.» Hendrik faßte Mika bei der Hand und kroch mit ihr über das letzte, noch im Schatten des Mondlichts liegende Stück.

«Los», flüsterte Hendrik Mika zu, «haltet Euch rechts, zum Meer hin. Ich renne auf der Landseite, möglichst weit von Euch getrennt. Im Schilf treffen wir uns wieder.»

«Warum rennen wir nicht zusammen?»

«Zusammen bieten wir für die da oben ein einziges Ziel, auf das alle schießen werden.» Hendrik strich Mika übers Haar und ließ sie vorwegrennen. Er sah, wie sie geduckt über die offene Fläche huschte. Ihr schwarzes Ninjagewand hob sich gegen den silbernen Sandstrand ab.

«Vorsicht, da rennt er», drang von den Wachttürmen ein kehliger Warnschrei, «da rennt der Kerl. Das ist er.»

In dem Augenblick preschte Hendrik los. Er hörte, wie die Schreie von der Mauer sich vervielfachten und anschwollen.

«Da rennt noch einer.»

«Schießt doch endlich, los, schießt doch endlich.»

Hendrik hörte das Sausen des ersten Pfeils, der sich neben ihm mit dumpfem Geräusch in den Sand bohrte. Ein zweiter folgte, der sirrend von einem Stein abprallte, darauf ein dritter und weitere. Hendrik schlug einen Haken und erreichte den Rand des Schilfs.

«El Rosso!» hörte er Mika rufen.

Hendrik arbeitete sich durch die brusthohen Halme bis zu ihr hin. Sie duckten sich, während Pfeil um Pfeil rechts und links von ihnen in das Schilf prasselte. Bemüht, die Schilfhalme möglichst wenig zu bewegen, schlichen sie voran, aber es dauerte nicht lange, da zischten Flammenpfeile über sie hinweg.

Bald war es ein Schwall von Brandpfeilen, der in das wintertrockene Schilf regnete, und rundum züngelten Flammen auf. Mehrmals mußten sie die Richtung im Zickzack wechseln, um den Flammen auszuweichen. Hendrik ließ Mika vor sich hergehen, auf der der Schloßmauer abgewandten Seite, so versuchte er, sie gegen die Pfeile zu schützen.

Dann fiel der erste Schuß.

Eine Salve von drei oder vier Schüssen folgte. Ein scharfes Zischen und der dumpfe Aufprall verrieten, daß die Samurai gefährlich gut trafen.

Hendrik warf sich zu Boden und riß Mika mit, damit sie nicht mehr von der Mauer aus gesehen werden konnten. Auf Knien krochen sie weiter, aber wieder versperrten Flammen ihnen den Weg. Der ätzende Qualm schnitt ihnen den Atem ab.

«Wir müssen durch.»

Hendrik riß Mika hoch und rannte mit ihr durch die lodernde Flammenwand. Dann kam der breite Schloßgraben, mit schenkeltiefem Wasser, und auf der anderen Seite die steile Böschung.

Dort traf die Kugel Hendrik, als er schon oben auf der Böschung stand und sich umwandte, Mika die Hand zu reichen.

Die Kugel traf ihn in die Brust. Er brach zusammen.

«El Rosso, el Rosso.» Mika kroch die Böschung hinauf und beugte sich über ihn. «El Rosso.»

Noch immer fielen Schüsse. Mühsam richtete Hendrik sich auf und versuchte sich zu erheben. Mika schob ihre Schulter unter seinen Arm und stützte ihn. Nur wenige Schritte noch, dann schlossen sich die Zweige der Büsche hinter ihnen.

«El Rosso … el Rosso …»

Taumelnd, stolpernd, mit Mikas Hilfe tauchte Hendrik in den Schutz der Büsche und arbeitete sich weiter voran. Die Zweige bogen sich auseinander und streiften an ihnen vorbei, während Mika ihn weiterzog, tiefer hinein in das schützende Dickicht, weg von den Pfeilen und Kugeln, die weiterhin, wenn auch spärlicher, unweit von ihnen durch das Blattwerk zischten.

Auf einer Lichtung sah Mika, wie schlimm Hendrik blutete. Sorgsam nahm sie ihm den Leinensack vom Rücken, schwer von den Silber- und Goldmünzen, zog die zusammengeknäuelten Bänder heraus, mit denen er seine Füße in der Grotte umwickelt hatte. Sie waren braun von Erde und naß, aber das einzige, womit sie ihm einen Verband anlegen konnte, der den Blutverlust unterbrach.

«Wir müssen weiter, el Rosso.» Mikas Stimme klang ruhig und weich, trotz der schwebenden Erregung, die aus ihr klang. «Ihr werdet es schaffen, el Rosso. Bald erreichen wir die Küstenstraße.»

Hendrik nickte und raffte sich auf. Gemeinsam tauchten sie wieder in die Büsche ein. Wenn Äste seinen Brustkorb streiften, brach ein leises Stöhnen aus ihm heraus, aber er versuchte, mit Mika Schritt zu halten. Sie leitete ihn durch die lichter werdenden Büsche, im Bogen weg vom Meer, über eine sumpfige Wiese, hinter der die Küstenstraße lag, gesäumt von Kiefern, die das Mondlicht filterten.

«Schloß Hara brennt ... Schloß Hara brennt!» schrien Menschen, die die Küstenstraße entlanggerannt kamen.

Zum erstenmal wandte Mika sich um und sah den roten Lichtschein aus Richtung Hara. Sie erhob sich, um einen besseren Blick zu gewinnen. Aus der Spitze des Schloßturms schlugen helle Flammen.

«Der Turm brennt», flüsterte sie Hendrik zu, als sie sich wieder neben ihn gegen die Böschung geduckt hatte.

Sie warteten, gegen die Böschung gedrückt. Immer mehr Menschen liefen schreiend, gestikulierend an ihnen vorbei. «Schloß Hara brennt ... Schloß Hara brennt!»

«Wir schaffen es, el Rosso», flüsterte Mika.

Hendrik drückte leicht ihre Hand.

Für kurze Zeit schien die Küstenstraße leer und verlassen.

«Kommt, el Rosso.» Mika half ihm, die Böschung zu überwinden, da drang schon von fern das Getrappel galoppierender Hufe. Sie zog Hendrik auf der anderen Seite der Straße in den Wald, der zum Tempeltal führte. Das Gelände stieg sacht an, und, obwohl es keinen Pfad gab, dem sie hätten folgen können, gelang es ihnen, weit genug in den Wald vorzudringen, so daß sie, als der erste Reitertrupp auf der Küstenstraße vorbeigaloppierte, die Fackeln der Samurai nur noch schemenhaft durch die Bäume hindurch sehen konnten.

Mehr Reiter rasten daher, immer mehr, und es dauerte nicht lange, da drangen sie auch in den Wald und in das Tempeltal ein. Die Stille wurde von den rauhen Stimmen der Samurai durchbrochen, die, ihre Fackeln schwenkend, auf der Talsohle vorrückten. Eine ganze Hundertschaft schien es zu sein. Das Schnauben der Pferde und das Prasseln der Hufe auf kiesigem Grund klangen bedrohlich nah.

«Dort», flüsterte Mika und berührte Hendriks Hand. Sie deutete auf den großen Tempel, dessen schweres Schindeldach sich im Mondlicht schimmernd zwischen den Ästen abzeichnete. «Dort.»

Vorsichtig näherten sie sich von der Waldseite, während vorn Don Joãos Samurai von ihren Pferden sprangen und irrlichternd mit ihren Fackeln das Gelände absuchten.

Mika sah die schmale Schlupftür, durch die der Mönch sie und Nana damals hatte eintreten lassen.

Mit letzter Kraft konnte Hendrik die Stufen hinaufkriechen. Auf Knien tastete Mika nach der Tür und schob sie auf.

«Kommt, el Rosso», flüsterte sie ihm zu, «kommt, wir sind da.»

21

Zu Füßen der Göttin

Am nächsten Morgen kurz nach Sonnenaufgang machte der Mönch seinen Rundgang durch den Tempel. So fand er Mika und Hendrik in dem kleinen Raum hinter dem Altar vor der Göttin der Barmherzigkeit, eng aneinander geschmiegt, unter dem weißen Tuch, das Mika in der Nacht der goldenen Statue weggenommen hatte.

«Was geht hier vor?» ließ der Mönch seine Stimme donnern, «ihr da, ihr zwei, was geht hier vor.» Mit einem Ruck riß er das weiße Tuch zur Seite.

Mika schreckte auf und zog die schwarze Jacke über ihren Brüsten zusammen.

«Steht auf, ihr beide, und verschwindet.»

Mika schaute bittend zu ihm auf, aber der Mönch in seiner Entrüstung ließ sie nicht zu Wort kommen. «So eine Frechheit. Raus mit euch, oder ich mach' euch Beine.» Er ergriff Mika beim Arm und zerrte sie hoch. «Dich kenn' ich doch», sagte er mit vorgerecktem Hals, «du bist doch die Magd, die hier geputzt hat.»

Mika blickte ihn flehend an. «Psst, O'Bo-sama.» Sie deutete auf Hendrik und versuchte, sich aus dem Griff des Mönchs zu befreien. «Er ist verwundet und braucht Ruhe.» Sie zerrte an dem Tuch, um es wieder über Hendrik auszubreiten, aber der Mönch hielt es fest. «So eine Unverschämtheit», stieß er durch die Nase aus, «zuerst zeige ich dir unsere Göttin der Barmherzigkeit, und jetzt nutzt du das aus, dich in der Nacht hier einzuschleichen. Mit einem Kerl zusammen. Dein Liebhaber, was? Hier im Tempel, so eine Unverschämtheit. Los, mach dich mit ihm aus dem Staub.»

«O'Bo-sama, bitte, er ist verwundet ... er braucht Ruhe, und außerdem, wenn Joãos Samurai ihn finden, werden sie ihn töten.»

«Ihn töten?» Der Mönch verschränkte seine Arme vor der Brust und schaute mißtrauisch auf Mika herab. «Joãos Samurai wollen ihn töten? Die von Schloß Hara? Aha, dann ist das also der Kerl, der gestern abend im Turm Feuer gelegt hat? Ein Brandstifter also. Deshalb haben die Samurai die ganze Nacht hier herumgestöbert.» Seine Stimme nahm einen noch bedrohlicheren Ton an. «Wir können keinen Ärger brauchen. Raus mit dem Brandstifter. Raus mit dir.» Er trat vor, Hendrik zu packen, aber Mika warf sich ihm entgegen.

«O'Bo-sama, bitte», flehte sie ihn auf Knien an, «ich bin Mika, die Schwester von Yoshitomo Daimyo. Ruft meinen Bruder.»

«Deine Frechheit ist zum Lachen», fuhr der Mönch sie an und schob sie grob zur Seite, «Schwester des Daimyo ... was für eine blöde Lüge ... eine Magd bist du. Wenn du nicht sofort von hier verschwindest, zusammen mit diesem Brandstifter, paß mal auf, was dann geschieht. Sag dem Kerl, er soll nicht so ein Theater machen und sich schlafend stellen. Er soll aufstehen und das Weite suchen, sonst ...» Er trat Hendrik mit dem Fuß in die Seite.

Hendrik stöhnte laut auf und wälzte sich über die Tatamimatten. Dabei wurde der große Blutfleck auf seiner Brust sichtbar.

«Seht Ihr nicht, er ist doch verwundet.»

«Geschieht ihm recht, dem Brandstifter.»

Mika sprang auf und baute sich vor dem Mönch auf. «Wie könnt Ihr nur so etwas Gemeines sagen?» Mika musterte ihn mit kühlem Blick. «Ich verstehe», sagte sie mit einer Stimme, aus der jeglicher flehende Ton gewichen war, «ich verstehe, es fällt Euch nicht leicht, mir zu glauben. Ich habe Euch einmal getäuscht, wie ich als Dienstmädchen hierherkam, mit meiner Zofe. Weil ich unerkannt Euren Tempel sehen wollte, O'Bo-sama. Aber ich bin die Schwester des Daimyo.»

Mikas Haltung und Stimme verfehlten ihre Wirkung nicht. Verwirrt wich der Mönch einen Schritt zurück. «Wenn Ihr so sagt … wenn Ihr so sagt …», murrte er und versuchte dann, seine Würde zurückzugewinnen, «aber wenn es nicht stimmt», richtete er sich zu voller Höhe auf, «wenn es nicht stimmt, werde ich Euch eigenhändig eine Tracht Prügel verpassen, die Ihr Euer Lebtag nicht vergessen werdet.»

«Schickt jemand zu Schloß Hinoe und sagt meinem Bruder Bescheid», befahl Mika.

Schwankend, ob er der Weisung folgen sollte, zog der Mönch sich zurück, Schritt für Schritt, bis zur Tür. Von dort warf er einen verstörten Blick auf Mika in ihrem schwarzen Ninjagewand, die ihm herausfordernd nachsah.

Mika wartete, bis die Tür sich hinter dem Mönch geschlossen hatte, dann kniete sie neben Hendrik nieder, er aber war wieder in seine Bewußtlosigkeit zurückgeglitten. Sie sah den blutdurchtränkten Verband, den sie ihm notdürftig angelegt hatte, und daß das Blut noch immer aus der Schußwunde sickerte. Sie biß sich auf die Lippen, um nicht aufzuschreien und in Tränen auszubrechen, aber ebenso wußte sie, daß sie ihn schlafen lassen mußte.

Vielleicht sollte sie aus dem Brunnen, in dem sie vor Wochen ihren Lappen ausgewrungen hatte, frisches Wasser holen und seine Wunde waschen, aber dann dachte sie an die Gefahr, wenn sie jetzt hinausginge und gesehen würde. So glättete sie nur das weiße Tuch, das der Mönch ihr aus der Hand gerissen hatte, faltete es doppelt und deckte Hendrik damit zu. Besser wäre eine wattierte Decke, die wirklich wärmte, oder ein Hibachi voll knisternder Kohlen. Mika blickte auf Hendrik hinab, und vor Augen stand ihr das Bild, wie sicher er sie durch die gurgelnde Brandung getragen hatte. Sie schlang ihre Arme um ihn und preßte ihr Gesicht an seine blutleere Wange. Vor ihrer Kälte schrak sie zurück.

«El Rosso», flüsterte sie, «es wird alles gut … es wird alles wieder gut … wir sind in Sicherheit.»

Draußen aber machte die Nachricht schnell die Runde, eine Ninja sei während der Nacht in den großen Tempel eingedrungen, zusammen mit dem Brandstifter. Zuerst hörten die Schreiner, Zimmerleute, Dachdecker und andere Handwerker davon. Sie wohnten im Zeltlager und hatten eine schlechte Nacht hinter sich, zuerst des Aufruhrs wegen, den der Brand des Turms von Hara hervorrief, dann beim Anblick der fackelschwenkenden Samurai, eine ganze Hundertschaft. Sie hatten bis in die frühen Morgenstunden das Tempeltal und den umliegenden Wald, Baum um Baum, durchsucht. Unausgeschlafen krochen die Handwerker aus ihren Zelten und strömten zum großen Tempel, um jene Ninja zu sehen, die von sich behauptete, die Schwester des Yoshitomo Daimyo zu sein.

«Die Schwester des Daimyo kann doch keine Ninja sein», flüsterten sich die Männer im Gehen zu, denn obwohl sie noch nie einer Ninja begegnet waren, hatten sie doch alle von der Zunft der Ninja gehört. Als Gestalten der Nacht steigen sie, wenn man sie dafür reichlich bezahlt, über Mauern und Dächer, dringen selbst in die bestbewachten Schlösser ein, lauschen geheimen Gesprächen, entführen oder töten auf Befehl.

«Die Schwester des Daimyo kann doch keine Ninja sein», sagten die Männer und schüttelten ungläubig den Kopf. Am Tempel angekommen, streiften sie ihre Sandalen ab und schlichen auf Zehenspitzen durch den weiten, mit Tatamimatten ausgelegten Raum, am Altar vorbei.

«Wo ist sie denn?» raunten sie sich zu und schauten in alle Winkel und Ecken hinein, sogar unter die Brokatdecke, die den Altar bedeckte.

Mika fuhr herum, als sie die Flüsterstimmen hörte und das Schaben der Füße. Sie kauerte sprungbereit auf dem Boden.

«Da ist sie, die Ninja.» Glotzende Köpfe erschienen übereinander in der Tür, die sich einen Spaltweit geöffnet hatte. «Schaut, da ist die Ninja.»

«Sieht wirklich so aus, wie der Bo-san sie beschrieben hat, ganz in Schwarz.»

«Wirklich, eine Ninja.»

«Schaut, wie sie da hockt.»

«Paßt auf. Gleich springt sie uns an.»

«Und da hinten liegt noch einer auf dem Boden.»

«Bestimmt der Brandstifter.»

«Ja, bestimmt der.»

Mika sah, es waren Handwerker und Arbeiter, harmlose Gesellen, keine von Joãos Samurai. Einige trugen Stirnbänder, andere Hauben aus derbem Leinen. Sie stand langsam auf und näherte sich der Tür, versuchte sie zuzuschieben, aber die Männer griffen in die Öffnung hinein und setzten ihre Füße in den Türspalt.

«Na, Ninja», sagten sie grinsend.

Mikas gespannter Nacken lockerte sich.

«Aber hübsch ist sie, die Ninja.»

«Sagt, seid Ihr wirklich eine Ninja?»

«Vorsicht, nicht anreden.»

«Gefährlich, gefährlich.»

«Gleich fliegt sie durch die Luft ...»

«... und verzaubert sich in eine Eule ...»

«... oder in einen Drachen ...»

Da Mika die Tür nicht zuschieben konnte, entschloß sie sich, sie mit einem Ruck aufzureißen. So purzelten die Männer, die zuvor ihre Köpfe durch den Türspalt gesteckt hatten, übereinander zu Boden. Mika sah, daß immer mehr Menschen durch das Tempelinnere herströmten.

«Seid Ihr wirklich eine Ninja, junge Frau?» fragte ein Mann, der nach Alter und Statur ein Zunftmeister sein konnte.

Ehe Mika antworten konnte, bahnten sich zwei Samurai einen Weg durch die Menge. Sie brachen durch die Gaffenden hindurch und schoben den Zunftmeister zur Seite. Sie musterten Mika von oben bis unten.

«Hasegawa no Norihide», sagte Mika überrascht und trat auf den Älteren zu, «Hasegawa no Norihide, erkennt Ihr mich nicht?»

«Selbstverständlich, Mika-sama, ich erkenne Euch, aber diese Verkleidung ... als Ninja ... Eure Verkleidung hat mich verwirrt.» Norihide und sein Begleiter verbeugten sich tief. «Vergebt, daß ich einen Augenblick unsicher war.»

Ein Raunen ging durch den Tempel, und überall flüsterten die Männer untereinander, die bis dahin wortlos ihre Hälse gereckt hatten.

«Nicht so feierlich», sagte Mika zu Norihide, «ich bin es doch nur.»

Norihide richtete sich auf, noch immer Staunen in den Augen.

357

«Wirklich, Ihr seid es, Mika-sama, fast ein Jahr habe ich Euch nicht gesehen, seit dem Tod Eures Vaters ... entschuldigt, daß ich davon spreche, aber so viel hat sich geändert, seitdem Don Protasio nicht mehr da ist. Und Ihr, Mika-sama, auch Ihr habt Euch verändert.» Er betrachtete sie nachdenklich.

Mika zog ihn durch die Tür in das Gelaß, in dem Hendrik zu Füßen der goldenen Statue lag. «Ich brauche Eure Hilfe», flüsterte sie und deutete auf ihn, «er ist schwer verwundet. Bitte sorgt dafür, daß er schleunigst von hier wegkommt, auf Hinoe.»

«Wer ist er?»

«Der Gefangene von Hara, Joãos Gefangener. Schnell, er muß fort von hier. Sonst kommen Joãos Leute. Bitte sagt ihm», Mika deutete auf Norihides Begleiter, «er soll Hilfe holen, Verstärkung, mindestens zwanzig Mann ... nein, besser mehr, und auch eine Tragbahre. Schnell, sonst kommen Joãos Leute.»

«Du hast ja gehört, worum es geht», sagte Norihide zu seinem Begleiter, «spute dich.» Er sah ihm nach, wie er mit rudernden Armen durch die Menge zum Tempelausgang hastete, und wartete, bis das Klappern der weggaloppierenden Hufe erklang. «Keine Sorge, Mika-sama. Wir werden Euch und den Verwundeten schützen.»

«Aber jetzt seid Ihr ganz allein.» In Mikas Stimme schlich sich unverhohlene Angst. «Falls João erfährt, daß wir hier sind ... was dann?»

Da regte sich Hendrik und versuchte sich mühsam aufzurichten. Seine Kraft versagte, und er fiel auf sein Lager zurück. Mika kniete sich neben ihn und sprach leise auf ihn ein.

«Wo und wann ist er verwundet worden?» fragte Norihide. Er beugte sich über Hendrik und betrachtete den blutverschmierten Verband.

«Auf der Flucht. Wir waren schon am Schloßgraben. Habt Ihr die Schüsse nicht gehört?»

«Schüsse? Von Schloß Hara aus? Auf Euch? Was für ein Bruder, der auf seine Schwester schießen läßt», schnaufte Norihide. Er drängte die Gaffer zurück, die sich immer näher heranschoben und sich kein Wort entgehen lassen wollten.

Da öffnete sich eine Schneise in der Menge. Der Abt trat ein, begleitet von dem Mönch, der Mika und Hendrik entdeckt hatte. «Stimmt es, was mir berichtet wird?» fragte der Abt mit forschendem Blick auf Mika und Hendrik.

Norihide erklärte ihm, was geschehen war und daß Gefahr bestand, Don Joãos Reiter könnten auftauchen, ehe Verstärkung aus Hinoe eintraf. Der Abt, ein hochgewachsener Mann, der sich etwas vorgebeugt hielt, hörte aufmerksam zu. «Ja», sagte er schließlich, «das läßt sich machen.» Er winkte den Mönch heran und besprach sich leise mit ihm.

Unruhig wälzte sich Hendrik auf seinem Lager. Seine Stirn war heiß, und seine Lippen begannen, undeutliche Worte zu formen. Mika beugte sich zu ihm, aber seine Worte blieben unverständlich. «El Rosso», flüsterte sie ihm zu, aber Hendrik schien weit weg zu sein. Manchmal huschte ein Lächeln über sein Gesicht, und die stoßweise aus ihm dringenden Worte kamen in einer fremden Sprache. Dann schrie er plötzlich auf, schrie einige Worte und begann anscheinend wieder in die Tiefe einer Vergangenheit zu versinken.

Dankbar aufblickend nahm Mika einen Becher mit frischem Brunnenwasser entgegen, den ihr einer der Arbeiter reichte, und so befeuchtete sie Hendriks Lippen mit ihren Fingerspitzen. Sie fühlte, wie er jeden Tropfen einsog. Vorsichtig bettete sie seinen Kopf in ihrem Schoß und setzte ihm den vollen Becher an die Lippen. Mit geschlossenen Augen trank er in kurzen, hastigen Zügen und fiel wieder in seine von Halluzinationen gepeinigte Fieberwelt zurück.

Während Mika ihre Aufmerksamkeit nur auf Hendrik richtete, trafen die Mönche ein. Der Abt nahm sie zur Seite. «Da die Samurai von Schloß Hara alle Kirishitan sind», sagte er ohne Hast, «steht zu befürchten, daß sie vor der Heiligkeit unseres Tempels nicht zurückschrecken werden. Wir müssen verhindern, daß sie mit blanken Schwertern hier eindringen. Darum holt rasch alle Männer, die noch im Zeltlager sind, und sagt ihnen, wir brauchen sie dringend. Und du, Shozen», wandte er sich an einen der Mönche, «hol Wundsalbe und Verbandstoff. Der Mann muß neu verbunden werden.»

Einige der Mönche rannten los, andere holten Silberglocken

und Zimbeln aus den Wandschränken im Nebenraum und zündeten schon die Weihrauchgefäße an. Der Abt forderte alle auf, die schon im Tempel waren, einen Halbkreis um ihn herum zu bilden. Dann begann er mit tiefer, weittragender Stimme den heiligen Text der Sutren zu rezitieren, während die Mönche die Silberglocken schwenkten und die Zimbeln schlugen. Immer mehr Männer strömten aus dem Zeltlager herbei und füllten den Tempelraum, eine dichtgedrängte Menschenwand, die sich im Takt der Musik hin- und herwiegte und leise die Sutren mitsang.

Norihide hatte sich inzwischen an das Tempelportal im Schatten des überhängenden Daches gestellt. Er schaute den gewundenen Talweg entlang. So vernahm er als erster das Trampeln der Hufe und sah die Reiter, die in Doppelreihen den Weg entlanggestürmt kamen. An der Spitze Don João auf seinem Schimmel. Langsam tauchte Norihide tiefer in den Schatten des Portals und winkte einen der Mönche zu sich: «Sag dem Abt, es ist soweit. Sag ihm, ein starker Trupp, und Don João selber führt ihn an.»

Staub wirbelte auf, als Don João seinen Schimmel bis hart an die Treppe zum Tempel heranritt und dann mit scharfem Ruck zum Stehen brachte. Auf einen Wink saßen alle seine Leute ab. Die meisten schwärmten aus, um den Tempel zu umzingeln. In Begleitung von zehn seiner Leute schritt Don João, breitbeinig und selbstsicher, auf die Stufen zu.

Norihide trat ihm entgegen: «Don João, Herr auf Schloß Hara, eine Freude, Euch an diesem Ort zu treffen.» Er verbeugte sich tief zum Gruß.

Don João stutzte einen Augenblick, als der grauhaarige Norihide sich vor ihm aufpflanzte. «Hasegawa no Norihide», sagte er und zog die Mundwinkel verächtlich herunter, «du bist im Dienste meines Vaters alt und grau geworden, aber jetzt geh zur Seite, wenn dir dein Leben lieb ist.»

«Mein Leben ist mir lieb», erwiderte Norihide und musterte João kühl, «aber dies bedeutet nicht, daß ich zur Seite trete. Es sei denn, Ihr legt Eure Schwerter ab und nehmt am Tempelfest teil. Ich nehme doch an, der Zweck Eures Besuchs ist, das Tempelfest mitzufeiern.» Er gab einem der Mönche ein Zeichen, der ein Brokattuch in seinen Armen hielt und es vor Don João auf dem Fußboden ausbreitete. Norihide schnallte die eigenen beiden Schwerter ab und legte sie auf den Brokat. «Bitte, Don João, erstgeborener Sohn unseres verehrten Don Protasio, Herr von Schloß Hara.»

Don João sah an ihm vorbei in das Tempelinnere hinein, wo im gedämpften Licht die Menschen sich dichtgedrängt im Takt der Musik wiegten. Er hörte die Silberglocken und den hellen Klang der Zimbeln. Durch die Nase schnaufend, trat er einen Schritt näher auf Norihide zu. «Nimm deine Schwerter wieder an dich, Feigling, es widerstrebt mir, einen waffenlosen Mann niederzustrecken.»

«Ihr steht auf heiligem Tempelgrund, Don João.»

«Verschwende deine Worte nicht, Graukopf, du weißt, warum ich gekommen bin. Bring den Brandstifter heraus. Dann werden ich und meine hundert Mann wieder abziehen, und ihr könnt in Ruhe eurem Teufelskult frönen.»

«Brandstifter?»

«Tu nicht, als wüßtest du nicht, von wem ich rede», fuhr Don João ihn an, «bring den Brandstifter heraus, oder ich werde ihn mir selber holen.»

Im Innern des Tempels mischten sich Trommeln in den Klang der Glocken und Zimbeln, lauter und schneller. Die Menge schwoll an und drängte, immer noch sich wiegend, dem Eingang zu. Sie umschloß Norihide und hätte fast auch Don João in sich aufgenommen, wäre der nicht laut fluchend die Treppenstufen hinabgesprungen.

Unten winkte Don João seine Leute zu sich und gab ihnen flüsternd neue Anweisungen. Da kam aus der anderen Richtung des Tals das Getrappel von Pferdehufen. In scharfem Galopp kam Yoshitomo mit einer kleinen Reitergruppe herangeprescht. Als er João und seine Leute sah, zügelte er sein Pferd und ließ es in einen gemessenen Schritt fallen.

«Was suchst du hier, João, mit einem solchen Aufgebot?» fragte Yoshitomo, ohne abzusitzen, von oben herab und ließ seinen Blick über die Pferde schweifen, die am Rande des Platzes unruhig im Kiesboden scharrten.

«Den Brandstifter will ich, den Mann, der im Turm meines Schlosses Feuer gelegt hat.»

«Wenn es jemanden gibt, der mutwillig in Hara Feuer gelegt hat, dann geht das mich an», sagte Yoshitomo, «Hara ist nicht dein Schloß, Bruderherz. Du bist dort nur geduldet.»

Don João zuckte unter diesen Worten wie unter Peitschenschlägen. Er löste sich aus dem Kreis seiner Samurai und schritt auf Yoshitomo zu. «Du nimmst den Mund sehr voll, kleiner Bruder, paß auf, daß du nicht an deinen eigenen Worten erstickst.»

Yoshitomo tätschelte sein Pferd, das bei Don Joãos Nahen unruhig geworden war, und sprang aus dem Sattel. «Also, was willst du hier?»

«Den Brandstifter und die Ninja, die du geschickt hast.»

«Ninja?» Yoshitomo schaute ihn überrascht an. «Davon weiß ich nichts. Ich habe keine Ninja geschickt.»

«Heb dir deine Lügen für bessere Gelegenheiten auf, kleiner Bruder, die Ninja haben sich in Hara eingeschlichen ... ich weiß nicht, wie viele, aber wer außer dir könnte sie geschickt haben?»

Yoshitomo reichte einem seiner Leute die Zügel seines Pferdes.

«Wartet hier», befahl er seinen Samurai, die inzwischen ebenfalls abgesessen waren, «und laßt niemanden herein. Besonders ihn nicht.» Er deutete auf Don João und nahm die Stufen zum Tempel hinauf. Die Umstehenden wichen zur Seite und schlossen sich hinter ihm wieder zu einer Wand.

«Yoshitomo.» Mika flog ihm entgegen, als er durch die Tür trat. «Du bist selbst gekommen?»

«Ich wußte nicht, ob ich alles glauben konnte, was ich gehört habe. Du und dieser Fremde. Du bist mit ihm aus Hara geflohen? Meine kleine Schwester, so eine Aufregung! Er ist verwundet?» Yoshitomo deutete auf Hendrik.

«Von einer Kugel.»

«Wir werden uns um ihn kümmern.»

«Aber wenn João kommt?»

«Er ist schon hier.»

«Mit wieviel Leuten?»

«An die hundert.»

«Und du?»

«Mit zwanzig.»

Mika hielt den Atem an. «Was wird nun geschehen?»

«Nichts wird geschehen», sagte Yoshitomo lachend, «oder denkst du, João ist so dumm zu wagen, den Daimyo anzugreifen?» Er klopfte Mika auf die Schulter. «Und was ich auch noch sagen wollte, kleine Schwester, steht dir gut, das Ninjakleid», sagte er scherzend und bahnte sich den Weg zurück zum Tempelportal.

Draußen hatte Don João seine Hundertschaft zusammengezogen. Er stand vor ihnen und scharrte mit dem Fuß im Sand, gleich einem Pferd.

Yoshitomo ging zu ihm und zog ihn zur Seite. «Bruder», sagte er mit gedämpfter Stimme, so daß keiner der Samurai, die da herumstanden, ihn hören konnte, «ich möchte nicht, daß dein Ansehen vor deinen eigenen Leuten Schaden nimmt.»

Don João wollte aufbrausen, aber Yoshitomo schnitt ihm das Wort ab. «Oder soll ich dich etwa vor deinen eigenen Leuten daran erinnern, daß dieser Tempel unter dem Schutz des Shogun steht? Du weißt doch sicher, João, was das bedeutet? Sei nicht so dumm. Reite zurück nach Hara und vergiß die ganze Geschichte.»

«Leere Drohung», knurrte Don João, «dabei ist es doch klar, du hast das Ganze angezettelt und die Ninja nach Hara geschickt.»

«Die Ninja?» antwortete Yoshitomo gelassen. «Was meinst du damit?»

«Die Ninja, die du geschickt hast», brauste Don João auf, «ich weiß nicht, wie viele … drei, vier, fünf oder zehn … genug, dein schmutziges Ziel zu erreichen.»

«Dämpfe deine Stimme, mein lieber Bruder. Der ganze Tempelvorplatz hört dich sonst.»

«Sollen es doch alle hören. Es ist gut, wenn alle im Daimyonat erfahren, was für teuflische Tricks ihr neuer Herr anwendet, um an sein Ziel zu kommen.»

«Dabei hatte ich gar keine Ahnung, João, daß du seit Monaten einen Gefangenen in deinem Schloß festhältst. Gerüchte, ja, Gerüchte gab es, die mir zu Ohren gekommen sind, aber du und deine Leute, von den Padres ganz zu schweigen, seid ja sehr geschickt im Ausstreuen von Gerüchten. Darum habe ich all dem wenig Bedeutung beigemessen … bis heute früh.»

«Deine Redereien sind nur allzu durchsichtig. Gib doch zu, daß du Ninja aus Edo oder Kyoto oder sonstwoher hast kommen lassen ... drei, vier, fünf oder zehn ... daß sie in deinem Auftrag in Hara eingedrungen sind. Wieviel hast du denn dafür bezahlt, den Turm in Brand zu setzen?»

«Mach dich nicht lächerlich, João. Es gibt keine Ninja, die in Hara eingedrungen sind.»

«Wer denn sonst außer Ninja würden es schaffen, die Mauern zu überwinden?»

«Geh doch nach Hause, João, und schau bei Mika nach, ob sie noch da ist.»

«Was hat Mika damit zu tun?»

Yoshitomo lachte. «Mika ist die Ninja», sagte er dann langsam und betont, «sie allein hat, ohne jede Hilfe von außen, deinem Gefangenen zur Flucht verholfen.»

Don João prallte zurück. Einen Augenblick trat ein verstörter Ausdruck in sein Gesicht, dann fing er sich und brach in rauhes Gelächter aus. «Köstlich, köstlich, was du dir so alles einfallen läßt, Yoshitomo Daimyo, Bruderherz, Mika soll es gewesen sein, unsere kleine Schwester Mika, mit ihren siebzehn Jahren? Kannst du dir nicht eine glaubwürdigere Lüge ausdenken, eine, auf die man wirklich reinfallen kann?»

«Komm mit.» Yoshitomo griff João bei der Schulter und zog ihn zur Tempeltür. Mit den Augen gab er Norihide einen Wink, ihm zu folgen.

Im Tempelinnern teilte sich die Menge vor den dreien, während sie durch den weiten Raum schritten, in dem das Licht und alle Geräusche gedämpft erschienen.

Mika blickte auf, als Don João plötzlich in der Türöffnung stand. «Nein», schrie sie und sprang auf, «nicht er.»

«Keine Sorge, Mika», sagte Yoshitomo und lächelte ihr beruhigend zu, «unser Bruder João will sich nur davon überzeugen, daß du es bist, die sich als Ninja verkleidet hat.»

Norihide rückte so nahe an João heran, daß er Schulter an Schulter neben ihm stand, seine Hand scheinbar absichtslos nahe dem Griff seines Schwerts.

«Glaubst du's jetzt?» wandte Yoshitomo sich an Don João, der

Mika anstarrte. Seine Augen verengten sich, als er Hendrik unter dem weißen Tuch auf dem Boden liegen sah.

João wandte sich wortlos ab. Er ging mit breit auseinander gesetzten Füßen zum Tempelportal zurück.

Draußen, wo Yoshitomos Männer den Eingang zum Tempel abriegelten, verlor er keine Zeit. Grunzend, die Fäuste in die Hüften gestemmt und die Ellbogen nach außen gestellt, bahnte er sich seinen Weg durch Yoshitomos Samurai. Als er bei seinen Leuten angelangt war, gab er bellend den Befehl aufzusitzen. Dann warf er sich auf seinen Schimmel und drückte ihm hart die Fersen in die Flanken.

Die Staubwolke, von den weggaloppierenden Pferden aufgewirbelt, blieb zwischen den weitausladenden Ästen der Kiefern über dem sonnenbestrahlten Weg hängen, lange noch nachdem das Getrappel der Hufe verklungen war.

22

Himmelszeichen

Stunden um Stunden ging Don João durch die Korridore, welche die Räume seines Wohnflügels mit den anderen Teilen des Schlosses verbanden. Er ging mit rastlosen Schritten und gesenktem Kopf die langen Gänge auf und ab. Ein paarmal schob er die Shojitüren auf und trat auf die Veranda hinaus, deren sonst so glatt polierte Holzbohlen stumpf waren von dem nächtlichen Aschenregen. Der Geruch schwelenden Holzes hing noch in der Luft, wenn auch schon Flammen nicht mehr zu sehen waren. Doch aus einigen der Reste, vom Turm abgestürzt, stieg immer wieder blauer Rauch auf. Wenn man Wasser darauf goß, zischte weißer Dampf hoch.

Don João warf sich ein altes Cape um und stieg über die vom Schlamm der Löscharbeiten rutschig gewordenen Treppen hinauf. Lange stand er oben, im vor dem Zugriff der Flammen geretteten dritten Stock, die Füße in der schwarzen Asche, den Himmel über sich, das Gesicht dem kalten Wind entgegengestemmt. Mit zusammengekniffenen Augen blickte er zu dem verkohlten Gerippe empor, früher die stolze Spitze des Turms. Nur das Viererbündel der mächtigen Pfosten, der tragende Kern, hatte sich gehalten. Einige dicke Querbalken hingen daran und wirkten wie eine riesige, aus dem Gleichgewicht geratene Waage. So gefährdet klammerten sie sich an die senkrechten Pfeiler, daß es schien, als schwängen sie im Wind hin und her. Die Flammen hatten nichts von dem geschwungenen Dach übriggelassen, die brennenden Balken und glühenden Dachziegel waren abgestürzt und hatten am Fuß des Turms einige der aus der Schloßstadt herbeigeeilten Helfer bei den Löscharbeiten erschlagen. Auch fünf von Don Joãos Samurai waren umgekommen.

Don João blickte in den kalten Wind, der seine Augen tränen ließ. Von der Klippe jenseits der Schloßmauer kam der dumpfe Gesang der Brandungswellen, die an den Felsen hochleckten. Er klang wie Hohn. Don João biß die Zähne zusammen, so fest, daß sich die Haut über seinen Backenknochen spannte. Er konnte es noch immer nicht fassen, daß Mika allein gehandelt haben sollte, daß sie es allein geschafft hatte, den Weg in das unterirdische Labyrinth zu finden und durch die verzweigten Gänge hindurch bis zu dem geheimen Aufstieg in den Turm, und daß sie es gewesen sein könnte, allein auf sich gestellt, die el Rosso befreit hatte, ein Mädchen doch nur. Don João zweifelte nicht einen Augenblick, wer hinter all dem stand, wenn auch Yoshitomo so tat, als sei er völlig ahnungslos. Es mußten Ninja gewesen sein. Für sie ist keine Mauer zu hoch und keine Wand zu dick. Nur Ninja konnten Nagato erstochen haben. Nur Yoshitomo konnte sie geschickt haben. Alles Yoshitomos Machenschaften. Und daß Mika sich zu seinem Werkzeug hatte erniedrigen lassen, war ebenso unverzeihlich.

Don Joãos Blick wanderte über die schwarze Silhouette, die sich über ihm erhob. Zusammen mit den senkrechten Pfeilern bildete der Querbalken ein riesiges Kreuz.

Ein Kreuz, durchfuhr es Don João, als er zum Himmel aufblickte, ein Kreuz.

Da wußte er, daß der Himmel auf seiner Seite war. Er sah, der Himmel hatte ein Zeichen gesetzt. Das Zeichen des Leidens und des Sieges. Das Zeichen der Niederlage und der Wiederauferstehung.

Plötzlich verstand Don João, daß den Geschehnissen der Brandnacht ein tieferer Sinn innewohnte, und er sah seine eigene Rolle als Teil eines größeren Geschehens. Er war es, der als erster das schwarze Kreuz am Himmel erkannt hatte. Kein Zweifel, er war auserwählt, dieses Zeichen des Himmels zu begreifen, auserwählt, dem Ruf des Himmels zu folgen.

Don João ging auf die Knie nieder. Er spürte den nassen Ascheschlamm durch seine Hose dringen. Er öffnete die Arme weit und schwor bei der Schwärze des Kreuzes, er werde den Kampf aufnehmen – gegen den Teufel, gegen Yoshitomo, gegen alle Kräfte des Bösen.

Als er sich wieder erhob, fühlte er sich seltsam verwandelt. Die kalte Winterluft berührte ihn nicht mehr. Die Müdigkeit der durchwachten Nacht war verflogen. Den stechenden Geruch, der aus den schwelenden Balken hochdrang, empfand er wie Duft von Weihrauch. Aus der Scham der Niederlage, die Yoshitomo ihm im Tempeltal zugefügt hatte, wuchs ein heiliger Zorn, und das dumpfe Schlagen der Brandungswellen jenseits der Schloßmauer klang nicht mehr wie Hohn, sondern wie der ferne Ruf der Trommeln vor der Schlacht.

Ich werde mich rächen, stieß Don João mit rauher Stimme aus, ich werde mich rächen.

Als er vom Turm herunterkam und sich den mit Asche verschmutzten Umhang von den Schulter nehmen ließ, stand Shimpo da und warf sich vor ihm auf den Boden. «Herr», schluchzte er mit vor Erregung zitternder Stimme, «Herr, was für ein Schreck, was für ein Unglück. Ich bin gekommen, mit Euch zu trauern. Der herrliche Turm ... Wenn der Wind nicht so gewütet hätte, der Wind war es, der böse Wind ...»

«Steh auf», fuhr Don João ihn ungeduldig an, «es ist jetzt nicht an der Zeit zu jammern und den Wind anzuklagen. Komm mit, ich habe dir etwas zu zeigen.» Er ging mit festen Schritten zum Turm zurück. Shimpo, verwirrt sich die Hände reibend, trottete mit gebeugtem Rücken hinter ihm her. Don João stieg zum zweitenmal die rutschigen Treppen empor, bis zum letzten noch verbliebenen Stockwerk. Shimpo hatte Mühe, auf den schleimigen Stufen nicht das Gleichgewicht zu verlieren.

Don João deutete auf das Kreuz. Es hob sich schwarz und riesig gegen den blauen Himmel ab. «Siehst du das? Siehst du es nicht?»

«Was, Herr?» fragte Shimpo.

«Das Kreuz, du Dummkopf, siehst du das Kreuz nicht? Siehst du nicht das schwarze Kreuz?» In seiner Stimme grollte Ärger.

Shimpo lehnte seinen Kopf so weit in den Nacken, als er konnte, und blickte hoch. Er blinzelte, um die Strahlen der Sonne abzuwehren. «Ja, Herr, wirklich, ein Kreuz, ein schwarzes Kreuz.»

«Geh in die Knie», befahl Don João. Er packte ihn bei den Schultern und drückte ihn zu Boden, da Shimpo zögerte und nur Augen für den Aschenschlamm zu haben schien, der das, was vom Fußboden übriggeblieben war, in dicker Schicht bedeckte. «In die Knie, sag' ich dir. Der Teufel hat alles, was er konnte, getan, den Turm durch Feuer zu zerstören, aber der Himmel ist dazwischen getreten und hat ein Zeichen geschaffen. Das Zeichen des Kreuzes. Siehst du's, das Zeichen des Kreuzes, klar und stark. Wir, die den wahren Glauben besitzen, wir sind stärker als alle, die mit dem Teufel im Bund stehen. Das ist es, was der Himmel uns verkünden will.»

So geschah es, daß Don João hoch oben in dem verwüsteten Turm, im Angesicht des schwarzen Kreuzes, dessen Querbalken immer gefährlicher im Wind hin- und herschwang, Shimpo darüber aufklärte, daß nicht durch Unachtsamkeit das nächtliche Feuer im Turm entstanden war, auch nicht durch den Sturm. Es waren die Kräfte des Bösen, sagte er und schaute aus schmalen Augen auf Shimpo herab, das Werk des Teufels, die verruchte Tat des Yoshitomo Daimyo, der die Nacht und den Sturm nutzend eine Schar Ninja ins Schloß hereinschleuste. Sie seien unbemerkt, wie es nur Ninja gelingen kann, die Klippe hinaufgeklettert, hätten die Schloßmauern überwunden und sich in den Turm eingeschlichen, durch die Schießscharten oder vielleicht glatt durch die Wand. Sie seien es gewesen, die Nagato, der besser als alle anderen Samurai mit dem Schwert vertraut war und sich ihnen mutig gestellt hatte, kaltblütig ermordeten. Sie seien es gewesen, sagte Don João, die dann in allen Ecken des Turms Feuer legten und es mit ihren langen Fledermausflügeln anfachten, bis die Flammen so hoch loderten, daß es dem Wind gelingen konnte, ihre Funken stieben zu lassen. In der darauf folgenden Verwirrung seien die Ninja, so sagte Don João, in die Gemächer seiner Schwester Mika eingedrungen und hätten sie mit brutaler Gewalt entführt.

Shimpo nickte. Seine Lippen zitterten, und seine Hände waren schwarz vom Unrat der Löscharbeiten. Er brachte lange keinen zusammenhängenden Satz heraus, aber nachdem Don João ihm erlaubt hatte, sich von den Knien zu erheben und mit ihm wieder hinabzusteigen, legte sich seine Erregung. Danach kehrte er auf schnellen Füßen in die Schloßstadt zurück und sorgte dafür, daß sich überall herumsprach, was er von Don João gehört hatte. Rastlos zog er von Kirishitanhaus zu Kirishitanhaus und verkündete das Wunder vom Kreuz, das Wunder des wahren Glaubens und das Wunder der Auferstehung aus der Asche.

Die Worte flogen von Mund zu Mund, zaghaft und zögernd zuerst, dann lauter und deutlicher, während von der Kirche am Marktplatz die Glocken läuteten. Drinnen las Padre Ricardo die Totenmesse für all jene, die in der Brandnacht auf Schloß Hara bei dem Versuch, die Flammen zu löschen, ihr Leben verloren hatten. Er verlas die Namen der dreizehn Toten, die vor dem Altar aufgebahrt lagen, in blütenweiße Seide gekleidet und mit Blumen zugedeckt. Er verlas die Namen noch einmal, denn die Menschen waren in solcher Menge gekommen, daß die Kirche sie nicht alle fassen konnte.

Als sich gegen Ende der Totenmesse die Dunkelheit über die Stadt senkte, leuchteten in allen Gassen und Straßen Kerzenlichter auf. Stumm zogen die Menschen in langen Reihen durch die Kirche an den aufgebahrten Toten vorbei und versammelten sich dann auf dem Marktplatz, um Shimpo zuzuhören, der mit Worten bestätigte, was alle schon gerüchteweise gehört hatten: Die Ninja waren es, die das Feuer im Turm gelegt, dieselben Ninja, die Mika-sama mit brutaler Gewalt aus Schloß Hara entführt hatten.

Ein Raunen ging durch die Menge. Draußen am Rande des

Marktplatzes begann eine Frau laut zu schluchzen. Ihr Weinen breitete sich aus und ergriff bald die Gläubigen, die auf dem Platz zusammengeströmt waren.

Shimpo wartete, bis sich das Schluchzen etwas gelegt hatte, dann berichtete er, daß einer der Ninja bei dem Versuch, Schloß Hara zu verlassen, durch einen meisterlich gezielten Schuß aus einer Muskete schwer verletzt worden sei. Diesen Ninja habe man dann am nächsten Morgen im Teufelstempel gesehen, wie er zu Füßen einer goldenen Götzenstatue am Boden kauerte und seine Wunden leckte. Neben ihm, rief Shimpo von der Kirchentreppe herab, neben diesem vom Teufel gesandten Ungeheuer in Menschengestalt habe Mika-sama auf dem Boden gelegen und verzweifelt gerungen, ihre Fesseln abzustreifen.

«Warum hat niemand Mika-sama befreit?» kam eine Stimme aus der Menge.

«Fragt die Teufelsdiener», gab Shimpo zurück, «fragt die Teufelsdiener, denen der Götzentempel gehört.»

«Wo ist Mika-sama jetzt?»

«Dort, wo nur unser Gebet sie erreichen kann.»

«Aber wo?»

«Auf Schloß Hinoe.»

* *
*

Auch in Arima wurde eine Messe gelesen und der Opfer der Brandkatastrophe gedacht. Ferreira schloß die Princessa in sein Gebet ein und empfahl ihre Seele der besonderen Obhut der Engel. Er wies mit ausgestreckter Hand auf den leeren, für Mika reservierten Platz und versprach, ihn immer für sie freizuhalten.

In Gesprächen mit anderen Padres fiel Mikas Name nie, aber wenn Ferreira allein an seinem Arbeitstisch saß, schüttelte er zweifelnd den Kopf.

Verdächtig, verdächtig, murmelte er, obwohl er eigentlich nichts tiefer verabscheute als solches Vor-sich-Hinmurmeln, das zu nichts führte außer einem Druck im Hals. Aber die zeitliche Übereinstimmung war verdächtig. Es konnte, so wurde er sich klar, je länger er darüber nachdachte, kein Zufall gewesen sein. Zuerst der Brief der Princessa, dann sein Gespräch mit João im Turm und wenige Stunden später, ausgerechnet in der gleichen Nacht, die Flucht dieses Ketzers.

Die zeitliche Nähe der beiden Ereignisse gab dem Verdacht Nahrung, daß es irgendwo ein Ohr gegeben haben mußte, das Dinge hörte, die nicht dafür bestimmt waren, ausgeplaudert zu werden. Vielleicht befand sich unter Joãos Leuten ein Verräter? Vielleicht ein Spion. Vielleicht eine geheime Verbindung zwischen ihm und dem Gefangenen.

Aber was hatte Mika damit zu tun?

Solange er nicht alle Einzelheiten übersah, entschloß sich Ferreira, Mikas Namen möglichst nicht zu erwähnen. Er zog es vor zu warten, bis sich von irgendwoher Erkenntnisse einstellten, an denen es ihm noch mangelte. Daß Mika von Ninja entführt worden sei, wie man sich offenbar in der Schloßstadt erzählte, hielt er natürlich für baren Unsinn, aber unbestreitbar war nun einmal, daß die Princessa sich inzwischen auf Hinoe befand.

Und der Ketzer auch.

Ferreira führte seine Hand ans Kinn und wiegte gedankenvoll den Kopf. Sein Blick wanderte mit leerem Ausdruck zum Fenster hinaus und verlor sich in den Zweigen des alten Feigenbaums. Der Winter hatte seine Spuren hinterlassen, und viele der großen Blätter waren unansehnlich geworden.

Auch der Ketzer befand sich auf Hinoe.

Ein Funken stob durch seinen Kopf. Ferreira richtete sich ruckartig auf und holte Mikas letzten Brief hervor, den er sorgsam in jene Schublade gelegt hatte, in der er, mit einem kleinen eisernen Schlüssel gesichert, wichtige Dokumente aufbewahrte. Er entrollte den Brief und las ihn noch einmal sorgfältig und genau, bei jeder Zeile auf verborgene Hinweise und Wendungen achtend, die ihm besseren Einblick in Dinge geben könnten, die Mika zum Schreiben dieses Briefes bewegt hatten. Obwohl sie es vermied, ihr eigentliches Gefühl zu verraten, sprang doch aus der Wortwahl und dem ganzen Geist des Briefes ihr Zorn hervor, den sie über ihren Bruder empfand, weil er den Fremden gefangenhielt. Offenbar lag ihr viel daran, dem Gefangenen zu helfen und, wenn möglich, ihn zu befreien.

So war der Brief entstanden.

Ferreira ließ das Blatt sinken, und sein Blick schweifte wieder aus dem Fenster hinaus. Irgend etwas stimmte nicht. Wieso konnte Mika den Brief geschrieben haben und am nächsten Tag selber den Gefangenen befreien? Wäre es nicht aus ihrer Sicht vernünftiger gewesen abzuwarten, bis er durch seine Fürsprache bei João die Freilassung des Gefangenen erreicht hätte? Daß er João anderweitig beraten hatte, konnte sie doch nicht wissen. Warum also hat sie noch in der gleichen Nacht dem Gefangenen zur Flucht verholfen? Und überhaupt wie?

Rätsel über Rätsel.

Ferreira, der sich selten zu großen Gesten hinreißen ließ, schlug sich mit der flachen Hand an die Stirn. Eindeutig hatte sich irgend etwas im verborgenen ereignet, was er noch nicht verstand. Diese Mika, knirschte er zwischen den Zähnen hervor, diese kleine Mika. Ich habe sie völlig unterschätzt.

Seine Gefühle schwankten zwischen Anerkennung und Verdammnis. Je länger er überlegte, um so mehr überwog die Verdammnis. So ein Biest, sagte er nochmals vor sich hin, während er auf die Kamelienblüte starrte, welche die eine Ecke auf Mikas Brief zierte. So ein kleines, gefährliches Biest.

Ferreira legte den Brief in die Schublade zurück und drehte den Schlüssel sorgsam im Schloß. Er versteckte ihn hoch oben in seinem Bücherregal, wo er immer lag, hinter einem dicken Band über die Beschlüsse des Ersten Konzils von Nicaea von vor über tausend Jahren. Es war nicht anzunehmen, daß sich irgend jemand dafür interessierte.

Mika war es nicht wert, knurrte Ferreira vor sich hin, mehr Gedanken auf sie zu verwenden. Vielleicht steckten doch irgendwelche Ninja dahinter. Obwohl er noch nie mit eigenen Augen leibhaftige Ninja gesehen hatte, wußte er, es gab sie, es gab jene Männer und Frauen, die dafür zu haben waren, gegen Sündenlohn in fremde Häuser einzudringen, in Schlösser und Paläste, Dokumente zu stehlen, Menschen zu entführen oder zu ermorden. Vom Hörensagen wußte er, daß ihnen keine Mauer zu hoch sei, keine Wand zu dick, kein Gitter zu eng. Sie konnten überall eindringen, so sagte man, und ungesehen entkommen, aber daß sie durch die Luft fliegen, durch Wände dringen und sogar auf dem

Wasser laufen könnten, das hielt er für Geister- und Gespenster-
geschichten, für die das einfache Volk immer empfänglich ist.
Mit solchen Gedanken rückte Ferreira seine Schultern zurecht.
Da gab es dringende Aufgaben, die volle Aufmerksamkeit forder-
ten, so vor allen anderen die Frage, wann das für Nagasaki schon
geltende Missionsverbot auch Arima erreichen und auf der
ganzen Shimabara-Halbinsel gelten würde. Ob es nur noch um
Tage ging oder um Wochen oder vielleicht sogar um Monate,
scherzte er im Kreise seiner Brüder mit seinem feinen Lächeln auf
den Lippen, die Antwort könne jedoch nur Deus oder der Teufel
geben. Kaum waren die Worte seinem Mund entflohen, bedauer-
te er bereits, daß er sich dazu hatte hinreißen lassen, Deus oder
den Teufel in einem Satz zu nennen. Er nahm sich vor, die Stunden vor dem Schlaf der Buße zu weihen und sich für seine lockere Zunge zu bestrafen. So ließ er sich von Luigi die Rute mit dem
eingeflochtenen Dornenzweig bringen. In seiner Zelle geißelte er
sich dann, bis ihm das Blut über den Rücken floß, und schlief bald
erschöpft, aber erleichtert ein.

Die Errichtung der Confraria in allen Dörfern war während der
vergangenen Wochen gut vorangekommen, wenn es auch immer
wieder zu Mißverständnissen zwischen den Dorfältesten und den
von Don João abkommandierten Samurai kam. Manchen Bauern
fiel es nicht leicht, sich an die Anwesenheit der Samurai in ihrer
Mitte zu gewöhnen. Bis dahin hatten sie Samurai überhaupt selten vor sich gehabt, höchstens als gelegentliche Besucher ihrer
dörflichen Gemeinde zur Zeit der Ernte, wenn die alljährliche
Steuer für den Daimyo eingetrieben wurde. Nun plötzlich hatte
Don João mehrere seiner Leute geschickt, und er erwartete von
den Bauern, daß sie so taten, als gehörten die Samurai schon immer zur Gemeinde.

Allerdings arbeiteten die Samurai nicht auf den Feldern mit
oder fuhren nicht wie die Fischer in kleinen Booten hinaus zur
Silberbucht auf Fisch- oder Krakenfang. Sie, die wie alle Samurai
im Lesen und Schreiben geübt waren, nutzten vielmehr ihre Tage
dazu, vollständige Namenlisten der Dorfbewohner aufzustellen
und jeweils fünfzig Familien zu Nachbarschaften zusammenzu-
fassen, als Sho-gumi bezeichnet und mit dem Namen eines ihnen

von Ferreira zugeteilten Heiligen belegt. Don Joãos Samurai hatten dafür zu sorgen, daß in jeder Fünfzigergruppe zwei unter den Dorfbewohnern ausgewählt wurden, die als besonders vertrauenswürdig galten. Ihnen wurden dann das Amt des Oberhaupts und stellvertretenden Oberhaupts der Sho-gumi übertragen. Zu ihren vornehmlichen Aufgaben gehörte, alle, die ihnen unterstanden, jeden Morgen und jeden Abend zum Gebet zusammenzurufen und darauf zu achten, daß sie den Regeln der Confraria gehorchten. In Abstimmung mit Don João ernannte Ferreira dann die Samurai zu Leitern der Dai-gumi, denen die Kontrolle über jeweils zehn Sho-gumi oblag. Sie hatten jede Woche schriftlich nach Arima zu berichten, wie es in ihrem Dorf um den Aufbau der Confraria stand, ob die Regeln eingehalten wurden und ob es ernsthafte Verstöße gab.

Ferreira hatte alle Hände voll zu tun, die Siegel der Botschaften aufzubrechen, die von den verschiedenen Dai-gumi eintrafen, fast täglich zwei oder drei, und die Berichte zu lesen. Wenn er auch für sich in Anspruch nehmen konnte, daß es kein japanisches Schriftzeichen gab, das er nicht zu lesen verstand, fiel es ihm oftmals schwer, das Gekritzel mancher Samurai zu entziffern. Dann holte er Fradre Carlos, der als gebürtiger Japaner im Lesen solcher Schriftstücke geübt war. Stunden verflogen im Nu über der täglichen Pflicht, der Lektüre und Beantwortung dieser Berichte.

Ferreira fühlte die Last des Amtes, die auf ihm ruhte, und hätte der Himmel ihm nicht die Fähigkeit gegeben, vieles nach kurzem Überlegen zu entscheiden, er wäre unter dieser Last vielleicht zusammengebrochen. Er begann, sich darüber Gedanken zu machen, wie er es mit seiner Arbeit besser einrichten könnte, um wenigstens für Gebet und Schlaf noch Zeit zu erübrigen. Aber kein Weg führte daran vorbei. Er mußte seiner Pflicht nachkommen. Die Zukunft der Mission hing, dessen war er sich nur allzusehr bewußt, von der festen Verankerung der Confraria in den dörflichen Gemeinden ab. Dort waren Vorkehrungen zu treffen, daß die Padres eine Heimstätte fanden, falls das Missionsverbot auch für Arima böse Wirklichkeit würde und Yoshitomos Handlanger die Kirchen mit Brettern zunagelten, eine Heimstätte, wo sie sich dem Zugriff der Häscher entziehen konnten.

Ferreira lächelte, wenn die eingehenden Berichte der verschiedenen Dai-gumi gute Nachrichten brachten. In seiner akkuraten Handschrift trug er die wesentlichen Ergebnisse in einen großen dicken Folianten ein, der, seitdem der beschleunigte Aufbau der Confraria in Gang war, in seinem Arbeitszimmer aufgeschlagen auf dem Tisch lag, Feder und Tusche griffbereit daneben. Besonders zufriedenstellende Berichte reichte er im Kreis der Brüder herum, damit sie alle Mut faßten und nicht eingeschüchtert oder gar verzweifelt würden; weniger günstige behielt er für sich oder besprach sie nur im engen Kreis mit jenen Brüdern, die er dazu erwählt hatte, ihm bei der großen, neuen Aufgabe wirkungsvoll beizustehen.

Aus den nördlichen Dörfern hörte man, wie erwartet, selten etwas Gutes, obwohl Don João sich, von Ferreira anerkennend bemerkt, besondere Mühe gegeben hatte, die Fähigsten unter seinen zweitausend Samurai auszuwählen und sie dorthin zu schicken, wo der Teufel sich seit Don Protasios Tod bereits wieder hatte festsetzen können. In manchen Dörfern schien die Bildung der Sho-gumi auf Widerstand zu stoßen, und Ferreira sah sich veranlaßt, den dortigen Samurai zu raten, die sonst überall streng geltenden Confrariaregeln etwas lockerer auszulegen. Es sei nicht unbedingt erforderlich, ließ er sie wissen, in jeder Nachbarschaft eine Sho-gumi einzurichten. Er schlug statt dessen vor, alle Dorfbewohner, in deren Herzen noch ein Funke des Glaubens brannte, zu einer Kerntruppe für Deus zusammenzuführen.

Auch aus einigen Dörfern im Süden des Daimyonats traf dann und wann bedenkliche Kunde ein. Manche Bauern, so berichteten die Samurai, zeigten sich unwillig, an den täglichen Gebeten teilzunehmen, zu denen sie sich vor Sonnenaufgang und nach Sonnenuntergang im Haus des jeweiligen Oberhaupts ihrer Sho-gumi oder seines Stellvertreters einzufinden hatten. Die schwierige Frage, von den Samurai immer wieder in ihren Berichten erörtert, war die, wie weit sie gehen sollten, die Widerstrebenden zu ihrer Gebetspflicht zu zwingen. Ferreira riet in seinen Antwortschreiben zur Geduld, da die Confraria, so argumentierte er, nur durch Liebe und mit Nachsicht ein Erfolg werden könnten. In allen Fällen sei sorgfältig zu erwägen, welches Ansehen im jeweiligen Dorf jene genossen, die sich zu offenem Widerspruch hinreißen ließen oder heimlich Widerstand leisteten. Handelte es sich um gewichtige Personen, aufgrund ihres Alters oder ihres Besitzstandes etwa, dann müsse er zur Vorsicht raten. In dieser kritischen Phase des Aufbaus komme es in erster Linie darauf an, der Mission keine neuen Feinde zu schaffen, da solche die natürlichen Verbündeten des Teufels seien und in der Lage, der Mission auf lange Sicht erheblich zu schaden.

Allerdings gab es auch Fälle, in denen Ferreira zur Strenge raten mußte, vor allem, wenn es sich bei den Unwilligen um gewöhnliche Dorfbewohner handelte. Für sie hielt er eine Reihe von Maßnahmen bereit, beginnend mit einem peinlichen Verhör vor dem Dorfrat, um die Gründe ihrer Widerspenstigkeit aufzuklären, einer allmählichen Steigerung der ihnen auferlegten Sühnen bis zur Exkommunikation und der Verstoßung aus der Dorfgemeinde.

Nicht einfach war es mit den Fragen, wie sich die Samurai in ihrer Eigenschaft als Vorsitzende der Dai-gumi verhalten sollten, wenn einige Bauern sich nicht der Vorschrift entsprechend jeden Samstag einer reinigenden Selbstgeißelung unterzogen. Offenbar besaßen manche Vorsitzende der Sho-gumi nicht genügend Festigkeit, die Einhaltung dieser Pflicht durchzusetzen. So kam es, daß in verschiedenen Dörfern die Bauern ihre Samstagabende anderweitig verbrachten. Bisweilen, so kam es Ferreira zu Ohren, sogar bei Sake und Schnaps. Das stellte eine so schwerwiegende Übertretung dar, daß er in jene Dörfer sofort einen Padre schickte oder sogar zwei oder drei, die den Bauern durch eigenes Beispiel zeigten, wie gottgefällig die Geißelung ist, da durch das aus den selbstzugefügten Wunden rinnende Blut die sündigen Gedanken einer ganzen Woche vergeben seien.

Ferreira gab den Padres, die er in diese Dörfer entsandte, stets die Anweisung, sie müßten die Samurai dazu bringen, sich an den öffentlichen Selbstgeißelungen zu beteiligen, da somit den Bauern, jung oder alt, ein Vorbild gegeben werde, an dem sie ihr eigenes Verhalten messen konnten.

Schließlich war da noch das leidige Problem mit den Finanzen. Seit Don Protasios Tod und dem Zusammenbruch des Handels in

Arima hatten sich die Einnahmen der Mission sehr verringert. Wo früher Silber und Gold in großer Menge, fast im Überfluß den Weg in die Kasse fanden, bestand jetzt die Gefahr, die Reserven, die Ferreira über die Jahre hin angelegt hatte, würden langsam, aber stetig aufgezehrt. Es war nicht nötig, Zeile um Zeile die lange Liste der Ausgaben und die kurze der Einnahmen, die Bruder Raimundo sorgfältig führte, miteinander zu vergleichen, es genügte, im Keller des Missionsgebäudes das Regal der Leinenbeutel mit der Laterne abzuleuchten. Manche, vor einem halben Jahr noch prall von Münzen, fühlten sich federleicht an. Auch im großen Lagerhaus unten am Hafen von Arima hatten sich die Regale stark gelichtet, die früher um diese Jahreszeit noch von Ballen kostbarer Seide und bester Baumwollstoffe strotzten.

Selbst der Reisvorrat wurde knapp, und seitdem so viele Padres aus Nagasaki nach Arima gekommen waren, schrumpften auch die Vorräte an Weizenmehl erschreckend schnell. Ferreira mußte den Bäcker, der jede Woche zweimal frisches Brot buk, anweisen, sich jeweils genau zu überlegen, wie viele Brotlaibe er für die nächsten Tage tatsächlich brauchte – die Mission könne es sich nicht mehr leisten, altgewordenes Brot an die Schweine zu verfüttern.

Wegen der angespannten Finanzlage der Mission, die sich allem Anschein nach in absehbarer Zeit nur noch verschlechtern konnte, war es notwendig geworden, gerade in den Dörfern Spenden einzutreiben, in denen die Kirishitan noch treu zum Glauben standen. Das war die Sache der Kassenwarte, die es in jedem Sho-gumi gab oder geben sollte, ein Amt, oft nicht leicht zu besetzen, nicht etwa, weil es an ehrlichen und redlichen Kandidaten mangelte, vielmehr wegen der Schwierigkeit herauszufinden, wer sich unter den Dorfbewohnern am besten eignete, Spenden einzutreiben. Ein erfolgreicher Kassenwart mußte über eine gute Mischung Feingefühl und Hartnäckigkeit verfügen, bestand seine Aufgabe doch darin, die Menschen zum Verzicht dessen zu bewegen, wovon ihr eigenes Wohlergehen und das ihrer Familien abhing.

Silber und Gold waren ohnehin nicht aus den Dörfern zu holen, höchstens Kupferlinge und, jahreszeitlich bedingt, Süßkartoffeln, Reis, Weizen, Gerste, Korn und verschiedene Gemüse. Süßkartoffeln ließen sich, in dünne Scheiben geschnitten und getrocknet, ziemlich gut aufheben. Reis, Weizen, Gerste und Korn ließen sich, nach dem Dreschen in doppelt geflochtene, dichte Strohsäcke verpackt, monatelang stapeln. Gemüse mußte in Salz oder Trester eingelegt und vergoren werden, damit es haltbar blieb.

Auch die Fischersleute hatten ihre Art, Fische und Kraken einzupökeln, zu trocknen oder sie anderweitig dauerhaft aufzubewahren, sogar Muscheln räucherten sie und konnten sie so wochen- oder monatelang genießbar aufbewahren. Wo das Meer seicht war, gewannen die Fischer Seetang, den sie in papierdünnen Scheiben ausbreiteten und in der Sonne trockneten, oder andere Arten getrockneten Meeresgemüses, bei dem man manchmal vielleicht besser nicht zu genau fragte, woraus es eigentlich bestand. Obwohl Ferreira wußte, wie wenig die meisten seiner Mitbrüder bereit waren, Seetang oder ähnliches zu sich zu nehmen, was die Einheimischen ihnen so brachten, bei ihm selbst verhielt sich das anders. Er hatte seinen Gaumen an den fremdartigen Geschmack gewöhnt und sogar Gefallen an einigen Eßwaren gefunden, die manche der Padres und Fradres, besonders solche, die noch nicht lange im Land waren, wieder ausspuckten.

Die gespannte Lage machte es erforderlich, daß Ferreira sich häufiger noch als bisher mit Don João traf und mit ihm die wichtigsten nächsten Schritte besprach. Das Feuer im Turm hatte, wie Ferreira nicht ohne ein leichtes Gefühl der Genugtuung vermerkte, Don Joãos Einstellung eindrucksvoll verändert. Er schien eingesehen zu haben, welchen kapitalen Fehler er begangen hatte, ohne Wissen der Mission so lange einen Gefangenen auf Hara zu verstecken und dazu noch einen so widerwärtigen Ketzer wie diesen Niederländer.

Doch Ferreira besaß genügend Feingefühl, die Niederlage, unter der Don João ohnehin sichtlich litt, nicht weiter zu seinen Gunsten auszubeuten. Es genügte ihm zu sehen, daß Don João seit dem Brand eine Offenheit an den Tag legte, wie er sie schon lange nicht mehr geübt hatte, eine Offenheit, die ihn an die Tage im Seminario erinnerte, als er oft zu seinen Füßen saß und laut aus dem Katechismus vorlas. Damals gab es keine Regung in Joãos Gesicht, die Ferreira nicht verstand oder deuten konnte. Damals war es, als würden, seelsorgerisch gesprochen, Joãos innerste Gedanken vor ihm offenliegen wie ein großes weites Feld, auf dem die Früchte der Zukunft heranreiften. Dieser Zustand schien nach dem Feuer wieder eingekehrt zu sein, vielleicht nicht mehr ganz so unbefangen wie früher, aber immerhin. Die Zeit, in der João hinter dem Rücken der Mission tat und ließ, was ihm gefiel, schien glücklicherweise vorüber zu sein. Nichts konnte der Mission mehr Schaden zufügen, gerade jetzt, in der Zeit vor dem großen Sturm, als Zwietracht und gegenseitiges Mißtrauen.

So nahm Ferreira es, trotz seiner erdrückenden Arbeitslast in Arima, auf sich, wieder einmal nach Hara zu gehen, nachdem Don João, kleinlaut wie er geworden war, schon dreimal in Arima vorgesprochen hatte. Also war es an der Zeit, sagte sich Ferreira, für eine Zusammenkunft mit ihm. Außerdem wollte er den Schaden, den das Feuer angerichtet hatte, selber einmal in Augenschein nehmen, auch ob es zutraf, daß das Skelett des Turms die Form eines Kreuzes angenommen hatte.

* *
*

Der Wind wehte steif von Osten, den Geruch von Tang und Algen mit sich führend, welche die Wellen am Strand anspülten. Die Küstenstraße lag unter dem milden Glanz der Wintersonne und das Versprechen des Frühlings schon in der Luft. Ferreira öffnete seine Kutte weit und ließ sie im Wind flattern. Es tat wohl, das Streicheln des Windes zu spüren, nach so vielen Stunden, die er Tag für Tag in seinem Arbeitszimmer verbracht hatte, über Berichte und Zahlenkolonnen gebeugt und ständig zu neuen Entscheidungen gedrängt. Jetzt lag eine Stunde Wegs vor ihm, eine Stunde, in der er allein sein konnte, allein mit seinen Gedanken. Eine Stunde Zeit, in der er sie wandern lassen konnte, zurück nach Lissabon, wo die Luft genauso nach Tang und Algen roch, wenn in den späten Winterwochen oder vor Beginn des Frühlings der Wind stetig vom Meer her landeinwärts wehte. Dann führte die Luft sogar oben am Hang, auf dem die Korkeichen standen, den Hauch von Meer und Ferne mit sich.

Ferreira schritt, wie es seine Art war, zügig aus, eine große, hagere Gestalt, leicht nach vorn gebeugt, mit fliegender Kutte. Er erwiderte die Grüße der Vorübergehenden, die sich ehrerbietig vor ihm verbeugten, wechselte mit dem einen oder anderen ein paar Worte, Worte der Ermutigung. Bauern und Bäuerinnen waren es, die wie er der Schloßstadt zustrebten, mit Kiepen, in denen sie die letzten Mandarinen des Jahres zum Markt brachten oder Eßkastanien, auch Winterkraut. Er überholte sie mit weit ausholenden Schritten und hatte für alle ein gutes Wort.

Nur einmal, als zwei berittene Samurai die Straße entlanggetrabt kamen, trat die harte Wirklichkeit wieder zutage. Von weitem hatte Ferreira sie als Yoshitomos Leute erkannt. So hielt er sich in der Mitte der Straße, bis sie nur noch zwei oder drei Pferdelängen von ihm entfernt waren. Da wußte er, sie würden weder anhalten noch absitzen, um ihn zu grüßen, wie sie es zu Don Protasios Zeiten immer getan hatten. Sie trabten an ihm vorbei und dachten anscheinend nicht einmal daran, ihm einen Blick zu gönnen. Noch während der Wind den Staub, den ihre Pferde aufgewirbelt hatten, wegtrug, setzte Ferreira seinen Weg fort, seine Miene ein wenig verschlossener als zuvor, aber seine Schritte noch fester und zielstrebiger.

Schon von weitem war das Skelett des ausgebrannten Turms zu erkennen, manchmal von Ästen und Zweigen der Kiefern verdeckt, welche die Küstenstraße säumten, manchmal ein wenig freier daliegend. Was von dem Turm noch übrig war, erhob sich über die Kimme der grauen Schloßmauern, die unteren Stockwerke anscheinend noch intakt, mit ihren aus der Entfernung fast zierlich anmutenden geschwungenen Dächern, unter denen die Schießscharten hervorlugten.

Unwillkürlich hielt Ferreira seinen Schritt inne, als nach einer Biegung des Weges das Turmskelett in voller Breite und Höhe vor ihm stand.

Wahrlich, ein Kreuz.

Es war in der Tat ein Kreuz, schwarz gegen den blaßblauen Himmel, der senkrechte Pfosten bis in die Höhe der früheren Turmspitze reichend, der Querbalken ein wenig aus dem Lot. Das dicke Hanfseil, mit dem Don João den Querbalken an den senkrechten Pfeilern hatte sichern lassen, hatte das Aussehen eines

Knollens, ein wenig oval, im Schattenumriß jenem Schild nicht unähnlich, das sich auf allen Bildern der Szene von Golgatha fand und die stolzen Buchstaben I.N.R.I. trug. «Iesus Nazarenus Rex Iudaeorum», flüsterte Ferreira vor sich hin, «wahrlich ein Kreuz.» Das Gerücht, dem er anfangs wenig Glauben hatte schenken wollen, bestätigte sich. «Wahrlich, ein Wunder.»

Ferreiras Gedanken überstürzten sich beim Anblick dieser Erscheinung und der von ihr ausströmenden Kraft. Welch ein Symbol für den immerwährenden Kampf zwischen Gut und Böse, ein Kampf, bei dem das Gute immer über das Böse siegt. Siegen muß. Don João hatte recht. Ein Wunder. Wie sonst ließe sich verstehen, daß in einem Feuer, von den Kräften des Bösen gezeugt, das Kreuz geboren wurde. Da stand es nun, hoch über der Schloßmauer, über dem Rumpf des Turms, hoch über der Klippe, hoch über dem Meer, dessen Silberglanz ein schwaches Abbild der wahren Glorie des Himmels war, hoch im Wind, der die Kunde von diesem Wunder mit sich trug.

Ferreira schaute umher und sah sich von einer Menge Menschen umgeben, die wie er ihre Blicke gebannt auf das Kreuz gerichtet hatten. Aus ihren Augen sprach Demut und Ehrfurcht. Da kniete er nieder und breitete seine Arme weit aus, um die Heiligkeit des Augenblicks ganz in sich einzufangen, und alle, die ihn umstanden, taten es ihm nach.

23

Ruf des Gecko

Schön, daß du hier bist», sagte Dona Isabel und goß Mikas Teeschale nach, «es hat lange gedauert. Nun aber bist du da, und alles ist gut. Was für ein Glück, daß dir nichts geschehen ist. Kaum auszudenken, was alles hätte geschehen können.» Sie bewegte die Teekanne leicht hin und her, damit das schon abgekühlte Wasser die Teeblätter besser durchströmte.

Dona Isabel ließ jedes Jahr Tee in Uji einkaufen und bewahrte ihn in dicht verschließbaren Lackdosen auf. Damit er sich lange halte, stellte sie die Dosen an einen kühlen, trockenen Ort, in eine Kammer unter ihren Gemächern, wo der Boden aus gewachsenem Fels bestand. Als Mika nach Hinoe gekommen war, hatte sie eine frische Dose aufgemacht und zur Vorbereitung des Tees einen Kessel voll Brunnenwasser holen lassen. Eigenhändig hatte sie das Feuer im Hibachi geschürt und neben dem Kessel gesessen, bis er zu simmern anfing.

«Was für ein Glück. Es hätte auch schlimm ausgehen können, mein Kind, sehr schlimm. Mit all der Schießerei. Denk dir nur, du wärst von der Kugel getroffen worden.» Dona Isabel hielt die Teekanne behutsam in der Hand, als sei sie etwas Zerbrechliches, was sie schützen mußte. Über ihr herbes Gesicht glitt ein Lächeln, das die Falten um ihre Mundwinkel weniger streng erscheinen ließ. Eine Haarsträhne hatte sich aus ihrer mit Perlmutt eingelegten Spange gelöst und war ihr ins Gesicht gefallen.

Mika beugte sich vor und strich ihrer Mutter mit leichter Hand die Strähne aus dem Gesicht. «Ja, Mutter», sagte sie, «ich bin auch froh, hier zu sein.»

«Hast du denn nicht an die Gefahr gedacht, mein Kind? Du hättest dein Leben verlieren können. Erzähl doch, wie das alles gekommen war. Erzähl.»

Mika schlürfte den Tee in kleinen Schlucken und setzte ihre Schale wieder auf dem niedrigen Lacktisch ab. «Ach, Mutter», sagte sie und hielt ihre Hände über den Hibachi, der wohlige Wärme verstrahlte, «alles ging so schnell. Es war gar keine Zeit, über alles nachzudenken.»

«Und?»

«Ich weiß nicht. Es ist alles so verworren.»

«Und dieser Fremde. Warum?»

«Was meint Ihr, Mutter?»

«Ich meine, ein Mädchen guter Herkunft tut doch so etwas nicht. Mit einem Fremden zusammen fliehen. Und das noch nachts.»

«João wollte ihn töten.»

«Dann hätte er doch allein fliehen können.»

«Er hätte es allein nicht geschafft, Mutter. Joãos Leute hätten ihn abgefangen und umgebracht.»

«Aber sich seinetwegen in eine solche Gefahr zu begeben? Ich weiß nicht, es hätte dich das Leben kosten können. Hast du denn daran nicht gedacht?»

Mika blickte in die glimmenden Kohlen, die im Hibachi knisterten, und rieb sich die Hände in dem warmen Luftstrom. Die heiße Luft roch würzig nach Harz. Es fiel ihr schwer, davon zu erzählen, wie alles gekommen war, da sie in den Augen ihrer Mutter jene Mischung von Tadel und Besorgtheit erkannte, der sie wenig entgegensetzen konnte. Natürlich war alles anders geplant, und daß Nanas Bruder sein kleines Boot nicht bis an die Klippe hatte heransteuern können, konnte niemand im voraus wissen. Sie hätte besser auf den Wind achten müssen, der schon den ganzen Tag über mächtig aus Norden wehte. Wenn sie rechtzeitig bedacht hätte, daß der Wind ein kleines Fischerboot wie ein Stück Borke über das Wasser treiben kann, wenn sie sich die Fluchtnacht hätte wählen können, aber so, wie alles verlaufen war ... es blieb einfach keine Zeit. João hätte el Rosso getötet.

«Ich vermute, mein Kind, du hast zuviel von diesen Predigten in der Kirche gehört», mit diesen Worten riß die Mutter Mika aus ihrem Gedankenwirrwarr, «ich meine, daß du die Vorstellung hattest, du müßtest diesen Fremden befreien. War das nicht etwas übertrieben?»

«Übertrieben?»

«Ja, ein bißchen zu viel, das mit der Nächstenliebe und so weiter. Du nimmst zu ernst, was Hochwürden predigt, mein Kind. Sag ehrlich, hast du nicht vielleicht den Fremden nur deshalb befreit, weil du damit auf Hochwürden Eindruck machen wolltest?»

«Nein», fuhr Mika so heftig auf, daß sich der Rest des Tees in ihrer Schale über ihren Kimono ergoß. Dona Isabel zog ein weißes Baumwolltuch aus ihrem Gewand und reichte es Mika über den Tisch. Mika war froh, sich mit irgend etwas beschäftigen zu können, und tupfte darum so lange mit dem Tuch, bis die feuchte Stelle auf ihrem Kimono fast verschwunden war.

Dona Isabel betrachtete ihre Tochter und ließ sie gewähren.

«Nimm noch einen Schluck Tee», sagte sie dann und nahm die

Teekanne wieder zur Hand. «Ist etwas mit Hochwürden, daß du so aufgeregt sein mußt?»

«Nichts, Mutter. Nein, nichts.»

«Dann hättest du ihn doch einweihen können, wenn dir so viel an dem Fremden lag und du ihn unbedingt befreien wolltest. Hochwürden hätte gewiß mit João geredet und ihn überzeugt, daß er den Gefangenen ziehen lassen soll.»

«Schweigt, Mutter!» schrie Mika und hielt sich die Ohren zu.

Dona Isabel schaute sie befremdet an, schwieg aber. Sie bereitete mit den üblichen abgezirkelten Bewegungen frischen Tee und goß Mikas Schale halb voll. Wie sie die Kanne hielt und beim Ausgießen neigte, ließ erkennen, wie sehr für sie die Teezubereitung Teil eines täglichen Rituals war. Ihren Bewegungen haftete deshalb nichts Gekünsteltes an, nur jene selbstverständliche Verhaltenheit, die sie an den Tag legte und die der Beachtung von Sitten und Gebräuchen entsprach.

«Du solltest nicht so aufgeregt sein, mein Kind. Wenn ich ein Wort über Hochwürden sage, gerätst du immer gleich in Aufruhr. So oder so, ob ich etwas Gutes oder weniger Gutes über ihn sage. Dabei meine ich nur, du unterhältst doch eine enge Beziehung zu Hochwürden. Du hättest ihn nur zu bitten brauchen, mit João zu reden. Statt dich selbst in Gefahr zu bringen. Und noch dazu, mit einem fremden Mann in der Nacht. Was werden sich die Leute gedacht haben.»

«El Rosso ist schwer verwundet.»

«Ja, ja, ich weiß, er soll schwer verwundet sein, aber soll ich hingehen und allen erzählen, es ist richtig, meine Tochter ist mit einem fremden Mann aus Schloß Hara geflohen und hat die Nacht mit ihm im Tempel verbracht, aber der fremde Mann war schwer verwundet, und deshalb besteht eigentlich kein Grund, sich darüber Gedanken zu machen.»

«Versteh' nicht, was Ihr damit sagen wollt?» unterbrach Mika ihre Mutter und blickte sie empört an. «Was heißt das … eigentlich kein Grund, sich Gedanken zu machen? El Rosso ist ja wirklich schwer verwundet, und noch ist unsicher, ob er überhaupt durchkommen wird.»

«Ja, ja», lenkte Dona Isabel beschwichtigend ein und faltete die

Hände in ihrem Schoß. «Ich hätte das nicht sagen sollen. Ich habe es ganz anders gemeint … das mit sich Gedanken machen. Ich meine ja nur, es ist nicht schlimm, wenn die Leute hier in der Stadt darüber reden, über dich und den Fremden, und daß du mit ihm zusammen die Nacht im Tempel verbracht hast … Aber damit ist es doch nicht genug. Was unten in der Stadt geredet wird, trägt der Wind schnell in alle Richtungen. Bald werden sämtliche Daimyo im Umkreis von fünf Tagesreisen die Geschichte gehört haben.»

«Ja, und?»

«Ich meine ja nur, die Geschichte verändert sich, je weiter sie reist, und am Ende werden viele Daimyos sagen, so ein Mädchen wie diese Mika von der Shimabara-Halbinsel wollen wir nicht zur Frau für unseren Sohn haben.»

«Fangt Ihr schon wieder damit an.»

«Ich fange nicht schon wieder damit an, mein Kind. Ich mache mir nur Sorgen um dich. Ich will nicht, daß du allein bleibst.» Dona Isabel leerte die Teeblätter aus der Kanne, spülte mit ein wenig heißem Wasser nach und ging schon daran, neuen Tee aufzugießen. Für alles, was sie tat, hatte sie geübte Griffe und das passende Tuch bereit, mit dem sie jeden verschütteten Tropfen aufwischen konnte.

«Ihr versteht nicht, Mutter.» Mika widerstand der Versuchung, ihre Teeschale auf dem Tisch abzusetzen und aus dem Zimmer zu rennen, führte statt dessen die Schale wortlos an die Lippen. Ihre Gedanken kreisten wie ein in einem Wasserstrudel gefangenes Blatt und kehrten immer wieder zu el Rosso zurück, wie schwer verwundet er war, wieviel Blut er verloren hatte. So viel, sagte Shozen, der Mönch, daß ihm nur noch wenig zum Überleben bleibe, trotz rascher Versorgung der Wunde und der Salbe, die er schon im Tempel auftrug. Inzwischen hatte sich die Wunde entzündet, und ein anderer Mönch, Yorin, war gerufen worden, der viele Jahre in China verbracht hatte und in Heilkunde bewandert war. Er zerrieb frisch geröstete Sesamkörner in einem Mörser zu einem Brei, dem er zerstoßenen Zinnober und Realgar zumischte. Die goldbraune Salbe, die so entstand, sollte den Eiter aus der Wunde ziehen, aber immer neuer Eiter bildete sich. Das Fieber stieg und hielt zwei Tage und zwei Nächte an. Stunde um Stunde wachten Mika oder Nana bei el Rosso. Sie deckten ihn zu, wenn der Schüttelfrost ihn befiel, und legten ihm kalte Tücher auf die Stirn, wenn die Hitze ihn zu überwältigen schien. Yorin kam mehrmals am Tag und erneuerte den Wundverband. Um für den Eiter neue Auswege aus dem Körper zu schaffen, erzeugte er an bestimmten Stellen Brandwunden, eine Handbreit unter dem Knie, und behandelte sie mit der gleichen Zugsalbe. Bald sammelte sich auch dort Eiter, während der aus der Schußwunde kommende Fluß nachließ. Nach einigen Tagen erwachte el Rosso aus seinem Fieberwahn. Mika bettete seinen Kopf in ihren Schoß, und Nana flößte ihm eine mit geschlagenem Ei zubereitete Pilzsuppe ein.

«Du bist so still, Kind.» Dona Isabel unterbrach Mikas Gedanken. «Du siehst erschöpft aus. Mußt besser auf dich achten, glaube mir, sonst wirst auch du noch krank.»

«Ach, Mutter», sagte Mika und blickte wie abwesend in sich hinein, «es wird sicher alles wieder gut.»

«Du machst dir Sorgen um den Fremden?»

Mika nickte unmerklich.

«Er ist in guten Händen, habe ich gehört. Du hast alles getan, was in deiner Kraft stand, zuviel sogar, meine ich. Jetzt solltest du dich wieder erbaulicheren Dingen zuwenden. Es ist nicht gut, dauernd nur an Krankheit und Elend zu denken. Das ganze Leben liegt doch noch vor dir.»

Mika schloß die Augen, um das Bild ihrer Mutter zum Verschwinden zu bringen, die mit ihrem herben Lächeln vor ihr saß und nichts von dem verstand, was in ihr vorging. Sie mußte an Yorin denken, der zusammen mit Shozen die Kugel aus el Rossos Wunde entfernen wollte. Yorin hatte die silbernen Nadeln mitgebracht, um sie an bestimmten Stellen in el Rossos Körper hineinzustechen. Er sagte, er wisse genau, wo es sein müsse und wie tief, um die Schmerzen zu betäuben. Shozen sollte dann versuchen, die Kugel aus der Wunde zu ziehen, mit zwei aufgerauhten, vorher über einer Flamme gehärteten Holzstäbchen. Während Yorin und Shozen ihre Vorbereitungen trafen, hatte el Rosso stumm Mika angesehen. Es wird gutgehen, hatte sie sich zu ihm herabgebeugt und mit ihrer Hand seine Wange berührt, es wird sicher gutgehen. «Wenn ich sterbe», hatte er gesagt, «legt ein kleines Kreuz auf mein Grab.»

Nur Nana war dageblieben, während Shozen und Yorin sich ihrer Verrichtung zuwandten. Es sei gut, sagten sie, jemanden dabeizuhaben, der das Blut wischen und die Wunde waschen kann.

«Bald wird der Winter vorüber sein», schob sich Dona Isabel wieder in Mikas Gedanken, «freust du dich nicht auch, daß die Tage wieder länger werden. Noch ein paar Wochen, dann werden die Kirschbäume blühen.»

«Ein Jahr ist es schon her», sagte Mika, ohne aufzublicken.

«Ein Jahr? Was für ein Jahr?»

«Daß Vater tot ist.»

«Ach so», beeilte Dona Isabel sich zu sagen, «stimmt, es war zur Kirschblütenzeit. Wie schnell die Zeit vergeht. Ein ganzes Jahr schon.» Sie schaute ein wenig verlegen drein und lächelte. «Wirklich, wie die Zeit verrinnt. Ein ganzes Jahr schon ist das her. Wie die Zeit verfliegt.»

«Ihr denkt nicht viel an Vater», sagte Mika vorwurfsvoll.

«Doch, doch, aber was hilft es, wenn ich an ihn denke? Das ändert nichts.»

«Immerhin, ich dachte, Ihr würdet ihn vermissen.»

«Vermissen?» fragte Dona Isabel und schaute Mika verwundert an. «Das ist vielleicht nicht das passende Wort. Ja, manchmal bin ich ein wenig einsam, daß er nicht mehr da ist, aber wenn ich daran denke, wie sehr er sich mit Hochwürden eingelassen hat, mit den Padres überhaupt, dann kann ich nur noch ärgerlich sein. Schließlich hat er es sich selber zuzuschreiben, daß er nicht mehr lebt.»

Mika wußte, früher wäre sie aufgebraust und hätte ihre Mutter angeschrien. Früher hätte sie ihren Vater verteidigt und Hochwürden in Schutz genommen. Jetzt aber zuckte sie nur ein wenig zusammen und schwieg. Was sie traurig stimmte, war nicht mehr die Anklage, die die Mutter gegen den Vater erhob. Was sie traurig stimmte, war der Ton in ihrer Stimme, dieser kühle Ton, als redete ihre Mutter von jemandem, den sie nur flüchtig gekannt hatte. Nicht von dem Mann, mit dem sie über dreißig Jahre lang zusammengelebt hatte, dem Vater ihrer Kinder. Keine Zärtlichkeit, offenbar auch kein Erinnern an Gefühle, die sie doch irgendwann für ihn gehabt haben mußte. Oder hatte sie nie Gefühle gekannt, aus denen Anhänglichkeit erwächst? Hatte sie keine Erinnerung an Zärtlichkeit?

Vielleicht stimmte es doch, was ihre Mutter ihr einmal gesagt hatte: Heiraten, du meine Güte, hatte sie gesagt, Heiraten ist nicht etwas, worauf man sich besonders freut oder woran man große Erwartungen knüpfen soll. Hauptsache, man ist untergebracht, und die Bedingungen sind zufriedenstellend.

Widerwillen kam in Mika hoch. Sie würde niemanden heiraten, nur um gut untergebracht zu sein. Und außerdem, sie hatte nicht vor, sich Bedingungen zu unterwerfen, um die andere gefeilscht hatten. Sie schaute ihre Mutter an und empfand Mitleid mit ihr.

«Es gibt Wichtigeres, mein Kind», sagte Dona Isabel, «Wichtigeres, als an das zurückzudenken, was sich nicht mehr ändern läßt. Meine Aufgabe ist es, für dich zu sorgen, jetzt, wo du endlich hier auf Hinoe bist, wenn auch, wie ich noch einmal betonen möchte, unter ziemlich ungewöhnlichen Umständen. Aber jetzt bist du wenigstens da, und ich kann anfangen, mir ernsthaft Gedanken zu machen, wie ich einen guten Mann für dich finde.»

Aus Mikas Augen sprang Widerspruch.

«Ich weiß, was du denkst, mein Kind», sagte Dona Isabel und legte viel Atem in ihre Worte, «du bist noch jung, und wenn man jung ist, meint man immer, das Leben dauert ewig. Aber vergiß nicht, du bist schon siebzehn, und im Herbst wirst du achtzehn sein, höchste Zeit, daß ein Mädchen wie du bald verheiratet wird. Sonst wird daraus nichts mehr.»

«Heiraten ist etwas, an das ich zur Zeit am allerwenigsten denken möchte», erwiderte Mika und trank ihre Teeschale aus.

«Du brauchst nicht daran zu denken, mein Kind. Ich werde mich darum kümmern. Ich meine ja nur, wie gut, daß du jetzt endlich auf Hinoe bist. Von hier aus, als Schwester des Daimyo, wird es uns nicht schwerfallen, geeignete Bewerber für dich zu finden. Ich habe meine Fühler ausgestreckt und mir verschiedene Namen aufgeschrieben. Es gibt mindestens vier oder fünf Daimyosöhne, für die zur Zeit die passende Frau gesucht wird.»

«Ich danke Euch für den Tee, Mutter», sagte Mika und stand auf, «er war wie immer ausgezeichnet, aber jetzt muß ich gehen.»

«Bleib doch noch», rief Dona Isabel hinter ihr her, «wir haben selten Gelegenheit, miteinander zu sprechen. Bleib doch noch. Wo mußt du denn so eilig hin?» Aber Mika war schon aus dem Zimmer hinausgeglitten und den Korridor hinuntergerannt.

An der Biegung kam ihr Nana entgegen.

«Es ist gutgegangen», sagte Nana.

Mika mußte sich gegen die Wand lehnen. Nana reichte ihr ein Taschentuch, damit sie sich die Augen trocknen konnte. «Wirklich gutgegangen?»

«Yorin meint, er wird es überleben.»

«Kann ich ihn sehen?»

«Er schläft.»

* * *

Mika lag in ihrem Zimmer auf den Tatamimatten und schaute zur Decke hinauf. Sie fühlte, wie sich ihre Glieder entspannten, wie sie leichter wurden, immer leichter, bis nichts sie mit ihren Gliedern zu verbinden schien. Das Gefühl des Schwebens, das sich einstellte, hob sie aus ihrem Körper heraus und versetzte sie in einen Traum, den sie mit offenen Augen erlebte. Ihr Blick verschwamm, denn endlich stürzten die Tränen aus ihr heraus, die sie so lange zurückgehalten hatte. Es tat gut, in der Stille zu weinen und mit den Tränen all die Härte herauszuwaschen, die sich in ihr verkrustet hatte, die Härte, ohne die sie die vergangenen Wochen und Tage nicht hätte überstehen können, nicht die Angst, nicht die Sorge um el Rosso, nicht die Flucht aus dem Turm. Nun traten die Angst und die Sorge mit einemmal aus ihr heraus als heiße, salzige Tränen, die sich in den Augenwinkeln sammelten und ihr als kühler und kühler werdende Tropfen über das Gesicht liefen.

Mika wischte sie mit dem Handrücken weg. Es war das Zimmer, in dem sie als Kind gespielt, geschlafen und geträumt hatte, damals, vor vielen, vielen Jahren, als unten auf der Klippe am

Meer noch Hunderte von Handwerkern an Schloß Hara arbeiteten. Sie blickte zur Decke empor, die sie viel höher in Erinnerung hatte. Sie schaute zu den Wänden hin und sah die Puppen, die dort einmal in ihren Puppenhäusern gewohnt hatten, in seidene Kimonos gekleidet, Eßschälchen und Eßstäbchen haltend, gerade groß genug für ihre winzig kleinen Hände. Sie sah die Bälle aus weichem, farbigem Stoff, die sie gegen die Decke warf und beim Herunterfallen wieder auffing. Sie sah die aus buntem Papier gefalteten Kraniche, die an feinen Fäden von der Decke hingen und sich beim leichtesten Luftzug bewegten. Auch hinter den Puppenhäusern lugten Papierfiguren hervor, eine Schildkröte, eine Katze, ein Waschbär, ein Hund. Alle hatten Stimmen und redeten miteinander, wie die Erwachsenen miteinander reden, über unverständliche Dinge, die einem kleinen Mädchen gleichgültig sind. Deshalb mußte sie ihre Tiere ausschimpfen und sie ermahnen, von etwas zu reden, was man wirklich wissen will, wie die Frage, ob in den Ritzen der Schloßmauern Zwerge lebten und ob die Stimmen, die sie manchmal abends im Schloßgarten vernahm, die Stimmen von Geistern waren, die ohne faßbare Gestalt durch die Luft flogen.

Die alten Tatamimatten bedeckten noch den Boden, von jener purpurbraunen Borte eingefaßt, in die feine goldene Fäden eingewebt waren, hier ein Fleck, dort eine ausgefranste Stelle. Mika betrachtete die Spuren ihrer kindlichen Tätigkeit, längst vergessene Spuren, längst vergessener Firlefanz. Sie legte ihren Finger darauf und strich die ausgefranste Borte entlang. Da kam das Bild zurück, wie sie, auf dem Bauch liegend, mit ihrer Schere Papier zerschnitzelt hatte, viele Bogen weißen Papiers, um sie in Schneeflocken zu verwandeln, die sie auf ihre Puppenhäuser streuen konnte. Sie wollte, daß es Winter sei, irgendwo hoch in den Bergen, wo Feen mit ihrem Zauberstab die dicken weißen Wolken berührten, so daß die Schneeflocken herauszurieseln begannen. Beim Zerschneiden von so viel Papier war ihr die Schere ausgerutscht und in die Borte der Tatamimatten hineingefahren. Nana, schon damals ihre Zofe, hatte versucht, die Borte mit einem purpurbraunen Garn zu stopfen, aber die Stelle war rauh geblieben und franste bald danach aus.

Mika sah sich, wie sie mit ihrem Vater über die Flanke des Vulkans ritt, er auf seinem großen Schimmel, sie auf Mongo. Sie ritten über schmale Pfade, kamen an Bäumen vorbei, die der letzte Sturm gefällt hatte, überquerten Lichtungen, wo der Fingerhut so hoch wuchs, daß die Spitzen ihrer mit mildroten Glocken besetzten Blütenwedel höher reichten als Mongos Kruppe. Ihr Vater hielt seinen Schimmel an und sprang ab. Er half ihr aus dem Sattel, da sie von dem langen Ritt so müde geworden war, daß sie sich kaum noch aufrecht halten konnte. Dann ruhten sie sich unter den Bäumen am Rande der Lichtung auf dem dicken Nadelpolster aus, das die Kiefernzweige über ihnen in vielen Jahren hatten entstehen lassen.

Mika empfand wieder das Gefühl, wie sie durch die Kiefernzweige hindurch zu den vorbeiziehenden Wolken hinaufschaute. Sie hatte ihren Vater gefragt, ob die Erde sich wirklich drehe. Er wußte es nicht, meinte aber, weil die Padres es so sagten, es seien Engel, die Wolken über den Himmel ziehen lassen und die Sonne lenken.

Tagsüber sind sie mit den Wolken beschäftigt, sagte er, nachts mit dem Mond und den Sternen.

Schlafen die Engel nie?

Nein, die Engel schlafen nie.

Warum nicht?

Weil sie immer etwas zu tun haben.

Schlafen die Bäume?

Ja, im Winter, wenn sie ihre Blätter abwerfen.

Aber die Bäume, die Nadeln statt Blätter tragen?

Die schlafen nicht.

Also, Nadelbäume sind wie nie schlafende Engel, hatte Mika gesagt, aber die Bäume, die im Winter schlafen, kleiden sich im Herbst in die schönsten Farben.

Mika schaute wieder zur Decke hinauf, die in viele kleine Quadrate eingeteilt war, darin jedes ein Stück Holz mit eigener Maserung, dunkelbraun und hellbraun. Während sie so mit erstaunten Augen nach oben starrte, erschien ihr die Decke plötzlich wieder so hoch wie früher. Oft hatte sie von ihrem auf den Tatamimatten ausgerollten Bett nach oben geschaut, wenn es im

Sommer früh hell wurde oder wenn die Abendsonne noch zu später Stunde auf die Shojitüren fiel und das Innere des Zimmers mit Wärme und milchigweißem Licht füllte. Jedes Quadrat kannte sie, jede Maserung wurde zu einem Bild, in dem sie Linien und Kurven erkannte, und zu jedem Bild hatte sie sich eine Geschichte ausgedacht.

Abends, wenn es dunkel wurde, erzählte sie dem Gecko, wenn er hoch oben über die Decke huschte, etwas von ihren Geschichten. Im Dämmerlicht schaute sie ihm zu, wie er mit Patschfingern an allen Beinen anscheinend mühelos dahinglitt und die Stege zwischen den Quadraten überwand, wie er unerwartet nach vorn schnellte und nach einem Falter oder einer Fliege schnappte. Je weiter die Dämmerung voranschritt, um so flinker huschte er, da und dort verharrte er länger an einer Stelle und stieß seinen Ruf aus, einen einzigen melodischen Ton, weil er ihre Geschichten so lustig fand. Manchmal brachte er eine Folge von Tönen hervor und begann dann seinerseits zu erzählen. Er berichtete von der Zeit, als er ein Drachen war mit starken Flügeln, die ihn durch die Nacht trugen, und er die Strahlen des Mondes entlangflog bis zum silbernen Band der Sterne, das sich quer über den Himmel zieht. Einmal vergaß er vor lauter Plappern, sich an der Decke festzuhalten, und purzelte herab. Er landete auf ausgebreiteten Patschfingern sanft bei Mika, dicht vor ihrem Gesicht, und sie hatte seine großen schwarzen Augen vor sich, aus denen er sie verwundert anschaute. Sie sah sein fest geschlossenes breites Maul, die goldgelben Flecken auf seinen Flanken und den spitz zulaufenden Schwanz, die alle noch aus jener Zeit stammten, wie er als Drache zu den Sternen emporflog. So saß er da auf Mikas Bett und schien vergessen zu haben, wie die Geschichte, mit der er gerade angefangen hatte, weiterging.

Auch die zur Veranda hinausführenden Shojitüren waren noch dieselben wie früher, es war dasselbe weiche Pappelholz des Rahmens, leicht angegraut, dasselbe vergilbte Papier aus Maulbeerrinde, das über die zarten Holzstege gespannt war; sogar die überklebten Stellen im untersten Segment, wo Mika mit ihren Kinderfingern viele runde Löcher dicht nebeneinander durch das Papier gestoßen hatte, waren noch dieselben. Mit ihrem Zeigefinger fuhr sie über die Stellen, bei denen sich die Löcher zu geschwungenen Linien fügten. Sie folgte dem Muster und erinnerte sich wieder einer Magnolienblüte, die sie in die Shojitüren hatte einzeichnen wollen, eine von jenen, die im Sommer im Garten dem chinesischen Magnolienbaum seinen betäubenden Duft schenkten, aber der war schon verblüht, und die samtweiße Pracht seiner Blüten hatte sich in schrumpeliges Braun verwandelt. Aus Trauer, daß Schönheit so schnell vergeht, hatte Mika mit spitzem Finger im untersten Segment die Umrisse einer Magnolienblüte in das Papier der Tür gepiekt. Nana war ein wenig ärgerlich gewesen, hatte sie aber nicht wirklich ausgeschimpft und überklebte rasch mit Leim und einem Blatt frischen Maulbeerpapiers die Spuren von Mikas Missetat.

Mika trat hinaus in den Garten und ging über die verwitterten Steinplatten hinüber bis zu jener Ecke, in der ihr Vater, während noch unten an Schloß Hara gebaut wurde, nach portugiesischem Vorbild eine Laube mit einer Sitzbank für zwei hatte errichten lassen, unter Girlanden, über die sich Jasmin rankte. So eine Laube war auf einem Gemälde zu sehen, dem Geschenk eines Capitano, dessen Galeone damals in Arima Anker geworfen hatte. Unter dem blühenden Jasmin saß eine Dame in einem knöchellangen roten Kleid, um die Taille eng geschnitten, so daß ihre Brüste hervortraten, als seien sie etwas Kostbares, und vor ihr kniete ein Mann, eine Mandoline in der Hand. Aus seiner Körperhaltung und mehr noch aus seinen Augen sprach eine eigentümliche, fast befremdende Hingabe, und die Frau auf dem Bild erwiderte seinen Blick. In ihrer Welt hatte Mika nie auch nur den Anflug einer solchen Hingabe zwischen Mann und Frau beobachtet, nicht auf Hinoe, nicht auf Hara, nicht unter den Samurai und ihren Frauen, die in den langgestreckten Häuserzeilen außerhalb des Schloßgrabens wohnten, und auch nicht unter den einfachen Leuten in Arima oder der Schloßstadt. Wenn irgendwo ein Zeichen für Hingabe aufblitzte, dann nur bei Mutter zu Kind. Männer und Frauen schauten sich nie mit solchen Augen an. Sie lebten nebeneinander, anscheinend gleichgültig, ohne erkennbaren Ausdruck von Gefühlen. Vielleicht fehlte ihnen die Kraft, dachte Mika, solche Gefühle zu zeigen. Darin lag der Zauber jenes Bil-

des, das ihr Vater von dem Capitano erhalten hatte. Es hatte Mika
die Augen geöffnet, daß Mann und Frau anders miteinander umgehen können.

Ob es üblich sei, daß die Männer in Europa, wenn ihnen eine
Frau gefällt, vor ihr niederknien und ihr ein Lied darbringen, hatte Mika einmal Hochwürden gefragt, als sie dreizehn oder vier-
zehn war. Die Antwort, die er gab, hatte sie noch verwirrter gemacht. Er sagte nicht, das Gemälde sei schlecht, aber als er darüber redete, klang seine Stimme so streng, und er sagte, es sei
etwas Schlechtes, sich an ein solches Bild zu erinnern. Von Sünde
sprach er, von Versuchung, von schlimmen Gedanken, von etwas, was Deus schon zu Anbeginn so sehr erzürnte, daß er Adam
und Eva aus dem Paradies vertrieben hatte. Mika aber dachte, der
junge Mann, der, die Mandoline in der Hand, unter der Gartenlaube kniend zu der Frau aufblickte, strahle so viel Zärtlichkeit
aus, daß sie nicht verstand, was das mit Sünde zu tun haben
sollte.

Überhaupt die Sünde. Hochwürden sprach oft von ihr. Alle Padres auch, und ihre Augen blickten drohend auf sie herab. Es gab
viele Sünden, mindestens zehn, wie es in den Zehn Geboten
stand, aber die Sünde, von der die Padres am meisten redeten, war
eine, deren sich Mann und Frau schuldig machten, wenn sie sich
gegenseitig ansahen. Wenn in jenem Bild der Mandolinenspieler
seinen Blick so sehnend zu dieser schönen Frau emporhob, mußte darin wohl, so sagte Mika sich, die Sünde liegen.

Könnte sie selbst aber diese schöne Frau sein, und da wäre ein
Mann, der mit einem solch zärtlichen Blick an ihr hing, würde sie
dann Abscheu und Widerwillen empfinden müssen? Diese Frage
hatte sie Hochwürden stellen wollen, aber der Zug um seinen
Mund machte deutlich, daß in ihm selber Abscheu und Widerwillen hausten, also hatte sie geschwiegen und war nie wieder auf
ihre Frage zurückgekommen.

Lange konnte sie das Gemälde nicht vergessen, und sie hatte es
doch nur einmal gesehen. Daß es dieses Bild gab, daß jemand im
fernen Europa es hatte malen können, offenbarte Mika, wie Mann
und Frau sich gegenseitig anblicken können, ganz anders, als sie
es bis dahin in ihrer Welt gesehen hatte, mit viel mehr Versun-

kenheit und zutage tretender Innigkeit, ganz anders als Mann und Frau auf Bildern, die in Japan gemalt wurden.

Jetzt, im Winkel des Gartens auf Schloß Hinoe in der Gartenlaube, umrahmt von Jasmin, dessen Blüten sich zaghaft öffneten, saß Mika und wartete, unbewußt, daß von irgendwoher eine Mandoline erklinge.

24

Rundbriefe

Yoshitomo verfolgte aufmerksam, nicht ohne eine gewisse Anteilnahme, wie Hendrik sich erholte, langsam, von Tag zu Tag. Die lange Gefangenschaft hatte ihn ohnehin geschwächt. Selbst ohne eine so schwere Verwundung hätte er, sagten Yorin und Shozen, Wochen gebraucht, bis er seine Kräfte zurückgewann. Jetzt mußten seine von der Kugel zerschmetterten Rippen verheilen, so daß er wieder freier atmen konnte. Die Kräuter, die Yorin zubereitete, zeigten schon ihre heilende Wirkung, aber noch immer schmerzte jeder tiefe Atemzug. Das beste war, ihn weiterhin ruhen zu lassen.

In den folgenden Wochen begann Yoshitomo sich öfter mit Hendrik zu unterhalten. Zuerst besuchte er ihn an seinem Krankenlager, später dann, als die Tage wärmer wurden und Hendrik auch wieder zu gehen begann, lud er ihn zu sich auf die Veranda ein.

Beim ersten Treffen hatte Yoshitomo noch erwartet, er müsse Portugiesisch mit ihm reden, aber schnell stellte sich heraus, daß das, was Mika gesagt hatte, wirklich zutraf. Dieser Fremde konnte sich überraschend gut auf japanisch verständigen. Sogar Nuancen der Sprache erfaßte er und verhielt sich in einer Weise, die ihn liebenswert erscheinen ließ. Erstaunlich, denn diese Sprachkenntnisse mußte er während seiner Gefangenschaft in Hara unter so schlimmen Bedingungen erworben haben. Ein Beweis seiner raschen Auffassungsgabe und seines Willens, sich nicht durch widrige Umstände unterkriegen zu lassen. Je öfter Yoshitomo mit ihm zusammentraf, um so mehr wuchs sein Wohlwollen.

Um so mehr wuchs auch seine Aufmerksamkeit, wenn Hendrik von Europa erzählte. Kriege über Kriege, jahrelang, jahrzehntelang, generationenlang, blutige Auseinandersetzungen über die Frage, wie man zu Deus beten soll, Verfolgungen, Verbrennungen bei lebendigem Leib, Blutbäder, bei denen die Mächtigen in einer Nacht Tausende ihrer Untertanen abschlachten ließen, weil sie anders zu Deus beteten. Er erzählte von dem kleinen Land in Europa, in dem er geboren war, die Niederlande genannt, von dem Kampf, den diese Niederlande gegen das mächtige Spanien führten, bei dem es um Religionsfreiheit ging, von dem Tod seiner Eltern durch die Hand spanischer Söldner, von seiner eigenen Rettung durch einen spanischen Visconte, an dessen Seite er viele Jahre in Mexiko verbracht hatte, von der Allmacht Roms, die bis nach Mexiko reichte und über Mexiko hinaus zu den Philippinen, wo er ein Jahr verbracht hatte, bevor er nach Japan kam.

Ist das wirklich so, el Rosso? wollte Yoshitomo fragen, nachdem er lange schweigend zugehört hatte, denn er war geneigt, die Beschreibung all der Grausamkeiten als übersteigert anzusehen. Vor allem vermochte Yoshitomo sich nicht vorzustellen, daß die schlimmsten Grausamkeiten immer im Namen von Deus verübt worden seien. Religion war für ihn etwas, was dem Guten dient, das Gute in den Menschen hervorbringt, eine Verbindung zwischen dieser Welt und einer anderen knüpft, unabhängig davon, wo jene andere Welt lag, im Himmel, wie die Padres sagen, oder jenseits des Sonnenuntergangs, wie die Buddhisten meinen, oder hier in den Bergen, im Vulkan, in den weiten Wäldern, in den Wellen des Meers oder am Grund der Silberbucht, im Wind, im Sonnenschein, im Licht des Mondes, im Funkeln der Sterne. Alles, so glaubte Yoshitomo, ist Ausdruck des Höheren, des Göttlichen, der Ewigkeit.

* *
*

Die Stille, die sich über die Schloßstadt und Arima und die Dörfer umher gesenkt hatte, war trügerisch. Unter der Oberfläche brodelte eine Unruhe, die, dem flüchtigen Beobachter verborgen, alle Stunden des Tages und manche Stunde der Nacht erfüllte. Aus dem Tor von Hara tröpfelte ständig ein Strom von Boten, die, unter ihren Jacken verborgen, eng zusammengerollt, Don Joãos Anweisungen und Befehle in alle wichtigen Kirishitanhäuser der Schloßstadt trugen und zu den Oberhäuptern der Dai-gumi in den Dörfern, soweit Don Joãos Einfluß reichte. Die Boten gaben sich in Kleidung und Auftreten als einfache Passanten aus, die sich zum Einkaufen in die Stadt begaben, oder als Reisende, die über Land irgendwelchen Geschäften nachgehen wollten. Auch zwischen Arima und Schloß Hara liefen in beiden Richtungen viele Füße hin und her. Waren es die Padres, die die Küstenstraße benutzten, so zogen sie den Schutz der frühmorgendlichen Dämmerstunden vor oder begaben sich erst gegen Abend auf den Weg, wenn die Dunkelheit schon wieder im Anzug war. Auf Ferreiras Weisung mußten sie sich bei solchen Gelegenheiten wie Einheimische kleiden. Sie hatten ihre Kutten abzulegen und als Bündel mit sich zu führen. Auch sollten sie nicht mehr mit stolzem, geradem Rücken und nach hinten gedrückten Schultern daherschreiten wie bisher, vielmehr sollten sie ihr Erscheinungsbild, selbst im Dunkeln, dem der Einheimischen anpassen, die, leicht nach vorn gebeugt, mit runden Schultern und wippenden Knien ihres Weges gingen.

Einige der Padres aus Nagasaki, die Arima erreicht hatten, waren nicht bereit mitzumachen. Sie fanden es unter ihrer Würde, die Haltung der Einheimischen, über die sie immer ein wenig hatten lächeln müssen, nachzuäffen. Aber Ferreira blieb eisern. Er redete streng mit denen, die sich seinen Anweisungen widersetzen wollten, und ließ keinen Zweifel aufkommen, wie wenig er ihre Ansichten teilte. Es gehe nicht um den Stolz, sagte er, den wir alle empfinden, die als Botschafter des wahren Glaubens in dieses Land der Heiden und Teufel gekommen sind, es gehe um etwas Größeres, um den heiligen Auftrag, der ihnen erteilt wurde, um den Fortbestand ihrer Arbeit und den nie erlahmenden Kampf gegen das Böse. Es gehe nun einmal, so betonte er, um gewisse Vorbereitungen, die sie alle treffen müßten, um für die schwere Zeit, die vor ihnen lag, gewappnet zu sein. Angesichts der vielseitigen Bedrohungen, denen sich die Mission ausgesetzt sah, sagte er und erwähnte den Brand des Turms als Beispiel für die Entschlossenheit des Teufels, sei es ein Zeichen von Kurzsichtigkeit, wenn sie nicht alle Möglichkeiten bedachten, den Fortbestand der Mission zu sichern. Wenn es also darum ging, fuhr er fort, gewisse Aufgaben im Auftrag der Mission zu erledigen, die vor der anderen Seite geheimgehalten werden sollten, dann stelle eine kleine Maskerade eine entschuldbare Lüge dar, deren man sich nicht zu schämen brauche. Im Gegenteil, weil eine solche Maskerade im Dienste des Höheren erfolgte, war sie gut und lobenswert.

Ferreira ließ es aber nicht bei bloßen Worten bewenden. Er selber, der unter allen Padres in Arima von Natur die stolzeste Haltung besaß, bewies durch sein eigenes Beispiel, wie leicht man mit Willenskraft und einiger Übung die Körperhaltung ändern und die Teufel täuschen könne. Er ging sogar schon in den Dämmerstunden, bevor die Nacht anbrach, als Einheimischer verkleidet die Küstenstraße entlang, die zusammengefaltete Kutte in einem Beutel bei sich tragend. Als er wieder in Arima angelangt war, konnte er berichten, niemand habe ihn unterwegs erkannt, und sogar die Wächter am Tor von Schloß Hara hätten ihm den Zutritt verwehren wollen.

Auch Don João kam nicht mehr wie früher mit großem Gefolge nach Arima, weil dies, wie Ferreira sagte, die Aufmerksamkeit zu sehr auf ihn lenken würde. Die wichtigste Regel, die er ausgab, war, daß alles dafür getan werden müsse, möglichst unauffällig aufzutreten und alles zu vermeiden, was die Wachsamkeit des Feindes wecken könnte. Darum war er wütend über irgendwelche Kirishitan aus der Schloßstadt, die in ihrem Übereifer versucht hatten, den Tempel im alten Tempeltal in Brand zu setzen, doch das Feuer war frühzeitig entdeckt worden und konnte rasch gelöscht werden. Ferreira gab Shimpo Anweisungen, die Leute, die sich zu dieser unüberlegten Handlung hatten hinreißen lassen, ausfindig zu machen und ihm ihre Namen zu nennen. Er nahm den Vorfall zum Anlaß, in seinem nächsten Rundbrief, auf der Druckpresse in Arima in hundert Exemplaren gedruckt, auf die Gefahren hinzuweisen, wenn man den Teufel zu frühzeitig reizt. Besser sei es, ihn schlafen zu lassen, denn nur dem schlafenden Teufel, so führte er aus, könne der Aufbau der Confraria in der Schloßstadt und den Dörfern des Daimyonats verborgen bleiben.

Die Form des Rundbriefs war ein Mittel, das Ferreira weiter ausbaute und verbesserte, um den notwendigen Zusammenhalt zwischen Arima und den über die gesamte Halbinsel verstreuten Kirishitan aufrechtzuerhalten. Schon seit über zwanzig Jahren stand die Druckpresse in einem besonderen Raum des Missionsgebäudes von Arima, eine Maschine mit einem mächtigen Joch aus hartem Eichenholz, das fast bis zur Decke reichte, und einer Holzschraube so stark wie der Oberschenkel eines Mannes, mit der die große, zwei Ellen weite Druckplatte gegen die Bodenplatte gepreßt wurde. Entlang der Wände stapelten sich die Laden mit den darin aufbewahrten Lettern, aus Blei gegossen, mit Druckerschwärze verschmiert und durch jahrelangen Gebrauch abgenutzt.

Ferreira hatte, als er seine Stellung als Provinzial übernahm, die unbrauchbar gewordenen Lettern einschmelzen und neu gießen lassen. Seine Offenheit für Neuerungen fand darin ihren Ausdruck, daß er dem Blei andere Metalle beimengen ließ, insbesondere Wismut und Antimon, die, wie er während seiner Zeit in Kyoto erfahren hatte, geeignet seien, Blei härter zu machen. Die Erkenntnis, daß Wismut und Antimon sich als Beigabe beim Schmelzen günstig auswirkten, verdankte er zwar den Götzendienern, mit denen er in Kyoto einigen Umgang gepflogen hatte, aber das hinderte ihn nicht, sein neugewonnenes Wissen für den Guß besserer und härterer Lettern anzuwenden. So entstanden in Arima die klarsten und am besten lesbaren Dokumente des wahren Glaubens, die es in ganz Japan gab: Hunderte von Seiten der Doctrina Christiana, eine Neuauflage des portugiesisch-japanischen Wörterbuchs, das Flossanctorum aller Heiligen, die für die Missionsarbeit gebraucht wurden, und das Confessionarium salvatoris mundi, das jeder Padre griffbereit in seiner Zelle haben mußte.

Zudem ließ Ferreira einen Auszug aus einem berühmten Werk der alten japanischen Literatur, dem Heike Monogatari, mit lateinischen Buchstaben in Silbensprache drucken. Er tat dies für jene Padres, denen es trotz eifriger Bemühungen nicht gelang, die schwierigen Schriftzeichen zu erlernen. Manche hatten sich zwar die Sprache phonetisch recht gut eingeprägt, ging es aber ums Lesen und Schreiben, reichten ihre Fähigkeiten nicht weit. Darum bestand Ferreira darauf, daß sie das Heike Monogatari lasen und einige Passagen auswendig lernten, damit sie sich in Gesprächen mit gebildeten Einheimischen als Kenner der alten japanischen Literatur ausweisen konnten.

Jede Woche kamen die Rundbriefe frisch aus der Presse, und der Platz im Druckraum reichte kaum aus, die Blätter zum Trocknen auszubreiten. Alle Fenster und Türen ließ man weit offenstehen, damit die Luft durchziehen konnte. Die Seminaristen schnallten sich Laufsandalen an und liefen eilends zu den Orten, wo die Rundbriefe abzuliefern waren. Shimpo erhielt einen ganzen Packen für die wichtigsten Kirishitanhäuser. Die meisten Leiter der Confrariazellen in den Dörfern bekamen nur ein Exemplar. Angesichts der Gefahr, die Rundbriefe könnten in falsche Hände geraten, wollte Ferreira nicht zu viele verteilen.

* * *

Seit einiger Zeit waren auf Hinoe Gerüchte im Umlauf, eine Reihe von Don Joãos Samurai, die bis dahin in der Schloßstadt gelebt hatten, seien in Kirishitandörfer gezogen. Dort trügen sie statt Samuraikleidung derbe Bauernkittel und seien eifrig bemüht, mit gleicher Zunge zu reden wie die Dorfbewohner.

Yoshitomo kamen diese Gerüchte zu Ohren, aber er schenkte ihnen kaum Beachtung. Er beschränkte sich darauf, seine Samurai auf ausgedehnten Inspektionsritten über den südlichen Teil der Halbinsel ausschwärmen zu lassen. Nach ihrer Rückkehr berichteten sie, ihnen sei in den Kirishitandörfern nichts Besonderes aufgefallen, abgesehen von ein paar neugebauten Häusern, meist in der Mitte des Dorfs neben dem Gemeindehaus oder dem Haus des Dorfvorstehers gelegen.

«So entstehen Gerüchte», lachte Yoshitomo, «nur weil sich die Bauern neue Häuser bauen.» Es war nicht seine Natur, hinter allem und jedem etwas Böses oder Gefährliches zu vermuten, so wenig, wie es seine Art war, hinter seinen Untertanen herzuschnüffeln. Darum erklärte er die Angelegenheit rasch für erledigt. Wäre er hingegen ein Mann mit Gespür für Intrigen gewesen und der Fähigkeit, die Winkelzüge seines Gegners zu durchschauen, mochten sie noch so sorgsam verdeckt sein, hätte er frühzeitig erkannt, was sich in seinem Daimyonat zusammenbraute. So wäre ihm nicht entgangen, mit welcher Zielstrebigkeit Ferreira dabei war, einen Staat im Staate aufzubauen, einen Staat, in dem er den Herrscher spielte und Don João seinen General.

Yoshitomo hielt das dicht bedruckte Blatt in der Hand, das ihm einer seiner Leute gebracht hatte. Es trug oben ein Grußwort an die Gläubigen, unten Ferreiras Namen und war einem seiner Samurai in Funatsu im Dunkeln von einer Bäuerin heimlich zugesteckt worden, wie der Mann berichtete. Sie hatte ihr Gesicht unter einem Schleier verborgen und war sofort danach wieder in der Nacht verschwunden.

Yoshitomo überflog das Blatt ein zweites Mal und fragte sich, was Ferreira wohl damit bezwecken mochte. Bald würde das Edikt des Shogun eintreffen, das schon für Nagasaki galt, und dann hatte er zusammen mit allen Padres das Daimyonat zu verlassen. Es mutete Yoshitomo gespenstisch an, daß Ferreira nun damit begonnen hatte, in die Dörfer Rundbriefe zu schicken, in denen er alle Übel der Zeit dem Teufel anlastete und die Kirishitan zum Widerstand gegen das Böse aufrief, mußte er doch wissen, daß es nur eine Frage von Wochen war, bis das Edikt des Shogun auch auf der Shimabara-Halbinsel galt. Dann war seine Zeit abgelaufen, und er mußte gehen, zusammen mit allen Padres.

Yoshitomo setzte grenzenloses Vertrauen in die Kraft des Gesetzes. Er erinnerte sich, wie schon vor mehr als fünfundzwanzig Jahren der Versuch gemacht worden war, die Padres des Landes zu verweisen, was aber zu nichts geführt hatte. Im Gegenteil, die Padres waren immer zahlreicher ins Land geströmt, und niemand hatte ihrer Macht Einhalt geboten. Der jetzige Shogun war aus einem anderen Holz geschnitzt. Seine Gegner hatten Grund, ihn zu fürchten. Er war klug und tat nie etwas unüberlegt, nie etwas, was er nicht genau durchdacht hatte. Bevor er etwas begann, überzeugte er sich, ob er sein Ziel auch erreichen würde. Er war ein geduldiger Tiger, aber wenn er zuschlug, war ihm das Opfer sicher.

Darum das Edikt.

Mit dem Edikt war die Macht der Padres gebrochen. Alles, was ihnen noch zu tun blieb, war zu warten, bis die Schiffe in Nagasaki Segel setzten, auf denen der Shogun sie auf seine Kosten nach Macao zurückbringen ließ, woher sie gekommen waren. Im Herbst. Yoshitomo wußte, für den Herbst war der Abtransport geplant. Im Herbst würden die Schiffe im Hafen von Nagasaki liegen und alle Padres aufnehmen. Nur ein paar Monate noch. Wenn die Padres sich die Zeit damit vertrieben, noch Ehen zu schließen, Kinder zu taufen und tote Kirishitan zu beerdigen, wollte ihnen das Yoshitomo, solange sie in Arima wohnten, nicht verwehren. So schob er Ferreiras Sendschreiben zur Seite und maß ihm keine besondere Bedeutung bei. Er sah darin eher den Ausdruck der Hoffnungslosigkeit, den Schrei eines verwundeten Raubtiers, dessen Zähne ins Leere beißen.

Mit dem Edikt kündete der Shogun seine Entschlossenheit an, die Padres endlich aus dem Land zu vertreiben. Immerhin hatten sie fast siebzig Jahre Zeit gehabt, siebzig lange Jahre, sich mit ihrem Deus in das Gewebe der Gesellschaft einzufügen. Sie hatten siebzig Jahre Zeit, überall, wo sie wollten, die Botschaft ihres Gottes zu verkünden. Niemand verbot ihnen, Kirchen und Kapellen zu bauen. Im Gegenteil, der Bau ihrer Kirchen wurde oft unterstützt durch Spenden von Land und Baumaterial. Sie hätten sich einfügen können, sie hätten ein Teil der religiösen Vielfalt werden können, welche die meisten Menchen dieses Landes als unverzichtbaren Bestandteil ihres Lebens betrachteten.

Aber statt das Angebot einer solchen Einfügung anzunehmen, hatten sie allen Religionen den Kampf angesagt. Sie ließen in Wort und in Tat nie einen Zweifel daran aufkommen, daß ihr Endziel die Zerstörung jeder anderen Religion war, der Tod des Buddha und das Erlöschen aller Traditionen, in denen Götter und Göttinnen verehrt wurden. Nur Deus, so hatten sie behauptet, habe das Recht auf Verehrung – nur Deus, sein Sohn Jesus, dessen Jungfraumutter Santa Maria, der Heilige Geist und Hunderte von Heiligen. Alles andere hatten sie als Götzendienst verdammt, als Aberglauben, Dämonenverehrung, Heidentum, Teufelswerk. Gemäß ihrem Anspruch der alleinigen Herrschaft ihres

Deus über alle Menschen brachten sie die von ihnen Bekehrten dazu, Tempel und Schreine der anderen Religionen niederzubrennen. Dies, so stand es im Edikt, sei unvereinbar mit der Tradition des Volkes und des Landes.

Außerdem stand darin, die Verbreitung des Glaubens, den die Padres predigten, bringe in anderer Weise Gefahr mit sich, eine Gefahr von draußen, die Gefahr nämlich, daß dieser Glaube den Boden bereitete für den Angriff einer fremden Macht, die ihr Sinnen darauf richtete, es zu erobern und zu unterjochen. Deshalb, so hatte der Shogun verfügt, war es höchste Zeit, die Padres fortzuschicken und dafür zu sorgen, daß mit ihnen zusammen auch die Lehre von Deus das Land verließ.

Wenn die Kirishitan erst erfahren, warum der Shogun das Edikt erlassen hat, sagte sich Yoshitomo, werden sie einsehen, wie falsch es war, den Padres zu folgen, und wie richtig es ist, sie fortzuschicken. Und waren unter ihnen welche, die unbedingt weiterhin an Deus glauben wollten, war laut Edikt auch für sie gesorgt: Der Shogun hatte angekündigt, die Zahl der Schiffe, die von Nagasaki aus in See stechen sollte, könne ohne weiteres von zwei auf drei oder sogar mehr erhöht werden, auf daß niemand, der den Padres die Treue halten wolle, gezwungen sei, in Japan zu bleiben.

Dies alles bedachte Yoshitomo, als er Ferreiras Worte in dem Rundbrief las … Kampf gegen den Teufel … Sieg über die Finsternis … Zusammenrücken derer, die den wahren Glauben besitzen … Erlösung von dem Bösen … Rettung vor der Hölle … Schutz des Himmels. Wie oft hatte er schon solche und ähnliche Worte vernommen. Die Stimmen der Padres aus seiner eigenen Seminariozeit klangen ihm in den Ohren. Er konnte noch die Luft in dem Klassenraum riechen, mit den Namen aller Heiligen geschwängert. Jeder Schüler mußte die Namen der Heiligen auswendig lernen, für jeden Tag des Jahres irgendeinen anderen fremdklingenden Namen, irgendeines Mannes, irgendeiner Frau, von denen es hieß, sie hätten vor Jahrhunderten gelebt, Wunder bewirkt und seien alle für Deus gestorben, dreihundertfünfundsechzig Heilige, die plötzlich all das vertreten sollten, was bislang Aufgabe der Götter oder der Boddhisattwas war, jenen Boten zwischen dieser und der anderen Welt, engelhaft, welche die Buddhisten beschwören. Aber die Götter und Boddhisattwas waren verpönt, und an ihre Stelle sollten die Heiligen treten. Nur unsere Heiligen schützen vor Gefahr, sagten die Padres, nur sie wenden Unheil ab, heilen die Kranken, helfen in tausend kleinen Dingen, die das Leben mit sich bringt, trösten all die, die des Trosts bedürfen, und geleiten die Toten von hier nach dort. Dreihundertfünfundsechzig Heilige, alle mit fremden, unverständlichen Namen. Die Luft war stickig von Märtyrertum.

Schließlich hatte Yoshitomo es nicht mehr in der Klasse ausgehalten und das Fenster aufgerissen. Bevor die Padres ihn packen und zur Strafe wieder in eine enge Zelle sperren konnten, war er aus dem Fenster gesprungen und hatte sich auf das nächste Pferd geworfen, das hinter dem Seminario auf der Weide graste. Frische Luft brauchte er, Luft, frei von Heiligen und ihren traurigen Märtyrergeschichten. Er war auf der Suche nach dem Rauschen der Blätter im Wald, dem Singen der Vögel und dem Ruf des Adlers, der hoch über dem Vulkan seine Kreise zog.

Yoshitomo lachte und zerknüllte das Blatt. Er warf den Klumpen in weitem Bogen von sich, so daß es gegen die Wand prallte, bevor es herabfiel und über den Boden rollte. Damals hatten die Padres behauptet, er sei vom Teufel besessen. Jetzt hatte er auf dem Blatt mit der kunstvoll geschwungenen Unterschrift Ferreiras gelesen: Yoshitomo Daimyo, der Teufel, Yoshitomo Daimyo, die Verkörperung des Bösen.

Nach kurzem Überlegen stand Yoshitomo auf, hob das Knäuel wieder auf und strich es mit der flachen Hand glatt.

«Schau, was mir aus Funatsu zugetragen worden ist», sagte er und reichte Mika das Blatt.

«Was ist das?»

«Etwas, was Ferreira drucken läßt und anscheinend in die Dörfer schickt. Zu den Kirishitan.»

Während Mika das Blatt in die Hand nahm und zu lesen begann, betrachtete er sie von der Seite. Sie war reifer geworden, schöner noch, als er sie in Erinnerung hatte. Ihr Haar fiel in langen glatten Strähnen über die Schultern, und das frühlingshafte Fächermuster ihres Kimonos gab ihrer Gestalt etwas Beschwingtes wie ein Sonnenstrahl, der im Wald durch das Blätterdach der Bäume dringt.

Yoshitomo war glücklich, wieder mit Mika zusammenzusein. Die alte Vertrautheit, die er verspürt hatte, als sie noch ein kleines Mädchen war, stellte sich langsam wieder ein. So war er in die frühere Gewohnheit zurückgefallen, als Mika noch Schleifen im Haar trug und er sie zärtlich Mika-chan nannte. Jetzt nannte er sie wieder so, obwohl es sich, wie Dona Isabel sagen würde, für ihn nicht mehr ziemte, eine Schwester im heiratsfähigen Alter so vertraulich anzureden. Mika schien das gleiche Gefühl der Vertrautheit wiedergewonnen zu haben, und sie nannte ihn, wenn sie mit ihm allein war, nicht mehr großer Bruder, wie es sich für sie eigentlich gehörte, sondern wie früher einfach Yosh, und wenn sie ihn dabei ansah, vertieften sich für einen Augenblick die Grübchen, die ihr Lächeln so anziehend machten.

Yoshitomo vermochte noch immer nicht zu begreifen, wie es Mika hatte gelingen können, aus Hara auszubrechen und dabei noch el Rosso zu befreien. Selbst in ihrem Ninjakleid hatte sie, als er sie unten im Tempel wiedersah, so hilflos gewirkt, so verängstigt, als würde sie vor jeder Fledermaus erschrecken, aber auf Hara hatte sie über eine dunkle Leiter die Turmspitze erklommen. Wie hatte sie es geschafft, sich mit el Rosso am Fuße der Klippe durch die Brandung zu schlagen? Und erstaunlich, mit welcher Zähigkeit sie el Rosso mit seiner Verwundung bis zum Tempel hatte schleppen können.

«So redet Hochwürden», sagte Mika, nachdem sie das Blatt zu Ende gelesen hatte, «ja, so redet er. Ich kann seine Stimme hören.» Sie reichte ihrem Bruder das Blatt zurück. «Du mußt aufpassen, Yosh, der Mann ist gefährlich.»

Yoshitomo lachte. «Warte nur, bis das Edikt kommt und ich es überall anschlagen lassen kann. Die Padres müssen weg, und ich werde dafür sorgen, daß Ferreira der erste ist, der nach Nagasaki gebracht wird.»

«Aber er versteht es so gut, mit schönen Worten zu reden. Ich habe ihm von ganzem Herzen geglaubt, jahrelang, und viele Kirishitan glauben noch immer jedes Wort, das er sagt.»

«Das wird sich geben, wenn er erst einmal weg ist.»

«Aber João? Er gehorcht ihm wie ein Hund. Seine Stimme, Yosh, du kannst es dir gar nicht vorstellen, als Ferreira ihm sagte, el Rosso sei ein Ketzer, und ein Ketzer sei des Teufels. Joãos Stimme klang wie ein Winseln, und er versprach sofort, el Rosso töten zu lassen.»

«Ach was», antwortete Yoshitomo gelassen, «irgendwann, wenn die Padres nicht mehr da sind, wird João sich besinnen. Sobald das Edikt da ist, muß er sich dem Gesetz des Shogun beugen. Es bleibt ihm keine andere Wahl.»

«Wie ein Winseln klang es, als er Ferreira versprach, er werde el Rosso sofort töten lassen», ließ Mika sich nicht unterbrechen, «João ist auch gefährlich, Yosh. Weil er grausam ist. Weil er Musketen hat. Weil er Ferreira gehorcht. Weil er el Rosso töten wollte.»

«Hm», machte Yoshitomo nachdenklich und schaute Mika an, während sich in seine Augenwinkel ein kleines Lächeln schlich, «du magst ihn, diesen Ketzer, nicht wahr?»

«Was?» fuhr Mika auf.

«Ich meine, Mika-chan, wie du Anteil an seinem Schicksal nimmst, an dem Schicksal dieses Ketzers, könnte man doch vermuten, daß du ihn wirklich magst.»

Ein Hauch von Röte flog über Mikas Gesicht. «Ach, du», sagte sie und stupste Yoshitomo an, «das stimmt doch nicht. Ich finde es nur so gemein, was João ihm angetan hat.»

Später, als Mika gegangen war, saß Yoshitomo noch lange auf der Veranda und schaute in die beginnende Abenddämmerung. Unten lag die Schloßstadt, dahinter Hara und das Meer. Aus der Höhe betrachtet, sah es fast aus, als hänge Hara über der Klippe und würde nur durch die gewaltigen Mauern daran gehindert, ins Meer zu stürzen. Das schwarze Gerippe der abgebrannten Turmspitze erhob sich noch genau so wie nach dem Feuer.

Überhaupt das Wort Ketzer. Yoshitomo hatte dieses Wort vorher nie gehört, bis el Rosso es erwähnte und Mika es jetzt wieder nannte. Er wendete es auf der Zunge hin und her, aber es schmeckte fremd. El Rosso sagte, im fernen Europa führten die Menschen untereinander Kriege, weil sie sich über Gott stritten. Kriege um Gottes willen. Und die Padres, die dem Papa von Rom hörig sind, hatte er gesagt, nennen jeden, der sich ihnen nicht unterordnet, einen Ketzer.

Ketzer, sagte Yoshitomo verächtlich, was soll das? Ketzer, Teufel, Teufel, Ketzer. Für Ferreira waren alle, die anders dachten als er selbst, Ketzer oder Teufelsdiener, Heiden oder Götzendiener. Es war wirklich an der Zeit, ihn und die anderen Padres des Landes zu verweisen. Ein unangenehmes Pack, das nur Unfrieden stiftet, offenbar nicht nur auf der Shimabara-Halbinsel, sondern auch bei sich zu Hause im fernen Europa.

* * *

Mongo fand eine neue Weide am Hang hinter Schloß Hinoe, zwischen der ersten und der zweiten Befestigungsmauer, die sich weit den Berghang hinaufzog, bis dorthin, wo das Grasland in schütteren Wald überging. Mika sorgte dafür, daß ein Unterstand für Mongo da war und eine Tränke, in die frisches Wasser von einem Bergbach umgeleitet wurde. In der Zeit, bevor João endlich Mongo nach Hinoe kommen ließ, war sein Fell noch stumpfer und glanzloser geworden. Niemand hatte sich die Zeit genommen, ihn zu striegeln und zu bürsten. Mika verbrachte jetzt viele Stunden bei ihm und bearbeitete sein Fell, bis ihr die Arme und der Rücken weh taten. Mongo stand wie immer mit tief gesenktem Kopf regungslos da und schien es zu genießen, daß sein dichtes, struppiges Fell wieder gelockert wurde und die Haare seiner langen Mähne vom anhängenden Schmutz gereinigt. Ab und zu hob er den Kopf ein wenig an und schmiegte seinen Hals an Mika, als ob er sich freute, wieder nahe bei ihr zu sein. Schon alt und etwas steif sah er dank seiner Ponygröße noch immer ein wenig fohlenhaft aus, verglichen mit anderen Pferden auf der Weide.

«Das ist mein Mongo», sagte Mika, als Hendrik sie zum erstenmal zur Weide zwischen den Mauern begleiten konnte, «ein Geschenk meines Vaters, als ich noch klein war.» Sie hielt ihre Hand flach ausgestreckt in Hüfthöhe. «Damals erschien mir Mongo riesig groß, und der Stolz, ein eigenes Pferd zu besitzen, hat mich gleich zwei Zoll wachsen lassen.»

Hendrik half beim Striegeln und Bürsten, soweit seine Kräfte es erlaubten. Wenn Mika sah, daß es für ihn zuviel wurde und ihm das Atmen Schmerzen bereitete, bat sie ihn, sich auf dem Rand des Wassertrogs auszuruhen. Während sie weiter Mongos

Mähne kämmte, erzählte sie, wie er damals im Hafen von Arima angekommen war, auf einer Dschunke, ein verängstigtes Fohlen in einem Verschlag an Deck, mit Seilen angebunden, damit er sich bei starkem Seegang nicht losreißen konnte. Der chinesische Händler, bei dem ihr Vater im Jahr zuvor das Pony bestellt hatte, sagte, er habe es hoch im Norden von Mongolen gekauft, die dort in den weiten Steppen leben und eine Unmenge Pferde haben. Lange war Mongo noch scheu und wollte sich kaum anfassen lassen, aber nach einiger Zeit, da Mika ihm jeden Tag Rüben und Löwenzahn brachte, gewöhnte er sich an sie und fraß ihr aus der Hand. Sein rostrotes Fell wurde wieder glänzend und glatt, seine strohgelbe Mähne immer länger und dichter. Bald duldete er es sogar, gezäumt und gesattelt zu werden. Mika erzählte, wie alle dagegen waren, daß sie ihn ritt. Ein Mädchen reitet nicht, sagte ihre Mutter und schimpfte ihren Vater für dieses Geschenk.

Die Stunden, die Mika bei Mongo auf der Weide verbrachte, erlaubten Hendrik, sie öfter zu sehen. Manchmal saßen sie auf dem Rand der Tränke, redeten miteinander, gingen durchs Gras, das im Verlauf des Sommers dank des reichlichen Regens kniehoch wuchs. Überall blühten weißer Klee und purpurfarbene Wicken, die Tausende von Bienen anzogen. Bald verwandelten sich die Löwenzahnblüten in Samenstände, die Mika sorgsam pflückte. Sie blies dagegen und erfreute sich an den Samen, wie sie, an kleinen Sonnenschirmen hängend, weit durch die Luft stoben. Hendrik erzählte ihr, daß er als Junge das gleiche getan hatte, im Sommer zu Hause, auf den satten Wiesen, in jenem flachen Land, wo er geboren war und die ersten zwölf Jahre verbracht hatte, in jenem Land, wo die Flüsse träge dahinfließen, wo kein Hügel, kein Berg die gerade Linie des Horizonts unterbricht, wo Windmühlen das Korn mahlen, wo entlang der Kanäle schwere Pferde mit zotteligen Haarkränzen über den Hufen die Leinpfade entlangstapfen, um die Lastkähne durchs Wasser zu ziehen, wo Lerchen so hoch am Himmel singen, daß das Auge sie nicht mehr sieht und ihr Gesang trotzdem in die Ohren dringt.

Manchmal saßen Mika und Hendrik am Rand der Weide im Schatten eines Baums, nicht nahe genug, sich zu berühren, doch so nahe, daß das Gefühl der Vertrautheit wuchs, das zwischen ihnen seit der Flucht aufgekeimt war. An warmen Tagen, wenn der Boden trocken war, lagen sie im Gras und blickten stumm zu den Wolken empor.

«Wenn ich die Wolken vorbeiziehen sehe», sagte Mika und dachte an die lange vergangene Zeit, als sie mit ihrem Vater so wie jetzt durch die buschigen Kiefernzweige hindurch zu den Wolken aufgeschaut hatte, «dann denke ich immer, die Erde dreht sich unter mir. Ist das Täuschung oder Wirklichkeit?»

Hendrik schaute sie von der Seite an, die weiche, zarte Linie ihres Profils, die langgezogenen Augenlider, die mit ihren hochgesetzten Brauen ihrem Gesicht einen noch immer etwas kindlichen Ausdruck gaben. Mika fing seinen Blick ein, und die Grübchen blitzten auf. «Wißt Ihr die Antwort, el Rosso, ob sich die Erde dreht?»

«Drüben in Europa, Mika-sama», sagte er, «in manchen Ländern, darf man diese Frage nicht laut stellen.»

«Warum nicht?»

«Weil sie an den Grundfesten des Dogmas rüttelt, auf dem die Kirche von Rom ihre Macht erbaut hat. Nach dem Dogma steht die Erde still. Sonne, Mond, Planeten und alle Sterne drehen sich um sie.»

«Und in Wirklichkeit?»

«Wenn man die Bewegungen der Planeten am Himmel verfolgt, lange und genau, dann sieht man, daß die Erde sich drehen muß. Sie dreht sich und umkreist dabei die Sonne, jede Umdrehung ein Tag, jede Umkreisung ein Jahr.»

«Woher wißt Ihr all das, el Rosso?»

«Vom Lesen, vom Nachdenken, vom eigenen Beobachten. Es gab einen Mann, der Kopernikus hieß. Er hat vor sechzig Jahren schon gesagt, die Erde und alle Planeten ziehen Bahnen um die Sonne, aber aus Angst vor der Kirche wollte er, daß sein Wissen erst nach seinem Tod bekanntgemacht werden sollte.»

«Das ist aber schade.»

«Sonst hätten sie ihn wahrscheinlich verbrannt.»

«Verbrannt? Wer hätte ihn verbrannt?»

«Die Kirche.»

«Die Kirche verbrennt Menschen?» Aus Mikas Stimme klang Entsetzen.

«Tausende, viele Tausende hat sie verbrannt, bei lebendigem Leib. Sie nennt sie Teufel oder Hexen, Abtrünnige oder Ketzer und verbrennt sie dann.»

Mika schaute in die Zweige über sich. Ihr wurde schwindlig, doch sie wußte nicht, ob es an den Wolken lag, die über den Himmel zogen, oder an dem Gedanken, daß Menschen bei lebendigem Leib verbrannt werden.

«Die Erde dreht sich, Mika-sama, die Erde zieht ihre Bahn um die Sonne, und der Mond zieht seine Bahn um die Erde. Der Mond hat Berge und Täler. Jupiter hat Monde, mehrere Monde, und Saturn hat einen Ring.»

«Woher wollt Ihr das wissen, el Rosso?»

«Ich habe es gesehen, mit meinen eigenen Augen und mit einem Rohr, das ich mir gebaut hatte.»

«Das Fernrohr?» fragte Mika und richtete sich auf. «Das Fernrohr, das João Euch weggenommen hat?»

«Ja, das Fernrohr. Ich trauere ihm manchmal nach. Damit konnte ich vieles sehen, was dem bloßen Auge verborgen bleibt. Mond, Planeten, Sterne. Der Himmel ist voller Wunder, Mika-sama.»

25

Unter dem Moskitonetz

Um die Mittagsstunde traf ein berittener Bote aus Edo ein. Er überbrachte ein Schreiben mit dem roten Siegel des Shogun. Yoshitomo empfing ihn mit der ihm gebührenden Ehre im selben Saal des Schlosses, in dem der Überlieferung nach seit über dreihundert Jahren, so lange Schloß Hinoe stand, die Daimyos von Arima ihre zeremoniellen Staatsgeschäfte besorgten. Dort, in diesem Saal, dessen Deckenbalken im Lauf der Jahrhunderte fast schwarz geworden waren, auf einem leicht erhöhten Podest sitzend, nahm Yoshitomo den Brief in Empfang. Er erbrach das Siegel und entrollte das mit langen Schriftkolonnen bedeckte Schreiben.

Es war das Edikt.

Yoshitomo überflog es, dankte dem Boten und ordnete an, daß seine Berater und engsten Gefolgsleute sich am folgenden Vormittag zur Verkündung des Ediks hier in diesem Saal einfinden sollten.

Mit der Verlesung des Textes trat das Edikt in Kraft. Zur selben Stunde erfolgte unten in der Schloßstadt auf dem Marktplatz der öffentliche Anschlag einer vom Schreiber des Schlosses noch in derselben Nacht angefertigten Kopie, durch Yoshitomos Siegel als vollständig beglaubigt. Gleichlautende wortwörtliche Kopien des Edikts wurden in Arima am Hafen angeschlagen und mit Sonderboten allen Dörfern des Daimyonats zugestellt.

Yoshitomo bat Dona Isabel, eine Abschrift zu João zu bringen. Er gab ihr einen an João gerichteten Brief mit, den ersten seit langer Zeit, in dem er seinem Bruder das Gefühl zu vermitteln versuchte, der Brand im Turm habe auch ihn traurig gestimmt. Er denke an den Schrecken, hatte er geschrieben, den João empfunden haben mußte, als er die Flammen auflodern sah, und vergaß auch nicht hinzuzufügen, es sei beachtlich, wie er und seine Leute trotz des Sturms dem Brand hatten Einhalt gebieten können. Er bot ihm an, sich mit ihm zu treffen, falls er den Wiederaufbau der Turmspitze erwäge, obwohl dies sicherlich ein kostspieliges Unterfangen sei.

Nach Dona Isabels Aufbruch ließ Yoshitomo sein Pferd satteln und ritt, von nur zehn seiner Samurai begleitet, nach Arima zur Mission. Ferreira ließ keine Überraschung erkennen, als er in der Tür des Missionsgebäudes erschien und Yoshitomo begrüßte. Er forderte ihn mit einer nicht allzu gefälligen Handbewegung auf einzutreten und geleitete ihn in sein Arbeitszimmer. Ferreira bat um Nachsicht für die Unordnung auf seinem Schreibtisch und ließ Frater Joseph rufen, die Papiere wegzuräumen. Er bot Yoshitomo den gepolsterten Stuhl an und fragte ihn, ob er ihm eine Tasse Tee bringen lassen solle.

«Ich bin gekommen, Hochwürden», sagte Yoshitomo, «weil

mir vom Shogun, unserem Landesherrn, die Aufgabe zuteil wurde, in unserem Daimyonat ein Edikt zu verkünden, das Euch, Hochwürden, und alle Padres betrifft.» Er winkte Norihide, der ihn auf diesem Ritt begleitete und zu seiner Rechten stand. Norihide verbeugte sich und ließ sich von seinem Gefolgsmann die Papierrolle reichen.

«Gib diese Rolle, die eine genaue Kopie des Edikts unseres Shogun ist, durch mein Siegel bestätigt, Hochwürden in die Hand», beschied ihm Yoshitomo und schaute gelassenen Blicks zu, wie Norihide vortrat und die Rolle Ferreira überreichte.

«Ich kenne den Inhalt», antwortete Ferreira mit seinem dünnen Lächeln. Statt seine Hand auszustrecken, um Norihide die ihm gereichte Rolle abzunehmen, deutete er auf die von Fradre Joseph inzwischen leergeräumte Tischplatte. «Ihr könnt sie dort hinlegen», sagte er und zog sich einen Holzstuhl heran, um sich Yoshitomo gegenüber an den Tisch zu setzen.

«Wenn Ihr den Inhalt kennt», griff Yoshitomo Ferreiras Worte auf, «dann ist Euch also der Wille des Shogun bekannt. Ihr werdet unser Land verlassen.»

«Wir werden Euer Land verlassen ...», entgegnete Ferreira geschmeidig und neigte seinen Kopf.

«Das ist gut zu hören», sagte Yoshitomo, dem die Überraschung über Ferreiras schnelle Bereitwilligkeit nur allzu deutlich ins Gesicht geschrieben stand.

«... wenn Deus, unser Herr, die Zeit für gekommen hält.»

«Ihr wißt, im Herbst wird von Nagasaki aus ein Schiff Segel setzen», erwiderte Yoshitomo verstimmt, «Euch und alle Padres dorthin zurückzubringen, von woher Ihr gekommen seid.»

«Wir sind von weither gekommen, unter großen Mühen und Gefahren, aus dem fernen Europa, um den Menschen in diesem Land die Botschaft vom wahren Glauben zu bringen, den Teufel zu vertreiben und die Seelen vor der sicheren Hölle zu retten.»

«Das ist jetzt vorbei, Hochwürden. Der Shogun hat entschieden. Er erwartet von Euch und den Eurigen, daß Ihr im Herbst das Land verlaßt.»

«Wenn es Deus' Wille ist, werden wir gehen, Daimyo.»

«Es ist der Wille des Shogun.»

«Deus ist unser Herr.»

Yoshitomo straffte seinen Rücken und blickte Ferreira gerade in die Augen. «Hochwürden», sagte er, «ich werde Euch Zeit geben, Euch und die Eurigen für die Abreise vorzubereiten. Fast siebzig Jahre lang seid Ihr Gast in diesem Land gewesen. Ihr habt sicher manches einzupacken und zu verstauen. Wir möchten, daß sich Eure Abreise in Ruhe vollzieht und daß wir Euch in guter Erinnerung behalten können.»

«Ich danke Euch für das Angebot, Daimyo, uns die notwendige Zeit zu lassen, die Abreise sorgfältig vorzubereiten», sagte Ferreira und verbeugte sich leicht, «es ist sehr großzügig von Euch. Wir werden das zu schätzen wissen.»

Ferreira erhob sich und zwang damit auch Yoshitomo aufzustehen. Eine kurze Unruhe entstand über das unerwartet plötzliche Ende des Treffens, aber Yoshitomo schien es gelassen hinzunehmen. Er ging, ohne sich länger aufzuhalten, mit erhobenem Kopf zur Tür, vorbei an dem Kruzifix, das hoch an der Wand hing. Seine Begleiter folgten ihm.

***

Unter dem Moskitonetz brannten zwei Laternen, die das Muster ihrer durchscheinenden Papierschirme auf den weißen, wie ein Baldachin von der Decke bis zum Boden herunterhängenden Gazestoff warfen. Die Schiebetüren standen auf drei Seiten offen, um der Luft, die vom Meer herüberwehte, Zutritt zu gewähren.

«Kommt herein, el Rosso, ein warmer Abend, und die Mücken schwirren», sagte Yoshitomo und hob mit seinem zusammengefalteten Fächer das Moskitonetz einen Spaltweit an, «kommt herein.» Er beugte sich vor, Hendrik eine helfende Hand zu reichen, da seine Wunde offenbar noch schmerzte, wenn er sich tief bückte, um unter den Stoffbahnen hindurchzuschlüpfen. Yoshitomo zog das zweite Sitzkissen herbei, so daß er sich zu seiner Rechten niederlassen konnte.

Hendrik trug die gleiche Hose und Jacke aus leichtem Baumwollstoff wie die Samurai, die in Yoshitomos Diensten standen. Er verbeugte sich, aber Yoshitomo winkte ungeduldig ab. «Laßt die

Förmlichkeiten, el Rosso, nehmt Platz.» Er klatschte zweimal in die Hände. «Sake!» rief er dem sogleich herbeieilenden Diener zu. «Eine Karaffe voll und zwei Schalen.» Mit freundlicher Stimme sich wieder an Hendrik wendend, begann er: «Yorin schätzt, Ihr seid wieder soweit hergestellt, daß ein Schluck Reiswein nicht schaden kann. Wir haben noch nicht auf Eure Genesung getrunken. Kommt, el Rosso, laßt sie uns zusammen feiern.»

Hendrik genoß das Wohlwollen, das Yoshitomo ihm erwies. Jeder Tag war für ihn ein Geschenk, ein Geschenk, daß er ihn überhaupt erleben durfte, ein Geschenk, auf diesem Schloß zu sein, hoch über der Küstenebene, von dem er, sooft er wollte, auf den Ort seiner Gefangenschaft hinabschauen konnte, ein Geschenk, daß es Mika gab und ihr Lächeln aufblühte, wenn ihre Blicke sich begegneten.

«Heute ist ein besonderer Tag», sagte Yoshitomo und hob seine Sakeschale hoch. «Wie Ihr sicher schon gehört habt, das Edikt des Shogun ist eingetroffen. Die Padres werden bald abreisen. Darauf lohnt es sich, einen Schluck Reiswein zu trinken. Kampai!»

«Kampai!» wiederholte Hendrik und hob auch seine bis zum Rand gefüllte Schale. Sie war heiß. Das verwirrte ihn. Verstohlen schaute er zu Yoshitomo hin, der mit geschlossenen Augen genüßlich seine Sakeschale leerte. Hendrik benetzte seine Lippen mit dem süßen sämigen Trank und goß ihn dann mit einem Zug hinunter.

«Gut?» fragte Yoshitomo.

«Ja, anders.»

«Noch einen Schluck?» Yoshitomo füllte Hendriks Schale nochmals, und der erwiderte die Geste, indem er die Karaffe aufnahm und Yoshitomos Schale bis zum Rand füllte.

Der Alkohol, so lange Zeit ungewohnt, stieg Hendrik bald in den Kopf.

«Wenn die Padres weg sind», Yoshitomo zog sich eine Armstütze herbei und lehnte sich bequem dagegen, «wenn sie erst einmal weg sind, werden die Kirishitan sicher anfangs ziemlich jammern. Da die Padres ihnen jahrzehntelang alle anderen Religionen weggenommen haben, ist ihnen nichts geblieben, an das sie sich halten könnten. Das erzeugt bestimmt eine gewisse Leere. Wie gut, daß der Tempel inzwischen fertiggestellt ist und daß wir ihn bald einweihen werden. Dann haben die Menschen wieder einen Ort, wo sie sich zu Hause fühlen werden.»

Hendrik versuchte, seine Gedanken zu ordnen und die Leichtigkeit zu verjagen, die ihm zu Kopf stieg. «Ob die Padres wirklich gehen», sagte er zögernd, als ob er erst die richtigen Worte finden müsse, «ob die Padres nicht alles tun werden, um hierzubleiben ...»

Da lachte Yoshitomo schallend auf. «Nein, nein, el Rosso, das wird nicht geschehen. Die Padres können nicht bleiben, wenn der Shogun befiehlt, daß sie das Land zu verlassen haben.»

«Ich weiß nicht.»

«Was könnten sie denn tun?»

«Sich verstecken.»

«Unsinn, sie können sich nicht verstecken. Mit ihren Bärten und großen Nasen fallen sie viel zu leicht auf. Nein, el Rosso, die Padres werden verschwinden, ob sie es wollen oder nicht.»

Yoshitomo nahm Hendriks Sakeschale und füllte sie nochmals randvoll, Hendrik aber hielt sie lange in der Hand und drehte sie unschlüssig hin und her.

«Das hat sogar Ferreira eingesehen», fuhr Yoshitomo fröhlich fort, «er weiß, daß es zu Ende ist. Deshalb hat er gleich nachgegeben und mir versprochen, daß er und die anderen Padres weggehen. Er hat von sich aus nachgegeben. Er braucht nur Zeit, sagte er, für die Vorbereitungen ein wenig Zeit. Ist ja verständlich.»

Die Erwähnung von Ferreiras Namen brachte in Hendrik das Bild der hageren, in die lange schwarze Kutte gekleideten Gestalt mit den blassen, asketischen Zügen zurück, die oben im Turm an seinen Arbeitstisch getreten war und ihn mit seinem schweigenden Blick durchbohrt hatte. Ein Blick hart wie Stahl. Diese Augen kannten kein Nachgeben.

Hendrik fühlte einen ziehenden Schmerz, der an seiner Schußwunde zerrte. Diese Augen kannten kein Nachgeben, Augen, hinter denen ein unbeugsamer Wille stand.

«Yoshitomo Daimyo», sagte er und fühlte sich, als sei er einem kalten Luftzug ausgesetzt, «Ferreira ist kein Mann, der leicht aufgibt. Er wird nicht verschwinden, zumindest nicht so, wie Ihr es Euch erhofft.»

«Was kann er denn tun?»

«Mika-sama hat mir erzählt, daß in Eurem Daimyonat viele Dörfer nur von Kirishitan bevölkert sind. Arima auch, und in der Schloßstadt soll es mehr als genug Kirishitan geben. Rechnet Ihr wirklich damit, daß Ferreira weggehen wird? Nein, Ferreira wird Wege suchen, hier im Land zu bleiben, er und viele seiner Padres. Er wird Wege suchen … und finden, Wege, die Euch manche Kopfschmerzen bereiten werden.»

Yoshitomo setzte seine Sakeschale ab und runzelte die Stirn. Einen Augenblick schien er unentschlossen, ob er Hendriks Einwand als gutgemeinten Rat oder als Anmaßung ansehen sollte. «Wie meint Ihr das, el Rosso?»

Hendrik spürte die Ungeduld in Yoshitomos Frage und verfluchte den Reiswein, der ihm zu Kopf gestiegen war. «Yoshitomo Daimyo», sagte er deshalb und verbeugte sich entschuldigend, «ich möchte Euch nicht verletzen.»

«Wie habt Ihr das gemeint, el Rosso? Was für Wege?»

Hendrik wand sich vor Verlegenheit. Er sah, wie wenig Yoshitomo verstand, was er zum Ausdruck bringen wollte, daß es nicht so einfach sei, die Padres loszuwerden, wenn sie sich erst einmal irgendwo festgesetzt hatten, und daß man ihre Worte, bestimmt Ferreiras Worte, auf die Goldwaage legen müsse, bevor man ihnen trauen darf. Schließlich waren die Padres mit der Entschlossenheit in dieses Land gekommen, hier ihre einzige und absolute Wahrheit zu verbreiten. Sie waren gekommen, Seelen zu gewinnen. Sie haben Seelen gewonnen und werden alles tun, sie festzuhalten. Sie werden um die Seelen kämpfen. Nicht offen, denn dazu fehlt ihnen die Macht, aber versteckt werden sie kämpfen, mit allen Mitteln, immer hoffend, daß sich irgendwann das Blatt wieder zu ihren Gunsten wenden wird.

«Yoshitomo Daimyo», sagte Hendrik deshalb, «ich verdanke Euch mein Leben. Ich verdanke Mika-sama mein Leben. Die einzige Art, wie ich Euch und Mika-sama meine Dankbarkeit zeigen kann, ist, daß ich offen zu Euch spreche.»

«Ihr scheint wirklich besorgt zu sein, el Rosso», erwiderte Yoshitomo lachend, «Ihr könnt auch ohne eine so langatmige Einleitung offen mit mir reden. Ich erwarte sogar von Euch, daß Ihr offen zu mir seid.»

Hendrik rückte sich auf seinem Sitzkissen ein wenig zurecht. Er fühlte sich unwohl in dieser Lage, in die er sich selber gebracht hatte. Sein Wissen war unvollständig, baute es doch nur auf dem auf, was er in den Monaten seiner Gefangenschaft von Hiro und dem alten Tomoda gehört hatte. Und auf dem, was er von Mika erfahren hatte. Er war auf Vermutungen angewiesen, aber er spürte immer noch die Kälte, die ihm oben im Turm aus Ferreiras Augen entgegengesprungen war. Diesen Mann durfte man nicht unterschätzen. Er war gefährlich. Er trug den Machtanspruch, den Rom über die Seelen der Menschen erhob, in sich und würde niemals aufgeben.

«Nun?» fragte Yoshitomo und goß sich seine Sakeschale wieder voll.

«Ich weiß nicht genau», sagte Hendrik, bemüht, seine Worte abzuwägen, «aber eines ist für mich gewiß, die Padres werden nicht aufgeben.»

«Warum nicht?»

«Weil mit dem Tag, an dem sie von hier weggehen, die Kirishitan verloren sind.»

«Nun, ja?»

«Damit ist für sie die Ernte von siebzig Jahren verloren.»

«Sie haben es nicht besser verdient.»

«Aber Ferreira sieht das anders, Yoshitomo Daimyo. Für ihn zählen die Seelen, welche die Padres gewonnen haben. Wie steht er da, wenn er nach Rom berichten muß, er habe alles aufgegeben und die Seelen dem Teufel überlassen?»

«Doch nicht dem Teufel», sagte Yoshitomo fast ein wenig ärgerlich.

«Aber so denkt er, so muß er denken – als Padre und als Vertreter seiner Kirche.»

«Sie haben kein Recht zu bleiben.»

«Sie nehmen sich das Recht, Yoshitomo Daimyo. Ihr habt keine Ahnung, was in der Welt vorgeht. Spanien und Portugal breiten sich überall hin aus, und wenn es ein Land gibt, das sie noch nicht erobert haben, dann übt dieses Land eine magische Anziehungskraft auf sie aus.»

«Warum?»

«Weil sie entschlossen sind, sich die ganze Welt zu unterwerfen und überall ihren Glauben hinzubringen.»

Yoshitomo lächelte Hendrik über den Rand seiner Sakeschale an. «Ziemlichen Unsinn redet Ihr da, el Rosso. Niemand kann uns gegen unseren Willen zu einem fremden Glauben bekehren.»

«Aber den Padres ist es doch schon gelungen, hier in Eurem Daimyonat. Sie haben die Menschen bekehrt und den alten Glauben, den es vorher gab, ausgelöscht.»

«Darum schicken wir sie weg.»

«Aber sie werden nicht weggehen. Sie werden es nicht.»

«Unsinn, Unsinn, alles Unsinn. Kommt der Herbst, dann werden wir alle Padres in Nagasaki auf ein Schiff laden, und zurück mit ihnen. Nach Macao. Ach was, el Rosso, seid nicht so schwarzseherisch. Trinkt Eure Schale leer. Die Zeit der Padres ist abgelaufen, vorbei, durch eigenes Verschulden, und was die Kirishitan betrifft, glaubt mir, mit denen werden wir schon fertig werden. Die Menschen sind nicht so dumm, auch die Bauern nicht. Sie werden einsehen, wie falsch es war, sich den Padres auszuliefern. Los, el Rosso, trinkt und hört auf, Trübsal zu blasen.» Yoshitomo hob seine Schale und prostete Hendrik zu. «Übrigens, Yorin und Shozen sagten mir, Eure Wunde sei schon so gut verheilt, daß Ihr bald wieder reiten könnt. Ihr solltet mich bei einem meiner nächsten Ausritte begleiten.»

«Und Don João?»

«Ach was, mein Bruder wird sich umstellen müssen. Ich habe ihm angeboten, daß ich mich am Wiederaufbau des Turms von Hara mit Silber und gutem Holz beteiligen will. Wenn der Turm erst einmal wieder steht, wird er auch keinen Groll mehr gegen Euch hegen.»

Hendrik schaute nachdenklich zu Boden und schwieg.

Yoshitomo bestellte Musik und ließ das Moskitonetz zurückschlagen. Um die Stechmücken in Bann zu halten, zündeten die Diener entlang der offenen Schiebetüren Räucherstäbchen an. Dann schickte er sie los, Yorin, Shozen, Norihide und seine anderen Berater herbeizurufen. Er ließ mehr Sake bringen, einen Topf frisch gekochter Garnelen und Langusten, viele Teller mit Muscheln und Austern und anderen Leckerbissen.

Fünf Musikanten kamen mit Flöten, Trommeln und Ratschen. Yoshitomo klatschte im Rhythmus der Musik in die Hände. «Wir haben Grund zum Feiern», rief er gutgelaunt, «bald, wenn die verdrossen dreinschauenden Padres abgereist sind, werden im ganzen Daimyonat wieder die Götter fröhliche Gesichter sehen. Kommt, darauf sollten wir trinken.» Er hob seine Sakeschale und blickte zufrieden in die Runde.

* *
*

Tief unten lag die Schloßstadt mit ihren engen, verwinkelten Gassen und dem dichten Schachbrettmuster ihrer schilfgedeckten Dächer. Dahinter erstreckte sich bis zum Rand der Klippe das ausgedehnte Areal von Schloß Hara, von mächtigen Mauern umschlossen. Unverändert, selbst aus dieser Entfernung deutlich erkennbar, das schwere schwarze Balkenkreuz der abgebrannten Turmspitze.

Hendrik lehnte sich an die Brüstung der Mauer. Sein Blick ging über den Küstenstreifen und das Meer hin. Die Straße zog sich als feine, helle, geschwungene Linie bis nach Arima. Da und dort konnte er einen einsamen Ochsenkarren erkennen, der die Küstenstraße entlangzog, oder eine kleine Gruppe Reisender. Die Sommermonate hatten glühende Hitze gebracht und mit der Hitze das Zirpen der Zikaden, deren schriller Gesang die Tagesstunden füllte.

Der große Tempel im alten Tempeltal war inzwischen fertiggestellt. Nur an der dreistöckigen Pagode wurde noch gebaut. Der Abt hoffte, daß auch sie vor Einbruch des Winters vollendet sein würde. Er war dankbar, wie gut die Bauarbeiten vorangegangen waren, und lobte die Zimmerleute, Schreiner, Shojimacher, die Dachdecker und Tatamiflechter aus dem Norden der Halbinsel, ohne deren selbstlosen Einsatz der Bau sich viel länger hingezogen hätte. Auch Yoshitomo hatte dazu beigetragen, sorgte er doch dafür, daß das Baumaterial immer rechtzeitig bestellt wurde und daß auch beim Transport keine unvorhergesehenen Verzögerungen eintraten. Dafür hatte er eine Hundertschaft abgestellt, die den Wagenkolonnen, mit Ladungen von Holz, Dachziegeln und anderen notwendigen Materialien vom Norden anrollend, Wegschutz gab. Das war wichtig, denn während der frühen Phase des Tempelbaus waren die Wagen mehrmals steckengeblieben. Die Küstenstraße, die vom Norden her zur Schloßstadt führte, war dann mit herbeigerollten Steinbrocken und gefällten Bäumen blockiert, und nie gelang es herauszufinden, wie es dazu gekommen war. Nachdem Yoshitomo eine Hundertschaft zur Überwachung der Straße losgeschickt hatte, hörte der Unfug auf.

Hendrik war mit Mika, Yoshitomo, Hamako, seiner Frau, und ihren beiden Kindern, Dona Isabel und einem starken Aufgebot von Samurai zum Tempeltal gekommen, um an der Einweihungsfeier teilzunehmen. Für Hendrik und Mika war es das erste Mal seit der Flucht, daß sie Hinoe verließen. Yoshitomo wollte Hendrik an seiner Seite reiten lassen, vom Schloßtor bis hinunter in die Stadt, aber Hendrik bat, zu Fuß gehen zu dürfen, solange der Weg steil bergab ging, seine Wunde schmerzte noch zu sehr. Erst unten, als die Straße flacher verlief, konnte er mit einiger Hilfe aufsitzen. So ritt er neben Yoshitomo her, vor sich und hinter sich die Samurai, die in Sechserreihen nebeneinander die Schloßstadt durchquerten und ins Tempeltal einzogen. Menschen säumten dicht an dicht die Straße, und viele winkten dem Zug zu. Als Mika in ihrer Sänfte vorbeigetragen wurde, erhob sich ein Raunen. Manche riefen «Mika-sama ... Mika-sama!» und drängten nach vorn, um einen Blick von ihr zu erhaschen, später, als der Zug den Teil der Schloßstadt durchquerte, in dem die Kirishitan in der Mehrheit waren, leerte sich die Straße, und die wenigen Neugierigen, die noch am Rand standen, trugen eisige Mienen zur Schau. Als Yoshitomo an Shimpos Haus vorbeiritt, wurde von innen die Eingangstür aufgeschoben, und in der Öffnung erschien ein großes Kreuz.

Ehe die Tempelweihe begann, geleitete der Abt alle, die gekommen waren, über einen gewundenen Weg, mit feinem Kies bestreut, bis an das Ende des Tals, wo der Bergbach über einen Felsen schoß und sich als ein kleiner Wasserfall in ein natürliches

Becken ergoß. Dort hatte seit Menschengedenken ein Shinto-Schrein über die Reinheit des Wassers und die Stille des Tals gewacht, auch er war vor dreißig Jahren den Kirishitan zum Opfer gefallen, als Don Protasio ihnen freie Hand gab. An derselben Stelle hatten die Mönche nun nach überliefertem Plan den Altarbau wieder errichtet, einen schlichten, nach allen Seiten hin offenen Bau, dessen hölzerne Pfosten ein nur wenig geschwungenes, schilfgedecktes Dach trugen. Vor dem Schrein spannte sich ein Torii über den Weg, ein rituelles Tor, das den Eintritt in das Haus der Götter andeutete. Der Abt ließ Yorin, aus einer Familie von Shinto-Priestern stammend, die Zweige des heiligen Sakakibusches auf den Altar legen und das Dankgebet für den Schutz des Tempeltals sprechen. Nach dieser Zeremonie begaben sich alle zum neuen Tempel und nahmen in dem weiten Raum ihre Plätze für das Fest der Tempelweihe ein.

Hendriks Blicke gingen verstohlen zu Mika, die ihm gegenübersaß, zwischen Dona Isabel und Hamako, umgeben von ihren Zofen und Dienerinnen. Mika fing seinen Blick auf, und ein scheues Lächeln huschte über ihr Gesicht. Hendriks Gedanken wanderten zurück zu jener Nacht, als Mika für ihn die schmale Seitentür aufschob, während vorn schon die Fackeln leuchteten, mit denen Don Joãos Samurai alle Winkel und Ecken nach ihm absuchten. Jeder Atemzug schien ihm die Brust auseinanderzureißen, jede Bewegung war eine Qual. Seine Erinnerung, was geschah, nachdem er mit letzter Kraft durch die Türöffnung in den von Stille erfüllten Tempel getaumelt war, blieb verworren, doch er hatte noch immer Mikas Stimme im Ohr, wie sie ihm zuraunte: «El Rosso, wir sind da.» Die letzte Erinnerung war die Wärme ihres Körpers, die ihn einhüllte, und die Zartheit ihrer Hände, mit der sie Blut und Schweiß aus seinem Gesicht wegtupfte.

Jetzt saß Mika dort, zwanzig Schritte von ihm entfernt, in einem roten Kimono mit eingewebten Päonienblüten, die Haare locker nach hinten gekämmt. Mit gefalteten Händen blickte sie zu der goldenen Statue der Göttin der Barmherzigkeit hinauf. Hendrik fragte sich, was Mika in diesen Augenblicken wohl empfinden mochte, an diesem Ort, dem sie beide so viel verdankten, diesem unvergeßlichen Ort der Rettung.

In Mikas Augen spiegelte sich die stille Entrücktheit der vergoldeten Statue wider. Ihre Lippen schienen stumme Worte zu sprechen, ein Gebet, das sie der Göttin weihte. Hendrik fühlte sich fast als Eindringling, der ihr Zwiegespräch belauschte.

Seine Gedanken zogen ihn dorthin, wohin sie immer wieder zurückzukehren suchten, dem Wunsch, Mika in die Arme zu nehmen, sie an sich zu ziehen, ein innerer Kampf, den er unaufhörlich mit sich führte, nie sicher, ob er dem Wunsch nachgeben durfte.

Die Magie des Augenblicks, als er Mika bei der Flucht entlang der Felsenklippe durch die Brandung trug und mit ihr Hand in Hand durch das brennende Schilf rannte, diese Magie war einer nüchternen Einschätzung seiner Lage gewichen. Er wußte, daß er nichts weiter war als ein aus der Ferne in ihr Leben hineingeratener Fremder, ein Mann, den widrige Umstände an diese Küste gespült hatten. Mika hatte sein Leben gerettet, ohne Rücksicht auf ihr eigenes Leben, sie hatte ihn dem Griff des Todes entrissen und gesund gepflegt. Er durfte die zwischen ihnen entstandene Vertrautheit nicht zu weit treiben und nicht mißbrauchen. So stark auch die Versuchung war, er durfte nicht mit dem Gedanken spielen, sie an sich zu reißen, ihre Lippen, ihr Gesicht, ihren Körper mit Küssen zu bedecken.

Er wußte, er würde sie verführen können. Er hatte das sehnende Leuchten in ihren Augen gesehen, wenn er allein mit ihr war, bei Mongo oder im Wald oder in einem der Gärten zwischen den Gebäuden des Schlosses oder an der von Efeu überwucherten Schloßmauer. Er hatte manchmal nachts im Garten gestanden und zu den Fenstern ihres Zimmers emporgeschaut. Einmal war da noch Licht, und er hörte Mika Koto spielen, die gleiche Melodie, wie er sie vom Turm von Hara gehört hatte, als er an einem Abend besonders lange über eine Muskete gebeugt war. Nach Abschluß der Arbeit war er an eine der Schießscharten getreten und hatte über das weite Schloßgelände geblickt. Der Wind wehte eine Melodie herbei. Eine Zither, hatte er zuerst gedacht. Nein, ein Koto ist es, hatte der alte Tomoda gesagt und ihm genau beschrieben, wie ein Koto aussieht, ein großer, gewölbter Resonanzkörper aus feinem Holz, mit Lack überzogen, einen Klafter breit und eine Handspanne tief, mit dreizehn Saiten, die man mit der einen Hand zupft, während die andere das Schwingen der Saiten dämpft und zur Veränderung des Tons die Stege unter ihnen hin- und herschiebt.

Als er ihr Spielen im Garten von Hinoe wieder hörte, hatte Hendrik lange im Dunkeln gelauscht. Die Tonfolgen schienen anderen Gesetzen zu folgen als der Tonalität, die er kannte, mit Klängen, die für sein Ohr eigentümliche Dissonanzen enthielten. Es war, als sprühten Wassertropfen aus den Saiten. Hendrik dachte an die Zeit, als er beim Visconte mit dem Lautenspiel begonnen hatte. Später lernte er Mandoline, aber das war eine halbe Welt und ein halbes Leben weit weg.

Vorn am Altar saßen die Mönche im Lotussitz auf dünnen Strohkissen. Wie auf ein unsichtbares Zeichen begannen sie eine Sutra zu rezitieren, in dunklen, gemurmelten Stimmen, die sich zu einem Chor vereinigten, geheimnisvoll klingend wie das Rauschen des Windes im Wald.

Mika schaute herüber. Sie neigte den Kopf, als wollte sie sagen, daß es nicht nur Blicke waren, die sich kreuzten, sondern auch Gedanken und Gefühle.

Dona Isabel hatte anscheinend das stumme Zwiegespräch zwischen Mika und Hendrik bemerkt. Sie lehnte sich leicht zu Mika hinüber und flüsterte ihr etwas zu. Über Mikas Gesicht legte sich eine Maske, und das nächste Mal, als Hendrik zu ihr hinsah, hielt sie ihre Hände streng im Schoß gefaltet und blickte verschlossen vor sich hin.

Als die Sutra beendet war, ertönte plötzlich von draußen ein Gongschlag, der erste Schlag des neuen Gongs, übermannsgroß, aus Bronze gegossen, für den die Mönche am Rande des Vorplatzes ein überdachtes Podest errichtet hatten. Die mächtigen Vibrationen strömten durch die offenen Shojitüren herein und fingen sich in dem weiten Raum des Tempels. Sie brachen sich an der Decke und wurden von den Tatamimatten dumpf zurückgestrahlt. Alle anderen Geräusche verstummten für die Dauer eines Atemzugs. Noch immer dröhnten die tiefen Vibrationen so mächtig, daß sie schmerzten. Zögernd, nur ganz allmählich, verebbte der Ton, getragen von dem Echo, das von den Talflanken zurückgeworfen wurde.

Hendrik schloß die Augen und lauschte dem verklingenden Ton, und ihm war, als hebe dieser Ton ihn hoch und lasse ihn fast schwerelos werden. Dann, als die letzte Spur der Vibrationen verklungen war, als Hendrik glaubte, wieder atmen zu können, erklang der zweite Gongschlag, noch mächtiger als der erste, noch zerstörender und gleichzeitig befreiender, und nach einer Pause, welche die Dauer eines Traums umschloß, der dritte Schlag.

Kaum hatten die dunklen Vibrationen über das Tempeltal hinweg Stadt und Land durchtönt, da erhob in der Schloßstadt die Kirchenglocke ihre helle Stimme. Sie schlug und schlug in immer schneller werdender Folge, ungleichmäßig, aber eindringlich und voller Trotz. Der Abt, der vorn am Altar gerade mit dem Ritual der Tempelweihe begann, verharrte einen Augenblick. Dann fuhr er mit seinem Gebet fort und hob seine Stimme ein wenig an, damit sie, dem Läuten zum Trotz, den Tempel füllte. Auch die betenden Mönche taten, als hörten sie die Glocke nicht, Yoshitomo aber beugte sich zu Norihide und flüsterte ihm etwas zu.

Norihide winkte einige Samurai herbei, und doch rief deren Weggang eine Unruhe hervor, die der Feierlichkeit der Stunde abträglich war. Vor allem erwarteten nun alle hier Versammelten unbewußt, daß die Glocke irgendwann schweigen würde.

Es dauerte doch länger, bis Norihide in die Kirche eindringen konnte, da deren Türen und Fenster ja fest vernagelt waren, wie das Edikt es bestimmte. Erst nachdem Norihides Leute einige der Bretter losbrachen und sich auf diese grobe Art Zugang verschafften, bekamen sie Padre Ricardo zu Gesicht. Er hatte sich das Glockenseil, das von der Decke des Kirchenschiffs herunterhing, mehrfach um die Hüfte geschlungen und verknotet und hüpfte wie ein Derwisch auf und ab. Mit jedem Sprung ertönte oben im Dachstuhl die Glocke von neuem.

Als die Samurai den herumtobenden Padre Ricardo ergreifen wollten, wehrte er sich, biß, trat und schlug mit seinen langen Armen um sich. Schließlich blieb Norihide nichts anderes übrig, als sein Schwert zu ziehen und das Glockenseil mit einem Schlag durchzutrennen. Das Seil schnellte hoch, mit einem Mißklang verstummte die Glocke, doch Padre Ricardo riß sich los, rannte durch die Tür auf den Marktplatz hinaus, das abgeschlagene Ende des Glockenseils wie einen langen Drachenschwanz hinter sich herschleifend. Er schrie, so laut er konnte, damit die Kirishitan, die sich halb neugierig, halb ängstlich vor der Kirche versammelt hatten, vernahmen, mit welch brutaler Gewalt er von Norihide und seinen Samurai behandelt worden war.

* * *

Dem Fest der Tempeleinweihung folgte scheinbare Ruhe. Die Bretter vor der Tür und vor den Fenstern der Kirche am Marktplatz wurden wieder zugenagelt und mit langen Bändern versehen, die auf beiden Seiten Yoshitomos Siegel trugen.

Auch in Arima war die Kirche, die sich an das Missionsgebäude anlehnte, inzwischen mit Brettern verschlossen, doch das goldene Kreuz leuchtete noch immer auf dem Dachfirst. Das Edikt ließ keinen Zweifel daran, daß Kreuze nicht mehr öffentlich zur Schau gestellt werden durften, Yoshitomo hatte darum Ferreira schriftlich aufgefordert, das Kreuz zu entfernen, auch hatte er ihm eine Frist gesetzt.

Der genannte Tag kam und verging, ohne daß etwas geschah. Das goldene Kreuz über dem Missionsgebäude strahlte auch weiterhin über Arima, den Hafen und die Küstenstraße. Als Yoshitomo einen Boten sandte, um Ferreira an die versäumte Frist zu erinnern, entschuldigte sich dieser, das unglückselige Edikt bringe ihm so viel Arbeit, daß er noch keine Zeit habe erübrigen können, die erforderlichen Schritte zur Entfernung des Kreuzes zu veranlassen. Außerdem müsse er, so schrieb Ferreira in seiner steilen Handschrift, zuerst mit dem Zimmermann sprechen, der zu überlegen habe, wie er nach der Entfernung des Kreuzes, das doch fest in dem Dach des Missionsgebäudes verankert sei, den Dachstuhl neu aufbauen könne. Gerade jetzt im Sommer, wenn die Tage häufig in heftigen Gewitterschauern enden, könnten Eingriffe am Dach nur nach sorgfältiger und langfristiger Planung gewagt werden, wenn nicht Regen ins Innere des Hauses eindringen sollte. Mit solchen wohlgesetzten Worten bat Ferreira um Nachsicht und Geduld.

Bald danach reiste Yoshitomo nach Edo. Er hatte es eilig und wollte in weniger als einem Monat zurück sein. Die Erntezeit nahte, die Zeit, da der Daimyo einen Teil der Reisernte als Steuer erhielt. Vor einer solch kritischen Periode war es jedoch nicht gut, zu lange abwesend zu sein. Der unmittelbare Grund für die Reise war ein Gespräch mit dem Shogun über die Zukunft des Daimyonats. Er hatte sich überlegt, was zu tun wäre, den Handel, für den Arima einmal berühmt war, wieder aufleben zu lassen.

Seit zwei Jahren schon lag der Hafen verödet da, und die von Don Protasio in das Hafenbecken vorgetriebene Pier verrottete langsam. Seepocken und Miesmuscheln siedelten auf den Pfählen und bildeten immer dickere Lagen, welche nun die Ebbe freilegen konnte. Möwen benutzten die Reling, um nach Futter Ausschau zu halten, und verschmutzten die Planken der Pier mit ihrem Kot. Außer den Fischerbooten, die mit ihrem Fang von der Silberbucht zurückkehrten und am Kiesstrand landeten, legte kein größeres Schiff mehr in Arima an. Seitdem die Rotsiegelschiffe verschwunden waren, war das Küstengeschäft mit anderen Teilen des Landes fast völlig zum Erliegen gekommen.

Um Handel und Wandel zu neuer Blüte zu verhelfen, könnte man vielleicht, so Yoshitomos Gedanke, manche der chinesischen Dschunken, die in großer Zahl mit Seide und anderen Gütern Nagasaki anliefen, nach Arima segeln lassen. Dann würden sich die Lagerhäuser an der Uferstraße wieder füllen, in denen sich jetzt nur noch einige Ballen Baumwolle befanden, die der Mission gehörten und welche die Padres wahrscheinlich mit sich nehmen würden, sobald sie sich im Herbst nach Macao einschiffen müßten. Im übrigen huschten nur Ratten durch die entleerten Hallen, in denen sich früher Einkäufer aus allen Teilen des Landes gedrängt hatten und kostbare Seiden mit Silber aufwiegen ließen.

Yoshitomo wollte so die Aufmerksamkeit des Shogun auf die Notlage der Menschen in seinem Daimyonat lenken und ihn um die Erlaubnis bitten, chinesische Dschunken von Nagasaki nach Arima umleiten zu dürfen. Nicht alle Dschunken, vielleicht nur die Hälfte oder einen noch geringeren Teil, brachten die Chinesen doch jedes Jahr große Mengen an Waren nach Nagasaki, viermal mehr als die Portugiesen. Yoshitomo hatte sich erkundigt. Wenn es ihm gelänge, einen Teil dieses reichlichen Stroms, sogar nur einen kleinen, nach Arima zu lenken, würde dies den Menschen seines Daimyonats ungemein helfen. Aber erst mußte der Shogun einem solchen Plan zustimmen.

26

Jenseits von Gold und Silber

Schon die Art, wie Yoshitomo vom Pferd sprang, zeigte seine Beschwingtheit. Sein Gesicht strahlte, und er winkte allen, die sich zu seiner Begrüßung im Schloßhof versammelt hatten, gutgelaunt zu. Offenbar war die Reise nach Edo ein Erfolg gewesen. Er warf seinem Burschen die Zügel zu und reckte und streckte sich, um die vom langen Ritt strapazierten Glieder zu lockern. Auch seine Begleiter, zweiunddreißig Samurai, die mit ihm nach Edo gezogen waren, saßen ab und übergaben ihre Zügel den Knechten.

Yoshitomo sah Norihide unter den Wartenden. Er war zum Empfang seines Herrn aufs schönste angetan erschienen, in einem silberblauen Überwurf mit weiten, farblich abgestimmten dunkelblauen Schulterstücken. «Norihide», sagte Yoshitomo und senkte seine Stimme, «der Shogun hat unseren Vorschlag, die Chinesen nach Arima zu holen, gutgeheißen. Aber nicht nur das …», er legte eine Pause ein, die Erwartung zu genießen, die sich auf Norihides Gesicht abzeichnete, «… der Shogun ist bereit, Arima zum einzigen Hafen für die chinesischen Dschunken zu machen. Was wird das für unser Daimyonat bedeuten.» Er klopfte Norihide auf den Oberarm, um ihn sein Hochgefühl spüren zu lassen.

Norihide, ein besonnener Mann, der sich nicht leicht überraschen ließ, schaute Yoshitomo nachdenklich an. «Oh, Herr, das ist eine gute Nachricht.»

«Das ist das Beste, was geschehen konnte, Norihide, das Beste für uns und für die Menschen da unten.» Er wies mit einer ausholenden Geste zur Schloßstadt hinunter. «Ich war überwältigt, als der Shogun mir seinen Entschluß mitteilte. Hier, sieh, er hat es mir schriftlich mitgegeben.» Er ging zu seinem Pferd zurück und zog eine Lackhülse aus der Satteltasche, an der durch den langen Ritt die Farbe an einigen Stellen abgescheuert war. «Da drin», sagte Yoshitomo und klopfte von außen mit der flachen Hand gegen die Hülse, «da drin ist das amtliche Schreiben mit dem Siegel des Shogun. Ich werde es sofort verkünden lassen, damit die Menschen im Daimyonat wieder Hoffnung fassen können.»

«Herr», sagte Norihide und verbeugte sich leicht, «es ist eine gute Nachricht, eine herrliche Nachricht, die zeigt, welch hohes Ansehen Ihr bei unserem Landesherrn genießt.»

«Deine Stimme läßt erkennen, daß du Bedenken hast, Norihide, warum das? Was ist dir?»

«Herr, weil das eine so gute Nachricht ist, sollten wir uns sorgsam überlegen, wie wir sie dem Volk bekanntgeben.»

«Nun gut», stimmte Yoshitomo zu, wenn auch mit leichter Ungeduld in der Stimme, «laß die Berater kommen.» Er schaute zur Sonne empor. «Sagen wir, in einer Stunde, und wir treffen uns im kleinen Saal. Hier, nimm inzwischen schon die Hülse und bring sie zur Besprechung mit.»

Vor dem Treffen mit seinen Beratern ging Yoshitomo zu Hamako und bestellte ihr die Grüße ihres Großvaters. Er gab seinen Kindern die Geschenke, die er für sie aus Edo mitgebracht hatte, und nahm sie auf den Arm. Danach begab er sich in bester Laune in den kleinen Saal, wo sich seine Berater schon eingefunden hatten. Sie zeigten sich alle hocherfreut, daß es Yoshitomo gelungen war, vom Shogun eine für die Zukunft des Daimyonats so entscheidende Zusage zu erhalten. Vor allem erschien es ihnen bemerkenswert, daß ein Entschluß von solcher Tragweite in so kurzer Zeit in Edo hatte gefaßt werden können, denn sonst vergingen Monate, bis die Regierung sich zu einer Entscheidung aufraffte. Daß diesmal alles so schnell vonstatten ging, hatte vielleicht damit zu tun, daß Yoshitomos Frau des Shoguns Enkelin war, aber dieser Gedanke fand keinen Anklang, denn würde der Shogun seine Entschlüsse danach richten, ob er bei einem Bittsteller einen Verwandten vor sich hatte oder einen Fremden, dann wäre der Vetternwirtschaft Tür und Tor geöffnet. Im Gegenteil, eben weil Hamako seine Enkelin war, wurde jede Bitte, die Yoshitomo dem Shogun vortrug, sicherlich mit besonderer Sorgfalt geprüft.

Die rasche Entscheidung, Arima zum Hafen für den Chinahandel zu bestimmen, ließ vielmehr vermuten, daß man sich in den oberen Rängen der Regierung schon Gedanken darüber gemacht hatte, wie die Shimabara-Halbinsel nach dem Abzug der Padres wieder zurückgewonnen werden könnte. Immerhin war sie das einzige Daimyonat, in dem Kirishitan in der Mehrheit waren. Andrerseits verschloß man anscheinend in Edo nicht die Augen davor, wie sehr sich die wirtschaftliche Lage Arimas nach dem Ende der Rotsiegelschiffahrt verschlechtert hatte. Als junger, noch unerfahrener Daimyo stand Yoshitomo deshalb vor schwierigen Aufgaben, denen er sich vielleicht nicht gewachsen zeigen würde. Ihm sollte wohl geholfen werden. Gewiß, der Shogun hätte die Lizenzen für die Rotsiegelschiffe, die er früher Don Protasio gegeben hatte, auf Yoshitomo übertragen können, aber nach dem, was mit Don Protasio geschehen war, hatte man den Beschluß gefaßt, Lizenzen in Zukunft nicht mehr an Daimyos zu vergeben, vielmehr nur noch an Kaufleute. Sie waren leichter zu kontrollieren.

All diese Gedanken klangen an, während die Berater in diesem vertrauten Kreis mit Yoshitomo erörterten, was sie als nächste Schritte unternehmen sollten, jetzt, da eine so gute Entscheidung getroffen war.

Es würde viel zu tun geben, ehe der Hafen von Arima für die Aufnahme der Dschunken ausgebaut war. Anders als im Fall der portugiesischen Galeonen und anders auch als bei Don Protasios Rotsiegelschiffen war damit zu rechnen, daß die Dschunken in weitaus größerer Zahl eintrafen. In Nagasaki lagen oft zehn oder zwanzig vor Anker. Obwohl sie kleiner waren als die Rotsiegelschiffe und erheblich kleiner als die Galeonen der Portugiesen, kamen die Dschunken in viel größerer Zahl und brachten mehr Waren ins Land. Die Debatte über die neuen Anlegeplätze führte zu heftigen Auseinandersetzungen, denn das Hafenbecken war zwar tief und gegen alle Winde gut geschützt, zugleich aber auch eng. Sollte die Ware zu vieler Dschunken auf einmal gelöscht werden, würde der Platz nicht ausreichen. So redete man sich die Köpfe heiß, ob es richtig sei, schon jetzt mit dem Bau einer neuen Pier zu beginnen.

Asada, für die Finanzen des Daimyonat verantwortlich, meldete seine Bedenken gegen sofortige Baupläne an. Erst sei abzuwarten, wie sich der Handel mit den Chinesen entwickle und was durch den Zwischenverkauf der chinesischen Seide tatsächlich an Silber in die Kassen des Daimyo gelangen werde. Zur Zeit, so ließ er durchscheinen, sei die Finanzlage angespannt, und das Steueraufkommen, das in diesem Jahr von den Bauern zu erwarten sei, könne ja erst ermittelt werden, wenn die Ernte in der Scheuer liege. In seinen Worten klang ein besorgter Ton, die Steuern könnten in diesem Jahr hinter den Erwartungen zurückbleiben, obwohl, wie er sagte, seine Inspektoren ihm berichteten, der Reis stehe überall gut auf dem Halm. In den wenigen Wochen bis zur Ernte, könne der Taifun aber noch manchen Schaden anrichten, und außerdem habe es ja wohl Jahre gegeben, in denen noch kurz vor der Ernte Heuschreckenschwärme alles vernichtet hätten.

Schließlich sei nicht außer acht zu lassen, wie die Lagerhallen in Arima, auf der Uferstraße aneinander gereiht, für den voraussichtlichen Ansturm von Waren wie auch von Käufern vorzubereiten wären. Was da an Baumwollstoff zur Zeit noch liege, würde mit dem Abzug der Padres verschwinden, und danach wären in allen Räumen neue Tatamimatten zu verlegen. Die Seideneinkäufer aus verschiedenen Teilen des Landes würden die Augenbrauen heben, wenn sie sähen, in welch erbärmlichen Zustand sich die Lagerhallen von Arima befanden.

Außerdem sei da die Frage der Quartiere und Unterkünfte für die Einkäufer wie auch für die Kapitäne und Seeleute der Dschunken. Wohl gebe es in Arima und der Schloßstadt noch Gasthäuser aus Don Protasios Zeiten, die man mit geringem Aufwand herrichten könnte. Wer aber wisse, ob der Platz ausreiche, falls die Ware all der Dschunken, die bislang in Nagasaki gelöscht wurden, mit einemmal in Arima einträfen? Er schlage daher vor, mit den Haus- und Gasthausbesitzern zu erörtern, wie die sich für den Ansturm der Seeleute und der Einkäufer vorbereiten wollten.

Irgendwer warf ein, man müsse auch Shimpo zu diesen Gesprächen heranziehen, habe er doch in jüngster Zeit in der Schloßstadt unter den Kirishitan an Ansehen gewonnen. Die Erwähnung dieses Namens erzeugte allerdings bei einigen der Berater widerwilliges Brummen. Dem Shimpo könne man nicht über den Weg trauen, stehe er doch in einem zu engen Einvernehmen mit den Padres.

«Ach was», meldete sich Yoshitomo zu Wort, der bis dahin eher schweigend zugehört hatte, «bis die Dschunken kommen, sind die Padres längst weg. Übrigens, was gibt's Neues vom Kreuz auf dem Missionsgebäude? Hat Ferreira es endlich heruntergeholt?»

Norihide berichtete mit leicht zögernder Stimme, das Kreuz erhebe sich nach wie vor über dem Dachfirst. Yoshitomo wollte schon aufbrausen, als Norihide aber fortfuhr, Ferreira habe es mit Stroh umwickeln lassen, dämpfte er seinen Unmut.

«Und wie sieht das jetzt aus?» fragte er scharf.

«Ein dicker, unförmiger Ballen, der auf dem Dachfirst reitet», erwiderte Norihide, und einige der Berater, die es gesehen hatten, nickten.

«Das Kreuz ist also nicht mehr zu erkennen?» Yoshitomo schien einigermaßen zufriedengestellt. Andere der Berater drangen zwar noch in ihn, eisern darauf zu bestehen, daß Ferreira es unzweideutig zu entfernen habe, sein Verhalten sei glattweg unverzeihlich, aber Yoshitomo winkte ab. Ihm genügte, daß es als Kreuz nicht mehr erkennbar war. «Es gibt Wichtigeres zu tun, als hinter diesem Ferreira herzulaufen und ihn zum zehntenmal an sein Versprechen zu erinnern, er ist eben ein Mensch, mit dem man nicht gut auskommen kann.» Die Angelegenheit war für ihn erledigt. «In ein paar Monaten sind die Padres ohnehin weg. Wir sollten eher beschließen, wann wir mit dem Abbruch der Kirche und des Missionsgebäudes beginnen.»

Die Älteren unter den Beratern sprachen von dem großen Zen-Tempel, der dort, wo die Padres ihre Kirche errichtet hatten, früher einmal gestanden hatte. Das einzige, was an ihn erinnerte, sei der uralte Feigenbaum auf dem Vorplatz der Mission. Jetzt sei es an der Zeit, so sagten sie, das Unrecht von früher wiedergutzumachen und den Zen-Tempel an derselben Stelle wieder aufzubauen.

Yoshitomo nickte, schaute zugleich aber Asada an, der diesen Blick erwiderte und, wie nicht anders zu erwarten, auf die gewaltige Summe verwies, die ein solcher Bau verschlingen würde, ohnehin sei durch den Bau im alten Tempeltal der Silbervorrat in seiner Kasse ziemlich geschmolzen, ungeachtet der erheblichen Zuschüsse aus Kyoto. Das Daimyonat könne sich einen zweiten kostspieligen Tempelbau bis auf weiteres nicht leisten. Man kam daher überein, den Abriß des Missionsgebäudes noch aufzuschieben und abzuwarten, wie es um die Daimyonatskasse bestellt sein werde, wenn die Dschunken erst einmal kamen.

Schließlich entschieden die Berater einmütig, die Nachricht von dem chinesischen Handel in Arima jetzt noch nicht zu verkünden. Yoshitomo beugte sich dem Beschluß, obwohl er darüber nicht glücklich war. Wäre es nach ihm gegangen, hätte er die gute Nachricht gleich am nächsten Tag unten in der Schloßstadt auf dem Marktplatz anschlagen lassen und Boten nach Arima geschickt, damit die Menschen schon jetzt voller Hoffnung der neuen Zeit entgegensehen könnten.

Die Mehrzahl seiner Berater war der Überzeugung, es sei besser, eine so weit in die Zukunft reichende Aussicht dem Volk erst nach Abzug der Padres bekanntzugeben, sonst, so schlossen sie, bestehe die Gefahr, daß die Padres versuchten, den Menschen die Freude an der Zukunft zu verderben, in der es für sie selbst keinen Platz mehr gab.

Nachdem die Übereinkunft getroffen war, ließ Yoshitomo seinen Blick über die Runde schweifen. «Ich bin noch jung und unerfahren», sagte er ohne Scheu, «und war geneigt, in der Frage der Bekanntmachung anders vorzugehen. Eure während vieler Lebensjahre gesammelte Weisheit hat mich vielleicht vor einem Fehler bewahrt, den ich später hätte bereuen müssen.»

Dieses Eingeständnis seiner Unvollkommenheit trieb die Berater an, sich gegenseitig mit Beteuerungen zu übertrumpfen, Yoshitomo sei trotz seiner noch jungen Jahre ein fähiger Daimyo, und die für Arima und das ganze Daimyonat so günstige Zusage des neuen Chinahandels zeige außerdem, so sagten sie, wie geschickt er Verhandlungen mit der Regierung und dem Shogun zu führen wisse.

Danach lockerte sich die Stimmung, und Yoshitomo begann zu erzählen, was er auf seiner Reise nach Edo erlebt und gesehen hatte. Ein Gewitter mit starken, böenhaften Winden war aufgekommen, und das Schiff, mit dem er die Strecke von Hakata bis Osaka zurücklegte, um Zeit zu gewinnen, mußte in der Bucht von Hiroshima Zuflucht suchen. Aus dem grauen Regenschleier tauchte plötzlich vor dem Bug des Schiffes der Schrein von Itsukushima auf, auf Pfeilern in das flache Wasser der Bucht hinausgebaut, das zinnoberrote Tor der Götter, weit draußen in der Bucht, von den Wellen umspielt, und dahinter, vor der dunklen Kulisse des Berges, die ausgedehnte Anlage. «Der Schrein hatte zum bevorstehenden Jahrtausendfest einen frischen Anstrich von Zinnoberrot erhalten», sagte Yoshitomo, «und die Sparren, die das geschwungene Dach trugen, leuchteten sonnengelb. Da mußte ich plötzlich daran denken, auch dieser Schrein wäre sicher in Flammen aufgegangen, hätten die Padres dort, in der Gegend von Hiroshima, das Regiment geführt.»

Das Treffen zog sich bis in die späten Abendstunden hin. Yoshitomo hatte noch allerlei aus Edo zu berichten und wem alles er unterwegs begegnet sei. Nicht allein dem Shogun, sondern auch dem Minister für innere Sicherheit, der seine Zufriedenheit darüber ausdrückte, daß es in Japan bald keine Padres mehr geben werde. Er hatte Yoshitomo in sein Amt mitgenommen und ihm die Abschrift eines Briefes gezeigt, von einem Padre namens Pedro da Cruz verfaßt und vor Jahren nach Rom abgegangen. Darin stand zu lesen, jetzt sei die Zeit gekommen, eine Flotte auszurichten, eine mächtige, um Japan, das Land des Silbers und der vielen Teufel, zu erobern.

Diese Abschrift, an deren Verbürgtheit nicht zu zweifeln sei, war bei der Durchsuchung der Residenz des Okamoto Daihachi entdeckt worden, zusammen mit einem anderen Schreiben, in welchem der Oberste der Padres, Clemente mit Namen, der in Rom saß, die Padres in Japan dazu aufrief, die Zahl der Kirishitan kräftig zu vermehren und sie immer fester an den alleinseligmachenden Glauben zu binden.

Obwohl der Minister mit keinem Wort Don Protasios Hinrichtung erwähnt hatte, sagte Yoshitomo, er habe zum erstenmal verstanden, was hinter dem Todesurteil über Okamoto Daihachi und seinen Vater stand. Die Berater spürten den Schmerz in Yoshitomos Worten und schauten voller Mitgefühl zu Boden. So endete der Abend in einem fast wehmütigen Ton. Er blieb allen noch lange in Erinnerung.

* *
*

Trotz der Übereinkunft im Beraterkreis, vorläufig noch nichts nach außen dringen zu lassen, sickerte die Nachricht durch. Vielleicht war es einer aus dem Teilnehmerkreis, der eine unbedachte Bemerkung fallenließ, vielleicht auch einer der Diener, der etwas aufgeschnappt hatte und danach in der Schloßstadt plapperte.

Shimpo hörte davon und spitzte sofort die Ohren. Er ließ seine Nichte kommen, die mit einem in Yoshitomos Diensten stehenden Pferdeknecht verschwägert war. «Es gibt da ein Gerücht», sagte er, «frag deinen Schwager. Er hat sicherlich das eine oder andere gehört. Und hier ... nimm ... das ist für deinen Schwager, ein kleines Zeichen des guten Willens.» Er steckte seiner Nichte einen Beutel prall mit Tabak zu.

Als Shimpo am Tag darauf von der Nichte erfuhr, Yoshitomo Daimyo sei bei seiner Rückkehr aus Edo den Knechten durch seine äußerst aufgeräumte Stimmung aufgefallen, schürzte er die Lippen. Als er dazu noch hörte, Yoshitomo habe anschließend eine Sitzung mit seinen Beratern anberaumt, die bis in die Abendstunden dauerte, bestand für ihn kein Zweifel mehr, das Gerücht war wahr. Er ging sofort daran, die Neuigkeit mit dem Zunftmeister der Zimmerleute zu besprechen.

Als der Zunftmeister erfuhr, worum es ging, zog er gleich seinen Vetter, den Meister der Kaufmannsgilde, zu Rate, denn es war, so sagte er sich, die Kaufmannsgilde, für die das Aufleben des Handels in Arima von größter Bedeutung sein würde.

«Kommt zu mir ins Haus», sagte Shimpo und zog schon den Zunftmeister am Arm, «da können wir in Ruhe alles besprechen.»

Zu Hause brachte Shimpos Frau Tabak aus der Truhe, in der ihr Mann ausgesuchte Blätter der letzten Ernte aufbewahrte, fein getrocknet, duftig und braun. Sie legte einen Stapel dieser Blätter auf einen Holzblock, nahm ein Messer mit einer handbreiten schweren Klinge und schnitt den Tabak in schmale Streifen, so schnell, daß man dem Auf und Nieder ihrer Hand kaum mit den Augen folgen konnte. «Da», sagte sie und reichte mit drei spitzen Fingern jedem eine gute Prise, «da, ganz frisch.»

«Dieser Tabak wird euch schmecken», sagte Shimpo, während er sich schon seine Pfeife stopfte, «Feuer, Weib.»

Die Aussicht, chinesische Dschunken würden bald mit ihren Waren nach Arima kommen, beflügelte die Stimmung so sehr, daß der Rauch aus den Pfeifenköpfen zu tanzen schien.

«Du kannst gehen», scheuchte Shimpo seine Frau, die in der Tür stand und wartete, ob sie noch gebraucht werde.

Der Kaufmannsgildemeister zählte auf, wie viele verschiedene Sorten Rohseide und wie viele verschiedene Sorten gewebter Seide es in China gebe, und er wußte genau, wie sie alle hießen. «Fünf verschiedene Gruppen Rohseide», rief er aus, «und jede Gruppe ist in sich in fünf Sorten unterteilt.» Er malte mit dem Zeigefinger die chinesischen Schriftzeichen auf den Tisch, «über dreißig Webarten, und wenn man fünf mal fünf mal dreißig rechnet, dann weiß man, wie viele verschiedene Preise man im Kopf haben muß, um sich nicht übers Ohr hauen zu lassen, wenn man den Chinesen Seide abkauft.» Er schwärmte von den zartesten Seiden, so leicht wie Spinnweben an einem heißen Sommertag, und vom schweren Brokat, dessen Rascheln wie vorbeifliegende Libellen klingt. Die Stärke der Fasern, die Webdichte, das Gefühl in den Fingerspitzen, die Leuchtkraft der Farben und der Glanz, all das müsse man zu bewerten wissen, wenn man den richtigen Preis ermitteln wolle. Er stopfte sich seine Pfeife neu, ließ sich von Shimpo Feuer reichen und betonte mit fachmännischer Miene, während er dicke Rauchwolken ausblies, daß viele chinesische Seiden für den verfeinerten Geschmack der Kunden aus Kyoto allerdings zu glänzend ausfallen. «Trotzdem», er steckte sich die Pfeife zwischen die Zähne und rieb sich die Hände, «wenn man bedenkt, daß gute Seiden mit Silber und die besten Seiden sogar mit Gold aufgewogen werden, kann man dem Chinahandel in Arima nur mit Herzklopfen entgegensehen.»

Der Zunftmeister beteuerte, die Zimmerleute würden den

Aufschwung des Handels sehr begrüßen, denn, schafften die Chinesen viel gute Seide herbei, würden auch die Einkäufer aus Sakai, Osaka, Kyoto, Edo und allen anderen großen Städten viel gutes Silber bringen. Und viel gutes Gold. «Manche Münze wird bei uns hängenbleiben», meinte er und blickte seine Tischgenossen an, «stellt euch vor, was das für alle bedeuten wird, für uns Zimmerleute, für die Schneider und die Wäscherinnen, die Köche und Diener und Boten, für die Pferde- und Ochsenknechte und sogar für die Bauern und die Fischer, die dann endlich wieder gute Preise für ihre Waren auf dem Markt erzielen können.»

«Auch du, Shimpo», wandte sich der Meister der Kaufmannsgilde an ihn, «denk nur, wie viel Tabak du verkaufen wirst, Unmengen Tabak, wenn die Seideneinkäufer erst einmal wieder in Scharen hier eintreffen ...»

«Und die Chinesen», rief der Zimmermannsmeister aus, «falls die Chinesen noch nicht auf den Tabakgeschmack gekommen sind, kannst du dem sicherlich nachhelfen und sie zu deinen besten Kunden machen.»

Shimpo ließ sich von der Aussicht auf große Geschäfte mitreißen und schnalzte mit der Zunge. Er schlug vor, sie sollten sich alle zusammen zu Hochwürden begeben und ihm die gute Nachricht bringen. Auf dem Weg nach Arima klopften sie in Schloß Hara ans Tor und baten, bei Don João vorgelassen zu werden. Don João hörte ihren Ausführungen schnurrbartzwirbelnd zu. Er versprach, nach Arima zu reiten, aber etwas später, denn noch war das Tageslicht nicht ganz entschwunden, und er wollte der Aufmerksamkeit von Yoshitomos Spähern entgehen.

Die Dunkelheit hatte sich schon gesenkt, als Shimpo und seine beiden Begleiter von Hara kommend in die Küstenstraße einbogen. Sie konnten nicht umhin, der stillen Nacht noch mehr beflügelte Gedanken anzuvertrauen, wieviel besser alles wieder sein würde, wenn erst die chinesischen Dschunken mit ihren Waren eintrafen. Sie erreichten Arima zur gleichen Zeit wie Don João, der, von nur zwei Samurai begleitet, auf einem schwarzen Pferd angeritten kam.

Vor Überraschung, daß er noch zu so später Stunde Besucher bekomme, hob Ferreira beide Arme empor, die Handinnenflächen gen Himmel gekehrt. Nachdem er seine Gäste hatte eintreten lassen, gab er Frater Joseph die Weisung, die Eingangstür fest zu verriegeln. In seinem Arbeitszimmer schloß er sorgfältig, mit eigener Hand, die Fenster, die bis dahin weit offenstanden. Es war einer jener warmen Herbstabende, an denen die Luft sämig weich ins Haus flutete.

«Was führt euch zu mir?» fragte Ferreira, dessen Züge von der vielen Arbeit und seinen Zukunftssorgen während der vergangenen Wochen eingefallen waren. Dies gab seinem Gesicht einen noch asketischeren Zug, verstärkt durch das von unten scheinende Licht der Öllampe.

Don João fühlte, daß es ihm oblag, die einführenden Worte zu sprechen, da er aber noch nicht in allen Einzelfragen Bescheid wußte, erteilte er Shimpo das Wort.

Der räusperte sich und begann zu beschreiben, wie er von dem Gerücht gehört und welche Schritte er unternommen hatte, um eine Bestätigung seiner Richtigkeit zu erhalten. Obwohl er sich um Genauigkeit bemühte, übertrieb Shimpo doch ein wenig bei der Darstellung, denn er war inzwischen zur Überzeugung gelangt, daß der Handel mit den Chinesen wirklich eine gute Sache war. Er sprach mit betrübter Miene von der mißlichen Lage, in der sich alle Kirishitan befänden, von den einfachsten Wäscherinnen über Köche, Diener, Laufburschen, Boten, Pferde- und Ochsenknechte bis zu den stolzen Vertretern der Handwerkerschaft, den Zimmerleuten, Schreinern, Dachdeckern, Shoji- und Tatamimachern, den Korbflechtern und Schneidern. Sie alle litten, sagte Shimpo und schaute Ferreira um Zustimmung heischend an, unter dem Verfall des Wohlstands, der mit Don Protasios bedauerlichem Tod eingesetzt habe.

Ferreira hörte aufmerksam zu, ein paarmal nickte er gedankenvoll. Ansonsten schwieg er mit undurchdringlicher Miene, die Hände vor sich auf der Tischplatte gefaltet.

Unbeirrt sprach Shimpo weiter über die großartigen Möglichkeiten, sobald der Handel in Arima wiederaufblühen und neues Silber und Gold ins Land strömen würde. Die Seide, die sich aus den Bäuchen der Dschunken ergießen werde, sei dazu geeignet, wieder viele, sicherlich Hunderte gut betuchter Einkäufer von überall her nach Arima zu locken. Damit sei, so schloß er seine Rede, die Zukunft des wahren Glaubens gesichert.

Der Meister der Kaufmannsgilde, der Shimpos Vortrag mit eifrigem Kopfnicken begleitet hatte, bat Ferreira um die Erlaubnis, ein paar Betrachtungen hinzufügen zu dürfen.

«Selbstverständlich, mein Sohn», antwortete Ferreira und ließ die beiden ausgestreckten Zeigefinger seiner gefalteten Hände leicht gegeneinander tupfen, «ich höre.»

Der Meister der Kaufmannsgilde verbeugte sich, da er es als eine seltene Ehre empfand, Einlaß in das Arbeitszimmer von Hochwürden gefunden zu haben. Deshalb ließ er eine leichte Unsicherheit erkennen, als er über die verschiedenen Sorten von Rohseide und die außergewöhnlich große Auswahl an gewebten Seiden sprach, welche die chinesischen Händler Jahr um Jahr in Nagasaki zum Verkauf anböten. Er sprach auch über die Preise der verschiedenen Rohseiden und gewebten Seidenstoffe. Als Meister der Kaufmannsgilde fühle er sich berechtigt, auch ein Wort über den bemerkenswerten Gewinn fallenzulassen, den man im Seidenhandel erzielen könne.

«Darum», so führte er weiter aus und blickte Ferreira zuversichtlich an, «da wir besorgt sind, Hochwürden, welch schwere Zeiten Euch und den anderen Hochwürden als Folge der Verkündung des teuflischen Edikts des Shogun bevorstehen, darf ich Euch im Namen der Mitglieder meiner Gilde versichern, daß wir einen großen Teil des Silbers und Goldes, das uns durch den dann wiederaufblühenden Seidenhandel zufließt, guten Zwecken zuführen werden.» Danach verbeugte er sich tief, zuerst vor Ferreira und dann vor Don João.

Nachdem der Zunftmeister der Zimmerleute in Anbetracht der fortgeschrittenen Zeit darauf verzichtet hatte, das Wort zu ergreifen, schloß Shimpo mit dem Ausdruck der Genugtuung, daß die Zukunft doch nicht mehr so finster erscheine, wie alle bisher befürchtet hatten. Er suchte vergeblich, Ferreiras Blick zu erhaschen.

Ferreira aber hielt seine Augen gesenkt. Er schwieg. Die lange Pause, die entstand, wirkte auf die im Raum schwebenden Hoffnungen wie ein Filter. Ferreira verstand die Wirkung der Stille, und er ließ sie lange auf die anderen einwirken. Die einzige erkennbare Bewegung, außer dem Heben und Senken seiner Schultern im Rhythmus des Atmens, war das leichte, aber stete Aneinandertappen der Zeigefinger seiner gefalteten Hände.

Unwillkürlich faltete Shimpo seine Hände und gab mit leicht vorwurfsvollem Blick den Meistern der Zimmerleute und der Kaufmannsgilde zu verstehen, auch sie sollten ihre Hände falten.

Ferreira schwieg. Was soll all das Gerede von Gold und Silber, dachte er, das Gerede von dem Wiederaufblühen des Handels in Arima? Zu viel von dem Gewinn, den der Handel bringt, würde in Yoshitomos Hände fallen, und Yoshitomo würde mit dem Gold und Silber doch nichts anderes tun, als mehr Tempel und andere Teufelsstätten bauen, mehr safrangelbe Mönche ins Daimyonat locken, um die Seelen der Kirishitan zu betören und dem Teufel auszuliefern. Yoshitomo könnte sogar das Gold und Silber benutzen, um Kopfgelder auf die Ergreifung versteckter Padres auszusetzen.

Dieser Gedanke krallte sich in Ferreira fest und ließ ihn erschaudern. Er sah schon die Anschläge auf dem Marktplatz und entlang der Uferstraße, auf denen für jeden verratenen Padre dreißig Silberlinge versprochen wurden. Er sah sich, wie er nachts von Kirishitanhaus zu Kirishitanhaus schlich, auf jeden Schatten in der Gasse achtend, besorgt, daß er schon verraten sei. Er sah die Verstecke, in denen er zukünftig seine Stunden würde verbringen müssen, unerträglich heiße Alkoven unter dem Dach, Zwischenräume in den Wänden, zu eng zum Sitzen oder Liegen, feuchte Erde unter den Häusern. Er hörte die Schritte seiner Häscher über sich. Er hörte das Klingen der Silbermünzen, die den Verrätern in die Hand gezählt wurde. Er spürte die zupackende Faust, die ihn aus seinem Versteck herauszog wie einen Wurm aus moderndem Holz.

Ferreira atmete tief und hob den Kopf. Er sah wie durch einen Schleier in die Runde. Er sah João, der mit ernster Miene am Ende des Tisches saß, die Ellbogen ausgestellt, das Kinn nach vorn geschoben. Er wußte, João würde ihm zur Seite stehen. Ein kleiner Hinweis würde genügen, ihn davon zu überzeugen, daß kein Vorteil für ihn dabei herausspringe, falls es Yoshitomo gelingen sollte, seinen Plan mit dem Chinahandel zu verwirklichen. Alles

Gold, alles Silber und aller Ruhm würden Yoshitomo zufallen. João würde leer ausgehen, und darum konnte er den Plan, den Yoshitomo mit dem Shogun ausgeheckt hatte, nicht gutheißen. Worum es jetzt ging, war, Shimpo von seinen gefährlichen Schwärmereien abzubringen, ebenso den Meister der Kaufmannsgilde, den die Aussicht auf Silber und Gold offensichtlich schon völlig verblendet hatte, und den Zunftmeister der Zimmerleute, der sich von dummem Geschwätz mitreißen ließ.

Noch schwieg Ferreira, aber in seiner Kehle formten sich schon die Worte, mit denen er Shimpo und die beiden Vertreter der Stände ganz langsam, allmählich, Schritt für Schritt wegleiten würde von der Überzeugung, der neue Handel in Arima, falls er überhaupt zustande kam, sei eine gute Sache. Zunächst mußte er Zweifel in ihre Köpfe säen, ob das alles nicht doch nur ein Gerücht sei, von Yoshitomo und dem Teufel unters Volk gebracht, um davon abzulenken, daß der Shogun mit seinem Edikt nicht nur die Ausweisung der Padres verfügt hatte, sondern ebenso den wahren Glauben verbot, den Glauben an Deus, an Seinen eingeborenen Sohn, an den Heiligen Geist, an die Jungfrau Santa Maria, an die Erlösung von allen Sünden, an die Wiederauferstehung des Fleisches, an das Jüngste Gericht, an das ewige Leben.

Nachdem die Worte sich aus Ferreiras Kehle zu lösen begannen und auf seine Zunge zu drängen, kleideten sie sich in hörbare Töne und kamen von seinen Lippen in einem ununterbrochenen Strom. Er brauchte sich seine Worte nicht mehr zu überlegen. Sie traten auch ohne sein Zutun aus ihm heraus. Seine wohlklingende, warme Stimme modulierte seine Sätze und gab den Zitaten aus der Heiligen Schrift, die er da und dort einflocht, das Gewicht, das ihnen gebührte.

Ferreira gelang es, wieder einmal seine Zuhörer in Bann zu schlagen. Er packte sie, hielt sie und ließ sie nicht mehr los. Seine Augen drangen tief in die ihren, so tief, daß sein Blick sich durch das Schwarz ihrer geweiteten Pupillen bis in den Grund ihrer Seelen senkte und er von ihnen Besitz ergriff.

Wie lange er gesprochen hatte, wußte er später nicht mehr, bestimmt, so schätzte er, mehrere Stunden, denn als seine nächtlichen Besucher Abschied nahmen, zeichnete sich schon am Horizont das Morgengrauen ab. Ferreira begleitete sie zur Tür und segnete jeden durch das Auflegen seiner Hand. Bei Don João verharrte er einen Augenblick länger, um den Bund des gegenseitigen Verstehens zu bekräftigen. Im Zwielicht des frühen Tages huschte über Don Joãos Lippen ein wissendes Lächeln, das nur Ferreira galt und von keinem der anderen bemerkt wurde.

Danach kehrte Ferreira in sein Arbeitszimmer zurück und öffnete weit die Fenster. Das Öl in der Lampe war erschöpft, die Flamme erloschen. Beim zarten Grau des Morgens, das sich am Himmel abzeichnete, sank er vor dem Kruzifix in die Knie und dankte dem Herrn, daß Er seinen Worten Kraft gegeben und ihren Fluß gnädig gesteuert hatte.

27

Erntezeit

Du, Yosh», sagte Mika.

Seitdem el Rosso sie geküßt und so fest an sich gezogen hatte, daß ihr der Atem verging, fühlte Mika sich wie von Wellen getragen. Sie fühlte das Wiegen ihres Körpers, die Wärme der Lippen, die sich auf ihre Lippen gesenkt hatten. Daß el Rosso aber plötzlich von der Kluft zu sprechen anfing, die seinetwegen zwischen Yoshitomo und João aufgerissen sei, von dem Schuldgefühl, das ihn bedrücke, von der Untätigkeit, zu der er auf Hinoe verurteilt sei, hatte Mika vor Schreck erstarren lassen. Wie konnte er nur solche Gedanken in sich tragen? Darum hatte sie ihn ausgelacht, sogar einen Dummkopf genannt, wenn er der Meinung sei, er sei schuld an dem Zwist zwischen Yoshitomo und João. Aber Worte dringen manchmal nicht dorthin vor, wo sie wirken sollen. Sie bleiben irgendwo hängen, halb verstanden oder falsch verstanden, bis sie verkrusten und ihren Sinn verlieren. Mika wollte nicht, daß el Rosso wegging. Sie wollte, daß er blieb, und sann darüber nach, wie sie ihn festhalten könnte.

«Du, Yosh», sagte Mika deshalb und zupfte Yoshitomo leicht am Ärmel, «weißt du, was ein Fernrohr ist?»

«Ein Fernrohr?» fragte Yoshitomo und blickte sie verwundert an.

«Auch Teleskop genannt», klärte Mika ihn auf.

«Nein. Nie gehört.»

«Dann schau mal hier durch», sagte Mika und reichte ihrem Bruder ein langes Rohr aus zusammengerolltem Papier.

Yoshitomo hob das Rohr gehorsam ans Auge und kniff das andere fest zu.

«Nein, nicht so einfach gegen die Wand gucken. Schau mal zum Fenster hinaus, dort drüben hin, auf die Schloßmauer und über sie hinweg. Was siehst du?»

«Nichts. Nichts Besonderes. Nur die Schloßmauer.»

«Das ist es», sagte Mika und nahm Yoshitomo das Papierrohr aus der Hand, «wenn das ein Teleskop wäre, dann würdest du jeden Stein in der Schloßmauer sehen und vielleicht sogar die Eidechse, die sich gerade auf der Mauer sonnt.»

«Ach, Mika-chan», winkte Yoshitomo ab und wollte sich wieder seiner Arbeit zuwenden. Da lag eine Reihe von Berichten, die er lesen mußte, über die Ernte und eine Schätzung der zu erwartenden Steuereinnahmen. Asada hatte ihn noch einmal ausdrücklich darauf hingewiesen, wie schlecht es um die Daimyonatskasse stand und daß er jedes Silberstück dreimal umdrehen müsse, bevor er es ausgab. «Was soll der Unfug. Ich brauche kein Rohr, um eine Eidechse auf der Schloßmauer zu sehen.»

«Aber João hat so ein Rohr, und damit kann er dich hier oben sehen, wenn er es von seinem Dach aus auf dein Zimmer hier richtet.»

Unwillkürlich schaute Yoshitomo aus dem Fenster, von dem der Blick beherrschend über den Küstenstreifen ging. Drunten lag Hara, so fern, daß Joãos Samurai, die innerhalb der Mauern erkennbar waren, wie kleine schwarze Punkte wirkten, und sogar ein Pferd sah winzig wie eine Ameise aus. «Willst du mich zum Narren halten?» schalt er Mika und lächelte ihr verzeihend zu. «Bei dir muß man auf alles gefaßt sein.»

«Nein, ich treibe keinen Spaß. So ein Rohr gibt es, und es heißt wirklich Teleskop. Wenn man es vors Auge hält und ein bißchen hin und herschiebt, springt alles plötzlich ganz nah heran.» Sie erzählte, wie sie das Teleskop einmal in Joãos Zimmer auf der Kommode liegen sah und es in die Hand genommen hatte. João hatte ihr gezeigt, wie man es benutzt, und von der Veranda vor seinem Zimmer konnte sie Mongo sehen, obwohl er weit weg in dem anderen Teil des Schloßgeländes auf der Wiese stand. «Du weißt ja, Yosh, wie weit es von Joãos Zimmer bis zu Mongos Weide ist, sehr weit. Aber mit dem Teleskop konnte ich ihn ganz nah sehen und sogar das Gras in seinem Maul. Ich hätte bestimmt sogar die Fliegen gesehen, die sich auf seine Ohren setzten, aber ich hab' nicht so weit geguckt. Ich war einfach zu erschrocken.»

«Wo hat João das Ding her, wie nennst du's, ein Teleskop?»

Mika hatte auf diese Frage gewartet. «Gestohlen hat er es», platzte sie heraus, «geraubt.»

«Von wem?»

«Von el Rosso.» Mika schaute Yoshitomo von der Seite an, um zu sehen, wie er die Nachricht aufnahm, aber Yoshitomo schien nicht besonders beeindruckt zu sein. Er nickte nur und meinte, daß el Rosso sicher alles, was er bei sich trug, verlor, nachdem Joãos Leute ihn gefangennahmen. Wenn er so ein Rohr besaß, das vielleicht sogar einen ziemlichen Wert darstellte, dann hatte er eben doppelt Pech gehabt.

«Ja, Mika-chan, warum erzählst du mir das alles? Ich kann nichts dazu tun, oder meinst du etwa, ich solle zu João gehen und das Rohr zurückholen?»

«Nein, nein, natürlich das nicht, aber ich habe dir noch gar nicht alles erzählt.»

«Du machst es aber spannend. Los, erzähl. Ich hab' anderes zu tun, als mir deine Geschichten anzuhören.»

Mika spürte Yoshitomos Ungeduld. Darum faßte sie sich kurz, sagte, daß el Rosso das Teleskop mit eigenen Händen gebaut habe, und erwähnte nur wie nebenbei, daß so ein Teleskop doch für viele Zwecke nützlich sein könne, zum Beispiel, um von der Mauer von Hinoe aus unten die Padres zu erkennen, die über die Küstenstraße gingen und im Tor von Hara verschwanden. Mit dieser Bemerkung erregte sie Yoshitomos Aufmerksamkeit, und er vergaß die Berichte, die er eigentlich hatte lesen wollen. Er fragte Mika, was el Rosso brauchte, um ein Teleskop zu bauen. «Das weiß ich nicht», gab Mika zur Antwort, «du solltest ihn das lieber selber fragen.»

So kam es, daß Yoshitomo noch am selben Tag Hendrik rufen und sich von ihm in die Kunst einweihen ließ, wie man ein Fernrohr baut. Messingrohre brauchte er, die genau ineinanderpaßten, Feile und Raspeln und vor allem Glas. Er brauchte gutes, klares Glas, langsam von der Schmelze gekühlt, damit es keine Schlieren enthielt und geeignet war, daraus Linsen zu schleifen. Er brauchte feinen Sand zum Schleifen und Tonerde zum Polieren. Er brauchte einen Raum, in dem er arbeiten konnte, und schließlich Kitt, mit dem er die geschliffenen und polierten Linsen in die Messingrohre einsetzen konnte.

Yoshitomo nickte und sagte: «Außer Glas ist alles da oder läßt sich ohne allzu große Umstände besorgen. Nur Glas, ich weiß nicht, wo Glas herkommen soll.»

Mika, die von der Ecke des Zimmers aus alles mit angehört hatte, was Yoshitomo mit Hendrik besprach, warf ein, daß die Fenster der Kirche in der Schloßstadt doch Glasfenster seien und außerdem schon zugenagelt.

Yoshitomo blickte Mika überrascht an. «Hast recht», sagte er, «die Glasfenster könnte ich holen lassen. Wir werden die Kirche sowieso bald abreißen.»

Später, als Hendrik zu Mongos Weide ging und Mika dort stehen sah, wie sie ihm über das Fell strich, sagte er: «Das mit dem Fernglas bauen, Mika-sama, wißt Ihr, wie lange es dauern wird, bis ich ein neues Fernglas gebaut haben kann?»

«Nein. Ich weiß es nicht.»

«Lang. Sehr lang. Monate vielleicht.»

«Das ist schön.» Mika schaute Hendrik über die Schulter an. «Ihr wißt, ich möchte nicht, daß Ihr weggeht.»

«Ich möchte ja auch nicht weggehen», antwortete er leise. Er faßte Mika bei den Schultern und drehte sie zu sich. «Ich möchte nicht weg von hier, Mika-sama, aber irgendwann werde ich gehen müssen. Und jeder Tag läßt mir den Abschied schwerer werden.»

Mika antwortete nicht mehr, sie lehnte nur ihren Kopf an seine Schulter. «Redet nicht vom Abschied», sagte sie schließlich und riß sich los, «jetzt müßt Ihr erst für meinen Bruder ein Fernrohr bauen.»

Sie lief über die Wiese und verschwand in der Pforte der Schloßmauer.

* *
*

Die Erntezeit war gekommen, und das Wetter sah günstig aus. Kein Taifun überfiel die Shimabara-Halbinsel mit seinen Stürmen und sintflutartigen Regenfällen. Auch hörte man nicht, daß irgendwo mehr Heuschrecken und andere Plagen in größerer Zahl als gewöhnlich aufgetreten seien. Die Sonne schien warm vom azurblauen Herbsthimmel, und der Wind wehte stetig aus Südost. Es war das beste Wetter, das man sich für das Einbringen der Ernte denken konnte, und der Wind würde helfen, nach dem Dreschen die Spreu vom Korn zu trennen.

Asada gab seinen Steuereintreibern, die als Samurai ihm unmittelbar unterstanden, die gleichen Anweisungen mit wie im vorigen Jahr und in allen Jahren zuvor, als Don Protasio noch der Daimyo war und über die Shimabara-Halbinsel gebot. Obwohl die Finanzlage, wie er besser als jeder andere wußte, im Daimyonat unter Yoshitomo sehr angespannt war, solle es, so ordnete er an, bei der bisherigen Regel bleiben: die Hälfte vom Reis. In den Dörfern, wo von den Ortsältesten glaubhafte Gründe vorgebracht wurden, weshalb die Abgabe niedriger sein sollte, hatten die Steuereintreiber die Befugnis, mit ihrer Forderung bis auf vierzig Prozent der Reisernte herunterzugehen. Falls auch das noch als zu hoch empfunden werde, sollten die Steuereintreiber einen berittenen Boten zum Schloß schicken, damit dort über mehrere solcher Fälle eine Entscheidung getroffen werden konnte.

Asada war ein guter Verwalter der Daimyonatskasse. Er besaß einen in vielen Jahren gewachsenen Überblick und verband dies mit buchhalterischer Genauigkeit. Er war gut im Bilde, wieviel Reis während der letzten achtzehn Jahre, seitdem er dieses Amt übernommen hatte, in den einzelnen Dörfern geerntet worden war. Er besaß alle Unterlagen über die Größe der bestellten Felder und die Güte des Bodens.

445

Nicht in jedem Dorf konnte Reis angebaut werden. Auf den Flanken des Vulkans mußten die Felder terrassiert sein, und ein vielverzweigtes Netz von Wasserkanälen mußte unterhalten werden, damit das erforderliche Wasser auf alle Felder geleitet werden konnte. Manches Dorf besaß zwar genügend Wasser, aber der Boden war zu durchlässig, als daß er das Wasser, das während der frühen Sommermonate in den Reisfeldern stehen mußte, halten konnte, andrerseits war lockerer Boden bestens geeignet für Wurzelgemüse wie Rettiche und Süßkartoffel.

Die Rettiche wuchsen armlang und beindick und waren für ihre Süße und Saftigkeit über die Grenzen der Shimabara-Halbinsel hinaus bekannt. Sie eigneten sich zum Trocknen, zum Einlegen und Einpökeln und wurden in dieser Form bis nach Kyoto, Sakai und Osaka verschickt. Auch die Süßkartoffeln gingen schiffsladungsweise ins Land hinaus. Die Vulkanerde gab ihnen einen würzigen Geschmack, und da der Boden locker war, konnten sie zu einer Größe heranwachsen, wie sie anderswo selten anzutreffen war. Daher durften die Bauern jener Dörfer, auf deren Feldern Reisanbau unmöglich war, ihre jährlichen Steuern in Form von Rettich und Süßkartoffeln entrichten.

Dies alles wußte Asada und hatte entsprechende Verzeichnisse angelegt, die nicht allein auf eigener Erfahrung, sondern sogar auf der von Generationen fußten. Die Steuereintreiber ritten meist allein in die ihnen zugeteilten Dörfer, gelegentlich auch zu zweit, wenn sie einen jungen Samurai als Anwärter bei sich hatten und ihn in die Besonderheiten seiner Aufgaben einführen wollten. In der Satteltasche führten sie stets eine genaue Liste für das Dorf, das ihr Ziel war, mit allen notwendigen Angaben über die Fläche der bestellten Reisfelder und die Zahl der Rettiche und Süßkartoffeln, die im Boden voraussichtlich heranreiften, mit sich. Sie kamen im Laufe des Jahres mehrmals in die ihnen zugewiesenen Dörfer, um sich vom Stand der Ähren zu überzeugen. Selbst wenn die Ähren noch grün auf dem Halm standen, machten sie sich auf den Weg, um etwaige Ergebnisminderungen frühzeitig entdecken und weitermelden zu können. Sie waren deshalb mit dem Namen des Dorfältesten vertraut, verbrachten oft die Nacht unter seinem Dach und kannten auch die Namen vieler Bauern, die sie zu schätzen hatten.

Aber in diesem Jahr verlief das anders. Asada erhielt, kaum daß die Steuereintreiber aufgebrochen waren, die Nachricht, in vielen Dörfern sei nach Aussage der Bauern die Ernte doch weitaus schlechter ausgefallen, als man allgemein angenommen hatte. Einige der Steuereintreiber kamen sogar frühzeitig zum Schloß zurück und berichteten, den Angaben des Dorfvorstehers zufolge sei die Reisernte in diesem Jahr so schlecht ausgefallen, daß das Dorf unmöglich vierzig Prozent abgeben könne. Beunruhigend war, daß entgegen dem bis dahin geübten Brauch die Steuerinspektoren nur beschränkten Zugang zu den Häusern im Dorf erhielten. Sie konnten sich nicht frei bewegen und hingehen, wo es ihnen nötig schien. Kamen sie zum Dreschplatz oder wollten in die Speicher sehen, in denen die Bauern die Reissäcke stapelten, wurden sie oft in grober Weise abgedrängt und ohne erkennbaren Grund plötzlich als Handlanger des Teufels beschimpft.

Wenigstens in einem Fall hatte einer der Steuereintreiber heimlich die ausgedroschenen Reisbündel gezählt, die rund um den Dreschplatz lagen, und errechnet, wieviel Säcken Reis sie entsprachen. Die Menge, auf die er kam, war so viel höher als jene, die der Dorfälteste amtlich als Ernte des Dorfes angab, daß er ihn zur Rede stellte. Da habe sich plötzlich ein Mann eingemischt, den er vorher noch nie an diesem Ort gesehen hatte, ein junger Mann, der Redeweise nach ein Samurai, obwohl er wie ein Bauer gekleidet war. Er habe ihn von hinten gepackt und gedroht, ihm den Hals umzudrehen, wenn er nicht bereit wäre, seinen Stempel unter die Steuerliste zu setzen, die der Dorfälteste vorbereitet hatte. Als er endlich dessen Haus hatte verlassen können, habe er vergeblich nach seinem Pferd Ausschau gehalten. Die Bauern, die er befragte, schüttelten stumm den Kopf, nur eine Bäuerin wies den Feldweg hinunter. Das Pferd, das er suchte, sagte sie, war wiehernd den Feldweg entlanggaloppiert, weil ihm jemand einen Feuerkracher an den Schwanz gebunden hatte.

Asada berichtete Yoshitomo den Vorfall, und Yoshitomo ließ auf der Stelle eine Hundertschaft aufsitzen, um zusammen mit dem Steuereintreiber zurück in jenes Dorf zu reiten. Aber selbst diese Demonstration der Daimyomacht führte zu keinem greifbaren Ergebnis. Der Dorfälteste leugnete alles ab, was der Steuereintreiber herausgefunden hatte, und behauptete, das Ganze sei eine Machenschaft des Teufels, der eine ungerecht hohe Steuerabgabe von den armen, hart arbeitenden Bauern erpreßte. Die Ernte wäre, was sie eben wäre, sagte er, und daß es jemanden im Dorf gegeben haben sollte, der den Steuereintreiber bedroht und gezwungen hätte, seinen Stempel auf die Liste zu drücken, sei nur eine der Lügen, an denen es dem Teufel nie mangle.

Die hundert Samurai schwärmten in dem Dorf aus, um den unbekannten Mann zu finden, den der Steuereintreiber sehr genau beschreiben konnte, aber die fünftausend Einwohner des Dorfes, Männer, Frauen und Kinder, erhoben ein so mörderisches Geschrei und Gejammer, daß die hundert Samurai ihre Suche abbrachen und nach Hinoe zurückkehrten.

Aus anderen Dörfern waren inzwischen auch besorgniserregende Nachrichten eingetroffen, über schlechte Ernten, für die es, abgesehen von den Aussagen der Dorfältesten und einiger Bauern, keine begründeten Hinweise gab. Diese Nachrichten kamen ausschließlich aus den Dörfern im Süden der Halbinsel, wo die Kirishitan in der Mehrheit waren. Asada schickte Eilboten in die nördlichen Dörfer, um möglichst rasch die dorthin reitenden Steuereintreiber zu befragen, ob sie aus ihrem Bereich ähnlich böse Erfahrungen berichten müßten. Die Boten kehrten binnen eines Tages mit der Nachricht zurück, im Norden sei die Ernte gut ausgefallen, nicht über alle Erwartungen gut, aber immerhin sehr reichlich. Niemand sprach von Fäulnis oder hatte späte Heuschrecken gesehen.

Yoshitomo fiel es nicht schwer zu verstehen, was hinter der Kette schlechter Nachrichten stand. Ferreira hatte offenbar die Kirishitan in den Dörfern aufwiegeln können, die vorgeschriebenen Steuerabgaben zu verweigern. Es schien auch zuzutreffen, daß João dazu übergegangen war, seine Samurai über die Dörfer zu verteilen, um seine Macht auszubauen. Yoshitomo hätte die frühen Warnungen ernster nehmen müssen, die ihm im Lauf des Sommers zugegangen waren, und erst recht Ferreiras Rundbrief, den ihm die Leute aus Funatsu zugeschickt hatten. Nun, zur Steuerzeit, bekam er zu spüren, was sich in den vergangenen Monaten in seinem Daimyonat abgespielt hatte. Seine Hände ballten sich vor Zorn.

Asada kam und berichtete, der seit einigen Tagen verschollene Sono, den er zum Steuereintreiben nach Nishiariye geschickt hatte, einem Kirishitandorf, sei tot aufgefunden worden. Der Zustand von Sonos Leiche zeigte, daß er eines schrecklichen Todes gestorben war. Arme und Beine waren gebrochen, der Schädel zertrümmert. An den blauen Flecken auf seinem Körper war unzweifelhaft zu erkennen, daß er mit einem Dreschflegel erschlagen worden war.

Yoshitomo ließ sofort fünfhundert seiner Samurai satteln und ritt mit ihnen nach Nishiariye. Er ließ das Dorf umzingeln, den Dorfältesten festnehmen, sämtliche Häuser durchkämmen und alle Männer des Dorfes auf einem Feld zusammentreiben. Er trat vor sie hin und befahl, jene, die Sono getötet hatten, sollten sich melden. Niemand trat vor. Ein kräftig gewachsener Mann versuchte, sich hinter dem Rücken der anderen zu verstecken, und zog damit Yoshitomos Aufmerksamkeit auf sich. Yoshitomo ließ ihn aus der Reihe treten. Er erkannte ihn als einen aus Joãos engerem Kreis. Yoshitomo befahl ihm vorzutreten.

«Bist du nicht Watanabe no Ryotaro?» fragte er.

Der Samurai schwieg.

«Hast du Sono, den Steuereintreiber, erschlagen?»

Statt zu antworten, sprang Watanabe vor und spuckte Yoshitomo ins Gesicht. Yoshitomo ließ ihn auf der Stelle köpfen und befahl, auch den Dorfältesten hinzurichten, denn er trug kraft seines Amtes die Verantwortung für das, was in Nishiariye geschehen war.

Als Yoshitomos Samurai danach sämtliche Häuser des Dorfes durchsuchten, fanden sie versteckte Säcke mit frisch geerntetem Reis im Versammlungshaus, das allem Anschein nach erst während des Sommers errichtet worden war. Dort bogen sich die Deckenbalken, war doch der Raum unter dem Dach bis zum First mit Reissäcken vollgestopft. Yoshitomo gab Asada den Auftrag zu ermitteln, wie groß die Menge Reis war, die Nishiariye in den vorangegangenen Jahren als Steuer an den Daimyo abgeliefert hatte. Als er von Asada die gewünschte Angabe erhalten hatte, ließ er die im Versammlungshaus lagernden Reissäcke zählen und die genaue Menge, die der Steuer entsprach, auf Ochsenkarren des

Dorfes verladen. Während sie die Dorfstraße entlangrumpelten, den Weg nach Schloß Hinoe einzuschlagen, standen die Bauern da und schauten mit trotzigen Gesichtern zu. Ein Aufschrei ging durch den südlichen Teil der Halbinsel. Überall, wo Kirishitan waren, wurde das Blutbad von Nishiariye, wie das Flugwort ging, als Untat des Teufels angeprangert, als Zeichen der Grausamkeit des Yoshitomo Daimyo, der die Kirishitanbauern verfolgt, ihre Dörfer von seinen Samurai umzingeln und ihre Häuser ausplündern und willkürlich einen unschuldigen Bauern aus ihrer Mitte greift und ihn und den Dorfältesten ermorden läßt.

Zum Zeichen der Trauer bedeckten in der Schloßstadt und anderswo die Kirishitan ihre Köpfe mit einem schwarzen Tuch, wenn sie ihre Häuser verließen, und die Confraria gaben die Weisung aus, überall abends Kerzen anzuzünden und sie in die Öffnungen der Türen und Fenster zu stellen. Shimpo rief zu einer Prozession auf, an der alle Kirishitan der Schloßstadt teilnahmen. Ferreira, so erfuhr Yoshitomo, habe sich eigens nach Nishiariye begeben und unter freiem Himmel eine Messe für Watanabe no Ryotaro und den Dorfältesten gelesen.

Yoshitomo rief seine Berater zusammen, um sich mit ihnen zu besprechen, was in Anbetracht all dieser Vorgänge für ihn zu tun sei, aber niemand konnte einen brauchbaren Vorschlag machen. Das Ausmaß des Widerstands hatte sie alle unvorbereitet getroffen. Niemand, am wenigsten Yoshitomo selbst, hatte damit gerechnet, daß seine zugegebenermaßen harte, aber durch die Umstände gerechtfertigte Handlungsweise in Nishiariye zu einem derartigen Aufruhr führen könnte. Angesichts der Provokation, die der Mord an Sono darstellte, war Härte durchaus angebracht, und ein Samurai, der einem Daimyo ins Gesicht spuckt, muß damit rechnen, seinen Kopf zu verlieren. Außerdem war klar, daß das ganze Dorf Nishiariye sich der Steuerhinterziehung schuldig gemacht hatte. So durfte Yoshitomo nach gültigem Gesetz den Dorfältesten zur Rechenschaft ziehen.

Das Bedenkliche an dem Ganzen war, daß das Verhalten der Kirishitan nach allem, was Yoshitomo in Erfahrung bringen konnte, außerordentlich gut untereinander abgestimmt zu sein

450

schien. Überall, in allen Kirishitandörfern, wurde Yoshitomo mit den gleichen Worten der Grausamkeit und Willkür angeklagt. Überall wurde in gleicher oder nahezu gleicher Weise derer gedacht, die in Nishiariye getötet worden waren, selbstverständlich außer Sono, über dessen Tod die Kirishitangemeinde wortlos hinwegging. Niemand sprach von ihm, obwohl er seit mehr als fünfunddreißig Jahren allen als gerechter Steuereintreiber bekannt war, ein alter Mann, der sich bald vom Dienst hatte verabschieden wollen. Seine Gesundheit hatte in den letzten Jahren gelitten, und er hatte Asada schon darum gebeten, ihm im nächsten Jahr eine Aufgabe zuzuteilen, weniger anstrengend als der Ritt auf die Dörfer zur Erntezeit. Seine Gewissenhaftigkeit und Genauigkeit waren vorbildlich gewesen, und das hatte ihn in Nishiariye das Leben gekostet, da er Watanabe Ryotaro und den Dorfältesten offensichtlich durchschaut hatte.

Yoshitomo ließ Sonos Leiche mit großen Ehren überführen und begraben. Im Tempel sprach der Abt die Totengebete und empfahl seine Seele der Obhut der Göttin der Barmherzigkeit.

* * *

Als Asada seine Bücher abgeschlossen hatte und die Liste der Steuereinnahmen des Jahres vorlegte, Dorf für Dorf, nach Zahl der Reissäcke und anderer Produkte geordnet, ließ Yoshitomo seinen Finger über die langen Zahlenzeilen gleiten.

«Es sieht nicht gut aus», sagte Asada und wies auf die Zahlen am Ende der Liste, nach Norden und Süden getrennt, «die Einnahmen aus dem Norden – kein Unterschied zu den früheren Jahren, aber im Süden …» Er zog ein Blatt hervor, auf dem er für jedes Dorf die Steuereinnahmen der letzten zehn Jahre zusammengestellt hatte, und schob es Yoshitomo hin. «Auffallend, Herr», sagte er, «alle Kirishitandörfer liegen in diesem Jahr mit ihren Steuerabgaben deutlich unter den Leistungen der Vorjahre, und Nishiariye ist kein Sonderfall. Auch aus den anderen …»

«Ich weiß, ich weiß», warf Yoshitomo ungeduldig ein, «Ferreira hat es geschafft, die Kirishitan gegen uns aufzuwiegeln, und die Samurai, die João über die Dörfer verteilt hat, sind seine willigen Handlanger. Aber das wird alles vorbei sein, sobald die Padres unser Land verlassen haben. Sag mir, reichen die jetzigen Steuereinnahmen aus, das Jahr zu überstehen?»

Asada begann in seiner ausführlichen und ein wenig betulichen Art von den Kosten zu sprechen, die auf Yoshitomo als Daimyo zukamen, von den festen Kosten wie dem monatlichen Lohn für seine tausend Samurai und für die Dienerschaft sowie für den Unterhalt von Schloß Hinoe, von den in ihrer Höhe nicht genau bekannten Kosten für Instandsetzungsarbeiten an der Küstenstraße, falls der Herbst wieder schwere Taifune brachte, und für die Erneuerung der Deiche entlang der Küste, wo das Meer manchmal Reisland überflutete und es auf Jahre unbrauchbar machte.

«Außerdem müßtet Ihr damit beginnen, Herr, Reserven anzulegen», dröhnte die eintönige Stimme des Schatzmeisters in Yoshitomos Ohren, «für Leistungen, die der Shogun von Euch wie von allen Daimyos verlangen kann. In Anbetracht der angespannten Lage in unserem Daimyonat ist vielleicht damit zu rechnen, daß der Shogun Euch fürs kommende Jahr Aufschub gewährt und keine Leistungen verlangt ...»

Yoshitomos Gedanken wanderten in andere Richtungen. Wie schön wäre es, wenn er sich nicht mit solch lästigen Fragen auseinandersetzen müßte. Viel lieber würde er seine Zeit damit verbringen, wie früher auf seinem Pferd zum Vulkan hinaufzureiten, bis zum Gipfel, aus dem mit ohrenbetäubendem Zischen die heißen Dämpfe dringen und wo man manchmal das ärgerliche Stampfen des Vulkangotts in seinem unterirdischen Palast hören kann. Dort würde er am Rand des Kraters stehen, aus dessen Tiefe rote Glut aufquillt, und der Urgewalt ins Auge blicken, erfüllt von dem Bewußtsein der eigenen Nichtigkeit vor der Größe der Natur, dankbar für die Gabe, dies alles sehen und begreifen zu können.

«... deshalb ist es Eure Pflicht, Herr», hörte er Asadas Stimme wie aus der Ferne zu ihm dringen, «einen Teil jenes Silbers, das wir beim Verkauf der Reisernte auf der Börse in Osaka erzielen, für unvorhersehbare zukünftige Ausgaben auf die hohe Kante zu legen.»

«Bald beginnt in Arima der Handel mit den Chinesen», Yoshitomo wischte sich mit der Hand über die Stirn, «im kommenden Frühjahr schon. Dann wird sich die Daimyonatskasse wieder mit Silber füllen, und von den Sorgen, die wir Ferreira verdanken, bleibt nichts als eine schlechte Erinnerung zurück.»

Asada nickte, blieb aber stumm.

«Stimmt das etwa nicht?» fragte Yoshitomo.

«Ich möchte abwarten», antwortete Asada zögernd, «bis das Silber wirklich in der Kasse klingelt.»

«Hast du immer noch Bedenken?» rief Yoshitomo lachend aus. «Bevor die Blätter an den Bäumen bunt werden, werden wir Ferreira los sein. Bald werden die Schiffe des Shogun in Nagasaki eintreffen. Bald werden Ferreira und sein Anhang von Nagasaki aus mit vollen Segeln nach Süden verschwinden. Dorthin, woher sie gekommen sind. Keine Padres mehr im Land, Asada, keine Unruhestifter mehr.»

* * *

Aus Edo traf die Nachricht ein, die Regierung habe im Zuge ihrer landesweiten Erkundungen festgestellt, daß es noch eine Reihe von Padres gab, von deren Anwesenheit man bisher nichts gewußt hatte. In manchen Orten seien sie gesichtet worden, meist allein oder zu zweit, in abgelegenen Dörfern in den Bergen des Inneren bis in die nördliche Spitze von Honshu und sogar auf Hokkaido, wo die Ainus lebten. Alle so aufgespürten Padres hätten auf Befragung beteuert, nichts von dem Edikt des Shogun zu wissen. Um den Daimyos in den betroffenen Gebieten Zeit zu geben, diese offenbar weitverstreuten Padres aufzuspüren, zu ergreifen und nach Nagasaki bringen zu lassen, sei auf Beschluß des Shogun die Abreise der Schiffe um ein Jahr verschoben.

Yoshitomo war erzürnt und verwirrt. Es stand ihm nicht zu, etwas Abfälliges über den Beschluß des Shogun zu äußern, aber er war nicht bereit, Ferreira noch ein volles Jahr in Arima einzuräumen, von wo aus er, wie die Erfahrung zur Erntezeit gezeigt hatte, nur Unruhe stiften konnte. Darum ließ er sich Pinsel, Tusche und Papier bringen und schrieb einen Brief an den Gouverneur von Nagasaki. Er bat ihn in wohlgesetzten Worten um die

Erlaubnis, alle Padres aus Arima nach Nagasaki schicken zu dürfen.

Es dauerte drei Wochen, bis die Antwort des Gouverneurs eintraf. Er habe sich bei den Padres seiner Stadt erkundigt, schrieb er, inwieweit sie Platz hätten für die Brüder aus Arima, habe aber von ihnen nur Klagen gehört, wie überfüllt ihre Häuser schon jetzt seien, weshalb sie sich leider nicht imstande sähen, weitere Padres aufzunehmen.

Zuerst wollte Yoshitomo auffahren, den Gouverneur einen Dummkopf nennen, einen Tölpel, einen Einfaltspinsel, daß er sich ausgerechnet an die Padres hatte wenden müssen. Es war doch nicht anders zu erwarten, knurrte er vor sich hin, wenn man die Padres fragt, bekommt man die Antwort, die man verdient. Natürlich haben sie Platz in Nagasaki, mehr als genug Platz, aber Ferreira ... Ferreira wird versuchen, so lange in Arima zu bleiben, wie es nur geht.

Mißmutig wischte Yoshitomo den Brief vom Tisch. Er überlegte, ob es ratsam sei, selber nach Nagasaki zu reisen und zu versuchen, mit dem Gouverneur zu sprechen, aber dann verwarf er den Gedanken gleich wieder. Im besten Fall würde der Gouverneur ihm höflich zuhören, im schlimmsten Fall seinen Besuch als Einmischung in die inneren Angelegenheiten Nagasakis auslegen.

Er ärgerte sich, dem Gouverneur überhaupt geschrieben zu haben. Er hätte, ohne ihn um seine Erlaubnis zu bitten, die Mission in Arima kurzerhand schließen und die Padres nach Nagasaki losschicken sollen. Es war nicht seine Sorge, wo sie dort ein Dach vorfanden und ob sie gut untergebracht seien.

In Arima herrschte nach wie vor reges Leben. Auf dem Vorplatz der Mission, im Garten hinter der ehemaligen Kirche mit ihren vernagelten Fenstern und zwischen den Gebäuden, in denen die Padres noch bis vor kurzem ihren täglichen Seminarunterricht abhielten, konnte man sehen, wie sie hin- und hergingen, eifrig miteinander redend und gestikulierend. Die Fradres versorgten nach wie vor die Schweine, die sich in einer Ecke des Gartens suhlten, molken die Kühe, fütterten die Pferde und Hühner, holten Eier aus dem Hühnerstall, pflückten Mandarinen und

Orangen, die gerade reif wurden, ernteten Gemüse und pflanzten sogar neue Zwiebeln für das Frühjahr. Aus der Bäckerei drang jeden Morgen schon lange vor Sonnenaufgang der Duft von frisch gebackenem Brot, und entlang der Wand der Bäckerei stapelte sich das Brennholz für noch viele, viele frische Laibe.

28
Ankunft der Dschunken

Nach dem Abriß der Kirche in der Schloßstadt hatte Hendrik die Scherben der Fensterscheiben sortiert. Die farbigen Stücke legte er auf einen Haufen, die farblosen zerstieß und zerrieb er in einem irdenen Mörser zu einem mehlfeinen Pulver und füllte es in einen dichtgewebten Leinensack.

Der Ofen, von einem Töpfer aus dem Norden erstellt und mit Holzkohle betrieben, knackte und rauschte. Seine Hitze strahlte in den Raum, und durch die Ritzen drang der Schein der rotgelben Glut. Nach mehreren mißlungenen Versuchen mit verschiedenen Porzellantiegeln und unterschiedlicher Führung des Feuers hoffte Hendrik, daß der Fluß diesmal gelang, daß die Schmelze sich klärte und beim Abkühlen zu einer blasenfreien, klaren Masse erstarrte.

Die Werkstatt befand sich in einem abgelegenen Teil des Schlosses, nicht weit entfernt von der schmalen Pforte, die zu Mongos Weide hinausführte. Mika kam jeden Tag vorbei und erkundigte sich nach dem Stand der Schmelze.

Das Schwierigste an dieser Arbeit bestand darin, das Feuer im Ofen sehr langsam abzuschwächen und schließlich ausgehen zu lassen, damit das Glas beim Abkühlen weder Sprünge noch Schlieren bekam. Der Töpfer verstand es, wie die Luftzufuhr allmählich zu drosseln war und wie er die Zahl der aufzulegenden Stücke Holzkohle Stunde um Stunde verringern mußte. Er und sein Helfer wechselten sich ab, und auch Hendrik sprang helfend ein. Das Kühlen dauerte drei Tage und drei Nächte, am vierten Morgen endlich war es soweit, daß der Ofen geöffnet werden konnte. Der schwere Tiegel, in dem sich das Glas unter einer Kruste verbarg, fühlte sich noch handwarm an. Hendrik nahm einen feinen Hammer und einen spitzen Meißel und schlug damit vorsichtig die Tiegelwand Stück für Stück ab, bis er das Glas darunter sehen konnte.

Mika saß in der Ecke der Werkstatt auf einem Wandsims, die Beine angezogen, das Kinn auf die Knie gestützt. Sie schaute Hendrik zu, wie er mit leichten, tappenden Hammerschlägen die äußere, noch trübe Schmelzkruste abschlug. Zwischendurch hielt er inne und nahm den sich herausschälenden Glasklumpen prüfend in die Hand.

Mika dachte an die vielen Stunden, die sie im Turm auf ihrem geheimen Wachtposten hinter der Bretterwand verbracht und durch das Astloch Hendrik beobachtet hatte. Das Bild war ihr vertraut, wie er so dasaß, über seine Arbeit gebeugt, die Schultern leicht gerundet, seine Augen fast ein wenig starr, als wehrten sie jegliche Störung von außen ab. Aber während im Turm oft ein müder Ausdruck in seinen Augen stand, waren sie jetzt voller Glanz, voller freudiger Gespanntheit. Er wischte mit dem Ärmel den Staub von dem Glasklumpen und hob ihn in den durch das Fenster einfallenden Sonnenstrahl. Ein Glitzern flog durch den Raum, Sonnenflecken, die über die Decke und die Wände huschten.

In Hendriks Gesicht trat ein erleichtertes Lächeln, während er den Glasklumpen hin- und herwendete und versuchte, tief in ihn hineinzublicken, um etwa verborgene Fehler aufzuspüren.

Mika verharrte still auf ihrem Platz, ihr Gesicht hinter den über den Knien verschränkten Armen halb versteckt. Sie trug einen derben grauen Kimono. Damit ihre Mutter nicht darauf käme, wohin sie ging, hatte sie den Kimono erst in jenem Flügel des Schlosses angelegt, in dem Nanas Zimmer lag. Von dort aus konnte sie durch eine Nebentür in den Hinterhof schlüpfen und durch den überdachten Gang den Garten und dahinter die Werkstatt ungesehen erreichen.

Mehrmals hatte ihre Mutter ihr Mißfallen darüber geäußert,

daß der Fremde sich noch immer auf Hinoe aufhalte, obwohl er doch inzwischen, wie jeder sehen konnte, schon geheilt und wieder bei Kräften sei. Sie nannte ihn nie el Rosso, sondern immer nur den Fremden, und aus ihrer Stimme klang unverhohlene Ungeduld, die mit jedem Mal ziehender und drängender wurde. Wollte der Fremde nicht nach Hirado?, fragte sie, dann soll er doch auch bitte gehen. Das Verhältnis zwischen Yoshitomo und João würde sich nicht bessern, meinte sie, solange Yoshitomo dem Fremden auf Hinoe Unterkunft gewährte. Schließlich habe er den Turm in Brand gesteckt, und so sei Joãos Zorn nur zu verständlich.

Mika wollte sich nicht wieder mit ihrer Mutter streiten, obwohl sie ihr am liebsten ins Gesicht geschrien hätte, sie solle doch endlich einsehen, daß João kein Recht hatte, el Rosso gefangenzunehmen, kein Recht, ihn an diesen lächerlichen Musketen arbeiten zu lassen. Außerdem wollte er ihn töten. Hätte João ihn nicht töten wollen, wäre das ganze Unglück nicht geschehen. Alles Joãos Schuld. Die Schuld el Rosso zuschieben zu wollen war gemein. El Rosso hatte keine Schuld, daß die Öllampen umstürzten, während er mit Nagato um sein Leben kämpfte. Was konnte er dafür, daß der Sturm an jenem Abend so wütete und den ausbrechenden Brand anfachte.

Mika wußte, was ihre Mutter antworten würde, war sie doch schon mehrmals darüber mit ihr aneinandergeraten. Nun gut, würde sie sagen, dann soll der Fremde erst recht endlich nach Hirado gehen, und das Verhältnis zwischen Yoshitomo und João würde sich wieder bessern. Dona Isabel wollte nicht wahrhaben, daß dieses Verhältnis doch schon vordem schlecht gewesen war. Seit Yoshitomos Ernennung zum Daimyo.

Statt dazu bereit zu sein, kam ihre Mutter auf ihr letztes Treffen mit João zurück, als sie ihm in Yoshitomos Auftrag die Abschrift des Edikts überbracht hatte. Joãos Zorn sei so maßlos gewesen wie am Tag nach dem Brand, und es sei, wenn man es in Ruhe überlegte, dumm von Yoshitomo, dem Brandstifter noch immer Obdach und Asyl zu gewähren. Und was hat er davon? Die Worte ihrer Mutter klangen in Mika nach: Nichts hat er davon, außer daß er João Grund gibt, auch weiterhin aufgebracht zu sein.

Der Ausdruck ihrer immer wieder vorgebrachten Anschuldigungen schien sich schon auf Lebenszeit in ihre Mundwinkel eingegraben zu haben.

Vielleicht ahnte Dona Isabel, daß Mika es war, die Yoshitomo dazu gebracht hatte, Hendrik den Bau eines Fernrohrs aufzutragen, da Yoshitomo ihn aber in Schutz nahm, ließ sie ihren Ärger an ihrer Tochter aus. Sie schimpfte, wie unklug es von ihr sei, sich mit so einem Fremden einzulassen. Immerhin sei sie, so unterließ die Mutter es nie zu betonen, die Schwester eines Daimyo, und daher müsse sie wissen, wie sie sich zu verhalten habe. Würdelos, sich an einen hergelaufenen Fremden zu hängen, an einen Mann, der weder Titel noch Stellung, noch Ansehen, noch Vermögen besaß.

Mika beobachtete Hendrik, wie er behutsam den Glasklumpen bearbeitete, betrachtete seine Hände, wie sie das Glas hin- und herwendeten. Seine Augen schienen schon die Linsen zu sehen, die er aus diesem noch formlosen Klumpen herausarbeiten würde.

«Diesmal ist es soweit», sagte Hendrik halblaut zu sich und hob den Brocken noch einmal gegen das Licht, «rein wie Bergkristall.»

Mika rutschte von dem Wandsims herunter und trat neben ihn. Er ließ sie durch das Glas schauen und legte es dann vorsichtig auf die Tischplatte zurück. Als Mika sich darüberbeugte, fielen ihr die Haare ins Gesicht. Hendrik beobachtete sie von der Seite. Sie spürte seinen Blick und wandte den Kopf. Ihre Augen trafen sich für eine Weile, die, in Herzschlägen gemessen, kurz und flüchtig war, ihr beider Lächeln aber verstärkte den Bund, den sie schon lange wortlos geschlossen hatten.

«Meine Hände sind so schmutzig», sagte Hendrik wie zur Entschuldigung, «ganz grau vom Staub.»

Mika ergriff seine Hände und führte sie an ihr Gesicht. Sie spürte den Staub, rauh und körnig an ihnen haftend, aber auch die Zärtlichkeit, mit der sie sich an ihre Wangen schmiegten.

Ein Schatten verdunkelte die Tür.

«Ich dachte, ich komme mal vorbei», sagte Yoshitomo und tat, als habe er diesen Augenblick der Zärtlichkeit nicht bemerkt.

Mika schrak zusammen und lächelte verlegen. «Ach, du bist's,

Yosh», sagte sie fast ein wenig vorwurfsvoll. Sie wischte sich mit ihrem Kimonoärmel den Staub aus dem Gesicht und deutete auf den Klumpen Glas, der da glitzernd und klar auf dem Tisch lag: «El Rosso hat diesmal gutes Glas gewonnen.»

Yoshitomo ließ sich von Hendrik das Glas zeigen und stellte ein paar Fragen nach den weiteren Schritten, die notwendig seien, die Linsen zu schleifen, um das Teleskop zu bauen, aber seine Gedanken schienen woanders zu sein. Er blickte in den Schmelzofen, dessen Dachsteine entfernt worden waren. Die Restwärme, die in den dicken Ziegelsteinen steckte, stieg aus dem Innern des Ofens auf. Yoshitomo hielt seine Hände über die Öffnung, als sei es noch winterlich kalt und er müsse sich die Hände wärmen. «Eigentlich bin ich gekommen, Euch um etwas zu bitten, el Rosso», sagte er geradeheraus, «um Eure Meinung nämlich.»

Hendrik, dem der Schreck über Yoshitomos plötzliches Auftauchen noch ins Gesicht geschrieben stand, schob den Glasklumpen in die Mitte des Tisches, tauchte dann seine Hände bis zu den Ellbogen in einen Kübel Wasser, der neben seinem Tisch stand. «Meine Meinung?» fragte er verlegen und trocknete sich umständlich Hände und Unterarme ab. «Das ehrt mich, Yoshitomo Daimyo, aber ich weiß doch nicht, ob ich …»

«Eure Meinung über Ferreira und die Padres», unterbrach ihn Yoshitomo, «Ihr habt einmal gesagt, sie würden nie weggehen.»

Hendrik blickte sich in der Werkstatt nach einem Sitzplatz um, den er seinem hohen Besucher anbieten konnte, aber außer einem Schemel war da nichts. Er wischte über die Sitzfläche mit der Hand. «Darf ich Euch den hier anbieten?»

Yoshitomo setzte sich. «Warum habt Ihr gesagt, el Rosso, die Padres würden nie weggehen?»

Hendrik dachte an jenen warmen Sommerabend, an dem er mit Yoshitomo unter dem weißen Moskitonetz zusammengesessen hatte, an jenen Tag, als das Edikt eintraf und Yoshitomo Reiswein trank. Am Ende hatte er Musikanten kommen lassen, das Eintreffen des Edikts zu feiern. Seitdem waren Monate verstrichen, und ein neuer Frühling stand bevor. Mika hatte Hendrik berichtet, was während der Erntezeit in Nishiariye geschehen war und daß sich, entgegen Yoshitomos Erwartungen, die Abfahrt der

Schiffe von Nagasaki nach Macao um ein volles Jahr verzögern würde. Darum saßen die Padres noch immer in Arima.

«Ich weiß nicht», sagte Hendrik und suchte nach den richtigen Worten, «den Padres gilt Euer Wort nichts und auch nicht das Wort des Shogun. Sie werden immer tun, was sie wollen.»

«Aber in einem Jahr müssen sie weg.»

«Das sagt Ihr, Yoshitomo Daimyo.»

«Es ist der Befehl des Shogun, el Rosso.»

«Die Padres erkennen nur einen Herrn an – Deus.»

«Deus ist ein Gedanke, vielleicht, ich weiß nicht, sogar ein erhabener Gedanke. Aber mich hat dieser Deus, so wie die Padres von ihm reden, nie bewegt. Ihm haftet so viel Ausschließlichkeit an.»

«Weil Deus der einzige Gott ist, den die Padres anerkennen», entgegnete Hendrik, «dienen sie ihm so hingebungsvoll.»

«Wenn aber Deus nur ein Gedanke ist, wer ist dann der wirkliche Herr der Padres?»

«Der Papst in Rom.»

Yoshitomo stand auf und ging einige Schritte hin und her. Er blieb vor dem Glasklumpen stehen, und seine Augen schienen sich daran festsaugen zu wollen. «Dann verstehe ich nicht», sagte er nachdenklich, «die Padres sind dem Papst in Rom hörig, aber sie sind auf portugiesischen Schiffen in unser Land gekommen, zusammen mit portugiesischen Kaufleuten, die von sich behaupten, ihr Herr sei der König von Lissabon.»

«Auch der König von Portugal ist dem Papst hörig», sagte Hendrik, «Kirche und Macht sind in Europa ein und dasselbe. Jeder Herrscher, der fremde Länder erobern will, läßt Schiffe bauen, Kanonen gießen und heuert Mercenarios an.»

«Und?»

«Er schickt sie los, zusammen mit Kaufleuten und Padres.»

«Woher wißt Ihr das?»

«Das weiß man eben, Yoshitomo Daimyo, wenn man in Europa aufgewachsen ist. Seit mehr als hundert Jahren entsenden die Könige von Portugal und Spanien Schiffe über alle Meere. Wo immer ihre Leute an Land gehen, bauen sie als erstes eine Festung. Von dort aus stoßen sie weiter vor mit Kanonen oder schicken die Padres voraus.»

Yoshitomo nahm seinen Blick nicht von dem Glasklumpen. «Warum die Padres?»

«Weil selten jemand etwas gegen die Padres tun wird, die ohne Waffen kommen, nur mit dem Kreuz in der Hand, und von Gott reden. Sie sehen harmlos aus, wie Ihr wißt, Yoshitomo Daimyo, aber ihr Auftrag ist, die Menschen zu bekehren und Deus hörig zu machen. Wenn die Menschen erst einmal Deus hörig sind, kann man sie auch dazu bringen, sich gegen ihre eigenen Herren zu stellen.»

Yoshitomo fuhr herum und blickte Hendrik prüfend an. Er dachte an Nishiariye, ein Dorf von dreitausend Seelen, das sich offen gegen ihn erhoben hatte. Er dachte an Asadas Liste, aus der zu erkennen war, daß sich schon ausnahmslos alle Kirishitandörfer gegen ihn gestellt hatten, alle Dörfer, in die hinein Ferreiras Macht reichte. Über diese Erfahrung, die ihn durch ihre Neuheit noch immer erschreckte, schien el Rosso mit ruhiger Stimme sprechen zu können. Für ihn schien sie nichts Befremdendes zu haben.

«Ja, Yoshitomo Daimyo, die Padres schaffen es mit ihren Worten über Deus, über Gottes eingeborenen Sohn, über den Teufel, über die Verdammnis in der Hölle, die Erlösung der Seele und das ewige Leben. Wenn diese Worte erst einmal tief in die Herzen der Menschen in fernen Ländern eingedrungen sind, dann sind diese Länder reif zur Eroberung.»

«Glaubt Ihr denn nicht auch an Deus, el Rosso?»

«Ich bin in diesem Glauben aufgewachsen. Als ich zwölf war, habe ich meine Eltern verloren. Religiöser Wahn, Haß und Verfolgungen zerrissen mein Heimatland, weil viele Menschen begonnen hatten, in einer Weise zu Gott zu beten, die dem spanischen König mißfiel. Da wir Teil seines Reiches waren, schickte er seine Söldnerheere. Ihnen fielen Tausende und Abertausende zum Opfer. Ich wurde gerettet, von einem spanischen Edelmann, und habe dann fünfzehn Jahre lang in seinen Diensten in Mexiko gelebt. Dort, im spanischen Mexiko, habe ich noch mehr davon kennengelernt, was die Religion anzurichten imstande ist. Danach war ich ein Jahr in den spanischen Philippinen. Ja, Yoshitomo Daimyo, ich glaube an Gott, aber nicht an den Gott, der dazu herhalten muß, die Menschen zu unterjochen.»

Langes Schweigen folgte. Plötzlich wurden von draußen die Stimmen der Vögel hörbar, die bis jetzt nur wie aus großer Ferne geklungen hatten. Sie drängten sich in den Raum und füllten ihn mit der gleichen Helligkeit wie die Sonnenstrahlen, die jetzt den ganzen Tisch ergriffen hatten. Das Licht brach sich in dem Glasklumpen in seiner Mitte und wurde in allen Farben des Regenbogens zurückgeworfen.

«Viele Jahre haben die spanischen Konquistadoren gebraucht, Yoshitomo Daimyo, die Philippinen zu erobern», fuhr Hendrik fort und senkte seine Stimme, um dem Gesang der Vögel ihren Platz im Chor der Natur nicht streitig zu machen, «von Mexiko aus, auf der anderen Seite des Meeres, von Acapulco aus über das weite, weite Meer. Zuerst kamen sie, nur um sich umzusehen und um die spanische Fahne in den Strand zu pflanzen. Dann haben sie eine kleine befestigte Siedlung gebaut und die Padres, die mit ihnen gelandet waren, losgeschickt zu erkunden, wer gegen wen war. Nachdem die Padres ein paar hundert oder tausend Einheimische zu Deus bekehrt hatten, konnten die Konquistadoren sich schon ein wenig stärker fühlen, und sie fingen an, Unruhe zu stiften, ein wenig Krieg zu machen. Bevor der Sultan von Luzon sich versah, wurde Manila gestürmt. Die Stadt brannte und fiel. Als erstes bauten die Spanier eine Festung an der Stelle des alten Sultanspalasts, von schier uneinnehmbaren Mauern abgeschirmt, und erweiterten von dort Schritt für Schritt ihre Herrschaft. Heute, fünfzig Jahre später, besitzen die Padres alles Land und alle Macht. Sie ziehen die Steuern ein. Sie erlassen die Gesetze. Sie sitzen zu Gericht über die Einheimischen. Auf den Philippinen ist es soweit gekommen.»

«Bei uns würden sie es nicht schaffen, niemals.»

Hendrik zögerte mit der Antwort. «Verzeiht, Yoshitomo Daimyo», sagte er schließlich und warf einen hilfesuchenden Blick zu Mika, die ihn unverwandt betrachtete. «Verzeiht, ich möchte Euren Stolz nicht verletzen, aber mächtige Fürsten und Könige, deren Reiche untergegangen sind, haben sicher das gleiche gesagt. Sie sind trotzdem gefallen. Sie sind gefallen, obwohl sie oder gerade weil sie sich überlegen fühlten. Weil sie die Bedrohung, die auf sie zukam, nicht ernst nahmen. Es half nichts, daß sie über größere, manchmal sogar unvergleichlich größere Heere verfügten. Es half nichts, daß sie sich am Ende mit dem Mut der Verzweiflung wehrten. War ihre Macht erst einmal gebrochen und die Macht der Padres gefestigt, war es um sie geschehen.»

«Und warum?»

«Weil mit der Eroberung des Landes zugleich die Eroberung der Seelen der Menschen einhergeht.»

«Was meint Ihr damit?»

«Wer nur mit Waffengewalt ein Land erobert, wird das Gewonnene irgendwann wieder verlieren. Wer aber die Seelen der Menschen erobert, kann ihnen den Weg zurück verbauen.»

«Wie?»

«Indem man das verdammt, woran die Menschen bis dahin geglaubt haben. Indem man das verteufelt, was sie bis dahin verehrt haben. Indem man ihre Heiligtümer zerstört und an ihrer Stelle Kirchen baut. Nach einiger Zeit, ein paar Lebensspannen, verblaßt die Erinnerung, sie wird ausgelöscht. Dann gibt es keinen Weg mehr zurück.»

Yoshitomo trat an Mika heran, die dem Wortwechsel gespannt gefolgt war.

«Kleine Schwester», sagte er und gab ihr einen Stups, «du hast mir etwas Gutes angetan.»

«Was denn, großer Bruder?»

Er deutete mit dem Kopf auf Hendrik. «Daß du ihn hierher nach Hinoe gebracht hast, wo er mir Dinge sagen kann, die ich sonst nie gehört hätte.» Ein kleines Zwinkern saß in seinen Augenwinkeln. Er trat hinaus in die starke, warme Frühlingssonne und schob leise die Schiebetür hinter sich zu.

* * *

Yoshitomo ging augenblicklich daran, das Missionsgelände in Arima mit einem hohen Zaun zu umgeben. Bisher konnten Ferreira und die Padres ja noch immer überall hingehen, wohin sie wollten, nach Arima, in die Schloßstadt und die Dörfer rundum. Dem wollte er von nun an einen Riegel vorschieben, ließ als erstes die Rampe von der Uferstraße zur Mission sperren und mit einem Tor verschließen, vor dem fortan Tag und Nacht zwei seiner Samurai Wache standen. Am Fuß der steilen, dichtgefügten Wand, die sich von der Uferstraße erhob und oben in die Mauer des Vorplatzes überging, ließ er spitze Eisenstäbe in den Boden treiben, damit niemand auf den Gedanken käme, heimlich bei Nacht über die Mauer hinabzusteigen. Danach ließ er entlang der sumpfigen Niederung, die auf der Landseite an die Gärten, die Schweineställe und die Felder der Mission grenzte, einen hohen Zaun ziehen. Vor dem Zaun ließ er einen wassergefüllten Graben ausheben, mannstief und zu breit, als daß man darüber springen konnte. Näher dem Meer, wo das Gelände leicht anstieg, bevor es steil zur Küste abfiel, konnte man den Wassergraben nicht weiterführen, und so wurde an seiner Statt der Zaun als Doppelzaun fortgesetzt und mit eisernen Spitzen bestückt, um ein Ausbrechen zu verhindern. Die Arbeiten dauerten mehrere Wochen, verschlangen kostbare Reserven aus der Daimyonatskasse, obwohl ein Teil des Holzes für den Zaun vom Abriß der Kirche in der Schloßstadt kam.

Nach Fertigstellung der über tausend Schritte langen Abriegelung berichteten die Wächter vom Tor am Fuße der Rampe, daß keiner von Don Joãos Samurai mehr versucht hatte, das Missionsgebäude zu betreten, und daß auch keiner der Padres das Gelände verließ. Ab und zu kamen Fischer und Bauern, die Nahrungsmittel brachten, dann und wann ein Krämer aus der Schloßstadt oder ein Mann mit Lampenöl aus Arima. Nach Einbruch der Dunkelheit war alles ruhig. Yoshitomo stellte Wachtposten entlang dem Zaun auf, jeweils drei Mann, die dazu eingeteilt waren, während der Nacht ständig auf dem schmalen Streifen zwischen Zaun und Wassergraben auf- und abzugehen. Auch tagsüber wurde der Zaun in seiner gesamten Länge überwacht.

Nichts ereignete sich, was Yoshitomo Grund zur Besorgnis hätte geben können. Offenbar hatte er sein Ziel erreicht. Die Verbindung zwischen den Padres und den Kirishitan schien abgebrochen, auch die zwischen Ferreira und João. So konnte Yoshitomo den Zaun als einen Erfolg ansehen. Entgegen früheren Befürchtungen schienen sich die Padres damit abgefunden zu haben, und ihr Leben in dem umzäunten Missionsgelände ging ruhig weiter.

Nun hielt Yoshitomo die Zeit für gekommen, in der Schloßstadt und in Arima zu verkünden, der Shogun habe in Anbetracht
der besonderen Lage der Menschen auf der Shimabara-Halbinsel
den Hafen von Arima zum Hafen für den Handel mit China bestimmt. Er wählte für die Ankündigung einen besonderen Tag,
den achten Tag im April, Buddhas Geburtstag, wie manche der Älteren sich noch erinnerten, früher mit einem großen Fest im Tempel begangen.

Die Kirschbäume standen noch in voller Blüte, obgleich durch
die vorangegangenen, ungewöhnlich warmen Tage die Blütenblätter schon locker saßen und beim leichtesten Windstoß in dichten rosaweißen Wolken herabrieselten. Für die Kirishitan war es
das Ende der Passionszeit, und Ostern war das Fest der nächsten
Tage. Laut Edikt des Shogun durften sie die Passionszeit nicht
mehr in gewohnter Weise begehen, aber nicht wenige trugen dennoch die blutigen Spuren der Geißeln zur Schau. Die Wundärzte
hatten alle Hände voll zu tun. Ein zehnjähriger Junge starb an den
Folgen der Tortur.

Nachdem die Kunde von der bevorstehenden Ankunft der chinesischen Dschunken in starker, von weither lesbarer Schrift auf
der großen Tafel am Marktplatz in der Schloßstadt und auf kleineren entlang der Uferstraße in Arima angeschlagen war, lud Yoshitomo die Stadtältesten ein, den Meister der Kaufmannsgilde
und sämtliche Meister der Handwerkerzünfte. Er lud sie nach
Schloß Hinoe ein und empfing sie im großen Saal. Er gab seiner
Überzeugung Ausdruck, daß sich mit dem Beginn des Chinahandels in Arima ein tiefgreifender Wandel zum Guten einstellen
werde. Kein Mangel mehr an Arbeit, keine Not mehr für Frauen
und Kinder, die am stärksten unter den schwierigen Umständen
der letzten zwei Jahre gelitten hatten, keine Entbehrung und Armut mehr. Für alle, so sagte er voraus, werde es bald wieder genug
zum Leben geben, Silber und Gold, das nun die Seideneinkäufer
aus allen Teilen des Landes ins Daimyonat bringen würden. Eine
solche Gelegenheit sei einzigartig und würde sich bestimmt nicht
ein zweites Mal bieten. Mit fester Stimme fügte er hinzu, das erste Jahr des Chinahandels sei entscheidend für den Erfolg auf lange Zeit.

Danach begann Yoshitomo mit der Instandsetzung des Hafens. Er ließ in den Lagerhallen an der Uferstraße die notwendigen Ausbesserungsarbeiten in Angriff nehmen. Die Samurai, die er für diese Aufgaben abgestellt hatte, brachten Handwerker aus der Schloßstadt mit, rekrutierten die Hafenarbeiter von Arima sowie alle anderen Männer im arbeitsfähigen Alter und auch Frauen dazu. Sie hatten die vermoderten Planken der Pier gegen neue auszutauschen, die muffig gewordenen Tatamimatten aus den Lagerhallen herauszuholen und Schiebetüren, die sich nicht mehr öffnen ließen, wieder gängig zu machen. Den Fischern fiel die Aufgabe zu, mit Hacken und Spaten die Muscheln und Seepocken von den Pierpfählen abzuschaben. Den Shojimachern wurden alle Shojitüren übergeben, deren Papierbespannungen beschädigt waren. Die Tatamimacher mußten eine große Zahl neuer Matten flechten, auf daß sie rechtzeitig in den Lagerhäusern verlegt werden konnten. Die Ballen Baumwollstoff, die sich noch immer in einem der Lagerhäuser stapelten und nach wie vor den Padres gehörten, wurden zum Missionsgebäude hinaufgetragen und Ferreira übergeben.

Yoshitomos Samurai trieben alle zur Eile an, war doch die Zeit bis zur Ankunft der Dschunken knapp bemessen. Bald hatte sich der Hafen so verändert, daß die ersten Dschunken jederzeit eintreffen konnten. Die Pier war sauber, die Uferstraße aufgeräumt, alle Pierpfähle waren bis unter die Tiefwasserlinie gereinigt, die Lagerhäuser leer und gelüftet. Was fehlte, waren nur die neuen Matten, die noch zu verlegen waren, wozu die Tatamiflechter erklärten, ihr Vorrat an guten Binsen sei erschöpft, aber sie hätten schon frische bestellt.

Yoshitomo ritt einige Male nach Arima und überzeugte sich vom Stand der Arbeiten. Er war zufrieden und sah voller Hoffnung der Ankunft der Dschunken entgegen.

Was Yoshitomo nicht wußte, war, daß weder das Tor am Fuß der Rampe noch der Zaun, noch der Wassergraben die Verbindung zwischen den Padres und ihren Kirishitan hatten beenden können.

Ferreira war immer aufs beste unterrichtet, wann Yoshitomos Leute in der Nacht draußen den Zaun entlangpatrouillierten. Er hatte innen Padres als Posten aufgestellt, die jede Bewegung jenseits des Zauns verfolgten. Sie paßten die Stunde ab, zu der Yoshitomos Samurai erschienen, und ebenso deren Rückkehr. So fanden sie heraus, daß sich eine Zwischenzeit ergab, in der sie über ihre Leitern klettern konnten ohne die Gefahr, gehört oder gar gesehen zu werden. Ihre Mitbrüder reichten ihnen dann weitere Leitern zu, lang genug, den Wassergraben zu überbrücken. So gelang es ihnen in dunklen Nächten, aus dem Missionsgelände auszubrechen. Oft versanken sie, wenn sie sich durch den Sumpf vorarbeiteten, bis zu den Knöcheln im Schlamm, hatten sie aber die Küstenstraße erreicht, dann konnten sie zu jedem ihrer Ziele gelangen, verkleidet als Bauern oder Stadtleute mit runden Rücken und wippenden Knien.

So kamen die Padres nachts in die Schloßstadt und tauchten in den Kirishitanhäusern unter. An einem notdürftig in einem Zimmer errichteten Altar lasen sie die Messe, nahmen die Beichte ab, tauften die Neugeborenen, spendeten den Kranken Trost und beteten mit den Gläubigen, bis der Tag verging und die Nacht wieder hereinbrach. Dann schlichen sie sich in andere Kirishitanhäuser oder durch den Sumpf zum Missionsgelände zurück, verständigten sich durch geheime Signale mit ihren Brüdern jenseits des Zauns, überquerten auf eilig ausgelegten Leitern den Wassergraben und überwanden abermals den Zaun. Andere Padres schlugen im Schutz der Nacht die Pfade ein, welche die Küste entlang und über die Flanken des Vulkans führten, tauchten in den Kirishitandörfern unter, gingen von Ort zu Ort und kehrten oft erst Wochen später nach Arima zurück. Daß die Padres unter solch widrigen Umständen zu ihnen kamen, um den Glauben an Deus lebendig zu erhalten, bewegte die Seelen der Kirishitan sehr und stärkte ihre Anhänglichkeit.

Auch übers Wasser entwickelte sich ein nächtlicher Verkehr, und Ferreira begab sich häufig nach Hara. Er führte im Boot keine Laterne mit sich, sondern nutzte die auch in der tiefsten Nacht erkennbare Silhouette des Vulkans und die Umrisse markanter Punkte an Land, bis er dicht an der Klippe angelangt war. Dort erwarteten ihn einige von Don Joãos Samurai mit Sturmlaternen, bereit, ihm beim Anlegen behilflich zu sein und ihn durch die Felsentür in die unterirdischen Gänge des Schlosses zu geleiten.

So sicher fühlte Ferreira sich, daß er darauf verzichtete, sich für diese Bootsfahrten zu verkleiden. Er trug die übliche Kutte, wegen ihrer schwarzen Farbe ohnehin bei Nacht die beste Tarnung, und nahm sogar einen großen Ornat nach Hara mit sich, um in voller priesterlicher Würde vor Don Joãos versammelten Samurai ein Amt feiern zu können.

Im übrigen besprachen sich Don João und er, was sie unternehmen könnten, um die von den chinesischen Dschunken drohende Gefahr abzuwenden, erörterten im einzelnen, was sich da etwa böte, zogen gelegentlich auch Shimpo zu ihren Beratungen hinzu, ebenso den Meister der Kaufmannsgilde und den Zunftmeister der Zimmerleute. Sie verwarfen diesen oder jenen Gedanken, der ihnen anfangs vielversprechend erschien, erörterten andere und waren darin einig, daß alles davon abhing, wie schnell sie von der Ankunft der Dschunken erfuhren.

«Das Fernrohr», sagte Ferreira eines Abends zu Don João, nachdem Shimpo und die anderen zur Schloßstadt zurückgekehrt waren, «du hast doch das Rohr des Ketzers?»

Don João blickte verwundert auf. «Ja, was ist damit?»

«Das Fernrohr könnte uns gute Dienste leisten, mein Sohn.» Ferreira, dessen Gehirn nie ruhte und der immer auf der Suche nach neuen Wegen war, den Fortbestand des Glaubens zu sichern, begann einen Plan zu entwickeln, wie er Yoshitomos Hoffnung auf den Chinahandel durchkreuzen könnte. «Es geht darum», sagte er, «frühzeitig herauszubekommen, wann die Dschunken eintreffen, möglichst zwei oder drei Stunden vorher. Dann können wir den schlauen Yoshitomo überlisten.»

Don João ließ in Ferreiras Auftrag Erkundigungen bei jenen Kirishitan einziehen, die auf Don Protasios Rotsiegelschiffen gefahren waren, welchen Kurs die von China kommenden Dschunken auf ihrem Weg nach Arima vermutlich einschlagen würden und ob sie sich ihrer Meinung nach bei der Einfahrt in die Silberbucht näher an der nördlichen oder an der südlichen Küste halten würden. Die, die sich mit den Winden und Strömungen auskannten, erklärten, sie würden sich, wären sie der Kapitän einer Dschunke, hart entlang der nördlichen Küste halten und von dort aus quer über die Silberbucht segeln.

In der Nacht nahm Ferreira Don João mit sich im Boot zurück zum Missionsgebäude, das Fernrohr sicher unter seiner Kutte verborgen. Beim ersten Tageslicht stieg er mit ihm und Fradre Paolo in den Dachstuhl hinauf, drei Stockwerke hoch. Er ließ einen der Dachziegel entfernen und schob das Fernrohr durch die Lücke.

«Ich sehe die Felsen», sagte Ferreira, nachdem er einige Zeit wortlos durch das Rohr geblickt hatte, «sogar Bäume, die auf den Felsen wachsen.» Er wischte sich über die Augen, die wegen der Anstrengung zu tränen begannen. «Hier, schau», sagte er und reichte Paolo das Rohr, «sag mir, was du mit deinen jungen Augen siehst.»

Paolo zierte sich zuerst, das Rohr in die Hand zu nehmen, das von einem Ketzer gebaut war, aber Ferreira forderte ihn auf, sich nicht von engstirnigen Bedenken daran hindern zu lassen, dem höheren Zweck, dem Wohl des wahren Glaubens, zu dienen. Endlich ergriff Fradre Paolo das Rohr und starrte hindurch, während sich in seinem Gesicht verschiedene Regungen abzeichneten.

«Sag, was siehst du?»

«Wasser, Felsen, Fischerboote, ganz nah, ganz nah.»

«Würdest du eine chinesische Dschunke erkennen, wenn sie dort die Küste entlanggesegelt käme?»

«O ja», strahlte Paolo, «mit Leichtigkeit.»

Ferreira befahl ihm, von nun an jeden Morgen bei Sonnenaufgang in den Dachstuhl hinaufzusteigen, seinen Posten zu beziehen und durch das Fernrohr die nördliche Flanke der Einfahrt zur Silberbucht aufs genaueste zu überwachen, und ermahnte ihn, auch den westsüdwestlichen Horizont im Auge zu behalten, um das früheste Anzeichen der Dschunken auszumachen, selbst dann noch, während sie sich vom offenen Meer der Küste näherten.

«Sie werden bestimmt versuchen, bei Flut und während des Vormittags in die Silberbucht einzulaufen», sagte Ferreira zu Don João gewandt, «damit sie den Hafen von Arima sicher erreichen können.»

Als Don João sich am Abend anschickte, nach Hara zurückzukehren, begleitete ihn Ferreira durch den Garten der Mission, an den Schweine- und Hühnerställen vorbei, über die Pferdeweide bis hin zum Meer. Don João ging wortlos durch die Dunkelheit, den Kopf gesenkt. Das Licht der nach drei Seiten hin verdunkelten Laterne leuchtete gerade weit genug, daß er sah, wohin er trat. Die Erfahrungen des Tages hatten ihm wieder gezeigt, mit welcher geistigen Klarheit Ferreira vorging, wie ideenreich er war und imstande vorauszudenken. Diese Fähigkeit des Planens gab ihm den entscheidenden strategischen Vorsprung. Don João fühlte, wie ein leichtes Frösteln ihm über den Rücken lief. Er konnte nicht umhin, wenn auch widerwillig, Ferreiras Überlegenheit anzuerkennen.

«Hochwürden», sagte er leise, damit seine Stimme nicht bis zum Zaun drang, hinter dem vielleicht Yoshitomos Späher lauern konnten, «was für ein Tag.»

Ferreira, der den Weg durch den Garten und über die Weide gut genug kannte, um auch bei Dunkelheit sicher voranschreiten zu können, antwortete kühl, ohne daß er auf den atemreichen Ton in Don Joãos Stimme einging: «Wenn alles gutgeht, werden wir drei, vielleicht sogar vier Stunden Vorsprung haben. Wir werden die ersten sein, die wissen, wann die Dschunken sich Arima nähern. Das gibt uns Zeit, das Notwendige einzuleiten.»

Eine Flottille von zwölf chinesischen Dschunken steuerte vom offenen Meer auf die Silberbucht zu, durchquerte sie mit der einlaufenden Flut am frühen Vormittag und erreichte um die Mittagsstunde die Einfahrt zum Hafen von Arima. Die Kapitäne, mit der Lage der Einfahrtsrinne und den Untiefen des Wassers nicht vertraut, warteten auf die Boote, die einen Lotsen bringen sollten oder andere Hilfe beim Einlaufen in das Hafenbecken leisten würden.

Aber in der Hafeneinfahrt bewegte sich nichts. Das Hafenbecken lag wie ausgestorben da. Die einzige Bewegung kam von Yoshitomos Samurai, die unter Norihides Führung in gestrecktem Galopp von der Küstenstraße in die Uferstraße einbogen, in eine Staubwolke gehüllt. Sobald sie den Rand des Hafenbeckens erreicht hatten, sprangen sie von ihren Pferden und schauten sich verwundert um. Kein Fischerboot am kiesigen Strand, kein Boot im Wasser, die Pier verlassen, die Uferstraße menschenleer.

Draußen vor der Einfahrt kämpften die Dschunken mit der Strömung, die mit Ende der Flut ihre Richtung zu ändern begann. Ihre Rümpfe mit Waren vollgeladen, lagen sie alle tief im Wasser. Inzwischen war der Wind umgesprungen und wehte nun aus einer Richtung, welche sie auf die der Hafeneinfahrt vorgelagerten Felsen zutrieb. Ständig mußten die Kapitäne die Segel umsetzen, um nicht zu nahe an die Küste herangedrückt zu werden, wo am leichten Kräuseln der Wasseroberfläche lauernde Untiefen erkennbar waren.

Aber noch immer zeigte sich kein Lotse.

Einer der Kapitäne versuchte, die enge Hafeneinfahrt mit eigener Kraft zu durchqueren, aber sein Schiff wurde vom Wind und der Strömung gegen das Ufer gedrückt. Es streifte einen Unterwasserfelsen und saß fest. Die Wellen hoben und senkten es, ohne daß es sich auch nur im geringsten von der Stelle bewegte. Mit jedem Wellenschlag vergrößerte sich das Leck im Rumpf. An Bord gestikulierte der Kapitän wie wild, und die Mannschaft rannte aufgeregt über Deck.

Norihide sah von der Uferstraße, was da vor sich ging. Er war zwar nie zur See gefahren, erkannte aber gleich, daß mit dem Schiff etwas nicht in Ordnung war. Bis er jedoch einige seiner Leute an jene Stelle der Hafeneinfahrt dirigieren konnte, wo sie bis auf Seilwurfweite an die gestrandete Dschunke herankamen, hatte der Kapitän schon einem Teil seiner Mannschaft befohlen, über Bord zu springen und an Land zu schwimmen. Sobald sie am Ufer aus dem Wasser krochen, ließ er ihnen Seile zuwerfen. Seine Leute versuchten nun, mittels der Seile das Schiff vom Felsen herunterzuziehen, bevor es zuviel Wasser nahm, aber das Zerren und Ziehen, bei dem auch Norihides Samurai kräftig zugriffen, setzte die aufgelaufene Dschunke nicht wieder frei.

Nun hieß der Kapitän seine Leute, die Seile um Felsen und Bäume zu schlingen und festzuzurren, damit sie die Lage des Schiffs stabilisierten und die Brandung ihre zerstörerische Wirkung nicht mehr voll entfalten konnte. Norihide, der inzwischen auch diese Stelle am Ufer erreicht hatte, ließ aus dem Lagerschuppen an der Uferstraße die längsten Seile herbeibringen, die dort lagen, um die Dschunke noch besser vertäuen zu können. Nach mehreren Stunden Schwerarbeit gelang es den Männern, das festgekeilte Schiff mit Dutzenden von Seilen einzufangen und zu verhindern, daß es sich bei der inzwischen eintretenden Ebbe losriß und in tieferes Wasser hinausgetragen wurde.

Norihide schickte einen Eilboten nach Hinoe hinauf, um Yoshitomo zu melden, was geschehen war und daß noch elf weitere Dschunken in der Strömung vor der Hafeneinfahrt lagen. Yoshitomo traf in Arima ein, begleitet von über hundert Samurai. Er befahl, sofort sämtliche Häuser an der Uferstraße zu durchsuchen, um die Lotsen und Hafenarbeiter, die dort lebten, aufzuspüren. In jedem dieser Häuser fanden Yoshitomos Samurai jedoch nur Frauen und Kinder vor und ein paar Kranke und Greise.

Indessen drängte das mit der Ebbe aus der Silberbucht herausströmende Wasser die anderen Dschunken weiter von der Hafeneinfahrt ab. Sie setzten halbe Segel, um sich dank des schwachen, aus wechselnden Richtungen wehenden Windes der Strömung entgegenstemmen zu können. Einer der Kapitäne brachte sein Schiff vorsichtig bis auf Rufweite an die gestrandete Dschunke heran. Laut geschriene Flüche flogen über das Wasser hinweg. Ehe die Sonne sich zu tief am Nachmittagshimmel senkte, hatten die elf Dschunken abgedreht und Kurs auf das offene Meer genommen.

Yoshitomo bot dem Kapitän der gestrandeten Dschunke an, als sein Gast auf sein Schloß zu kommen, aber der Kapitän lehnte ab. Er wolle sein Schiff nicht verlassen, jetzt da es in Not war, außerdem müsse er dafür sorgen, daß seine Mannschaft während der Nacht Wasser schöpfte, wenn die Flut zurückkehrte. Yoshitomo versprach für den nächsten Morgen genügend Boote, um die Ladung auf dem Wasser zu übernehmen, oder er werde versuchen, vom Ufer her mit Holzbohlen, Seilen und Pfosten einen Steg zum Schiff vorzutreiben, über den die Ladung an Land geschleppt werden konnte.

Der Tag neigte sich schon dem Ende zu, und die Zeit drängte. Bevor Yoshitomo den Hafen verließ, schickte er Trupps von zehn und zwanzig seiner Samurai die Küste entlang nach Obama und weiter hinaus. Sie sollten in den Fischerdörfern jedes verfügbare Boot ermitteln und seinen Besitzer verpflichten, sich am nächsten Morgen bei Sonnenaufgang im Hafen von Arima einzufinden.

Noch vor Sonnenaufgang aber traf auf Hinoe die Nachricht ein, die Seile, mit denen das leckgeschlagene Schiff mit dem Ufer verbunden war, seien in der Nacht von unbekannter Hand gekappt worden. Die Flut nach Mitternacht hatte die Dschunke vom Unterwasserfelsen gehoben und samt Kapitän und Mannschaft hinausgetragen. Um sein Schiff vor dem Untergang zu retten, hatte der Kapitän die gesamte Ladung, mehr als fast fünfzigtausend Ballen Rohseide und Brokat, über Bord werfen müssen. Nun trieb das Schiff mit schwerer Schlagseite in der Silberbucht, und an einigen Stränden seien bereits Seidenballen und Brokat angeschwemmt worden.

So scheiterte Yoshitomos kühner Versuch, Arima zum Hafen der chinesischen Dschunken zu erheben und durch den neu zu belebenden Handel der Lage seiner Untertanen aufzuhelfen.

29

Siegesfeier

In Arima kehrte der Alltag zurück. Im Hafen lagen wieder die Fischerboote, an Pfosten angeseilt oder den kiesigen Strand halb hochgezogen. Die Uferstraße war belebt wie in früheren Tagen. Männer schlenderten über die Pier und das Ufer entlang, Stolz in den Augen. Frauen huschten von Haus zu Haus, sprachen miteinander mit gesenkten Stimmen und tauschten bedeutungsvolle Blicke. Die einzige äußerlich leicht erkennbare Erinnerung an jenen Tag, an dem die chinesischen Dschunken gekommen waren, aber nicht hatten landen können, waren die abgeschnittenen Seilenden, die hier und da herumlagen und von der nächtlichen Tätigkeit derer zeugten, welche die auf dem Felsen festsitzende

Dschunke losgeschnitten hatten. Niemand rührte die Seile an, nur die Kinder tobten um sie herum, spielten Haschen oder Versteck, lachten und zankten sich.

In der Schloßstadt war die Stimmung verhalten. Manche Kirishitan gingen mit einem schadenfrohen Zug in den Mundwinkeln durch Straßen und Gassen. Sie deuteten, wenn sie miteinander sprachen, mit dem Kinn zu Schloß Hinoe hinauf, das stumm über der Stadt schwebte. Dem da oben haben wir's gezeigt, schienen ihre Mienen zu besagen. In anderen Blicken lag eher Beklommenheit, denn auch unter den Kirishitan gab es viele, die darüber nachdachten, was sie mit der Durchkreuzung des Handels mit den Chinesen verloren hatten. Gute Arbeit auf Jahre hinaus, gute Geschäfte, gutes Silber, gutes Gold, ein besseres Leben, nicht nur wegen der chinesischen Händler, die kostbare Seide und andere Waren gebracht hätten, sondern auch wegen der Einkäufer aus großen Städten wie Kyoto, Sakai, Osaka und Edo, von denen man immer etwas Neues erfuhr, etwas Aufregendes, Ungewöhnliches.

Schön wäre es gewesen, hätte sich die Schloßstadt wieder jedes Jahr wie zu Don Protasios besten Zeiten für mehrere Monate in ein Kunterbunt von Menschen aus allen Teilen des Landes verwandeln können. Was für ein Leben wäre es gewesen, all die neuen Gesichter in den Straßen und Gassen, all die Kaufleute von fern her, die sich in schönste Seiden kleideten, und ihre Bediensteten, die im Auftreten und Benehmen ihren Herren nacheiferten. Kleidung im Stil der Großstadt, Worte, mit anderem Zungenschlag gesprochen, viele Geschichten, so lebhaft erzählt, daß man glauben könnte, selber jene Städte voller Luxus und Geschäftigkeit miterlebt, alles mit eigenen Augen gesehen und mit eigenen Ohren gehört zu haben.

Da der Chinahandel in Arima aber tot war, würde es für die Kinder fortan keine Möglichkeit mehr geben, über die Grenzen der Shimabara-Halbinsel hinaus zu blicken und etwas zu lernen, was sie sonst nicht lernen konnten. Die Kinder waren es, denen die Aussicht auf ein besseres Leben genommen war. Und vielen Kirishitan, die das bedachten, wurde das Herz schwer.

Andrerseits wollten aber alle auch gute Kirishitan sein. Deshalb waren ihnen Shimpos Worte gegenwärtig, der mit einer

Stimme, die fast schon wie eine Padrestimme klang, verkündet hatte: «Ihr sollt nicht an Silber und Gold denken, das man auf Erden sammeln kann. Gute Kirishitan sammeln Schätze im Himmel, wo das ewige Leben euch gewiß ist.» Shimpo hatte seinen Spruch unermüdlich in allen Versammlungen verkündet und von den Mitgliedern der Confraria verlangt, seine Worte so laut und so oft zu wiederholen, bis Stimmen und Gefühle in vollkommener Harmonie vereint waren. Bei jedem Treffen betonte er, wie wichtig es sei, den Teufel in seine Schranken zu weisen. Frühzeitig. Wenn man es zuläßt, daß unter des Teufels Wache der Handel mit den Chinesen beginnt, werden Gold und Silber, die hängenblieben, nur zu Bösem genutzt. Gold und Silber werden die Seelen verderben. Gute Kirishitan sammeln Schätze im Himmel, wo das ewige Leben ihnen gewiß ist.

«Der Shimpo hat gut reden», sagten diejenigen unter vorgehaltener Hand, die dem besseren Leben, das ihnen nun entgangen war, insgeheim nachtrauerten, «Tabak ist immer gefragt. Gold und Silber werden immer in seine Taschen fließen.»

* * *

Auf Schloß Hara erschien Don João im kleinen Empfangssaal und schritt mit erhobenem Kopf auf den Thron zu, der am Ende des Raums für ihn bereitstand. Er trug eine samtschwarze Pumphose und dazu ein leuchtend hellblaues Seidenhemd mit bauschigen Ärmeln und einer weißen Halskrause. Auf seiner Brust ruhte sein goldenes Kreuz an schwerer goldener Kette. Sein schwarzer Sklave folgte ihm im Gleichschritt und wedelte ihm im Gehen mit den großen, weißen Straußenfedern frische Luft zu. Der Mai hatte sommerliche Wärme gebracht.

Nachdem Don João sich auf seinem Sitz niedergelassen hatte, breitbeinig, die Hände auf die Oberschenkel gestützt, seine Ellbogen in scharfem Winkel abgesetzt, ertönten drei dumpfe Trommelschläge. Der Herold, der seinen Platz an der Tür eingenommen hatte, rief mit lauter Stimme in den Raum hinein: «Unser Herr, Don João, Herr über Schloß Hara und alle Kirishitanseelen, unser Herr beehrt uns durch seine Anwesenheit.»

Don João blickte auf die gesenkten Köpfe vor ihm, rechts seine Berater und links die Gäste, die er zu dieser Stunde eingeladen hatte, den Oberlotsen aus Arima sowie aus der Schloßstadt den Meister der Kaufmannsgilde, den Zunftmeister der Zimmerleute und natürlich Shimpo, der durch seine unermüdliche Bereitschaft wesentlich zum Gelingen des Unternehmens beigetragen hatte.

Sie alle saßen mit untergeschlagenen Beinen auf den ihnen zugewiesenen Kissen und stützten sich tief geneigt auf ihren Händen ab, die Finger eng aneinandergelegt und nach innen weisend. Nachdem der Herold Don Joãos Anwesenheit verkündet hatte, hoben sie ihre Köpfe, die Berater, denen das Zeremoniell sattsam bekannt war, in völligem Gleichtakt, die Gäste aus der Schloßstadt und aus Arima etwas später, zögernd, mit tastenden Blicken aus den Augenwinkeln.

Don João wußte es zu schätzen, daß Shimpo treu zum Glauben stand. Als größter Tabakhändler hätte er an den Chinesen und den vielen nach Arima strömenden Seideneinkäufern vorzüglich verdient. Indem er half, den Plan mit dem Chinahandel zu durchkreuzen, tat er etwas, was seinen Gewinn minderte, wenn ihm die lokale Kundschaft auch blieb und er seinen Tabak nach wie vor gut an die Kirishitan in der Stadt verkaufen konnte. Ferreira hatte dies sogleich erkannt und Shimpo in Anerkennung seiner treuen Dienste zum Ersten Oya ernannt, zum Vorsteher der mehr als zehn Sho-gumi, die es inzwischen in der Schloßstadt gab. Darum wandte sich Don João an Shimpo als den neu ernannten Leiter der Confraria: «Der Himmel wird es dir vergelten, Shimpo, mein Freund», sagte er mit geschmeidiger Stimme, «daß du mit solchem Eifer und soviel Klugheit mitgeholfen hast, den Teufel in seine Schranken zu weisen.»

Er forderte Shimpo auf, zu ihm zu treten. Nachdem Shimpo vor seinem Stuhl niedergekniet war, ließ Don João sich von einem seiner Samurai eine kleine, mit Samt umhüllte Schachtel reichen. «Dies», sagte er, «ist für dich und deine guten Dienste.» Er klappte die Schachtel auf und zog ein kleines schwarzes Kreuz heraus. Es war in Gold gefaßt und mit einer feinen goldenen Kette versehen. Don João legte die Kette eigenhändig um Shimpos Hals, zog ihn zu sich hoch und umarmte ihn auf portugiesische Weise. Um sein Wohlwollen besonders zu betonen, drückte er Shimpo so fest an sich, wie Señor Diego Montalvo de los Angeles es ihm am nächtlichen Strand erwiesen hatte, und klopfte ihm zweimal kräftig auf den Rücken.

Shimpo war von der Ehre, die ihm widerfuhr, überwältigt. Das Kreuz war aus hartem Holz geschnitzt, in der gleichen Form und Anordnung wie die Balken, die vom Brand des Turms übriggeblieben waren. Um die symbolhafte Wirklichkeit zu betonen, war es über der Flamme angekohlt und anschließend mit einem matten, farblosen Lack überzogen worden, auf daß die schwarze Farbe sich nicht abreibe. Shimpo warf sich vor Don João zu Boden und berührte mit der Stirn die Tatamimatten: «Zuviel der Ehre, Herr», murmelte er kaum hörbar.

«Steh auf, Shimpo, Haupt und Seele aller Confraria in unserer lieben Schloßstadt.» Don João beugte sich zu ihm hinab.

Nachdem Shimpo zu seinem Sitzkissen zurückgekehrt war, verlieh Don João dieselben schwarzen Kreuze, ebenfalls in Gold gefaßt, aber an einer Silberkette, an den Meister der Kaufmannsgilde und an den Zunftmeister der Zimmerleute. Der Oberlotse aus Arima erhielt das gleiche Kreuz in Silberfassung und mit einer Silberkette.

Danach ließ Don João Essen und Trinken auftragen. Er lachte und scherzte und war überhaupt guter Dinge, bis er sich nach dem letzten Gang an seine Gäste wandte. «Ihr alle habt in eurer Art zum Gelingen beigetragen. Der Himmel wird es euch lohnen, viel großartiger, als ich euch belohnen kann, tausendfach, mit der Glorie des Lichts und des ewigen Lebens. Kehrt nun zu euren Gemeinden zurück und führt die guten Werke weiter, die wir begonnen haben.»

Das war das Zeichen für die Gäste, sich den Mund abzuwischen und sich zu erheben. Sie verabschiedeten sich, unter tiefen Verbeugungen rückwärts zur Tür gehend. Nachdem sie sich hinter ihnen geschlossen hatte, entließ Don João auch seine Samurai, die auf beiden Seiten des Raums entlang der Wand saßen. Danach atmete er tief auf und griff nach seiner Pfeife. Noch ehe seine Hand den Pfeifenschaft berührte, sprang der schwarze Sklave heran und reichte ihm die Lunte.

«Ein schöner Tag, an den wir noch lange zurückdenken werden.» Don João stieß die erste dichte Rauchwolke aus und sah zu, wie sie hochquoll und durch den Raum zog. «Ein schöner Tag.»

«Ein erfolgreicher Tag, Herr», pflichtete Ishimaru bei, der Älteste unter den Beratern, der bei solchen Zusammenkünften immer als erster nach Don João das Wort ergriff, «der Himmel ist auf Eurer Seite.»

«Auf unserer Seite, Ishimaru, alter Freund», verbesserte ihn Don João und breitete seine Arme weit aus, «auf unserer Seite. Ihr alle habt zum Gelingen des Unternehmens beigetragen, jeder auf seine Weise.»

«Aber der Plan, Herr, der Plan, die Chinesen gar nicht zuerst an Land kommen zu lassen ...» Ishimaru hätte fast gesagt, es sei Don Joãos Plan gewesen, aber seine Zunge spielte nicht mit. «Ein guter Plan, ein sehr guter Plan», sagte er beflissen und in sein ohnehin schon zerknittertes Gesicht traten neue Falten, «damit hat der Teufel nicht gerechnet.»

«Der Teufel kratzt sich zur Zeit hinterm Ohr», schmunzelte Abe, der Jüngste unter den Beratern, nun schon in seinem fünften Jahr ihnen zugehörig, der in Don Joãos Miene die gute Laune und das Nahen seines Lachens entdeckt hatte, «der Teufel fragt sich, warum er nicht schlauer gewesen ist und unsere Schliche erkannt hat. Die Dummheit des Teufels beweist, der Himmel ist fest auf unserer Seite.»

«Ohne die Chinesen, hahaha», rief Don João lachend aus und sog von neuem Rauch ein, «wenn die Chinesen Kirishitan wären ... aber sie sind eben nur Heiden.» Er lachte unbändig und nachhaltig. Schließlich deutete er mit dem Kinn an, daß er Rauchen gestatte. Alle außer Kendo, der nie rauchte, kramten eifrig ihre Pfeifen aus den Taschen und machten sich daran, sie zu stopfen. Don João gab seinem Sklaven einen Wink, ihnen Feuer zu reichen.

Kendo nutzte die Zeit, während die anderen sich mit ihren Pfeifen beschäftigten. Er lobte das erfolgreiche Verwirklichen des Plans, der, wie er betonte, geniale Züge trug – wer hätte gedacht, daß es möglich sei, in weniger als drei Stunden alle Männer aus Arima mit Booten und auf dem Landweg herauszuholen und so weit wegzubringen, daß Yoshitomos Leute sie nicht entdecken konnten. «Ein guter Plan, Herr, ein schlauer Plan», bekräftigte er, «gut durchdacht und gut ausgeführt. Daran sieht man, wer wirklich das Zeug hat, Daimyo zu sein.»

Don João nahm Kendos Lob gelassen hin und warf einen langen Blick zum Fenster hinaus, wo sich in fast greifbarer Nähe das riesige schwarze Balkenkreuz über dem Stumpf des Turms erhob. Seine Berater schwiegen. Sie erinnerten sich wohl daran, wie der Plan ausgeheckt wurde und daß es Hochwürden war, von dem alles ausging.

Hotta, dessen Pfeife als erste zu qualmen begann, folgte Don Joãos Blick nach draußen. «Auch ein guter Gedanke, Herr, das große Kreuz als kleines Kreuz nachbilden zu lassen. Den vieren da …», er deutete auf die Tür, durch die Shimpo und die drei anderen weggegangen waren, «denen ist der Geifer fast aus den Mundwinkeln getropft.»

«Ja, ja», lachte Don João und ließ eine neue dicke Rauchwolke aufsteigen, «wir müssen sie noch stärker an uns binden, damit sie nicht der Versuchung erliegen, dem Teufel ihr Ohr zu leihen.» Er berührte das goldene Kreuz auf seiner Brust und ließ es durch seine Finger gleiten. «Ein warmes Gefühl», sagte er und schaute in die Runde, «solch eine Dankbarkeit und Anhänglichkeit in den Augen unserer Untertanen zu sehen.» Er wählte seine Worte sorgsam, Worte, die sonst eigentlich nur ein Daimyo spricht … Unsere Untertanen. Aber die Berater nickten zustimmend und blickten mit der ihnen eingepflanzten Ergebenheit zu ihrem Herrn auf.

«Genau das, was die Menschen brauchen», pflichtete Ishimaru bei, «Lob und Anerkennung. Das festigt den Glauben.»

Don João war längst zur Einsicht gekommen, daß die Hilfe der Kirishitan für ihn nicht weniger wichtig war wie die Stärke seiner Samurai und der Vorrat seiner Musketen. Vielleicht war ihre Hilfe sogar noch wichtiger, denn durch sie konnte er, wenn er es nur verstand, Yoshitomo ständig reizen, ihn ständig herausfordern, ihm ständig kleine Niederlagen zufügen. Oder große Niederlagen wie im vergangenen Herbst bei der Ernte und jetzt. Daß es gelungen war, Yoshitomos so großspurig angekündigten Handel mit den Chinesen zu durchkreuzen, an einem einzigen Tag, war ein Triumph, den er noch nicht voll ausgekostet hatte. Er würde noch viele Pfeifen rauchen müssen, bevor jene Trunkenheit wieder verklang, die seinen Kopf jetzt sirren ließ.

«Was ich ferner mit Euch heute noch besprechen wollte», sagte er und wandte sich an seine Berater, deren ihm erwartungsvoll zugewandten Gesichter er wie durch einen Schleier sah, «droben auf Hinoe herrscht zur Zeit eine gewisse Verwirrung ...», er legte eine Pause ein, um seinen Beratern Zeit zu geben, ihre Schadenfreude leuchten zu lassen, «... wir könnten vielleicht das eine oder andere tun, um diese Verwirrung noch ein wenig zu schüren. Wir müssen uns darauf einstellen, daß Hochwürden und alle anderen Padres bald nicht mehr in Arima so ohne weiteres werden leben können. Der Teufel bereitet ihren Abtransport nach Nagasaki vor, wo in wenigen Wochen, wie ich erfahren habe, zwei oder drei Schiffe eintreffen werden, unsere geliebten Padres nach Macao zu bringen. Wir müssen vorbereitet sein.»

Die Berater blickten sich untereinander verstohlen an. Sie warteten, bis Ishimaru, der Älteste, sich räusperte. Er tat es mehrmals und schaute zu Boden, holte schließlich tief Luft und ließ seinen Atem zischend durch die Zähne gehen. «Weisheit und Weitsicht. Weitsicht und Weisheit», sagte er, «wie sollen wir uns vorbereiten, Herr?»

«Indem wir die Verwirrung, die zur Zeit auf Hinoe herrscht, nutzen und dafür sorgen, daß sie noch lange anhält. Der Teufel ist, wie wir inzwischen wissen, längst nicht so schlau. Und außerdem weiß er, daß wir über doppelt so viele Samurai verfügen und ungezählt viele Musketen. Auf Hinoe lagern, wenn ich richtig unterrichtet bin, ihrer höchstens zwanzig Stück.»

«Vielleicht noch nicht einmal zwanzig», warf Hotta ein, der sich in seinen Schätzungen immer vorsichtig zurückhielt.

«Gut, nehmen wir an, zehn bis zwanzig. El Rosso, dieser verfluchte Brandstifter, weiß, daß wir unvergleichlich stärker sind. Und obwohl wir aus verschiedenen Gründen unsere Stärke nicht offen zeigen und auch nicht nutzen möchten, solange man auf Hinoe fürchtet, wir könnten irgendwann zuschlagen, ganz überraschend und schnell zuschlagen ...»

«Weisheit und Weitsicht. Weitsicht und Weisheit», wiederholte Ishimaru und neigte seinen Kopf voller Bewunderung, «unser Herr meint, solange Yoshitomo keinen Tag verbringt ohne die Angst, wir könnten jede Stunde vor seinem Tor und vor seinen Mauern erscheinen, dann … ja, dann wird er seine Aufmerksamkeit dauernd auf uns richten und keine Zeit für andere Dinge haben.»

«Was für andere Dinge?» fragte Abe.

«All das, was wir im stillen vorbereiten könnten, so daß Hochwürden und die Padres nicht nach Macao abtransportiert werden.» Aus Ishimarus Tonfall sprach ein gewisser Tadel, daß Abe nicht von sich aus auf diesen Gedanken gekommen war.

«Es gibt viele Padres in Arima.»

«Und viele Fradres dazu.»

«Und viele Novizen.»

«Werden sie alle untertauchen können?»

«Sicher nicht alle, aber wir hoffen, den meisten wird es gelingen. Dafür hat unser Herr doch zusammen mit Hochwürden in jedem Dorf eine Confraria aufgebaut. Es gibt genügend Dörfer und in den Dörfern genügend Dächer, unter denen die Padres schlafen können.»

«Also geht es darum, dem, was Hochwürden tut, Unterstützung zu gewähren, indem wir Yoshitomo ständig in Atem halten.»

«Genau, das ist's, was unser Herr meint.»

«Weisheit und Weitsicht.»

Don João, der dem Gespräch seiner Berater schweigend zuhörte, eine Spitze seines Schnurrbarts zwischen den Fingern zwirbelnd, nickte zustimmend. Er dachte schon viel weiter. Er dachte, wie es sein werde, wenn die Padres im Untergrund leben mußten, über Dörfer und Kirishitanhäuser verstreut, ständig der Gefahr der Entdeckung ausgesetzt, mehr denn je auf Schutz angewiesen. Er war der einzige, der ihnen diesen Schutz gewähren konnte, der einzige, der die Verbindung der Padres untereinander aufrechterhalten konnte, und auch der einzige, bei dem alle Fäden zusammenliefen. Er war das Zentrum. Er war die Macht. Nicht mehr Ferreira. Ferreira würde ein Flüchtling sein, einer von vielen, nach denen Yoshitomo fahnden ließ. Ferreira ein Bittsteller, ein Schatten in der Nacht, ein Nichts. Das war ein Gefühl, das lange in Don João geschlummert hatte, vergraben in der Tiefe seiner Seele, seiner von Ehrgeiz gequälten Seele, jetzt drängte es heraus. Es erwachte, und indem es erwachte, wölbte es seine Brust und gab seinen Augen neuen Glanz. Er war das Zentrum. Sein war die Macht.

Don João blickte wieder zum Fenster hinaus. Er sah das Kreuz, das sich schwarz und mächtig gegen den blauen Hintergrund des Himmels abhob. Die Konturen verschwammen, und an ihre Stelle trat der Umriß des Turms, so wie er früher einmal aus der Höhe gegrüßt hatte, trutzig und stark, mit seinen blütenweißen Wänden und seinen Schießscharten, mit den geschwungenen Balken, die das schwere Dach mit Leichtigkeit trugen, und den azurblauen Enden der Balken. Sinnbild der Herrschaft. Sinnbild der Macht. Während Don João seine Augen nun starr nach oben gerichtet hatte, verschwand das schemenhafte Bild des Turms, und an seine Stelle trat wieder das wuchtige, schwarze Kreuz. Himmelszeichen. Es schrie nach Rache.

Don João spürte die Stille, die ihn umgab. Wie aus einem Traum gerissen, wandte er sich wieder seinen Beratern zu. Sie alle saßen regungslos da, ihre stummen Blicke auf ihn gerichtet.

* *
*

Während unten auf Hara Don João im Kreise seiner Berater seinen Triumph genoß, saß Yoshitomo oben auf Hinoe allein in seinem Zimmer. Er schrieb an dem Bericht, den er dem Shogun schuldig war. Yoshitomo war nie ein Mann des Wortes gewesen. Schreiben ging ihm nicht leicht von der Hand. Darum hatte er schon dreimal neue Tusche angerieben, und die Blätter, die er zerknüllt hatte, lagen über den Boden verstreut. Unter gewöhnlichen Umständen hätte er das, was er zu Papier bringen wollte, seinem Schreiber diktiert, aber diesmal waren die Umstände nicht gewöhnlich. Er mußte dem Shogun schildern, was sich in Arima zugetragen hatte. Er mußte schreiben, daß die chinesischen Dschunken zwar angekommen waren, im Hafen von Arima aber nicht anlegen konnten, weil es keinen Lotsen gab, der sie durch die enge Hafeneinfahrt geleitete, und kein Fischerboot, das die Schleppseile annahm. Er mußte auch schreiben, daß eine der Dschunken gesunken war und daß die anderen mit wütenden, schimpfenden Kapitänen nach Nagasaki gesegelt seien. Jedesmal, wenn er ein paar Zeilen zu Papier gebracht hatte und das Geschriebene durchlas, fühlte er den Schmerz der Niederlage. Darum zerknüllte er Seite um Seite, aber der Schmerz wich nicht. Er wuchs und lähmte seine Hand, so daß er den Pinsel kaum noch führen konnte.

Nie ist es leicht, eine Niederlage einzugestehen, aber diesmal war es mehr als das. Es war die Vernichtung einer Hoffnung, die Vernichtung des Vertrauens, das der Shogun in ihn gesetzt hatte. Wie könnte er das, was geschehen war, schriftlich darlegen, ohne als unfähiger Tölpel dazustehen, der nicht einmal imstande war sicherzustellen, daß beim Eintreffen der Dschunken alle Hafenlotsen, Hafenarbeiter und Fischerboote in Arima bereitstanden. Was für ein Daimyo ist das, würde sich der Shogun sagen.

Yoshitomo ließ den Pinsel sinken. Am liebsten würde er sich auf sein Pferd schwingen und mit fünfhundert Mann nach Arima reiten. Er würde sämtliche Männer aus den Häusern zerren und auf der Uferstraße köpfen lassen. Das Blut würde seinen Zorn und seine Scham überdecken. Am liebsten würde er das Missionsgebäude umzingeln und mit sämtlichen Padres darin von vier Seiten anzünden lassen und jeden, der versuchte, sich aus den Flammen zu retten, mit Stockhieben zurücktreiben in den Tod.

Dicke Tusche tropfte von seinem Pinsel. Sie hinterließ einen großen Fleck auf dem Papier. Ärgerlich zerknäulte er auch dieses Blatt und warf es zu Boden. Langsam dämmerte ihm, wie er hereingelegt worden war. Noch am Vortag war er in Arima gewesen, um sich vom Gang der Vorbereitungen für die Ankunft der Dschunken zu überzeugen. Alles hatte gut ausgesehen. Der Hafen war voller Boote, mehr Boote sogar als sonst. Er hatte sie gesehen und befriedigt genickt. Wer kommt schon auf den Gedanken, daß diese Boote nur deshalb im Hafen lagen, um mit ihnen vor der Ankunft der Dschunken rasch sämtliche Männer aus Arima wegzubringen?

Yoshitomo hatte alles getan, nach bestem Ermessen, was für

die Ankunft der Dschunken zu tun war. Trotzdem war er hereingelegt worden. Ein so gemein ausgedachter Plan konnte nicht in den Köpfen der Lotsen und Hafenarbeiter und einfachen Fischer von Arima ausgeheckt worden sein. Dahinter stand jemand. Sicher Ferreira. Sicher João. Aber wo waren die Beweise?

Yoshitomo hob alle zerknüllten Seiten auf und stopfte sie in den Bastkorb in der Ecke. Er wollte einen sauberen Tisch haben, bevor er sich wieder hinsetzte und einen neuen Anfang versuchte. Eines wußte er mit Sicherheit: Er kam um diesen Bericht nicht herum. Er mußte schonungslos und offen sein. Nur so konnte er sich vor dem Verdacht schützen, er sei als Daimyo ein Versager, unfähig zur Herrschaft. Schrieb er diesen Bericht nicht sofort und sorgte dafür, daß er möglichst rasch in die Hände des Shogun gelangte, käme die Nachricht seiner Niederlage im Fluge von Nagasaki nach Edo.

Auch zu João war nichts zu sagen, was nicht auf ihn zurückgefallen wäre. Wie kann das sein, würde der Shogun sich sagen, daß ein Daimyo sich von seinem eigenen Bruder einschüchtern oder sogar überlisten läßt. All das konnte geschehen, nur weil die Menschen in seinem Daimyonat, zumindest im südlichen Teil der Halbinsel, Kirishitan waren. Wie konnte er das, verdammt, dem Shogun begreiflich machen?

Yoshitomo rieb noch manches Mal frische Tusche an und mußte sich neues Papier bringen lassen. Er schrieb die ganze Nacht hindurch, ließ bei Tagesanbruch seine Berater rufen, legte ihnen den Bericht vor und ertrug den traurigen Ausdruck in ihren Augen beim Verlesen seines Textes.

Norihide übernahm es, den Bericht nach Edo zu bringen, und sattelte noch am selben Morgen sein Pferd.

* *
*

Mit einem weichen Tuch wischte Hendrik die Linsen ab und hielt sie schräg gegen das Licht. Die Rundung war vollkommen, die Politur gut. Er betrachtete sie zufrieden, wie sie vor ihm auf dem schwarzen Samttuch lagen, mehr als zehn Linsen, die er während der letzten Wochen geschliffen und poliert hatte. Bei einigen war die Krümmung stärker als bei anderen, was für den Bau eines guten Fernrohrs nötig war. Jetzt konnte er daran gehen, ihre Brennpunkte noch einmal genau zu bestimmen. Er nahm die erste Linse und schob sie in die Halterung, die er aus einem gespaltenen Bambussegment gefertigt hatte. Dann hielt er sie in die Sonne und suchte mit einem Blatt Papier, das er hinter der Linse vor- und zurückbewegte, den Punkt, in dem sich die Sonnenstrahlen trafen. Der Punkt leuchtete heller als die hellste Kerzenflamme, und bald kräuselte Rauch auf. Hendrik nahm einen Stab, in den er in regelmäßigen Abschnitten Markierungen eingekerbt hatte, und maß die Entfernung von der Mitte der Linse bis zu dem Blatt Papier. Bevor er die Zahl aufschreiben konnte, fing das Papier Feuer, und er mußte die Flamme rasch löschen.

So maß Hendrik Linse nach Linse aus, wiederholte einige Messungen, um sicherzugehen, daß er sich nicht geirrt hatte, notierte jede Brennweite und legte die Linsen vorsichtig auf die Samtunterlage zurück. Mit den Brennweiten konnte er daran gehen, auf Papier das Rohr zu entwerfen, in das er die Linsen einsetzen mußte. Es war Zeit, mit dem Silberschmied zu sprechen, ehe er mit dem Guß der Silberrohre beginnen konnte. Der Durchmesser der Linsen bestimmte den Durchmesser der Rohre. Jetzt galt es nur noch herauszufinden, wie lang sie sein mußten.

Um jeden Fehler zu vermeiden, ordnete er auf dem Tisch mehrere Halterungen hintereinander so an, daß er sie leicht hin- und herschieben und den Abstand zwischen den einzelnen Linsen verändern konnte. Viele Stunden probierte er verschiedene Anordnungen, schaute jedesmal mit einem zusammengekniffenen Auge durch die vorderste Linse, bis die schwarzen Striche, die er mit Tusche an die Wand gemalt hatte, sich scharf abbildeten. Die Entfernung zur Wand betrug etwa zehn Schritte. Er markierte die Stellung jeder Linse und verschob dann vorsichtig seinen Tisch, bis die Linie, die er in Gedanken durch den Mittelpunkt seiner Linsen ziehen konnte, in der Ferne auf das Balkenkreuz des abgebrannten Turms von Schloß Hara wies. Er kniete hinter seinem Tisch nieder und suchte das Kreuz scharf einzustellen. Als er die richtige Stellung der Linsen gefunden hatte, konnte er sogar die Möwen erkennen, die in Scharen auf dem Querbalken des Kreuzes saßen. Er markierte die neue Stellung aller Linsen und hatte nun die genaue Länge der Silberrohre und wie weit er sie ineinander verschieben mußte, damit er Gegenstände aus weiter Ferne bis auf zehn Schritte Entfernung scharf sehen konnte.

Die Silberrohre waren in wenigen Tagen hergestellt. Der Schmied verstand sein Fach. Er brachte Hendrik die fertigen Rohre, innen und außen glatt poliert, so daß sie sich leicht ineinander verschieben ließen. Besorgt, daß die Oberfläche des Silbers bald schwarz und unansehlich werden und die schwarze Kruste die Verschiebbarkeit der Rohre beeinträchtigen könnte, nahm der Schmied sie wieder in die Werkstatt mit, um sie mit einer Goldschicht zu überziehen. Als Hendrik die beiden Rohre am nächsten Tag zurückerhielt, wagte er kaum, sie zu berühren und in die Hand zu nehmen, so kostbar wirkten sie in ihrem goldenen Schimmer.

Alle Maße stimmten, und Hendrik ging daran, die Linsen nach dem vorher genau festgelegten Muster einzufügen und festzukitten. Ungeduldig wartete er, bis der Kitt getrocknet war und er die beiden nun mit Linsen ausgestatteten Rohre ineinanderschieben konnte.

Es war schon spät am Abend, als alles bereit war und er sein neues Fernrohr ans Auge heben konnte. Er richtete es zum Himmel empor, wo die Sterne zu glitzern begannen. Zuerst sahen sie noch wie weiße Wattebäusche aus, als er aber die richtige Einstellung gefunden hatte, sprangen sie als scharfe helle Punkte ins Sehfeld.

Hendrik kniete an der Brüstung, die seine Werkstatt umgab. So konnte er besser die Ellbogen abstützen. Seine Hände zitterten. Vor Aufregung, vor Freude, vor Stolz? Er ließ das Fernrohr langsam über den nächtlichen Himmel gleiten, von Stern zu Stern, über das dichte Lichterfeld der Milchstraße, und spürte, wie die Unendlichkeit ihn wieder zu erfüllen begann. Er sah Sterne, die kein Auge bis dahin gesehen hatte, Sterne um Sterne, hier dicht an dicht, dort durch schwarze Weiten getrennt, manchmal mit rotem Schein, ein anderes Mal gelb oder sogar bläulich und grell. Je länger er schaute, desto mehr fühlte er sich hinaufgezogen in die lichterfüllte Tiefe des Weltalls. Er dachte an Giordano Bruno, an seine Worte, daß Sterne andere Sonnen seien, weit, weit entfernt, die Licht und Wärme verstrahlten, jeder leuchtende Punkt eine eigene Welt, vielleicht andere Sonnen mit Planeten. Planeten, auf denen es Leben geben mag. Giordano Bruno hatte vorausgesagt, hinter jenen Welten, die das Auge gerade noch zu erkennen vermag, mögen andere Welten liegen, noch ferner und ferner und ferner.

Eine Hand berührte leicht seine Schulter. «El Rosso», hörte er Mikas Stimme dicht neben sich, und er schreckte hoch.

«Mika-sama», stammelte er. Dann reichte er ihr sein Fernrohr, stolz, wenn auch ein wenig scheu. «Es ist fertig geworden.» In der Dunkelheit sah er, wie sie das Fernrohr hin- und herwendete und es schließlich ans Auge hob. Da trat er näher an sie heran. Er führte ihre Hand zur Milchstraße, während ihr Haar sein Gesicht streifte.

«So viele Sterne!» rief Mika aus. «So viele Sterne! So viel Licht!»

«Der hellste Stern ist für Euch», sagte Hendrik, und er spürte trotz der Dunkelheit ihr Lächeln. Er zog sie an sich, während seine Hand auf ihrer ruhte und das Fernrohr entlang der Milchstraße führte. Je höher ihr Blick in den Zenit stieg, um so weiter lehnte Mika sich zurück und um so tiefer sank sie in Hendriks Arme. Als sie das Fernrohr sinken ließ, küßte er sie lange und sanft.

«Ich habe Angst, el Rosso.»

«Warum?»

«Wir sind die beiden Sterne dort oben am Himmelszelt, die sich treffen und wieder auseinandergehen.»

Hendrik streichelte Mikas Gesicht und fühlte, wie Tränen über ihre Wangen liefen. Er küßte die Tränen weg und schloß Mika noch enger in seine Arme, als könnte er sie so vor Gedanken schützen, die wie ein kalter Windhauch in sie drangen. Wenn sie gerade in diesem Augenblick von jenen beiden Sternen sprach, die sich nur einmal am Himmelszelt treffen und dann wieder auseinandergehen, war das wie ein Echo seiner eigenen Gedanken. Das Fernrohr war fertig, das Versprechen, das er Yoshitomo gegeben hatte, eingelöst. Jetzt bestand kein Grund mehr, länger auf

Hinoe zu bleiben. Er mußte gehen. Seine Anwesenheit hier konnte die Beziehungen zwischen Yoshitomo und seinem Bruder nur noch weiter verschlechtern. Hendrik vermochte sich unschwer vorzustellen, was Don João Tag für Tag beim Anblick des abgebrannten Turms empfand. Wut und Zorn. Rache. Darum mußte er weggehen. So bald als irgend möglich. Jetzt, da das Fernrohr fertig war.

Mika schien seine Gedanken zu erahnen. «Nehmt mich mit, el Rosso», sagte sie und schmiegte sich enger an ihn.

Hendrik dachte an die Monate auf Hinoe, an die Stunden mit Mika, jede Stunde wie ein Stern am nächtlichen Firmament. Behutsam streichelte er Mika übers Haar. Wie schön wäre es, dachte er, wenn er einfach ja zu ihr sagen könnte, ja, ich nehme dich mit, du wirst meine Geliebte sein, meine Frau, und ich werde jeden Tag mit dir zusammensein, fern aller Angst und Sorge. Aber in Wirklichkeit, was konnte er Mika bieten? Er war wie ein Stück Treibholz in einem fremden Meer, fremden Winden, fremden Wellen ausgesetzt. Er wußte nicht, was ihn in Hirado erwartete. Er wußte nichts über Hirado, außer daß die Niederländer dort eine Handelsstation unterhielten und daß er, kam er nach Hirado, zum erstenmal seit fast zwanzig Jahren wieder holländisch würde sprechen können. Wie seine Landsleute ihn aufnehmen würden, war ungewiß. Vermutlich würden sie ihn mißtrauisch von Kopf bis Fuß mustern, wenn er vor sie trat. Vielleicht würden sie ihn sogar als Spion ansehen, weil er zu lange in Mexiko unter den Feinden gelebt hatte. Würden sie überhaupt bereit sein, ihn in ihre Kreise aufzunehmen? Würden sie ihm die Möglichkeit geben zu arbeiten und sich zu bewähren? Was er brauchte, war nicht irgendeine Arbeit, die einen Kupferling oder zwei pro Tag erbrachte, sondern eine Arbeit, die es ihm erlaubte, Mika eine Zukunft zu bieten, die ihrer würdig war.

Hendrik blickte auf Mika herab. Das Licht der Sterne war hell genug, so daß er ihr Gesicht erkennen konnte. Sie fing seinen Blick auf. «Ihr wollt mich nicht mitnehmen, el Rosso», sagte sie leise.

«Weil ich es Euch nicht zumuten kann. Ich bin nur Treibholz in einem fremden Meer, Princessa, arm und mittellos ...»

«Nennt mich nicht Princessa», unterbrach Mika ihn ärgerlich.

«Aber Ihr seid doch eine Princessa aus einem Daimyohaus, und ich bin nur ein hergelaufener Fremder, dem das Glück beschert wurde, von Euch gerettet zu werden. Sonst nichts.»

«Ihr seid so viel, el Rosso. Ihr kennt die Welt, Ihr kennt andere Länder, Ihr kennt andere Völker, kennt die Sterne und …», sie stockte, nach Worten suchend.

Sanft küßte Hendrik sie auf die Stirn, so wie er sie zum erstenmal geküßt hatte in der Fluchtnacht auf dem Felsen, ehe sie zusammen den gefährlichen Weg entlang der Klippe antraten. «Das alles zählt wenig. Die Welt draußen ist nicht freundlich. Es ist hart, Arbeit zu finden, die genügend Silber einbringt, daß man davon bescheiden leben kann. Ihr aber seid in einem Schloß aufgewachsen, in dem Ihr Euch nie über so etwas Sorgen machen mußtet.»

«Ich habe Gold und Silber, el Rosso, ich habe viele seidene Kimonos, ein Koto und viele Porzellan- und Lackschalen. Auch die Sänfte, el Rosso. Wir können sie verkaufen und lange von dem Erlös leben. Außerdem kann Nana mit uns kommen. Sie wird uns eine Hilfe sein.»

Hendrik lächelte bitter. Er sah Mikas große dunkle Augen und das stille Sehnen, das darin stand. Er durfte sie nicht noch tiefer in eine unerfüllbare Traumwelt versetzen. Gegen seine Gefühle und sein Drängen löste er sich nun von ihr und trat einen Schritt zurück.

«Mika-sama, laßt mich zuerst nach Hirado gehen. Allein. Ich werde sehen, ob ich dort Fuß fassen kann, ob ich dort gebraucht werde. Ich werde versuchen, etwas zu erreichen, das Euch angemessen ist. Dann komme ich wieder, Euch zu holen.»

* * *

Maler Yamada sei krank, hieß es. Die Nachricht, die Nana aus der Schloßstadt mitbrachte, schreckte Mika auf. Lange schon hatte sie Yamada nicht mehr gesehen, seit jenem Tag auf Mongos Weide nahe der Mauer, nachdem er el Rosso im Turm aufgesucht hatte, und dann etwas später, das letzte Mal, da sie als Dienstmädchen verkleidet in seinem Atelier erschienen war. Mika dachte immer wieder an ihn, hatte auch ein paarmal mit el Rosso über ihn gesprochen, was für ein seltener Mensch er sei, selten im Maß seines Verständnisses, in seiner Güte und Schläue, und nicht zuletzt in seinem Werk als Künstler. Daß er jetzt schwer erkrankt sei, ließ sie nicht zur Ruhe kommen. Sie überlegte, ob sie Yorin zu ihm schicken sollte oder Shozen, aber Nana riet ab. Die Stimmung in der Schloßstadt sei nicht gut. Falls herauskommt, daß buddhistische Mönche bei Yamada waren und versuchten, ihn zu heilen, würden die Kirishitan das für Teufelswerk halten. Bestimmt würden sie Yamada aus ihrem Kreis ausstoßen und ihm vielleicht sogar etwas antun, Schlimmeres als die Krankheit selbst.

Tage vergingen, und die Nachrichten, die Nana brachte, klangen nicht besser. Mika schickte Nana jeden Vormittag in die Stadt und gab ihr Kräuter mit, die sie von Yorin bekommen hatte. Schließlich hielt sie es nicht mehr aus. Sie verkleidete sich wieder als Dienstmädchen in einen blau-weiß gestreiften Baumwollkimono, der nur bis zu den Knien reichte, mit halblangen Ärmeln, einem warmen Sommertag angemessen. Sie band sich eine verknitterte Schürze um, auf die sie mit Möhrensaft und Soyasoße ein paar Flecken gemalt hatte. Über ihr unordentlich gebundenes Haar einen ausgefransten Strohhut mit breiter Krempe gestülpt, schlüpfte sie unbemerkt durch eine der schmalen Seitenpforten in der Schloßmauer und lief den steilen, gewundenen Pfad hinab, den sie als Kind oft gelaufen war. Sie durchquerte enge Gassen, den Kopf gesenkt, und kam so zu Yamadas Haus.

Von diesem Besuch kehrte Mika nicht nach Hinoe zurück.

Nana erfuhr von Yamada, Mika sei mehrere Stunden bei ihm gewesen, habe neben seinem Bett gesessen und viel erzählt, von der Flucht aus Hara, von el Rossos Schußwunde, von der wundersamen Heilung durch Yorin und Shozen, von den Monaten seit seiner Heilung, von seinen Gesprächen mit Yoshitomo und dem goldenen Fernrohr, das er gerade fertiggestellt hatte. Mika habe, so sagte Yamada, blühend ausgesehen, voller Freude und Hoffnung, und habe in der Dämmerstunde, als vom Tempeltal der Abendgong erklang, das Haus verlassen, um nach Hinoe zurückzukehren.

Niemand in der Schloßstadt hatte Mika gesehen.

Niemand erinnerte sich an ein Dienstmädchen in einem blau-weiß gestreiften Kimono, mit Schürze und breitrandigem Strohhut, das durch die Gassen gekommen war.

Niemand sagte etwas.

Mika blieb verschollen, mehrere Tage, bis ein Brief Don Joãos bei Yoshitomo eintraf, in dem er ihm in wenigen Worten mitteilte, Mika befinde sich auf Hara in seinem Gewahrsam. Er bot an, sie freizulassen, wenn Yoshitomo ihm dafür den Brandstifter el Rosso auslieferte.

30

Verkündigung des Kometen

Wiederum grollte der Berg und stieß aus seinem Krater eine dichte weiße Dampfwolke aus, als wollte der Vulkangott seinen Zorn kundtun über das, was auf Erden geschah.

Ferreira erhielt von den Brüdern in Nagasaki die Nachricht, die Schiffe seien nun eingetroffen, wie erwartet zwei große Dreimaster der Klasse der Rotsiegelschiffe, und Zimmerleute hätten schon damit begonnen, in den Stauraum, bisher für Waren benutzt, Schlafkojen einzubauen. In einigen Wochen, wenn die Taifunzeit abgeklungen war, würden die Schiffe zur Abreise bereit sein.

Mehr als zweihundert Passagiere sollte jedes der Schiffe aufnehmen können, insgesamt über vierhundert also, mehr als benötigt, offenbar rechnete das Shogunat auch mit zahlreichen Kirishitan, die den Padres folgen wollten. Einer von ihnen war Takayama Ukon, ein vor Jahren schon abgesetzter Daimyo, den die Padres Don Justo nannten, inzwischen gut siebzig Jahre alt. Don Justo hatte das Shogunat frühzeitig wissen lassen, er werde den Glauben an Deus nicht verleugnen und lieber mit den Padres das Land verlassen. Seine Familie und ein Gefolge von mehr als fünfzig Dienern und Dienerinnen würden ein Schiff schon zur Hälfte füllen.

Ferreira wußte, die Tage in Arima waren gezählt. Nicht auszuschließen war, daß Yoshitomo überraschend seine Samurai aufbieten würde, um alle im Missionsgebäude zusammenzutreiben und nach Nagasaki zu verfrachten. Umsichtig, wie es seine Art war, begann Ferreira deshalb, gewisse Vorkehrungen zu treffen, um gegen eine solche Überraschung gewappnet zu sein. An jener Stelle hinten im Garten der Mission, von der aus er in den vergangenen Wochen oft nach Schloß Hara gelangt war, ließ er große Boote die Böschung hochziehen und zwischen den Büschen verstecken. Vom Wasser her waren sie so gegen Blicke geschützt. Er ordnete an, in jedes Boot zusätzlich zwei Paar Ruder zu legen sowie einen kleinen Mast mit Segel, Decken zum Schutz gegen den Wind, Wasser gegen den Durst, eine Kanne Öl und je eine jener Sturmlaternen, mit denen die Fischer nachts auf Tintenfischfang gingen. Außerdem ließ er abgeschlagene Zweige auf die Boote häufen, damit sie auch von der Landseite unsichtbar blieben.

Danach rief er die Padres zusammen und probte mit ihnen, wie lange es dauerte, die Boote aus ihrem Versteck herauszuziehen und die steile Böschung zum Wasser hinunterzulassen. Wenn alle fest anpackten und keiner dem anderen im Weg stand, ging es ziemlich schnell, schnell genug, daß die Flucht über das Wasser noch möglich war, falls Yoshitomos Samurai in großer Zahl auf der Küstenstraße erschienen.

Bei seinen nächtlichen Besuchen auf Hara besprach Ferreira mit Don João, welche Schritte als nächstes zu unternehmen wären. Er hatte eine Liste aufgestellt, in welchem Dorf jeder Padre untertauchen sollte, und er verlangte von Don João, dafür zu sorgen, daß genügend Verstecke vorbereitet waren.

Ferreira legte einen Zeitplan fest, nach dem die Padres, jeweils in Gruppen von vier oder fünf, im Schutze der Nacht den Zaun und Wassergraben überwinden und von der Küstenstraße zu den ihnen zugeteilten Dörfern geleitet werden sollten. Verließen jede Nacht zwei oder drei Gruppen auf solche Weise das Missionsgelände, müßte es gelingen, so sagte er sich, alle Padres in Sicherheit zu bringen, ehe Yoshitomo es sich versah.

Shimpo aber, den Ferreira zur Berichterstattung holen ließ, war der Bote beunruhigender Kunde. Viele der Kirishitan in der Schloßstadt seien, so glaubte er bemerkt zu haben, seit dem Abriß der Kirche nicht mehr so recht bei der Sache, einige seien sogar schon dabei ertappt worden, wie sie sich zu Teufelsdiensten heimlich ins Tempeltal schlichen. Wenn Shimpo sie zur Rede stellte, ließen sie keine rechte Standhaftigkeit erkennen. Anscheinend sei ihnen der wahre Glaube nicht mehr so wichtig wie zu jener Zeit, als es die Kirche noch gab und Padre Ricardo jeden Sonntag zu ihnen über Deus sprechen konnte. Verschiedene hätten ihm sogar ins Gesicht gesagt, sie seien es leid, dauernd Befehle zu bekommen, was sie zu tun hätten und was sie glauben sollten.

Ferreira hörte sich Shimpos Bericht mit unbewegter Miene an, aber er fühlte einen kalten Windzug, der ihm bis ins Herz drang. Frühe Anzeichen eines abweichlerischen Gehabes waren ernst zu nehmen. Wenn ein solches Betragen jetzt unter den Bewohnern der Schloßstadt um sich griff, stand zu befürchten, daß die Saat des Widerspruchs weiter aufgehen würde, bis in die Dörfer hinein. Gelang es dem Teufel, genügend Kirishitan vom wahren Weg abzubringen, dann stellte dies eine wachsende Gefahr für die Padres dar, eine Gefahr, der man rechtzeitig begegnen mußte.

Auf der Rückfahrt in der Nacht, die wegen des unsteten Windes für die Strecke von Hara bis zu der geheimen Anlegestelle ungewöhnlich viel Zeit kostete, streckte sich Ferreira immer wieder einmal in dem kleinen Fischerboot aus, erschöpft von den Anstrengungen des langen Tages, aber die quälenden Fragen ließen ihn nicht zur Ruhe kommen.

Wellen schlugen hart gegen die Bordwand, und Gischt durchnäßte seine Kutte. Der Fischer kämpfte mit dem widrigen Wind und mußte ständig das kleine Segel seines Bootes verstellen, um auf Kurs zu bleiben. Die Sterne am Himmel leuchteten.

Da erinnerte sich Ferreira jenes Gesprächs mit Ricardo über den Kometen. Fast zwei Jahre waren darüber vergangen, aber nun schien es ihm ganz gegenwärtig, seine Wiederkehr, die These des dänischen Ketzers, Kometen seien nichts als Himmelskörper, die weit draußen, jenseits des Mondes, ihre Bahnen ziehen. Zwingend deshalb der Schluß, ein Komet kehrt nach einer vorausberechenbaren Zeit zurück. Wenn der Komet Anno Domini 1607 also derselbe war wie der, den Tycho Brahe dreißig Jahre zuvor beobachtet hatte, was stand dann also der Voraussage entgegen, er werde Anno Domini 1637 wiederkehren?

Ferreira verstand es als seine Pflicht, den Zusammenhalt der Kirishitan in Zeiten der Not sicherzustellen. Schließlich war ihm kraft seines Amts die Verantwortung für so viele Seelen aufgebürdet, fünfzigtausend oder mehr. Er mußte Mittel und Wege finden, jene Seelen zu retten, die der Shogun durch sein Edikt dem Teufel ausliefern wollte. Shimpos Bericht von einem abweichlerischen Treiben in der Schloßstadt sollte ihm eine frühe Warnung sein.

So eng verknüpft und innig verflochten die Confraria auch sein mögen, sagte sich Ferreira, offenbar reichte ihre Kraft doch nicht aus, alle Seelen auf dem Pfad des wahren Glaubens zu halten. Es mußte etwas geschehen, was den Zusammenhalt stärkte, etwas, was die Kirishitan fester band, damit sie nicht verzagten und dem Teufel die Möglichkeit gaben, in ihre Seelen einzudringen und sie zu verschlingen.

Was konnte da geeigneter sein als ein schrecklicher Komet, der über das ganze Land Tod und Elend ausgießt? Was konnte da geeigneter sein als die Kunde von dem Feuer, das vom Himmel regnen und alle Heiden verbrennen wird? Was konnte da wichtiger sein als die Zuversicht, daß nur die Kirishitan jenes Inferno überleben werden? Ihnen allein wird das ewige Leben gehören.

Als das Fischerboot endlich an der steinigen Böschung am Weg durch dichte Büsche zum Gelände der Mission anlegte, stand Ferreiras Plan fest. Er würde Padre Leonardo dazu bewegen, von Nagasaki nach Arima zu kommen, trotz seiner Blindheit und seines hohen Alters. Er würde ihn bitten, vor allen versammelten Kirishitan das Kommen des Kometen zu verkünden.

* *
*

In einer der nächsten Nächte ließ Ferreira sich über die Silberbucht nach Nagasaki bringen. Er stritt mit den dortigen Brüdern um deren Einverständnis, Padre Leonardo nach Arima reisen zu lassen, damit er dort zu den Kirishitan spreche. Zunächst waren sie dage-

494

gen, besorgt, die Fahrt nach Arima sei einem so hochbetagten, blinden Mann nicht zuzumuten, aber Ferreira gelang es schließlich, sie von der Notwendigkeit seines Auftritts zu überzeugen.

Allerdings war es nicht leicht, so fand Ferreira rasch heraus, Padre Leonardo für seinen Plan zu gewinnen. Dessen noch immer wacher Geist ließ ihn viele Fragen stellen, und er kam mehrmals darauf zurück, warum sich gerade Anno Domini 1637 das Erscheinen des Kometen begeben solle. Warum nicht in einem anderen Jahr? Warum überhaupt eine so genaue Zeitangabe?

Ferreira wischte sich mit dem Handrücken über die Stirn.

«Was war noch einmal das Jahr?» fragte der greise Padre, und, obwohl seine Augen blind waren, war es Ferreira zumute, als würde er von ihrem Blick durchbohrt.

«Anno Domini 1637, ehrwürdiger Bruder, Anno Domini 1637.»

Padre Leonardos Lippen formten die Zahl, aber seine Stirn runzelte sich in Zweifel, und seine Lider sanken noch tiefer herab, bis von seinen Augen nur noch schmale Spalten blieben. «Warum», fragte er mit seiner volltönenden Stimme, «warum muß es unbedingt Anno Domini 1637 sein? Unser Herr im Himmel sagt uns nicht, wann Er den nächsten Kometen schicken wird. Zum Zeichen Seines Zorns. Und uns armen Sündern steht es nicht zu vorauszusagen, was der Allmächtige zu tun im Sinne trägt. Reicht es daher nicht zu sagen, ein Komet kommt? Reicht es nicht zu sagen, daß der Komet kommen wird, die Erde mit seinem Feuer zu versengen? Warum Anno Domini 1637?»

«Ihr müßt verstehen, ehrwürdiger Bruder», sagte Ferreira, «es ist wichtig für unsere Gemeinde. Wenn wir unseren Kirishitan ein festes Jahr nennen, dann haben sie von diesem Tag an ein festes Ziel vor Augen. Dann wissen sie, wohin sie steuern müssen. Dann können wir sie besser lenken.»

«Aber jederzeit kann doch der Komet kommen, in jedem Jahr, früher oder später. Nur Deus entscheidet, wann Er den Menschen zur Warnung den nächsten Kometen schicken wird. Wir dürfen uns nicht anmaßen, mehr wissen zu wollen als der Allmächtige.»

Ferreira blickte zu Boden und ließ seinen Daumen über den

Rand seiner Fingernägel gleiten. Mehrmals schon hatte Leonardo die gleiche Frage gestellt, und er hatte sich bemüht, ihm eine überzeugende Antwort zu geben, ohne jedoch gleichzeitig im einzelnen erläutern zu müssen, wieso er gerade auf Anno Domini 1637 gekommen war. Doch der ehrwürdige Padre zeigte sich immer noch nicht überzeugt. Seine Hartnäckigkeit war beunruhigend.

«Woher weißt du also, daß es Anno Domini 1637 sein wird?» hub er erneut an, nachdem Ferreiras Antwort auf seine Frage zu lang auf sich warten ließ. «Warum muß es Anno Domini 1637 sein? Warum nicht in einem anderen Jahr?»

«Ehrwürdiger Bruder», versuchte Ferreira so unverfänglich wie möglich zu sagen, «vor sieben Jahren, Anno Domini 1607, stand ein Komet am Himmel, wie Ihr Euch bestimmt erinnern werdet ...» Er wartete, bis Padre Leonardo vor sich hin nickte, stumm, «... vor sieben Jahren, ehrwürdiger Bruder, war ein großes Erdbeben in Edo, gefolgt von Feuer und Tod. Dann im gleichen Sommer der große Brand von Osaka, Feuer und Tod. Danach die schrecklichen Herbststürme und der sintflutartige Regen. Auch hier bei uns. Die Menschen erinnern sich noch. Mißernte, Hunger, Seuchen und Tod. Jetzt haben wir Anno Domini 1614 ...»

«Ja? Und?»

«... bis Anno Domini 1637 verbleiben uns daher noch dreiundzwanzig Jahre.»

«Ja? Und?»

«Eine neue Generation Kirishitan wächst heran. Wir müssen sie vor dem Teufel schützen.»

«Das ist keine Antwort, Bruder Cristovão. In dreiundzwanzig Jahren werde ich nicht mehr unter euch weilen, aber ich werde, so Deus will, vom Himmel auf dich und die anderen herabschauen. Ich werde sehen, wie es euch in diesem Lande ergeht.»

«Darum ist es wichtig, daß Ihr uns jetzt helft, ehrwürdiger Bruder, indem Ihr das Kommen des Kometen in der besprochenen Weise verkündet.»

«Aber was geschieht, wenn Deus in seinem unerforschlichen Ratschluß Anno Domini 1637 keinen Kometen schickt? Was geschieht dann mit den Kirishitan, Bruder Cristovão? Was wird aus ihnen, deren Glauben so fest auf Euer Wort, auf unser Wort baut?»

«Ehrwürdiger Bruder, ich verstehe Eure Sorge, aber wir gehen schweren Zeiten entgegen. Bald werden wir nur noch nachts wie Diebe von Kirishitanhaus zu Kirishitanhaus schleichen können, und die Häscher des Teufels werden uns Tag und Nacht auf den Fersen sein.»

«Selbst das ist kein Grund, Bruder Cristovão, den Kirishitan mit einem Kometen zu drohen, der Anno Domini 1637 kommen soll, genau Anno Domini 1637.» Padre Leonardo verbarg seinen Argwohn nicht.

«Aber unsere Hoffnung liegt in der Treue der Kirishitangemeinde. Wir brauchen etwas, womit wir sie zusammenschweißen können, ehrwürdiger Bruder. Wenn die Kirishitan wissen, daß ein schrecklicher Komet kommt, und zwar Anno Domini 1637, dann haben sie ein festes Ziel vor Augen. Dann werden sie bereit sein, für den Glauben einzustehen und dafür zu kämpfen.»

«Also», sagte Padre Leonardo endlich nach langem Schweigen, «du verbirgst zwar immer noch etwas vor mir, Bruder Cristovão, das sehe ich mit meinen blinden Augen, aber ich werde dir trotzdem deinen Wunsch erfüllen.»

* *
*

Die letzten Vorbereitungen waren getroffen. Die Novizen hatten ihre Anweisungen erhalten und sich für ein paar Stunden Schlaf in ihre Zellen zurückgezogen.

Der Boden bebte, und ein dumpfes Grollen drang durch die Nacht. Die dichte weiße Wolke, die während des Tages weithin sichtbar über dem Krater des Vulkans gehangen hatte, schimmerte rötlich vom glühenden Magma, das sich aus seinem Schlund ergoß.

«Laß ihn grollen», schnaufte Ferreira verächtlich und schloß das Fenster, «dieser Heidengott. Laß ihn Gift und Galle spucken.»

Es ging schon auf Mitternacht zu. In drei Stunden würde Fradre Joseph die Novizen aufwecken, damit sie noch im Schutz der Dunkelheit Zaun und Wassergraben überwinden konnten. Drüben an der Küstenstraße hatten Don Joãos Samurai sicherlich schon Posten bezogen, um jeder Möglichkeit einer Störung vorzubeugen. Die Botschaft, die Ferreira von den Novizen in die Dörfer bringen lassen wollte, war zu wichtig, es dem Zufall zu überlassen, daß alles seinem Plan entsprechend ablief.

Die Stunden schlichen dahin. Ferreira, an seinem Arbeitstisch sitzend, döste ein wenig, dann hörte er, wie Fradre Joseph die Runde machte und die Novizen aus dem Schlaf rüttelte. Er hörte das Scharren der Füße auf dem Steinboden der Eingangshalle, wartete noch, bis Joseph ihm meldete, alle Novizen seien versammelt. Dann trat er, hohlwangig und übernächtigt, aus der Tür seines Arbeitszimmers und kam gemessenen Schritts die Treppe herab. Er erteilte den jungen Männern, die in Reih und Glied Aufstellung genommen hatten, letzte Anweisungen. Er forderte sie auf, die Botschaft noch einmal im Chor aufzusagen, aber leise, damit die Stimmen nicht zu weit dringen könnten. «Gut», sagte er am Ende und legte jedem segnend seine Hand auf den Scheitel, «ihr wißt, alles hängt von euch ab. Eure Botschaft muß noch heute jedes Dorf erreichen, und zwar bei niemand anderem als dem Dorfältesten oder dem Leiter der Oya-gumi. Los, sputet euch, der Himmel wird's euch danken.»

Sie verbeugten sich und verschwanden in der Dunkelheit, kletterten auf den vorbereiteten Leitern über den Zaun und setzten über den Wassergraben.

Der Morgen brachte neues Grollen des Vulkans. Eine noch dichtere Rauchwolke als am Tag zuvor hing über ihm, änderte ihre Farbe von weiß zu grau zu schwefelgelb und verschlang bald das Licht der Sonne. Dann kam ein Korkenzieherwind auf, wie ihn sich nur der Teufel hatte ausdenken können. Er versetzte die Rauchwolke in kreisende Bewegung, drückte die schwefelgelben Schwaden von den hohen Lagen des Berges hinab über die schwarzen Lavaflächen durch die Wälder und über die Felder.

Nicht lange währte es, da erreichten ätzende, nach Schwefel riechende Nebelfetzen die Pfade, auf denen die Novizen dahineilten. Ihre Augen wurden wäßrig und rot. Sie mußten ihre Schritte verlangsamen. Sie husteten, rangen nach Atem und blickten hilfesuchend um sich, aber überall flogen nur Vögel flatternd durch die Luft und fielen zu Boden, Spatzen, Meisen, Rotkehlchen. Sogar ein Adler, der sonst mühelos auf mächtigen Schwingen hoch in den Lüften kreist, taumelte herab und blieb kraftlos am Wegrand hocken.

Da und dort durchdrangen Sonnenstrahlen die Nebelschleier und ließen sie in einem irisierenden Licht leuchten. Die Bäume am Weg waren von farbigem Licht umsäumt, und aus den Schluchten der Wälder stiegen schemenhafte Gespenster ohne Form und Gestalt auf. Sie streckten ihre langen spinnenartigen Finger aus, die Boten einzufangen und zu verschlingen. Trotz quälendem Husten und erstickender Atemnot rannten die jungen Männer, so schnell sie konnten, tauchten ihre Schweißtücher in die Rinnsale, die von den Flanken des Vulkans herabflossen, und preßten sie sich vor Mund und Nase. Wenn sie fühlten, ihre Kraft war im Schwinden, knieten sie nieder und beteten zu Santa Maria, den Teufel zu bannen. So schafften sie es Meile um Meile, keuchend, ihrem Ziel immer näher kommend, nach Atem ringend.

Vor Einbruch der Nacht hatte Ferreiras Botschaft alle Leiter der Oya-gumi auf der Shimabara-Halbinsel erreicht.

* *
*

Drei Tage später brachen die Kirishitan auf, aus den Dörfern an den Flanken des Vulkans und in den Küstenniederungen, aus jedem Dorf zur ihnen vorgeschriebenen Zeit. Sie kamen aus allen Richtungen über Feld- und Waldwege zur Küstenstraße hin, Bauern und Bäuerinnen, Männer mit Decken, Strohbündeln und Kiepen voll mit Essenssachen, Frauen mit kleinen Kindern auf dem Rücken und älteren Kindern an der Hand, anfangs in kleinen Gruppen, dann in lockeren Reihen, die sich zu dichten Kolonnen zusammenschlossen. Auch in der Silberbucht sammelten sich mehr und mehr Boote, jedes bis zum Bordrand mit Menschen beladen.

Alles ging lautlos und schnell vonstatten. Stärker und stärker wuchs die Menge der Kirishitan an. Sie schob sich schon Schulter an Schulter über die Uferstraße, und entlang der Küstenstraße drängte sich, soweit das Auge reichte, eine Menschenschlange, die sich langsam, aber unaufhörlich auf Arima zubewegte. Die beiden

Samurai, die in Yoshitomos Auftrag das Tor am Fuße der Rampe bewachten, konnten sich gegen den Druck der Anstürmenden nicht behaupten. Die Flügel des Tors wurden eingedrückt und sprangen auf. Ein Strom jubelnder Kirishitan stürmte die Rampe hoch und nahm den Platz vor dem Missionsgebäude in Besitz.

Den Zugang zum Hafen überwachten Don Joãos Samurai, die, während der Nacht lautlos angerückt, sich in den leeren Lagerhallen versteckt gehalten hatten. Einige waren zu Pferd gekommen, quer durch den Sumpf zwischen der Küstenstraße und dem Meer, an ihren Sattelknäufen steckten kleine Fahnen, auf denen zum Zeichen ihrer Zugehörigkeit zu Don João ein silbernes Kreuz auf blauem Grund leuchtete. Ihre Pferde tänzelten unruhig auf der Stelle. Der Zug der Kirishitan, der an ihnen vorbeiflutete, erreichte manchmal eine solche Dichte, daß auch sie fast mitgerissen wurden.

Yoshitomo hatte, sobald er vom Aufbruch der Kirishitan erfahren und deren Ausmaß erkannt hatte, eine Hundertschaft satteln lassen und sofort nach Arima entsandt. Über die Küstenstraße bewegte sich jedoch zu dieser Zeit schon ein so gewaltiger Menschenstrom, daß die Reiter kaum schneller vorankamen als die sie umzingelnde Menge. Als sie versuchten, ihre Pferde vorüber an dem dicht gedrängten Zug durch die sumpfige Niederung voranzutreiben, preschte plötzlich hinter einem Felsen ein überlegener Trupp von Don Joãos Samurai hervor und stellte sich ihnen in den Weg. Um einen Zusammenstoß zu vermeiden, zogen sich Yoshitomos Leute zurück.

In Erwartung der Menschenmasse hatte Ferreira dafür gesorgt, daß der Strom dorthin gelenkt wurde, wo während der Nacht der Zunftmeister der Zimmerleute mit seinen Gesellen eine Plattform errichtet hatte. Sie erhob sich auf der Wiese unweit der Böschung, die zum Meer hin abfiel, und bestand aus Balken und Brettern, schon seit einigen Tagen sorgsam eingekerbt, so daß sie sich ohne Verwendung eines einzigen Nagels geräuschlos hatte zusammenfügen lassen. Zwanzig Stufen war die Plattform hoch. Sie trug den Altar, den der Zunftmeister und seine Helfer noch kurz vor dem Eintreffen der ersten Kirishitan hinaufgewuchtet hatten.

Als übersehbar war, daß die Menschenmenge sämtliche Wege und Zugänge nach Arima versperrte, so daß Yoshitomos Samurai keinesfalls mehr durchbrechen konnten, trat Ferreira vom Fenster seines Arbeitszimmers zurück. Er winkte Padre Ricardo herbei und nickte ihm zu, als Zeichen, daß es an der Zeit sei, das große Silberkreuz mit den goldenen Rändern, das in der Sakristei auf dem Boden lag, zum Altar auf der Wiese zu bringen. Ricardo stemmte das schwere Kreuz mit Leichtigkeit hoch und trug es gemessenen Schritts durch die Menge der Gläubigen bis zur Plattform hin. Dort erwarteten ihn schon mehrere Padres, alle in feierlichem Ornat, und begleiteten ihn die steile Treppe hinauf.

Oben stand der Zunftmeister mit seinen Gesellen und stellte das Kreuz auf dem vorgesehenen Platz am Altar auf. Wegen des Windes, der aufgefrischt hatte, sicherte er es mit zusätzlichen Verstrebungen. Die Sonne schien schon heiß vom wolkenlosen Himmel, und Möwen kreisten in der Luft, anscheinend von dem ungewöhnlichen Bild des Menschengewoges angelockt. Kaum war das Kreuz errichtet, wollten sich einige Möwen darauf niederlassen, aber zwei der Zimmermannsgesellen scheuchten sie mit langen Bambusstangen weg.

Es dauerte noch Stunden, bis der Zustrom der Kirishitan nachließ und sie alle auf der Wiese versammelt waren. Dort standen sie dann oder saßen dicht gedrängt, ein fast unüberschaubares Menschenmeer, das die ganze weite Wiese einnahm und die anschließenden Gärten, in denen alles Gemüse im Nu niedergetrampelt war. Die Menge war so unabsehbar angeschwollen, daß es fast so aussah, als gebe die ganze Breite der Wiese unter dem Gewicht der Menschen nach und neige sich zum Meer hin. Die Wellen, die gegen die steinige Böschung anliefen, warfen Gischt und Schaum hoch in die Luft.

In dem Maße, in dem die letzten Nachzügler das Missionsgelände erreicht hatten, zogen Don Joãos Samurai ihren Schutzwall enger. Sie besetzten, wie befohlen, alle Positionen auf der Uferstraße und bezogen außen entlang dem Holzzaun Stellung, um ganz und gar auszuschließen, daß Yoshitomos Leute die Feier innerhalb des Zauns stören könnten.

Dann war es soweit. Ferreira geleitete den ehrwürdigen Padre

Leonardo, der bis dahin in seinem Arbeitszimmer geruht hatte, durch die Menge zum Altar. Ferreira trug den farbenprächtigsten Ornat, in dem er früher an hohen Festtagen die Messe gefeiert hatte. Er führte den blinden Seher bei der Hand, durch die Menge schreitend, die zu seiner Rechten und Linken in die Knie ging. Der blinde Padre, der das Schluchzen der Menschen vernahm, hob seine Hand zum Segnen aller, an denen er vorbeiging.

Dann war die Plattform erreicht. Zwei junge Padres geleiteten Padre Leonardo, indem sie ihn vorsichtig am Ellbogen stützten, Stufe für Stufe hinauf. Oben angekommen, wandte sich der Greis der verstummenden Menge zu. Er, dessen Bart wie ein weißes Schild die breite Brust bedeckte, besaß eine Statur, die jeden, der ihn sah, mit Ehrfurcht erfüllte. Sein Gesicht, noch immer rosig und glatt, strahlte jene Zuversicht aus, die nur denen gegeben ist, die, von der Gnade der Blindheit versehrt, die Stimmen der Engel hören können.

Da brach die Menge in einen Jubel aus, so laut, daß er, so hoffte Ferreira, bis zum Schloß Hinoe drang und sicher noch lange in Yoshitomos Ohren nachklingen würde.

Padre Leonardos Predigt war ein Feuerwerk. Er, der, wie er sagte, sicherlich nicht mehr lange auf dieser Erde weilen werde, scheute sich vor keinem Wort, wenn es darum ging, die dunklen Machenschaften des Teufels anzuprangern, die Widerwärtigkeit seiner Gelüste nach den Seelen der guten Menschen, seinen unstillbaren Hunger nach Leibern, die er zu sich hinab in die Hölle ziehe, um sie dort in alle Ewigkeit zu foltern, zu peinigen, zu quälen, seinen unstillbaren Durst nach dem Blut der Kirishitan, das er sich mit Wohlbehagen die Kehle hinunterrinnen läßt. Die Fratze des Teufels lauert überall, hinter jedem Baum, in jedem Wasserfall, den die Heiden verehren. Seine Fratze lauert im blauen Dunst, der von den Weihrauchstäbchen der Götzendiener aufsteigt, im Gemurmel der Teufelsgebete, sogar in der Luft, die jene bedauernswerten Menschen ein- und ausatmen, die den wahren Glauben nicht kennen.

Während Padre Leonardo in solch wirksamen Bildern auf die allgegenwärtigen Gefahren hinwies, legte sich eine lähmende Stille über die Menge, eine angstvolle Stille, die tief in ihre Herzen traf. Alle verstanden, wie gefährdet sie waren, vom Teufel ergriffen zu werden und das Anrecht auf das ewige Leben zu verlieren. Alle verstanden, daß der Fürst der Hölle des Shoguns Hand geführt hatte, indem er jenes gottlose Edikt schrieb, und alle verstanden, daß es vor dem Himmel nicht bestehen konnte, denn der Himmel kennt andere Gesetze. Nur die Gesetze des Himmels seien es wert, rief Padre Leonardo in die Menge hinein, von den Kirishitan befolgt zu werden. Alle anderen seien des Teufels.

Ferreira, der oben auf der Plattform einige Schritte hinter Padre Leonardo stand, ließ seinen Blick über die Menge schweifen. Seine Augen füllten sich mit Tränen bei dem Gedanken, daß dies die letzte Gelegenheit war, so viele Kirishitan an einem Ort vereint zu sehen, vereint im Glauben, vereint in der Verehrung, vereint im Gebet. Das letzte Mal, sagte er sich, es sei denn, Deus würde in seiner unerforschlichen Güte auf die Zeit der Prüfung eine Zeit der Glorie folgen lassen, eine Zeit des Triumphes des Guten über das Böse, eine Zeit, in der der Glaube an Deus sich über ganz Japan ausbreitete, eine Zeit, in der das heilige Feuer all jene Stätten verzehrt, an denen dem Teufel geopfert wird.

Ferreira wünschte sich, er könnte daran glauben, daß der Komet, von dem Padre Leonardo gerade sprach, daß dieser Komet jene verheißene Zeit der Glorie und eines neuen Triumphes bringen werde. Die Vorstellung war verführerisch. Wie wäre es, sagte er sich, wenn alle Nichtkirishitan vom Feuer des Himmels versengt würden? Wie wäre es, wenn allein die Kirishitan das Kommen des Kometen überlebten?

Ferreira schaute Padre Leonardo an, dessen Schultern bebten, während er die Gläubigen zu seinen Füßen aufrief, ihre Gedanken auf den Kometen zu richten, sich schon jetzt innerlich auf den Tag des Kometen vorzubereiten, wenn Feuer auf die Heiden herabregnen wird. «Der Tag wird kommen!» rief er mit einer Stimme, so mächtig, daß die Möwen, die noch immer über der Menge kreisten, davonstrebten und die Gischt der Brandungswellen hinausgetrieben wurde über das offene Meer. Selbst der Vulkan, der noch immer in der Ferne grollte, verstummte. «Der Tag wird kommen, an dem der Himmel zu uns spricht», rief Padre Leonardo aus, «eine Stimme, viel lauter und klarer als die meine, wird vom Himmel erschallen und den Namen eines jeden Kirishitan aufrufen, der im Herzen den wahren Glauben trägt. Wer diese Stimme hört und sich bekennt, wird vom himmlischen Feuer verschont. Ich habe das Jahr genannt. Anno Domini 1637. Das Jahr des Kometen, das Jahr des Schreckens und der Glorie. Denkt nicht, es sei noch Zeit. Denkt, wie kurz das Leben und wie lang die Ewigkeit. Ich werde, wenn der Komet kommt, nicht mehr unter euch weilen, aber ich werde, so Deus mir gnädig ist, vom Himmel aus mit neu geschenktem Augenlicht auf euch hinabblicken. Ich werde euch sehen, jeden von euch, dich und dich und dich und dich ...»

Padre Leonardo beugte sich vor und deutete mit ausgestrecktem Zeigefinger in die Menge hinein. «... ja dich und dich und dich, euch alle, die ihr hier und heute versammelt seid, um die Botschaft vom Ende der Welt zu hören, euch alle, die ihr heute so gesund und lebensvoll vor mir steht, und euch, die jetzt noch unschuldige Kinder seid, und euch, die ihr noch im Mutterleib schlummert. Ich werde euch vom Himmel her sehen, an jenem Tag der Prüfung, jenem Tag der Glorie, jenem Tag des Sieges des Guten über die Kräfte des Bösen. Ihr werdet leben, aber alle anderen, die nicht an Deus glauben, werden verderben, von giftigen Dämpfen erstickt, vom Feuer versengt, von Asche begraben. Deshalb, seid gesegnet, ihr, die ihr an die Allmacht und Glorie unseres Herrn glaubt, ihr, die ihr unverrückbar auf der Seite des Guten steht, ihr, die ihr Hoffnung haben dürft, das Ende der Welt zu überleben. Seid gesegnet im Namen des Vaters, des Sohnes und des Heiligen Geistes. Amen.»

Zum letztenmal breitete Padre Leonardo seine Arme weit aus, ein Abbild des silbernen Kreuzes, das sich hinter ihm erhob. Regungslos, wie in Stein gemeißelt, blieb er stehen, hoch oben auf der Plattform. Nur sein weißer Bart flatterte im Wind, während vor ihm auf dem großen weiten Feld die Kirishitan in die Knie gingen und zu schluchzen begannen.

* *
*

Das Licht der Fackeln durchdrang den Schatten, der noch unter dem ausladenden Feigenbaum hing, während andernorts schon das erste Grau des Morgens die Konturen des Dachs, der Fenster und der breiten, hohen Eingangstür erkennen ließ. Der Kies auf dem Vorplatz knirschte unter den Schritten, aber immer wieder traten die Füße auf zurückgelassenes Stroh, Reste von Binsenmatten oder gegen alte Sandalen.

«Die Tür ist verschlossen», berichtete einer der Samurai, der vorangegangen war und das Portal mit seiner Fackel ableuchtete.

«Laßt sie schlafen», sagte Yoshitomo, «es wird ihnen schon aufgehen, daß wir hier sind.» Er trat auf die Ecke des Seminargebäudes zu, von wo der Weg in die Gärten und Wiesen führte. Dort blieb er stehen, als wollte er es abwarten, bis das frühe Morgenlicht die Fackeln überflüssig machte, aber seine Augen verengten sich plötzlich, als er die Silhouette des Kreuzes sah, die sich jenseits des Gartens gegen den grauen Horizont abzeichnete. Er begann rasch auf jene Stelle zuzugehen, und seine Samurai bemühten sich, mit ihm Schritt zu halten. Am Fuß der Plattform blieb er stehen und blickte zu dem Kreuz empor. Mit ärgerlichem Schnaufen stieg er dann die Treppe hinauf, zwei Stufen auf einmal nehmend, und schaute sich um. Er sah die zurückgelassenen Stühle, auf denen wohl die Padres gesessen hatten, mehr als zwanzig, und den Altar, der aus einer rohen Eichenbohle bestand, fast einen Klafter lang und eine Handbreite dick, auf einem Unterbau aus aufeinandergestapelten Balken ruhend. Der Schaft des Kreuzes steckte in der dicken Altarplatte, in einem viereckigen Loch, dessen verkohlte Ränder noch die Spuren des Brandeisens erkennen ließen. Das Kreuz war wie ein Schiffsmast mit Seilen vertäut, die sich um grobe Zapfen schlangen, schräg in den Fußboden geschlagen.

Der erste Sonnenstrahl des jungen Tages durchbrach die Dunstschicht über dem Meer und ließ das Silber des Kreuzes aufleuchten. Yoshitomo schritt um den Altar herum. Er sah, daß das Silber als dünnes Blech über einen hölzernen Kern gezogen und auf der Rückseite mit feinen eisernen Stiften festgenagelt war, die Fuge fast nahtlos. Er klopfte mit dem Schwertknauf an eine Stelle des Schafts, wo das Holz sichtbar war, und hörte den dumpfen

Klang. «Innen hohl», sagte er zu den Samurai, die ihm zum Altar gefolgt waren, «nehmt es herunter.»

Während seine Leute die Taue durchschlugen, mit denen das Kreuz festgezurrt war, trat Yoshitomo an den Rand der Plattform und blickte über die leere Grasfläche zu seinen Füßen. Überall die Spuren der Menschen, die sich hier versammelt hatten, Tausende, so hatten seine Samurai ihm berichtet. Rundum zertrampeltes Gras, Reste von Strohmatten und Binsen, Wischtücher, Eßstäbchen und zerfledderte Bambushaut, in welche die Bauern ihre Wegzehrung einschlugen.

Warum das alles? Yoshitomo sah, die Schätzung seiner Samurai war nicht übertrieben, lag doch der Unrat über eine fächerförmige Fläche zu Füßen der Plattform weitverstreut. Warum die aufwendigen Vorbereitungen, derer es bedurfte, so viele tausend Kirishitan hier zusammenzubringen, alle an ein und demselben Tag? Was hat Ferreira davon, fragte er sich, was haben die Padres davon? Er blickte zum Missionsgebäude, dessen Ziegeldach inzwischen auch schon im Sonnenlicht rot leuchtete, hinüber zum gewaltigen Feigenbaum, dessen Krone noch schwarz und dunkel schien. Vielleicht wollten die Padres von ihren Kirishitan Abschied nehmen, sagte sich Yoshitomo, immerhin stand ihr Abtransport nach Nagasaki kurz bevor. Die Küstenschiffe waren schon bestellt, die sie von Arima nach Nagasaki bringen sollten. Und in Nagasaki lagen die beiden Dreimaster des Shogunats bereit. In ein paar Wochen würden sie ihre Segel hissen.

Vorbei, Hochwürden, murmelte Yoshitomo in sich hinein und blickte wieder zum Missionsgebäude hinüber, vorbei, Hochwürden, Ihr habt ausgespielt. Die alten Götter leben. Die alten Götter werden heimkehren, sobald Ihr gegangen seid. Auch Buddha und seine Lehre werden zurückkehren. Buddhas Lehre wird wieder frei zu vernehmen sein, wie schon jetzt im alten Tempeltal. Sie wird wieder überall auf der Shimabara-Halbinsel zu hören sein, die Lehre, die vor tausend Jahren hierherkam und nicht darauf versessen war, den Tod der Götter herbeizuwünschen, um die Herzen der Menschen zu erreichen.

«Wir haben das Kreuz heruntergenommen, Herr», unterbrach einer der Samurai Yoshitomos Selbstgespräch.

Yoshitomo wandte sich um und trat an das Kreuz heran, wie es silbern und wuchtig auf den groben Holzplanken des Podests lag. «Schafft es nach unten und legt es aufs Gras.» Dann besann er sich und fügte hinzu: «Holt Ferreira und die anderen Padres. Bringt sie hierher.»

Die Zeit wurde lang, und Yoshitomos Ungeduld wuchs. Dann sah er, wie einer seiner Leute rennend, wild gestikulierend vom Missionsgebäude zurückkam. «Herr», keuchte er, «Herr. Sie sind weg. Verschwunden. Niemand da. Alles leer.»

Schweigend nahm Yoshitomo die Nachricht hin. Er starrte vor sich mit unbewegter Miene, die nichts von seinem inneren Aufruhr verriet.

«Wir haben alle Räume durchsucht», drängte sich die atemlose Stimme wieder vor, «jeden einzelnen Raum, aber alles ist leer.»

Ohne ersichtliche Eile ging Yoshitomo zum Missionsgebäude zurück, vorbei an dem auf dem Gras liegenden Kreuz. Er ging auf die offene Tür zu und gab seinen Samurai durch ein Handzeichen zu verstehen, daß niemand ihm folgen solle. So betrat er die spärlich erhellte Eingangshalle, die ihm von früher vertraut war, ging den breiten Flur entlang, der zum Refektorium führte. Auf den langen Tischen standen da und dort irdene Teller und Trinkbecher, noch halb mit Wasser gefüllt. Er erinnerte sich, wie oft er dort gesessen hatte, zusammen mit den anderen Seminaristen, und wie sie untereinander verstohlene Blicke austauschten, wenn der Padre vom hohen Tisch herab Schweigen gebot. Er kam an den Schlafzellen der Padres vorbei. Durch die offenen Türen sah er die kargen schmalen Kojen, die Laken geglättet und gefaltet. Als Yoshitomo die Sakristei betrat, sah er, daß Ferreira keine der Utensilien, die er für die Messe brauchte, zurückgelassen hatte, keinen der silbernen und goldenen Pokale, keines der bestickten Meßgewänder. In der Kirche, in die das Licht nur durch ein paar Ritzen in den zugenagelten Fenstern drang, sah er den Altar, ein Block aus Stein gemeißelt, nackt, ohne Kerzen, ohne Brokattuch, ohne Kreuz. Im Halbdunkel konnte er die Fresken an der Decke und den Wänden erkennen. Er sah die Engel herabblicken, und auf den Wänden rundum drehten die Heiligen ihre Augen himmelwärts.

Kampf dem Teufel, hörte Yoshitomo die Stimmen von den Wänden hallen, Sieg über die Finsternis, Rettung vor der Hölle. Er verließ die Kirche und kehrte in die Quartiere der Padres zurück. Er lauschte dem Hallen seiner Schritte, als er die leeren Räume durchquerte, und spürte die feuchtkalte Luft, die durch die langen Gänge zog.

Yoshitomo stieg die knarrende Holztreppe zum oberen Stock hinauf und stieß mit der Fußspitze die Tür zu Ferreiras Arbeitszimmer auf. Der große eicherne Tisch stand in der Mitte des Raums, an seinem Kopf der gepolsterte Stuhl mit Armlehnen, auf dem Ferreira zu sitzen pflegte, und ihm gegenüber zwei einfache Holzstühle und ein paar Schemel. Hoch an der Wand noch der Nagel, an dem das kleine Kruzifix gehangen hatte. Er trat an das Fenster, wie Ferreira es oft getan hatte, und schaute auf den Vorplatz hinab. Die Pferde scharrten den Kies, und der tausendjährige Feigenbaum warf in der Morgensonne grüne Schatten.

Darum also, sagte sich Yoshitomo, hatte Ferreira die Kirishitan kommen lassen, aus allen Dörfern, in so großer Zahl, um sich von den zurückströmenden Menschenmassen hinausschwemmen zu lassen aus dem umzäunten Missionsareal. Deshalb hatte er dafür gesorgt, daß Menschenmassen rund um Arima alle Wege und Straßen verstopften und daß sich der Rückstrom bis tief in die Nachtstunden hinzog. Im Schutz der Nacht, eingekeilt in die Menge der Kirishitan, war er mit den Padres entwichen.

Yoshitomo fühlte Zorn in sich aufsteigen. Und Scham. Seine Nackenmuskeln wurden steif. Der Zorn setzte sich zwischen seine Zähne. Die Scham würgte ihn. Ferreira hatte ihn übertölpelt, zum zweitenmal, und er hatte sich von ihm hereinlegen lassen. Das einzige, was nun noch zu tun übrigblieb, war, die Kirishitandörfer eines nach dem anderen nach untergetauchten Padres zu durchsuchen, Haus um Haus, Speicher um Speicher, Scheune um Scheune. Yoshitomo wußte, es würde nicht einfach sein. Ein langer, zäher Kampf stand bevor, der all seine Kräfte in Anspruch nehmen würde, all seine seelische Kraft und alle seine Samurai, die er für die Jagd nach den Padres würde einsetzen müssen, für eine erbarmungslose Jagd.

Eine erniedrigende Jagd, denn was kann erniedrigender sein, als Padres aus dunklen Verstecken herauszuzerren, sie als Gesetzesbrecher festzunehmen und ihre Hände zu fesseln?

Yoshitomo fröstelte bei dem Gedanken an die Zeit, die vor ihm lag.

31

Bange Zukunft

Im Verlauf der folgenden Wochen gelang es Yoshitomos Samurai, eine Reihe der Padres zu ergreifen. Sie spürten sie in den Kirishitandörfern auf und in der Schloßstadt, auf Speichern und unter Fußböden, in Scheunen und in Ställen – siebenundzwanzig an der Zahl. Trotz anfänglicher Befürchtungen kam es zu keinem ernsthaften Zwischenfall.

Norihide, der die Suche leitete, berichtete sogar, es sei ihm bisweilen so vorgekommen, als hätten die Dorfobersten von irgendwoher die Anweisung erhalten, nichts gegen die Festnahme der Padres zu unternehmen. Anders, so sagte er, sei es kaum zu verstehen, wie gelassen sie die Verhaftung der Padres hinnahmen und manchmal sogar die Bauern und Bäuerinnen schroff zurückstießen, die schreiend versuchten, sich an die Samurai heranzudrängen und die Abführung der Padres zu verhindern. Yoshitomo ließ die siebenundzwanzig nach Nagasaki bringen, wo die Dreimaster des Shogun sie an Bord nahmen und kurz darauf Segel setzten.

Nach der Flucht aus dem Missionsgebäude hatte sich Ferreira sofort nach Hara begeben, zusammen mit Luigi, dem Novizen, an dessen Kinn der Flaum nun dichter sproß, und Fradre Paolo, der die Druckerpresse zu bedienen wußte. Ferreira zog in jenen Teil des Schlosses, der früher von Don Protasio benutzt worden war, ein Wohnflügel, der sich auf leicht erhöhtem Grund zur Klippe hin erstreckte, mit geschwungenem, weit überhängendem Dach und schmiedeeisernen Laternen, die von den Sparren herabhingen. In diesem Flügel lagen die Räume mit dem schönsten Blick aufs

Meer, mit breiten Shojitüren, die zur umlaufenden Veranda hinausführten und sich mit leichter Hand öffnen ließen, und schon strich an warmen Tagen die frische Meeresbrise durch alle Räume. Als Arbeitszimmer hatte Ferreira den großen, lichtdurchfluteten Raum gewählt, in dem Don Protasio Ehrengäste zu empfangen pflegte, der aber seit seinem Tod nicht mehr bewohnt worden war.

Zwei Türen weiter, in einem Raum, in dem früher die Leibgarde des Daimyo Wache gestanden hatte, wenn hohe Besucher bei ihrem Herrn weilten, ließ Ferreira die Druckerpresse aufstellen. Er hatte sie rechtzeitig vom Missionsgebäude übers Wasser nach Hara bringen lassen, in Einzelteile zerlegt, zusammen mit manch anderen Dingen, die er unter keinen Umständen zurücklassen wollte, seine Bücher und Folianten, in denen er über die Jahre mit seiner akkuraten steilen Schrift alles eingetragen hatte, was für die Mission von Bedeutung war. Alles gut verpackt, in Leinensäcke eingenäht oder in wachsgetränktes Papier eingeschlagen. Im Schutze der Dunkelheit hatte Ferreira diese Arbeitsmaterialien im Ruderboot zu jener Anlegestelle unterhalb der Klippe bringen lassen, wo inzwischen die eisernen Angeln frisch geölt worden waren, damit sich die schwere Bohlentür, durch die man in das unterirdische Labyrinth schlüpfen konnte, geräuschlos öffnen und schließen ließ. Fradre Paolo machte sich sogleich daran, die Druckerpresse wieder zusammenzubauen. Um die Tatamimatten, mit denen der Boden ausgelegt war, vor Beschädigung zu bewahren, ließ er einen Unterbau aus dicken Balken errichten, die das schwere Gewicht der Presse trugen.

Es war zwar bitter für Ferreira, daß er das Missionsgebäude in Arima hatte aufgeben müssen, aber der Wechsel zu Schloß Hara unterbrach seine Arbeit kaum. Die Flucht hatte seine Entschlossenheit gefestigt und seine inneren Kräfte gestärkt. Er wußte, er war ein zuverlässiger Planer und guter Stratege. Er hatte die richtigen Entscheidungen getroffen, auch wenn er schon den Verlust von soviel Brüdern beklagte. Ein Preis, den er hatte zahlen müssen. Er trug sein Los mit Würde. Es war nicht die Zeit zu jammern und zu rechten. Der Himmel hat es gewollt, daß siebenundzwanzig ergriffen wurden. Es war die Zeit, nach vorn zu schauen, in die

Zukunft, denn neue Aufgaben lagen vor ihm, viele neue Aufgaben, die sorgfältiges Prüfen und Planen verlangten.

Ferreira war bereit, sich den Aufgaben zu stellen. Als Provinzial mußte er sich um das Wohl aller kümmern, besonders jetzt. Er war verantwortlich für die Brüder, die bei den treuen Kirishitan Unterschlupf gefunden hatten. Seine Aufgabe bestand darin, den Zusammenhalt der noch verbliebenen Brüder aufrechtzuerhalten, in dieser Zeit der Not ihren Glauben an die Zukunft zu festigen, ihre seelischen Kräfte zu stärken und sie ständig zu ermahnen, nie in ihrer Wachsamkeit nachzulassen. Obwohl die Schiffe von Nagasaki abgesegelt waren und keine unmittelbare Gefahr mehr bestand, außer Landes gebracht zu werden, sah Ferreira den Teufel, wie er auf der Lauer lag, seine Nüstern blähte, seine Krallen schärfte. Siebenundzwanzig sind nicht genug, hörte er den Teufel fauchen, begierig nach einer größeren Schar von Padres. Er wird nicht ruhen und rasten, bis sie ihm alle ins Netz gingen. Ferreira wußte, schwere Zeiten standen bevor, darauf mußte er die Brüder innerlich vorbereiten.

Und um die Seelen der Kirishitan vor der ewigen Verdammnis zu bewahren, mußte in sie die Gewißheit eingepflanzt werden, daß der Glaube etwas ist, was man nie wegwerfen kann. Wer getauft ist und die heiligen Sakramente empfangen hat, ist dem Glauben verpflichtet. Unlösbar der Bund, den Deus mit allen Menschen schließt, die seinen Namen gehört und seine Botschaft vernommen haben. Wer den Glauben wegwirft, um sein Leben in dieser Welt zu retten, wird mit ewigen Qualen in der Hölle zahlen.

Dies waren die Gedanken, die Ferreira mit sich trug. Es war gut, daß er schon gleich in der Nacht, in der sie alle das Missionsgebäude verließen, nach Schloß Hara gekommen war. Es war wichtig, daß er sich sofort ein Arbeitszimmer einrichten konnte, da seine Arbeit keine Unterbrechung erleiden durfte. Er hatte einen geeigneten Tisch gefunden und einen Sessel mit gepolsterten Armlehnen und hohem Rücken, auf dem er ohne Ermüdung sitzen konnte, auch wenn seine Arbeit sich weiterhin bis tief in die Nachtstunden hinzog. Er ließ den Tisch und den Sessel so anordnen, daß sein Blick auf den Himmel fiel, der sich über dem Meer wölbte, und rechts oben an der Wand, an einem silbernen Nagel, den Fradre Paolo eingeschlagen hatte, hing sein Kruzifix. Unter dem Kruzifix ein Platz zum Beten. Don João legte mit eigener Hand ein flaches seidenes Kissen dorthin, aber Ferreira winkte ab. Er wollte nicht auf einem seidenen Kissen knien, während seine untergetauchten Brüder überall unter kargen Verhältnissen leben mußten. Deswegen tauschte er das seidene Kissen gegen ein hartes Brett, damit er, wenn er morgens und abends vor dem Kruzifix betete, in den Knien die gleichen Schmerzen empfinde wie seine Brüder im Untergrund auch.

Ferreira öffnete eine neue Seite in dem ledergebundenen Folianten. Er führte genau Buch. Jeden Tag verbrachte er eine Stunde oder mehr damit, alles mit seiner kraftvollen, steilen Schrift einzutragen, was sich überall ereignet hatte, in den Kirishitandörfern, in der Schloßstadt und in Arima. Jede Woche empfing er Abgesandte der Confraria aus verschiedenen Dörfern, die ihm die letzten Neuigkeiten brachten, manchmal die Leiter der Oya-gumi selbst, die in ihrem äußeren Erscheinungsbild längst die Verwandlung von Don Joãos Samurai zu einfachen Bauern vollzogen hatten. Sie trugen ihre bäuerliche Kluft aus derbem, erdfarbenem Stoff, breitrandige Kegelhüte und Strohsandalen. Sogar in die Art, wie sie sprachen, hatte sich schon ein leicht bäuerlicher Zungenschlag eingeschlichen, wie Ferreira mit Schmunzeln vermerkte, so ernst war es ihnen allen mit der Aufgabe, in ihrem jeweiligen Dorf die Confraria aufzubauen und mit dem Leben der Bauern zu verschmelzen. Sie berichteten von ihrer Arbeit, wie sie den Padres halfen, jeden Morgen und jeden Abend alle Dorfbewohner zur Gebetsstunde zusammenzurufen, wie sie an den Samstagen darauf achteten, daß die Bauern sich nach getaner Arbeit geißelten, um die Sünden der Woche abzuwaschen, wie viele Kranke sie besucht und wie viele Tote sie begraben hatten, wie viele Kinder geboren wurden und wie überhaupt die Stimmung im Dorf sei. Sie berichteten von den Wachtposten, die Tag und Nacht nach den Häschern des Teufels Ausschau hielten, um rechtzeitig genug ihre Warnrufe aussenden zu können, die den Padres Zeit ließen, ihre Verstecke noch zu erreichen.

Auch die Kirishitan von Arima, für die es im Hafen kaum noch etwas zu tun gab, schickten Vertreter nach Schloß Hara, um eine Stunde oder zwei mit Ferreira zu verbringen. Sie berichteten, wie die Handlanger des Teufels das Missionsgebäude und die Kirche schon bis auf die Grundmauern abgerissen hatten. Nichts sei von Deus übriggeblieben, sein Haus war zerstört, die Balken und Steine lagerten in Stapeln dort, wo früher Ziegen gemeckert und Schweine gegrunzt hatten. Wenn man über die verwüstete Stätte ging, so berichteten die Männer aus Arima, könne man das Weinen der Engel im Himmel hören. Die Glocke, deren Klang alltäglich so viele Jahre die Getreuen zur Messe gerufen hatte, lagerte fast eine Woche lang an der Pier auf dem nackten Boden, bis ein Schiff kam und sie mitnahm. Dem Gerücht nach solle die Glocke irgendwohin in den Norden verbracht und inzwischen schon in Teufelsgongs umgeschmolzen worden sein.

Shimpo war ein regelmäßiger Gast bei Ferreira. Von ihm wußte er, wie Padre Ricardo noch am letzten Tag ergriffen worden war, der siebenundzwanzigste. Irgendwie mußte Yoshitomo erfahren haben, daß Ricardo sich in der Schloßstadt aufhielt, denn er schickte seine Samurai nachts los und ließ Shimpos Haus umzingeln. Padre Ricardo, hellhörig und von leichtem Schlaf, schrak auf und rannte sofort in den Raum, von dem aus der Tunnel zum Nebenhaus hinüberführte. Aber der Tunnel war noch nicht fertiggestellt. Padre Ricardo gelang es zwar, in den Schlund hineinzukriechen, blieb dann aber stecken. Yoshitomos Samurai packten ihn bei den Füßen und zogen ihn aus dem Erdloch heraus.

Schade, dachte Ferreira, vielleicht hätte er Ricardo doch auf Schloß Hara mitnehmen sollen, statt ihn zu Shimpo zu schicken. Aber gleichzeitig war es richtig, daß er in die Schloßstadt ging, hatte er doch dort so lange gedient, die Messe gelesen und sich um das Seelenheil der Gläubigen gekümmert. Der Gemeinde mußte vor Augen geführt werden, daß ein Padre Ricardo Furcht nicht kannte und sich seine Standhaftigkeit bewahrte, besonders in der Zeit der Gefahr. In diesem Sinn hatte es sich gelohnt, denn Shimpo berichtete, der Zorn gegen Yoshitomo habe sich mit Padre Ricardos Ergreifung tief in die Herzen der Kirishitan gesenkt, tiefer als zuvor, und daß sie alle entschlossen seien, sich von Yoshitomo und seinen Häschern nicht einschüchtern zu lassen.

Trotz allem, Ricardos Verlust wog schwer. Er war es, der sich unter allen Padres am besten in Sternkunde auskannte. Deshalb hatte Ferreira sich vor dessen Mission gefragt, wie er am sinnvollsten tätig werden könnte. Er hatte vorgehabt, ihn von der Schloßstadt aus in alle Dörfer des Umkreises zu entsenden, damit er dort in eigenen Worten vor den Kirishitan über den kommenden Kometen sprach. Die Botschaft des Kometen mußte tief in die Seelen der Kirishitan eingewurzelt werden, dann hatte der blinde Bruder nicht umsonst gesprochen.

Ferreira blickte zum Kruzifix empor und bewegte die Lippen im stummen Gebet. Die Predigt auf der Wiese hinter dem Missionsgebäude war Padre Leonardos letzte gewesen, zweifellos ein Höhepunkt, der nicht zu übertreffen war. Inzwischen hatte der Allmächtige seine Seele heimgeholt, noch ehe er in Nagasaki angekommen war.

Ferreira senkte den Kopf. Er spürte den Blick aus den blinden Augen, der ihn fragend durchbohrte. Er hörte die volltönende Stimme.

Woher weißt du, klang die Stimme, woher weißt du, Bruder Cristovão, daß es Anno Domini 1637 sein wird?

Was geschieht, Bruder Cristovão, wenn Deus in Seiner unerforschlichen Güte Anno Domini 1637 keinen Kometen schickt? Was geschieht dann mit den Kirishitan?

Vater im Himmel, verzeih mir, wenn ich gesündigt habe, murmelte Ferreira.

Er kniete vor dem Kruzifix, auf dem harten Brett, die Schultern nach vorn gezogen, den Rücken gebeugt. Aber Dein Werk muß vollbracht werden, Dein Reich muß kommen.

Seine Stimme sank zu einem lautlosen Flüstern herab.

Vater im Himmel, schick den Kometen, allmächtiger Vater, schick ihn zur vorausgesagten Zeit, damit er alle, die gegen Dich sind, mit seinem giftigen Hauch versengt. Schick ihn, damit alle, die für Dich sind, Deine Glorie sehen. Schick ihn, das Zeichen Deines Zorns, damit wir dieses Land, in dem wir mit so viel Mühe und Last den Boden für den Samen des wahren Glaubens vorbereitet haben, endgültig vom Teufel befreien und unter Deine Obhut stellen können. Amen.

Lange noch verharrte Ferreira auf dem harten Holz. Seine Schultern bebten, während der Gedanke noch immer in ihm wühlte, ob es nicht doch eine Sünde gewesen sei, das Kommen des Kometen vorauszusagen. Wenn Kometen, wie die Kirche lehrt, Zeichen des göttlichen Zorns sind, dann steht es ihm nicht zu, das Jahr des Zorns vorauszubestimmen. Wenn Kometen auf Bahnen kreisen und in regelmäßigen Abständen wiederkehren, wie Tycho Brahe behauptet, dann stellt es einen schweren Verstoß gegen die Lehre der Kirche dar, solche Ketzerworte als Wahrheit zu verkünden.

Ferreira wischte sich mit dem Handrücken über die Stirn, die sich kalt und feucht anfühlte. Die einzige Hoffnung, die Erlösung versprach, lag in der Gewißheit, sein Herz war rein. Er hatte nur das Beste für die Kirishitan zu erreichen gesucht, das Beste für ihre Seelen. Dieser Gedanke besänftigte den Sturm ein wenig, der in ihm wütete. Erst langsam kehrte in ihn wieder Ruhe ein. Seine Schultern hoben sich, sein Rücken straffte sich. Als er zu dem Kruzifix aufblickte, spürte er, wie göttliche Kraft auf ihn herniederfloß.

Da erhob er sich, neu gestärkt, lächelte über den stechenden Schmerz in den Knien und kehrte mit steifen Beinen zu seinem Arbeitstisch zurück. Es gab heute noch viel zu erledigen, am dringlichsten der nächste Rundbrief, den er schon begonnen hatte. Er mußte ihn bald zu Ende bringen, Fradre Paolo wartete schon, ihn setzen und drucken zu können. Seit dem letzten dieser Briefe war schon fast ein Monat vergangen.

Die Rundbriefe stellten die wichtigste Verbindung zwischen Ferreira und den Kirishitan außerhalb der Mauern von Schloß Hara dar. Durch sie sprach er zu ihnen, gab ihnen Rat und Beistand, ermutigte und ermahnte sie. Seit der Flucht aus dem Missionsgebäude waren sie das beste Mittel, wie er mit den untergetauchten Padres in Verbindung bleiben konnte. So schrieb Ferreira jeden Monat zwei solcher Briefe, einen an die Leiter der Oya-gumi und die Kirishitangemeinde gerichtet, einen anderen, theologisch argumentierend, an die Brüder im Herrn, die in der feindlichen Welt ihren gefährlichen Dienst versahen. Schon frühzeitig hatte Ferreira Papier für den Druck nach Hara verbringen lassen, genug, um einige Jahre lang jeden Monat drei Dutzend oder mehr zum Druck zu geben. Wenn die Boten, welche die Rundbriefe in die Kirishitandörfer zu befördern hatten, schon im Schloßhof darauf warteten, trieb er Fradre Paolo zur Eile an und ging ihm sogar selber zur Hand, die Blätter nach dem Druck zum Trocknen aufzuhängen.

Vor allem kam es darauf an, daß die Sendungen ihre Empfänger ohne Zwischenfälle erreichten. Bis jetzt war noch keiner verloren gegangen und in Yoshitomos Hände gefallen, aber Ferreira war ständig bedacht, neue und bessere Wege für den Versand der Botschaften zu finden.

Die erste Stufe des Transports erfolgte nachts über Wasser, nach Obama oder andere Fischerdörfer. Von dort schwärmten die Boten aus, um in die landeinwärts und hangwärts gelegenen Dörfer zu gelangen, auf Wegen und Pfaden, die von den Bauern benutzt wurden, wenn sie ihre Waren zur Küste brachten. Je mehr Menschen diese Wege benutzten, um so sicherer war der Transport. Ferreira vertraute seine Rundbriefe Bauernburschen an, die er sorgsam ausgewählt und auf ihre Aufgabe vorbereitet hatte. Er prägte ihnen ein, nie Unruhe oder Ängstlichkeit erkennen zu lassen, falls sie unterwegs von Yoshitomos Leuten angehalten und ausgefragt wurden. Er prägte ihnen ein, was sie in ihren Kiepen trugen, mußte zweckmäßig erscheinen, damit sie keinen Verdacht erweckten. Wenn sie von Obama den Hang des Vulkans hinaufstiegen, sollten sie ihre Kiepen mit frischen Fischen oder Garnelen füllen. Wenn sie hoch oben am Vulkan von Dorf zu Dorf gingen, sollten sie Rettiche, Süßkartoffeln oder Mandarinen dabeihaben. Er zeigte ihnen, wie sie die Rundbriefe in ihrem um die Lenden gewickelten Baumwolltuch verstecken konnten oder in ausgehöhlten Kürbissen oder Rettichen.

Ferreiras Federkiel lief unbeschwert über das Pergament, das Schreiben ging ihm heute leicht von der Hand. Er sah im Geiste die Kirishitan vor sich, wie sie in den Versammlungshäusern auf dem Boden saßen, Schulter an Schulter, Bauern und Bäuerinnen mit ihren Kindern, ihre Augen auf die Leiter der Oya-gumi gerichtet, die seine Worte verlasen, während draußen vor der Tür und am Rande des Dorfes Wachen gegen Yoshitomos Samurai sicherten. Jede seiner Botschaften begann er mit der Beschreibung einer stillen Szene aus der Natur, einem Zweig mit einem vergessenen Herbstblatt, voller Farbe noch, oder der dünnen Eisschicht, die sich in kalten Nächten auf dem Wasser in der Pfütze bildet und bei der leichtesten Berührung zerbricht, oder dem ersten Krokus, der die Erdkrume durchbricht und das Kommen des Frühlings ahnen läßt. Ferreira war ein Meister in der Wahl solcher und ähnlicher, das Gemüt bewegender Bilder, der jeweiligen Jahreszeit angepaßt. Er wußte, die Herzen der Japaner ließen sich am leichtesten öffnen, wenn man sie zunächst mit einem Gedanken an die Natur für sich gewonnen hat.

Zu dieser Erkenntnis war er schon vor Jahren bei der Verkündung des Evangeliums in Kyoto gekommen, der Hochburg der Teufelsdiener. Damals glaubte er, die Empfänglichkeit für Bilder aus der Natur sei ein Zug, der den Menschen in Kyoto zu eigen sei, eine Folge ihrer Götzenverehrung von Mond, Sonne und blühenden Kirschbäumen, traf dann aber auf der Shimabara-Halbinsel auf die gleiche Empfänglichkeit für Gleichnisse aus dem Leben der Natur und sogar, was für ihn erstaunlich war, unter einfachen Dorfbewohnern. Er ahnte das heidnische Element der Naturvergötzung und ging schon daran, es auszumerzen. Ein zäher Kampf, der ihn fast zermürbte und schließlich zu der Einsicht brachte, es sei besser, die Hingabe der Menschen an die Natur mit der Hingabe an Deus in Einklang zu bringen. Denn Deus hat die Natur geschaffen. Er ist es, der dem Herbstblatt erlaubt, die Unbilden des Winters zu überstehen, ohne sich vom Zweig zu lösen. Er ist es, der bei der Erschaffung der Welt entschieden hat, daß das Wasser im Winter zu Eis erstarrt. Er ist es, der dem Krokus gebietet, aus dem Dunkel des Erdunteren ans Tageslicht zu drängen und seine weiße Blüte zu entfalten, damit die Menschen die Herrlichkeit des Schöpfers preisen.

Deus sorgt sich um alles, schrieb Ferreira in seinem neuen Brief, darum trachtet zuerst nach dem Reich des Herrn. Danach wird euch zufallen, was ihr zum Leben braucht, Nahrung und Kleidung. Schaut die Lilien auf dem Feld an, wie sie wachsen, aus der Kraft des Herrn. Deus kümmert sich um so niedere Dinge wie Lilien und Krokusse. Um so mehr sorgt Er sich daher um uns. Wenn wir uns

Seiner Liebe öffnen, wird Er uns mit ewigem Leben belohnen. Wahrlich, ich sage euch, schrieb Ferreira, und seine Feder flog über das Pergament, wenn ihr wirklich an Deus glaubt, wird Er vor euren Augen Berge versetzen und das Meer teilen.

Ferreira saß über den Tisch gebeugt und schrieb, von Gotteseifer erfüllt, so daß die Tusche seiner Feder sich wie ein nie versiegender Strom über das Pergament verbreitete. Wahrlich, ich sage euch, die Sonne wird sich verfinstern, der Mond seinen Glanz verlieren, und die Sterne werden vom Himmel fallen. Aus den Wolken wird ein helles Licht strahlen, voller Kraft und Herrlichkeit, und Deus wird die Engel senden, damit sie die Auserwählten zusammenrufen aus den vier Richtungen des Windes.

Ferreira blies von der Seite über das Blatt, um das Trocknen der Tusche zu beschleunigen, denn Fradre Paolo wartete schon zu lange an der Druckerpresse.

Ferreira blickte zum Kruzifix empor und spürte, die Zeit war reif für den Entschluß, den er schon seit einiger Zeit immer wieder vertagt hatte, eigentlich schon seit dem Tag, da Ricardo ergriffen wurde. Er durfte seine Reise in die Kirishitandörfer nicht länger hinauszögern, reichte es doch nicht, nur in Sendschreiben das Kommen des Kometen zu beschwören. Er selbst mußte sich davon überzeugen, wie heiß und feurig die Botschaft, die Bruder Leonardo verkündet hatte, in den Herzen der Menschen brannte. Falls die Glut nur noch glomm, war es seine Aufgabe, seine Pflicht als Provinzial, sie neu zu entfachen.

Alles verblaßt mit der Zeit, sagte sich Ferreira, selbst eine Botschaft von solcher Macht, wie Bruder Leonardo sie verkündet hatte, Worte von solcher Wucht.

Fünf Monate waren vergangen, seit Bruder Leonardos donnernde Stimme die Vögel aus den Bäumen aufflattern ließ, eine lange Zeit, wenn man bedachte, was sich inzwischen alles ereignet hatte: das enge Zusammenrücken der Kirishitan im Kampf gegen den Teufel, das ständige Planen und Sorgen, das Aufspüren immer neuer Wege, Yoshitomos Häschern zu entgehen und sie in die Irre zu führen. Fünf Monate Erfolg. Fünf Monate lang war kein Bruder den Häschern in die Hände gefallen. In dieser Hinsicht konnte Ferreira zufrieden sein.

Aber da war die Princessa.

Die Princessa schwieg.

In all den fünf Monaten hatte Mika kein Wort gesprochen, mit niemandem, nicht mit Ferreira, nicht mit Don João, nicht einmal mit den Zofen, die für ihre täglichen Bedürfnisse und ihre Sicherheit zu sorgen hatten. Auch sie berichteten, Mika sei stumm, nie komme ein Laut von ihren Lippen, stumm wie eine tote Zikade, eine leere Hülse, nur noch ein Schatten ihrer selbst.

Ferreira hatte Mika nicht mehr in ihrem Wohnflügel aufgesucht, in dem Don João sie gefangenhielt. Ein paarmal war er zu ihr gegangen, am Anfang, als er noch hoffte, sie zum Reden bringen zu können. Aber sie hatte für ihn nichts als Schweigen, tiefes, dunkles, geradezu teuflisches Schweigen. So hatte er es aufgegeben, ihr gut zuzureden, sie an jene Tage zu erinnern, als sie regelmäßig zur Messe kam und andächtig zuhörte, wie Padre Tomás die Orgel spielte. Sogar ein Wort über ihren Vater, Don Protasio, den sie so tief verehrt und geliebt hatte, brachte kein Zeichen von Anteilnahme in ihre Augen.

In der Schloßstadt war längst durchgesickert, was mit Mika geschehen war. Niemand konnte sich vorstellen, wie sehr sie sich verändert hatte. Viele gaben Don João die Schuld. Er hätte sie nicht nach ihrem Besuch bei dem kranken Yamada auf der Straße aufgreifen und gegen ihren Willen nach Schloß Hara bringen dürfen. Keine gute Tat, sagten die Kirishitan in der Stadt.

Ferreira wischte mit einer ungeduldigen Handbewegung den Gedanken an Mika fort. Für sie konnte er nichts mehr tun. Es gab Dringenderes. Er mußte an seine Reise durch die Kirishitandörfer gehen. Nicht aus Feigheit hatte er so lange gezögert, nicht aus Sorge, er könne unterwegs entdeckt und von Yoshitomos Leuten aufgegriffen werden. Aber ihm war bewußt, er mußte vorsichtig sein und jeden Abschnitt seiner Reise im voraus festlegen. Außerdem hatte Don João zugesagt, ihm einen Begleitschutz mit auf den Weg zu geben, einen Trupp Samurai, als Bauern und Krämer verkleidet, die Schwerter in den Kiepen auf dem Rücken verstaut oder auf Karren, die sie vor sich herschoben.

Doch die Zeit war so schnell verflogen. Er hatte auf Schloß Hara gearbeitet, von morgens früh bis abends spät, ohne Ruhe und Rast, kaum daß er sich die Muße nahm, einen raschen Blick aufs Meer zu werfen, kaum daß er das Gold der Morgensonne in sich aufnahm oder die Glut des Abendhimmels. Ferreira konnte zufrieden zurückschauen auf das, was ihm in den vergangenen Monaten gelungen war. Daß die Tage immer länger wurden, tat seinen Augen wohl, die nach den langen Abenden unter dem schwachen Licht der Öllampe oft schmerzten und die Schriftzeichen auf dem Pergament verschwimmen ließen. Jetzt im März, da die Sonne an Helligkeit und Kraft gewann, hatten seine Augen ihre alte Sehkraft wiedergewonnen. Mit neuem Schwung tauchte Ferreira seinen Federkiel in das Tuschfaß. Er beschloß seinen Rundbrief mit der Ankündigung, er werde in den nächsten Wochen und Monaten jedes einzelne Kirishitandorf besuchen. Dann läutete er die kleine Handglocke, die vor ihm stand.

Das Zeichen für Fradre Paolo, der versprach, sofort mit dem Setzen zu beginnen. Ein Gefühl der Erleichterung überkam Ferreira. Er atmete tief und schloß die Augen. Ein weiterer Schritt war getan. Bald würde er seine Reise antreten. Im Geiste sah er die Bauern vor sich, nach Erde riechend, denn es war die Zeit der ersten Frühjahrssaat. Sie würden zu seinen Füßen sitzen, dicht gedrängt, Schulter an Schulter, die Männer rechts, die Frauen links, und er würde sie segnen. Er würde seine Augen über ihre Reihen hingehen lassen und dann und wann einen der Bauern oder eine der Bäuerinnen mit Namen nennen. Einfache Namen, nicht schwer zu behalten. Ferreira wußte, wenn er die Bauern beim Namen nannte, anscheinend mühelos, dann wuchs ihre Anhänglichkeit und schlug noch tiefere Wurzeln.

«Luigi», rief er halblaut, den Kopf zur Tür gewandt, «Luigi, wo bist du?»

Er lauschte, aber nur das Klick und Klack der bleiernen Lettern war zu hören, die Fradre Paolo zwei Türen weiter in den Druckstock setzte. «Luigi?» Eine leichte Ungeduld mischte sich in Ferreiras Stimme, war er es doch gewohnt, daß Luigi sofort erschien, wenn er ihn rief. Schon zwei Wochen war es her, daß er ihm zum letztenmal die Fingernägel geschnitten hatte. Die Zartheit, mit der er dabei zu Werk ging, rief in Ferreira eine seltsame Entspannung hervor. Er schloß dann die Augen und gab sich seiner Pflege hin. Luigi verstand es, die Schere mit solchem Geschick zu führen, daß ihre Spitze nie dem Nagelbett zu nahe kam oder es gar verletzte. Darum war Ferreira so wohlig zumute, wenn Luigi vor ihm kniete und seinen Auftrag erfüllte. Öffnete er die Augen einen Spalt, fiel sein Blick auf seinen Haarschopf, der ihm bis über die Schultern reichte. Auch der Flaum auf seiner Oberlippe, lange Zeit zaghaft und weich geblieben, war inzwischen dichter geworden. Ferreira rührte sich nicht, bis Luigi mit seiner Schneidearbeit fertig war und eine Flasche Kampferöl aus seinem locker gebundenen Gewand zog. Er sah ihm zu, wie er die Flasche entkorkte, ein paar Tropfen Öl in die Innenfläche seiner Hand fließen ließ, um sie auf seine Haut aufzutragen. Wie Luigi seine Hand hielt und mit langsam kreisender Bewegung das würzig duftende Öl einrieb, erzeugte in ihm eine Unruhe, die ihn lockte und erschreckte. Die Unruhe ergriff Besitz von ihm bis zur Grenze dessen, was er ertragen konnte. Erst dann zwang er sie nieder und verbot sich die sündhaften Gedanken und Empfindungen.

«Hochwürden», ließ sich Don João von der Türschwelle vernehmen, «eine Neuigkeit.»

Die Stimme riß Ferreira aus seinem Tagtraum. Er blickte auf und sah Don João, der in der Türöffnung stand, im grellen Gegenlicht der Nachmittagssonne, die Pfeife in der Hand, aus der blauer Rauch aufkräuselte, und hinter ihm wie ein Schatten sein Negersklave.

«Was ist?» fragte er ein wenig ungehalten. Er hatte Don João schon mehrmals gebeten, er möge sich anmelden lassen, wenn er ihn zu sprechen wünschte, aber er hielt sich auch diesmal nicht daran. Er kam nach eigenem Belieben, und daß er die Stirn besaß, mit brennender Pfeife in die Tür zu treten, ließ Ferreiras Lippen zu einem dünnen Strich werden. «Was ist?» fragte er noch einmal, eine Spur schärfer im Ton.

Don João, dessen steife weiße Halskrause ihm bis über die Ohren reichte, entrollte ein Blatt Papier, zwei Ellen breit und eine Elle hoch, dicht mit wuchtigen Schriftzeichen bedeckt und an allen vier Ecken beschädigt, als sei es irgendwo heruntergerissen worden. Die goldbestickten Säume seines Hemdes leuchteten, während er das Papier mit Schwung über den Tisch ausbreitete.

Ferreira griff zu und hielt das Blatt mit beiden Händen an den Rändern fest, damit es sich nicht wieder zusammenrollte.

«Lest, Hochwürden.» Don Joãos Gesicht verschwand hinter einer dichten Rauchwolke.

Ferreira beugte sich vor und überflog das Blatt. Dann las er es noch einmal, Zeile für Zeile. Als er geendet hatte, blickte er stumm vor sich, die Ränder des Bogens umfassend.

«Keine gute Nachricht, Hochwürden», stieß Don João undeutlich hervor, die Pfeife zwischen die Zähne geklemmt.

Ein schmales Lächeln zeigte sich auf Ferreiras Lippen. Er schwieg.

«Hätte uns erspart bleiben können, Hochwürden», rief Don João aus. Er zog sich einen Stuhl heran und setzte sich breitbeinig hin.

«Woher hast du das?»

«Ein Anschlag von heute früh auf dem Marktplatz. Ein Anschlag, für alle zu sehen und zu lesen.»

Ferreira erhob sich und begann mit großen Schritten hin- und herzugehen, wie er es aus Arima gewohnt war. Mehrmals durchmaß er den Raum vom einen Ende zum anderen und wieder zurück, mit einer Miene, die sich mit jeder Wendung mehr aufhellte.

«Inzwischen auch schon in Arima angeschlagen und vielleicht schon in alle Dörfer unterwegs», sagte Don João, rauchte seine Pfeife zu Ende und ließ sie sich sogleich von seinem Sklaven neu stopfen. «War zu erwarten, daß der Shogun irgendwann so eine Verfügung loslassen würde», sagte er in einem Ton, der Ferreira reizen sollte, «von Anfang an hatte ich damit gerechnet und es Euch auch gesagt. Aber Ihr wolltet es ja nicht glauben.»

«Mein Sohn …», versuchte Ferreira ihn zu unterbrechen.

Don João fuhr unbeirrt fort, im gleichen aufwiegelnden Ton, mit leicht nach oben gezogener Oberlippe. «Es wäre besser gewesen», stieß er hervor, «es wäre besser gewesen, von Anfang an fünfzig oder sechzig Padres nach Nagasaki zu verfrachten. Damit hätten wir Yoshitomos Gesicht gewahrt. Aber so, mit kärglichen siebenundzwanzig, die er mit unserer stillen Duldung hatte einfangen können … Habt Ihr wirklich geglaubt, der Shogun wüßte nicht, daß es weitaus mehr als diese paar Padres in Arima gab?»

«Mein Sohn», antwortete Ferreira gelassen und blieb vor Don João stehen, «ich verzeihe dir, daß du dir um die Wahrung von Yoshitomos Gesicht Sorgen machst, ich weiß ja, daß du nicht auf der Seite des Teufels stehst.»

«Natürlich nicht, Hochwürden. Aber es war unklug, die Padres samt und sonders verschwinden zu lassen. Das einzige, was wir damit erreicht haben, war, den Verdacht zu nähren, den der Shogun ohnehin gegen uns hegt. Und dies hier», Don João deutete mit ausgestrecktem Zeigefinger auf die Rolle auf dem Tisch, «dies hier ist die Quittung für Eure falsche Einschätzung der Lage.»

«Keine falsche Einschätzung der Lage», erwiderte Ferreira scharf, «du kennst meine Gründe. Du weißt, warum ich alle Padres untertauchen ließ.»

«Aber jetzt bekommen wir die Quittung dafür.»

«Hast du Angst, mein Sohn? «

Don João versuchte, seine neue Pfeife am Brennen zu halten, und stieß eine Folge dichter Rauchwolken aus. Seine Oberlippe kräuselte sich immer mehr, aber es war nicht zu erkennen, ob er sich über Ferreiras Bemerkung lustig machte oder über seine Pfeife ärgerte.

Ferreira ging zurück an seinen Tisch und nahm Platz auf seinem Sessel, den Rücken aufgerichtet, ohne sich anzulehnen, die Hände vor sich auf der Tischplatte gefaltet. «Schick ihn fort», sagte er und wies mit den Augen auf den Sklaven.

«Er versteht nicht, über was wir reden.»

«Schick ihn trotzdem fort.»

Don João tat wie ihm geheißen. «Also», sagte er, nachdem die Tür sich hinter dem Sklaven geschlossen hatte, «also, was jetzt?»

Ferreira schob die Rolle zur Seite und gab ihr einen leichten Stoß, so daß sie zu Boden fiel. «Mein Sohn», wandte er sich mit mildem Lächeln Don João wieder zu, «ich habe alles gut durchdacht. Daß der Shogun früher oder später eine solche Verfügung schicken würde, das war in der Tat vorauszusehen. Keine Überraschung. Aber es hat fünf Monate gedauert, bis er sich dazu entschloß, und wir haben die fünf Monate gut genutzt. Wir sind vorbereitet und können der kommenden Zeit mit Gelassenheit entgegensehen.»

Don João blickte auf die Rolle hinunter, die sich noch einige Zeit nahm, bis sie endlich liegenblieb. Ferreiras Lächeln ärgerte ihn, und er hätte ihn am liebsten angeschrien, daß es trotz allem ein Fehler war, alle Padres verschwinden zu lassen. Hätte er ein Schock davon nach Nagasaki geschickt und nur die restlichen zurückbehalten, für die es in den Dörfern sichere Verstecke gab, dann hätte der Shogun nicht Mißtrauen geschöpft.

«Während der letzten fünf Monate», Ferreira schien Don Joãos Gedanken zu erraten, «haben unsere Kirishitan erkannt, daß wir, die Padres, fest zu ihnen stehen, ohne Furcht und Zagen. Wir geben nicht auf. Damit alle Kirishitan dies mit eigenen Augen sehen konnten, sind alle Padres auf mein Geheiß untergetaucht. Um den Kirishitan zu beweisen, wie fest wir zu ihnen stehen. Damit sie in Zukunft treu zu uns stehen. Ich höre von allerorten, wie dankbar die Kirishitan sind und wie sehr sie unseren Entschluß zu schätzen wissen. Und in allen, die erlebt haben, wie Yoshitomos Häscher unsere Padres aus ihren Verstecken zerrten, brennt der heilige Zorn.»

Don João nickte zum Zeichen, daß er Ferreiras Worte gehört und ihren Inhalt verstanden hatte. Er rückte seine Halskrause zurecht und zupfte den bauschigen Ärmel seines seidenen Hemdes, der aus dreieckigen Stoffstücken zusammengesetzt war, abwechselnd gelb und rot, grell wie alle Farben, die er für seine Kleidung wählte.

«Außerdem, wir sind nicht in dieses Land gekommen, um uns vom Shogun herumkommandieren zu lassen», fuhr Ferreira mit gleicher, fester Stimme fort, «wir sind hierhergekommen, weil Deus uns geschickt hat, und wir werden bleiben, solange dies der Wille des Allmächtigen ist. Deus hat in Seiner unerforschlichen Weisheit verfügt, daß siebenundzwanzig unserer Brüder ergriffen und außer Landes gebracht werden sollten. Das schmerzt, aber der Sieg ist unser. Während der letzten Wochen und Monate ist keiner unserer Brüder mehr in die Hände des Teufels gefallen. Und warum, mein Sohn, so frage ich dich, warum greifen Yoshitomos Häscher immer wieder ins Leere? Weil wir sie überlisten. Weil wir, wie du weißt, inzwischen noch bessere Verstecke gefunden haben. Weil wir Tunnel gebaut haben, durch die unsere Padres bei Gefahr von Haus zu Haus kriechen können. Und weil unsere Confraria fest zusammenstehen. Sie bilden einen Schutzwall, der undurchdringlich ist, einen Schutzwall des Glaubens.»

«Es gibt keinen Schutzwall, Hochwürden, zumindest keinen, der undurchdringlich wäre», schnitt ihm Don João das Wort ab. «Sobald Yoshitomo beginnt, in jedem Dorf zehn oder hundert Kirishitan zu ergreifen, Männer, Frauen, Kinder, Greise, und sie foltern läßt, wird der Schutzwall Risse bekommen. Immerhin, dort steht es schwarz auf weiß», er deutete erneut mit weit ausgestrecktem Arm und spitzem Zeigefinger auf die Rolle am Boden, «der Shogun hat Yoshitomo befohlen, die Kirishitan zu foltern, wenn der Verdacht besteht, daß sie einen Padre verstecken. Und überhaupt, Kirishitan zu sein, ist ab sofort nicht mehr erlaubt.»

Ferreira erhob sich und nahm seinen Rundgang durch das Zimmer wieder auf, noch kräftiger ausschreitend als vorher, noch aufrechter in der Haltung, die Schultern noch stärker nach hinten gedrückt. «Wer am Leben hängt, der wird es verlieren. Wer aber sein Leben hingibt um des Herrn willen, der wird es gewinnen in alle Ewigkeit.»

«Hochwürden, die Kirishitan werden gefoltert werden, Männer, Frauen, Greise, Kinder.»

«In allen Dörfern leben tausend Seelen, mein Sohn, in manchen zweitausend, dreitausend oder mehr. Selbst wenn es unter ihnen Verräter gibt, die bereit sind, unsere Padres dem Teufel auszuliefern, alle anderen, die fest zum Glauben stehen, werden enger zusammenrücken. Je mehr Blut fließt, um so entschlossener werden sie sein.»

«Auch Blut der Padres wird fließen.»

«Märtyrerblut, mein Sohn.»

«Aber wenn alle Padres tot oder gefangen sind, was dann?»

«Für jeden Padre, der den Märtyrertod erleidet, werden zwei neue kommen oder drei oder vier oder fünf oder zehn. Das Meer ist offen, mein Sohn, und die Küste ist weit. Vielerorts unbewacht.

Wir geben nicht auf. Wir brauchen nur so lange auszuhalten, bis der Komet kommt.»

«Und wenn der Komet nun nicht kommt, Hochwürden?»

Ferreira stand an der offenen Shojitür und schaute wortlos hinaus. Der Abend kündigte sich schon an, und der Himmel spielte mit vielen Farben.

Eine lange Zeit verging, so lange, bis das Tageslicht verblaßte und sogar das Murmeln der Brandungswellen, die unter der Klippe gegen die Felsen schlugen, verstummte.

«Der Komet wird kommen», sagte Ferreira schließlich mit harter Stimme und wandte sich um. Seine Augen suchten das Kruzifix an der Wand, aber die Dunkelheit hatte es schon verschlungen.

32

Der Austausch

Es war früh am Tag, kaum eine Stunde nach Sonnenaufgang. Dona Isabel hatte eine schlaflose Nacht verbracht, gequält von Sorgen um Mika, verfolgt von dem Schweigen, mit dem sie sich umgab. Ihr Schweigen war inzwischen noch dunkler geworden, noch undurchdringlicher. Kein Zureden half. Ihre Tochter schien sich in eine fremde Welt zurückgezogen zu haben, unerreichbar selbst für die Liebe der Mutter. Sie saß regungslos in einem weißen Kimono, weiß wie der Tod, an der Schwelle der Shojitür, die sich zum Innenhof öffnete, und starrte mit leeren Augen auf den Teich in der Mitte des Hofes. Nichts schien ihren Blick zu fangen, nicht die Spiralen der aus dem Boden brechenden Farnwedel, die sich am Rand des Teiches entrollten, nicht der kleine Wasserfall, nicht das Blaukehlchen, das von Stein zu Stein hüpfte und Moos zupfte.

Dona Isabel trat in Don Joãos Zimmer und schaute sich um. Es hatte sich manches geändert. Der achtteilige Faltschirm nahm die ganze eine Wand ein, derselbe Faltschirm, der früher eher unbeachtet in einer Ecke des großen Empfangszimmers gestanden hatte, ein Geschenk, mit dem sich Ferreira damals bei Don Protasio einführte, eine Weltkarte, in Öl auf fest gespannten Stoff gemalt. Dona Isabel trat näher an den Schirm heran, der ihr plötzlich viel wuchtiger vorkam, als sie ihn in Erinnerung hatte. Sie betrachtete die Länder der Welt, über acht Felder ausgerollt, bunt aus dem azurblauen Grund des Ozeans auftauchend. Schiffe, deren Segel das Kreuz trugen, durchfurchten die Meere. In der Mitte der Welt lag Europa, viele Länder waren in leuchtenden Farben gemalt, grün, gelb, rosa, rot und gold. Japan ganz am Rande der Welt, nur ein paar Flecken im Wasser, die über den Kartenrand ins Nichts zu entschwinden drohten.

«Groß ist die Welt, nicht wahr, Mutter», erklang Don Joãos Stimme plötzlich dicht hinter ihr, dröhnend und laut.

«Du hast mich erschreckt», fuhr Dona Isabel herum.

«Warum kommt Ihr in mein Zimmer und schnüffelt da?»

«Ich konnte nicht mehr schlafen, bei all den Sorgen.»

«Kein Grund, in mein Zimmer zu kommen, während ich nicht da bin.»

«Du scheinst einen langen Schlaf zu haben. Die Sonne ist schon seit über einer Stunde auf.»

«Ich? Langen Schlaf?» Don João lachte kurz auf und streifte den wollenen Überwurf ab, den er über den Schultern trug. Er knäulte ihn zusammen und warf ihn achtlos auf den Tatamiboden. «Ich war schon vor Sonnenaufgang auf. Gibt viel zu tun hier auf dem Schloß und anderswo.»

«Alles deine Schuld. Ich wünschte, du würdest dich mit deinem Bruder wieder vertragen», sagte Dona Isabel und schaute ihm unverhohlen ins Gesicht, «statt dich als der Beschützer und Retter der Padres aufzuspielen. Siehst du nicht ein, wie gefährlich das Spiel ist, das du spielst, gefährlich für dich und für Yoshitomo auch?»

Bei der Erwähnung von Yoshitomos Namen schob sich Don Joãos Unterlippe trotzig vor, und er lachte rauh.

«Jetzt lachst du», sagte Dona Isabel kühl, «aber deine Hingabe an die Padres wird uns alle sehr teuer zu stehen kommen.»

527

«Was meint Ihr damit, Mutter?»

«Ich meine, Yoshitomo könnte seine Stelle als Daimyo verlieren, durch deine Dummheit, Sohn. Siehst du das denn nicht ein, du und er, ihr sitzt doch beide im gleichen Boot, und der Wind aus Edo bläst schon gefährlich stark? Was für ein Leichtsinn, den Padres zu helfen und sie überall untertauchen zu lassen, und ich vermute, Ferreira versteckt sich noch immer hier auf Hara. Als dein Gast.»

«O nein, Mutter, Ihr irrt. Hochwürden hält sich nicht mehr auf Hara auf. Er ist vor einigen Tagen abgereist.»

«Wohin?»

«Wie soll ich das wissen?»

«Du weißt ganz genau, wo er ist, und weißt auch, daß Yoshitomo alles daran setzt, ihn aufzuspüren und festzunehmen.»

Don João zwirbelte eine Spitze seines Schnurrbarts und grinste.

«Daß Yoshitomo alles daransetzen muß, ihn und die anderen Padres aufzugreifen», fuhr Dona Isabel fort und betonte jedes Wort.

«Nun, und?»

«Ganze siebenundzwanzig im letzten Herbst vor der Abreise der Schiffe aus Nagasaki und seitdem noch drei dazu. Also insgesamt dreißig. Bist du wirklich so einfältig zu glauben, der Shogun wisse nicht, daß sich noch viele Padres hier auf der Shimabara-Halbinsel herumtreiben? Versteckt mit deiner Hilfe.»

«Was wollt Ihr von mir? Ich weiß gar nicht, wo sie sind. Wie kann ich es wissen? Sie sind auf einmal nicht mehr da.»

«Ohne deine Hilfe hätten sie nicht verschwinden können. Ohne die Hilfe der Kirishitan, die dir noch immer ergeben sind, könnten sie sich nicht verstecken. Du hast Einfluß auf die Kirishitan, João, sorg dafür, daß dieser Spuk sein Ende findet, bevor es zu spät ist. Sorg dafür, daß wir die Padres loswerden. Sorg dafür, daß Ferreira das Land verläßt. Er bringt Unheil über uns.»

Don João deutete auf die Weltkarte. «Schaut, Mutter, wie groß die Welt ist und wie klein Japan.» Er fuhr mit der Hand über die farbigen Konturen von Europa, Afrika, Amerika und Asien. «Völker um Völker, Länder um Länder, Königreiche um Königreiche, und überall sind die Padres schon gewesen und haben die Kunde von Deus dorthin gebracht. Schaut Euch die Schiffe an, welche die Meere befahren, von Portugal und Spanien in alle Teile der Welt.» Er deutete auf die niedlichen Schiffchen, deren prall geblähte Segel die blauen Meere der Weltkarte zierten. «Die ganze Welt, Mutter, ist schon in Deus' Hand. Nur wir in Japan, hier am Rande, wir spielen nicht mit.» Er streckte seine flache Hand aus und ließ Japan darunter verschwinden. «Wenn wir in der Welt ein Wort mitsprechen wollen, dann müssen wir so werden wie sie.»

«Wie wer?»

«Nur wenn wir mitmachen, werden wir anerkannt.»

Dona Isabel trat einen Schritt zurück und blickte ihren Sohn prüfend an. «Du redest wirklich wie dein Vater, aber vergiß nicht, er ist unter dem Henkersschwert gestorben.»

«Das zeigt, wie grausam der Shogun ist, grausam und dumm. Statt das Land zu öffnen und die Welt willkommen zu heißen …»

«Japan ist offen, João, offen für alle, die hierherkommen und uns schöne Dinge bringen wollen. Für alle, die ihre Waren gegen unser Silber tauschen wollen. Für alle, die schöne Dinge von uns kaufen wollen. Das Land ist offen, João, und es ist siebzig Jahre lang auch für die Padres offen gewesen. Daß die Padres jetzt nicht mehr willkommen sind, haben sie sich selber zuzuschreiben.»

«Was soll das? Ein paar Tempel und Schreine verbrannt. Dafür haben die Padres Kirchen gebaut, so wie sie es überall in der Welt tun.» Don Joãos Hand fuhr wieder in weitem Bogen über den Faltschirm, von Pol zu Pol, «so wie überall in der Welt. Wir auf der Shimabara-Halbinsel waren begnadet, ein Teil dieser großen Welt zu werden. Wir sind schon in Rom bekannt, und am Hof des Königs von Spanien redet man über uns. Und das soll jetzt alles vorüber sein? Nein.»

Dona Isabel wandte sich ab und ging zur gegenüberliegenden Seite, wo eine Gruppe Stühle mit steilen Lehnen stand. Sie raffte ihren Kimono und ließ sich auf einer Stuhlkante nieder.

Unwillig folgte ihr Don João und setzte sich ihr gegenüber, seine Arme mit den bauschigen Ärmeln über der Brust gekreuzt, die Füße mit den Seidenstrümpfen breit nach außen gestellt. «Yoshitomo kann so viele Padres fangen, wie er will», sagte er leichthin, «meine Leute werden sich dem nicht widersetzen.»

«Aber die Kirishitan … sie sind aufgehetzt. Sie greifen zu Flegeln und Sensen. Bei der Verhaftung der letzten drei Padres hat es über fünfzig Tote gegeben, João. Bauern und Bäuerinnen. Sogar Kinder. Ist es das, was du willst?»

«Yoshitomo trägt die Schuld an dem Tod der unschuldigen Kirishitan.»

«In dem Augenblick, in dem sie einen Padre verstecken, brechen sie das Gesetz.»

«Die Strafe des Himmels wird auf Yoshitomo niederfahren.»

«Nimm doch Vernunft an, Sohn. Siehst du denn nicht? Drei Padres, nur drei, hat Yoshitomo seit der Abfahrt der Schiffe von Nagasaki aufgreifen können, nur drei. Aber dafür mußten viele Kirishitan sterben. Wenn das so weitergeht, ist vorauszusehen, daß der Shogun Yoshitomo absetzen wird. Wenn aber Yoshitomo stürzt, João, stürzt auch du. Nur solange dein Bruder Daimyo ist, kannst du auf Hara bleiben. Der Shogun hat die Macht, Yoshitomo abzusetzen. Bald wird seine Geduld zu Ende sein. Dann mußt auch du gehen.»

Don João lachte, aber in seinen Mundwinkeln nistete ein Zukken, das er nicht verbergen konnte.

«Lach nur», sagte Dona Isabel bitter, «der Tag wird kommen, wenn du nicht einlenkst, daß Yoshitomo kein Daimyo mehr ist. Das wird das Ende unserer Familie sein, nach über fünfhundert Jahren Herrschaft über dieses schöne Land. Noch ist es nicht soweit, João, hör auf mich, noch ist es nicht soweit. Alles hängt von dir ab.»

Don João blickte stumm vor sich hin. «Was wollt Ihr von mir, Mutter?» fragte er schließlich.

«Triff dich mit deinem Bruder. Sag ihm, wo die Padres sind. Und gib endlich Mika frei.»

«Warum Mika? Es geht ihr gut.»

«Du weißt genau, wie es um sie steht. Sie wird nicht mehr lange leben, wenn du sie hier gefangenhältst. Ihre Stimme ist schon gestorben.»

«Mit mir redet sie», warf Don João trotzig ein.

«Das letzte Mal, als du sie zum Sprechen bringen wolltest, hat sie dir eine Ohrfeige gegeben.»

«Wer sagt das?»

«Die Zofen natürlich. Glaubst du etwa, die Zofen hätten keine Augen und Ohren? Glaubst du, sie wüßten nicht, wie es um Mika steht und was sie von dir hält? Die halbe Schloßstadt weiß längst, was hier hinter den Mauern geschieht. Und wenn Mika stirbt, werden alle in dir den Mörder deiner Schwester sehen.»

Don João stand auf und trat auf die Veranda hinaus. Er hob seinen Kopf und schaute zu dem mächtigen Balkenkreuz empor, das noch immer die Spitze des abgebrannten Turmes bildete. Seine Augen verengten sich zu schmalen Spalten, denn die Sonne hatte sich schon über den Dachfirst erhoben und blendete ihn. Der Umriß der schwarzen Balken verlor sich fast in dem Glanz des Lichts. So stand er lange da, breitbeinig, die Arme vor der Brust gekreuzt, mit schmalen Augen und vorgestülpter Unterlippe. Dann kehrte er entschlossen ins Zimmer zurück.

«Ihr hattet sicher noch kein Frühstück, Mutter», sagte er mit völlig veränderter Stimme, und ohne auf Dona Isabels Antwort zu warten, ging er zur Tür und rief mit lauter Stimme seinen Diener. Als dieser mit einem Tablett eingetreten war, schickte Don João ihn mit einer lässigen Handbewegung fort. Er goß Dona Isabel und sich selbst den Tee ein. «Dieser Brandstifter», sagte er leise. Er stemmte die Hände auf seine Knie und lehnte sich vor. «Dieser el Rosso, wie er sich nennt, genießt doch noch immer Schutz und Gastrecht auf Hinoe.»

Dona Isabel griff nach ihrer Teeschale und führte sie an den Mund. «Du weißt genau, wie der Brand im Turm entstanden ist. Nicht aus Mutwilligkeit. Ein Unglück ... und der Sturm in jener Nacht.»

«Mutwillig oder nicht. Ich will meine Rache, meine Rache dafür, daß dieser Kerl mir entkommen konnte. Ich will meine Rache für die Schmach, die er mir zugefügt hat.» Über Don Joãos Gesicht zog ein verschlagenes Grinsen. «... und Ihr, Mutter, Ihr könntet mir helfen.»

Dona Isabels Augen glitten seitwärts und täuschten Unbeteiligtsein vor.

«Wie wäre es», fuhr Don João mit eindringlich leiser Stimme fort, den Hals nach vorn gereckt und die Ellbogen noch stärker auswärts gestellt, «wie wär' es, Mutter, wenn Ihr dafür sorgen würdet, daß dieser Kerl mir ausgeliefert wird. Dafür wäre ich bereit, Mika nach Hinoe zurückkehren zu lassen. Überlegt Euch mein Angebot.»

Dona Isabel nippte an ihrem Tee und dachte nach.

* *
*

Vorsichtig setzte Mika Fuß vor Fuß, während sie über die holprigen Pflastersteine schritt, mit denen der Weg zum Schloßtor ausgelegt war. Er wand sich zwischen hohen Mauern hindurch, durch kleine Tore, die sich wie von selbst vor ihr öffneten und sich hinter ihr wieder schlossen. Ein paarmal blieb Mika stehen und lehnte sich gegen die Mauer. Alles um sie verschwamm vor ihren Augen. Ihr war, als verdecke plötzlich eine schwarze Wolke das gleißende Licht der Sonne und sie stürze in undurchdringliche Dunkelheit. Kurz danach aber konnte sie die mit weißen Blüten überladenen Zweige der Kirschbäume wieder erkennen, die sich über dem Weg wölbten, und sie stieß sich von der Mauer ab, um ihren Weg in die Freiheit weiterzugehen.

Don João war am Morgen bei ihr erschienen und hatte gesagt, sie solle sich fertigmachen, ihre Zeit auf Hara sei vorbei, sie könne nach Hinoe zurückkehren, heute noch.

An einer Stelle, wo eine Kirschblüte auf den Boden gefallen war, kauerte Mika nieder und hob sie auf. Sie bettete sie auf die Innenfläche ihrer Hände. Sie trug sie vor sich her, und das Gehen wurde ihr leichter. Sie wünschte sich, sie hätte die Schloßmauern schon hinter sich. Erst dann würde sie sicher sein, daß Joãos Worte doch kein Traum waren, und sie würde aufatmen können. Erst dann konnte sie glauben, daß João sein Wort hielt.

Mika beschleunigte ihre Schritte, bis sie vor sich das Haupttor sah. Die faustdicken eisernen Nieten, mit denen die schweren Eichenbohlen zusammengefügt waren, quollen ihr entgegen, und das Tor sah aus, als wollte es sich nie öffnen. Dann aber begannen die Angeln zu ächzen, und langsam tat sich ein Spalt auf.

Das erste, worauf Mikas Blick fiel, war Schloß Hinoe am gegenüberliegenden Hang, weiß und klar vor der blauen Silhouette des Vulkans aufsteigend. Sie wartete, bis die Torflügel sich so weit geöffnet hatten, daß sie hindurchtreten konnte, ohne das rauhe Holz zu streifen. Draußen vor dem Tor, dessen Flügel sich knirschend hinter ihr wieder schlossen, verharrte sie.

Sie war verwundert zu sehen, daß die breite Straße, die zum Schloßgraben hinunterführte, von Samurai gesäumt war. Rechts und links standen sie in langer Reihe, mit verschlossenen Mienen gerade vor sich hinstarrend. Unten am Brückenaufgang sah sie João, in seinem portugiesischen Prunkgewand, dessen golddurchwirktes Grün im Sonnenlicht strahlte. Er und alle, die ihn umgaben, wandten Hara den Rücken zu und blickten über den Schloßgraben auf die andere Seite hinüber, wo eine andere lange Reihe Samurai postiert war, Yoshitomos Leute. Einzelne Gesichter waren nicht zu erkennen, aber Mika sah Yoshitomos Schimmel. Mit schneller werdenden Schritten ging sie die gewundene Straße hinab, die Kirschblüte immer noch vor sich hertragend, die Augen fest auf die Brücke gerichtet.

«Halt», vertrat João ihr den Weg, als sie an ihm vorbeieilen wollte, «halt. Warte.»

Irgendwo erklangen Trommeln, die von Trommeln jenseits des Burggrabens erwidert wurden. Die Entfernung war so groß, daß sie dumpf und dunkel klangen. Ein Zug Enten stob auf, und über die Oberfläche des Wassers liefen Wellenkreise dahin, die sich an beiden Ufern brachen.

«Bist du nicht dankbar, daß ich dich gehen lasse?» fragte João und versuchte, Mikas Blick zu fangen, aber sie schenkte ihm und seinen Worten keine Beachtung.

Drüben, aus der Reihe von Yoshitomos Samurai, löste sich eine Gestalt.

Mika unterdrückte einen Schrei, als sie Hendrik erkannte. Er schritt auf den Brückenaufgang zu.

«Du kannst jetzt gehen», sagte João und gab Mika den Weg frei. Sie taumelte nach vorn, fing sich und ging langsam den Brückenaufgang hinauf. Wie durch einen Schleier sah sie Hendrik ihr entgegenkommen, wie er dann seinen Schritt verhielt, um nicht zu früh die Brückenmitte zu erreichen, wie ein Lächeln über sein Gesicht huschte, wie er wieder seinen Schritt verhielt und

533

wartete, bis sie vor ihm stand, zwei Schritte und ein Leben von ihm getrennt.

«Mika-sama», sagte er so leise, als fürchtete er, ein zu lautes Wort könnte den Zauber brechen.

«El Rosso.» Mikas Stimme klang ihm wie eine Erinnerung.

«Ihr tragt denselben Kimono wie damals», sagte Hendrik, «erinnert Ihr Euch noch, dort auf der Wiese?» Ohne den Blick von Mikas Gesicht zu nehmen, wies er mit der Hand dorthin zum Rand des Schloßgrabens, wo er sie zum erstenmal gesehen hatte.

Mika nickte kaum merklich. Sie trat einen Schritt näher an ihn heran und steckte die Kirschblüte, die sie in der Hand hielt, in ein Knopfloch in seinem Wams. Dann berührte sie zart die Stelle an seiner Brust, wo ihn die Kugel getroffen hatte. «El Rosso», sagte sie, «wie schön, daß Ihr gekommen seid.»

Hendrik betrachtete sie mit einer Mischung aus Freude und Traurigkeit. Ihre Haut war durchscheinend wie dünnschaliges Porzellan, ihre Schultern noch schmaler und zerbrechlicher, die Adern ihrer Hände traten blau hervor, und ihre tief eingefallenen Augen wirkten unnatürlich groß. Mika wird nicht mehr lange leben, hörte er Dona Isabels Stimme, die auf ihn eingedrungen war, alles Euretwegen, Fremder, Euretwegen hält Don João sie gefangen, Euretwegen läßt er sie verwelken wie eine abgeschnittene Blume, Euretwegen wird sie sterben, Fremder, weil Ihr zu feige seid, Euch zu stellen, Euch zu stellen wie ein Mann.

«Kommt, el Rosso», flüsterte Mika und ergriff Hendriks Hand, «wir dürfen hier nicht zu lange stehen. Mein Bruder João… er ist unberechenbar.» Sie versuchte ihn mit sich zu ziehen.

«Bleibt noch, Mika-sama, nur noch kurze Zeit.»

«Was denkt Ihr? So kommt doch, el Rosso, hier ist kein guter Ort.»

Im Spiegel ihrer Augen sah Hendrik das Leben, das er nun nicht mit ihr würde verbringen, die Sterne, die er ihr nicht mehr würde zeigen können, die Jahre, die zusammenschrumpften in den Zeitraum einer kurzen Begegnung auf dieser Brücke, auf der Schwelle zwischen Leben und Tod. «Lebt wohl, Mika-sama.» Hendrik löste seine Hand von ihrer Hand. Er wandte sich ab und begann auf Schloß Hara zuzugehen.

Mika stand für einen Augenblick wie gelähmt da. Dann sprang sie vor und riß ihn herum. «Wo geht Ihr hin, el Rosso?»

«Dorthin, Mika-sama. So ist es vereinbart.»

«Nein!» schrie sie auf.

«Schaut, wie blau der Himmel ist», sagte Hendrik mit ruhiger Stimme, «ein schöner Tag, um Abschied zu nehmen. Lebt wohl, Mika-sama.» Er verbeugte sich und wollte an ihr vorbei, aber sie verstellte ihm den Weg.

«Keinen Schritt weiter.» Mikas Stimme nahm einen befehlenden Ton an, und ihre Augen funkelten. «Wer hat vereinbart, daß Ihr zu João gehen sollt?»

«Ich gehe aus freien Stücken. Im Tausch gegen Euch, für Eure Freiheit, für Euer Leben.»

«Das ist nicht wahr. Irgend jemand muß es mit ihm ausgehandelt haben. Mein Bruder Yoshitomo?»

«Yoshitomo Daimyo hat nichts mit Don João ausgehandelt, Mika-sama. Ich habe mich angeboten, ich allein.»

Mika betrachtete Hendrik lange, ohne ein Wort. «Also meine Mutter», sagte sie schließlich, «ihr ist es recht, wenn Ihr in den Tod geht. Aber ich nehme Euer Angebot nicht an, el Rosso. Geht zurück, geht nach Hirado. Ihr wolltet doch nach Hirado gehen?»

«Hirado ist nicht mehr wichtig. Das einzige, was zählt, ist Euer Leben.»

«Aber nicht für den Preis, den Ihr zu zahlen bereit seid.»

«Ein kleiner Preis, Mika-sama, nach allem, was Ihr für mich getan habt. Ihr habt mein Leben gerettet, doppelt, bei unserer Flucht, nach meiner Verletzung. Ich gebe nur zurück, was ich im Überfluß von Euch erhalten habe.»

«Unsinn», sagte Mika und trat dichter an Hendrik heran. Sie legte ihren Zeigefinger auf seine Lippen. «Ich bin es, die von Euch beschenkt worden ist. Ihr habt mich durch die tosende Brandung getragen. Ihr habt mir die Sterne gezeigt, fast greifbar nah.»

Schweigend standen sie da, Mika in ihrem weißen Kimono mit tausend kleinen roten Blüten, Hendrik in seiner derben Kluft, der erdbraunen Hose, seinem alten, von der Kugel zerrissenen Hemd und dem Wams, in dessen Knopfloch nun eine Kirschblüte steckte.

«Bin ich nicht die Princessa, der Ihr Gehorsam versprochen habt?» Über Mikas Gesicht flog ein Lächeln, das die Tränen Lügen strafte, die in ihre Augen schossen. «Ich befehle Euch, el Rosso. Kehrt zurück.»

«Princessa, ich will und kann Eurem Befehl nicht folgen.»

«Doch, el Rosso, Ihr werdet gehorchen, denn falls Ihr entgegen meinem Wunsch diese Brücke überquert, werde ich an Eurer Seite gehen. Mit Euch zusammen, zurück nach Hara.»

Hendrik fühlte, wie der Boden unter seinen Füßen schwankte. Er flehte Mika an, ihn für den Weg freizugeben, den er begonnen hatte.

«Spart Euch Eure Worte, el Rosso. Ich lasse Euch nicht in den Tod gehen. Ich befehle, kehrt zurück. Sagt Yoshitomo, er soll Euch ein schnelles Pferd geben, damit Ihr noch heute nach Hirado aufbrechen könnt. Noch heute.»

Mika trat einen Schritt zurück und blickte Hendrik aus tränenschweren Augen an. Dann wandte sie sich rasch ab und ging, leicht und schwebend, wie sie gekommen war, zurück auf Hara zu, an Don João vorbei, der am Brückenaufgang stand und versuchte, sie anzuhalten. Sie schritt die gewundene Straße hinauf, die zur Schloßmauer führte. Erst dort, vor dem Tor, blieb sie stehen und wandte sich um.

Sie sah, wie Hendrik auf dem anderen Ufer mit Yoshitomo redete.

Sie sah, wie Yoshitomo ihn dorthin geleitete, wo sein Schimmel stand.

Sie sah, wie Hendrik sich auf den Schimmel schwang und hundert Samurai aufsaßen.

Sie sah, wie Hendrik zu ihr herüberblickte, ein langer, stummer Blick, wie er zögernd die Hand hob und wie die hundert Reiter ihn dann in ihre Mitte nahmen.

Mika wartete, bis die Kolonne die Küstenstraße erreicht hatte und der Schimmel, den Hendrik ritt, hinter einer Wegbiegung verschwunden war. Dann trat sie durch den hohen Torbogen. Das Tor schloß sich hinter ihr mit ächzenden Angeln, so schwer und wuchtig, wie es sich vor ihr geöffnet hatte.

33

Kein Ende

Der Sommer kam und mit ihm das Singen der Zikaden. Ihre schrillen Stimmen erfüllten die Luft, die unter der heißen Sonne flimmerte.

Im Herbst traf ein Bote aus Edo ein und überbrachte das Dekret von Yoshitomos Absetzung. Wegen Unfähigkeit, mit den Padres und den Kirishitan in einer den Gesetzen des Landes angemessenen Weise zurechtzukommen, so der Wortlaut der Urkunde. Der Shogun befahl Yoshitomo, Schloß Hinoe zu räumen. Ein neuer Daimyo werde die Suche nach den untergetauchten Padres mit der notwendigen Härte zu beenden wissen.

Angst und Schrecken legten sich über die Shimabara-Halbinsel.

Don João mußte Schloß Hara verlassen. Zuvor gelang es ihm, sein Waffenarsenal herauszuschaffen und an einem sicheren Ort zu verwahren. Dann ließ er Mika frei.

Ferreira verschwand im dunkeln. Aus dem Untergrund setzte er noch viele Jahre lang seinen Kampf für Deus und gegen den Teufel fort.

Nachbemerkung

Selbst was heute geschieht, vor unseren Augen und durch Zeugen bestätigt, ist in seiner Vielschichtigkeit oft nur schwer zu erfassen. Um so schwieriger ist es, Ereignisse, die sich vor fast vierhundert Jahren zugetragen haben, in einer Weise darzustellen, die dem Denken und Fühlen der damals Lebenden gerecht wird.

Vieles, was ich in diesem Roman erzähle, ist durch zeitgenössische Dokumente belegt. Tatsache ist, der christliche Daimyo der Shimabara-Halbinsel, Arima Harunobu, den Padres unter dem Namen Don Protasio bekannt, wurde im Jahr 1612 wegen Hochverrats hingerichtet, zusammen mit einem hohen Beamten in der Shogunatsregierung, Okamoto Daihachi, ebenfalls ein Christ.

Tatsache ist, Don Protasio hatte sich dank seiner engen Beziehungen zu den Portugiesen und seiner eigenen Handelsflotte, die bis nach Südostasien alle damals wichtigen Häfen anlief, großen Reichtum verschaffen können. Er galt als einer der engsten Vertrauten des Shogun. Warum er so plötzlich in Ungnade fiel und hingerichtet wurde, ist bis heute noch nicht ganz geklärt. Die zeitgenössischen japanischen Dokumente schweigen über die Hintergründe, vermutlich wollte die Regierung in Edo verhindern, daß das Volk die wahren Begebenheiten erfuhr.

In der Bibliothek des Vatikans lagern Tausende von Briefen der Padres aus Japan. Manche enthalten sicherlich aufschlußreiche Angaben über die Vorgänge dort und welche Pläne die Padres verfolgten, jedoch ist nur ein kleiner Teil jener Zeugnisse zugänglich, der größere bleibt unter Verschluß. Dem Historiker Koichiro Takase zufolge, der in Rom um 1970 mit der Übersetzung einiger Folianten aus jener Zeit begann, soll es Berichte geben, in denen beschrieben wird, wie Nagasaki zur Festung auszubauen sei und wie von dieser strategisch günstig gelegenen Hafenstadt aus ganz

Japan unter christliche Kontrolle gebracht werden könne. Spätere Versuche, jene von Takase teilweise übersetzten Folianten noch einmal im Vatikan einzusehen, blieben erfolglos. Bedenkenswert erscheint jedoch, daß auf Karten von Nagasaki aus damaliger Zeit mächtige Stadtmauern mit den charakteristisch hervortretenden Bastionen westlicher Befestigungsanlagen eingezeichnet sind, während japanische Städte grundsätzlich nicht befestigt waren.

Vieles deutet daher darauf hin, daß hinter Don Protasios Hinrichtung mehr stand, als jene knappe offizielle Verlautbarung der Shogunatsregierung vermuten läßt, er sei zum Tode verurteilt worden, weil er den Gouverneur von Nagasaki habe ermorden wollen. Nimmt man hingegen an, daß Don Protasio in ein viel weitreichenderes Komplott verwickelt war, dann ist die Reaktion der Regierung in Edo verständlich. Jede Regierung, besonders jede autokratische Regierung, wird darauf bedacht sein, die Kunde von Verrätern im eigenen Kreis nicht unters Volk dringen zu lassen. Die Härte des Urteils gegen Don Protasio und Okamoto Daihachi und deren rasche Hinrichtung lassen die Vermutung aufkommen, daß der Shogun und seine Berater die Bedrohung von draußen sehr ernst nahmen.

Im Hintergrund spielten gewiß auch die Niederländer eine nicht zu unterschätzende Rolle. Sie hatten in Hirado schon ihre Handelsstation aufgebaut und betrieben – in bewußtem Gegensatz zu den katholischen Mächten – Handel ohne Mission. Gleichzeitig unterließen sie nichts, Spanien und Portugal herabzusetzen und bei der Shogunatsregierung anzuschwärzen. Sie hofften, auf diese Weise allein in den Genuß des Handels mit dem unermeßlich reichen Silberland Japan zu kommen.

Daß die Regierung in Edo bald nach Don Protasios Tod jenes Edikt erließ, das die Padres nach fast siebzigjähriger Missionstätigkeit des Landes verwies, kann als ein weiterer Hinweis darauf gewertet weden, wie besorgt das Shogunat war. Daß das Edikt gleichzeitig allen Japanern verbot, dem christlichen Glauben anzuhängen, und jene, die getauft waren, aufforderte, sich von ihm loszusagen, stellte einen ungewöhnlichen Schritt dar, war doch Japan bis dahin ein Land gewesen, das sich allen Religionen gegenüber offen und empfänglich gezeigt hatte.

540

In die Schilderung der Romanhandlung fließen viele Fakten ein, die geschichtlich belegt sind wie Ort und Lage der Schlösser Hinoe und Hara, Ort und Lage des Hauptsitzes der Mission auf jener Anhöhe über dem Hafen, früher Standort eines alten Zen-Tempels, der wie alle anderen Tempel und Schreine der Shimabara-Halbinsel dem Feuer der Christen zum Opfer gefallen war. Die Stadt, die sich zwischen Schloß Hinoe und Schloß Hara erstreckte, heute nur noch Felder und Schilf, wurde für mich «Schloßstadt». Damals hieß sie «Arima», während die kleine Hafenstadt, mein «Arima«, in Wirklichkeit den Namen «Kuchinotsu» trug – ein für westliche Zungen nicht so leicht auszusprechendes Wort.

Belegt ist auch, daß ein Padre auf der Shimabara-Halbinsel bald nach der Hinrichtung des Don Protasio das Kommen eines Kometen ankündigte, der, so behauptete er, im Jahr 1637 Tod und Verderben über alle Heiden bringen, alle Kirishitan aber verschonen würde, die dem wahren Glauben treu blieben.

Belegt ist ferner, daß einer von Don Protasios Söhnen, mit der Enkelin des Shogun verheiratet und zum Nachfolger seines Vaters ernannt, bald wieder abgesetzt wurde.

In dieses Filigranwerk der historischen Fakten habe ich das Schicksal meiner Figuren eingewebt.

In den Jahren nach dem Ende meiner Romanhandlung wurden manche Padres ergriffen. Sie wurden, ohne ihnen Harm anzutun, außer Landes geschafft, aber immer neue kamen, als Kaufleute verkleidet oder heimlich bei Nacht, über unbewachte Küsten. Sie tauchten in den Kirishitandörfern unter und fachten das Feuer des Glaubens weiter an. Viele derer, die später ergriffen wurden, erlitten Gefangenschaft und Folter. In Deus ergeben, starben sie den Märtyrertod. Unzählige Kirishitan folgten ihnen.

Das makabre Schauspiel schürte Abscheu gegen die einstmals geschätzten Missionare. Was auf der Shimabara-Halbinsel geschah, trug dazu bei, daß Japan sich vom Westen abwandte und sich schließlich für mehr als zweihundert Jahre vor der Welt verschloß.